烈火芳菲

LIEHUO FANGFEI

铁流 赵方新 著

北京十月文艺出版社
山東文藝出版社

目　录

引　子　001

第一部　白银季

第一章　青岛来信　007
第二章　迷航　037
第三章　燎原记　061
第四章　飓风前夜　096
第五章　天降狂飙　132

第二部　山海魂

第六章　上海来客　181
第七章　天福惊雷　215
第八章　西上惊变　262
第九章　胶东十二姐妹　288

第三部　芬芳纪

第十章　叫一声亲娘泪两行　343

第十一章　生死变奏　380

第十二章　母性之花　409

第十三章　风中的水花　438

第十四章　一条大河波浪宽　469

第十五章　小脚与长路　502

第十六章　往事倾斜　528

第十七章　寸心春晖　554

尾　声　阳光正普照大地　585

后　记　593

引　子

在辽阔的胶东半岛，至今还流传着一段段革命者以及三百多个乳娘为八路军、解放军抚养孩子的故事……

第一部　白银季

白银季将要造访这片渤海和黄海交臂环抱的半岛之地的讯息，从卷集着满山黄叶的北风和海浪咬嚼礁石的吱嘎声里透出了蛛丝马迹。农民不动声色地从山野里拾掇回一担担柴草，可着劲儿垛成一个个小山尖儿；渔佬儿把斑驳的舢船泊进港汊，落下灰褐色的帆，坐在舷边点上一锅香喷喷火辣辣的亚布力晒烟，冲着大海吞云吐雾；男人们紧赶着把火炕捯饬一遍，女人们给窗棂细细地刷上糨糊，稳稳地糊好窗纸——谁不晓得接下来的日子将被一场又一场暴风雪塞得满满登登，天地一色，宛如白银覆盖，耀得人眼生疼。能够有效抵制这蛮横的“白银统治”的，也就只有浩瀚的海洋蓝了。

1935年冬的暴风雪对胶东半岛的袭击并不比往年来得厉烈，但一场席卷而来的“人造风暴”，却给这片盛产海蛎子味方言、火药桶式暴脾气、野性奔放大秧歌的土地带来了久久难以平复的悸动……

第一章　青岛来信

1.密会

寒星被渐渐明朗的曙色融化了。混沌的梦境和坚硬的阒寂笼罩着山村。街筒子里漾起一阵窸窣的步声，一如春蚕啮噬着桑叶。一位身着深灰色棉袍、中等身材的男人，肩挎一个蓝粗布包袱，在凛冽的空气中走向村头。一驾木轮马车正等在那儿，马鼻子喷出大团白花花的热气。

戴着遮耳棉帽的车把式冲来人点点头，打一个漂亮的鞭花，一声脆响，马车哐啷哐啷地向着荣成县（现威海市荣成市）石岛方向启动了，大约午时，这位旅客将在那里搭上一艘开往青岛的轮船，然后登陆，穿过喧嚣的市井，走进一个隐秘而闪光的角落。

张连珠抱膝而坐，随着车轮的颠簸，身子不住地前后左右摇晃起伏。他时而眉头微蹙，时而嘴角浮出笑意，没人知道他在思考什么，但他那坚毅的眼神却似乎在说，他此去青岛的目的在于争取支持，而不是寻求答案。

不知不觉间，新鲜绚丽的朝霞已洒遍山野，红光映入他的双瞳，他即刻感觉整个世界熊熊燃烧起来……

1935年2月，在山东省文登县（现威海市文登区）的公路上，这位年轻的胶东革命者心里升腾着朝圣般的庄严，寒气汹涌，他的哮喘病发作得厉害，却无法阻滞他的步履，那个他憧憬过千万次的美丽新世界，似乎正在前方徐徐开启……

1934年8月的一天，一封名为“山东团工委关于游击战争问题给胶东特委的指示信”的信件，经由秘密渠道，传送到文登县林子西村一个普通的农家院落里。中共胶东特别委员会（简称胶东特委）书记常子健看完信，一块巨石立刻压上心头。

为什么是由共青团山东工委（简称山东团工委）而不是共产党山东工委或省委给胶东特委下指示呢？原因很简单，也很“野蛮”。从1929年初到1933年7月，在不到五年时间里，中共山东省委连续十一次遭到国民党反动派破坏，平均一年两次还有零头。山东省委就像一株幼苗刚扎下根，没来得及舒展一下腰身，便被一只粗暴的大手薅住连根拔起，然后曝晒于烈日，碾轧于车轮，焚烧于火炉。真的就像那支古老的谣曲所唱，“发如韭，剪复生；头如鸡，割复鸣”，倔强的共产党人以一种“视死忽如归”的决绝，一次次从血泊中站起来。最后一次破坏尤为惨烈，自省委书记以下三百多人被捕，并且殃及全省各地党组织，自此，山东的党组织不可思议地与中共中央失联三年。正是在中共山东省委重建前的空窗期，尚能秘密生存的共青团山东工委被赋予了代行山东省委职权的使命。此时的共青团山东工委正隐蔽于青岛市区，因地缘关系，对胶东特委的领导极为近便，你来我往，两者亲密互动的程度，其他地区自愧弗如——话又说回来，山东团工委疲弱的领导力，对别的地区也是鞭长莫及。

常子健虽然掂出了这封信的重量，但无论他有多么丰富的想象力，恐怕也不会将这薄薄的几页纸，跟一年后即1935年冬天爆发的那场石破天惊的暴动联系到一起。他赶忙命交通员通知近便的特委委员前来碰头。

天色黑严了，蝉声泄了劲儿，星光洒下来。几个人影敏捷地闪进一处小院，门里站着邹恒禄的母亲俞宽增，“来了?”“来了。”简单的招呼过后，来人弯腰钻进北屋。俞宽增双鬓染霜，两眼炯炯，一边摸黑飞针走线补缀衣服，一边侧耳向外，机警地捕捉着街道里的动静。

大家一一跟常子健握过手，随便找地儿一坐。“团工委来信了。”常子健尽量压低声音，一开口就是如假包换的陕西腔儿，他自今年1月随刘经三从北平来胶东后，一直过着昼伏夜出的生活，活动范围逼仄，为的是最大限度地避免跟外人接触。无疑，这极大地影响了工作的开展，也消损着他的积极性，令他无端生出莫名的惆怅。

常子健从怀里掏出那封信，递给刘经三、张连珠、邹恒禄、刘振民等人依次传阅。

炕上一张矮脚桌，如豆的油灯撑出昏黄的光域，窸窸窣窣的翻纸声听上去忽近忽远。渐渐地，燠热的空气里，一种惊喜、疑虑、茫然、焦躁混杂的情绪充斥了这间乡间的草屋。

刘振民最后一个看完信，两眼放光，拿信的手不由自主地颤抖着。

常子健抓过桌子上的毛巾擦擦脸上的汗，毛巾也像信件一样依次传递下去。

“请大家谈谈自己的意见吧。”

刘振民打了头炮：“及时雨啊！我完全赞同工委的指示。咱胶东就该炸它个焦雷，真刀真枪跟他们当面锣对面鼓地干起来！”

刘经三扯扯旁边的张连珠：“珠子（张连珠代号）你说！”

张连珠也不谦让：“既然工委是按照党中央的精神指示我们，我们必须干！不过，要瞅准时机，不能蛮干，白白牺牲了同志们的性命。”

邹恒禄咬着老烟袋锅，吧嗒吧嗒抽着烟说：“俺就是个小卒子的命，特委让俺向前走，就是豁出命也得拱过河。”

刘振民使劲打了他一拳，“石匠（邹恒禄代号）说话就是嘎嘣脆啊！”

刘经三眯着细目，咂摸着各人话里话外的意思，轮到他了，他说：“拉队伍跟国民党挑明了干，痛快不假，痛快过后怎么办？韩复榘派展书堂在潍县摆了几千大兵，对胶东虎视眈眈。要想南山打虎，得先练出武松的本事啊。”

刘振民一听刘经三弹起了“别调”，毫不客气地打断他：“我说本家哥啊！就你这前怕狼后怕虎的性子，倒不如在家跟嫂子玩个小生意。”

刘经三一笑：“水子（刘振民代号），我们哪个不是提着脑袋闯黑风口的！关键是不能做无谓的牺牲，我们这方面的教训还少吗？我比较赞同珠子的主张。”

俞宽增大娘端着一小笸箩热腾腾的煮地瓜干、一碗蒜泥走进来，低声招呼道：“快垫垫肚子吧，都跑了老远的路。”几个人连声道谢，老人颠着小脚往外走，嘴里嘟囔着：“一家人还说两家话。”

常子健跟邹恒禄已经吃过饭，张连珠几个人的肚子早就造反了，只是刚才又看信又讨论转移了注意力，一见有吃的，一人抓一把地瓜干蘸上蒜泥，就往嘴里塞，这口还真叫个味！常子健凝视着油灯的火苗，出神半晌，说：“我看这样，团工委的指示一定照办，至于什么时候、用什么形式发动游击战，先不要急着确定，最好是走一步说一步，当务之急，我们必须摸清自己的家底。”他看着刘经三、张连珠，两人停下嘴巴也看着他，“我想让你俩再加上李厚生同志，代表特委去文登、荣成、威海卫巡视一遭，把团工委的指示传达给各县的同志，顺便听听他们的真实想法。”

刘经三、张连珠表示没问题。常子健转头对邹恒禄说：“你让老刘头到招远知会厚生同志，带他过来跟陶子（刘经三代号）、珠子接头。”“老刘头”真名刘松林，负责跑交通，他天生善跑，绰号“飞毛腿”。李厚生也是胶东特委委员。

星河西沉，夏虫唧唧。几个人影悄没声地溜出林子西村，消失在夏夜广袤静谧的夜色里。

这封把胶东共产党人直接引向1935年白银季的血雨腥风的指示信，就像一朵斑斓而吊诡的云朵飘过历史深邃的苍穹，又像历史幽深的小巷里走过的神秘过客，关于其中的种种细节都已经流失在时间的烟云里，再也无从辨识，唯有它铿锵且严厉的语气流露出来的那种居高临下的姿态，似乎闪着“青春骄傲的光泽”，实则弥漫着躁动和盲动的气息。它以不容置疑的口吻向胶东特委下达了如下指令：“胶东方面的客观条件已经成熟，而你们的工作还是落后……党必须坚决地组织与领导农民进行游击战争，驱逐国民党官僚，打倒地主豪绅，没收、分配土地……”

更为致命的是，胶东特委一班人对指示信的绝大多数内容全盘吸收，偏偏置指示信所说“开展游击斗争的形式是多样的”于不顾，越来越倾心于发动一场“全党动员式的武装暴动”。

需要说明的是，鉴于当时斗争形势的险恶，参加革命的共产党人多以代号或化名互相称呼，有的甚至不止一个代号和化名，以致后来人在叙述这段历史时，一不小心就掉进这些名号的“迷魂阵”。

几天后，一个商人、一位教书先生、一名乡村传教士的奇怪组合，出现在胶东的乡间和市镇，他们保持着若即若离的距离，偶尔聚在树荫下或小酒馆攀谈，相互之间的称呼令人摸不着头脑，什么“珠子”“陶子”“老马”的，拉的都是些稀松平常的家常。

刘经三、张连珠、李厚生（代号老马）在文登县倪家产村碰头后，巡视正式开始。这次巡视与以往明显不同，从那封指示信里迸出的火星子沿途飞溅，引燃了许多人的期待，激荡了许多人的热血，即使从大海方向吹来的凉风对它携带的焦躁和灼热也无可奈何。

2.绑架

天色朗朗，碧宇澄澈，嗒嗒的马蹄声掠过苍黄的原野，像一串白玉兰花瓣，飘撒在萧索岑寂的冬日。

从文登县一路东来，沿途所经所见所闻，着实叫这位刚刚履职不到一年的第三届胶东特委书记心潮起伏，五味杂陈。作为生于斯长于斯的本地人，张连珠不能不深切地体察到胶东大地所承受的苦难命运：在胶东这个偌大的舞台上，东西列强，辛亥党人，政要流氓，显贵浑人，商贾士绅，海盗强梁，军棍兵痞，演出了一整本的乱世折子戏，生旦净末丑，你方唱罢我登场。为祸尤烈者当数一拨拨的大小军阀，刘志陆、方永昌、刘珍年、张宗昌、褚玉璞、韩复榘……来来去去，唱念做打。胶东就像一块肥肉，野狗恶狼凶鸷，獠牙剑齿，血盆大口，把这片老天爷偏心眼造就的锦绣山河、花花世界，蹂躏得病入膏肓，鱼肉得奄奄一息，折腾得天悲地怨。

日上三竿时，马车经过一个市镇，街上行人稀稀拉拉，挑着担子叫卖针头线脑的小贩有气无力，几个满面愁容的流浪汉背着铺盖卷迎面走来，一准是到烟台搭船闯关东混饥荒的，沿街的店铺十家倒有七八家关门闭户，开张的也一副半死不活样儿，突然一阵吆喝声从前方横来，六七个背着长枪一身黑衣的乡丁踢踢踏踏地走来，瞅什么不顺眼踢上两脚，骂上两句，行人唯恐避之不及……“民生凋敝，兵匪殃民啊！”张连珠眼里含着怒火，低声怒斥道。

马车停在一家小饭馆门前的冰疙瘩上，两人走进店里要了两碗“豆杂面”，热汤热水吃了，又讨了半桶泔水饮过马，继续上路。

当张连珠跳下马车在乱石路上使劲跺跺麻木的双脚，向着被万顷碧波拥抱的石岛码头走去之际，他已然走进了一个取景框——这几乎可以看作一切历史人物的宿命——他们将被后人一次次提起，一次次审视，一次次推敲。后人对张连珠流星一样划过历史夜空的轨迹，同样有着这样或者那样的说辞，而这次青岛之行，从某种意义上说，正式开启了张连珠引领胶东革命者走向“风暴眼”的序幕。

石岛精致玲珑，背山面海，像一颗明珠被黄海噙在口中，宠着爱着温润着。

张连珠沿着凹凸不平、歪歪扭扭的石板路进入街市。人声稠密起来，市井烟火旺壮，自非那些散布于胶东的普通市镇可比。当年孙中山先生在《治国方略》里两次提及石岛，将之与上海、广州并列为中国东方三大港口。在伟人的构思里，一座吞吐八方、傲视云天的大都会将在涛走云飞的新中国成立时期呼之欲出。张连珠思及此处，苦涩一笑，兀自摇摇头，看来伟人的愿景只能成为空中楼阁喽！他仔细留意着街道、胡同、建筑的布局，一一默记在心，因为他隐约预感到，不久之后，那场酝酿中的风暴将席卷而来，以暴动的血色和革命的激情将这座蔚蓝色的小岛淹没……

自从读到那封指示信后，张连珠一直在反复咀嚼着里面的一字一句。就他而言，他从一个砸坷垃的农家子弟起身，何尝不愿振臂高呼一声，呼啦啦，万众响应，从此使如他一般的万千民众获得公平正义？

在张连珠的履历里，有一个不同寻常之处：1904年出生于文登县南长岚村，十四岁私塾开蒙，1929年考入牟平县立小学，1931年夏考入牟平中学，他的求学经历漫长得有些离谱。实际情况是，读私塾时，他惨遭家变，不得不辍学，用稚嫩的肩头挑起家庭重担。十多年来，端坐在教室里读书的情景，一次次光顾他的梦境——这是一个镶金边的梦，那么光华璀璨，那么勾魂摄魄。二十五岁时，他终于说服父母，如愿走进了小学教室，成为一名超大龄小学生。他渴望知识，渴望光明，渴望有一种力量廓清自己胸中的团团迷雾。1932年初张连珠因热衷于宣传抗日，遭到校方清算，被打回老家种地。不久他经朋友介绍到观上冯家村（现属威海市乳山市）当教师，就在此时，他经刘经三介绍加入了共产党。他一直想给自己找个归宿，现在找到了，身体与灵魂不再漂泊，不再蜷缩于角落里卑微地抽泣，不再颓废，它们变得坚硬、锐利、有韧性，变得有点陌生，有点让他害怕。某天夜里，张连珠静静地躺在土炕上，眼前忽现一片灿烂，他看到——真真切切地看到，一只蝉从赭黄色的躯壳里挣脱而出，从此他的眼前始终跳动着一束光，正是这一束光让他不再犹疑，不再温暾，不再奉行老好人主义，他要为自己的信仰而生，而死，而死去活来。正因如此，开始时他对山东团工委指示信是有所保留的，不过，随着事态的演进，他的态度悄然发生了变化：由谨慎支持到完全接受，由完全接受到激进执行。

如果说此行的三个人是三道殊异的风景的话，刘经三最抢眼，精致的面孔，白皙的肤色，诙谐机智的谈吐，他是三个人的快乐因子。

李厚生这个人，在许多记载中是个面目模糊的人物，但谁也不能否认他是个心思缜密的人。他深知在险恶的环境中，第一要义是保护自己，除此之外所有华丽的说辞，在他看来都是镜花水月，活着，理想才能有所依附。

三个人都是水里来火里去的革命者，在风云诡谲的时代里，每个人都以带有自我个性气质的行动为时代做着注脚。

刘经三在胶东革命者中绝对是个“异类”，即使今天许多人提起他，依然对他不吝赞美之词。他身上最让人着迷的是有一股浪漫主义气息，他的故事几乎可以满足人们对传奇的所有想象和要求。

1906年刘经三出生于山东省牟平县黄疃村（现属威海市乳山

市）。照惯例，这个家庭出身优渥的青年人，读书、经商、从政，人生轨迹高开高走，稳稳妥妥的豪绅加名流的路线，可偏偏他遇上了一个糟糕而动荡的时代，他那种性格哪里见得官家欺压百姓，哪里容得外寇破门逞凶。他在时代潮流的裹挟下，走上了背叛自己阶层的道路——当时人称“染了红”——很快成为牟海边区（牟平、海阳两县交界一带）异常活跃的“共党分子”。

刘经三的父亲刘岐峰，晚清秀才出身，饱读诗书，本想鲤跃龙门，光宗耀祖，不想科举取消，断了进身之阶，转而习医，在镇上开了爿药铺，而后又办了一家染坊，生意做得风生水起，挣下一个殷实家业。好在刘岐峰开明，对儿子的选择表示理解——但这无异于在自家房梁上悬了一口铡刀，提心吊胆的日子就像早晨草尖上的露珠摇摇欲坠，令人寝食难安。

终于坠落了。

一天深夜，刘岐峰听到一阵急促的敲门声，这么晚了是谁呢，难不成是经三在外头发生了不测？他慌里慌张打开门，一抬眼，两个黑衣蒙面人，坏菜了！一把尖刀已抵在他的胸口，没等他反应过来，一条麻袋兜头罩下，口一收，他就被人顺上了肩，一溜旋风似的小跑，颠得他五脏六腑轰然离位，满脑袋里金星乱舞。刘岐峰见风识浪，此情此景，心里倍儿明白，虽然人家没封你的口，你也不能咋呼，你咋呼的后果，不用说就是永远的闭口。

刘岐峰晕晕乎乎地被扛进荒郊野外一处院落里，放到一盘土炕上。

一个人开腔了，语调倒也柔和：“老爷子，得罪了！日后您也别怪俺们兄弟，俺俩就是个跑腿的。”

倒听不出什么杀气，刘岐峰稍稍宽心，叹口气：“两位爷们儿，不知在下哪儿冒犯了尊威，还望明示。”

另一个人瓮声瓮气地说：“道上的事给你说，你也不懂，明天赎金一到，立马放人，你走你的阳关道，俺走俺的独木桥。”

旁边那人抢白道："老于，你这是干吗？别用这些下三烂招数吓唬老爷子，真闹出个好歹，看你这张黑脸往哪儿搁！"

那个被叫作老于的人不吭声了，还是这人啰嗦："老爷子哎，您别怕，俺们保管不伤您一根汗毛，就是暂时委屈您一下，您就当在自家炕上合合眼养养神吧。"

刘岐峰越听越是如堕五里雾中：这到底是唱的哪一出啊？

刘家里外乱成了一锅粥，偏偏刘经三不在家，没个拿主意的人。有人在院子里捡到一张纸，交给刘夫人，就着灯光一看，上面真真切切写得明白："明日日落之后将三百块大洋送到西土地庙香炉底下，钱到人归！"敢情呢！这是遭"绑票"了！

刘夫人找来家族里几个爷们儿一合计，开价还算公道，不是那种狮子大开口，叫人砸锅卖铁的狠主儿。于是，赶紧抓挠齐了。第二天，按照人家说的，派个老成家人乖乖送去。剩下的便是揪心抓肝的等待。刚上灯，刘岐峰一脸晦气地走进家门，刘夫人喜极而泣，赶紧跑到佛龛前冲着慈眉善目的观音菩萨鸡啄米似的拜个不停，而后急急张罗了一桌酒菜为丈夫压惊。

刘岐峰眉头紧锁，一个铁铸的疑团压在心头，对美酒佳肴提不起一点兴趣。

刘夫人劝道："佛菩萨保佑老爷平安无事回来了，那就别再胡思乱想了，今后只管积德行善，莫问因果祸福，到头来终归是善有善报，恶有恶报。"

刘岐峰的耳底子早被这些话磨出茧了，今天听来却有些心动，摸着髭须悠悠说道："说来也怪了，这两个匪徒对我倒很客气，别说动我一手指头了，今儿晌午还给我弄了两个白水煮鸡蛋吃。我就纳闷儿，天底下还有这般好脾气的土匪？"

刘夫人念声阿弥陀佛："还是佛菩萨和列祖列宗保佑得好。"

正当刘岐峰夫妇一头雾水之际，一个药铺的老伙计跑进来说：

“老掌柜的，大掌柜的托人送信来了。”

刘岐峰打开信一瞅，脸上的表情放起了幻灯片，转瞬间从惊愕到愤怒再到释然，最后竟仰天大笑：“我就觉得这事蹊跷，早猜到是这小子干的好事！”

这话吓得刘夫人身如筛糠，差点从椅子上出溜下来，“敢情老爷受刺激疯了！”两手一拂，就要抢天呼地地哭号。

刘岐峰眉毛一拧，眼一瞪：“号什么？我这不是好好的吗？”

刘夫人哆里哆嗦拈起信纸一看，脸色一阵青一阵白一阵紫，好似开了一家小染坊，呜呜咽咽地数落道：“这个忤逆之子，本事大得算计起自己老子来了！我这是哪辈子造的孽生了这么个孽障啊！”

当娘的还没等刘岐峰发作，神不知鬼不觉地把这过错揽到了自己身上——“这都是我造的孽啊！”刘岐峰叹口气：“妇道人家就知道哭号！经三这么做固然不对，可是说到底他也是估摸准了，直接向咱张嘴要钱，肯定吃个窝脖烧鸡，咱就是磨不开情面帮衬点，对人家也是杯水车薪。唉，看来经三他们真是坐蜡了，但凡有点门路，谁能出此离经叛道的下策呢！”

刘夫人抹把眼泪，乜他一眼：“真是有其父必有其子啊！”

那封洇了几颗泪花的信这样写道：

> 各位大人，膝下敬禀者乃不肖男经三，为革命事，借贷无门，只得用不恭之举智借大洋三百元，他日事业有成，加倍偿还。不肖之子刘经三敬上。

另有一版本说是刘经三为给特委筹措经费，自导自演了一场“自我绑架”，老爷子救子心切，乖乖奉上三百大洋赎金。其情其景，与此大致相同。

巡视途中，三人不知怎的说起这桩往事，刘经三黯然神伤：

“唉，过后想起这事，就教我满心愧疚，一则让老人担惊受怕，二则我低估了老人的觉悟，我要是耐心跟老人讲清楚这笔钱的用途，老人也未必不同意。”

张连珠说：“你当时为党急迫工作的心情是可以理解的。不过，我们都容易犯躁进的错误，还是工作方式方法有问题。”

李厚生说：“陶子你这事干得漂亮！同志们背地里都跷你的大拇哥！看看陶子的革命坚决性，那可没的说！”

刘经三面露愧色：“绑架自己的老爹，好说不好听啊！都是一时急火攻心，才弄出了这么个幺蛾子。”

张连珠安慰道：“事已至此，不必过于自责。”

李厚生说：“我的话还没说完，我更佩服刘老爷子，他真叫一个开通！对你不仅没兴师问罪，反倒赞许有加，这风范令我悠然神往。”

刘经三微微一笑：“马兄谬赞了，我这厢代家父谢过。”

三人一路走一路说，当然更多的是交流巡视的看法，一个突出的问题是不少人对省团工委的指示信提出了不同意见，认为这时候发动武装暴动无异于以卵击石、自投罗网，一句话，开展公开的武装游击战不合时宜。

三人一路巡视，汇总着发现的问题，谁也没有意识到危险正一步步向他们靠近……

3.诡变

1934年9月23日，中秋节。

火烧似的晚霞被暮色收走后，一轮橘黄色的圆月爬上东山，洒下清辉，晚风送来庄稼和山果即将成熟的气息，噼里啪啦地打着露水，弄得行人的衣衫濡了微微的湿意。

文登县崮头集同悦客栈的徐掌柜，刚点上那盏新近托人从县城买来的罩子灯，就听到门前的青石路上传来嗒嗒的脚步声，灯影一晃，三个人立在柜台前。徐掌柜捧出肥嘟嘟的笑脸：“三位要打尖儿吗？”一人道：“所谓人生何处不相逢，我们三个恰好在你店门前相遇，就一起进来了，尚不知两位先生的名讳。”一人拱手道：“在下张珠子。”另一位长相憨厚的汉子道：“在下免贵姓马。”这人拱手唱个喏儿：“幸会幸会，本人姓刘。”徐掌柜问：“小店只剩客房一间，大炕一盘，三位能否迁就一下？”三人相视一笑，姓刘那位道：“不过暂寄红尘，不妨从权行事。”三人跟随徐掌柜来到一间简陋的大房里，徐掌柜指点交代一番细物后，退了出去。

三人取出随身干粮，就着热水吞下。张连珠神秘兮兮地取过包袱，笑眯眯地伸进手去，摸出一个月饼，刘经三哦了一声，李厚生咦了一声。张连珠欣赏了一番上面嫦娥奔月的模子画，又递给刘经三，刘经三凑到鼻子下，深吸一口气，低声说：“好香好甜啊！肯定是佩兰嫂子给你预备的。”张连珠不置可否地一笑，李厚生转着月饼，也被上面的图画吸引了，低声打趣说：“这嫦娥好漂亮啊！说不准，我一撒手她就向着窗外的月亮飞走了。”这个月饼，确是张连珠的妻子段佩兰特意给他带上的，她推算好了他们的行程，知道他们要在巡视途中过中秋，便到店里买了两个月饼。一人一个，虽不在一处，却相约中秋之夜同赏明月同吃月饼。这个周游了一圈的月饼，被张连珠细细掰成差不多大小的三块，三人一小口一小口地品尝着，咀嚼着，回味着，都被扯出了丝丝缕缕的情思。月光不知什么时候，偷偷爬上窗台，将滑润的身子探了进来……困乏如波浪般漫溢，张连珠打着哈欠，李厚生眼里没了神采，两人头一着枕头，便响起了呼噜声。

刘经三蹑手蹑脚从门后提过自己的藤条箱，轻轻打开，取出一本薄薄的小册子，探到灯下，眼中放出两束光，醉了似的一会儿如沐春风，一会儿乘风破浪。这本小册子，在以后人们的记述中是一个坚实的存在，因为它的出现，在不经意间改变了胶东革命的面目，将许多可能性淬炼成了一个必然性，直接将张连珠推到了历史舞台的前台——不过此时他沉于黑甜之乡，根本不知道从文登县正有一支联庄会武装潜行于弯弯绕绕的山间小路，向着皎洁月色里的崮头集靠近，准确地说是向着同悦客栈里的三个人扑来。

关于刘经三携带的小册子，目前有几种版本的说法：有人说是一本共产国际的小册子，有人说是一份党内文件，而张连珠的妻子段佩兰却指那是一本叫《十年奴隶记》的书。临行前，刘经三收拾行李，有人见他要带这本小册子，劝他别带，不过他的性子是有些自负的，也可能他费劲巴拉地弄到它，太想带上它消磨旅途寂寞了。总之，这件“危险品”跟着他上路了。

这支鬼鬼祟祟的队伍摸进同悦客栈，将三人住的房间围了个密密实实。升到半空的月亮睁大眼睛，惊诧地洞察了大地上即将发生的阴谋。灯火骤亮，叫声喧天，咣当咣当的打门声震得人肝儿颤。三人倏然坐起，极速对视一眼，心照不宣。刘经三镇定地问：“什么事不能明早说吗？”“是呀！还让不让人睡觉了？”张连珠、李厚生帮着腔。“混账东西！哪这么多废话！再不开门，爷爷就踹了！”徐掌柜急声说：“可别踹！可别踹！”转而冲门里央求，“三位爷们儿赶紧开门吧，联庄会的老爷来检查了。”三人知道不开门肯定过不了关，这种情况，对他们而言也是家常便饭了，只需小心应付就行。

门一开，七八个凶巴巴的联庄会会丁闯进来，一个小队长模样的人瞅着三人阴恻恻地一笑：“我们接到情报，说有共党分子在这一带活动，我看你们三个家伙就不地道，给我搜！”

几个联庄会会丁上来搜身，几双大手在每人身上颟顸地摸索一遍，一无所获，又翻箱倒柜地搜，灯影凌乱，墙上映出一个个张牙舞爪的怪物。

张连珠的心忽悠悬到嗓子眼，他想到了刘经三固执地带来的那本小册子，到底藏没藏好啊？就在这时，一声怪叫："咦，这是个什么玩意？"小队长呵斥道："你懂个鸭子鸡，快拿来我瞅瞅！"他接过那本小册子，翻了几页，脸上露出狞笑："这个玩意是谁的？"刘经三跨前一步，"我的，怎么了？""怎么了？这是宣传赤色革命的，这就是证据，把他们统统绑起来！"

张连珠装作无辜的样子嘶声喊道："我根本不认识他，是住店碰上的，凭什么抓我？"李厚生也有样学样地喊道："我也根本不认识他俩，都怨你把我安排跟他俩住一块！冤枉啊！"他先是看着刘经三、张连珠说，再盯着徐掌柜喊，最后看着小队长叫冤。

"你们就是一伙的，先给我抓到县里再说！"

刘经三冷冷一笑："党国的天下口口声声是青天白日，现在不分青红皂白就抓人，我看纯粹就是个漆黑铁桶的世道！"他轻蔑地扫一眼会丁们，"你们既然说我是共党，大丈夫一人做事一人当，别冤枉了这两位萍水相逢的朋友，这事跟他们毫不相干。"

张连珠、李厚生应声道："是啊！是啊！"

小队长嘴一撇："花言巧语！你说不相干就不相干？这里爷爷说了算！给我一块捆走！"会丁们不容分说把三个人绑个结实，连夜押往文登县。

月色依然静美，树影轻摇，筛下银子般跳跃的光斑，月下一条明亮的河流闪着潋滟波光，水声潺潺，蛙声阵阵，一个个影影绰绰的村落仿佛被梦魇钳住，没有灯火，没有犬吠牛哞驴唱，没有打更人夜游神一样的身影飘过，忽地不知何处传来如泣如诉的洞箫声，像凭空抛来的一道银索，盘盘绕绕，听得人兀自失神……刘经三心潮难平，一幕幕往日的情景浮上脑海，命运多舛的胶东特委好不容易暂时稳定了，却要被自己一时的麻痹和执念而断送，再次陷入动荡和飘摇。真是"悔之晚矣"。他尤其忧心的是常子健一个外地人，本来行动处处被动，仅能在文登、牟平一带活动，到别的地方去全依赖其他特委委员，这下子倒好了，最灵便的腿断了，他还怎么开展工作呢？刘经三啊刘经三，你倒是犯的哪门子浑！他在心里一遍遍鞭挞着自己，自问是不是因为自己为党做了一些工作，自视甚高，傲慢滋生，才有了这次血的教训。说什么都晚了，还是想想怎么补救吧。他思前想后，觉得只有牺牲自己一个人，开脱张连珠、李厚生，才能最大程度地保存党的力量。“就让我一个人扛下来吧。”他趁押解的会丁不备，低声叮嘱张连珠，“你们就一口咬定我们互不认识，我想法与敌人周旋。”张连珠点点头，而后他又把这个决定转达给了李厚生。

国民党文登县县长刘崇武一起床就听到一个好消息：丛镜月的联庄会逮着“几条大鱼”。丛镜月，文登县联庄会总会长，跺跺脚，文登地面颤三颤的人物。刘崇武哼着小曲走进县政府大院，立刻把脸一抹，喝道把共匪要犯带上来。刘经三等三人被推搡到刘崇武面前。

窗外阳光正好，清风拂过花木，鸟雀枝头聒噪。

刘崇武上下打量三人一番，呵斥道：“你们三个共党可知罪？”

刘经三冷冷一笑，不卑不亢地说：“我何罪之有？”

刘崇武眼露凶光：“刘经三你人证物证俱在，还敢逞口舌之快？共产党蛊惑民心，败坏社会风气，还敢说没罪？”

刘经三逼视着刘崇武：“我是共党不假，但不是乱党分子，更不是盗匪！相反，你们的党苛捐杂税不断，敲剥人民，为争地盘，搞得兵连祸结，置百姓于水火中而不顾，你有何颜面指责共产党！‘九一八’东北沦亡，是谁把大好河山拱手奉送给日本人？是谁把千万华夏儿女变成了亡国奴？难道这些也是你们口中的‘乱党’所为吗？”

刘崇武被噎得直翻白眼：“你、你、你胡说八道！本县乃法治之地，岂能容你们胡来！”

刘经三笑道：“堂堂正正的中国人宣传抗日救国的道理，倒成了胡来？难道我们要像你们一样宣传‘攘外必先安内’，人家拿着枪打进家门了还要厚颜无耻地宣传中日友善亲好吗？天方夜谭！”

刘崇武被抢白得脸色发紫，指着刘经三等人一时语塞，他本想“义正词严”训斥这三个“共匪”一顿，耍耍威风，再套出一些情报，向上邀功请赏，反倒被刘经三教训了一顿，脸面大失。“看来这人不是个好缠的主儿，孩子哭了抱给娘，还是早些递到省府省心。”刘崇武打定主意，不再跟刘经三磨牙，挥挥手让兵丁将三人押回牢房。

三人被押解济南的消息，不胫而走，牟平、文登两县的党组织准备劫狱、劫车，但因武装力量弱，准备不足，功败垂成。又有一说，刘经三在狱中得知党组织将武装营救他们，考虑到可能对党造成不小的损失，秘密指示两县党组织不要轻举妄动，避免不必要的牺牲。

国民党山东省政府主席韩复榘，一直视胶东为自己天经地义的地盘，“卧榻之侧，岂容他人鼾睡”，为此不惜与盘踞胶东多年的军阀刘珍年兵戎相见，鏖兵胶莱，最后蒋介石不得不出面斡旋，助韩复榘排挤走了刘珍年，实现了山东的政令一统。韩复榘经营山东可谓尽心尽力，在这个晚清秀才家庭出身的军人心目中，自家的一亩三分地，自然要绣花般精耕细作。一听报告说胶东递送来三个“乱党”，韩复榘眼一瞪，这还了得，胶东乃俺税赋重地，岂容共党搅扰！传令给山东省第一监狱，将三名囚犯押解省府，他要亲自过堂，过一把审判官的瘾。

早前，刘经三跟张连珠、李厚生找时机偷偷合计了一番，他让两人按照既定的说法，坚称相互只是偶遇，由自己承认身份，扛下所有处罚；另外既然自己承认共产党员的身份，肯定要发生组织关系，必须交代一个联系人，才能取得敌人的信任。交代谁合适呢？三人达成共识，交代牟平县县委的张益民最合适，因为此前他已经“红了”——暴露了身份——组织上业已决定把他调离当地，估计他早已离开了牟平。为保险起见，立即通过监狱里的内线设法通知中共牟平县委，转告张益民做好转移隐蔽工作。

韩复榘对这三个年轻人还算平和，努力做出一副宽怀大度的样子，先是教训他们不该听信共党的煽惑之言，误入歧途，再循循善诱以当下山东“乡村建设”形势大好，正是青年大有作为之时，听得三人倒有云里雾里之感。

韩复榘机锋一转，厉声道：“目前内忧外患正炽，我决不许有人在我的辖区里兴风作浪，一旦发现将严惩不贷！”

刘经三淡然一笑：“在下早闻主席阁下忧国忧民，非一般军人党棍可比。且容我一言，你手下这些人干事太鲁莽，不问青红皂白就将我们逮捕，实与我省推行之清明治理政策相违背。”

韩复榘看着这个眉目清秀的中年人：“此话怎讲？”

“我刘经三是共产党人不错，但令人费解的是，主席先生的手下为了邀功请赏，非得把与我同宿的两位先生一并逮捕，我与二人素昧平生，却让二位为我所累，故而心下甚是不安。还请主席先生明鉴。”

韩复榘“哦哦”两声，上眼打量张连珠、李厚生，二人做出局促不安的样子，与刘经三的从容不迫形成鲜明对比。

“你是干什么的？”

“我原在牟平谋得一教职，不想前些日子失业，因此想到文登投奔亲戚，再找个教学的职位。”

“那你又是干什么的？”

“我乃传布福音的教士，现有随身携带《圣经》为证。”

韩复榘捻须沉吟，他对下属贪功虚报的恶习早就熟知，对二人所说倒也有几分相信，骂道：“刘崇武这个混账东西！”转而问刘经三，“你既承认自己是共党分子，那必定有上下联络，如实招来，可从轻发落。”刘经三面露难色，支支吾吾。韩复榘面色一沉：“看来你前者所言皆是妄语！”刘经三似乎受到刺激，昂然道：“我只知道上边跟我联系的人叫张益民，牟平人氏，家住城里。”韩复榘一脸灿烂：“好好，识时达变，孺子可教。”他不再有所怀疑，当场下了判词：“刘经三因年轻无知，误入歧途，转到反省院关押，反省学习，以观后效；另外二人属冤枉，立即取保释放。”

刘经三被关进了济南反省院，此后命运之锤依然没有放过他，直至将他击得粉碎。

张连珠、李厚生被释放后，急急登上火车，沿胶济线直奔青岛，他们急需向山东省团工委就被捕事件做出说明。到青岛后，他们见到了临时负责山东团工委工作的宋竹庭，向他详细汇报了被捕的前前后后。

宋竹庭曾跟刘经三、张连珠、李厚生都是胶东特委委员，尤其是跟刘经三交往多，知根知底，对他在此种情况下做出的牺牲深表钦佩。话锋一转，宋竹庭很遗憾地告诉张连珠二人：“你们的通知还没到牟平，韩复榘的电话就打到了牟平县反动政府，张益民本想交接完工作来青岛，就在这个当口遭到了敌人逮捕。”

张连珠、李厚生惊骇得半晌说不出话来，都有种人算不如天算的荒诞感。

宋竹庭沉痛地说：“更为严重的是，张益民被捕后立即叛变，牟平县县委书记于克恭与县委的几位同志同时被捕，牟平党组织遭到了建立以来最严重的一次破坏。”

张连珠脑袋里嗡嗡作响，使劲捶了几下太阳穴，才渐渐平复了：“都是我们心存侥幸造成的后果啊！请组织处分我们吧。”

宋竹庭微微一笑：“我的两位同志哥，现在不是抢着受罚的时候，经三同志还在监狱里，胶东特委还有大量的工作等着你们去做，省团工委决定，厚生同志留在青岛参加省团工委的受训班，由连珠同志回去着手组建新一届胶东特委。”

“什么？你说什么？”张连珠惊愕得眼珠溜圆。

宋竹庭平静地说：“不错，是让你重新组建胶东特委。因为你们被捕后，常子健同志的处境十分凶险，已有叛变分子向反动政府告密，如不及时离开，肯定要惨遭毒手，因此他向省团工委提出申请后，来了青岛。这就意味着由常子健同志任书记的胶东特委自动解散了。”

变故来得猝不及防，令张连珠一时难以反应过来，脑子里只有一个念头轰然作响，那就是这次被捕造成的连锁反应太严重了……宋竹庭和李厚生说话的声音像在梦里，缥缈得极其不真实，而且，这种置身梦境的感觉，一直跟随张连珠回到文登县。

1935年1月，酷寒与暴雪交替袭击着胶东大地，躲在群山褶皱里的文登县西院下村，看上去平静如常，而在一个农家小院里，张连珠布满血丝的双眼如同两堆小小的烈焰，谁都能看得出，亢奋的激情对他孱弱的身子有害无益，但他已经无法控制这种燃烧，似乎只要一停下来，他的生命就会戛然画上休止符。就这样，第三届胶东特委在一间小石屋里宣布成立，张连珠任书记，邹恒禄、刘振民、曹云章等任委员。

大雪簌簌下着，北风卷集着雪花啪啪啪地拍打着窗棂，似乎在告诉人们一个讯息，到底是什么讯息呢？现在还说不准哩……

汽笛长鸣，犁开万顷寒碧，顿时雪涛翻滚。望着石岛被渐渐拉远，越来越小，最后缩成了一朵梨花。海风硬硬地吹在张连珠的脸上，引发一串重重的咳嗽，直咳得他眼里蹦出泪花，不由得弯下腰。他感觉自己鼓满豪情的心变成了一面战鼓，渴望着被一双有力的手臂擂响，咚咚咚……几个小时后，他将再次踏进位于青岛闹市的那个神秘院落，将自己所有关于武装游击战的想法和盘托出。这是他个人命运的重要时刻，更是胶东革命即将到来的一次生死嬗变。

4. 醍醐

上苍对2月的青岛有点偏爱，除了不受约束的风嚣张一些，一切都是正好的：充足的阳光，栈桥下无羁的波浪，划着美丽弧线的海鸥，耀眼的沙滩，笑看风波的石老人，说说笑笑的四方游客，林木疏影掩映的红屋顶，突然鸣响的火车汽笛，十里红尘的市井，烟囱里袅袅的青烟，洋行、戏院、酒店里晃眼的珠光宝气……

张连珠对都市的气味有种与生俱来的抵触，手写体的洋文招牌、倨傲的西式建筑、金发碧眼的男男女女、古怪的汽车尾气……无不让他嗅出了带有殖民地意味的羞辱。步履匆匆，走过三五条人群熙攘的街道，穿过几条曲折的弄巷，在黄昏的余晖里，他抬手叩响了一扇绿漆斑驳的木门，咯吱一声，探出一个半大孩子毛茸茸的脸庞，扑闪着点漆的眸子，干裂的嘴唇上蜿蜒着几条血色细线，他瓮声瓮气地问："你找谁?"

"我找宋先生，你就说老家的珠子来看他了。"

"那你等等。"

他警惕性极高，先把门闩好，再去禀报。张连珠颔首微笑，做地下工作真是一丝一毫大意不得，连个孩子都这么训练有素。门再次打开，宋竹庭那张饱满的圆脸庞出现了，他们紧紧握手，掩上门，落下闩，低声问候着走进一间低矮阴暗的房间。

宋竹庭1911年出生于山东海阳县北江村（现属威海市乳山市）一个贫寒农家。像大多数早期革命者一样，他经历过生活的磨难、求学期的苦闷、对现实失望后的愤懑、寻找光明的艰辛摸索、接受信仰的豁然开朗。“九一八”事变对许多心忧国事的青年人来说，是一帖思想的催化剂，他们曾经迷茫的双眼被擦亮，国民党政府的软弱妥协、反动腐败彻底灰了他们的心，他们自然而然奔向了国民党的反方向——共产党的怀抱。宋竹庭就是这一时期转向的千万青年中的一个。

1931年11月，一个风风火火的小个子青年，出现在夏村集、乳山寨集上。他慷慨陈词，痛斥日寇对东北的侵占，号召群众捐款支持坚持抗日的东北军马占山部，他带来的一众师生帮他高呼助阵，“打倒日本侵略者”“誓死不做亡国奴”“还我河山、誓雪国耻”……澎湃的热血激荡，复仇的愤怒喷发，群众纷纷解囊，竟捐到了四百多块银圆，在当时这可算是一笔巨款了。宋竹庭这个毛头小伙子，一下子惊动了国民党海阳县党部，也吸引了共产党人的目光。

1932年2月。海阳县东部山区。北风呼号。

一辆行驶的轿厢马车内，一对衣着鲜亮的夫妇随意说着话，忽然男人激动地指着不远处一座山村嚷着：“那就是东驾马沟村！我们今天真的驾着马回来了！”女人顺着他的手指眺去：“哦，那就是先生老念叨的故乡吗?”“是的！我已经好多年没回来了，不过做梦回来好多趟啦。”男人眼里泪光莹莹。女人扑哧笑了，“都说女子多愁善感，原来男子也是这样啊。”

男人叫于云亭，身份正面是国民党员，背面是共产党员，目前是受国民党山东省教育厅厅长何思源的委派，到文登县筹建山东省立第七乡村师范，女人是他的夫人汤成久，中共党员。他们准备先到老家落落脚，过完春节，再赴文登。

到家之后，于云亭在与家人的闲谈中听到了表弟宋竹庭的新闻，心中一喜，便让人传话叫他过来一趟。宋竹庭得信儿后，骑上自行车刮风般到了东驾马沟村，他早就知道这位表哥走南闯北见多识广，正想向他讨教一些问题。表兄弟相见，几句话就互交了实底，于云亭的沉稳干练与宋竹庭的热血沸腾相映，彼此皆有惺惺相惜之感。

宋竹庭热眼巴巴地问："表哥你看我加入共产党够格吗？"于云亭说："只要你信仰我们的主义，保守党的秘密，能有为党献出一切的决心就行。"宋竹庭使劲点点头。于云亭紧紧握住他的手："我现在就介绍你入党。"这一刻来得太突然，幸福的眩晕让宋竹庭有了微醺之感，他似乎变成一朵云彩，飘飘忽忽地离开了表哥家，悠悠地爬上了山岗，继而回到了北江村，一切美好得不太真实，只有于云亭的谆谆嘱托一字一句地刻在脑海里："你要多发展党员，特别是在小学教员、中学学生和农民中……"

宋竹庭像马儿找到了草原，鹰隼拥有了蓝天，梭鱼投身于江河，身上绷着使不完的劲儿，心里装着美丽的憧憬，激情四溢又思考细致。第一天发展本村的宋贵平、宋书桂、宋振绪、宋显顺四人入党，第二天发展莫逆之交于俭斋入党，于俭斋接着发展同事侯岳西入党，第三天发展老关系郭习武、在济南读书时的同学邵天民入党……他感觉自己就像一个秘密的纵火者，发现哪里有火种就敏捷地扑上去，砰一声燃起一堆火焰。仅仅几天，他就发展了八名党员，这八人又像蒲公英的种子一般飘散于山野间，迅速点染出一片新绿：于俭斋直接或间接发展了刘经三、于子聪、宋绍九、王甫、李国屏、于芹生、于克恭、王食三；刘经三发展了张连珠、于俭业；张连珠发展了段佩兰、张连松、段乐香、冯义三；侯岳西发展了侯醒吾、李明德、林慕堂……这些党员成了海阳县东部、牟平县南部党组织最早的组成因子，不少人也逐渐成长为胶东革命力量的骨干。

刘经三对老鸹庄村的于俭业考察了一段时间后，认为他达到了入党条件。这天夜里，月华如霜，他跟于俭业在海边碰头，带着于俭业向党宣誓，但当时的情况哪有党旗啊，他握住于俭业因为染布而染黑的双手说："老于啊，咱们也没有党旗，这样吧，咱就垒三个沙丘插上芦苇，象征一下那个意思，就算对党宣誓了。"于是他们在月下聚拢起三个沙丘，插上青葱的芦苇，对着它们，完成了入党宣誓。后来胶东党内多了一名代号"老黑手"的交通员。

这时期党组织的发展有两个特点，一个是亲连亲、友连友，俗称"亲戚党""朋友党"，另一个是保密性强，绝不允许发生横向联系，有的夫妻俩都是党员，谁也不知道对方是党员，后来组织命令他们一块执行任务，才相互发现：噢，你是……噢，你也是……

宋竹庭在高强度的奔波中得到了磨砺，成长为一株不畏风凿雨斫的翠竹，一路走来，渐渐走进了胶东革命者的主队列，1934年2月，他担任了以常子健为书记的第二届胶东特委的组织委员。但终因他频繁活动于胶东各地，导致身份暴露，上了国民党海阳县政府的通缉令。

5月，为了他的安全，特委护送他到青岛。7月，宋竹庭与共青团青岛市工委接上头，认识了书记刘宜昭（代号小刘），并担任了组织委员。

在宋竹庭眼里，刘宜昭还是个十六七岁的小伙子，但刘的履历却足以惊掉人的下颌。他是四川荣县人，十岁入团，参加过农民暴动，有在多地做少年儿童工作的经历，1933年11月受驻上海的团中央指派来青岛，组建了共青团青岛市临时工委，后转为正式工委，又在青岛市团工委的基础上组建了山东省团工委，直接跟团中央保持交通联系，并且因为山东省级党组织连遭破坏，山东团工委——据说是受中共中央北方局指示——便代行起了山东省委或工委的职责。有充分的材料表明，那封成为胶东"一一·四"暴动的发令枪的指示信，就是出自刘宜昭主持山东团工委工作时期。他个人有参加农民暴动的经历，也从一个侧面印证了这封指示信打着他个人烙印的事实。

1934年10月刘宜昭调团中央，宋竹庭代理书记，同月团中央派小傅来青岛担任书记，11月又调团中央，宋竹庭继续代理书记。

以后来者的眼光审视这一阶段山东团工委兼山东党工委的工作，客观地说，成效并不理想，主要原因就在于以开展团的工作的思维推动党的工作，多少有点像用跳探戈的舞技跳芭蕾，或者用美声唱法唱京剧，总找不到着力点。那又有什么法子呢？上衣改长衫，小马拉大车，不过是没办法的办法而已。也有人对山东团工委代行省党工委职权提出质疑，一则当时有没有上级明确的指令，这点极其重要，这是一级组织取得职权的正当性之所在；二则有人指出刘宜昭当时尚未入党，以一个团员的身份作为党组织的领导，尚存在着巨大的身份悖谬。

张连珠很快适应了房间里昏暗的光线。这是一套里外间的房子，外间办公兼会客，一张紫红漆的八仙桌，两把同色的椅子，一条板凳，墙角蹲着一个洋铁皮蜂窝炉，正嘎嗒嘎嗒地烧着水；里间一大一小两张床，大床枕头旁放着几本书，小床上只有简单的铺盖，有一面朝西的窗子，镶着毛玻璃，此时西天斑斓如霞的夕照正好透进来，小屋里如梦似幻。

宋竹庭推推眼镜，悄声说："这面窗子可是有蹊跷的哟，看似是固定的，关键时候可以打开，当作秘密通道。"

张连珠"哦哦"两声，诚挚地说："老宋你在这样险恶的环境里，处处谨慎小心，隐蔽工作做得很到位，为我们做了表率，我回去以后，一定告诫同志们要把秘密工作的纪律牢记在心。"

宋竹庭加重语气说："不错，我发现有的同志粗心大意惯了，自由懒散成风，比如我们绝对禁止党员之间、组织之间发生横向联系，但个别同志、个别组织就是不听招呼，随心所欲地发生着横向联系，一旦暴露，就会殃及一片，这方面的教训不可谓不沉痛啊！"

张连珠点点头："跟敌人斗争是不能心存半点侥幸的，必须严格遵循地下工作的规定。"

随后，张连珠将重新组织成立胶东特委的情况，以及正在筹备的武装游击战争的情况，向宋竹庭做了详细汇报。他说："说实话，我开始也对省团工委的指示信有保留意见，像有些同志认识的那样：胶东三面环海，斡旋空间狭窄，不适宜开展大的武装游击战争。但过后我反复思索，我们目前的条件是不很完备，难道老天爷会给我们准备好一切吗？难道国民党反动派和韩复榘会允许我们准备好一切吗？现在中央红军在长征，遭受着蒋介石集团的重重围追堵截，我们能束手无策、无动于衷吗？我们是不是应该发动一场轰轰烈烈的暴动，给中央红军以呼应，同时牵掣住敌人的一部分力量呢？山东党的整体环境在敌人的屠刀下变得非常恶劣，其他地方的几次暴动都失败了，真是到了万马齐喑、看不到光明的严峻时刻，这时候是不是需要一次石破天惊的暴动，来打破这种死气沉沉的局面呢？正是基于这些思考，我认为胶东特委有责任举起一面红旗，跟敌人开展旗帜鲜明的游击战争，这也是特委绝大多数同志的态度。"

宋竹庭被这顿"机关枪"打得有点蒙，他笑眯眯地看着情绪激动的新任胶东特委书记，示意他先喝口茶，平复一下。

张连珠端起茶杯咕咚咕咚一气喝干，抹抹嘴巴，露出有点腼腆的笑容，"竹庭同志，我是不是有点革命的幼稚病啊，见到你就啰唆个没完没了？"

"珠子同志，你的心情我是理解的，你代表特委来跟团的省工委和党的省工委汇报工作，肩负了同志们的嘱托，肩上的担子很重，自然想一吐为快嘛。理解，理解。"宋竹庭对张连珠一连串的反问，一时找不到适当的措辞予以回应，但他有自己的主张，他难以接受全面开展武装游击战的做法，因为在目前形势下，胶东的游击战应该是因地制宜的，或者说不能跟强大的敌人硬碰硬，如果一味追求轰动效应，换来的肯定是惨不忍睹的失败。但如果直接说出自己的想法，无疑是在跟整个胶东特委唱反调。好几次，话到嘴边，又被他咽下，弄得他嘴唇发干，嗓子冒烟。

张连珠热切地望着宋竹庭说："我们新的特委成立，大家统一了认识，认为应该以革命的武装对抗反革命的武装，以革命的暴力对抗反革命的暴力，我们准备搞一次全党动员式的暴动，武装夺取政权，摧毁国民党反动派在胶东的统治。"

宋竹庭的脸色凝重了："武装游击战是省团工委几个月前给你们的指示，但对武装游击战的形式并没有固定一种，当下国民党在胶东的统治还是很稳固的，韩复榘派展书堂的八十一师驻防在潍县以东虎视胶东，还有各县的保安团、联庄会和一些地主武装，恐怕开展直接对抗是不切合实际的。"

这回轮到张连珠语塞了。

天色已经黑严了，两人摸黑说话的情形有些怪异，还是小交通员提醒了他们："你们不知道饿吗？都学神仙喝风吃气吗？"

宋竹庭一愣，站起身，笑道："走，珠子同志，我请你去吃碗海鲜面。"张连珠摆摆手，"随便对付一下就行。""那可不是咱胶东人的待客之道啊！你这大老远地跑来，怎么也得打个牙祭吧！要不，你回去一说，不叫同志们笑话俺老宋抠门吗？走，正好透透风。"

两人来到一家小店，要了两碗热腾腾的海鲜面，搁上鲜红的辣子，呼噜呼噜吃了个不亦乐乎。张连珠满脸细汗："嗬！身上一下就热乎了。"宋竹庭叹口气："谁让你摊上我这个穷亲戚了，没钱请你吃大餐，只能将就将就啦。""哪里话！现在不是买卖难做嘛，等你赚了大钱，得好好砸你一顿。"两人说笑着，交了钱，弯腰出门，沿着海边走向栈桥。

风不小，行人稀少，海面晃动着蛇形般的灯影，海鸥的叫声有点凄厉，波浪声听上去凉瘆瘆的。他们倚在石栏上昂首望着星空，浩瀚的穹隆似乎正以一种神秘的力量唤醒两人灵魂深处的静谧和温柔。

宋竹庭忽然问道："假如有一天革命成功了，你最想干什么工作？"

张连珠眼里闪着光："我跟佩兰一起当小学教员去，每天听着鸟声醒来，听着钟声走向教室，把黑板当成一块田地，撒播上知识的种子，带领孩子们一起采撷鲜花和果实——那你呢？"

宋竹庭悠悠说道："现在一年到头在外干革命，不仅没法孝敬老人，还叫他们提心吊胆，等天下太平了，我回老家陪他们种地，热热乎乎地过日子，一想到这些，我心里就痒痒得慌啊。"

张连珠扑哧一声笑了："半个铃铛怎么响的！党肯定会指派你许多工作，不会让你当这个自由散漫的田舍郎的。"

宋竹庭说："先想想过过心瘾吧。"

张连珠沉吟片刻："竹庭同志，我有个请求，请你支持特委的决定吧！"

宋竹庭说："珠子，我知道你这次来的目的，从感情上我非常支持你们的决定，但是我要对党的事业负责，对我们的同志负责，我要给你们泼一瓢凉水。"

张连珠有点急躁地说："什么？我们已经开始准备工作了。"

宋竹庭说："常子健同志调到青岛做码头工人工作后，利用工作之暇给省团工委写了一份汇报，总结了他担任特委书记这段时间的工作。这份报告说得很实在，在说到领导游击战争工作时，他认为'犯了很严重的错误。不去号召群众起来反对豪绅地主，不去领导群众分豪绅地主的粮食财产，不去做艰苦的组织群众的工作，而只是一味拿上几条枪秘密地打两个土豪，对一般的劳苦群众一点影响也没有。而胶东的党不能改正这些错误，走上正确的道路'。他说得没错，我们的游击战争应该建立在充分发动群众的基础之上，而不是把党组织的力量全部拿出来去拼老本。”

张连珠眉头紧皱，使劲拍了一下栏杆，说：“老常说的问题确实存在，但我们能够在下一步的工作中加以克服！”

宋竹庭语重心长地说：“珠子同志，我们不是搞妥协主义，要放弃武装斗争，我们主张的是要做扎实的基础工作，只有基础打牢了，才能事半功倍，离开人民群众的支持，我们的事业是走不远的。”

张连珠沉默不语。

宋竹庭说：“我们不能一提武装游击战争就想到轰轰烈烈，一定是几百人几千人的武装斗争，我看咱们的游击战争，最适合的还是小型的分散的游击战，敌人来清剿了，我们就像沙子一样藏身到老百姓中间，敌人走了，我们再聚沙成塔。”

张连珠心里一激灵，宋竹庭这句话真是说到了点子上，绝大多数胶东特委委员都存在一个潜意识：我们都压抑太久了，应该搞一场轰轰烈烈的武装斗争，扬扬眉，吐吐气。他自问是不是也有这种心理作怪。他向宋竹庭郑重表示说：“我一定会慎重考虑这个问题的。”

小交通员腾出床铺给了张连珠。

宋竹庭与张连珠同屋而眠，这一夜两人睡得都不踏实。宋竹庭拿不准，自己到底说服了张连珠几分，但可以肯定张连珠并没有彻底放弃全员式暴动的想法，如果这么轻易放弃自己的想法，那就不是胶东人的秉性了，也不是他张连珠的为人了，但起码他的思想已经出现了松动。张连珠在黑暗里睁大眼睛，反复咀嚼着宋竹庭的话语，他不得不承认宋竹庭的意见有其不容忽视的合理性，而且他还代表着省团工委和省党工委，原来他那坚如磐石的信念悄然发生了一些倾斜……

海涛阵阵，长风猎猎。

一切似乎都在向着宋竹庭预期的方向发展，笼罩着胶东特委的焦躁的冒进的氛围正在散去。这时，一个人的到来却再次变轨了胶东革命的列车，使之继续沿着那条危险的道路狂奔向前……

第二章 迷航

5. 程先生

1935年初的胶东是多雾的历史段落。

程伦与程均英破雾而来、执手奔赴胶东的情形，更像是一出才子佳人戏的启幕。随着程伦在这片被压抑太久、势如炸药桶的土地上“出将入相”，人们嗅到了越来越浓的火药味。

关于程伦来到胶东的因由，还得回到那封指示信上，因为那封指示信的连锁效应，年轻的胶东特委向省团工委提出，对下一步开展的武装斗争，大家基本都是门外汉，急需一个懂军事的人来补齐短板。随即省团工委向团中央提出要求，正在上海的程伦进入组织的视野，经了解，他正好符合条件，于是便派他奔赴胶东指导武装斗争。为便于隐蔽身份，组织上特地为他安排了一名进步女青年假扮成兄妹。这名女青年原籍广东，本名廖志文，在上海时化名李英岚，来胶东时又化名程均英。

在程伦还叫程祥云的时候，父母和家族寄希望于他像一朵祥云，带来祥瑞和福祉，给河南商南县这个尚称得上殷实的家庭“锦上添花”，因此不惜血本送他到大上海学医。可惜时不假人，他回来后莫名其妙地被抽丁，到国民党地方部队当了一名医官，整日与一群大兵称兄道弟，也就是在这个过程中，程伦对现实有了切实的清醒的认识。升职到营长后，程伦产生了向党靠拢的意向，商南特委通过部队里的内线对他进行了考察，接受了他的请求。之后，在程伦的配合下，这支国民党地方部队部分官兵起义，走向革命队列。在一次战斗中程伦负伤，由武汉转移到上海治疗。接下来，他便被连接到了胶东革命的链条上。

让人感到匪夷所思的是，就在程伦来胶东一年后，另一位化名理琪的河南人基本上沿着他的路线也来到了胶东，同样也在这里掀起了一场革命的风暴。是巧合，还是历史的有意为之?

尽管程伦的来路看上去非常清晰，但他身上的迷雾依然浓重。他来胶东的第一站是青岛，宋竹庭见到他，向他交代工作，并把他带到了胶东特委。后来宋竹庭这样回忆:“那时的说法是，省工委特派一个从南京国民党监狱释放出来的伪营长到文登担任军事教员，训练游击队员。这人是旧军队的营长，不知为什么触犯了上司被关押起来，同政治犯关押在一起，表现很好，监狱里的党组织准备发展他为党员，但必须在实际工作中再考验一个时期。因此，他出狱后经组织介绍到青岛，而青岛省工委又要我带他到胶东去任游击队员的教员，予以考验。这个人以后公开的称呼叫‘程先生’，也就是程伦同志。”宋竹庭作为省工委的领导核心成员，对程伦应该是知根知底的，他提供了两点信息值得注意：一个是程伦来时并不是正式党员，一个是他到胶东当游击队教员是对他的考验，而不是派他去领导游击队。但程伦在以后的工作身份是“胶东特委委员、暴动副总指挥”，很明显，这与省工委派他来的初衷是相抵牾的。这其中到底发生了什么变故，没人说得清，还是一团雾。

小雪细细下着，街道上雪已积了一鞋底厚的样子。文登县下徐村，福寿堂药房。在一格一格写着诸如茯苓、白术、甘草字样的药柜前，从月章吧嗒吧嗒吸着旱烟袋，一团团青烟从鼻孔里喷出，氤氲于梁间檩下，与浓郁的草药味搭配出一种别致的香型。

老刘头刘松林弯腰进来，身后跟着一男一女两个年轻人，男人一副宽边近视镜，一身藏蓝棉袍，一条月白色棉围脖，女人留着学生式短发，刘海下一双眸子闪闪流盼，一身浅素的穿戴，脚下一双少见的棕色尖头皮鞋。从月章起身转过柜台，"您这是来抓药还是迷了路?"老刘头回道："家里七十八岁的老娘得了个早晨晕晚上咳嗽的病，想请先生弄个方子。""老人是不是前几天冒了风寒?""是啊，她顶着大北风去赶宋村集，回来就犯病了。"外人一听，这是从月章跟来人谈论病况，其实是事先约定好的暗语。

"这里说话不方便，到后边房里吧。"从月章引着几人转过一面山水画的屏风，穿过一个大天井，来到北房内，左右手各坐着一盘锅灶，他高声道："内当家的，快把灶底烧热喽，来客了。"一位四十岁冒头的妇女扑打着衣服走出，冲老刘头三人笑着打个招呼："来了。""来了，兰大嫂。"这位妇女是从月章的妻子隋熙兰，来往熟人都称她一声"兰大嫂"。从月章把三人让到右首屋里的一面大土炕上，青年男女有些笨手笨脚地盘腿坐下，老刘头在炕边一坐，很顺溜地把胳膊搭在炕桌上，又熟练地挖出烟草点上，顿时小屋里弥漫了烟味。

从月章边斟茶边问："刘大哥，这两位同志怎么称呼?"

老刘头一拍脑袋，"你看我狗记性，怎么忘了正事呢？这位是程先生，大号程伦，是上头新派来的特委委员，这位姑娘还是让程先生来介绍吧。"

程伦还没开口，程均英爽快地接过话音："我叫李英岚，为了方便行动化名程均英，跟程伦同志兄妹相称。"说着下意识地看了程伦一眼。

程伦捧着茶杯暖着手，说：“英岚同志家在广东，为了追求进步，跟资本家的家庭闹决裂，到上海寻找到党组织，参加了地下工作，这次和我一起来胶东，是为了接受更重要的任务和锻炼。”

老刘头说：“老丛，特委决定让两位程同志住在你家，程伦同志精通中医，正好可以当个坐堂先生，均英同志嘛，你想法给她安排个工作打掩护吧。”

丛月章略作思忖，“这样吧，两位程同志对外就说是祺滋的同学，均英同志可以到我们村小学当教员，这个小学是我出资办的，咱说了算。”

老刘头叮嘱道：“程先生是上级组织给咱胶东送来的宝贝，人家在国军里摸过枪把子，当过营长，是来帮咱们训练游击队的，咱就是豁出自家的性命，也得保证二位的安全啊！”

丛月章说：“老刘头，请你转告特委领导一句话，有俺在就保证程先生不会丢一根汗毛。”

老刘头啪啪磕磕烟袋锅，“时候不早了，俺得回去交差了。”

隋熙兰推门进来，手里端着一大碗热面，“别价，别价！大冷天，吃了再走。”

老刘头也不客气，风卷残云吃了。几个人送到药房门口，望着他缩着身子钻进风雪里，不一会儿就没了影儿。

丛月章对药店的两个伙计说：“这位程先生是来给咱坐堂的，他们兄妹俩是祺滋烟台八中的同学，家传岐黄，祺滋介绍来的。”说罢，便引着二人到后面安排住下。

丛祺滋是丛月章的次子，此时正在烟台八中读书，参加革命后化名林江。丛月章还有两个正在读高小的子女，儿子祥滋，以后化名林明，女儿祝滋，化名林向英，由此可见其兄对他们的影响之大。丛家是当地的地主，耕读传家，到了丛月章正赶上改朝换代的大风云，他早年加入国民党，后失望至极，到了1934年成为一名共产党人。从家院变成了地下党的秘密联络站，谁能想到一个地主的庄园会“红了”呢？

程伦正在东厢房里整理衣物，门口身影一晃，原来是程均英进来了，他头也不回地问收拾好铺盖了吗。程均英哧哧笑着说，有什么好收拾的。程伦弯着腰，后脑勺朝上撅着，忽然觉得脖子里一凉，程均英爆出一阵欢快的笑声，跑到院子里，原来她把一个小雪球丢进了他的衣服里。程伦装作嗔怒的样子，冲到门口，作势想要捉住她，程均英笑着在风雪里逃跑，一不小心，哧溜摔了个仰面朝天。程伦赶紧上去把她扶起来，低声道：“均英同志，我们刚来是不是应该稳重些？”程均英哼了一声：“程伦同志，你不要整天摆出一副拒人千里之外的样子，那样怎么跟群众打成一片？”“我是说我们初来乍到的，让人笑话。”“我看丛老伯和伯母为人很亲热和善，他们不会怪罪我的，谁叫我是头一次见到雪啊！”“那你就在雪地里冻着吧，感冒了我可不伺候你。”程伦扭头就走，程均英嚷嚷着：“哼！大领导赶紧忙你的去吧！”弄得程伦走也不是，不走也不是，这时忽然听到一阵叽叽喳喳的吵闹声，原来是祥滋和祝滋放学回来了，他们一看院子里站着粉雕玉琢似的两个陌生人，女的脸蛋酡红，眉目秀气，男的身材健硕，英朗俊气，衬着纷纷的雪花，一时就看呆了。

丛月章出门道：“两个傻瓜，愣怔个啥？这位是程先生，这位叫程大姐。”

祝滋像小鹿一样跑过去，搂住了程均英的脖子，亲热地叫了声大姐，再扭头叫声程先生，祥滋抻抻脖子，弱弱地叫了声大姐，声音跟蚊子哼哼差不多，程均英拍手道：“你们回来得正好，我在南方从来没见过下雪，这回可让我赶上了，咱们堆个雪人吧。”

祥滋缓过神来，傲气地说：“这还不是小菜一碟。”

祝滋说：“程大姐，你这下算是来着了，咱们这里可是有名的雪窝子。”

程伦悄悄退回到屋里，打开笔记本，写一会儿，思索一会儿，他在总结这几天到胶东的所见所闻。院子里不时传来惊叫和笑声，他透过玻璃窗看去，程均英像一枝怒放的梅花，在风中摇曳，笑得那么开心，无遮无拦，他轻声嘟囔道：“傻丫头！疯得你！”

几天后的一个夜晚，张连珠、曹云章、丛桂滋悄悄来到丛家院，丛月章让祥滋和祝滋到前边的药房读书，实则是放哨，自己把三人领进程伦住的东厢房，然后掩上门，装上烟锅，从角门溜出去，围着院墙散步。

程伦眼里闪着灼热的光，与张连珠、曹云章对桌而坐，丛桂滋拉个小凳子坐在门后，警觉地观察着外头，他担负着特委领导的警卫任务。

张连珠开门见山地说：“程伦同志，我和鞠子（曹云章代号）想来听听你关于游击战的意见。”

曹云章含着期待望着他说：“我们对游击战都热情高涨，但总感老虎吃天，没地儿下口，还得请你这个军事专家来上上课。”

程伦谦逊地笑笑，说：“我也没正儿八经学习过，不过是在国民党的部队里待过几年，跟着打了几回仗，稍微摸着点门道儿而已。”

张连珠说：“我们都是一家人，以后在一个锅里吃饭，就别客气了。”

程伦说：“那我就说说我对胶东游击战的粗浅看法吧。”

谁也没想到程伦说出的一番话彻底把几人打进了“冰窟窿”。他说：“不怕扫大家的兴，我认为在胶东没有发展游击战争的条件，哪怕是小型的武装活动。理由很简单，从军事上来看，胶东三面环海，若是发动游击战争，军阀韩复榘只需要用一个师的兵力横贯胶东，我们就会成为‘瓮中之鳖’，等着我们的只有毁灭的绝境。”

张连珠、曹云章如同吃了一记闷棍，半晌说不出话来，丛桂滋拧着眉头呼哧呼哧喘着粗气，一双牛眼——他的代号叫大眼——撑满困惑和愤懑。程伦的观点跟张连珠早前的观点并没大的差别。经青岛之行，与宋竹庭沟通，张连珠首先修订了游击战的方向，基本接受了宋竹庭小而散地开展游击战的理论，而程伦的意见无疑是后退的，是对省团工委的战略部署的全盘否定，也跟特委决定背道而驰。

程伦发现气氛骤变，尴尬地咳嗽两声，说："天时地利人和，胶东发动游击战首先失去了地利，游击游击，游而击之，没有纵深的战略地形，你怎么游击？"

丛桂滋像是跟谁怄气似的问："那上级派你来训练游击队干个屌？"

程伦说："有备无患，时机一旦成熟，再拉队伍打游击。"

张连珠说："程先生，发动武装游击战是省团工委的决定，这是上级从全国形势发展做出的判断，已经不是能不能搞的问题，箭在弦上不得不发啊！特委的决定是尽快找个安全的地方，由你负责开办游击战培训班。"

曹云章插言道："程先生，你所说的那种游击战争应该是大规模的武装斗争，目前我们还没有这种力量，我们的优势在于发展小巧灵活的游击战，不跟敌人拼实力，充分发动群众，在斗争中消耗敌人，壮大自己。"

程伦捋一下凌乱的头发，说："你们说的游击战是机会主义的，对打击敌人来说，恐怕只是敲锣打鼓吓唬鸟儿。"

张连珠沉着地说："程伦同志，你对在胶东开展游击战争的看法，我是不赞成的。你设想的游击队是李立三式的游击队总暴动，而我们提出的游击队是小型的、分散的，是隐藏在群众中的。我们不主张大规模的、总暴动的方式，我们的游击队平时应该置身于群众之中，配合群众运动进行日常斗争。敌人如果发现了，前来围剿，我们的游击队可以分散活动，隐蔽到群众中去，让敌人见不到人影。这些认识，也是宋竹庭同志亲口对我讲的。”

程伦沉默了。

曹云章诚恳地说：“我们胶东的同志说话都直，肚子里藏不住货，所以你不要见怪。”

程伦应道：“没问题。同志之间爽快最好。”

这次有些尴尬的会面草草收场了。

6. 叛徒与丁香花

1935年初春，山野披上了新绿，野花这一撮儿那一撮儿地开放，有连成片的，金黄耀眼，望去像撒了金子一般。河里的流水那么柔嫩，像一匹匹新裁出来的绸缎，水草开始扭动着腰肢跳舞，鱼虾穿梭其间，优哉游哉。憋了一冬天的鸟儿亮开喉咙，有时候它们故意一起鸣叫，满山满野的，那声势似乎在宣告：春天是我们的，我们的。

这时候，宋竹庭在曹云章的陪同下开始了对胶东的巡视。曹云章先是赶到青岛汇报了胶东的情况，如火如荼的斗争形势在宋竹庭心里如同放了一把火，驱赶着他赶紧奔赴斗争一线，以便对有些工作具体加以指导。

2月初，刘宜昭从上海返回青岛。根据团中央指示，刘宜昭担任山东团工委书记兼党的山东省工委代理书记，宋竹庭任团的山东省工委组织委员兼党的山东省工委组织委员，具体分管胶东特委，跟随刘宜昭从上海来的乐于泓任团的山东工委宣传委员兼党的山东工委宣传委员。

此时，在柳絮飞花的济南珍珠泉大院里，国民党山东省政府主席韩复榘也把目光投向了胶东半岛。为保持政令通畅，便于统治，他决定修建一条从青岛到威海的公路，无偿征占沿途耕地。这一决定，扯疼了胶东半岛的主神经线，遭到了广大农民的强烈抵制。

宋竹庭此行的目的之一就是与胶东特委协商，如何因势利导把群众反修路斗争与即将发动的武装游击战争结合起来。

他到一些村庄了解到的情况，着实让他振奋了。群众斗争的激情被调动起来，有的村庄已经发展到白天可以公开搞一些宣传活动，地主豪绅都识相地装聋作哑，有的群众表达了立刻拉队伍干起来的愿望。尤其是手里有些武器，曾经参加过筹措经费、镇压坏分子的同志，要求组织武装的心情更是急迫。宋竹庭接待过好几拨到访的同志，他们知道他代表着省工委，就要他表态什么时候动手。宋竹庭对同志们这种单纯的革命热情，既感到高兴，又觉得有点荒唐，发动武装哪里是这么简单的事，操之过急，只能徒劳无功。他只好找些话来应付一下，没想到他们不依不饶，把他堵在屋里非得逼他给个准信儿，弄得他只好找个空子溜之乎也。

一股急躁冒进的情绪开始在许多地方弥漫，显然，胶东特委对这种情况也失去了掌控。

不出所料，反修路斗争草草收场，原因是特委在发动群众上不够充分，以为老百姓一点就着，发出的鸡毛信倒是传遍了沿途的村庄，也有许多村庄的群众表示响应。但到了约定集会那天，赶到预定地点的群众却只有稀稀拉拉的几百人，根本形成不了浩荡的斗争声势。没有艰苦细致的群众工作，是没法得到群众真心拥护的。这件事给张连珠一班人上了一课。

同样发生在威海、文登的群众自发的抢盐斗争，本来特委计划参与其中，但因反修路斗争受挫，也就失去了领导这项斗争的信心。

宋竹庭每到一地，即将省党团工委的指示传达一遍，主要内容是：胶东各县组织暂归省党团工委直接领导；各党团组织分开活动，不发生横向关系，避免被破坏；训练武装，开展隐蔽斗争。胶东特委对这些指示欣然接受。可以说，经过这番整顿，胶东党组织和武装斗争工作都出现了好的端倪。

正在此时，宋竹庭接到了刘宜昭的亲笔信，信上说中央派人来检查胶东游击队的工作，限期他带着新挑选的交通员返回青岛。

宋竹庭匆忙布置了一番工作，带上在文登县为团中央选的机要交通员刘中华，经烟台、牟平、海阳等地回到青岛。而此时，在青岛已为他张开了一张罗网，只等他归来收网了。

原来青岛团工委组织委员宋修身在发展团员时，被国民党的特务“钓鱼”，被捕叛变，供出了刘宜昭，4月27日，刘宜昭被捕，即刻叛变，与特务们设下圈套，诱捕了宋竹庭和刘中华。

宋竹庭与刘宜昭在押解他的小汽车上见面了，刘是半路上的车。宋竹庭见此情状，心里登时全明白了，原来他还对刘宜昭存有幻想：他可能不会叛变。他轻蔑地对刘宜昭说：“谢谢你啊！幸亏有你，不然我怎么能坐上小汽车呢！”刘宜昭羞愧得低头无语。

最富戏剧性的一幕，发生在刘宜昭与省团工委宣传委员乐于泓见面时。

刘宜昭带领着特务轻车熟路地找到乐于泓的住所，乐于泓开门，一见这么多人，就知道事情不妙。过去刘宜昭来找他，如果有危险，他就在窗台外摆上一瓶白色丁香花作为报警暗号。1925年乐于泓在东吴大学求学时与同学白丁香相爱，两人先后入党，并于1932年在上海秘密结婚。5个月后，丁香奉命到北平参加党的会议，被叛徒出卖，后被押赴南京雨花台，秘密枪决。乐于泓为缅怀爱妻，不管到哪里去都随身携带着一瓶白丁香花。敌人让刘宜昭跟乐于泓当面对质，刘宜昭一见金刚怒目的乐于泓就痛哭流涕，乐于泓异常激动地说：“我的命运和那窗台上萎谢了的丁香花一样。”他暗指自己会像丁香花一样坚贞不屈，神圣高洁，刘宜昭一听这话，恨不得当时就找条地缝儿钻进去。

特务们很想在宋竹庭身上打开突破口。宋竹庭知道自己的顶头上司刘宜昭叛变，自己要是一问三不知，肯定没法蒙混过关，而如何保全胶东党组织则成了最令他焦虑的问题。他经过缜密考虑，决定采取的原则是：敌人知道的、无法掩饰的一般情况可以“交代”，这样不至于引起党组织新的破坏，再掺进一些敌人弄不清的假情报，迷惑敌人，把敌人引进“迷魂阵”。

这场与敌人的“智斗”持续了三个多月，最终，宋竹庭用假情报转移敌人视线，使敌人失掉了追查目标，达到了保住党组织的目的，令他欣慰的是“没有使一个组织、一名党员、一名游击队员、一名群众、一支枪因牵连而受到损失”。

但他却在以后的一次次政审中，被扣上犯有“自首行为”的帽子，为此屡受颠踬。

因刘宜昭叛变，省团工委、党工委遭到彻底的破坏，正在紧张筹备武装暴动的胶东特委，突然失去了与上级的联络，犹如一个下楼的人一脚踩空，顿时陷入了惊慌失措之中。

权力真空的出现，使胶东特委内部发生了微妙的变化，作为目前唯一由上级派来的人，程伦的地位显著提升，俨然上升为特委的第二号人物，这也使他在今后的武装游击战争中取得了举足轻重的发言权。早先被宋竹庭们反反复复矫正的武装游击战争的方向，不知怎么又向着总体式暴动的路线发生了偏移，而且程伦一反常态，成了这一路线的积极倡导者。

这其中到底发生了什么变故，使程伦由最初对大规模武装暴动的反对，走到了痴迷的境地，或许只有天知道。

7. 借枪

程伦端坐在下徐村“福寿堂”，把脉问诊的身影越来越少了，相反他经常出现在海阳县夏村一带的车村、于家庄、小管村、南西屋等村庄。他在老刘头的带领下走村串户，跟当地地下党组织取得联系，了解群众生产生活情况，重点是为武装暴动做准备。

密闭的小屋里，油灯摇晃着火苗，将几个人的影子拉得忽长忽短，有人抽着土烟，有人呼呼噜噜地喝水，有人无所事事地拿根小木棒在地面上划拉。屋外小雨淅淅沥沥。

程伦说话带着河南腔，拖着一个长长的尾音，有点像豫剧里的拖腔。他说：“我们的暴动就是要打碎一个旧世界，建立一个耕者有其田、没有剥削压迫的新世界。军阀、官老爷、地主最怕什么？最怕我们劳苦大众团结起来！怕我们手里有家伙！所以我们要千方百计弄到枪支，武装自己。”

当地地下党负责人郭习武说：“程先生说得在理，咱们为啥干地下党，就是不想让老少爷们儿再过不见天日的日子。”

邵文华说：“天上可不会掉馅饼！关键是怎么搞到枪？”

程伦看看大家说：“我们现在只能到地主老财家去‘借’。”他故意把“借”字加重了语气。

陈大法嘟囔着：“地主老财跟咱两条道，跟他伸手借，那不是白伸吗？”

郭习武说：“得看怎么个‘借’法。”

陈大法问：“你说怎么个‘借’法？”

郭习武说：“咱要是好说歹说，他就是猴着不给，那咱就给他来个嘁里咔嚓！”

郭习武是个练家子，比画了几个擒拿架势。陈大法立刻明白了。

程伦说：“我们找几个目标，尽快弄到一批枪弹，有了枪弹，还有个训练过程。”

邵文华说：“离这里不远有个腾甲庄，腾甲庄有几户大地主和大豪绅，他们看家护院的家丁手里有枪。”

老刘头说：“俺听说小管村、南西屋村两户地主家里也有好几条枪，平时埋在地下，遇到事就赶紧起出来。”

程伦一拳敲在桌子上：“咱就找他们‘借’去！”

漆黑的夜色里，一支小队蹑手蹑脚靠近了一个高门楼，一人走上前去敲门，其他人闪身在门侧，手里的钢刀映着星光，发出蓝幽幽的光。

随着啪啪啪的叩打门环声，院子里传来一阵狼狗的狂吠，接着是踢踢踏踏的脚步声，一个家丁抱怨着：“这么晚了，有啥事赶明儿再说不行吗？”院外的人故作气喘吁吁的样子回道：“俺是前村的，姑老爷身子不爽快，怕是个急症，差俺来给当家的报个信儿。”

家丁一听，这事耽搁不得，赶紧拉开一条门缝，让进人来，刚想关门，呼啦啦挤进来二十多口子，一把尖刀抵住了他的咽喉，“识相的别吱声！到你们的住处去！”家丁手里的长枪已被缴下，哪有他不答应的份儿。

西厢房正在睡梦里的五六个家丁，迷迷瞪瞪睁开眼，借着火光一瞅，面前刀光闪闪，尽是些蒙着半张脸的凶汉，打首的一个夹着嗓子说：“弟兄们别害怕，俺们是来跟你们‘借’点东西的，不借命。”家丁们看得真切，这些蒙面人肩上背了长枪，咦，这不是咱们的家伙嘛，怎么跑他们手里去了？“麻利点，把你们的子弹交出来！”一个蒙面汉子粗憨憨地吼道。家丁们赤身裸体爬起来，翻箱倒柜，找出一袋袋子弹，哗啦哗啦，堆在桌子上，被两个蒙面汉子拢进一个口袋。

“夹嗓子”说：“俺们也不让你们作难，领俺见见你家老爷去。”

“春修堂”的于老爷哆哆嗦嗦被家人架出来，一见这阵仗就瓷了眼。

“夹嗓子”说：“于老爷子，今儿弟兄们‘借’你家大枪七条，子弹若干，这是借据，来日定当奉还！”

“算俺给弟兄们壮壮声势，不用还了。”

这伙人悄悄离开“春修堂”，又悄悄摸到“春善堂”门前，如法炮制，得大枪五六支。

两家“掌柜的”来回掂估：“咱到底是惹着了哪个道儿上的呢？”

在程伦的策划下，海阳县东乡动员起了一百二十多人，每人一件应手的武器，钢枪、长矛、大刀、土枪，五花八门，别开生面。

随后，在深山里找到一处隐秘的山谷操练了起来。

夏天轰轰烈烈地来到丛家院，几株粗壮的石榴树开出一簇簇火焰样的花朵，引得蜂蝶嗡嗡嘤嘤，盘旋往复。几丛月季花、大丽花、夜来香互不相让地竞相绽放，争奇斗艳，烂漫得叫人眼花缭乱。连屋檐上悬空的野生地黄，也吐出一朵朵喇叭形的花朵来凑热闹。程均英流连于花木间，喜欢得仿佛化作了一只小蜜蜂。

没多久丛家院里更热闹了：在外读书的祺滋、祝滋、祥滋放暑假回来了。祺滋在烟台八中读高中五年级，祝滋也考进了烟台八中，祥滋去了威海公立一中，三兄妹深深被程伦、程均英吸引住了。祺滋给程伦讲述烟台学生发起的进步活动，祝滋也兴奋地告诉均英自己加入了学校里的“读书会”，祥滋也很骄傲，他参加了威海卫学生们抵制日货的游行。程伦给他们讲国际共产主义运动，讲俄国十月革命，讲红军建立苏区。

起来，饥寒交迫的奴隶！
起来，全世界受苦的人！

满腔的热血已经沸腾，
要为真理而斗争！
旧世界打个落花流水……

程伦低沉沙哑的声音在屋子里回荡，祺滋兄妹望着他跟着唱，眼睛里噙满泪花，均英则用手轻轻打着拍子。

程伦白天在家的时间很少，忙得脚打后脑勺，祺滋主动向他要求安排任务，他有些犹豫，祺滋眨着眼，自信而调皮地说："我在八中参加过好几次学生运动了，也算是个有经验的老手了。"程伦被他逗笑了，便安排给他一些到县城和附近村镇送信的任务，别说，每次祺滋都完成得很是漂亮。

祝滋和程均英相处长了，滋生出姐妹的感觉，让祥滋都觉得有点"腻眼"了。均英出身于大家庭，落落大方，正合祝滋的胃口。祝滋有一项纪录很值得自己骄傲，她是下徐村第一个走出去读书的女孩子。可是自己这点资本，对照均英就差得不是一星半点了。均英告诉她，外面的世界非常广阔，谁规定女人就不能闯荡世界了。两人说着说着便咯咯叽叽笑成一团。从窗前走过的祥滋故意发出吓唬麻雀的声音，其实心里那个羡慕劲儿就别提了。

这几天祺滋看上去一副心事重重的样子，动不动就盯着什么东西发呆，祥滋担心他，告诉父亲："俺哥是不是'撞客儿'了，你看他那个样子，怪吓人的。"丛月章问他，他矢口否认："小祥滋瞎话篓子。"祥滋气得吐舌头，干瞪眼。

其实，祺滋心里真有事儿，他想向程伦提出不回学校，跟着他闹革命的请求，可是又总觉得难以启齿，怕被程伦一口回绝。

程伦很快觉察了祺滋的异样，趁着一个月亮天，两个人到村边散步，还没等他开口，祺滋便自己说出来了。

程伦诚恳地说："祺滋同学，我不能答应你的要求。"

祺滋的脸嘭地红了，好在月色朦胧，他应口问："为什么呢？革命还要论资排辈吗？"

程伦看着正在气头上的祺滋，拍拍他的肩头："怎么？生我气了？"祺滋咬着嘴唇没搭腔。"哟哟，人小，气性不小哩！"祺滋绷着的脸色融化了，月光照在上面，那层乳白的绒毛闪着晶莹的光。

"你这才叫干革命呢！学校里的活动离真正的革命差老鼻子了。"祺滋说。

"可不能这样认为啊！在学校里开展活动，向同学们宣传党的主张，扩大党的影响，这个阵地的工作非常重要，也是非常严峻的对敌斗争啊。"

"嗯，我懂了。"

"响鼓不用重槌啊。"

林梢飞起几只宿鸟，喳喳喳地掠过田野，草丛里蟋蟀拉着胡琴，一只野兔跳上一个土丘，湿润的鼻尖被月亮照得发光。远山，只剩下一条起伏有致的轮廓线，淡淡地描在天边。

夜，悄悄地深了。

8. 石岛药房

1934年春天，石岛新亚医院开张的盛况留在许多居民的脑海里，直到多年以后依然清晰如昨。那天精神抖擞的冯芝庭院长笑容灿烂，四处抱拳打千儿，他的妻子吕文穿戴整齐素雅，只在鬓边插一支口衔红豆的凤凰银饰，给人以画龙点睛之感，落落大方地站在他身侧。这对璧人像从时髦画册里走出来的一般，让前来道贺的嘉宾着实赞叹良久：石岛好久没出现这样鲜亮的景致了。石岛公安局巡官刘树林现场挥毫泼墨写下的"推广新良医"的洒金红宣条幅，墨迹未干，便被贴到了医院大门上，引得来往行人频频驻足。医院里那些凉瘆瘆的洋设备神秘兮兮，叫人看了脊梁沟里嗖嗖冒凉气，这也是喜欢接受陌生事物的石岛人引以为豪的“独一份儿”。这所别开生面的小医院顿时成为石岛人茶余饭后的优质谈资，生意火得一塌糊涂。

一年之后的1935年4月，程伦由丛月章介绍认识了冯芝庭，两人一见如故，相谈甚欢。出身山东临朐县一个小知识分子家庭的冯芝庭，曾就读于上海一所医护学校，毕业后到烟台投靠于此任教职的父亲，不久父亲要到陕西谋职，嘱咐他留在烟台找点事做。正当冯芝庭彷徨迷茫、一筹莫展之际，他的同学周次温伸出了橄榄枝，邀他来荣成试试身手。冯芝庭欣然接受，来荣后结识了吕文，互生情愫，喜结连理。他的岳父吕文彬颇有经济头脑，见他是学医科班出身，便出资在石岛为他量身打造了这家中西结合的新式医院。冯芝庭像那个时代的大多数青年人一样，经过新文化运动的洗礼，骨子里种下了“德先生”“赛先生”追求光明进步的基因，在与程伦交往中深深被他那澎湃的激情和坚定的信仰吸引，很快在程伦的介绍下加入了党组织，新亚医院随之变成了党在荣成的一处秘密联络站。程伦此次奉特委命令来石岛，就是为了在这个敌人严密布防的堡垒里楔下一颗锐利的钉子，作为武装暴动时的内应，一举拿下这座遍地生石、坐山揽海的富庶小镇，以此为基地引燃胶东东部的革命烈火。

夏夜。海边。

风从海的远方款款走来，海涛翻卷着心事徘徊复徘徊，礁石无语，街市灯盏明灭，天幕上的星斗好像刚刚被谁擦洗过一遍似的，特别亮，特别近。

程伦和冯芝庭坐在近海的一堆礁石上，海浪就在脚下翻滚、拍打、咆哮，故意将一把把带着海腥气的水珠甩向他们，打在脸上，微微酥麻，继而化作水线，顺着两腮流进嘴里，涩涩的咸咸的味道。风抚摸着肌肤，爽滑爽滑地受用，有种令人忘却世界的力量。

程伦眯缝着眼，转动着颈部，一阵咔咔声。冯芝庭笑道："看来程先生的颈椎劳损得厉害，需要善加护持。"

程伦捏着后颈，说："这段日子，确实有些疲敝，马不停蹄地跑了不少地方，还有许多不完善的工作等着要做。唉，怎么老感觉这工作越干越多呢！"他的语调里没有抱怨的意味，倒洋溢着快乐的豪气。

冯芝庭说："程先生还得悠着点，胖子不是一口吃大的。"

程伦发出爽朗的笑声，他好久没有这样开怀过了，或许是浩瀚的大海让他彻底放松了，甚至有点放纵，"我真恨不得明天就准备完毕，大旗一竖，胶东就变成一片赤色的世界，成为无产阶级革命在太平洋东岸的模范区。"

冯芝庭谨慎地问道："武装暴动的事，确定要搞了吗？"

"搞！一定要搞！而且是轰轰烈烈地搞！我们要用革命的狂飙摧毁反革命的腐朽统治。"

"听说荣成这边的同志有不同意见。"

"唉，我们有些同志畏惧敌人太强大，这也怕那也怕，小脚老太太是跟不上革命发展的步伐的。"

"应该重视同志们的意见，这事可不是儿戏。"冯芝庭鼓足了勇气说，"我看同志们不是贪生怕死，全是从维护党的利益出发的。"

"芝庭兄，我不否认同志们的出发点，还是那句话，这是省团工委依据中央精神做出的战略部署，我们不能只从局部看问题，全国一盘棋，中央要下胶东这步棋，表明胶东已经进入了全国革命的前沿阵地，关键时刻，气可鼓，不可泄啊！"

冯芝庭仿佛看见了程伦冷峻的表情，知道已经没有讨论的余地，望着波光动荡的海面良久无言。

"芝庭兄，我根据特委的意见，有两点要求：一是尽快建立党支部；二是新亚医院人来人往，目标太大，看看能否改为药房，缩小目标，下一步特委可能要把这里当作东部暴动的指挥所。这样做，要牺牲个人利益，不能强求你，要本着你自愿的原则。”

“我跟我太太商议商议，应该没问题。我听说有的同志为了革命都卖地卖房产的，我这点损失算什么。关于发展党组织的问题，我已经跟石岛长途电话局的局长秦鹏飞接上头，他很愿意向组织靠拢，还有荣成县立第四小学的崔杰千、孙继武两口子，跟我很熟，向我透露过参加党的想法，我想近期就能完成对他们的考察。”

“步子再加紧点，形势不等人啊！”

“我明天就去找他们。”

新亚医院的牌匾被石岛药房的牌匾取代，坐诊的中医大夫多了一位程先生，望闻问切，虚实寒温，疏方抓药，许是应了外来的和尚会念经的老话，找他来瞧病的人愈来愈多，后来——据说是——冯芝庭不得不又请来一位叫刘振民的先生坐堂，这位刘先生正是胶东特委的“水子”。这期间张连珠来过荣成一次，指导寻山所党支部领导了一次群众性的“抗租、抗息、抗债”的“三抗”斗争。因为斗争经验不足，草草收场。寻山所党支部又发动了一次较大规模的渔民抗税、抢盐斗争，差点与盐警发生直接冲突。抢盐斗争在一定程度上锻炼了党组织领导群众斗争的能力，算是即将开始的武装暴动的一个“小前奏”吧。

1935年5月，上弦月朗，山村安详。

段佩兰正在文登县二区柏家庄小学里教青年识字班，十几个青年人热眼巴巴地望着她在黑板上一笔一画地写字，然后跟着她读，再笨拙地在小石板上描画出张牙舞爪的“字样子”，自己看着怪怪的，心里又滋生出小得意。

就在段佩兰趁大家练字，到门口喘口气时，从村口走来三个陌生人，其中一个很客气地问她去西山柏喜宾家怎么走。段佩兰心里一惊，她和张连珠正住在那儿，自己的同志来一般都有联络的暗号、接头的地点，他这么直来直去地一问，倒露出了马脚。段佩兰若无其事地向一条小巷一指，“喏，从这里上去，再往左拐，看到一棵大槐树，再往前几步就到了。”三个人咬着耳朵钻进暗淡的小巷。段佩兰别的也不顾了，一阵风冲进另一条小巷，箭一样射向柏喜宾家。

柏喜宾一家住在村西的山庵子里，山庵子是专为地主富户看山的小草屋。张连珠正和柏喜宾商量事，段佩兰气喘喘跑进了院子，一脸焦急，这神情，都读懂了，三个人赶紧收拾一下，出门隐进了山林里。

柏喜宾父母闩上门，吹了灯，爬上炕，刚合眼，就听见有人擂门，隔着窗问道：“深更半夜，有啥事吗？”“区公所下来缉匪的，快开门！”“唉，兵荒马乱的，还有没有个清静日子叫人过？”柏喜宾父亲柏开路故意拖拖拉拉走到门口，刚撤下门闩，三个人挥着“盒子炮”呼隆而入，一人吆喝道：“磨叽个茄子！是不是窝藏共匪了？”“各位官爷，咱平头百姓，哪敢招惹这个不肃静？”“少废话！搜！”三个人窜进窜出，犄角旮旯，稀里哗啦，一根可疑的人毛也没找到。“你把共匪藏到哪里去了？不老实交代，有你好果子吃！”一人凶巴巴地盯住老人。“跟他啰唆个屌！这个老帮子专给共匪通风报信，抓到牢里，让他尝尝辣椒水、老虎凳的滋味去！”三个家伙不容分说，揪住柏开路，五花大绑，牵上就走，老太太冲出来喊着：“还有王法吗？还有王法吗？”一人冷笑着，“我他妈就是王法！”一脚把老太太踢开，押了柏开路就走。老太太坐在天井里拍着地号啕大哭……月亮被一片云遮住了。带锯齿的哭声拉着静谧的夜。

汪疃区公所的三个乡丁还真没抓冤枉了柏开路。柏开路是真材实料的共产党员。他1933年入党，是胶东特委地下交通员和联络员，一生八次被捕，最后一次在1941年10月，他被国民党地方部队郑维屏部用铡刀铡成三截，悲壮殉难。

段佩兰永远记着那个初次遇见张连珠的日子。

1931年麦口，牟平中学学生张连珠到牟平县三甲村（现属威海市乳山市），到他的同班同学张连坤家借书，院子里有棵老杏树，正结着黄澄澄的大水杏，两人站在树荫下讨论着什么，脸红脖子粗。段佩兰家毗邻张连坤家，两家好得像一家。这天段佩兰想到麦子就要开镰，怎么没听见张连坤家磨镰，便抄起自己家的磨石，走进张连坤家，一抬头，看见一个学生模样的人正跟张连坤面对面说话，赶紧低头，就在她的刘海随着低头的动作将要遮住眼的一瞬间，那个学生向她投来了一瞥，两双惊慌相遇的眼睛迅疾分开，却在彼此心底都留下了一声叹息。她看着脚尖走到窗前，摘下挂在窗棂上的镰刀，蹲下身子，沙沙沙地磨起来。张连珠跟张连坤继续刚才的谈话，不知什么原因，他感觉自己说出的话都虚飘飘的，像柳絮一样毫无重量了。段佩兰身子一送一还地磨着镰刀，她感觉后背上贴着一团火，浑身热辣辣的，裹锈的镰刀磨出了明快的锋刃，她的心也蜕了一层壳，透进亮儿来了。

这以后张连珠经常来找张连坤，段佩兰经常来给张连坤家帮活，他俩总是碰在一起，慢慢熟络了。张连珠喜欢谈论国家大事，讲到“九一八”事变，慷慨如海涛呼啸而来，眼珠子绽出一条条血丝，吓得段佩兰的小心脏突突跳。不知怎么她便被他俘获了，他也被这位看似温婉实则刚毅的姑娘牵走了三魂七魄。

张连珠参加革命后，经常跟刘经三、张连松几个人在段家、三甲一带活动。他们秘密开会，段佩兰就在门外纳鞋底放哨，那时高天流云，神清气爽，她光彩照人，连自己都感到了自己的神采。一次国民党牟平县政府的民团下乡搜捕共产党，张连珠他们正在段佩兰家开会，得到报警后，有的翻墙，有的跳窗，一会儿都没了影儿。张连珠是外地人，地形环境不熟，段佩兰把他藏进自家院子里的草垛里，然后快速泼掉了他们喝剩的茶根，抄起扫帚把院子里的脚印扫掉。民团的兵丁进来翻箱倒柜，没搜到人，临走瞥见那个草垛，上去用刺刀胡乱捅了几下，段佩兰的心带着一口血腥气提到了嗓子眼。敌人走后，她赶紧扒开草垛，张连珠脸上盖着干草没动弹，她眼里一辣，却见他突然坐了起来，她恼火地冲他身上打了一阵乱拳。

“你不怕吗？”

“没有什么可怕的，干革命就得随时准备牺牲。”

张连珠那无所畏惧的气概，深深折服了她的心，这心因有所属，便也生出了无所畏惧的气概。两朵云相遇了，相互拥抱，从此无我。

离开柏家庄后，张连珠、段佩兰在柏喜宾的保护下，辗转于文登县各地，发展组织，筹备暴动。有内线消息说，张连珠、刘振民、于作海等人的活动已经引起了国民党文登县政府的注意，县长刘崇武一日三次地督促公安局缉拿“赤匪”，游动在城乡间的警察、特务、暗探、乡丁，像牛虻一样讨厌而无孔不入。鉴于此情况，张连珠决定把特委驻地转移到石岛药房。

在石岛药房的那段日子是段佩兰生命里的阳光岁月。她装作在药店门前或翻晒药材，或打散切片，密切注意着街道上的动静。张连珠的声音隐隐约约地从屋里传出，与不远处的涛声一起形成混响，进入耳中，那么熨帖，那么踏实。张连珠、程伦、刘振民、冯芝庭就武装游击战争的细节，条分缕析地研究。一有人过来，段佩兰就在门口咳嗽一声，药房里就像换了剧本一样，坐堂的坐堂，司药的司药，秩序井然。看病的人一走，几个人又呛咕开了。

渐渐地，程伦的总体暴动路线，占据了绝对主导地位，张连珠虽然有些迟疑也基本接受了这个方案。这宣告原先宋竹庭极力倡导的小型的、分散的游击战策略被放弃了。

1935年8月，在山高林密、蝉声如织的昆嵛山岳姑殿，召开了胶东特委扩大会议，决定在石岛药房举办两期党员训练班，为暴动准备武装斗争人才。训练班如期举行，成员来自文登、荣成、牟平、海阳等县，程伦、崔杰千主讲，内容为党的基础知识和一般军事常识。

似乎一切都已是板上钉钉。9月到11月初，特委相继在牟平县滩上村、文登县水道村、烟台郊区上夼村召开三次扩大会议，明确发动暴动的想法，统一思想，一个大规模农民武装暴动的计划浮出水面：暴动分东西两路，东路为文登、荣成、威海，重点进攻石岛，西路为海阳、牟平、莱阳，重点进攻夏村，两路得手后，合攻文登县城，然后编为一个纵队西上，“三天三夜冲出胶济路，拉到鲁南山区打游击”。这个计划，却在以上会议上遭到了一些地方领导同志的激烈反对。

于洲，牟海边区最早的共产党员之一，他的意见掷地有声：“现在日寇正加紧策划进一步扩大侵华方案，党中央在北上抗日途中发表了《八一宣言》，号召枪口一致对外，实行全民族抗日。韩复榘与蒋介石面和心不和，相互猜忌，可以利用他们之间的矛盾，利用日寇还没有到来这个空隙，放手发动群众，积极准备抗战。一旦发动全面武装暴动，就把矛盾点引到了我们身上，韩复榘有五个师的兵力等着我们，而我们的力量很薄弱；胶东半岛狭窄，军事上回旋余地很小，因此小的暴动可以搞，大的暴动，七个县一起来，这是一个大暴露，搞不得啊！博兴、日照暴动血淋淋的教训，就摆在眼前，不能不汲取啊！”

海阳党组织负责人王之凤说：“现在敌强我弱，不宜暴动，应该以小股力量进行活动……如果盲目暴动，就会将地下党员和好不容易积蓄起来的武装力量，全部暴露在敌人面前。”

荣成特支书记丛烈光说：“以荣成为例，党组织的发展一波三折，现在刚刚扎下根，要是全部参加暴动，谁来坚持党的基层工作？一切还得从零开始吗？这种方式的暴动，我坚决反对！”

丛烈光的话干脆直接，有点浑不吝的味道，必然引起了特委一班人的强烈“反弹”。

有一名胶东特委委员一拍桌子，怒道：“不敢搞暴动是妥协主义，是右倾路线，是典型的贪生怕死！丛烈光动摇军心，应该就地正法！”丛烈光也不示弱：“说我怕死我不服，从参加革命那天起，我就做好了为党牺牲的准备！”当然把丛烈光拉出去枪毙的极端意见，被特委毫不犹豫地否决了，最后还是撤掉了丛烈光的职务。特委内部的火药味越来越浓，主张暴动的声音占了绝对上风，反对的声音渐渐低落下去。

此时的胶东，已经濒于暴风骤雨的边缘，只需一小步，就要踏进血雨腥风，迎迓雷霆万钧，投身炼狱的硫火。

第三章　燎原记

9. 播火

孙季周一次次陷入同一个梦境：一座古旧斑驳、光线昏暗的庙宇，几尊釉彩剥落、表情肃穆的神像，三个年轻人眼里放着光，院子里两三株广玉兰开着皎洁的白花，香气馥郁，透出梦来……那是孙季周生命里的第一个高光时刻，二十岁的热血倾注进信念之杯，在那个掩藏于崇山深处的寺庙院落里，慨然饮下，于是一个陌生的称号——荣成县临时革命委员会——在1931年夏季风的鼓荡下第一次出现在荣成县的海岸线边。三个年轻人谁也没有意识到他们在书写一篇即将载入史册的诗章，就像荣成的著名景观成山头上矗立的航标一样，所有过往航船只要绕开它，就无法顺畅通过这段航程。这个日后被称为“龙山火种”的小概率事件掀开了威海市建党的第一页，同样具有历史叙说无法避绕的航标意义。

三年前的春天，盘踞于烟台的刘珍年为增加其在军阀角逐中的实力，加大跟蒋介石谈判的砝码，继续做“胶东王”的美梦，一手创办了芝罘陆军军官学校。自从蒋中正以黄埔军校为班底，编练成纵横捭阖、所向披靡的北伐军，大小军阀起而效之，一时办军校成了寄托野心和巩固地盘的不二之选。这时孙季周正在荣成县警察局干着一份寡淡无味的差事，听到这个消息，他似乎看到人生沉重的铁幕向他拉开了一条缝隙，浑浑噩噩、看不到希冀的日子被他走向烟台的步伐踩碎了。他一击中的，顺利考入芝罘陆军军官学校政治队。

刘珍年听从其弟弟、共产党人刘锡九的建议，采取“容共”政策，利用共产党人整理部队政训，以达到提高战斗力的目的。“大革命”失败后逃离南方魔窟的共产党人公开或秘密地进入刘珍年部，曾希圣、彭雪枫、刘依萍、蒋一屏、师志真、过家和、高云升、贾洞理、张恒生、李楚离等，活跃于刘部的宣传、训练、政训等领域。

这时部队里共产党人的活动已基本处于半公开状态。芝罘陆军军官学校的教员里有不少共产党人，在这里孙季周初步接触到共产主义思想。一年后结业，以深造为名，他又被转入政训处学习。政训处处长李若素、宣传队队长焦某某、分队长汤伍，以及后来的队长刘洞溪，都是共产党人；设置的课程，诸如“马克思主义浅说”“政治经济学”“社会主义概论”等，都具有鲜明的政治色彩，为孙季周这些学员打开了一扇领略共产主义学说的窗口。政训处里的学生政治倾向左、中、右泾渭分明，彼此间的斗争针锋相对，动辄就是一场唇枪舌剑的辩论。有位姓曹的教官是个反动透顶的国民党特务，张口闭口鼓吹反共，被如孙季周一样的进步学员设定成了攻击的靶子。曹姓教官讲课时，在黑板上写资本主义的“资”时，掉了下面的两笔。有个学生站起来质问：“老师，你是不是个小偷？”曹教官脸色如霜：“不许扰乱课堂，否则军纪处分！”这个学生继续揶揄他：“你不是小偷，怎么把‘资’下面的两个点给弄没了？”学员们哄堂大笑，曹教官脸如猪肝地吼道：“无理取闹！一群赤色分子！”学生们纷纷起而攻之：“你才是一个不学无术，打着三民主义幌子，贩卖封建主义的陈谷子烂芝麻的无耻货色！无耻货色！”孙季周自然加入了“讨逆军”的行列，振臂高呼“打倒封建主义的遗老遗少！”……

孙季周后来回忆这段经历说：“当时我还不懂得共产党的组织，但教员们讲的共产党的主张、共产主义思想、马列主义理论，我是全部接受的。”就这样，孙季周几乎天然地产生了这样一个想法：接受了共产党的主张就是天经地义的共产党员。虽然没有在实际行动上进一步向党组织靠拢，由此错过了一次次入党的机会，但他的进步之举，已进入了党组织的视野。

共产党员汪静函是刘珍年的舅舅，1928年春夏之交，他被先期与刘珍年接上头，并被刘委任为驻南京办事处全权代表的共产党员王冲天介绍到烟台来，刘珍年视其为心腹，委以重任，干上了举足轻重的烟台市公安局局长。这时，汪静函看到共产党在烟台的发展形势一片大好，工人罢工，学潮汹涌，唱革命歌曲，撒传单，建支部，就突发奇想：如果做通刘珍年的思想工作，使其接受党的主张，烟台不就变成了红彤彤的“苏区”吗？于是他兴冲冲地去说服刘珍年。刘珍年能走到今天，大风大浪见得多了，几句话套出了汪静函的老底儿，又略施小计，引诱他和盘托出了共产党在烟台的“台账”。刘珍年倒吸一口凉气，这才意识到共产党的威胁，遂心生戒备。党组织获悉此事后，果断采取行动，通过打入刘部内部领导机关的党员和争取过来的上层人物，说服刘珍年，阻止他采取极端手段。而此时蒋介石一遍遍发电严令刘珍年要对共产党斩草除根。刘珍年既不愿开罪蒋介石，也不愿得罪共产党，对蒋的电令施展“拖刀术”，对共产党人则客客气气下达“逐客令”。随后解散了军官学校，孙季周和一位叫孙春林的同学被分到烟台市政府当了实习生。

孙季周有点晕头转向，眼看自己的小船又要失去航标了，心里能不急吗？还好，他发现孙春林不经意间留在桌子上的文件竟是上级党组织发下来的，就偷看一番，那么内容新鲜，又那么对自己的口味。后来他才明白这是孙春林接受组织要求，在暗中考察他。

这期间，烟台养正小学学生宫懋馨经常来找孙春林。

孙春林对孙季周介绍说："小宫可是养正小学的厉害人物，带头反对学校反动当局的奴化教育，学潮闹得很红火。"

宫懋馨悄悄地说："我们背后有靠山撑腰，有什么好怕的！"

孙春林冲他跷跷大拇指说："听说你还当众跳起脚打了反动校长的嘴巴子？"

宫懋馨呵呵一笑："谁让他那张嘴胡说八道呢！"

孙季周向他投去钦佩的目光，心里生出与他多多接近的想法，问道："你说的背后的靠山是指……"

孙春林偷偷冲宫懋馨摇摇头，宫懋馨调皮一笑："当然是广大学生的支持了。"

孙季周隐隐觉得他所指的应该是共产党组织。

不久，孙春林返回了他的家乡海阳县。小宫依然经常来找孙季周谈心，后来就说到了加入党组织的手续问题，孙季周这才恍然大悟，拍着脑壳说："我原以为接受了党的思想，就是当然的党员了呢！你看我这事办的！"

小宫问他愿不愿入党。"那还用问吗？！""那你就先写份入党申请书吧。"

孙季周趴在玻璃罩子灯下，就着浑浊的灯光，手捏一支铅笔，认认真真地写下每一个字，笔尖在纸上沙沙行走的声音，在他听来美如仙乐，因为这是他的心声，是他向一个组织发出的诚挚的呼唤，是他向未来的自己递交的一份答卷。很有意思的是，这份申请书除了表达殷切的愿望之外，还有忍无可忍的抱怨，他抱怨"为什么一直把我关在组织大门之外"。

申请书经由小宫交给了孙季周在政治队的同学、烟台市公安分局的郑树萱。

几天后，他被郑树萱叫去谈话，“组织已经同意了你的入党申请。”孙季周激动得双目泪迷。郑树萱握住他的手说：“这是加入党组织的第一步，今后你要为党工作，为党保密，必要时为党牺牲性命。”

“我保证坚决做到。”

郑树萱说：“任何时候都不要抱怨组织，组织一直在暗中考察你，只有考察成熟了，才会给你捅破这层窗户纸。”

孙季周满脸通红，“我原来以为组织把我放弃了。”

“烟台市委决定派你回原籍开展工作，发展组织，你在烟台的联系地点是‘人和东’的宫懋馨处。”

孙季周欣然受命，当即兴冲冲地踏上了回荣成的路。他脑海里电光火石闪个没完没了：怎么踢开头一脚？怎么把党的重托化为实际行动？怎么把荣成变成一块红色的土地？……一个问号接着一个问号浮现出来，像一阵阵永不知疲倦的海涛席卷着他的思维。

孙季周是荣成县一区成山一村人，1911年出生在一个贫寒的农家。这次回来多少有些学成归来的意思，父母笑逐颜开，私底下里商量，赶紧给他物色一个媳妇，拴住他的心，让他别再东一猛子西一猛子地乱窜了。

“老孙家的儿子从烟台军校回来了！”成山一村位于荣成县城中心地带，自然是人流物流信息流的交会点。孙季周的归来，一度成了居民们口头传播率较高的新闻事件，陆续有好事者登门攀扯一些话题，诸如外面的花花世界、街巷的道听途说，众人都视孙季周为一个见过世面、开过眼界的有为青年，而且应该知道他们所有想知道而不知道的东西，否则就是白出门了，否则就对不住乡亲们了。

孙季周哭笑不得。当然，有的来访者，孙季周是非常欢迎的。附近一些青年人听说他回来，都赶来亲近他，向他讨教一些问题。孙季周在同他们的交流中，会有意无意地把一些党的观点融入进去，引发他们的思考。

这天县民团的几个年轻人结伙来拜访他，似乎这是天经地义的事情：他是军官学校的学生，他们是县民团的队员，都是行伍出身，好像差不多应该是一家人吧。孙季周在自家的小院里支起一张小木桌，沏上从烟台带回的茶叶，话题便在茶香里漫无边际地展开了。

一个大眼睛的青年问他："季周哥，你好不容易读了军官学校，干啥还回咱这小地方？"

孙季周说："外面乱哄哄的不养人，还有，咱这个刘珍年军长恐怕跟省府的韩主席不对付，战事一起，玉石俱焚，弄不好就成了炮灰。"

民团排长李德生先前就跟他熟识，"季周兄，你这次回来找到差事了？"

孙季周摇摇头说："我们泥腿子，哪有门路啊？"

李德生说："你要是愿意出来干事，我们想法帮你打寻着。"

孙季周赶忙端起一杯茶，起身敬上，"那俺这厢先谢过兄弟了。"

李德生赶忙回个礼，"八字没一撇呢，先别客套。"

在家中赋闲的日子里，孙季周经常到县立第一小学、荣成师范讲习所、国民党县公安局、民团大队等处进行活动，偷偷物色有进步倾向的年轻人，根据情况，或深或浅地宣传党的主张。他跟李德生的联系稠密起来。李德生热情诚恳，办事干练，孙季周凭直觉认为他是个有思想的人，不同于一般的民团团丁。果然，李德生带来了好消息。他通过自己的好友赵相廷疏通了县民团大队长的关系，赵相廷跟这位大队长是亲戚，由此孙季周得到了一个到石岛公安局当巡长的美差。

那年冬天，石岛街头一个身着警官制服的年轻人走在阵阵海风里，英姿飒爽，却掩不住眉宇间淡淡的愁云。虽然工作有了着落，可是上级组织交给他的任务还没一点眉目。

1931年春，山阴积雪未融，柳梢绿意萌动。孙季周接到了去县城参加警察训练班的通知，他骑上自行车一路疾驰，耳边风声呼呼，他似乎在发泄着某种苦闷的情绪。就在十几天前他用五倍子水给烟台市委写了一封秘密信——这种信需要用碘酒或黑矾水显影——寄出之后却石沉大海。他愈来愈焦躁，这可是从未发生过的事情啊。果然几天前，他得到音讯，中共烟台市委执委许端云在烟台三马路卿云1号被刘珍年的部队逮捕了，随后市委遭到破坏。

许端云1905年出生于山东省牟平县招民庄（现属威海市乳山市），1927年，国民党的“白色恐怖”蔓延，他在共产党处境最严峻的时刻，秘密入党，在烟台积极开展党的活动，坚持地下斗争。许端云被捕后，被递送到济南，关进了山东第一监狱。父亲前来探望他，看到儿子被折磨得不成样子，老泪纵横。他从铁窗里伸出手擦去父亲的泪水，平静地说道：“儿子的时间不长了，请父母保重，不要过于伤心。我对得起组织，也对得起祖宗。我活得无愧，死而无怨。儿子丝毫没有后悔！”不久之后，许端云从容就义于济南纬八路侯家大院。

孙季周苦闷至极，很想找人倾诉一番。他想到了李德生。虽然两人一南一北，但依然保持着亲密的接触，孙季周每次回县城老家看望父母，他们总要找个小酒馆对酌一番，谈谈对时局的看法，交换一下最近读过的书籍，思想上越来越接近。他觉得他们之间应该到了“揭盖子”的时候。

在这次培训班上，孙季周和李德生天天见面，同出同进，话题更加深入，彼此间隐隐约约都破解了对方的身份之谜。“但在秘密党员时期，不敢轻易暴露，直接询问对方身份那是违反组织原则的，相互间只能心照不宣。”孙季周脸上破去了阴云，心里藏了一个秘密的快乐。又过了一段时间，就像一阵风吹来，树叶落了，一颗熟透的苹果跳下枝头，一张帆带走了船，他们相互“透了光”。

李德生说：“我是在军官学校第二队参加的党组织，毕业分配到荣成后，跟党组织失去了联系。”

孙季周说：“我是出校后入的党，受党组织的委派回来开展工作，不过回来八九个月了，还是一筹莫展。”

李德生说：“这不我们建立联系了嘛。另外我在民团里还掩护着一个叫张鲁生的党员。”

孙季周说：“是吗？那太好了！”

李德生告诉他，前段时间烟台市委遭到破坏后，市委交通员张鲁生逃离虎口，躲到荣成，在民团里当了一名上士，“有机会，咱们仨碰个头。”

这次会面后，孙季周把先前市委转来的一些材料给了李德生，让他了解一些党的情况。没有想到的是，这些材料竟埋下了一个大大的隐患。

机会说来就来了。

警察训练班结束后，孙季周回了石岛。不久，李德生则由原来的防区换防到了离石岛较近的龙山一带，他刚落下脚，就找人捎信儿给孙季周，请他来龙山庙“瞧风光”。孙季周对他说的龙山庙不太熟悉，向周围人一扫听，原来那是一座位于龙山脚下的小庙，香火不是很旺，只有附近百姓逢年过节才去烧香祷告。孙季周预感到这是一次不同寻常的会面，因为自他从烟台回到荣成，还没有发生过党员与党员的秘密碰头，他对这次会面充满了期待。

第二天，正好是个晴好天，他骑上车子朝龙山方向疾驰而去。朝暾照耀海面，波光像烈火浮动一般，煞是壮观。他轻快得像一只紫燕，风吹得衣角哗啦哗啦响，头发齐刷刷向后倒去；不知不觉，冲上一条盘山曲径，轮子下开始不肃静了，咯咯噔噔，车子不住颠簸着。不知转了多少个弯儿，穿过了几片茂林，忽地眼前一亮，一座古香古色的庙宇跳入眼帘，门前站着两个笑意盈盈的人，一个是李德生，另一个陌生人自然是张鲁生了，打眼看过去，他个头不高，留着小平头，一脸的严肃。

孙季周跳下车子，疾步上前，跟张鲁生双手相握："鲁生同志，终于见到你了。"

张鲁生说："德生已经把你的情况告诉我了。"

李德生提议道："走，咱们先游山玩水散散心去。"

三人走进山门，跟看家的僧人打个招呼。孙季周把车子支在一棵广玉兰下。这里俗谓龙山庙，实为龙山寺，民间一般寺庙不分，所以也就囫囵地叫了。一拉溜东西三五间屋宇，屋后紧贴一座并不轩伟的石头山，也就是龙山了。三人迈步跨过高门槛，进入光线昏暗的正殿，迎面供奉着一尊掐指合目的释迦牟尼佛金身，两侧是迦叶、阿难两位尊者，塑像身上的釉彩已剥落得露出了木胎，案上长明灯冒着黑色的油烟，炉内香灭灰冷，看出不景气。三人觉得甚是乏味，倒不如爬上山瞭望一番，于是出门沿着一条粗陋的小径盘旋上山，一抬头，就见两块巨石犹如两个巨人搭肩角力，气势雄壮，当地人称之为南天门，也有叫作龙门的。极目东眺，碧海云天，浩瀚无际。三人随便坐在裸露的山石上，日过三竿，还不很热，加之松荫团团，微风习习，甚是惬意。

孙季周说："这里非常僻静，德生选的好地方啊！"

张鲁生说："我跟德生同志合计过了，荣成的工作应该破破题了。"

李德生说："鲁生同志认为敌人在大城市加强了白色恐怖统治，对农村和城镇的控制相对薄弱，我们正好在这里发展党的组织。"

孙季周说："我从烟台回到荣成后，一直苦于没有联系上当地的同志，就像没头的苍蝇，东一头西一头地乱撞。我没能完成市委交代的任务，心里很惭愧啊。”

李德生说：“不要忙着检讨自己啦！你要觉得过意不去，改天请我们到石岛打打‘牙祭’吧！”

孙季周说：“小事一桩嘛！随时恭候二位大驾。当前我们应该尽快建立起党的组织，让党的种子在荣成扎根发芽。”

张鲁生说：“我同意季周同志的提议，我们只有建立起组织，才能形成领导革命的力量，总是张着手，乱抓挠，不如攥成拳头。”

李德生说：“我也赞同这个提议，我们不如就在这里成立起来吧！”说着伸手一指那两块巨石，“你们看这是龙门，我们新成立的组织就像一条小鲤鱼，总有一天，它会跳过龙门，化而为龙，翻江倒海的。”

孙季周兴奋地拍掌叫好：“德生同志这个比喻太好了！那咱就商议一下叫个什么名字吧。”

张鲁生说：“我们这个组织需要经上级批准，而现在烟台市委已被破坏，暂时无法联系，我看先取个临时性的名字。”

三人经过商议，决定把这个组织命名为“荣成县临时革命委员会”。

后来，孙季周这样回忆道：“因为张鲁生年纪稍长，比我们沉着，就叫他当书记，我搞宣传，李德生管组织。我们决定继续发展组织，开展宣传活动，并由我负责设法与烟台市委联系，取得指示。”

当天夜里，孙季周耳畔涛声激昂，他思绪如潮，久久不能入眠。

荣成县历史上第一次出现了共产党的组织机构，这颗小小的火种在海岸畔跳动着，看上去，虽然那么微弱，但它却是党的组织在威海大地上留下的第一个足迹，具有不容置疑的开创意义。

接下来，一个猝不及防的变故，给了孙季周重重一击。

10. 裂变

李德生跟赵相廷的关系相当不错，已萌生了发展他为预备党员的想法。正因有了这个想法，他把孙季周给他的党的材料交给了赵相廷保管，这其中就有让赵学习了解党的主张的想法。本以为牢不可破的友谊之桥，在现实面前竟不堪一击。不想两人竟因一点生活问题闹翻了。史料上没有详细说明是什么样的生活问题，但应该不是原则性问题——这也符合生活的逻辑，原则性的问题容易求同，恰恰是生活琐事容易针锋相对。实际情况是，两人撕破了脸皮，不再顾及彼此的情面，赵相廷更是将朋友的托付变作了投向朋友的长矛，他深悉那包材料的杀伤力，便将它交给了任县民团大队长的亲戚，李德生的身份遂暴露于光天化日之下。李德生以最快的速度出走了，连锁反应导致张鲁生也无法在民团待下去，因为人尽皆知他是李德生的追随者。两人临走前偷偷潜入石岛，见到孙季周，说明了情况。孙季周大为骇然，良久无语。

李德生说："季周同志，这件事我要承担全部的责任，没有贯彻好党的秘密工作的规定，轻易把有关党的情况的材料交给了党外的人。"

孙季周还能说什么，说什么也不能消除造成的影响了。或许这就是成长需要付出的代价吧。他说："我建议你俩前往烟台，我写封信介绍你们去找宫懋馨，顺便跟烟台市委取得联系。"两人答应了。孙季周三下五除二写了封短信，交给两人，偷偷地护送两人登船离去。这里又呈现出一个历史的黑洞，这两个在荣成乃至威海党史上具有标志性的人物，自从被那艘轮船带走后，便消失在时间的烟雾深处。孙季周只知道他们并没有去往烟台，到底他们的命运发生了怎样的变故，已成为一个永远之谜。

孙季周的苦闷在于：荣成县临时革命委员会刚刚呱呱坠地，还没来得及蹒跚学步就宣告了死亡。

石岛对他而言变成了一间铁铸的牢笼，死死困住他，一点点扼杀他。他绝望地给“人和东”写信，一封，又一封，又一封，是啊，等待意味着曙光，意味着坚守，他知道要是哪一天自己连等待的勇气都失去了，那么他也就走到了自我毁灭的边缘。

1931年夏末秋初的一天，逞威的“秋老虎”在下午4点半以后，就被海风赶进了深山老林，一封来自“人和东”的密信放到了孙季周的办公桌上。他打开信，内容是俗套的问好，落款人宫懋馨。他难掩内心的狂喜，佯装无事走回宿舍，关上门，取出碘酒，轻柔地涂抹在信纸上，几行文字慢慢显示出来：“市委已经恢复，开始工作，你处速建立荣成特别支部，任命你为特支书记。”孙季周盯着信纸看了足足几分钟，确认无误后，将其揉成了一团纸浆……中共荣成特支就在孙季周的小屋里即时成立了，不过成员只有他一个，他在心里打趣着自己：“哈哈，光杆司令一个！那怕什么！只要有上级党的领导，再大的困难也不怕！”重要的是，现在孙季周可以以特支书记的名义开展活动，师出有名，理直气壮，工作局面的胶着状态就像一块坚冰慢慢融化了。

这年9月底，国民党荣成县政府在石岛开办了一个甲长训练班，意在贯彻军阀刘珍年的全民武装理念，为其扩军备战制造声势。孙季周因有军官学校的背景，被聘去担任教官。就在这个班上，他认识了几位老成的农民和有进步思想的知识青年。最先进入他视野的是一个叫丛烈光的年轻人。丛烈光是荣成县小店村人，1931年在荣成师范读书时，接受了共产党人蔡仪真、王翼之等的影响，后考入威海中学。正值“九一八”事变，他带头领导学生抵制日货，掀起了汹涌的学潮，被学校当局责令退学。他获悉县里要开办甲长训练班的消息后，想到以后革命需要武装，能掌握一些军事知识将来必有大用，于是通过活动关系，报名来到了石岛。他对这位姓孙的教官也另眼相看——“他的举止行动，一看就知道他不是一个普通的军人。因此我经常与他接近，接受其政治教育。他还借给我《北方红旗》等党内刊物看，我们之间的关系逐步密切起来。”

孙季周充分利用自己的身份，整天跟他选定的目标打成一片，给他们讲马列主义常识，教唱《工农兵联合起来》《贫民歌》《开创世界我工农》等革命歌曲。从烈光学得特别带劲儿，唱得高亢激昂，以至许多年后有些歌词仍记忆犹新：“工农兵联合起来！向前进，消灭敌人！我们勇敢，我们奋斗，我们团结，我们前进，杀向那帝国主义反动派的大本营，最后胜利一定属于我们工农兵……”

孙季周为了取得学员们的信任，坚定地跟大家站在一起，领导他们开展了几次斗争。本来按照安排，石岛民团排长、共产党员滕玉斋应该来当教官，不知为什么却被他的一个部下顶替了。学员们不干了，孙季周也期待着滕玉斋到来，一起施加党的影响力，便暗地里鼓动学员们罢课，到底逼走了顶替者，滕玉斋到职了。

随着天气变冷，不少学员被冻得哆里哆嗦，患上了伤风。孙季周暗示从烈光带领学员找区长去讨要煤块，区长虚与周旋，群情激愤的学员不容分说，在从烈光的号召下将区公所的煤抢了个干净，气得区长跺脚呼天，却也奈何不得这些有着准武装背景的学员。

从烈光的表现获得了孙季周的认可，这年11月，他介绍从烈光加入了共产党。同时被孙季周发展成党员的学员还有毕家喜、毕春华和沙树模。这是孙季周回到荣成后发展的第一批党员，也是他撒出的第一把种子。这把“种子”没有辜负孙季周的期待，迅速生根发芽，继而开花结果，“整个石岛一带党的组织活动空前活跃起来”。尤其是从烈光，能量大，有朝气。他在训练结束后，回到家乡，说干就干，很快发展了邢礼文、张可人、韩守国入党。邢礼文发展了丛日霞、杨宝贞，韩守国发展了王逊斋。丛烈光准备发展自己的同学盛福东时，盛告诉他自己已经在文登中学入党。丛烈光把这一情况告诉了孙季周，孙季周在盛福东的引荐下到文登中学，同文登县党组织建立起了联系。

1932年春，孙季周到烟台找到市委汇报情况，有人告诉他宫懋馨情绪消极，工作上小手小脚。孙季周对宫懋馨很了解，他不是这种人，在市区开展活动本身困难重重，可能影响了他的能力发挥，于是他提出请组织派宫来荣成帮助工作。就这样，宫懋馨跟孙季周前后脚回到了荣成。

不久，孙季周发现石岛的形势发生了变化，石岛公安局局长的小舅子想干巡长，处处刁难他，关键是他在这里的频繁活动，已引起国民党特务的警觉。在这种情况下，他只有离开石岛一条路了。于是他把荣成特支的工作交给了宫懋馨，便回了县城。

无心插柳柳成荫，无形之中，他的返回倒带来了开辟荣成北部工作的契机。他经常到荣成县立第一小学闲逛，当然，不是真正的闲逛。他看到墙上的漫画画得很吸引人，线条流利，讽刺辛辣，署名为曹元鹏（后改名为曹漫之，得意于漫画之意）；他驻读报栏上张贴的作文，有个叫刘春风的文笔生动，嬉笑怒骂，颇有斗士之风。他试着接触这两个人，曹漫之性子温和而坚韧，是一小的一名教师；刘春风血气方刚，斗志昂扬，好激辩，有次跟几位思想反动的老师辩论，激动之中，哐当把桌子掀了个跟头。这时候，在荣成一小流传着一首讽刺进步分子的歌谣：二弟风（刘春风），三弟盛（楚金盛），大哥叫浮萍（孙季周曾叫过这个名字）……曹漫之、于春铭、刘佩忠、刘春风先后在孙季周这位“带头大哥”的介绍下加入了党组织，刘春风又发展了多位进步同志入党。

这年“五一”节前后，荣成县城和南部斥山一带，共产党的标语满天飞，内容多为“打倒国民党”“中国共产党万岁”等，这可戳着了国民党当局的肺叶子，军警、民团、乡丁像饿狼一样逡巡于城乡间。有人放风说，这一切都是一个叫孙季周的人搞的鬼。孙季周知道在荣成已经难以立足了，他考虑去北平，去找先前联系过的文登籍共产党员宋澄，协助他工作。上级组织批准了他的请求。孙季周迅速帮助曹漫之建立了荣成城厢支部，曹任书记，负责荣成北部党的工作。

他终于长舒了一口气。至此距他接受烟台市委的命令已经过去两年多时间，他总算完成了布局荣成的任务。他撒播的火种，将在此后的岁月里，点燃这片蔚蓝色的土地……

孙季周低头向家里走去，考虑着怎样跟父母“圆谎”。一进门，家里高朋满座，喜气洋洋，弄得他一头雾水。母亲喜滋滋地告诉他，家里正在为他订婚请客下聘礼。我的个天啊！孙季周急得脸色青一阵白一阵。他生气地说：“你们这是搞的一套什么？怎么也不告诉我一声？”母亲说：“从古至今，婚姻大事都是父母之命，媒妁……”孙季周打断她道：“我在外面找了个教官的活，人家叫我立即动身呢。”母亲拍手道：“那敢情好！好歹多挣几个钱养家糊口。”他又把这话告诉父亲，老人咬着烟袋说：“早去晚去，不差这几天，结了婚再走吧。不孝有三，无后为大。这也是咱老孙家的一桩大事。”孙季周一听急了眼，一把把老人拉到僻静处，说：“你不让我走，人家正在抓我，准备杀头，城里撒传单、贴标语的事都是我干的。”老人一听，二话没说，给他拾掇一下行李，立马送出家门，看着儿子走远了，使劲抹了一把脸上的泪水。

烟雨蒙蒙，码头泥泞。

孙季周握握曹漫之的手，拍拍他的肩头。雨丝打湿了两人的面容。开往烟台的轮船起锚了，一声悠扬的汽笛牵起了潮起潮落的心绪，孙季周冲着岸上的人影和这片魂牵梦萦的土地，挥挥手，是作别，更是启程……

而此时与荣成县毗邻的文登县，也在上演着一幕幕风云激荡的大戏。

11.红帖

公元前219年，一个风和日丽的日子，黄海之滨腄县（治所在现烟台市西南福山区）境内一座不足百米的无名小山，一时成为天下瞩目的焦点。幡盖如云，金甲曜日，车辇如龙，跟随巡游队伍的乐师奏响宏阔辉煌的《秦颂》。千古一帝嬴政步出辇车，在众多官员和卫士簇拥下，赳赳然登上山巅，环顾四方，指点山河。少顷，召齐地文士，相与论功述德，宣威天下，于是赞声响遏行云，真个不亦乐乎。这就是记载于文登县地方文献的“文台召士”。

从此，这座小山像被加持一般，出典入籍，风光无两，名之曰文登山，简称文山，成为此后文登县、登州、文登市、文登区等称谓的滥觞。

虽然正史无考，但它对文登及其周边地区崇文尚学之风的涵养，确是毋庸置疑的。“卖裤子当袄让孩子上学”，这话可不是说着玩的，那是文登人的一股倔气，家有万贯，不如有个读书人脸上有光，连列祖列宗都跟着沾光，“那是人家祖坟上冒青烟了”。因为这个“文”字，文登人给人的感觉文雅、文静、文质彬彬。“文登学”，很早之前就成了此地人引以为豪的文化品牌和文化信仰。在这种文化氛围的浸润之下，文登县早期革命者身上或多或少地氤氲着一股知识分子气息。

1930年，宋澄考入烟台八中的学籍上的名字是“宋锡奎”，字文山，不用想就知道他是道地的文登人。

1911年，中华大地发生了一系列天翻地覆、震惊寰宇的大事件。可是这一年对文登县黄山村的宋舒庭一家来说，最大的事只有一件，那就是头生儿子宋锡奎的降生。宋舒庭天生的豪爽脾性，口头禅是“有饭大家吃，吃到没得吃，有衣大家穿，穿到没得穿”。据说其父去世时给他留下皮袄一二十身，结果他自己没留住一件，全送了人。宋澄在这样一个半农半商的家庭长大，怜贫惜弱几乎成了家族基因，最后走上革命道路很有些顺理成章的意味。

宋澄少年求学时即加入了国民党，他醉心于孙中山先生的三民主义，觉得这就是中国人寻找了千百年的真理所在。1928年，国民党完成形式上的全国统一后，在文登也开始公开活动了。宋澄风风火火地投身于农会工作，带领乡亲们为争取自身权益，跟贪官污吏斗，跟土豪劣绅斗。黄山村有三百亩公田，掌握在区公所和村公所手里，宋澄本着孙中山先生的“耕者有其田”的主张，跟农民并肩抗争，抢到了对这些地亩的控制权，把它们无偿分给了无地和少地的农民。他这个“娄子”可捅大了，直接触犯了恶吏和恶霸的利益，他很快被丛镜月抓进牢里，费了不少周章，才由村民保释出来。

宋澄的心里充斥着失望和愤懑。

重新踏上求学之路，正是宋澄寻求思想出路和探索社会进步的再出发。烟台八中是胶东青年心目中的新思想策源地。在这里，宋澄接触到了不少共产党人，接受了共产主义思想，加入了党组织。1931年夏，宋澄受组织安排，回文登县开展活动。他以国民党员的公开身份，进入了国民党文登县党部任青年干事。

宋澄的归来，给这片古老的沉睡的土地吹来一阵强劲的飓风。

黑咕隆咚的夜像掉进了一个无比庞大的窟窿里。锋芒毕露的冷，像一群得了失心疯的野耗子啮噬着街头的行人——在这样的寒夜里，年月也不太平，傻子才喜欢上街溜达，除非有什么必须出门的理由。这是文登县城12月的一个普普通通的冬夜。

文登中学的操场位于学校教学区后面，空荡荡的冷寂浸在黑漆漆的夜色里，只有发了神经或谈恋爱的学子可能来这里。今晚破例了，三三两两的人迈着猫一样的步子，轻盈而神秘地穿过操场，从角门侧身溜出，像梭鱼一样游进蛛网似的街巷里。

来自文登县乡下的杨岫庭和从荣成石岛来的张景芳也出现在操场的一角。张景芳拿着一个纸盒子，从怀里掏出一卷纸交给了杨岫庭，压低嗓音告诉他："今天晚上我们分组贴反蒋标语。"杨岫庭睁大眼睛看着他，只能看到两颗蓝幽幽的光点，那是他兴奋而紧张的双眼。他跟在杨岫庭身后踮着脚尖走向事先指定的路段。因为这是平生第一次为党干事，杨岫庭心头涨满狂喜，虽然寒气逼人，但他手心返潮，连自己怦怦的心跳都听得一清二楚。

张景芳端着纸盒，用一把秃头炊帚蘸着糨糊往墙上刷。看着他无声地摆动着手臂，杨岫庭顿时产生了一种身在梦境的感觉。"傻等着香油馃子吗？麻利点！"张景芳捅捅他的腰眼，他一激灵，回过神来，展开一张标语，双手一展，稳稳粘在墙上。他俩来到一个高门洞前，张景芳抡开胳膊，刷了个比先前大不少的斜条，告诉杨岫庭把那张最大的标语拿出来贴上。杨岫庭照办，张景芳还似乎怕粘得不牢，直接在外面又刷了一刷子糨糊，然后满意地走开了。杨岫庭知道这里是张景芳的做海盐生意的舅舅家，一次他跟杨岫庭打这儿路过，正好看见他大腹便便的舅舅端着水烟袋走出来。张景芳厌恶地呸了一声，拉着杨岫庭跑远了，身后传来粗暴的喊喝："混账东西不学好！"后来杨岫庭问那晚在他舅舅门上贴的什么标语，张景芳得意地说："是我专门给他定做的，'打倒铁公鸡、胎里坏、盐霸于大丸子！'"杨岫庭逗他："你这是公报私仇！"张景芳一撇嘴："看你说的！我这叫大义灭亲！"

江先政带着刘雪娥急匆匆地奔向文登县政府大堂。他手提一个不大的洋铁皮桶，小桶随着他的步伐前后摆动着，发出轻微的咯吱声。刘雪娥抱着一卷标语，紧跟其后，步伐有些凌乱，有时不小心还踢到江先政的脚脖子上。本来江先政想带一名男同学来，架不住刘雪娥死缠烂打，说什么“给党做事不分男女”，“不带我去就是歧视女性，宣传男女平等的话，我们再也不信了”。江先政赶紧告饶：“快别给我扣大帽了，一块去就一块去吧！”她扑哧一笑，冲他调皮地眨眨眼。

江先政是这次秘密行动的主要策划人，他事先跟同学牛书斋、毕庶恩已经秘密谋划了很长时间。

“九一八”事变后，文登中学里弥漫着学生和教师对国民党政府的失望情绪。他们向往光明，前途却一片漆黑；他们期待变革，现实却一潭死水。他们讨论着，思考着，最后把目光投向了被蒋介石政府斥为“赤匪”的共产党。这时候他们的思想得到了进步教师钟平山和钟的朋友宋澄的引导。学生们经常去钟平山的宿舍请教问题，听钟老师讲关于国民党和共产党的事情，讲苏联的建设发展，讲中国工农红军和江西苏区。有时宋澄来串门，就静静听钟老师讲述，偶尔也会插话讲几句。

有一天江先政他们找到钟平山，请他介绍他们加入共产党。钟老师笑笑说：“共产党好啊！可是蒋介石容不得共产党，他背叛革命后，提出宁可错杀一千，也不放走一个的屠杀政策，逼得共产党不得不转入了地下，进行秘密活动。我早就想参加共产党，可到现在还没找到啊。”

几个人傻了眼。

钟老师见大家很泄气的样子，就说：“别灰心。只要我们多干共产党主张的事，宣传革命道理，宣传共产党好，我想总会找到他们的。说不定文登就有共产党人，我们不知道他，他对我们干的事却很清楚，到时候也许就来找我们。这就要看我们的决心了。”

他说这些话时，坐在他身边的宋澄脸上浮现出微微的笑意。江先政他们多少有点诧异，因为宋澄的身份他们是明了的，他可是文登国民党县党部的人啊！钟老师这样说是不是太“那个”了？

此后，江先政、牛书斋、毕庶恩等人经常议论怎么为党干件事，结合当前形势，就产生了通过张贴标语，揭露国民党反动腐败、宣传共产党抗日主张的想法。“标语一定要写在红彤彤的纸上，象征着红色的革命火焰将燃遍文登。”这是三人共同的想法。三个人凑钱买来红纸，偷偷躲到一间平时没人来的小屋里写好，再找来八九个绝对可靠的同学参与张贴行动。

江先政和刘雪娥沿着墙根拐弯抹角转到正街上，摸到文登县政府大门口，他负责刷糨糊，她负责贴标语。两张标语的内容也是事先定下的，一张是“打倒国民党”，一张是“共产党万岁”，有点像一副不讲工整的对联。江先政的动作干脆麻利，沉着从容，刘雪娥毕竟是第一次参加秘密行动，手有点抖，贴上去的标语有点皱巴，用手反复抹了几次，褶皱却越抹越大，急得她险些掉下泪来。江先政严厉地命令她：“快跟上！”她才带着十二分的遗憾快步跟上他，向下一个目标而去。

完工后，江先政、杨岫庭他们神不知鬼不觉地回到自习室，好像什么事也没发生过。刘雪娥一直被巨大的幸福感包围着，她觉得自己突破了一道无形的界限，向着心中的那轮太阳更近了一步。

与文登中学学生张贴标语同步，宋澄也在文登国民党县党部院子里贴出了反对国民党统治的红色标语，当然这是因为他事先从钟老师那里获悉了学生们的行动计划，才有了如此精准的“同频共振”。

第二天，早起的市民被一条条鲜红鲜红的标语打了眼，炸了锅，“共产党来了”“共产党要赶走这些害人精了”“是不是要变天了啊”……国民党文登县政府大门上的两道红色标语像两把刀架在了县长李昶年的脖子上，飕飕的冷气从衣领下往外冒。国民党文登县党务整理委员会常务委员胡建民被院子里的红色标语弄得脑仁生疼，“这是共产分子的示威，这是公开的挑衅！”“于大丸子”看到自家门上的标语，一屁股蹲坐到地上，像被抽了筋的皮皮虾瘫作一团。

这就是胶东轰动一时的文登“红帖事件”。

胡建民阴沉着脸叫来宋澄，夹着烟卷的手不住抖着，嗓音干涩，说：“宋干事，共匪已经跟我们公开叫板了，必须要挖出这次标语事件的幕后主谋，绳之以法，以儆效尤！”

宋澄毕恭毕敬，问：“您的意思是……”

胡建民说：“文登中学的一些学生和老师很不老实，经常跟政府大唱反调，我看他们的嫌疑最大，你速去查个水落石出！发现共党嫌疑分子一定除恶务尽！”

宋澄光明正大地来到文登中学，召集学校领导班子宣布县党部的通知，让他们协助调查共党嫌疑分子。他这么做也就是做做样子，真实目的是告诉那些进步同学提高警惕。他利用跟教师单独谈话的机会，告诉钟平山，胡建民急了眼，要杀鸡儆猴，一定要让学生们隐蔽好身份。

文登中学创立于1925年，是由尚学好文的文登社会各界赞助而建的一所县立初级中学。学生多来自乡下村镇的贫寒人家，求知欲强，富有正义感。而学校的创始人王远峰和教务主任郑端武毕业于北京高等优级师范，都有教育救国的理想，所以不惜重金聘请外地学历较高的教师，招纳了王均墉、茅武娄、钟平山等一批思想进步开放的名牌大学毕业生。整个文登中学的风气相对于封建意识禁锢的社会环境是开明的，学校对学生的进步活动多采取听之任之、睁一只眼闭一只眼的态度。

宋澄回到县党部向胡建民交差说：“此次‘红帖事件’看来非文登中学学生所为，我到各个班级查看，学生们学习秩序井然，跟一些教师和学生谈话，也没发现蛛丝马迹。”

胡建民嘬着牙花子，皱着眉头说：“那就奇了怪了！共党分子都会飞天钻地不成?”他话头一转，“我今晚想宴请李昶年，让他调动警察局协助侦缉，这事可不能就这样不了了之。”

宋澄暗吃一惊，胡建民铁了心要干一票狠的了，看来不得不动一番心思，谨慎应对了。

“红帖事件”之后，江先政等人在钟平山的支持下成立了一个党的外围组织“三一读书会”，其宗旨就是信仰共产主义，打倒国民党反动统治，干共产党主张的事。创始会员为江先政、牛书斋、毕庶恩、盛福东、原道炳、丛树甸、张童华等，以后又发展了杨岫庭、张景芳等人加入。1931年寒假前夕，钟平山离开了文登中学。其后不久，宋澄发展了文登五区齐虎山小学教员王本贤入党，又秘密找到江先政，发展他为党员。三个人在文登中学秘密成立了文登县第一个党小组，宋澄任组长。1932年2月，宋澄通知“三一读书会”成员，到西关小学与来文登筹备省立第七乡村师范的于云亭会面。于云亭告诉同学们，他是钟平山的好朋友，受钟老师之托前来跟他们见面，“三一读书会”的同学们已经通过了党组织的考察，被吸收进党的组织了。原道炳、牛书斋、毕庶恩、邓汝奎、张景芳、杨岫庭、盛福东、于敬忠、王治卿、张孟浪等会员像做梦一样，幸福来得太突然，叫人难以置信。经过于云亭的说明，大家知道了宋澄的真实身份和他为保护进步同学所做的工作。众人这才恍然大悟。

此前，江先政已经毕业离开文登中学，将“三一读书会”的领导权交给了原道炳。

文登中学党组织成立不久，就迎来与县国民党党部常务委员胡建民的斗争。胡建民凭着特务的敏感嗅到了文登县城日渐浓厚的“共党气味”，对文登中学校长王远峰放任学生搞反蒋集会等行为早就“满眼钉子”。他跑到济南国民党省党部狠狠参了王远峰一本，说他“整日玩花弄鸟，不务正业”，导致文登中学共党活动猖獗，又顺便对由军阀刘珍年撑腰的文登县政府镇压不力表示不满。就在胡建民在济南上蹿下跳之际，文登中学党组织从县党部的内线那里得知了这一情况，原道炳等人趁着胡建民未归之际，经过跟宋澄、于云亭计议，决定利用敌人之间的矛盾，布局一场“驱胡运动”。

当此斗争白热化之际，宋澄接到上级组织命令，调他前往北平开展地下工作，这才有了后来孙季周的北平之行。

此时文登县的情况极其复杂，几方势力相互交缠，你中有我我中有你。整个山东的大盘为韩复榘所掌，但胶东却被刘珍年牢牢把控。韩复榘想保住自己的地盘，就要抵制蒋介石在山东的渗透；刘珍年更难受，既要挡回韩复榘的大手，也得防备蒋介石的吞并。文登县县长李昶年是刘珍年的亲信，他既怕共产党把文登县城闹个底朝天，也跟县党部尿不到一个壶里，惧怕胡建民借镇压共产党之际做大做强。而胡建民的县党部虽然戴着大帽子，但没握住枪杆子，还得依仗李昶年，所以对李既恨得咬牙切齿又不敢得罪。文登中学校方胆小怕事，但在自身利益面前，还是选择了偏袒学生。原道炳一班人就在各方势力形成的空隙间，摆开了一场惊心动魄的棋局。

先稳住校方，告诉校长王远峰，胡建民剑指文登中学，意在扳倒他，叫王远峰以地方名士身份选边站队到学生支持者行列。再由原道炳提上礼品到文登县政府谒见李昶年，给他戴上几顶善理县政、爱民如子的“高帽子”，稍微透露一点胡建民到济南告状的情况，尽量说得含含糊糊，就让李昶年自己咂摸里面的味道，然后恳请他不要管接下来的事：文登中学要跟胡建民好好理论理论。李昶年早就不服胡建民在文登县的趾高气扬，既然有这个假手于人的机会，那又何乐而不为？于是答应道：“你们去干吧，别让我知道就行了。”

胡建民从济南领了尚方宝剑回到文登，脚刚沾地，就被原道炳领着愤怒的学生从县党部揪到了文登中学礼堂里。胡建民傻了眼，弄不清发生了什么事。一时口号声振聋发聩，胡建民身子缩成过街老鼠模样，瑟瑟发抖，脸上油汗直流，舌头打弯，只会说“兄弟我、兄弟我……”学生们质问他为什么诬告校长，为什么抹黑学校，为什么镇压学生的反日爱国活动……胡建民几次被吓得瘫坐地上，他明白这时候一旦局面失控，保不准自己就一命呜呼了。

群情激昂的学生给胡建民画个大花脸，押解着上街游行，市民沿途观摩，无不拍手叫好。

这边李昶年随时注意着事态的发展，听说胡建民被押着游街，再装聋作哑，实在说不过去，于是带上卫队匆匆上街，拦住了游行的队伍，喊道：“同学们，不能这样，你们先回去，本县长保证公正处理此事，保证……”胡建民瞅个空子溜走了。同学们跟李昶年早达成了默契，等李昶年堂而皇之地发表了一通保境安民、顺从民意的演说后，纷纷掉头回校。

胡建民带上几名亲信，灰头土脸地卷起铺盖离开了文登县城。

黄昏时分，一场淅淅沥沥的春雨夹杂着雪花落下，洗去了一天的喧嚣和尘埃，隐隐约约地带来一股早春的气息。

12.堡垒

于云亭一生的转折点出现于1932年2月的济南。此时的济南尚且笼罩着料峭的寒意，河边的垂柳看不到一星半点的绿意，趵突泉里咕嘟着的三股水热气淋漓。短短十几天，于云亭在这里遇到了三位足以改变他生命版图的人。

他来济南前，曾在北京读过书，毕业后漂泊到东北特区安达站教书，“九一八”后因在学生中秘密组织“反帝同盟”，被当局驱逐离校，只能辗转回到关内。回到济南后，于云亭到山东省立第一师范学校寻找同乡同学，遇到在此执教的中共地下党人袁素，两人相谈甚欢。袁素见眼前这位青年忧国忧民，谈吐不凡，就试探他的政治倾向。虽然于云亭在1924年秋加入了国民党，但几年的经历给他上了一堂又一堂课，现实告诉他国民党已经蜕变为封建地主、资本家、买办和外国势力的代言人，令他心灰意冷。袁素在探知他的实底后，介绍他秘密加入了共产党。他继续跟济南教育界人士来往，后来一位朋友把他引荐给了国民党山东省教育厅厅长何思源。何思源对这位有着强烈的教育报国情怀的胶东青年，颇有好感，几番交谈，又被他宏富的学识和踏实做事的精神所折服。这时正巧他在物色一位去文登筹备山东省第七乡村师范学校的人选，于云亭身上的国民党员、胶东籍贯、从教经历三个标签，几乎就是为他心目中的人选量体定做一般。很快他就给于云亭下达了前往文登县筹备第七乡师的委任状。也就在于云亭准备赴任前夕，一位神秘人物代表中共山东省委会见了他，并对他到文登后的工作进行了指示，这就意味着于云亭的胶东之行有了代表山东省委的潜台词。他在回忆这段往事时说：“我记得在济南代表中共山东省委派我去文登开展党的工作的可能是赵建民同志，而当时最困难的还是党组织上下关系中断的时间长，有联系的时间少。”于云亭无法确定跟他会面的这个人的身份，根据秘密活动的要求，对方不告诉你的事情，绝对不许询问。这个会见于云亭的人当然不会是赵建民，因为此时赵建民尚在临清读书，直到1932年夏才考入山东省立第一师范学校，当年冬加入党组织。如此，这个神秘人物就只能沉潜进时间之渊了。

于云亭此次还乡，委任状在身，娇妻在侧，壮志在胸，一团锦绣在前路。但他心里沉甸甸的，为桑梓筹建一座涵育英才的学校，自然绝非一蹴而就之事，肯定要多方斡旋，颇费周章，但这是明面上的工作，怎样大张旗鼓地做都不为过，可是党的托付却只能暗地里去操作，而第一步如何迈出，他则毫无头绪。一个利好的消息在他刚跨进老家门槛后到来，他听说了表弟宋竹庭的进步表现，借着叫他前来叙旧之际，发展他成了党员。于云亭也没想到宋竹庭这颗火种，竟然迸发出如此强大的热力，迅速把牟海边区燃成红彤彤的一片。这时，他才意识到胶东这片土地，因为特殊的地理位置，近代以来较其他地域更多地遭受了外国势力和军阀割据的侵凌欺压，内在反抗的力量已经积蓄成灼热的岩浆，就差一个喷涌的出口了。想到这层，他的心境宽展了不少。到文登后，他按照带来的联系线索，跟宋澄顺利接头，顺势将文登一中变成了“红色海洋”，从这里走出去的党员遍布城乡，使胶东革命的中心逐渐转移到了文登县。

文登乡师的筹建还算顺利，一切按部就班。关于校长人选，本来预定的校长是文登中学校长王远峰，但学校建成之际，正赶上胡建民跑到济南省党部告发王远峰，消息甚嚣尘上，致使王的形象在省教育厅高层内部坍塌，加之何思源顾忌到王是地方势力派，就地做大，恐怕尾大不掉，不好领导，也就顺水推舟，把筹备主任于云亭推上了校长的位子。于云亭没有辜负何思源的期望，也没有辜负中共山东省委的托付，他按照梁漱溟先生乡村建设的精神和陶行知先生晓庄师范的模式，把文登乡师建成为一座洋溢着青春活力、学风开明、思想进步的“小熔炉”，熊熊的火焰冶炼着师生的体魄、人格和观念，造就了一大批日后活跃于胶东大地的革命分子。一时间，“红七师”的称誉悄悄在地下党人中流传。

这座八十多年前的乡村师范学校即使放到今天，一点也不会让我们产生落伍感，反倒跟当下多有违和感。这所学校把陶行知先生提倡的“生活教育”揉碎、融化、渗透到每个角落和细节，处处体现了“流自己的汗、吃自己的饭”的教育精神，与被就业和谋生压力异化的教育相比，高下立判。

1932年8月，刘春风离开了荣成老家，前往文登乡师求学，此时他的心境可以用飞鸟入林来形容。

前些日子，孙季周找到刘春风说："我要告诉你一个消息，文登乡师的校长于云亭同志是自己人，而且——"他加重了语气，"是省委派来的。他要求咱们荣成派几名党员去上学，我决定派你和丛烈光、邢礼文去。"刘春风愉快地接受了任务。

踏入文登乡师，教学楼大门两侧的一副对联吸引了刘春风："和马牛羊鸡犬豕做朋友，向稻粱黍麦稷下功夫"，横批"到农村去"。"陶行知撰联"几个字让刘春风对这位先生油然升起高山仰止之情。再往里走，过堂的仪门上画着一幅东北四省的地图，地图上标记着大城市、铁路矿山、名山大川，顶部描摹着岳飞写的"还我河山"四个字，两边配着一副小对联："你看见吗?""你记得吗?"看到此处，刘春风血脉偾张，目眦欲裂，眼前浮现出莽莽的原始森林、绿茵茵的草甸子、传输带上闪光的煤炭、松花江上的帆影点点、耀武扬威的猩红的太阳旗、哀号辗转的逃亡百姓……他狠狠挥拳打在硬硬的墙石上。

与刘春风三人一同走进乡师校门的还有文登党组织安排来的王本贤和张童华。宋澄调往北平前，凭着他在国民党文登县党部经营起来的关系，把公开身份也是国民党员的王本贤拉进来，接替了自己的工作，又安排地下党员张童华进县党部做杂务，做些秘密的交通工作。王本贤在县党部的工作重要性不言而喻，当他得知文登乡师招生后，心里那股渴慕知识的泉流汩汩流淌，夜深人静，辗转反侧，他拿不准这时候向党组织提出读书的要求是不是合适。他向于云亭坦承了自己的想法，于云亭告诉他，他已经通知文登县党组织要安排几名党员进来读书，他正好可以算一个。王本贤这才把一颗七上八下的心安放进肚子里。他没有想到的是，张童华跟他前后脚向组织提出了进文登乡师读书的要求，可是他一走，等于说这条埋伏在国民党县党部里的内线就断了。王本贤有些着急撮火。张童华的入党介绍人是江先政，他找江先政去抹眼泪，江先政架不住他的死缠烂打，只好推荐他来了乡师。

风卷着乌云在天上打滚，树木疯了似的摇头晃脑，仿佛想把自己的头抛到爪哇国去一样。黑沉沉的夜空被一道闪电撕开一条巨大的粉红色口子，接着一声焦雷在头顶炸响，震得人耳朵眼吱吱作响，啪啪啪的雨珠箭一样攒射下来，屋顶上如万马驰骋，屋檐下织出了细密的水帘。此时，风声雨声灌满了天地间，偌大一个乡师校园，因为周末的缘故人去楼空而沦陷于单调粗暴的风雨声。

忽然，有人打着伞钻出黑漆漆的雨幕，一身水淋淋地走进于云亭的办公室，屋里一盏罩子灯灿灿地亮着。于云亭眼眸里闪着亲切温暖的笑意，迎接着来人，汤成久则细心地递上一块干毛巾，让他们擦擦被雨水弄湿的头脸。不大的办公室里挤了十多个人，大家压着嗓子交谈着。屋外的风雨声依旧那样肆无忌惮，雷电霹雳在吵架，呼呼呼，啪啪啪，咔啦啦……

于云亭说："同志们，今天召集开会的目的是成立一个党支部，以便下一步更好地领导乡师的工作。"

与会者低声表示赞同："好啊！好啊！""没意见。""这样才能拧成一股绳嘛。""干吧！干吧！""水到渠成的事啊！"……

乡师党支部成立后，文登乡师的党的活动随即如火如荼地开展起来。

在乡师里，学习马列著作基本都是光明正大的，阅读进步书籍更是司空见惯，讨论国家命运、革命形势几乎是家常便饭，各种活跃的学生爱国组织遍布校园。"到农村去、到工农群众中去"，让学生们看到了真实的社会生活，增进了与劳苦大众的感情，也宣传了党的主张。许多学生到农村去跟农民交朋友，办简易小学和农民夜校，帮助农民学习文化，启发农民觉悟。有一位七十多岁的老农来上夜校，家里没有纸笔，就端来一瓢沙子，拿着一根草棍在上面练字，先是爬出一个个歪歪扭扭的“蚂蚁爪子”，再描出一只只蹒跚学步的“小鸭子”，最后写出一个个稚嫩的正楷字。同学们深有感触，农民不是天生的愚昧落后，而是因为当局不愿意让他们识文断字，怕他们懂得多了，不好支使了，不受愚弄了！可鄙的政府！浑蛋的当局！

文登乡师师生的“出格”活动，惊动了国民党文登县党部和县政府，他们气急败坏地给学校开列出了一长串禁书清单。当然，清单到了乡师，首先成了被清洗的对象——被于云亭揉成一团，丢进了垃圾堆。他们又搞突然袭击，一次几个特务闯进正在上课的一年级教室搜查，二年级同学赶紧把手头的进步书刊藏到洗漱间的脸盆里，再用毛巾盖严，然后在地面上放满水。几个家伙走到这里，往里一瞧，“哟！水漫金山了！”谁也不愿意踩着水进去，便放过了这里，最终一无所获，灰溜溜地打道回府。有的同学为了躲避特务的审查，挖空心思地把《资本论解说》《新帝国主义论》的封面换上《新时代三民主义教科书》《总理遗教摘要》等堂而皇之的封面，这些家伙只管皮相，一瞅都是党国“钦定读物”，保险没问题，殊不知里面已经偷梁换柱。

1933年秋，乡师党组织内部出现了不和谐的音符。几个文登籍学生党员提出“为什么三个党支部委员都是荣成人，一个文登的也没有”。于云亭清楚这是地方派性主义在抬头，有人眼红了，心里不平衡了。此时乡师里的党员已由最初的几名发展到了三十几位，成了胶东党的重要基地。刘春风找到于云亭交流意见：“谁的心里长草谁知道。”他忧心忡忡，语调里的激愤显而易见。于云亭沉重地说：“这种时候不能乱套，要驾好辕。”刘春风默不作声地点点头。

真是树欲静而风不止，一个更严重的事件发生了。

一位姓姜的女学生找到汤成久哭诉，肩头一耸一耸，哭得梨花带雨。汤成久安抚她说："小姜同学有什么事，你告诉我，我帮你解决，我办不了的，我们找云亭先生告'御状'去。"

小姜揉着红桃子似的眼睛，愤慨地说："我知道张童华是你们的人，他胡作非为，你们管不管?"

汤成久心里一惊，和善地笑道："谁在乡师胡闹，我们都不允许。"

小姜抽抽搭搭地说："张童华三番五次骚扰我，叫我陪他去轧马路，去南边的小河边散步，还说要娶我当老婆。我说我是来读书的，不是来陪你吊膀子的，更不是找如意郎君的。他说你最好识相点，你不看看现在乡师是谁的天下，我一句话就能叫你卷铺盖回家喂猪去。"

汤成久生气地说："这个张童华太不像话了，说话没边没沿，扯虎皮做大旗。"

小姜幽怨地说："汤老师你不知道张童华多狂妄啊，他在学校里还组织了打手队，谁要是碍他眼，不分青红皂白就是一顿饱揍。"

"啊!"汤成久惊得眼珠溜圆，"竟然有这种事!"

小姜说："我知道他背后有靠山，惹不起，汤老师你说我该怎么办?"

汤成久说："你别怕，乡师不是他为非作歹的地方。"

这个情况很快反映到于云亭和刘春风那里，两人轮番给张童华做工作，批评他不顾党的纪律泄露组织秘密，更不该仗着党的威信要挟女青年，要立刻停止错误行动，不准再去纠缠小姜同学。但张童华毫无悔改之意，反倒变本加厉，公开拉扯着小姜去逛大街，小姜挣扎着不去，他的几个帮闲的同伙不容分说推搡着她就走。他还给于云亭写恐吓信，说什么你胆敢坏我的好事，不是以"红色对付你（即告密），就是用手枪对付你”。这人已经完全蜕变为一个学痞流氓加恶棍。

于云亭意识到一场危机正悄然来临，找到刘春风说：“我感觉张童华这件事很棘手，弄不好他狗急跳墙，暴露我们组织的秘密。”

刘春风眼里喷火：“党内出现这种渣滓，对组织本身就有很坏的影响，必须毫不留情清除这颗毒瘤！”

于云亭说：“我准备以学校名义开除他的学籍，同时以违反组织纪律名义开除他的党籍，彻底除掉这匹害群之马。”

刘春风说：“我没意见。”

于云亭担心地说：“我预感到他不会善罢甘休。”

刘春风说：“听见蝲蝲蛄叫，还不种豆子了？”

于云亭毕竟老练些，说：“春风同志，前几天胶东特委的同志叫我帮着在学生党员里找个秘书，你文思敏捷，笔头子快，我看是最佳人选。正好出去避避风头，君子不立于危墙之下。”

刘春风爽朗一笑，说：“我服从组织的安排。另外，我建议重新组建乡师党支部，充分尊重一下文登同志的意见。”

于云亭说：“我老家的小学正好缺教员，我介绍你去那里以化名教学，那里离特委驻地近便，方便工作。你改组党支部的意见，等你走后立刻施行。”

不久乡师党支部进行了改组，王本贤任书记，丛烈光任组织委员，于荣瑞任宣传委员。原宣传委员邢礼文去了青岛《磊报》当编辑。

对张童华的处理结果很快公布。他一肚子怅恨地离开了学校，临出门，冲着教学楼呸呸吐了两口浓痰。

国民党文登县党部原常务委员胡建民折戟沉沙文登后，被调到威海特区国民党党部任书记长。不知怎么的，正在四处乱窜寻找“买主”的张童华得悉此事，屁颠屁颠跑到“故人”面前献上了一纸“投名状”，把文登乡师和于云亭的事添油加醋述说一番。

这个礼包太大了，骇得胡建民有点窒息，他狐疑地盯着张童华：“真的吗？真的吗？”

张童华信誓旦旦：“我敢拿脑袋打包票，于云亭、刘春风、于荣瑞全是共党分子。”

胡建民可算逮着个咸鱼翻身的机会，窝在肚子里的那堆气，终于可以吐出来了。他跑到济南国民党省党部白话一通，说得板上钉钉，叫人不得不信——一场重头戏开演了。

国民党山东省党部直接派出“捕共队”队长宋鸣时秘密赶往文登，亲自实施抓捕行动。宋鸣时1932年7月2日在济南向国民党山东省党部自首叛变，当时他的身份是中共山东临时省委组织部部长，掌握着全省的组织脉络。次日，几个月前从北平被北方局派回济南，担任共青团山东省委书记的宋澄就落入了魔爪。宋鸣时叛变革命后，瞅准各地党组织跟省委联系不畅的漏洞，仍旧以组织部部长的身份四处巡视，实则是带领捕共队疯狂摧毁各地党组织，前后抓捕共产党员、共青团员、进步人士三百多人，他恬不知耻地夸口说“山东的共产党组织已根除”。

1934年2月，宋鸣时气势汹汹杀奔文登。新任文登县县长刘崇武哪敢怠慢，高抬轻放，美酒佳肴，完全一副唯唯诺诺的样子。刘崇武李代桃僵的背后，是韩复榘成功驱逐刘珍年的大背景，刘是韩复榘的河北老乡，铁杆心腹，但对省党部豢养的这条豺狼还是不由得心生怵意。宋鸣时训示他点齐公安局的所有警察、民团、警备队，不得走漏半点风声，迅速包围文登乡师，别说人了就是一只鸟也不能飞走，首先逮捕于云亭、于荣瑞，随后仔细搜查，清除余党。

学校开除张童华后，党组织考虑到可能会引发他的激变，曾找人做他的工作，表示愿意出一部分资金，送他到北平上学。张童华放言除非于云亭拿八抬大轿，把他抬回乡师，当面赔礼道歉，才肯放他一马。得知这一情况后，于云亭已经预感到风暴将至，他和同志们耗费无数心血打造的这座红色学校，将被带入风雨飘摇之中。

于云亭、于荣瑞被捕，刘春风因为离开，逃过一劫。当时尚有胶东特委委员刘经三、刘松山躲在学校里，经学生掩护安全转移，已然暴露身份的丛烈光也迅速逃离校园。

文登乡师被罩进了白色恐怖的铁幕，一片死气沉沉，犹如坠落地狱一般。

在隐蔽的党员于洲、汤成久、王一平、刘其人等人的秘密组织下，学校组成了“营救校长委员会”，号召学生到县党部、县政府示威、请愿，控告张童华诬告好人。

一轮大大的月亮悬在幽蓝的天宇上，空洞地照着四野，文登城四门紧闭，住家商铺稀稀拉拉亮着灯烛。忽然，文登乡师学校里响起了震天的口号声，学生们排着队列在教师们的带领下，向着文登城挺进。很快，他们抵近城门，使劲擂着大门。值守的民团团丁喝道：“不要命了吗？敢砸城门！”学生齐声呼喊：“立即释放校长！严惩诬告坏蛋！”团丁一看这声势，知道不是自己能控制的局面，赶紧跑去报告刘崇武。刘崇武正愁着呢，逮捕于云亭二人后，宋鸣时命他将二人暂时收监，这等于把个烫手山芋丢给了自己。于云亭是正牌的国民党员，你说他是共党，也不过张童华的一面之词，没有一个人证物证，而且他是何思源钦点的人，何某人在教育界和文化界的能量大上天。团丁进来一说学生在闹事，真是怕啥来啥啊，他刚就任，屁股还没坐热县太爷的太师椅，就赶上了这档子闹心事，真够倒霉的！

解铃还须系铃人。他亲自到牢房动员于云亭出来做学生的工作，于云亭正有些话想对同学们说，就说：“你先让学生进来，听我讲话后才能回去！”刘崇武笑里藏刀地说：“于校长，我们都是党国的人，哪些话该说，哪些话不该说，恐怕不用兄弟提醒了。”于云亭哼了一声：“我公开给我的学生说几句话，你至于这样神经过敏吗！”

城门打开，同学们鱼贯而入，喊着口号冲向县政府。街道两旁站满看热闹的人，指指点点，交头接耳。

学生们来到县政府大院操场，有秩序地站好。一会儿于云亭在刘崇武的陪同下，出现在阅操的小台子上，他冲同学们挥挥手，大家静下来，人群里传来女生的抽泣声。于云亭清清嗓子，高声说：“我们处在爱国有罪、革命杀头的年代，你们要安心学习，一个人也不要离开学校。要请愿，全体去，要坐牢，一起坐！学生诬告老师是‘犯上作乱’，特别是乱搞男女关系，违反学校纪律，教育不听，反而陷害别人，此风不可长！若政府不明大义，允许‘犯上作乱’，我准备坐牢到底！”于云亭演说过程中，刘崇武的脸色阴晴不定，又怕触犯众怒，不好收场，无奈隐忍到底。于云亭的话虽不多，但句句戳到了点子上。刘崇武虚伪地喊话：“请同学们放心，于校长的事情很快就能查明，绝不会冤枉他的！”同学们高呼：“为校长申冤！校长是被人陷害的！惩罚诬告犯！”

在于云亭的劝说下，请愿的学生不情愿地踏着虚飘飘的月色返校了。

刘崇武额上汗水涔涔，心惊肉跳，一宿都没睡踏实。

几天后，学生们听闻县政府要把于云亭押解济南，准备集体卧路阻拦，当局又放风根本没有这回事，却在一个深夜里，由四名全副武装的警察偷偷把于云亭押往了济南，投进了韩复榘军法会审查委员会看守所。

营救行动继续进行，乡师推选了三名不是党员的学生代表刘国模、王夕廉、曲显明到济南请愿，堵住省府大门申诉，弄得韩复榘心烦意乱。于云亭这边一口咬定是张童华“犯上作乱”，诬赖好人。

三位学生代表也非庸常之辈，辩才了得，尤其是他们把张童华给于云亭的恐吓信拍摄成照片，带到了济南，更证明张是个无赖小人，坐实了他的“犯上作乱”之罪。

韩复榘把何思源叫去，问他：“你把于云亭派到文登去，到底是派了个国民党呢，还是派了个共产党？”何思源答得干脆利落：“于云亭明明是个国民党嘛！怎么又出来个共产党呢？我愿给他担保。”韩复榘亲自提审于云亭，问：“你是共产党吗？”于云亭说：“我不是共产党，我是国民党。”韩复榘笑笑说：“奶奶的，不管你是共产党，还是国民党，只要不是闹事党就行！”韩复榘不愿看到文登被闹得乱哄哄的，干扰了自己推行的乡村建设运动，也为了给何思源卖个顺水人情，当即宣布无罪释放于云亭。

于云亭返回文登那天，学生们跑到汽车站组织了一场盛大的欢迎会。与此同时，被押在文登监狱里的于荣瑞也被取保释放了。

这年暑假，于云亭辞掉校长之职，返回了济南，文登乡师的红色大戏也渐趋尾声……

也是这年，刘春风被人认出，他跟胶东特委商议后，决定转移去北平工作，正好当时特委与上级党组织失去联系已经很长时间，他一并帮着寻找上级党组织。

山，缄默无言，海，拍打着岩岸轰鸣……胶东大地微微震颤着，集聚在地下的岩浆缓缓流动；胶东共产党人在狂风暴雨里继续跋涉，一个凝聚着胶东民性与党性的领导核心正在牟海边区的海山之间“化蛹成蝶”……

第四章　飓风前夜

13.鸡鸭公司

隨崮山脉从西向东由七八道苍郁盘纡的山梁组成，最东边的那道气势非凡，头枕隨崮山，尾摆银沙滩，面朝波涛，矫矫欲飞，名叫藏龙山。山里有座寺，名叫霄龙寺，寺分东中西三院，1933年初春，西院里办起了一家鸡鸭公司，公司里三个人，白日里进进出出，黑夜里来来往往。这处荒寂很久的小山旮，多少有了些热乎气。

打头的这人正是刘经三。刘经三葫芦里卖的什么药呢？怎么作妖作怪地跑到这般偏僻的山旮旯里搞起这么原始的农业项目？要想挣钱随便到牟平县城里开个生药店、弄个绸缎庄那不是手到擒来的事？醉翁之意不在酒，他看重的就是这山水之间的"荒僻"，因为他表面打着办公司的旗号，干的却是秘密联络站的活儿。这个名为霄龙寺鸡鸭公司的秘密联络站，是胶东党组织发展历程中不可或缺的一环。

一个多月前，月黑风高，酷寒如铁，张静源、李润吾夫妇从莱阳县金口港搭乘一艘小帆船出发，经过两天两夜的风颠浪簸，在牟海边区的洋村口靠岸，经由地下交通员引领，来到牟平县北刘伶庄（现属乳山市冯家镇），见着了牟平县委书记刘经三、县委委员宋绍九等人。此时张静源的身份是中共莱阳县委书记兼海（阳）莱（阳）特别支部书记，这次冒险从海路东来，他肩负着一项秘密任务：受中共山东省委之命前来组建中共胶东特别委员会。

1933年1月28日，春节刚过两天，张静源赶往济南见到省委书记任作民，汇报了在莱阳发展党组织的情况。他到莱阳开展工作后，该地党员在短短几个月内扩大了三倍多，建立起四五个区级党支部。任作民对他在莱阳的工作非常满意，指示他："按照中央'三倍扩大党的组织'的决定，在莱阳党组织发展的基础上，以莱阳为中心，将党组织向胶东各地发展，待时机成熟就建立中共胶东特别委员会。"张静源听得两眼放光。任作民说："胶东各县党的组织发展不平衡，各自为政，没有形成一个统一的强有力的领导机构，影响了党在胶东的发展和壮大。建立胶东特委就是要打破这种一盘散沙的局面，把各地党组织的力量拧成一股绳，齐心协力，争取更大的胜利！"张静源自信地表态："请省委放心吧！前面就是有天大的困难，我和胶东的同志们哪怕拿牙咬，也得一点点把它咬碎。"最后，任作民把省委掌握的胶东各县的党组织线索，郑重其事地交给了他，这就等于把党在胶东的命脉放到了他手里。

张静源在返回的火车上陷入了沉思，在车轮的铿锵声中，他的大脑飞速地旋转，把他所了解的胶东各地的情况打碎、过滤、揉搓，一遍又一遍，寻找着最佳的排列组合方式。他眼前浮现出一个个年轻的面孔：宋竹庭、刘经三、张连珠、刘松山、李厚生、姜宗泰……这些生气勃勃的面孔带着坚毅的笑意向他点头致意，似乎都在说："干吧，有困难一起上！"窗外是单调的冬日景色，田野苍黄，林木萧索，山色冷寂，铁轨旁的村庄一派凋敝。在他的感觉里，每当列车轰鸣着驶过时，这些村庄都被吓得哆嗦一下……

经过慎重的思考和比对，他把目光投向了牟海边区。牟海边区位于牟平县、海阳县交界处，崇山峻岭，河汊密布，是敌人统治相对薄弱而我党深耕细作的一片区域，经过于洲、宋竹庭、王心一、于俭斋、刘经三等人前仆后继的工作，这里党的基层组织较为完整，群众基础较为厚实，最接近他想象中的胶东特委工作地的样子。

张静源回到莱阳后，迅速安排好工作，带上怀孕四五个月的妻子李润吾上路了，目标——牟平县山窝窝里的北刘伶庄。北刘伶庄跟胶东许多大山深处的村庄一样，像一粒藏在褶皱里的“小石子”，不翻过几道山梁是没法发现的，隐蔽性不言而喻。至关重要的是，这个村的宋绍九是牟平县委委员，也是村小学校长，群众威信高，张静源被牟平县委安排住在这里，安全系数自然有保证。

张静源作为胶东早期革命者的代表，却非道地的胶东人，他出生于鲁北博兴县高渡村一个殷实的农家。若是按照一般惯例推断，他应该守着祖业过安安稳稳的小日子，但时代的冲击波连这样一个僻远的小村庄也没放过，张静源毫无准备地被卷入了洪流。

可以说，青岛是“五四”运动的导火索。在1919年1月的巴黎和会上，日本人拒绝将自己攫取的青岛和山东的一系列权利归还中国。不仅如此，几个月后，参加巴黎和会的美英法等国又擅自议定了《凡尔赛和约》，和约要求德国把手中拥有的所谓“山东权益”，全部交给胃口越来越大的日本人。消息传到国内后，国人一片愤慨。5月2日，数千名工人聚在济南的北岗子，齐呼“收回青岛”“还我青岛”的口号，喊声响彻云空。两天以后，“五四”运动在北京爆发，中国历史由此出现了重要拐点。

正在济南求学的张静源，恰巧赶上“五四”运动爆发，他走上街头挥舞着手臂，高喊着一个个炙热的口号。罢课、游行、请愿，这些狂热的行动对一个青年人具有本能的吸引力，他像自己的同行者一样渴望着燃烧，渴望着爆炸，渴望着用自己的牺牲换来一个新世界。那么谁要问他：你的新世界是个什么样子呢？他又含含混混答不上来，他觉得那个新世界离自己很近又很远，这迫使他不得不冷静下来去沉思，去求索，去认证。

几年过去了，那个吸引自己的镜像越来越清晰了，就在蒋介石发动“四一二”反革命政变，血流成河，人人谈“共”色变，动摇分子脱党、自首、叛变之际，他却加入了这个组织，走上了一条职业革命者之路。

他走到哪里，就把信念种到哪里，故乡的村庄、崂山的学校、沧口的市镇、莱阳的城乡、海阳的山沟沟，他像水滴寻找着水滴，像火焰拥抱着火焰，像闪电迎迓着闪电。他曾对同志们这样剖白过心迹：我要为党的事业奋斗到底，如果我死了，我别无他求，能在我坟上立块二尺半高的小碑，写上“社会主义者张静源”，表达我对党的忠诚，我就心满意足了。

我们无法断定再过一百年，当人们重新在历史的故纸堆里，读到这一串滚烫的赤诚的文字时，会做何感想。作为那一代共产党人，他们抱持着最朴素的愿望，献祭出最干净的忠诚，高擎着最决绝的牺牲，把自己的生命与一份事业焊接在一起，他们对得起“民族的脊梁”这个词语，是一群真正“活过、爱过”的人。

小北风呼呼地从糊窗纸的破洞里吹进来，灯火前仰后合。张静源面容清癯，黑边眼镜下双眼微微内眍，看上去犹如一潭平静的水，但这潭水一旦被风暴裹挟就会掀起滔天巨浪。他两颗上门牙突出，因此在党内化名为“张大牙”和“舒大牙”。几双眼睛热切地看着炕桌旁的张静源，他能读懂里面那份期待。

不一会儿，宋绍九的母亲端上两碗“接风面”，放在张静源和李润吾面前，嘴里说着“快趁热吃！暖暖身子！”

热气弄得张静源的眼镜片有点起雾，客气是多余的，他三下五除二吃完，赞道：“真好吃！油水大，辣子足，面筋道，老长时间没这么过瘾了！”

宋绍九说：“愿意吃，明儿让俺娘再做。”

张静源摆摆手：“决不能再搞特殊化！——我们谈谈工作吧。”

刘经三开口说：“静源同志，我代表牟海边区的同志欢迎你！我们已经接到省里的通知，知道你带了省委的指示回来，同志们都等得眼睛发绿了！”

宋绍九帮着腔：“快给我们传达传达吧！我们一年到头闷着头干，能听到几回省委的直接指示啊！”

张静源说：“同志们的心情我是理解的，我就简明扼要地说说省委指示的精神。任作民同志要求我们尽快建立胶东党的统一领导机构，名称就叫中国共产党胶东特别委员会，以解决胶东各地党组织各自为政的问题，形成一个拳头。”说着他把五指慢慢攥起来，冲着桌子捶下——却只是个象征性的动作。

刘经三拍掌叫好：“一个拳头发力才能爆发出让敌人胆战心惊的战斗力！我赞成！”

张静源说：“建立胶东特委，必须有个依托的秘密联络站，这事必须尽快干起来！而且要高度隐蔽。你们琢磨琢磨有这种地方吗？”

刘经三说：“距我老家黄疃村十二里地有个霄龙寺，明朝年间建的，香火早衰败了，卖给附近一家财主，我跟他还能说上话，咱就把联络站安到那里去，神不知鬼不觉，保准安全。”

张静源一拍桌子：“就这么说定了，具体怎么干，经三同志看着来吧！”

翌日，张静源以园艺师的身份，骑上宋绍九借来的一辆破自行车到附近村庄了解情况去了；李润吾则被宋绍九安排进了村小学当教员；刘经三骑上自己的车子直奔霄龙寺。

跟霄龙寺主人的谈判很顺利。

他昨晚想好的话滴水不漏：“我想租下你这庙的西院，开春养上鸡鸭，混几个小钱使使。”

寺主人说：“你们刘家大门大户，倒在叫花子面前叫起穷来了。行啊，反正闲着也是闲着。”

刘经三话赶话：“什么大门大户啊，倒驴不倒架，就一个光鲜门面。你看这样行不行，我搞这个鸡鸭公司得投入个几百大洋，挺压手脖子的，这租赁费是不是——”

“好说好说，你看着赏就行！”

刘经三稍作沉吟：“你看这样行不行？你这寺庙前一大片空地，闲着挺可惜的，我给你种上苹果树梨树，树苗人工你全不管，收成全归你，折顶租赁费。”

寺主人一合计：“怎么不行啊！”

刘经三的小算盘打得溜透，真到了干事时，钱才是当家的。要想弄个像模像样的鸡鸭公司，这笔开支不算不知道，一算吓一跳，表面的投入，整修房舍，购买设施、鸡苗鸭苗和生活必需品，暗里的投入，张静源提议起码要买进一台印刷机，用以印刷各类宣传品、秘密文件，这笔开支也不是个毛毛雨。

那段时间真把刘经三愁坏了，这个窟窿不好堵。宋绍九动员妻子把娘家陪嫁的一副翡翠手镯卖掉了。李润吾把一件皮背心交给刘经三，他拒绝了，因为一看就知道这是从张静源身上扒下来的。张静源虽然生得人高马大，但常年的奔波，加上饮食不规律，营养跟不上，身子骨并不健壮，这大冬天要有个三长两短，岂不是得不偿失？李润吾说：“陶子同志，静源出门时嘱咐我，一定要你收下，他说建立联络站不是经三一个人的事，作难大家一块作。”刘经三托着皮背心，手有些颤抖：“静源同志这些年的操劳掏得身子忒厉害，前些日子你们坐船来这儿，怕又受了寒湿，咳起来鼻涕一把泪一把的，他经不起折腾了，这件皮背心必须给他留下！”李润吾面露难色：“静源的脾气你又不是不清楚，倔气得很，上了那股劲，八头牛拉不回来。”刘经三一笑：“嫂子你告诉静源同志别担心经费了，山人自有妙计。”李润吾也担心丈夫的身体，见他胸有成竹，便不再坚持。

刘经三嘴上说得轻松，心里依然像压了一个秤砣。他把自己的计划一告诉宋绍九，宋绍九就跟见了天外来客似的看着他，半晌才说：“你这着绝对是险棋，弄不好要出人命的！”

刘经三说：“开办鸡鸭公司的本钱靠同志们凑是白搭了，大家的日子本来就紧巴，指望不上。”

宋绍九说：“我首先不同意这样做，相信静源同志也不赞同。”

刘经三做出一个保密的姿势，说：“此事天知地知，我知你知就行了。”

宋绍九耷拉着头，像霜打的茄子：“我怎么想怎么对不起你家伯父。”

刘经三捶他一拳：“非常时期非常办法吧！你快些通知于作海、刘松林过来一趟。”

于作海在胶东地区是一等一的传奇人物，他后来的名字更响亮：于得水。这个名字对于上世纪许多胶东少年来说，就是一个快意恩仇、杀富济贫的“英雄梦”。

刘经三想出来的这条妙计就是制造一起“绑票案”，“肉票”不是别人正是他的父亲刘岐峰。刘经三参加革命后，为了筹措活动经费经常向家里伸手，说借好听点，其实就是白拿，一来二去，家底被他掏得越来越薄。虽然刘岐峰不说什么，可毕竟是一大家人，兄弟妯娌的闲话就飞起来。刘经三这次被逼得走投无路，他明白跟家里借几百大洋，刘岐峰就是再开明，想支持儿子，也会顾忌别人说三道四。他默念一声：“爹，恕我不孝了！”

于作海和刘松林来到后，刘经三详细交代了一番，特别叮嘱：“打起精神来，做出个土匪的样子，要是被看出破绽，砸了锅，拿你俩是问！”

于作海啪地打个敬礼："俺老于以小命向书记同志保证，肯定做得比土匪还像土匪！"

刘松林扑哧笑了："老于你说说，什么叫比土匪还像土匪？"

于作海挠挠脑袋，咧嘴一笑："老刘头这张嘴整天吃香油，滑哧溜的，俺不跟你废话。"

于是也就有了那段被传为佳话的"儿子绑架父亲"的故事。

三百元到手，所有问题迎刃而解，年久失修的屋舍修葺一新，火炕打起来了，简易的家具搬进来了，五百只鸡苗叽叽叽叫个不停，两百只兔子蹦跶个不休。刘经三还给自己配备了两名得力助手，一个是侯岳西，一个是于芹生，都是信得过的党内同志。

刘经三硬着头皮回了一趟家，刘岐峰就跟什么事也没发生一样，可刘夫人吓得喘气都细了。

刘岐峰说："听说你在霄龙寺里办了鸡鸭公司，搂草打兔子捎带脚，你把咱家那十几箱蜜蜂也弄过去，那边槐树山枣野花多，能多收几斤蜜。"

刘经三说："父亲深明大义，我代表同志们谢谢您！"

刘岐峰说："你们提着脑袋东奔西走，死都不怕，我再把这些身外之物看得天重，也忒糊涂了。国家内忧外患，还得靠你们年轻人啊。"

刘经三从家里搬来蜜蜂，往院子里一放，嗡嗡嘤嘤声与叽叽喳喳声再加上林鸟婉转，混合成了一支春天的小调，听着听着心都酥了。

一天夜里，宋绍九跟两个人赶着一驾毛驴车悄然停在鸡鸭公司门前，小心翼翼地抬进一台"黑家伙"。刘经三知道这是一台油刷机，是宋绍九个人出资购买的。这以后一份份宣传品从这台浑身黑亮的机器体内吐出，犹如暗夜里春蚕吐丝，然后带着晨曦的颜色传送到胶东各地。鸡鸭公司还秘藏着党的文件和好不容易弄来的枪支弹药。张静源经常来这里，跟各地以购买家禽为名而来的同志接头，安排任务，布局胶东革命。霄龙寺鸡鸭公司俨然成为胶东党组织的大脑中枢，一轮轮向外发射着秘密电波。

一个春寒料峭的夜晚，北刘伶庄街筒里闪过几个身影，宋绍九家的堂屋里花生油灯跳动着火苗，朝外的窗户都已用被褥密密实实地封好，一点灯光泄不出去。宋绍九的父母轮流围着小院警惕地遛弯儿，以防有人"蹲墙根"。

张静源沉静地说："同志们，按照中央'三倍扩大党的组织'的要求，咱们胶东党员的数量在过去几个月里增长非常快，省委书记任作民同志要求咱们在条件成熟的情况下成立中共胶东特别委员会，以便统一领导胶东地区的革命活动。现在我宣布中共胶东特别委员会正式成立！"

刘经三、刘松山、宋绍九、张连珠、李润吾等人眼里溢满兴奋欢欣，轻轻鼓掌祝贺。大家一致推举张静源任特委书记，刘经三、刘松山任委员。史称第一届胶东特委。张静源提出了"保守党的秘密，服从党的纪律，执行党的决议，按时到会，交纳党费"的发展党员标准，阐明了党必须掌握武装力量的必要性，动员大家买枪、募枪、收集散落民间的枪支，领导干部要带头学习军事知识，佩带短枪，为以后的军事斗争做准备，并任命刘经三兼管军事工作。

胶东特委的成立是胶东革命史上具有里程碑意义的事件，它是中国共产党在胶东成立的第一个直接领导各县党组织的机构。从此，胶东革命掀开了崭新的篇章。

正当胶东特委依托霄龙寺鸡鸭公司将一张组织建设的大网撒开，各县党组织迅速扩大之际，一个意外事件发生了。

1933年8月，国民党牟平县党部在县邮政局检查来往可疑信件时，一封收信人为"陶子"的信件，引起了他们的注意。有人告密说经常有外地写给"陶子"的信，而信都是由刘经三取走的。刘经三的行迹早就被县党部的人怀疑了，这封信更是坐实了他们的怀疑。

这天，牟平县政府教育科科长于振西到县党部闲逛。院中无人，他走到门口，一耳朵听见里面正在商讨如何打击共产党势力，有人急火火地提到了刘经三的名字。他不敢久留，转身溜出门，找到一部公用电话给刘经三打过去。于振西是牟平县党的外围组织“互济会”成员，平时跟刘经三来往密切，接受革命思想较多。他告诉刘经三这两天有暴雨，出门多加小心。刘经三对这句暗语所指自是清楚，心下一惊。因为刘经三的妻子姓陶，所以在党内便以“陶子”为化名。

鸡鸭公司经过几个人的打理，已经初见成效：小鸡变大鸡，开始咯咯哒咯咯哒地下蛋；小兔变大兔，下兔崽，剪兔毛，忙忙活活；十多箱蜜蜂一天到晚来来回回拈花惹草，弄得小院香气弥漫；就是当年栽的那些梨树苹果树也长了两拃多高。刘经三没事就猫在鸡鸭公司里喂鸡饲兔，张静源也以园艺师的身份常来帮着修剪果树。有时候他悠然神往，有朝一日，天下太平了，带着老婆孩子在这里务农也不失为一种理想生活，鸡鸭兔绕膝，早看朝阳浴海而出，夕看山衔落日而归，何等惬意啊！

刘经三接完于振西的电话后，回到鸡鸭公司，看看蜂蜜该割了，找来一个陶罐，洗净，擦干，将金黄的蜂蜜控满罐，封好口，准备晚上送回家，给父母尝尝鲜。这时从远处跑来一人，将一封信交给他，说是区公所让送来的。信上说瑞泉中学将要开学，政府很是重视此次开学典礼，特邀他明天上午到驻黄疃村的区公所开会商议此事。刘经三是地方政商界名人，一年前被聘为瑞泉中学董事长，他借机把不少共产党人安排进学校，也使这所乡村中学染上了浓重的红色。因为有了于振西的提醒，刘经三不敢掉以轻心，他找来侯岳西、李国屏等人商量对策。侯岳西说：“我看这很可能是一场鸿门宴。”李国屏也说：“这是做套儿等你钻呢。”刘经三说：“不去更显得咱心虚胆怯了，那还不等于不打自招？”侯岳西说：“那就去，不过你先就近找个朋友家住下，然后派人去区公所打探，看看有没有县里的人参加，再决定去不去。”刘经三点头同意。

当晚他提着那罐新割的蜂蜜，顶着一天星斗回到黄疃村，悄没声地进了家门，把蜜罐捧给刘岐峰。刘岐峰嗅了嗅说：“好蜜！一闻就是纯正的山花蜜。”刘经三说：“借花献佛，你的蜜蜂采的蜜，还能不叫你尝个鲜。”刘岐峰说：“这阵子咱家周遭净出现一些贼眉鼠眼的家伙，是不是你让狗子们闻到腥儿了？”刘经三说了于振西的电话和明天开会的事，刘岐峰一下子紧张起来：“看来情势不妙，你得做好跑路的准备。”刘经三平静地说：“我会相机行事的。”刘岐峰不满地看他一眼：“侯岳西他们分析得对，你没必要以身犯险，我看今晚你就甭在家住了，万一走漏了风声，保不准今晚他们就对你下手。”刘经三笑笑说：“如果明天他们撑开了口袋等我钻，今晚肯定睡大觉呢。”刘岐峰说：“好吧，你晚上警醒着点，我叫人放个岗。”

刘经三的打算是“单刀赴会”，他觉得自己好歹是牟平县的头面人物，只要抓不住自己真正的把柄，谅县里也拿他没办法。第二天，刘经三泰然自若地向区公所走去。他警惕地四处巡睃着，街上有些异样的冷清，犹豫一下，还是走进了区公所的大门。可就在他一只脚刚踏进门槛之时，门口站着的一名区丁出其不意地扯了一下他的衣襟，他一扭头，区丁向他投来焦急的眼神，一切尽在不言中。他急忙趄转身往回跑，刚跑几十米，身后就传来叫喊声……那个区丁跟他家有一层不远不近的亲戚关系，若非他示警，恐怕这时候刘经三已经蹲了局子。刘经三事后出了一身白毛汗。从此刘经三的身份暴露，只能走上职业革命者的道路。

那边侯岳西预感到事情不好，就跟李国屏把霄龙寺鸡鸭公司的油印机、秘密文件和枪支弹药转移到安全处，并把李国屏安排到自己的老家小侯家村躲起来。午夜时分，他独自一人回到鸡鸭公司，刚推门进屋，就被十多名警察堵了个正着。警察们气势汹汹地盘问他，他心里有数，虚与周旋。屋里早被搜得一片狼藉，奈何毫无证据，敌人只能骂骂咧咧地走人。

维持运转半年多的霄龙寺鸡鸭公司，随着刘经三的暴露无疾而终。令人奇怪的是，它虽然对外称鸡鸭公司，可是自始至终，却从没养过一只鸭子。

14. 牺牲者

骄阳泼火，蝉声如织。一辆扎了简易顶篷的地排车咯吱咯吱地行进在从牟平山区到烟台市区的路上，拉车的汉子正是张静源。他的额头上汗水滴滴答答，有的溅到镜片上弄得一片白花花的水晕，有的滚进嘴角里，是那种酸涩的味道，狠狠地叮一下舌头。上衣溻得贴在脊背上，他的身子依然像一张饱满的弓充满力量，而他的左手却只能虚虚地照应着车把，用不上一丝一毫的劲儿——那是几年前他在青岛教书时，赶上山洪暴发，冲跑了几名学生，他跳进洪水奋力营救，学生得救了，他却被不知什么东西伤到了左手，留下了终身残疾。车篷下的女人当然是李润吾了，她怀里抱着刚满月的婴儿，浑身散发着乳香味的母性气息，一脸浓得化不开的甜蜜。她低头看一会儿婴儿，嘴里发出柔软的声音，又抬头心疼地看看拉车的丈夫，说："别累坏腿脚，找个阴凉歇歇吧。"男人喘息着说："七八月的天孩子脸，说翻脸就翻脸。"

根据上级意见，胶东特委需要转移到烟台市区，以便于各地的联系——其实这样做是极度危险的，城市是敌人统治的严密地带，军队、警察、特务、暗探遍布各个角落，而且鲜血淋淋的教训，就在眼前。无疑这仍然是一次城市中心论的“蛊惑”，但是作为下级部门是没有拒绝理由的。事态的发展再次验证了这次转移的颟顸。

张静源缓下脚步，回头看看母子俩，初为人父的幸福感让他的每根汗毛都闪耀着骄傲。他说：“润吾，到烟台后我们开家裁缝店当特委的秘密联络点，你一边接点活，一边看护孩子，好歹不再跟着我奔波了。”

李润吾用鼻音哼着无词的曲调哄着孩子，又长一声短一声地叫着孩子的名字“启明、启明”，好像他能听懂似的，然后说道：“是啊！党给你的工作太多了，我怀孕这段时间，你老往外跑，有时候连着两个多月见不上一面，我挺着个大肚子在村里走来走去，好在有宋大娘热汤热水照顾着，要不还不知道遭多少罪呢。”

张静源说：“润吾同志，不能老是发牢骚，你没看到这段时间我们的工作多有起色吗？好多县都建立了县委、特支和党支部，还建起了两三支小型武装，打掉了敌人的几个盐局子、区公所和乡校，咱不能眼睛老是盯着脚底下的三寸之地。”

李润吾咬着嘴唇，脸耷拉得老长。张静源赶紧说：“我是说这些成绩不是我一个人取得的，是大家伙共同努力的结果，这个大家伙也包括你润吾同志啊！”

李润吾只是做做生气的样子，她还不理解自己的丈夫吗？她扑哧笑了：“你这么说还差不离，我就怕你说我只会围着锅台转……”

两人好久没有这样轻松说笑了，那种柴米油盐小日子的氛围浸润着他们，连空气都被感染了，啪啪地发出正负电荷摩擦的快乐赞叹……

在烟台市北大街一所临街的旧房子里，刚刚开张的裁缝铺还没正式接待过一名顾客，张静源手忙脚乱抱孩子的狼狈样儿，李润吾还没看够，莱阳县的宋化鹏就像神仙一样蹑踪而至。李润吾惊诧这才到烟台四五天，隔着这么远的莱阳县就能找上门来，也真是奇了怪了。宋化鹏是张静源先前在莱阳开展工作的得力助手。前不久，山东省委再次被破坏，胶东特委失去了跟上级的联系。张静源跑到天津找到中共中央北方局代表，领回了成立中共莱阳中心县委的指示，回到莱阳县水口村，召集了刘松山、宋化鹏、宋云甲、李仲林、谢明钦，成立了中心县委。因为胶东特委断了跟省委的关系，莱阳中心县委一时成为领导莱阳、海阳、文登、牟平、荣成、福山、蓬莱、招远八县的首脑机关。宋化鹏担任着中心县委的宣传委员。

张静源把宋化鹏拉进里间屋里，因为他从宋化鹏的神色里判断莱阳那边肯定有大事发生了。

随着宋化鹏的讲述，张静源心底的火气噌噌直蹿。前几天中共青岛临时市委派了一个叫李林的特派员到莱阳巡视，在巡视中发现原莱阳县委的徐元义（化名徐自由）擅自又成立了一个“中共莱阳县委”，自任书记，与莱阳中心县委分庭抗礼。这种情况从没在别的地方发生过，所以他让宋化鹏通知张静源速速返回，一同商议处理此事。那么一个问题来了，青岛临时市委怎么也能管辖莱阳的党务？这个问题很难厘清，就比如胶东特委跟山东省委失去联系后，可以去找中共中央北方局一样，理论上只要是上级党组织就能指导下级党组织，那时的辖区意识还不分明。而且，实际情况是，这个徐元义擅自成立的莱阳县委正是打着青岛临时市委的旗号成立的，徐有个弟弟徐元培在青岛临时市委当交通员，他正是通过徐元培谎称莱阳没有县委而得到青岛临时市委批准的。

张静源脑海里浮现出徐元义的影像，不高的身材，精明的小眼睛，说话总带着一股狠气，熟悉他的同志说他自小练武，逞强斗狠惯了，自然举止上总带着霸道的气势。

宋化鹏最后说：“徐元义因为莱阳中心县委没有吸收他进去，心怀忌恨，跑到栖霞后打着青岛市委的旗号，大肆招收党员，狗子猫子都要，听说连地主老财只要交上钱也能入党，所以一下发展了几百名党员。他觉得有人了，腰杆硬了，敢跟咱们对着干了。”

张静源说：“这件事很复杂，开始时徐元义的革命性还是很坚决的，现在闹到拉山头的地步，也有我们工作不细致的原因。”

宋化鹏气哼哼地说：“他就是流氓成性惯了！他在教学的那个学校里骚扰女学生、女教师，当时我们都批评过他。他好逞英雄主义，谁的话都听不进去，所以和同志们闹得都很顶牛。”

张静源说：“这样吧，我交代一下，咱们立刻动身回去。”

张静源来到前面房里，伸手捏捏小启明的脸蛋，就是古书里说的吹弹可破的那种美妙感觉，孩子冲他挑出一个粉嘟嘟的笑，他的心瞬间被融化了。他抱歉地抚摸着李润吾的头发，说：“莱阳发生了严重事件，我得立刻去处理一下。”李润吾抬起头，眼里包着泪水：“刚到烟台，你就走，我们娘俩怎么办？”张静源说：“我们只能克服一下个人困难了。”李润吾声带乞求地说：“能不能晚点去？等这边都理顺了，要不我真的抓瞎了。”张静源说：“我可以丢开你们母子，但不能丢开党哪！我的生命是属于党的。”李润吾知道任何挽留都是无效的，便吧嗒吧嗒掉眼泪，一个女人带着婴儿在一个陌生的城市里，眼前一抹黑，接下去的日子可怎么过啊？张静源拍拍她的肩头，安慰道：“别伤心，我一定在中秋节前赶回来，咱三口一起玩月。”李润吾咬着苍白的嘴唇说：“你可得多加小心啊！那个徐元义我见过，不是个省油的灯。”张静源豪迈地笑道：“我身后有一千多名坚定的共产党员做靠山，我还怕他徐元义吗？”

李润吾抱着孩子立在门前，翘首看着张静源和宋化鹏走远。在道路拐弯儿处，张静源回过头来张望了一会儿。自此，她就扳着手指数日子等待远行人归来……

徐元义这段时间既爽气得爆棚，又有点发蔫：爽气自然是因为他走的一步险棋成了绝杀，狠狠将了张静源们一军；发蔫是因为他跟青岛临时市委特派员李林接触后，感到李林并不像他预期的那样把评判的天平倾向自己，而是有意把自己费心巴力建起来的莱阳县委取缔，合并到张静源的中心县委去。

徐元义是1932年张静源第一次到莱阳县发展组织时，介绍入党的那批人中的一个。当时他没想到莱阳党组织发展会如此迅速，王之凤、宋玉桂、刘仲益、孙世平、刘坦、梁辑卿、周方、左武堂、刘兰芳、宫兼三等人，大多由他直接或间接介绍入党，渐渐成为胶东党组织的骨干。后来，有人对张静源发展党组织的做法提出了批评，指责他甄别潦草，挖到篮子里就是菜，才致使像徐元义这样的投机分子混进了组织。当然这是一种剥离了时代环境的评判，站着说话不腰疼，不值一哂。

徐元义身上有很强的领袖欲，我行我素，桀骜不驯，不经批准就跟其他党员发生横向联系，喜欢搞哥们义气，拉拢了一批人围着自己转。在周方的村子褚家疃小学当教员时，他跟周方的侄女谈恋爱，遭到周方反对，两人闹得很是尖锐，到了反目成仇的田地。据胶东特委委员刘松山回忆："县委经过研究，布置党内的同志不要与周方、徐元义接触，但没有宣布开除他们的党籍。"周方因为与徐元义义气闹事，也一并受到了党组织的冷处理，应该说组织上对他俩是一碗水端平的。张静源曾经当面批评过徐元义，他表面表示虚心接受，回过头该怎么干还怎么干。因此，这次成立莱阳中心县委时，徐元义被排除在领导班子之外，他被彻底激怒了。他愠怒地跑到栖霞县，打着青岛临时市委的旗号，造谣说：张静源没有上级指示，是自己跑到莱阳来的，他那个县委不愿接受青岛市委领导，乱搞，我们这个县委是青岛市委同意的，是真正的县委……在栖霞、莱阳边界地区，徐元义以拉夫方式纠集地痞流氓、反动道首、无业游民，很快拼凑起一班人，悍然成立了“中共莱阳县委”。徐元义的举动既有对张静源等人的报复，也掺杂着个人野心。因为有在青岛市委工作的弟弟撑腰，他有恃无恐，也想过一把乱世枭雄的瘾儿。

李林来到莱阳后，在徐元义老家小徐格庄约见了他，了解他成立莱阳县委的情况。徐元义义正词严地宣称：“张静源那伙人故意排挤我，给我造谣，我在莱阳没有立锥之地，更不愿跟他们发生摩擦，正好栖霞还是一片组织工作的处女地，我就在那儿孤军奋战干起来。而且——”他故意停顿了一下，“我当初成立莱阳县委是得到青岛市委批准的，这个情况想必你清楚，而他‘张大牙’空口白牙，说什么得到上级组织的委任，鬼才信呢！”

李林严肃地说：“你们都是党领导下的组织，这一点毋庸置疑，所以首先要放弃成见，更不能相互攻击。张静源同志组织的莱阳中心县委是直接受北方局领导的，这一点我们已经确认过，下一步的工作是如何破除你们之间的猜疑，两个县委合二为一。”

徐元义涎着脸皮说：“我们井水不犯河水，两边发展两边壮大，不是对革命工作更有利吗？”

李林说：“这是违背党的组织原则的，会造成党内领导体系混乱，所以这种状况必须纠正。”

徐元义咬着牙没吭声，冲着屋顶直翻白眼，一肚皮的叽里咕噜，他纳闷的是自己的弟弟难道没有做做李林的工作。

细雨霏霏，隐约的雨雾笼罩着灰苍苍的莱阳县城，狭窄的街道上积着一洼洼水，人力车、自行车、摩托车驶过，污水飞溅，路人赶紧跳着躲避，嘴里不干不净地骂两声。东西大街上的谢家裁缝铺，布幌子湿沉沉地垂着，店主人谢谦坐在迎门的一张凳子上，飞针走线，不时机警地瞥一眼门外的街道，昏暗的房间里似乎暗藏着一个巨大的秘密。谢谦是莱阳县委谢明钦的弟弟，他的裁缝铺是党组织的秘密交通站。此时，店面后的小屋里，正进行着一次密谈，谈话的三人是李林、张静源、李仲林。李仲林是莱阳中心县委委员兼共青团书记。

李林先表明自己的身份和此行的目的："静源同志，我是受青岛临时市委书记李大章同志委派来处理两个莱阳县委问题的。"

张静源说："我刚从烟台赶过来，路上宋化鹏同志已经给我讲了一些情况。我先说说徐元义同志的问题。这个同志个性强，喜欢搞个人主义，漠视党的纪律，跟一些同志闹过摩擦，在生活作风上，男女关系很随便，影响了党的形象。我曾经严肃批评过他好几次，可能是方式方法不对，并没有达到教育和匡正的目的。"

李林说："他的问题我在跟一些同志谈话中已经有所了解，我想就下一步两个县委的问题，跟你商议一下。"

张静源说："两个县委的局面是徐元义瞒着青岛市委一手造成的，他擅自成立的那个县委必须撤销，这是我和莱阳绝大多数同志的共同看法。"

李林说："我同意你们的意见，主要是对徐元义同志怎么安排？"

李仲林说："徐元义欺骗青岛市委，拉帮结派，把入党当作投机买卖，他在栖霞发展党员时，富农、地主、豪绅只要交十块大洋或两把手枪，就能入党，影响之恶劣，令人发指，不开除其党籍不足以平众怒。"

李林说："这件事还得本着和平解决的原则，不能弄出擦枪走火的事故来，你说是吧，静源同志？"

张静源郁郁不乐地说："如果他能痛改前非，深刻认识自己的错误，组织还是欢迎他的。"

李林便岔开了话题，不咸不淡地说着国内国外的形势。

李仲林忽然对张静源说："静源同志，李林同志从大地方来，对国内外的形势掌握得透彻，能不能请他给咱们做个形势报告呢?”

张静源说：“那敢情好了！这样的机会太稀罕了！就看李林同志有没有时间了。”

李林说：“我看可以。这样吧，我们就在小徐格庄搞一场形势报告会，正好你们跟徐元义碰个头，一块把这里的问题敲定下来。”

提议让李林做形势报告，是张静源跟李仲林唱的一出双簧，因为莱阳中心县委受中共北方局领导，从未直接跟青岛市委发生过联系，大家对李林的政治身份存有疑问：他到底是不是青岛市委派来的？通过做形势报告，李林的实底就能试出个八九不离十。

弦月朗朗照，南风轻轻拂。小徐格庄徐氏家庙。李林双目炯炯，挥舞着手臂，声情并茂地演说着。张静源、宋化鹏、李仲林、刘松山、宋玉桂、徐元义等三十多位党员，围坐在他周围，表情严肃，气氛凝固。李林为大家做了中央红军粉碎国民党反动派第三次“围剿”后的政治形势报告。张静源边听边颔首。徐元义则心猿意马，不时警惕地扫视一下会场，一只手摁在腰部。

报告会结束后，李林即刻主持召开了由张静源、宋化鹏、徐元义参加的两个县委合并会议。张静源带来的党员和徐元义的亲信都没离开，游荡在附近，紧张地关注着会场里的动静。

李林打破了尴尬的氛围，说：“今天这个会议，是我受青岛市委书记李大章同志委托召开的，我讲的意见都是代表市委的意见，希望大家从大局出发正确理解。”

张静源表态：“李林同志代表市委过来，是对我们工作的极大帮助，我代表莱阳中心县委表示衷心拥护。”

徐元义说：“我非常感谢李林同志对我和莱阳县委的支持，对市委的决定我无条件接受。”

李林说：“根据我走访调查得到的情况可以断定，徐元义同志在成立莱阳县委之前，张静源同志已经受中共中央北方局之命成立了莱阳中心县委，也就是说徐元义同志在青岛跟李大章书记汇报的情况不实，这才导致青岛市委做出了同意他成立莱阳县委的决定。市委的意见是两个县委立刻合并，合并后的县委由张静源同志担任书记。”

张静源舒展开微蹙的眉头。徐元义脸色铁青，嘴唇微微战栗。宋化鹏紧盯着他的一举一动，悄悄把手放在腰间的手枪上。

徐元义忽然站起，手按着桌子，瞪着一双鹰隼般的眼睛看着李林：“李林同志，我认为市委的意见有点武断。我到栖霞、莱阳交界发展党的组织，也是响应中央和省委积极扩大党组织的精神，已有几百名进步分子投入了党的怀抱，这个决定等于又把他们撇到了荒郊野外。”

李林说：“你发展的那些党员，在两个县委合并后，重新进行资格和身份审定，合格的留在党内，不合格的退党。”

徐元义眼里似乎喷出火来，但他强行克制着说：“这不等于说我做的大量工作都白做了吗？这太寒同志们的心了！”

李林严厉地说：“你自己组建的县委，青岛市委是不承认的，只有合并后的县委市委才予以承认。”

张静源沉着地说：“我对市委的意见完全拥护！两个县委并存造成了党的组织系统的混乱，给人民群众留下争权夺利的恶劣印象，极其不利于开展工作。我们会根据市委的意见尽快完成合并工作。”

徐元义气急败坏地说：“你们这是攫取我的胜利果实，我不服！起码，在新县委里应该给我个说法！”

李林看看张静源，说：“我看新县委可以考虑接受徐元义同志进入，古人说兄弟同心其利断金嘛！”

张静源说：“我们会充分考虑你的建议的。”

正在这时，一名满头大汗的交通员推门闯进来，递给李林一封信。他匆匆扫了一眼，说：“同志们，计划不如变化快，这不大章同志来信说，市委有紧急任务，要求我立刻赶回青岛，剩下的工作就按我们的既定方针进行。一个月后，由徐元义同志到青岛向市委汇报工作完成情况。”

他跟在座的人一一握手，走到徐元义身边时，握住他的手说：“元义同志，好好跟静源同志配合，把眼光放长远些，心胸扩大些。”说完拍拍他的肩头，跟上交通员走出小院，疾步走进了溶溶月色……

1933年10月11日，在莱阳县水口村宋玉桂家里，张静源跟刘松山、宋化鹏、宋玉桂碰头。张静源看上去心情不错，满面春风，说：“这次回莱阳要解决两件事，一个是改组莱阳县委，莱阳成立县委，海阳成立特支，再一个是解决徐元义另立县委的问题。目前，两个问题都有了眉目，总算可以喘口匀和气了。”

接着，他们根据李林的要求研究了新的莱阳县委和海阳特支的组成人选，新的莱阳县委书记由张静源兼任，宋化鹏、徐元义任副书记。

张静源对大家说：“目前胶东特委的联络站搬到了烟台，正想开始工作，莱阳就出了这么大的事。今天上午我就动身去徐元义那里，把县委的决定通知他，完成两个县委的合并工作。”

刘松山腾地站起来，说：“我不同意你去徐元义那里，太危险了。”

宋化鹏跟着说：“姓徐的心狠手辣，不得不防。”

张静源说：“为了党的工作就是龙潭虎穴我也得闯，何况是去自己的同志那里。我去是解决问题，不是闹事，徐元义能把我怎么样？”

宋玉桂说：“虽然李林同志临走已对两个县委的合并做了决定，但我看徐元义心犹不甘，他肯定觉得是我们的县委吞并了他的地盘。”

张静源说：“同志们多虑了，合并两个县委是青岛市委做出的决定，徐元义本身也答应了，而且新的县委也吸收他进了班子。这个结果对各方面来说，都是可以接受的。另外，”他看看大家，“我在小徐格庄处理完事情，就直接回烟台了。”

几个人见张静源主意已定，劝解无益，便都闷头不语。

张静源笑着跟大家握手告别，然后出门骑上自行车，风一样驶远了。

徐元义对张静源的到访颇感意外，见面时心里不住嘀咕，仔细一审，张静源不像是使诈，悬着的心才落回肚里。

张静源说了成立新县委的事。徐元义嘴上喏喏，肚子里却滚起车轴：天予不取必自咎，何不做了他，继续做我独立王国的县委书记？他杀心渐起，面上却阳春三月，说：“我对静源同志的提携和谅解，深表谢忱。这次事件对我来说，是一个惨痛的教训，我今后一定努力工作报答你的恩情。”

张静源说：“人非圣贤孰能无过？再说对你的意见是县委共同做出的，不必说什么感恩不感恩的话。”

徐元义说：“这样行不行，今晚我把在附近发展的党员召集起来，你给大家宣布一下两个县委合并的事，也叫大家心里亮堂亮堂?”

张静源答应了。

入夜，徐元义引着张静源到村东南一片叫芹沟口的河滩地，与他约的人见面。繁星闪烁，蛙鸣声声，不远的河里传来鲇鱼怪异的叫声，一颗流星划过天幕，似乎星辰抖了抖身子。张静源忽然想起自己错过了与李润吾的圆月之约，心头滚过一阵酸涩的热流，他仿佛看见妻子在倚门翘首，怀里的婴儿像一团温馨的绒球，放射出圣洁的光辉。

不知不觉到了。张静源看到星光下几个影影绰绰的人影向自己走来，他热情地迎上去。身后的徐元义忽地打亮了火煤子，瞬间他头脑里嗡的一声鸣叫，感觉整个世界的重量向自己压来，他的喘息越来越短促，一个闪电般的念头最后划过他意念的天空——这位青年革命家生命的时钟，永久地定格在了三十二岁的那个黑夜。

张静源神秘失踪后，刘经三赶到莱阳，同刘松山、宋化鹏、宋玉桂等人见面了解情况，大家不约而同地把怀疑的目标锁定为徐元义。派出去侦查的人在徐元义的亲信身上找到了张静源的钢笔，还有人看到徐元义的亲戚骑着张静源的自行车出门了，一切不言而喻。刘经三、刘松山、宋化鹏等决定严惩叛徒。

几天前徐元义的小学同学姜宗泰、李元勋很识相地跑来投奔他，并告诉“徐书记”说他们这阵子发展了十多名党员，请他跟大家见见面，鼓鼓劲。徐元义跟着两人踏着夜色赶到莱阳县淳于村后石青窝，姜宗泰一口一个县委领导，叫得徐元义心花怒放。就在徐元义跟新发展的党员握手时，突然有人攥住他的手死死不放。他惊恐地挣扎，被对方生生掰断了手指，几个人上来把他死死摁倒在地。姜宗泰宣布说：“你谋害张静源同志，叛变革命，现在就叫你血债血偿!”徐元义是个练家子，突然爆发出一股蛮力挣脱出去，扑通跳进身边的“庵儿湾”。姜宗泰等见状，跟着跳进去，捉住他的手脚，纷纷抡起手里的石头向这个叛变者狠狠砸去……

姜宗泰在莱阳一带的情况跟于得水在文登有的一比。1934年1月，莱阳游击队队长姜宗泰在万第镇开会，被县保安队六百多人围了个铁桶一般。通信员林月樵为吸引敌人注意力，高喊：“我就是姜宗泰！我就是姜二虎（姜的绰号）!”边喊边甩盒子枪，向着与姜宗泰相反的方向撤退。姜宗泰成功突围了，林月樵却牺牲在牵制敌人的战斗中。事后姜宗泰说：“姜宗泰已被敌人杀害了，活着的应该是林月樵。”从此姜宗泰的名字消失了，胶东半岛多了一个让敌人闻风丧胆的“林月樵”。

1933年11月，胶东特委委员刘经三在文登乡师召开胶东七县党组织联席会议，针对特委书记张静源被害后的形势，决定派人到北平、天津寻找上级组织，未成立县委的县，立即组建县委，积极开展革命斗争。

其后，刘经三北上北平，与中共北方局取得了联系。北方局派陕西人常子健随刘经三返回胶东，于1934年2月在文登县林子西村组建起了以常子健为书记的第二届中共胶东特委。运转至当年9月底，随着张连珠、刘经三、李厚生在视察途中被捕，势单力孤、处处被动的常子健深感一个外乡人开展工作之艰巨，遂出走青岛，导致这届胶东特委流散。

那年冬天，烟台市北大街上，人们经常看到一位年轻的母亲抱着一个咿咿呀呀的男孩站在夕照里，向着街道的拐角处久久瞭望。行色匆匆的旅人没有带来远方的消息，林梢的暮鸦嘎嘎鸣叫着倏地惊起，射向云天……

15. 乳娘前传

1935年的胶东半岛，风云在天际集聚，地火即将咬破地壳。让我们暂时把目光从张连珠、张修己、程伦、曹云章这些革命者身上，转移到几个平凡女性那里，她们虽然没有亲身参与到接下来的那场血与火的斗争中，却也在此时身不由己地走到了洪流的边缘，接受着时代氛围的浸染，而她们的故事将在几年后的战火硝烟中，绚丽绽放……

1935年1月，接连三场大雪前后脚光临胶东，“猫冬”的人们像长在火炕上一样，尽最大限度减少户外活动。女人缝缝补补，纳个鞋底，跟姐妹妯娌磨磨牙。男人闷头咬着老粗纸自制的“喇叭筒子”吞云吐雾，弄得小屋里烟雾缭绕宛若仙境，也少不得嚼着老咸菜疙瘩、小咸鱼之类的下酒菜喝一口粗劣辣嗓子的“老烧”，每每这时是男人们累死累活半辈子里最受用最“得”的时光。屋檐上倒垂着一把把“冰剑”，长的三尺多，短的一拃儿，接近晌午这些冰挂便因为融化的原因开始掉落，哗啷哗啷，粉身碎骨，一时间整个山村回荡着宁为玉碎不为瓦全的宣言。不怕冷的孩子们跳着脚去打它们，又是一声哗啷，又是一片飞花溅玉的粉碎，随即迸出一阵不知愁的朗笑……到了半下午，屋顶上的雪水流到原来的冰挂尖儿上凝滞了，攒出新尖儿，冰挂又长长了三寸，已经垂到了窗口，此时看上去先前寒碜的小茅屋倒有了些水晶宫的味道。

到了夜里，白毛风从山坡上滚下来，咚地狠狠撞击一下村子，震得张豪绅院子里的那两棵一搂多粗的老槐发出吱嘎吱嘎的怪叫。大雪从黑咕隆咚的天空跳下来，一层一层掩盖着万物，捂住乡村的门窗，抹掉羊肠小道，没收了声音，岑寂满山满谷。

忽然，一阵压抑的嘀嘀咕咕声从街道上由远而近，四五个闺女挤搡着向着一处灯光走去。十六岁的宫元花头一次溜出家门“逛夜校”，心里满是好奇和期待。

据说，这夜校是附近地口村一个在烟台读书的姓于的学生义务开办的，主要课程是教老乡们识字写字，但他的事业很不景气。人们对这个一口新思想新道德新生活的“学生崽”并不买账，板着死脸皮，警告儿女们离他远点，莫学不到学问，倒学了他一身毛病，连自家吃苦耐劳的本事都弄丢了。

宫元花就接受了父母这般严厉的警诫：“女子识字，还不上房揭瓦！”“在家好好待着，别整那些西洋景儿！”她乖乖地窝憋在家里拾掇这拾掇那，锅台都擦拭得快秃噜皮了。其实她的心早就翻墙滚进了风雪里，迎着那盏灯火狂奔而去……东邻的樱子去听过三四次了，西邻的大珍、小杏姐妹俩也去了两趟，只有她被拴在锅台扫帚针线上。她偷偷叹口气：据说那个学生讲了很多闻所未闻的大城市生活，比如那里的女人跟男人一样出出入入，跟男人说话不用低声下气，穿时新的衣服，烫波浪一样的头发，脚上的鞋跟尺把高——这、这简直就是怪物啊！她被吓了一跳，但这怪物又似乎具备某种迷人的本领，在她意念里牢牢吸附着，挥之不去。又据说那个学生写得一手好字，手也长得好看，手指白白长长，捏着粉笔，啪啪啪吐出一个字，老母鸡下蛋也没他顺溜。她有了一种想象：那只白皙的手在黑板上像蝴蝶一般飞舞着，自己则变成了他写出来的"花儿"，大胆地迎向他那双清凌凌的眸子……门环怯怯地响了三下，是小杏的暗号。她小心地取下门闩，挤出身子，像纸片一样跟着小杏飘走了，身后砸来爹娘的吆喝声：别疯没了……

南马石村（现属威海市乳山市）被一道道山梁隔绝了与外界的联系，从村里能到一趟乡公所的人被视为能人，能到县城的人是当之无愧的英雄，到过烟台的人回到村里被奉为神明，外面的世界对他们来说是一种无法想象的存在。好在这些年总有一些风吹进来，给这个死水一般的村子搅动起一阵惊慌的涟漪。不过用不了多少时间，村子还是那个村子，日子还是那种日子。也就在宫元花六七岁的时候，她奶奶和她娘提出了一个严峻的问题：她到了该缠足的时候了，再不动手可就木已成舟，坐蜡了。她爹比较现实，认为不缠足可以帮着打理很多家务，主张天足，但她奶奶和她娘坚决不同意，整天絮叨那个谁谁的媳妇就因为是个半大脚，一辈子在三寸金莲的婆婆面前抬不起头，也讨丈夫的嫌，动辄就是一顿老拳。她们也很现实，不缠足想找个好婆家，半个铃铛怎么响的？最终她还是被几个女人老鹰抓小鸡似的摁住，裹上了缠足的粗绫布，那种死去活来的痛让她第一次尝到了做女人的悲辛。开始那阵子奶奶和娘盯得死紧，以防她偷偷松开裹脚布而前功尽弃。后来老虎打盹了，她松了松，老虎发现了，又紧一紧，这种韧性的对峙持续了一年多。那天奶奶瞧瞧她那双不争气的脚，摇了摇头，一脸晦气地走了。宫元花不管这一套，为自己的小阴谋得逞而沾沾自喜。但她娘却没有放松对她的脚的管理，依然把它捆绑得像一个小玉米棒子。

宫元花跟着大珍、小杏走进那间叫“夜校”的小屋，于先生留意到了这个新学生，冲她一笑。她羞赧地低下头，紧紧抱住大珍的胳膊，好像生怕被谁掳走似的。屋里坐着十几个年轻人，夹杂着几个上年纪的人。有人抽烟，于先生示意他掐掉，他赶紧站起来，跑到门槛前，猛嘬几口，把烟蒂丢进雪地里，吱啦一声，雪在喊疼。

宫元花好奇地打量着周围的一切，大家对这位十八九岁的于先生很是宾服。他的语气那么谦恭，总是笑着说话，但你也会觉得他有一种不可冒犯的威仪。他今晚教大家认识的字是“權”，他先在黑板上写一个大大的范字，然后带领大家读：“q-u-an——”宫元花张了张嘴，却没发出声来。于先生连续教大家读了十几遍，渐渐地宫元花出了音儿，跟上了大家的节拍。她似乎看到于先生冲她笑了笑，她周身涌动起一股力量。她盯着黑板上那个张牙舞爪的家伙，努力要把它记到心里，刚刚记住了，但她一扭头，它又溜走了，真像一条滑溜溜的泥鳅啊！想到这儿，她差点笑出声来。

于先生开始讲解这个字的意思。他问：“乡亲们，你们常年种地，头顶星星，脚踩露水，为什么还吃不好、穿不暖？”

他让大珍回答，大珍大方地站起来：“是因为俺们种的是地主家的地，打的粮食，大都交地租了。”

宫元花羡慕地仰视着大珍，那一刻她觉得大珍好了不起。

于先生说：“乡亲们为什么要交地租？因为你们没有土地，地主掌握着‘地——权——’。”他边说边敲了敲黑板上的那个字。宫元花看到那个字摇身变成了村里王地主宫财主的样子，晃了晃膀子，腆了腆肚子，好像鼻孔里还哼了一声。

于先生继续讲：“当官的为什么可以随便欺负咱老百姓？”

他示意宫元花站起来：“这位新来的同学说说吧。”

宫元花捏着衣角站起来，瞅着房顶，脑子里一群知了嘶鸣，好不容易镇定下来，吭吭哧哧地说：“人家手里有枪炮呗。”

于先生笑笑说：“你回答得很好，枪炮代表什么？代表着政权，对了！是因为当官的手里有政——权——”他又敲了敲那个字，那个字随即在宫元花的眼前变作了一班大腹便便、头戴乌纱帽的“做官的”，并且她印象里的做官的都是乡间戏台的县太爷的样子，因为她长这么大还没见过真正做官的是个什么样貌呢。

于先生又问：“在座的大嫂们姐妹们想一想，在家里为什么男人可以打老婆？”

他让一位三十多岁的妇女回答，这位大嫂站起来说：“俺那口子可不是这个脾气！他对俺百依百顺的。”

于先生启发道：“你爹对你娘怎么样？”

大嫂卡壳了：“这个、这个，还真不咋地！”

“你说你爹凭什么打你娘？”

“俺娘干活干不到他心眼里，当然得挨揍了。”

于先生冲着大家笑笑，说：“这是因为封建社会遗留下来的‘夫权’，掌握在男人手里。夫——权——”宫元花眼前那个字又变成了她爹那凶巴巴的样子，他动不动就挑她娘的刺儿，急了抬脚就踹。一次竟将她娘从大门洞里踹到了院子外，外面就是一道斜坡，她娘一气儿滚到了街筒里，惹得许多人捧腹大笑。她没事人似的站起来，拍打拍打土，走回家继续给她爹熬粥喝。

于先生最后总结说：“这个社会一切不公平的事情，让你感到不痛快的事情，都在‘权’的分配不公上……”

宫元花感觉心里点亮了一盏灯，一下子明白了许多道理。

于先生教的第二字是“足”，走完刚才的程序。他说：“乡亲们，这个字代表着我们的脚，大家看，是不是像一个人扛着一张嘴在走路一样啊？”

“像！”

“对了。一个人走路要走得快，就得有一双有力量的大足。可是我们的女同胞们却被要求裹脚，把这个‘足’变成小脚，这是什么原因呢？”

宫元花也不知道哪儿来的勇气，忽地站起来答道：“因为男人有夫权！”

于先生高兴地说：“你回答得太好了，这叫举一反三。对，过去男人们为巩固自己的地位，怕女人像他们一样去闯世界，就编造出一个个美丽的谎言，欺骗女同胞裹小脚。”

小杏捅捅宫元花，低声说：“这是给你开小灶呢！”

宫元花的脸腾地红了，她瞅着自己的脚，恨不得找个地洞塞进去。

于先生说：“时代在进步，这种陋习早该革除了！所以我希望这位新来的同学回家后，立刻扔掉裹脚布，试着放脚，重新变成一双有力量的‘足’！”

宫元花抬起泪眼使劲点点头，于先生带头鼓起掌来……夜里宫元花失眠了，刚刚发生的事情就像做梦一般，那么不真实，又那么真实。她头脑里大雪纷飞，万马奔腾，最后她迷迷糊糊地对自己说：“那个于先生冲我笑了四次半，那半次是冲大家笑的，只能算半个了……”

一颗流星出其不意地撞击了宫元花的心灵，她被炸成了齑粉，随着雪花飞扬，直至消失得无影无踪……一个新我诞生了——她重新生下一个她，她流着泪咬着牙，扯开了那两条长长的像毒蛇一样盘附在她脚上的布条，偷偷塞进锅灶洞里，然后忍着疼痛扳拧着扭曲的脚趾，仿佛她在同冥冥之中的命运扳手腕……

几年后，宫元花走上通往胶东育儿所的山路，一双大脚板走得虎虎生风，光荣地成为了一名脱产的乳娘，在那个炮火连天的年代里，留下了一串串坚定而芬芳的足迹。

1935年1月末，距离姜明真从牟平县西涝口村嫁到东凤凰崖村已经两年多，一个突如其来的消息搅扰了准备过年的气氛，顺带着把姜明真一家推进了深渊里。

两年前那个晴朗的冬日，一辆骡子车把十七岁的姜明真拉到东凤凰崖村，她蒙着红盖头被牵进杨积珊家，懵懵懂懂做了新娘。姜明真嫁入杨家，给东凤凰崖的兄弟爷们儿添加了一个谈资：她和婆婆、祖婆婆三代媳妇的娘家都在西涝口村。

东凤凰崖村现属威海市乳山市，四周山岭连绵，川谷纵横，过去地处牟平、栖霞、海阳交界，是有名的“三不管”，这也为后来这里成为“胶东抗日根据地的根据地”埋下了伏笔。村子依山而建，沿着一面慢坡，由南向北，三四百户人家依照两条东西街道、若干南北胡同划成的格局，排列其间。姜明真家就位于村西北的山坡上，出得家门，一眼可以看到大半个村子。姜明真摇身变成“杨积珊家里的”，取得了东凤凰崖的合法身份，一双小脚摇啊摇地走过村子的犄角旮旯。

杨积珊弟兄三个，家里穷得叮当响，全靠山上的果木、土里的庄稼混个饿不死撑不着。冬闲之后，姜明真紧忙活，把花生、板栗炒了，再捎带些柿饼、山楂、核桃之类，由杨积珊推着“小土牛”车串村走店，抓挠个零花。该着有事，眼看年底，还有些“货底子”。姜明真跟杨积珊说，就近处理处理吧。杨积珊说今儿正是后垂柳村集，俺早去早回。姜明真明白丈夫的意思，多跑几步路，腿脚又不值钱。

晌午时分，杨积珊把小布袋抖搂干净，急急回返。刚出集市，见两个年轻人骑着自行车从身边驶过，也没在意，兀自低头赶路，又见那两个年轻人扶着车子停在路边，等他走近，才发现这两人是本村本家远房在莱阳上学的杨锡芳和杨坤思。杨锡芳热热地叫声“积珊叔”，杨坤思喊声“积珊哥”，杨积珊憨憨地答应着，说：“唉，要知道遇到你俩，俺就留点吃物了。”杨锡芳说：“这不我们刚放寒假，准备回家过年呢，一块儿走吧。”杨坤思说：“咱们边走边唠会儿嗑儿。”杨积珊说：“你们的洋车子快，别耽误你们的时间。”杨锡芳说：“反正是顺路，我们学校布置了了解农村状况的任务，你就跟我们唠唠吧。”杨坤思说：“积珊哥就别推辞了，就当你帮我们忙了。”

三个人一路走一路闲话着。

杨锡芳和杨坤思是近门近支，都属于东凤凰崖杨氏“德庆和”门里的。杨锡芳的父亲杨坤琳，字琅轩，是这个大家族的门面人物，先在莱阳教书，加入了党组织，后来回乡，以公开的乡长身份，在本村建立了党组织的秘密交通站。与杨锡芳、杨坤思同在莱阳乡师上学的还有“德庆和”门里的杨锡芷。当时的莱阳乡师跟文登乡师一样，是胶东革命思潮的重要策源地之一，三人在那里都接受了马克思主义教育。这次放寒假，杨锡芳、杨坤思接受了学校党组织的任务，要求他们借着寒假多向群众宣传革命思想。他俩路遇杨积珊，一商量，杨积珊家世代贫雇农，正是他们宣传发动的最佳对象。

三个人穿过一个村子，杨锡芳、杨坤思说得带劲，杨积珊听得一头雾水，突然路边的杂树林里蹿出十几个提着盒子炮、扛着汉阳造的“好汉”，三下五除二将三人扭住，蒙上头，绞上手，推搡进一个点着松油火把的山洞里。三人心里都明白，这是被绑票了。

东凤凰崖村炸了锅。

姜明真眼前一黑，晕头转向，差点跌倒，等扶着桌角站起来，腿还在突突颤抖。公婆号，叔子叫，鸡上树，狗跳墙，家里乱作一团。姜明真倒冷静下来，天塌下来砸东家，人家绑票肯定不是冲着杨积珊，你一个推“小土牛”的，跟骑洋车子的能是一个档次？她二话没说颠着小脚迈进“德庆和”的高门槛，见到杨琅轩叫声哥，扑通跪下磕头。杨琅轩见识过多少风高浪疾，让仆人搀起姜明真，说:“积珊家里的，你不要着急，这伙‘无浪混’是冲着钱来的，都好说，都好说!”姜明真一个妇道人家会说什么话，只是抹眼泪:“琅轩哥，俺公公婆婆大字不识一个，您是识文断字的人，一切就凭您决断了。”杨琅轩豪气地说:“没啥！我料定他们也不敢动真格的，咱牟平县里也有几个朋友，真刀真枪耍起来，恐怕谁也不好下台!”杨琅轩还真没夸海口，杨家好歹是世家，攀攀扯扯的关系，在牟平县里有的是，还害怕他们乔张做致？姜明真说:“琅轩哥，您要俺做啥，尽管说，俺拼了命也得换回当家的!”杨琅轩看看姜明真说:“积珊家里的，有你这句话就够了，剩下的事，你们就甭操心了。”

杨琅轩到牟平县政府逛了一遭，吃个几个朋友的酒，晃荡着身子回了东凤凰崖。风声便传得满山遍野，县保安大队随时准备开始剿匪。然后，杨琅轩叫上一个伙计提上绑匪喊出的银圆数，直奔深山老林而去。谁也不知道，杨琅轩怎么跟土匪交涉的，杨锡芳、杨坤思和杨积珊完完整整回到了东凤凰崖，连两辆自行车和一架“土牛子”都稳稳地回到村里，关键是杨琅轩提去的那褡裢银圆也原封不动地提回来了。

姜明真听说丈夫回来，一阵风跑到村口迎着。杨琅轩骑着一头毛驴，游山玩水样进了村。杨锡芳看到姜明真叫声婶子，说:“都是我俩连累了积珊叔，过后我们去你家登门道歉。”姜明真说:“这是说的哪里话！都托了你爹的福，你们平安回来就好，道哪门子歉!”杨坤思说:“嫂子受惊吓了！现在的世道就这样，咱们平头百姓想熬出个好日子，就得起来反抗!”杨琅轩截住他的话头:“坤思你赶紧回家，你爹娘吓得丢了半条命。”杨积珊心有余悸地说:“差点就见阎罗王了!”姜明真说:“老爷们儿，也别怕狗子猫子的。”

过年后，杨坤思提着一盒点心来串门，他浑然没把绑架的事放在心上。他说:“这伙土匪也不都是天生的坏人，我跟他们聊了聊，大多数还是苦出身，因生活逼不得已。”姜明真说：“坤思你说得轻巧！俺过不下去，也能干那些非法的勾当吗？”杨坤思说：“你听说过逼上梁山吗？谁愿意提着脑袋走这条路？”姜明真说：“俺听说最近四处都在闹‘赤匪’，这些人跟这伙人是不是一道的？”杨坤思说：“这些所谓的‘赤匪’都是替咱们老百姓说话的人，他们的总头领叫马克思，他倡导打倒资本家，打倒地主恶霸，建设一个平等公平的社会，农民有自己的地种，不受地主老财的剥削。”姜明真说：“俺不认识这个姓马的，他的提法挺好，就是不知道他什么时候来咱胶东？”杨坤思说：“嫂子，你就耐心等着吧，应该很快就来了！”

杨坤思走后，姜明真扶着脑袋想了好一会儿。他说的这些道理离自己太遥远了，这个姓马的人也很陌生，但这些陌生的观念却那么牢固地落在她的心底，稍不留神，它们就像破壳的雏鸡钻出来，痒嗖嗖地在她的心头溜达。

杨积珊对姜明真说：“俺也真佩服这俩人，土匪怎么吓唬，他俩都嬉皮笑脸的，还跟他们讲什么革命道理。最后那个头子烦了，封住了他俩的嘴。最不该的是，连俺的嘴也给塞进了一块破布。”

这次事件就像一个成人礼，从此姜明真不再是那个单纯的小媳妇，她褪去了青涩，成熟起来。她开始思考身边的世界，不错，这是一个不讲理的世道，穷人没有说理的地方，穷人只有跟着明白人走，才能走上明明白白的路。她隐隐觉得杨琅轩一家人好像跟传说中的某种人相似，到底是不是那种人呢？她一时也拿捏不准。

更重要是的，这次事件没有吓住姜明真，而是启发了她对生活和现实的感悟：世上没有过不去的火焰山。

几年后，当杨坤思的媳妇矫凤珍把一名八路军的婴儿交到姜明真手里，她豁然开朗了，自然而然地把那次绑架事件跟这件事联系到了一起。

1935年4月，第一个“至暗时刻”降临到佟玉英的生命里，那年她虚岁十四——她的父亲佟斌被国民党海阳县四区区长于国英带人抓走了。

佟玉英的家在海阳县桂山村，典型的贫寒农家。父亲佟斌身材魁伟，好抽大喇叭筒子旱烟，说话嗓门也大；母亲是个小脚农妇，胆小怕事，一副生怕说话声音大了吓着谁的样子。佟玉英稍微懂事后，经常听见母亲嘟囔父亲：“撂着安生日子不过，黑里来黑里去的，万一有个好歹，这一家子人可怎么过啊？”佟斌黑着脸凶道：“你一个头发长见识短的妇道人家懂什么？都你这种思想，咱庄户人再过一万年也抬不了头！”一个姓于的叔叔常到她家来，来了就抱举佟玉英：“看看英子又长高了，这脸蛋跟个红苹果似的。”然后对佟斌说：“老佟，你以后得注意自己说话的态度，我不是给大家讲过男女平等的道理吗？什么叫头发长见识短，那是封建思想，是对妇女姐妹的贬低。”几句话说得英子娘气也顺了腰也直了，冲着佟斌一撇嘴：“还是人家于大兄弟说得在理。”佟斌闷哑了。那位于叔叔又说：“我们干革命为的是全人类解放，这个解放可不是光解放男人，还包括所有的女同胞，这个解放首先就要从思想意识上尊重妇女，鼓励她们走出家门，参加到革命活动中去。”英子娘吓得吐吐舌头：“俺一个妇道可不敢疯张去！”佟斌眼一瞪：“你看你，于同志刚说你们能行，你就往后倒退！真是烂泥扶不上墙！”于叔叔笑着制止佟斌：“你又来了！可以慢慢来嘛！”佟玉英弄不明白，她爹这样一个大老爷们儿在这位年轻的于叔叔面前怎么就跟个孩子似的。

有时候，佟玉英一连好几天见不到爹。娘总是提心吊胆，神色里挑着一丝惶恐。夜里掩大门时，她总不忘在门闩上系上一个铜铃，睡觉不敢脱衣服，侧棱着身子，一只耳朵朝外探听着动静，迷迷糊糊合合眼，一个哆嗦又醒了。佟玉英也被娘传染了恐惧症，夜里做梦总是梦见被坏人拿着刀追赶，醒来就是一身冷汗，赶紧抱住娘。佟斌回来时，按照约定，先是往院子里投两块石头，再咳嗽三声，英子娘便爬起来，摸黑出去，攥住铃铛，轻轻抽开门闩，放人进来，再闩好。佟玉英像做梦一样，手里被塞进一个苹果，耳边响着隐约缥缈的说话声，那晚的梦就有了格外的香味。

渐渐地，佟玉英长大了，对她爹的事揣摩出个七八分，那当然是一个危险的职业，用于叔叔的话说就叫"把脑袋别在裤腰带上"。每次他们聚到一起，都要让她到街上去放哨，发现陌生人紧着回来报告。这段时间，她预感到于叔叔他们在谋划一件大事。果然，一天深夜，于叔叔和七八个人又来到她家，有人手里抄着大刀，有人提着红缨枪，她娘被支到胡同口，她被安排围着宅子转悠。过了半个时辰，于叔叔带着她爹和那几个人踩着星光出发了。他们从她身边滑过，像一条条鱼游进无边的夜色。

第二天村里便风传着高家村的财主被一伙人绑票的消息，几天后又传来郭城的张富商"中了招儿"。佟玉英隐隐觉得这些事都跟那位笑眯眯的于叔叔有关，其次才联想到自己的爹。很快便听说国民党的区长于国英带着保安团出动了，挨家挨户搜查"赤匪"。她娘的脸色蜡黄，拉着她的小手，跑到了深山里。佟玉英一路跟着，心跳得怦怦的，她虽不明了，但晓得大难正在来临。

黑夜里她跟娘偷偷摸回家里，刚推开大门，就见院子里立着几条黑影。一个尖锐的声音说："哟，大鱼没回来，小鱼回来了。"几个人上来扭住她娘，一个人掐住她的脖子，她的呼吸被阻滞了，脸憋得涨痛。还是那个尖嗓子的声音："看看是个带把儿的，还是戴花的？带把儿的弄死，戴花儿的就算了。"有人一把抓住了她的小辫子，"是个丫头片子哩。""那就放她一马吧。"尖嗓子狠狠地说："把这个老不死的给俺弄了！"她娘扯着嗓子喊："俺一个老妈子啥也不知道，你们这是滥杀无辜！救命啊！救命啊！"佟玉英也跟着哭号起来，那一声声凄厉的叫喊引来了村民们的围观，尖嗓子觉得黑灯瞎火里被这么多人围着，很不安全，便说声收队，撂下娘俩，溜出了村子。

佟玉英跟娘抱在一起哭成了一团。

很快，她爹被捕惨遭杀害的讯息传来，佟家的顶梁柱倒了，天塌了，地陷了，家破了。几年后她娘在贫病交加中凄惨死去。佟玉英带着妹妹东村舅家一天，西村姑家一天，开始了长达几年的流浪生活……

1935年的胶东大地似乎准备好了一切，山海之间蕴藏着风雷，昼夜之间埋藏着闪电，人心之间传递着火焰，空气里弥漫着海腥气。有经验的人都清楚：一场掀天倒海的风暴潮即将不可免地登陆这片古老的土地……

第五章　天降狂飙

16. 王牌炸弹

文登县二区人王亮从吉林省临江县的鸭绿江边搭乘一艘大槽船，一路向南，漂流到辽宁省安东县，跟当地的抗日义勇军接上了头，准备将炸毁南满铁路作为他们反抗日军侵略的第一份宣言书。

问题随之而来，这支义勇军跟上级党组织失去联系已经有些日子了，他们亟须得到上级指示。同志们不约而同地把目光投向王亮，希望他能回胶东寻找党组织，接上关系。

东北的抗日义勇军为什么要到胶东寻找党的组织关系呢？从地理位置上说，胶东半岛与辽东半岛一衣带水，往来便利，两地渔船经常相互泊靠，人际间的互动频繁密切。历史上，众多胶东人从海路闯关东，造就了东北跟胶东千丝万缕的联系。胶东的革命党人遭反动政府追捕，也常渡海到东北躲避风头。他们落地生根，利用老乡和亲朋关系，发展党组织，于是东北地区便冒出了一个个“胶东党支部”。这也就是南满抗日义勇军要到胶东接洽党组织关系的原因所在。

王亮没有不答应的理由，作为胶东人，他当然是不二人选。

几年前王亮因不堪忍受文登老家地主恶霸的欺压，只身跑到关外，跟着老乡在深山老林伐木混口饭。看着一棵棵巨木砉然倒下，他心底的希望也随之破灭，这样的日子一眼看不到头。1932年秋，他义无反顾地参加了临江县农民抗日起义，在破袭临江县城的战斗中表现骁勇。抗日义勇军在鸭绿江边坚持战斗两年多，最后被日寇和汉奸所瓦解，这才有了王亮的安东行和接下来的胶东行。

风狂雨骤，夜色如铁。两个身披蓑衣、头戴草帽的人，深一脚浅一脚地走着，雨水打得满脸都是，蓑衣下的衣服也已湿透，鞋子一次次被泥泞粘掉，两人干脆打起了赤脚，反倒走得更稳更快了。

“老王，这次能接上关系，你帮了大忙，南满的同志是会感激你的。”

“你这是说的两家话，四海之内皆兄弟，南满的同志在抗日第一线，更值得我们学习。”

“真没想到，这几年咱胶东党组织发展这么快啊，这样，我们在那边跟小鬼子干得更带劲、更踏实了。”

“你也把南满同志抗日的情况跟珠子好好汇报汇报，鼓舞鼓舞我们胶东同志的斗志。”

“没问题！我回来就是向组织汇报，争取支持的嘛！”

…………

王亮回来后第一时间找到好友王士仁。王士仁是中共文登县委委员，得知王亮回来的目的后，痛快地答应带他去找胶东特委。王亮还鼓动他跟着自己回南满抗日，“真刀真枪跟小日本干，甭提多痛快了！”王士仁犹豫了，这事他不能擅自做主，得特委说了算。今夜两人的目的地是文登城南的泊石村，特委将在那里召开秘密会议。王士仁是参会者之一，他顺便带上王亮，以帮他达成此行的使命。他们跌跌撞撞，摔跤无数，一身泥水，等钻进泊石村街口一家小店里，俨然已成了两个泥人。店主老毕笑容可掬，握握王士仁的手，见到王亮的那一刹一愣。王士仁赶紧解释："自己的同志，刚从东北抗日义勇军那边回来的。"老毕不好再说什么，领两人到西厢房里收拾了一番。

北屋里的八仙桌旁坐着四个人，说说笑笑，一见王士仁和一个陌生人进来，急刹车般止住了谈笑，都有些诧异地看着王亮。王士仁把王亮推到一个俊朗清秀的年轻人面前说："他是我的朋友王亮，老家汪疃的，从东北回来寻找党组织。"年轻人眉头紧锁，脸色阴沉，严肃地说："老王他从没来过特委机关，你们为什么不经过一定手续，就直接跑到这里来了？难道你们忘了党的保密制度了吗?"王士仁两颊发烫，舌根发僵："珠子同志批评得对，我确实太大意了。"王亮这才知道面前这人正是胶东特委书记张连珠，他急忙为王士仁解围："是我央求他带我来的，你们不知道东北的同志寻找组织的心多急啊！"张连珠缓了缓语气说："老王，我不是单独批评你们俩，我们过去因为不慎，随便发生组织关系，吃的亏还少吗?"两个老王都点头称是。

因为是特委的秘密会议，张连珠让老毕先把王亮领到另一间屋里去。王亮既高兴又惴惴不安，王士仁背锅，他是有责任的，可是不这样，猴年马月才能找到特委啊。哗哗啦啦的雨声涨满天井，大风踩得房瓦噼里啪啦，王亮心里也一阵风一阵雨。

王士仁招呼他过去，他知道会议结束了。张连珠热情地握住他的手说："亮子同志，欢迎你回来！老王给我们说了，你们在敌占区抗击日寇，很了不起！"然后向他一一介绍在座的几个人，"这位是文登临时县委书记王台同志，这是县委宣传委员王明光同志，这位是特委委员老贴同志。"

王台是文登县北风口村人，1933年冬毕业于荣成师范讲习所，后经人介绍到文登县沟于家村小学任教。这里距离东驾马沟村只有几里路，他听说该村在文登乡师上学的于荣瑞因参加共产党而被捕，刚被家人保释出来，就去找他，却没见到，只见到了他的祖父和父亲。他没想到于荣瑞的祖父，一个六十多岁的老人，会对他说出一番那么有分量的话："于荣瑞被捕后没有找到什么证据，取保释放了，我看他走的路子是对的。中国要好，非要走苏联的路子不可。等他回来后，我叫他去沟于家小学找你。"不久于荣瑞找到了王台，两人彻夜长谈，于荣瑞当即介绍王台入党。此后，王台考察了沟于家小学校董张修己，他虽是富农出身，但思想开明进步，认同党的主张，便当了他的入党介绍人。张修己入党后，积极为党组织筹集经费，卖地、卖粮、卖家产，因为他长得黑，同志们开始叫他"老铁"，因为他一个劲儿地补贴革命，又亲切地叫他"老贴"。张修己又介绍本家兄弟张修煜、张修竹入党，王台又介绍荣成讲习所的同学、正在土埠岭村当小学教员的张玉华入党，很快就以沟于家村为中心形成了一个极为活跃的"小红区"。

王亮向几人详细介绍了东北抗日义勇军的情况，张连珠听得眼里放光，击掌道："亮子同志，你是义勇军，有斗争经验，我们欢迎你回来！"

王亮为难地说："东北的同志还等着我回去呢！"

王士仁说："珠子，亮子还想把我带回东北参加武装斗争去呢。"

张连珠考虑了一会儿，毫不含糊地拒绝了："你这个要求组织上不能同意，到东北去当然是革命，不过，咱胶东广大农民兄弟同样处于水深火热之中，需要我们领导他们搞翻身斗争。难道不经过上级组织的调动，我们这些土生土长在胶东的同志，就可以离开当地的斗争转到别处去吗？"

王士仁瞅瞅王亮，然后坚定地表示："我不去啦！王亮，你也别回去了，在家乡干吧！"

张修己也递过话来："咱们胶东的斗争形势正需要你这种有实战经验的同志，留下吧！"

王台也说："留下来一起大干一场吧！"

王亮一拍脑壳："好吧！哪里都是干革命，本乡本土，熟门熟路，干起来更漂亮！"

气氛轻松了，几个人谈锋也健，便国际国内、省内胶东地散漫谈开。王亮仔细听着，当他得知特委正在筹备一场武装暴动时，他仿佛听到心底铿的一声，一根弦被拨响了。

事后，王亮给南满义勇军的同志们写信，告知他们组织的决定，鼓励他们继续坚持斗争。

不久，特委给王亮下达了一项紧急任务：制造炸弹和手榴弹。

王亮对这项任务的态度是：哪怕头拱地也得完成。现实却很苍凉很无奈很愁闷：他见过炸弹、手榴弹长啥样，可哪清楚它爹它娘怎么鼓捣出它们来的呢！那几天愁得王亮一会儿两眼望空呆呆傻傻，一会儿捶胸顿足长吁短叹，看到他的人都嘀咕："亮子魔怔了？"

当时，组织上安排王亮隐蔽在文登县二区院下西泊村老党员王志福家里。王家坐落在一座小山脚下，四周尽是野地林莽，经常有特委的同志到这儿落脚。王志福和他的儿子王洪、女儿弄子、老伴负责放哨。王志福放哨的方式最绝，他爬上村头一棵高大茂密的树，躲在树冠里瞭望，困了就睡在上面，神不知鬼不觉，天放亮再溜下来回家。

王亮逮着王志福诉苦："王大叔你说我该怎么办啊？"

王志福嘿嘿笑笑，说："没有金刚钻别揽瓷器活，既然接了，那啥也甭说，干吧！"

王亮苦着脸："那可都是机器弄出来的玩意啊，咱上哪儿淘弄那玩意去？"

王志福说："没吃过猪肉，还没见过猪跑？炸弹手榴弹说到底，一个字——炸！你就想法找东西装上炸药，让它能炸不就得了？"

王亮被点醒了，一跳老高：“对啊！管它是铸铁还是泥巴呢，只要能炸死人不就成了？”

按照这个思路，王亮跟同志们找来一个破锅，砸碎，把碎铁片跟火药混合后，装进两个瓷碗里，对扣成一个圆家伙，裹上丝线麻皮固定，刷胶漆密封，风干，一个圆嘟嘟黑溜溜牛烘烘的“王牌炸弹”诞生了。

王亮叫来王志福、王洪和弄子观赏自己的作品，三人看得啧啧称赞。

弄子伸手想摸摸，被王亮一下打回去：“小心砰一声炸你个彩云飞！”

弄子气不忿地哼了一声：“说不定是个中看不中吃的呆瓜呢！”

王亮不乐意了：“你这是怎么说话呢？瞧不起我这个土专家？”

王洪出来打圆场：“弄子这嘴就是好胡吣！”

弄子噘着嘴嚷嚷：“牛皮快吹爆了！是骡子是马拉出来遛遛！”

王亮说：“遛遛就遛遛，叫你开开眼！”嘴上虽然硬，心里真没底。王亮想，怎么也得验证一下，就跟王志福把试爆的时间定在了当天后半夜。

弄子大名叫王利华，十四岁，古灵精怪，经常送情报、侦敌情，经特委特批，已经入了党。

漆黑的夜色里，几个人分开灌木杂草，向着院下西泊村西面的山谷走去。王亮怀里紧紧抱着那个“黑西瓜”，王志福咬着烟袋一明一灭，弄子一会儿跑到前头，一会儿落到后边，其他几位同志不时嘀咕几声。大家的心情既兴奋又忐忑。来到一片平地上，屏住气，都看着王亮。王亮深吸一口气，抡圆膀子，呼一声，那家伙脱手而出，随即不远处轰一声巨响，一片烈焰腾空。同志们跳起身子，跑到爆炸现场，打开手电一看，嗬！炸出的坑又大又深。有人高声喝彩：“甭说是炸啊，就这么一个大响也把狗日的吓死了！”弄子激动地一下抱住王亮："亮子哥，你真有一套！"王亮赶紧推开她，心里却泛起了一阵异样的感觉。大家都沉浸在实验胜利的喜悦里，谁也没有注意到在这一对青年男女之间发生的微妙变化。

实验成功只是第一步，批量生产遇到了一系列难题。首先批量生产炸弹手榴弹，不能糊弄，得正儿八经地有一笔专项资金。谁都知道天下第一难就是找钱，何况身边都是些穷哥们儿，那就难上加难了。可是再难，组织交给的任务也得完成啊！你看吧，王志福一家六口一春没吃过一口粮食，他还是狠心卖掉一块山崮地，三十几块钱全上交了组织，一大半用在了造炸弹手榴弹上；"老洋瘸子"同志拖着残疾的腿脚，劝东家，说西家，有的大嫂连孩子的压岁钱都拿出来了；老贴张修己又要发扬"贴补革命"的精神，发动母亲拿出一个压箱底的元宝，鼓动妻子捐出娘家陪送的一对珠花，变现的钱大多数用在了这上面……众人拾柴火焰高，钱的难题破解了，买炸药的难题又浮出了水面。

当时国民党政府害怕人们私造武器，对炸药实行专管专卖，没有硝磺局的证明，根本买不到。可怎么去弄硝磺局的证明呢？王亮又回到愁城里。特委不断派人催进度，王亮手一摊："啥进度？连根毛都没有呢！"思来想去，明白了一个理儿：愁死也白死，该你干的活儿，拖得过初一，拖不过十五。他把心一横，不入虎穴焉得虎子，先到文登县城走一遭，有鱼没鱼撒一网，总比窝憋在这山沟沟里强。

这天一大早，王亮捯饬了一番，扮成一个赶集的农民，一顶破帽遮眉眼，一条麻袋背上背，一双猪皮"帮子"脚上蹬，夹杂在熙熙攘攘的人群中走向了县城。王亮闯关东前曾在县城混过事，一旦被人认出，后果可想而知。他挤进一伙卖菜农民的行列，帮一位老农挑着一担菜，顺利混进城里，找到一家托底的药铺落好脚，再按照带来的关系，联系上了隐藏在城里的一位"内线"。内线答应去弄购销证，但多少得破费点，通通关系。这自然不在话下。王亮哪里也不敢去，耗在店里等回音，心里就跟有几只野猫抓挠似的，难受得坐卧不宁。好不容易熬到夜里11点钟，那张千呼万唤的购销证才摆到面前，王亮捧在手里好一阵端详。内线说花了十元钱请他们吃了茶，要不可以多买些炸药了。王亮说国民党政府腐败透顶，个顶个都是捞油水的一流高手。

第二天，王亮拿上购销证，各买了一大包芒硝硫黄，兴冲冲地背回药铺，一个难题突然冲他心口打了一老拳：怎么把这两袋东西运出城呢？城门口检查行人的警察眼尖得像鹰，鼻子灵敏得像狗，一不小心，就弄个前功尽弃。

王亮算是跟愁闷拜了把子，他坐在桌边，眉头皱成一个疙瘩。药铺里的老店员毕东泉跟王亮是故交，走过来安慰他："没有过不去的火焰山。"王亮说："泉哥，我真遇大难了，怎么把这些东西带出城呢？你没见这几天城门的岗哨紧起来了，连城楼上都加了岗。"毕东泉虽然不是党员，但一直对王亮这些人干的事表示同情，而且为人老实忠厚，值得信任。毕东泉硬气地说："亮子，你们连死都不怕了，你们为了谁，我还能豁不出去吗？我帮你出城！"说完，他满屋子翻找出一些麻线粗纸，看得王亮如堕五里雾中："泉哥，你找这些东西干吗？"毕东泉神秘一笑："亮子你就把心放肚子里吧。"他把硝磺一包包地包好，又到货架上取过一些草药包，跟硝磺包混淆到一处，装在麻袋里，往肩上一扛："亮子，你前头走，别管我，我随后就到。"王亮心里嘀咕着能行吗，可也没有别的高招，索性甩开膀子，大步流星向城门走去，一点麻烦没遇到，出了门，找个僻静处隐好，使劲回望，连一根人毛也看不见。心提到嗓子眼上，嗓子眼着了火，火烤得唇干舌燥，浑身汗水恣流，一种不祥的预感袭来，悔得他差点断了肠子。我的老天爷啊！他揉揉眼，那个向他不紧不慢走来的人，不是老毕是谁？仅仅几袋烟的工夫，跟过了几年似的，他不顾一切地冲过去，搂住了毕东泉，眼里迸出了泪花花。毕东泉笑吟吟的，一副很享受的样子。王亮嚷道："我的好东泉哥啊，你不知道，你再晚到一步，就死人了！"毕东泉说："四个狗子查得很仔细，我说我是药铺的伙计，经常出城送药，难道害怕我夹带私货吗？他们闻闻那些纸包，草药味呛鼻子，也就没再查，摆摆手，放我出来了。"王亮跷起大拇指，说："泉哥，你为革命立了大功！"

王亮背上装有硝磺的麻袋向着青山深处走去，明亮的阳光被他撞碎了一地。

几乎就在王亮从安东县渡海返回胶东的同时，于得水也从大连奉胶东特委之命踏上了返回烟台的渡船。

于得水在胶东革命史上和由民间叙事构成的传奇里是一个"神一般的存在"。1958年，曾写出了《苦菜花》《山菊花》的作家冯德英，到北京参加"全国青年社会主义建设积极分子"代表大会，周恩来总理接见他时说了这样一句话："你写的《苦菜花》里的事我知道，刚到延安，我就知道昆嵛山，知道于得水……"上面两部长篇小说里出现的于得海团长、于震海队长的人物原型就是于得水。

1906年5月，在苍茫的昆嵛山下、奔腾的母猪河边，一个乳名叫展羽的男孩不合时宜地降生了。他的到来对这个千疮百孔的农家来说，显然并不值得庆贺，他的父母强颜欢笑地应付着前来道贺的乡亲们。这个位于文登县西部名叫洛格庄的小村子每天都发生着生老病死的事，人们司空见惯，生活波澜不惊，但展羽就像他的名字所预示的那样将展开有力的翅膀，搏击风云，搅动这片土地上一成不变的生活的死水。童年的悲苦经历对一个人能产生正反两方面的影响，既可以把一颗孱弱的心灵锤炼得坚强刚毅，也可以把一个人引向雾霾泥沼。幸运的是展羽蹚过了苦难的河流，当他爬上十八岁的堤岸时，他获得了一个中国人称之为大号的名字：于作海。他同时开始跟着几位乡间拳师修习武艺，渐渐练就了一身炉火纯青的外家功夫，为他日后参加胶东共产党人的武装斗争插上了一双翅膀。于作海二十一岁那年，按照古老的习俗，媒人把一位叫吕凤斯的姑娘送进了这个被贫寒挤压得喘不上气的农家。经过他跟父亲累死累活的垦荒，家里终于有了几亩属于自己的薄田，老于家的烟囱冒出的炊烟粗壮了一些。

1931年，于作海遇到了林子西村的石匠邹恒禄，两人关系日渐密切。1932年春，邹恒禄告诉他有一个叫共产党的组织，真正为穷人办事，不但反对租息和苛捐杂税，还号召大家联合起来把日本鬼子赶出中国。于作海心生向往，着急地问："咱们能加入这个组织吗？"邹恒禄说："这个组织很严格，咱得先通通手续，看看能不能要咱们。"1933年2月，邹恒禄介绍一个叫于绍先的人认识于作海，于绍先问他："你要求加入共产党，不过党的要求很高，你能做到吗？"于作海坚定地说"能"。随后于绍先又找来水子刘振民，由水子向于作海介绍了党的纪律、任务、活动方式。其后于作海通过串联拳房，发展了不少党员，他的足迹遍及文登、牟平、荣成。根据胶东特委委员刘经三的指示，于作海、邹恒禄、于绍先、丁树杰几个地下党员秘密成立了一支名叫"打狗队"的小型武装，专门打击地主恶霸，惩办叛徒。

1933年夏天的一个深夜，于作海被联庄会武装包围在家，他凭着一身胆色，手提一把菜刀，双脚蹬破屋顶，轻身跃出，蹿房越脊，翻墙过院，逃离罗网，从此却暴露了身份，再也不能公开活动，走上了职业革命者的道路。于作海渐渐成了官府和恶人的噩梦，他神出鬼没的行动轨迹，精妙绝伦的枪法，神乎其神的身手，再搭配上乡亲们绘声绘色的描述，"红色侠客"的传奇遍布昆嵛山南北，又随着母猪河汩汩的流水传到了港汊海岛。国民党政府在报上悬赏缉拿于作海，告示曰："于作海红毛大嘴，到处杀人放火，无恶不作，乃吾国吾民之大害。为保国安民，望各区协助捕捉，捉到活的赏大洋一千，捉到死的减半……”1934年11月，风声越来越紧，党组织出于保护于作海的考虑，命他到东北暂避。

在东北的几个月里，化名林得胜的于作海干过苦力，当过拳师，不管走到哪里，都不忘发动贫苦哥们儿，巧妙宣传党的主张，组织大家反抗日本人的统治和资本家的压榨。

1935年开春，他接到胶东特委的密信，重新回到了心心念念的胶东，见到了丁树杰、邹恒禄、刘振民等人。在他走后这段时间里，国民党的联庄会疯狂搜捕跟他有关的同志，他的入党介绍人于绍先被敌人凶残杀害，他的几个近门亲属有的被逮捕入狱，折磨致死，有的被逼远走他乡，老爹和媳妇被投入大牢，好不容易才保释出来，一个孩子因此被吓死。于作海胸中填满仇恨的怒火。他隐约感到这时的胶东大地正酝酿着一件翻天覆地的大事，也就是他从同志们口中听到的“大干一场”。胶东特委命他迅速联系各地以前建立的关系，为“大干一场”准备武装和武器。

于作海没顾上回家，就开始奔波。他揣着组织交代的任务，就像在心里孵了一窝小鸡，脚步敏健，虎虎生风。他先到文登南廒拳房、山东村、神格庄，联系了姜旭光、毕世安一批人；又直奔荣成石岛大庄头，找到刘炳昆、刘森林等人，成立新拳房，发展新同志，侦察了鹊岛盐务局，在山西头村，跟殷学乾、殷吉秀等接上头，在寨子村，找到了宋干卿、宋玉光，在老树河小学，和王本贤、刘经海、王良弼商讨了发展武装的问题；随后到宋村、郭家店、硝滩、大洼村，找到了昔日的关系；又奔到南海浪暖口和岭上一带，跟有关同志商量了买枪和“借枪”的方案，并布置了有关工作；转而到牟海地区，在上夼、徐家又布置如何向地主武装“借枪”的工作；又到隮嵎山以西的贾家庄、海阳所，夏村以西的司马庄，联系地下组织；继而围着昆嵛山山南、山后、山东地转了一圈，重新接续上许多关系……这遭霹雳雷电式的行走，将许多散碎的关系重新黏合起来，攥成一个拳头，也最大限度地撒播了特委关于武装暴动的精神火种，焦渴的胶东东部大地躁动起来……

一天拂晓，于作海潜入丈人村里，用小刀拨开了吕家的门闩，他久未见面的妻子正在这里避难。老岳母开门见到于作海吓了一跳，赶紧把他领进吕凤斯屋里。二人面面相对，恍如隔世。吕凤斯抽泣着，肩头耸动，于作海心底也是翻江倒海，不知从何说起。于作海道："都甭难过，好多同志家比咱家还惨。"岳母说："你走了，老人孩子没的住，没的吃，没的穿，活得不如狗。"于作海说："革命家庭要饭吃，也是光荣的。"岳母说："这儿抓，那儿抓，这怎么行呢?"于作海说："有老百姓的地方，就有共产党，他们能抓得完、杀得完吗？就像韭菜，割了这茬，还会长出下一茬……"吕凤斯开口说："他们把我抓去，绑起来就打，逼我说你去了哪儿……"于作海说："这些狗日的！有他们好瞧!"

鸡鸣起落，曙色乍浮。

于作海撒开妻子的手，摁摁腰间的手枪，转身就走。吕凤斯提高音量说："当家的，你要小心!"她扑入母亲怀里发出一阵压抑而撕裂的哭声。

于作海头也不回地走出大门，投向渐渐清亮的茫茫野地……

1935年11月18日，农历十月二十三，傍晚，文登县沟于家村外的天寿宫突然热闹起来，张连珠和程伦、程均英先期来到，陆续地，邹恒禄、刘振民、曹云章、于作海、丛培振、丛桂滋、丁树杰、王良弼、王台、张修己、张修竹等到来。接下来的会议，将一锤定音胶东武装暴动的种种细节。

张连珠难以抑制内心的激动，他做了简短的动员报告："胶东人民长期受着国民党反动派的苛捐杂税的盘剥，受着土豪劣绅的压榨，受着帝国主义买办的剥削，过着牛马不如的生活，只有用武装推翻一切反动势力，以革命的暴力对抗反革命的暴力，掌握政权，才能建立苏区，让老百姓过上幸福生活……”

程伦的情绪有些失控，他流着眼泪发言，号召胶东共产党人投入到这场斗争中，用鲜血建立红色的苏维埃。

与会者群情激愤，斗志高昂。

程伦代表特委宣布：本次武装暴动的队伍番号是“中国工农红军胶东游击队”；行动口号是“反对苛捐杂税！”“打土豪，分田地！”“全国人民联合起来，团结起来，北上抗日，解放东北”；暴动总指挥张连珠，副总指挥程伦，分东西两路，文登、荣成、威海为东路，共编三个大队，重点进攻石岛，由张连珠、刘振民负责，海阳、牟平、莱阳为西路，共编两个大队，重点进攻夏村，由程伦、曹云章、邹恒禄负责；东西两路会合后，合攻文登城，然后合成一个纵队西上，三天三夜突破胶济路，拉到鲁南山区打游击；暴动时间是11月26日（农历十一月初一）；暴动指挥部设在昆嵛山下的无染寺。

会议最后落实特委手中的武器情况，却仅有掌握在王台手中的一支匣子枪、三粒子弹，其中两颗还是臭子。这不能不令王台等人感到惊讶，王台清楚记得，9月下旬的时候，张连珠亲自告诉他：“特委有很多枪。”到底是怎么回事呢？没有人再关心这个问题。

在张修己家里，他的姐姐张修英跟程均英、张秀华、王淑珍、戴和坤几个人，连夜赶制着暴动的旗帜。一面绣着“中国工农红军山东游击梯队第一纵队”的红旗，终于在暴动前夕，交到了张连珠的手里。

1935年10月22日，世界的目光聚焦于中国陕北一个名不见经传的小镇——吴起镇，中共中央在这里召开政治局扩大会议，以这种形式宣告中央红军长征的胜利结束。此前的8月1日，中共驻共产国际代表团以中国苏维埃政府和中共中央的名义，在巴黎的《救国报》上发表了《中国苏维埃政府、中国共产党中央为抗日救国告全体同胞书》，即《八一宣言》，明确提出了停止内战，抗日救国，组织国防政府和抗日联军的主张。此后，中共在瓦窑堡会议上确定了抗日民族统一战线的策略方针。

因为胶东相对闭塞的地理位置，更致命的是，胶东特委已陷入与上级党组织断绝关系的尴尬处境，不能及时获悉中共中央政策变动的信息，依然按照既定方针发动武装暴动，而且此时，这列开足马力的列车在惯性的驱使下，已处于无法制动的全速冲刺状态……

17. 生死底湾头

石岛汤福山家，寒风瑟瑟，雪花簌簌，几间海草房窸窣作响。1935年11月28日晚，冯芝庭、秦鹏飞、于香亭、汤福山四人围坐在炕桌旁，身子前倾，表情严峻地盯着一张简易的石岛地图。

几天前他们接到特委的密信，原定于11月26日的暴动推迟到11月29日，每人都一肚皮疑团。明天就是推迟后的暴动的日子，石岛作为东路武装突破的重点，作为内应，他们对于行动的成功与否，起着关键作用。

这几天，张连珠有种被放在火上炙烤的感觉，充血的眼睛，嘶哑的嗓音，两颧晕染着病态的桃红。他是暴动总指挥，怎能不心急如焚？派到文登县城里买枪支、子弹的老宋，左等不回，右等不回，总不能叫同志们赤手空拳跟反动派作战吧？挨到11月23日傍晚，还没有老宋的消息。懊悔啮噬着张连珠的心：应该派一个经验更丰富的同志去办这事啊！现在说什么也无济于事了，他连夜召集近处的同志们紧急会商。一阵沉默后，大家七嘴八舌地发表意见，有的说武器重要是重要，但暴动的关键还是在人，现在箭在弦上不得不发；有的说没有武器发动暴动，是对同志们的不负责，是巨大的冒险；有人说，暴动只能提前，不能拖后，我们得到情报说，文登县城今天只开了两个城门，敌人在城区征集麻袋，派人从南河里挖沙往城里运……争论进行到凌晨1点。张连珠思考了一番，忽地站起身，坚毅地看着大家："在这种情形下，犹豫是会害死人的！特委决定推迟三天举行暴动，其他一切不变！立即通知各地，不准擅自行动。"随后，他郑重地跟参加会议的人一一握别，谁都明白其中的含义：此一别，同志珍重！

推迟后的暴动日期正是农历十一月初四，以后的史书即以"一一·四"暴动称之。

石岛党组织接到通知还算及时，有的地方压根就没接到，按原计划举行了小规模的公开行动，被国民党地方政府嗅觉灵敏的暗探侦知。"共党欲在胶东图谋不轨"的密报，经由国民党海阳县县长骆茗庵上报给了山东省政府主席韩复榘。韩复榘勃然大怒，前不久蒋介石一封又一封的急电催他派兵到南方剿共，弄得他好不狼狈，只好施展拖刀计，赖着不走，这下可好了，后院起火，共产党也要趁机给他老韩上眼药水，岂能不叫人窝火！可转念一想，老韩扑哧笑了，共产党这不是给自己帮忙来了吗？他连夜急电蒋介石，"胶东共匪来势汹汹，武装叛乱已席卷东部各县"云云。蒋介石接电后，连发八封急电，催促韩复榘举兵镇压，彻底铲除"赤匪"之患。韩复榘对自己的"一石二鸟"之计颇为得意，但也不敢掉以轻心，急命驻潍县的国民革命军八十一师师长展书堂，以胶东五县"清剿司令"之名，火速开赴胶东。展书堂是韩复榘的得力干将，久为韩所倚重。他即刻率军赶到莱阳，召集各县县长部署联合剿共行动。莱阳县党组织侦察到了敌人的动向，一面立即停止行动，一面赶往暴动指挥部报告，但消息却被阻滞在了路上。

就在胶东共产党人举行暴动前夕，国民党近万正规军和三四万地方民团势力，已高高举起了狰狞可怖的屠刀……

冯芝庭说："按照上级部署，起义的队伍将从南北两个方向进攻石岛，西南面来的是于作海同志率领的特委第三大队，北面来的是咱荣成方面组成的队伍。两支队伍夹击石岛敌人，一举将其拿下。"

秦鹏飞说："特委之所以把石岛作为东路暴动的重点，是因为这里的反动派手里有四五百条枪和几十门炮，打下石岛，这些武器可以好好武装咱们的队伍。"

汤福山说："打石岛只能偷袭，不能硬来，所以咱们能不能顺利地把队伍领进来，是成败的关键。"

冯芝庭说："这样吧，我跟鹏飞、香亭去迎接于作海他们，福山是本地人，对这里的地形比较熟，你单独去引领荣成方面的同志怎么样？"

汤福山说："没问题。"

商量妥当，四人吹灭灯，摸黑出门，溜到大街上，一看街面上的情况，顿感不妙——只见军警、团丁全副武装，来来回回巡逻，严密盘查着来往行人。冯芝庭低语道："不好！敌人发觉我们的意图了，得赶快通知咱们的人，要是硬来，可就吃大亏了！"汤福山说："我们还是按原计划接应去，见了面再说。"四人仗着熟悉地形，兜来绕去，避开一道道关卡和游动岗哨，向镇外摸去。

天蒙蒙亮，鸡唱高亢。于作海一个翻身下炕，趿拉上鞋就往外走，抬头看看天，彤云如漆，街旁的老树挺着铁戟似的枝丫刺向天幕。他吆喝一声出发，甩开大步向村外走去，身后从胡同里转出一些人，到了村口拢到一处。于作海传令，各人走各人的，天黑前到达荣成山西头村会合。于是队员们呼啦散开，那一刻在于作海的感觉里就像撒出了一张大网，这张网将把国民党在胶东的虾兵蟹将一网打尽。有人装作挑鱼的贩子，有人扮成走亲戚的，有人化装成流浪汉，有人改扮成赶集上店的，冒着大北风走远了……1935年11月28日，昆嵛山东麓，文登县孔格庄，胶东农民暴动指挥部所在地，此刻集束了胶东最敏感的神经元，它的每一次战栗都将变成一粒粒狠狠射向敌人的子弹。胶东特委东路暴动第三大队也称特务大队，于作海任大队长，张东任副大队长。两人看着队员们消失在黎明前的黑暗里，跺跺被寒气咬疼的脚，甩开膀子，也向着荣成石岛方向开拔了。

孔格庄距离石岛一百多里地，紧赶慢赶，单凭脚力也是个路程，何况路上还要躲避区公所、镇公所、盐局子的盘查。不过队员们的素质没的说，加之前期进行了一些不算正规的军事知识培训，总是聊胜于无。这次武装暴动，特委要求全体党员参加，以此作为武装骨干力量，再配合以接受党的主张的进步群众，因此这次暴动很有些“押宝”的意味，一旦失败，胶东党组织就会被连根拔起。正是意识到问题的严重性，在执行过程中，有的地方采取了折中的办法，想法保留了部分基层党组织和隐蔽了部分党员。

于作海和张东装作结伴赶集的，有一搭没一搭地说着话，专拣僻静小路和近道走。田野里麦苗苍黄，山坡上枯黄浓翠掺杂，脚下有时惊起一只野兔，天空苍鹰盘旋。

黄昏时候，于作海、张东、邢京昌（绰号金牙三子）、丛明珠（绰号丛老虎）、马洪玉（代号老马）赶到了槎山脚下的山西头村，荣成党组织派来的接头人殷学乾和从沟于家村赶来的张修竹已经等在这里。殷学乾煮了几盆地瓜干，热腾腾地端上来，又切了几份老咸菜疙瘩，让大伙先垫垫肚子。大家边吃边聊。于作海瞪着大眼说：“今晚上都给俺精神着点，头一脚踢得漂漂亮亮，俺老于脸上也光彩。”殷学乾挤咕挤咕眼问：“买的子弹还没来吗？”丛老虎豪壮地拍拍腰里：“有的是！”殷学乾问：“有的是是多少？”金牙三子神神秘秘地趴到他耳朵边说："一粒。"于作海抹抹嘴巴说："枪和子弹都在石岛仓库里，都在敌人的手上，咱们跟敌人要去，弄死他们，也不知道咱们的枪是空的啊！""对，抢敌人的家伙打敌人！"

夜幕降临，云天漠漠，碎琼乱玉的雪花说来就来，而且一阵紧似一阵。丛老虎喊道："弟兄们！老天爷不仗义啊，故意给咱们上眼药水！"金牙三子捅捅他说："老虎，以后别粗门大嗓地吆喝啥弟兄们，现在咱们是革命队伍，该叫同、同志们！"丛老虎扤扤头皮，翻翻白眼："你一个大老粗，还跟俺咬文嚼字！好，以后咱就叫同、同志们了！"于作海站在队列前高声说："同志们，今晚的行动决定着咱东路暴动的成败，谁也不能给俺关键时刻掉链子，利索地打下石岛，咱们痛快地喝一场！出发！"

这支五六十人、只有一发子弹的队伍，情绪饱满地向着石岛进发了。

每年进入冬季，胶东因地理位置的原因，西伯利亚高原南下的强冷空气经过一道道山脉的抬升，跟生成于东太平洋的暖湿气流，媾和缠绵，于是诞生下一场接一场的狂风暴雪，将胶东造成了赫赫有名的"雪窝子"。

今年的"白银季"，正与这场血火奔涌的暴动不期而遇。

队伍行进到石岛西南一个叫蚧巴子窝的地方时，前面传来一阵杂沓的脚步声。于作海示意大家藏到路边的沟渠里，一挥手，带上金牙三子、丛老虎迎着来人走上去。对方发现他们了："干什么的?""做买卖的，去石岛办点货。"借着雪光，看清了对方，原来是几个背着长枪的保安团团丁模样的家伙。待他们走近，还没反应过来，于作海一个健步上去，用冒着寒气的枪口指着他们，厉声道："举起手来！俺们是共产党，俺手里的家伙可不认识你们！"五个团丁被突如其来的变故吓蒙了，还在打愣的当儿，金牙三子、丛老虎三下五除二下了他们的长枪，几个队员冲过来，把他们捆了个结实。

于作海问："你们是干什么的？"领头的团丁说："共产党先生们，里面已经知道你们要来了，我们是被放出来的流动哨，你们可得加小心啊！"于作海皱着眉头琢磨着，看样子这人不像撒谎，下一步的行动必须得更加谨慎了。

他命人把俘虏押走，然后继续前行。眼前出现一座土地庙，正是预先设定的埋伏点。队员们找地方隐蔽好，殷学乾走上前拍了三声巴掌，庙里回了两声，刘振民警惕地走出来。之前他被特委任命为东路第三大队的政委，是提前来石岛打探情况的。他走到于作海面前，低声说："石岛里面已经戒严了，党组织也遭到了破坏，好像敌人知道我们的计划了。"于作海有点抓急："到底什么情况呢？"刘振民说："详细情况说不上来，根本没法靠近侦察。"于作海说："你歇歇，俺跟老殷、老虎去一趟。"他一挥手，殷学乾和丛老虎跟着他弯腰向前小跑而去。

三人摸到石岛街边，就走不动了，黑灯瞎火，但流动哨一拨接一拨，这情况确实没办法再向纵深处侦察了。三人悻悻退回。正在彷徨之际，从石岛方向传来一阵脚步声，雪光映照着三个人影，到了近处看清楚，是秦鹏飞、冯芝庭、于香亭带着两部步行电话机接应来了。冯芝庭对于作海说："敌人已经架好铁丝网和防御墙，就等着咱们进去打个猝不及防。"秦鹏飞说："岛内的党组织也被敌人破坏了，好几位同志被捕，生死不明。"

于作海召集刘振民、殷学乾、秦鹏飞等人碰头：石岛绝不能进攻了，否则无异于自投罗网，起义队伍应趁着敌人尚未全面洞悉暴动计划之际，突袭近处的人和集镇镇公所和鹊岛盐务局，接着奔袭黄山区公所和宋村盐务局，以完成特委交给的夺取武器的任务。大家都赞成这个办法。为了防备行动目标过大，被敌人发现，于作海决定兵分两路，自己带着金牙三子、丛老虎、老马等八人走大路，刘振民带领其他人抄小路，明天一早在人和集镇会合。秦鹏飞、冯芝庭、于香亭三人因石岛党组织已暴露，也跟随队伍西去。

荣成党组织组织的暴动队伍在丛烈光、王本贤、王良弼、宋干卿、张从周等人的率领下，此时都已进入待命地点，准备配合特委第三大队攻占石岛。11月29日天蒙蒙亮时，侦察员报告特委第三大队已西撤，看来情况有变。丛烈光冒险潜入石岛，跟汤福山接上头，得知敌人已发觉暴动计划，荣成暴动队伍只好撤离行动，秘密分散。至此，东路暴动计划宣告部分失败。

于作海等人到达人和集镇时已是天光大明，实施偷袭明显不具备条件，怎么办？几个同志都焦急地看着他，于作海猛拍一下脑袋，叫过几人一阵低语。

人和集镇东西大街上行人稀少，正是人们吃早饭的时候。突然，一阵激烈的争吵响起，好事的人端着饭碗探出头来看个究竟。只见两个浑身尘土的汉子厮打着走向镇公所，一个大个子跟着两人劝架，嘴里喊着："别打了！有话好好说！"但那两个人打上了瘾，怎么拉就是拉不开，一直撕扯到镇公所门前。门岗把枪一横："到这里来胡闹，找死啊！"两个人你抓着我我扭着你，几乎同声道："打官司的！"劝架的那个汉子见门岗的注意力全被吸引住，猛地一个箭步冲上去，用枪顶住他的下颌，喝道："动一动要了你的狗命！"打架的两人是金牙三子和小刘，劝架的是于作海。三人得手后，一名跟进的队员把门岗看守起来，其他人跟着于作海冲进镇公所，几支枪口对着二十几名正在吃饭的镇丁一指，大喝一声："举起手来！我们是共产党！"镇丁们被这伙从天而降的人吓傻了，有的手里擎着碗和馒头就举起来，哗啦泼了一脸粥，疼得吱吱哇哇怪叫，有的嘴里嚼着馒头咽也不是吐也不是，惊恐疑惑地看着于作海一伙人。于作海喊一声："立正！向后转！脸对墙！"二十多名镇丁对着墙站好。于作海说："我们是共产党领导的队伍，是为穷苦人打天下的，你们也都是苦出身，到时候也有你们的份儿！你们以后不准再帮着坏蛋欺负老百姓了，再敢胡作非为，小心你们的脑袋!”没一个敢吭声，大气不出地听着。队员们把镇丁的枪支弹药收齐，又从东屋里搜出一把匣子枪和一条子弹带。有人忙把搜来的子弹压到自己手里的枪支里，看得镇丁又傻了：敢情他们手里的家伙没装子弹啊!

刘振民带着大队人赶到了，一个队员吹响嘹亮的洋号，在街心竖起了一面绣着镰刀斧头的红旗，许多群众撂下饭碗跑出门，宣传组扯开场子开始了宣传。“反对苛捐杂税!”“打倒土豪劣绅!”“北上抗日，解放东北!”口号声此起彼伏。朝街的墙壁被贴上了一条条红红绿绿的标语，在皑皑白雪的映衬下，显得分外艳丽夺目。于作海喊一声：“乡亲们，跟着咱们打鹊岛盐局子分盐去!”老百姓慌忙跑回家取来脸盆、口袋、小缸等物，跟着暴动队伍直奔鹊岛盐务局。

鹊岛盐务局已是人去屋空，遍地狼藉，看来是听到风声，仓皇逃窜了。老百姓疯了似的，抢盐，抢桌椅，抢衣服，抢杂物。一名队员意外找到了一匹枣红马，高兴地牵给于作海看，马儿咴咴长叫，人立而起。于作海骂道：“跟着坏蛋欺负老百姓惯了！等爷爷留出空儿来修理你!”

在鹊山盐务局没得到几条像样的枪支，肯定是暴动队奇袭人和集镇公所弄得声势太大，打草惊蛇了。想到这里，于作海紧急点齐队伍杀奔黄山区公所，不出所料，又是一个逃之夭夭。于作海率领队伍转而奔向高村区公所，路上便得到报告，那里的敌人也跑掉了。于作海有些焦躁，指挥队伍又冲向宋村盐务局。路上正在急急行军，从北向南跑来二十几人，于作海一瞭就知道不是自己人，命令队伍做好战斗准备。他命队员冲着对方摇旗示意，先发制人：“你们是哪一部分的?”“我们是鹊岛盐务局的，你们是哪一部分的?”哦，漏网之鱼！又送上门来了！“我们是文登便衣队的。”等敌人走到百八十米范围内，于作海率领暴动队员们一起挺枪冲上去，把这些人团团围住，缴了械。刘振民对这些人做了一通宣讲，警告他们不能再为虎作伥，助纣为虐，便释放了。

这次收获不少枪支弹药，于作海的腰杆挺了挺，总算完成了部分任务。

于作海带着队伍一路冲杀，倒真有点所向披靡的意思。29日傍黑时，他们进入距离孔格庄不远的汤店村驻扎整休。两天一夜没合眼，走了三百多里地，腿肚子胀得绷绷硬，嘴唇裂开了血口子，这样高强度的行动对于初次上阵、未经系统训练的队员来说，是难以想象的，但他们经受住了考验，没一个掉队的。

从28日夜里开始，坐镇孔格庄的张连珠就被焦灼烧烤着，他一次次跑到村外等候，爬到山坡上瞭望，没一点于作海他们的消息，也没有西路暴动的消息。按照原计划，于作海和第三大队应在29日中午赶回来，但中午过后还是没有音信。他再次爬上村北的小山张望，雪还在下，天地苍茫，四野皆素。他来回踱着，眼里燃烧着烈火，这烈火自决定暴动之日就被点着，给他孱弱的身躯以强大的力量，也一点点蚕食着他的精神。脚下的雪地上满是凌乱的脚印。失望接着失望，焦虑连着焦虑。他很罕见地卷了一支喇叭筒子烟，扫出一片岩石，坐下，点着了，茫然地吸着，发出一阵阵山摇地动的咳嗽。警卫员机警地巡视着四遭。天色转暗，比平时黑得更早了。忽然警卫员喊道：“张总指挥，你看！”张连珠急忙站起身，顺着警卫员的手指望去，一个墨点正向这边游来。张连珠兴奋地扔掉烟，向着墨点奔去。来的是飞毛腿刘松林，他是奉于作海之命赶回来报告东路军情况的。当得知于作海他们在汤店村时，他拉上刘松林就走，边走边听他汇报，他心里的阴霾散开了，照进来一缕阳光，他为于作海、刘振民的机智变通高兴。

走进汤店村，见到大街上站满了人，老百姓兴高采烈，敲锣打鼓，暴动宣传队在演说着揭露国民党统治的腐败，怒斥地主老财的压榨剥削，接着便把一把地契、租约投进了火堆里。群众鼓掌叫好。队员带领群众去分地主的粮食，有的踊跃前往，有的犹豫不决。张连珠走上前问一位大爷："你怎么不跟着大家伙去分粮食啊？"大爷说："怎么说呢？咱种人家的地就该给人家交租子，人家过得好，那是几辈子积下的，咱今天分了人家的，良心上过不去。"张连珠说："共产党就是领导人民打倒这个不公平的社会制度，地主的土地本来就属于人民，千万不要信他们那套富贵由天的鬼话！"大爷说："你们今天领着大伙分了粮，明天就走了，可是俺还得在这里住啊，人家回来再跟俺要咋办？"张连珠笑笑，让段佩兰跟老人详细解释解释，自己跟着刘松林去找于作海。

于作海迎出门来，张连珠疾步上前："老于你可回来了！"

于作海说："这不我们刚消停了一会儿。"

刘振民在旁笑起来："珠子同志，回来的可不光老于一个人啊！"

张连珠哈哈笑着跟大家一一握手，眼眶一热，差点滚出泪花，从那一身泥水、一脸疲惫就知道他们吃了多少苦，遭了多少罪。

丛老虎抓着半个窝头边嚼边说："报告总指挥，参加我们这次行动的队员有一百多人，缴获长短枪五十多支，子弹两千六百多发，大刀片五十把，刺刀三十把，还有些土枪啥的。"

张连珠说："你们很了不起，在计划受挫的情况下临危不乱，及时调整，反败为胜！特委要给你们记上一大功！"

于作海挠挠头说："可别！我们没打下石岛，缴获的武器也不多。"

张连珠拍拍他的肩头："先不说这些了，咱们进屋商量商量下一步的行动。"

雪渐渐停了，风悄悄小了，天依然阴得铁桶一般。

东路暴动队伍除于作海的第三大队外，尚有两支队伍，第一大队由丁树杰、王台、王亮负责，第二大队由王良弼、张修己负责。29日一早两支队伍打着红旗，集合到文登县宋村，等候第三大队归来，准备用三大队缴获的武器进行武装。显然这个计划落空了。

经过商议，张连珠命于作海率第三大队相机活动，他带部分武器回孔格庄，协调第一大队、第二大队的行动。于作海、刘振民等人当晚趴在煤油灯下详细研究第三大队的去向，决定一方面继续向地主富豪“借枪”，壮大队伍，一方面扩大党的宣传，加深党在群众里的影响。

此后于作海这支游击队机动灵活地打击国民党地方武装，向昆嵛山一带游动，依托熟悉的地形与敌人周旋。

最激烈的一场战斗发生在母猪河畔。于作海得到情报，我方有一支队伍在文登县西北底湾头村被国民党八十一师包围，准备率部救援，在母猪河畔遭到文登县联庄会总会长丛镜月带领的三百多敌人的伏击。我方战士初上战场，生龙活虎，毫不畏惧，与敌人短兵相接，大刀映日，长缨如蛟，杀得敌兵胆战心惊。一位战士挥舞着旗杆当哨棒，一棒抡在一个敌兵太阳穴上，即刻血花迸溅，旗杆被震断，他拿着半截旗杆继续与敌人缠斗。于作海闪转腾挪，一把大刀抡得赛纺车，刀光闪过，血肉横飞，鬼哭狼嚎。在一墩杂树丛后压阵的丛镜月，嘴角挂着一丝冷笑，高喊着：“给我冲！共匪撑不住了！”敌兵越打越多，包围圈越来越紧。于作海一看情势，不能硬拼了，否则刚刚拉起来的队伍就得全毁了。他当机立断，命小部队殿后掩护，其余人迅速撤往昆嵛山。经过此次肉搏战，这支新生的游击队得到了真刀真枪的砥砺，迈出了成长历程中最重要的一步。

于作海得到的那条我方与敌军在底湾头村发生激战的情报，确属实情，而且被围困在村里的正是由张连珠、张修己率领的第二大队。

张连珠从于作海那里回来当晚，就在昆嵛山无染寺内召集第一大队、第二大队的主要领导同志紧急磋商。这时他已得到消息，西路暴动队伍情况不乐观，跟程伦、曹云章失去了联系。气氛十分凝重。他沉痛地告诉大家，因为党内出了叛徒，暴露了行动计划，敌人先下手破坏了我们的党组织，做了充分的防御准备，导致暴动遭受重大挫折，计划中的攻取石岛、夏村，合击文登都没有实现。他突然提高了嗓音："同志们，据说韩复榘调集了他精良的大军要来剿杀革命的烈火，难道我们就畏惧了吗？难道我们就退缩了吗？胶东几百万父老乡亲在看着我们呢！我们决不能被敌人的枪炮吓倒，我们要改变原来集中暴动的方式，化整为零，开展机动灵活的游击战争！"血的惨痛教训擦亮了张连珠的双眼，也使他认识到原来的暴动方案过于理想化，背离实际，尤其是对困难的估计太过乐观，他隐隐对发动这次暴动的正确性产生了动摇。想到这里，他猛地挥挥手，似乎想把这个可怕的念头赶走似的。他说："同志们！敌人的本来面目就是极其凶残的，我们不能存有半点幻想。为了适应新的情况，特委决定实行隐蔽的游击活动，任务是发展组织，打击敌人，决定在胶东地区建立八个秘密联络站，另外组成五个武装游击队分区活动，互相支援……"大家沉默着，心头都压着铅一般的沉重，本来以为揭竿而起，胶东就变成了红色的海洋，但没想到失败来得这样快。王亮站起来问："珠子同志，这样干法是定下了，可是咱们的经费和大家的生活怎么安排呢？"张连珠笑笑："老王，你们手里拿的是什么？你们不是有枪吗？缺什么就找敌人要去！"大家相互看看，发出一阵大笑。寂静的山林里，飞起几只野鸟，扑棱棱地掠过乌暗的夜空。人们从张连珠的笑容里看不出一点的颓唐和消沉的迹象，有的只是光闪闪的感觉，他的乐观感染了每一个人，站在门口的段佩兰眼里流溢出满满的钦佩和爱慕。

丁树杰、王亮等率领第一大队向西北方向的游击区进发了。

张连珠叫过段佩兰，凝视着她，她这段时间跟随着第三大队做宣传员，也消瘦了不少。他爱惜地抚摸着她的短发，说："佩兰，你跟着我这些年东奔西走，没有享受到花前月下，倒挨过饿、被敌人追捕过。”段佩兰打断他说：“连珠别说了！这是我心甘情愿的，革命不只是男人的事业，也有我们妇女的份儿！”张连珠笑笑说：“佩兰，现在暴动形势严峻，你们几个女同志要离队隐蔽起来。”段佩兰含泪道：“不！你身体不好，我坚决不离开！”张连珠说：“我已经跟特委的同志商量好了，目前队伍里共有四位女同志，你们每人发一块大洋，先回家待命，这是保存革命的火种！也是特委做出的决定。”段佩兰呜咽着说：“我们死也要死在一起！我不离开！”张连珠严肃地说：“这不是我个人的决定，希望你带头执行！”段佩兰抓住他的手，点点头：“你得答应我一定保护好自己，我回娘家等着你来接我！”张连珠说：“那还用说！等我们开辟了稳定的游击区我骑着高头大马接你去！”

段佩兰找到另外三名女同志，告诉了她们特委的决定，四人恋恋不舍地离开部队。

从文登城北去三十多里有个小村叫底湾头，1933年张连珠以一名教书先生的面目初次来到这里时，他无论如何不会想到这里将成为自己生命里最重要的一站。这个普普通通的小村也因为1935年12月5日（农历十一月初十）清晨张连珠的第二次造访，而成为胶东革命史上一个无法绕过的坐标。

张连珠按照分区开展隐蔽游击活动的决定，与张修己、秦鹏飞率领第二大队到达底湾头村。张连珠对这里的情况很熟悉，他的到来引起了小小的轰动，人们相互传递着消息：“前两年那个珠子回来了，还有好多好汉跟着他呢！那阵势可排场了！”“原来他是咱胶东共产党的总头呢，真了不起啊！”“咱村的几个地主一听珠子他们要来，早吓得屁滚尿流了！”“珠子在那边演讲呢，咱们快去听听吧！”……

村子中心的空地上，张连珠正指挥着战士烧掉从地主家里搜出来的地契、高利贷单子、押契等，火光映着他苍白的两颊，火苗在他眼里跳动着，乡亲们发出阵阵欢呼。张连珠说："乡亲们！我们胶东人民是不甘忍受欺压的，共产党就是带领老少爷们起来闹翻身的，我们只有打倒了这个旧世界的地主恶霸、贪官污吏，才能建立起一个人人平等、人人幸福的苏维埃国家，才能把侵略我们的日本帝国主义赶出我们的国家……"宣传队队员们带头高呼："打倒旧世界，建设红色苏维埃！""打倒土豪劣绅，实行耕者有其田！""发动武装暴动，北上抗日！"村民纷纷上前跟张连珠握手，跷大拇指。

天阴沉沉的，像一位哭丧婆，北风嘶吼着，像发了癫的恶狼，滚下山岗，冲过田野，跳上屋顶，撕咬着树枝，卷起一阵阵霰粒，打得人脸生疼。差不多正午时分，又飘下了大雪，人们身上头上一会儿就白乎乎的了。

在呼呼隆隆的风声里，耳尖的人辨别出村东传来另一种轰隆声，越来越近了，村头的岗哨报告发现了敌人的汽车。张连珠告诉群众赶紧往西山里转移，他则率领队伍跑向村东迎敌。

韩复榘一天几个电话打给展书堂，督促"剿匪"进展，声言"务必奉行宁可错杀不可漏网"的纲领。展书堂自然不敢懈怠，根据汇总上来的情报，将文登、牟平、海阳列为军事行动重点区域，令其部运其昌旅火速赶往上述地区。旅长运其昌率军杀气腾腾奔向文登。对于"暴民"，运其昌从不手软，1933年7月2日，他挥师镇压沂水县大刀会，炮轰会众据守的黄石山寨，攻入后大开杀戒，屠戮三千多人，制造了骇人听闻的"黄石山惨案"。"运阎王"之名，令人闻之胆寒。运其昌得到情报，共产党的队伍在文登县西北乡活动频繁，遂命文登县民团配合行动，直扑底湾头村一带。

张连珠率队冲到村南一道圆弧状的高阜上，凭高阻击，打了敌人一个措手不及。运其昌命一部展开进攻阵形，两部分向南北两翼展开，做张开口袋状，意在将村中共产党武装一网打尽。敌军实施火力压制，数百兵力冲向游击队阵地，张连珠、张修己、秦鹏飞和战士们开枪射击，奈何游击队武器简陋，除几把匣子枪还算趁手外，多为普通步枪，好在自制的手榴弹威力不小，轰轰几声，炸得敌军不敢贸然前进，退回路边的壕沟里。运其昌命人以小钢炮轰炸高阜，一发发炮弹呼啸着落在张连珠身边，掀起一片片新鲜泥土。他擦去脸上的尘土，继续指挥战斗。一阵轰炸撕开了游击队的防线一道口子，敌人波浪般涌来。张连珠命战士们投掷自制炸弹，炸弹的威力又强似手榴弹，敌人被炸得像兔子一样蹦跳，因为炸弹里飞出的碎铁片，犹如锋利的刀片，崩进肉里，钻心地疼。敌人再次暂时被打退了。

此时丁树杰和王亮正带领第一大队在距离底湾头村不远的三庄村，听到这边枪炮齐鸣，毫不犹豫地赶来增援，与张连珠所率队伍合为一处。张连珠、丁树杰、张修己等人躲到一间小屋里商量对策，大家杀红了眼，表示坚决顶住敌人进攻，以掩护老百姓安全撤退。张连珠、张修己率部阻击东面之敌，丁树杰、王亮率队阻击南面之敌，等群众转移后，再以一部分兵力掩护大部队撤退。

游击队的子弹很有限，而且是初次跟敌人对阵，难免心有怯意，所以指战员不仅要指挥作战，还得高声喊叫着，不断给战士们打气："同志们，你们怕不怕敌人?""不怕!""对！反动派再厉害，也架不住咱一颗'黑枣'!""打这些欺压咱们的王八蛋!"……而他们面对的则是训练有素、久经沙场的正规军。敌人最终突破了高阜防线，游击队退进村里，依托房屋、墙壁、树木、碾砣等，展开巷战，延缓敌人的推进速度。王亮正打算投掷一颗手榴弹，忽然看到右侧不远的丁树杰胸口迸溅出一朵血花，身子像喝醉似的一头栽在地上。他几步抢过去，抱起丁树杰。丁树杰使劲睁开眼看看王亮，嘴角吐着血沫："节省子弹，要突围出去，为了胜利……"王亮疯了似的大喊一声"老丁"，震得自己差点昏死过去。片刻清醒后，他摘下丁树杰的手枪，冲着敌人疯狂地点射，撂倒了几个冲上来的敌兵，又把手雷扔了出去，轰的一声，炸得敌兵血肉横飞。

敌人的攻击被打退了。

游击队的伤亡越来越重。天上的雪花还在慌慌张张地下着，似乎老天爷急着把存了一年的家底都花销掉似的。被炮火击中的房屋，冒着黑乎乎的浓烟，树冠被引燃了，噼噼啪啪地燃烧着，烧得雪花吱吱叫。

一个停顿的间隙。

午后1时半，群众撤干净了。张连珠做出了撤退的决定，但撤退前一定要打一次反冲锋，狠狠地把敌人打蒙，给撤退留出空当儿，这个任务交给了王亮。王亮把战士们聚拢到一处，用手枪顶顶太阳穴说："这次我们留下打反击，掩护大部队撤退，同志们怕不怕！""不怕！""大家要把手头所有的手榴弹、炸弹全喂给敌人，一颗不留！"敌人喘息后，开始向我阵地进攻了。等他们靠近了，王亮大叫一声跃出掩体，把手雷、炸弹一股脑投向敌群。与此同时，一阵更繁密的手雷炸弹雨点般落下，彻底把敌人炸慌了手脚，接着震耳欲聋的喊杀声响起，几十名战士挺着刺刀、长矛冲向敌人。一心以为游击队只敢偷偷摸摸打冷枪的敌军，被这种拼命式的冲杀震慑了，他们掉头就跑，撤回到村外的壕沟里。这才发现游击队并没追上来，恍然大悟，原来这是以进为退战术啊！随即嗷嗷叫着冲进村里，而这时大部战士已经蹚过村西的小河，撤往了西山里。

然而，一个意外突然而至。就在撤退途中，张连珠的哮喘病发作了，跑几步就喘不上气，脚步死沉。他不愿拖累战士们，孤身一人拐进一条胡同，躲进了一户人家。但这是一家富户，他们怕受到牵连，在敌人挨户搜查时，供出了张连珠。

底湾头村上空的硝烟渐渐散去，硫黄味、煳焦味、血腥味，掺和成一股令人作呕的气味，缓缓地涌动在街巷里。街道上一只失魂落魄的白鹅怅惘地四处张望。雪依然在下，簌簌有声，如泣如诉……

18. 刀尖之舞

晴朗天，小毛驴，小媳妇，新衣裳，回娘家。嗒嗒嗒，丁零零，海阳县大杨格庄村口摇出一匹浑身黑亮的小毛驴，孙喜吾全身上下收拾得妥妥当当，黑油油的头发、圆溜溜的髻、银闪闪的簪子、俏生生的脸、弯丢丢的眉毛、媚润润的眼、翘挺挺的鼻子、红丹丹的唇、白皎皎的牙齿、嗔羞羞的笑、秀颀颀的玉颈、细纤纤的手、蓝莹莹的锦袄、柔婷婷的腰、火烈烈的绣裤、活泼泼的脚。赶脚的纪胜云打扮得也清清爽爽，手扬一条缠红丝绕翠绦的牛皮鞭，鞭花打得那叫一个脆。

昨晚孙喜吾和纪胜云被村支部书记叫到村头的土地庙里，告诉他们县委下达给大杨格庄村支部一个重要任务，要他们挑选一名沉着干练的女党员到槐家泊村，把藏在那里的三十条枪运到小管村。孙喜吾、纪胜云答应得很干脆。三人合计着怎么运，沿途要穿过几处敌人的检查站，稍有不慎就得砸锅。孙喜吾想出一个装扮成大户人家小媳妇回娘家的点子，她扮小媳妇，纪胜云扮家丁。支书觉得这个点子刁，就这么办了。

几天前程伦、曹云章按照特委安排赶到海阳县小管村，准备以此为基地发动海阳县的农民暴动。曹云章住了几天就到牟平组织武装去了。程伦住在小管村党员邵文华家，在于洲、姜振芳、郭习武、单志敬等同志的协助下，在乳山河两岸宣传发动群众。几天后程均英被通信员接过来，因为一口南方话，别人听不懂，只能躲在邵文华家里写标语，刻传单，跟几位女党员绣旗帜。距离暴动的日子近了，在海阳县夏泽村程伦主持召开了县委会议，决定依靠党员和可靠群众拉队伍。全县分东半县、西半县两支队伍，十一月初三晚两支队伍会合于小管村。由大杨格庄村党支部派一名机智勇敢的女党员去槐家泊村“启枪”，送到小管村，以备暴动之用。同时派人去济南打探韩复榘是否派兵清乡围剿，要是派，则停止暴动，没派，就按计划行事。

小毛驴脖子的铜铃声打破了乡野的寂寥。阳光水晶晶的亮，天宇蓝湛湛的远，随着驴子一摇一摇的步履，孙喜吾花枝招展地摇摆着身子，无一处不散发着少妇特有的韵致。

“你打扮得跟新娘子似的，不怕招来土匪，把你抢去当压寨夫人?”

“买二两棉花纺一纺，哪个道上的敢跟咱们掰腕子?”

“话虽这么说，挺扎眼的，闹出幺蛾子来就不自在了。”

“遇到盘查的，你就说我是大杨格庄的少奶奶，俺当家的在海阳县政府混差事，回娘家给侄子娶媳妇。”

“唬人不含糊你啊！胆儿够肥的!”

啪——啪——

小毛驴蹽开四盏蹄子颠欢了，孙喜吾花枝乱颤，纪胜云紧随其后。

一路之上，穿关过卡，乡丁团丁见了孙喜吾不错眼珠地看，哪敢盘问个鸭子鸡，一看这招摇范儿就知道是惹不起的主儿!

黄昏时分，小毛驴进了槐家泊村，拐弯抹角走进地下党员李长春家里。李长春早接到组织通知，备好了晚饭，金黄的玉米窝头，糙子粥，凉拌白菜丝，炒鸡子，算是最高接待规格。纪胜云冲孙喜吾挤挤眼：“俺算是沾孙少奶奶的光了。”孙喜吾一脸过意不去：“老李太见外了，这不得把你家吃出饥荒啊!”李长春说：“你们跑了一天的路，够辛苦的！快吃吧！今儿晚不消停!”二人也不再客套，客套多了，反倒生分。

定夜后，邵文华悄悄赶来一驾轴子车。这车装有轿篷，通常大户人家出门才用。海阳县委宣传部部长李桂岩是本村人，特意赶回来指挥行动。他先跟孙喜吾二人会过面，让纪胜云趁夜回大杨格庄村，这边的事，留下孙喜吾就够了，然后再带上孙喜吾跟邵文华接头。他叮嘱两人道："党组织在俺村藏了三十几支枪，有两年多时间了。这些枪有些是党员们节衣缩食凑钱买的，有些是革命同志出生入死从敌人手里夺来的，又一站转一站转到这里来，今天交给你们两人，希望你们排除艰难险阻，把它运到小管村，武装我们的战士。"孙喜吾说："我就是豁出命也得保护这些枪支!"邵文华说："放心吧！人在枪在!"随后，李桂岩命本村党员李长春、李会春、李志春到附近的营盘村的坟地里，从一个枯坟里刨出了枪，再带到瓦罐村东的道沟里。李桂岩、孙喜吾、邵文华坐着軸子先到那里等着。半夜时分，李长春三人或抱或扛或提带着枪支来了，几个人摸着黑，把枪支用麻绳固定在軸子底盘下面，底盘上面铺上谷草、席子、被子，伪装得天衣无缝。孙喜吾爬上去，说："你们快回去吧，俺和老邵走了。"李桂岩说："路上一定多加小心!"邵文华摇起鞭子，骡子一弓背，軸子启动了。邵文华是把赶车的好手，虽是夜间，軸子行得稳稳当当，发出的响动很轻很轻。孙喜吾爬到轿篷外，仰脸看着满天星，陪邵文华唠嗑。"等咱暴动胜利了，我想到烟台、济南这些大城市念洋文去，可不能再变成个'锅台转'!""你这个要求不高，可一家人总得有个'锅台转'啊!""那就让男同志转！俺们女同志都转了好几千年了，还不该你们男人转一转?""该！该!""老邵你说实话，你觉得咱这次暴动有谱吗?""你怀疑组织的决定?""怎么是我？你没听说连老黑都不赞成发动暴动吗?""老黑"是海阳党组织的领导人王之凤的代号，他因反对发动大规模武装游击战而被排挤出了特委班子。"你真是哪壶不开提哪壶！现在已经是板上钉钉的事了，咱们就别嚼舌头了!"邵文华表示了明显的不满，孙喜吾听出了话里的弦外之音，吐吐舌头。

翌日上午，軸子车到了徽村，远远望去，街心里站了一排荷枪实弹的乡丁，在盘查过往行人。邵文华犹豫了一下，顿了顿缰绳，骡子缓了步子。孙喜吾感觉出异样，探出头瞭一眼，说："别怕，大模大样地走，要是问就说你是赶脚的，送我去烟台看病，万一他们缠住不放，抽冷子就跑，他们跑不过骡子的!"邵文华精神振作，对孙喜吾有点刮目相看了，手扬长鞭就往前闯。孙喜吾坐在軸子里纹丝不动，骡子蹽开蹄子，鬃毛耸动，带着风声冲着那排乡丁直冲过去，吓得他们赶紧让开。邵文华随手打了鞭花，吆喝一声："俺送大少奶奶去烟台看病，不停下了，弟兄包涵点!"乡丁们大眼瞪小眼，没一个敢阻拦的，一看这横冲直撞的劲儿，就知道不是善茬儿，找不自在干啥。

晚上9点多，骡軸子稳稳停在小管村邵文华家门口，程伦、程均英、郭习武等人听见动静，出门迎接，三下五除二，把枪支挪进邵家东厢房里。

这时海阳县委派往济南打探消息的人，已经得知韩复榘派展书堂镇压暴动的情报，赶回了海阳县。县委书记孙学之当机立断，决定暂停暴动，相机行事。怎么把这个消息传给海阳县东乡的程伦等人呢？孙学之跟大家商量，有人提议让被敌人押在朱局子里的五位同志带信儿回小管村。这五位同志都是海阳东乡人，县委花钱疏通关系，朱局子已经答应放人了。当即这样定了，可是左等不放人，右等不放人，一拖就是好几天，东乡到底没有接到情报。

人们在回望历史时往往会发出一声浩叹：假设当时这样了，可能历史就要改写了！历史似乎除了外在运行的轨迹外，还有其内在的无法为人窥测的神秘力量，而这才是历史真正强悍可怕之处。

农历十一月初三，天欲雪，风渐起。

距离程伦到胶东来已经十多个月，辗转风雨，奔波晨昏，他早就感到体力透支了，胃病发作得越来越频繁，令他不胜其扰，他完全是靠毅力在苦撑。程均英看到他额上又流着冷汗，心疼得直跺脚。他已对这片看上去粗犷豪迈的土地和这里大大咧咧、动辄爆粗口的人们，产生了绵绵的痛惜之情，这是不是一种爱？一种变相的爱？痛惜相对于简单的爱可能更复杂一些。爱是因为美好和富有吸引力而产生的，是愉悦的，而痛惜是因为深入其中和感同身受而产生的，是痛苦的。他已被融化进脚下的土地，他不是被幸福挽留在这里的，而是被苦难。他何尝不知道此次暴动是一次“刀尖上的舞蹈”？没有牺牲，就没有新生；宁鸣而死，不默而生。这是他的呐喊，也是胶东人暴烈性情的激情绽放。战斗吧！我的父老乡亲们！让我们冲破今夜的黑暗，走向明天喷薄而出的朝阳！

黄昏时，夕阳挤出云缝儿，红艳如血，连同周围的云都被染成了彩缎，程伦从未见到——或者是从前从未认真欣赏过落日的绚烂——他被这悲壮的落日震撼了。他指给程均英看，霞光泼洒，西天宛如油画，浓烈、奔放，又像一支无声的狂想曲。

“我们等待的时刻就要到了。”

“哦，那是一个什么样的时刻？”

“革命将主宰山河，热血将召唤未来。”

“哦！那个时刻我们在哪里？”

“我们？一起战斗，一起看红旗招展，一起听战鼓响彻。”

“嗯，我们在一起，永远。”

“是的，黑夜来临，黑夜孕育黎明，我们从黑暗里走来，我们推送出光明。”

“你听，他们来了，我听到队伍行进的脚步声了。”

“走吧！迎接我们新诞生的武装去！”

海阳县东部乳山河两岸的暴动队伍两百多人胸前系着红绳，在海阳县二区区委书记张书臣、邵文华、单志京、郭习武等人带领下雄赳赳开进了小管村，驻扎在土地庙前。程伦走上前，做了慷慨激昂的动员讲话，号召战士们在党的领导下推翻反动派统治，打倒土豪劣绅，反抗日本帝国主义侵略。然后发放武器，队伍进行简单休整，等国民党海阳县三区中队长、地下党人唐维兴，率着兵变队伍前来会合后，一起东进，再与牟平县暴动队伍合击夏村。之所以把夏村作为西路暴动的进攻重点，在于此地为海阳县四大村之一，商贾聚集，富甲一方，可为暴动队伍弄到必需的经费。

时间一点点过去，唐维兴那边毫无消息。

当天下午，国民党海阳县三区区长王济占发觉警卫员、自己的侄子王深禄神色不宁，敲山震虎地说，当下“赤匪”颇有兴风作浪之意，然党国大军一旦临境，即刻澄清妖氛，当此要紧关头，必须立身端正，不可为人蛊惑。王深禄一听，小脸煞白，结结巴巴地说：“唐维兴是共党，拉拢我参加今晚的兵变，准备把三区中队拉走，跟着共产党闹暴动去。”王济占手中的水烟袋咣当掉在地上，王深禄赶紧弯腰捡起。王济占冷汗直流，要不是自己察言观色，险些中招，难免小命不保。他对王深禄说：“你答应唐维兴了？”王深禄点点头。王济占说：“你小子立功了，我会向上保荐你的。”然后他迅速把情况报告给了国民党海阳县政府，县政府调派二区中队进驻夏村，加强防卫。

晚6时，三区中队例行队列点名，王济占带着几名贴身警卫站在队列前。唐维兴正在布置着什么，忽然几个人上去将其掀倒在地，绳捆索绑。王济占宣布其为共党，其余人等既往不咎。三区中队兵变遂告失败。

此时，三区中队驻地对面一家小吃店里，地下交通员于书年、邢堂敏锐地发觉对面情况有变，急往小管村报告。程伦听后稍作沉吟，当机立断，命队伍开往敌人统治力量较为薄弱的牟平、海阳交界的南西屋村。此时，彤云低垂，朔风乍起，大雪忽至，这支刚刚成立的游击队走上转移之途。

黎明时分，雪还在下，程伦率游击队进入南西屋村。村里的“义来”“永来”“恒来”三家地主已仓皇逃跑，分浮财，烧契券，收缴枪械。群情激昂，气氛热烈。

翌日，游击队开进乳山河东岸的曲水村。村里的“施善堂”大地主宋恺早就携家出逃，战士们将他家的粮仓打开，分粮给群众。稍作休整，继续向北进发，于初七到达后松椒村（现属烟台市牟平区），与牟平暴动游击队胜利会师。

曹云章、邹恒禄到牟平组织发动暴动并不顺利。从牟平县城回来的情报员报告说国民党牟平县政府正在调集兵力，准备清乡。曹云章、邹恒禄与牟平县委书记张贤和商议，决定暂缓举行暴动，但意见不一，遂折中行事，已经暴露的同志参加暴动，尚未暴露的同志潜伏下来，坚持做地方工作。在牟平县柳树村街心，曹云章亲自竖起了绣着“坚决拥护苏维埃政权”九个金色大字的红旗，宣布举行暴动。暴动队伍一路北进，捣毁国民党通海区公所，焚烧国民党的青天白日旗，砸碎区公所牌匾；一路直捣白石村，打开大地主宋结巴的“怡昌”缫丝厂，搜出大量不义之财，分给了群众。宋结巴兄弟四人，霸占有四千多亩地，二百多间房屋，长工、嫚子二十多人，在安东、烟台都开着大买卖，四人骄横，无恶不作，民愤极大。曹云章在缫丝厂里召开群众大会，揭批地主恶霸，号召群众奋起反抗。

牟平暴动游击队继续北上，到达后松椒村，与海阳方面的游击队会合。

狂风。暴雪。皑皑一色。

程伦、曹云章等人磋商决定，第二天下午挥军西进青山村，在那一带山区发动群众，开展游击活动。

下午2时多，国民党八十一师赵廷壁团一千多人占据后松椒村邻村大河东村，在河对岸架起机枪对着游击队扫射，同时展开包围，意欲将游击队一网打尽。程伦紧急部署防御，奈何武器装备跟敌人不在一个等级上，敌兵很快突破游击队阻击线。张贤和高喊："怕死是孬种，拼搏是好汉，杀出重围就是胜利!"带头挥舞大刀杀入敌群。张贤和、柳芳斋、蔡英卓等十人壮烈牺牲。程伦见难以突围，在一名同志的帮助下翻墙而出，躲进了一家粉坊里，混在漏粉的工人中，装作打糊的。敌人闯进来，一看他文文弱弱的样子，哪像个干粗活的，不容分说抓走。程均英也在一户群众家被搜出投监。

西路暴动犹如狂飙涤荡海阳、牟平交界，来得凶猛，去得迅疾，在国民党军队和地主武装的残暴围剿下，闪电般消失在茫茫夜空。

19. 血荐轩辕

文登监狱变成了活地狱。血腥气、肮脏的气息、腐烂的气味，惨叫声、呻吟声、咒骂声、镣铐声，昏暗的光线、污迹斑斑的墙壁、坚固的铁窗，凶神恶煞的狱卒、冷酷的刑具、花样繁多的刑罚。正义戴上镣铐，被当作小丑嘲弄；卑鄙堂而皇之，审问着崇高。每天都有人被扔进来，又有人被拖出去，再也没回来。

暴动前两天，柏开路被清乡的县联庄总会抓了进来。他一点不奇怪，自己的三个儿子都干革命，在敌人眼里他是"臭名昭著"的老共党头子，抓他自然不需要理由。他已经六十多岁，一把老骨头，他对生死看得很淡，可是令他不安的是，他看到一个熟悉的面孔走了进来，那不是珠子吗？柏开路一下失去了知觉，倒在地上。他醒来时，发现一双清澈的眼睛正看着自己，他伸出手摸索着抓住张连珠："你、你、你……"张连珠说："柏大爷，我们的暴动失败了，但革命的火种已经保存下来。"柏开路颤抖着说："你是胶东同志的主心骨，你不能死啊！要死我替你去死!"张连珠笑笑："敌人不会放过我的，你要想法活着出去，向组织汇报狱中的情况。”牢门哗啷啷响，敌人来提审张连珠。他昂然站起，拖着沉重的脚镣走出去。那生铁与砖石摩擦的声音，听得人毛骨悚然。

国民党文登县县长刘崇武亲自过堂，因为韩复榘得知抓到张连珠后，喜出望外，要求刘崇武一定从他身上打开缺口，把胶东共产党的老底刨个干净。

刘崇武说：“你年纪轻轻，很有前途，何苦把自己的韶华跟着共产党陪葬？只要你说出胶东共产党的情况，我保你无事，荣华富贵唾手可得。”

张连珠轻蔑地看着他：“收起你们这套鬼把戏！我们共产党人自从参加革命，早就把生死置之度外。只有消灭了你们这些败类，才会有人民的好日子。”

刘崇武勃然怒道：“蝼蚁尚且偷生，难道你真的不怕死吗？”

张连珠哈哈大笑：“民不畏死，奈何以死惧之！”

刘崇武吼道：“我倒要看看你们共产党人是不是肉做的？大刑伺候！”

敌人把一根根竹签子插进他的手指，他一次次痛昏过去，醒来就大骂敌人。刘崇武黔驴技穷，只好电告韩复榘。韩复榘回电：就地正法。

敌人给张连珠最后一次机会，责令他写“交代书”。张连珠略一思忖，挥笔而就，然后掷笔于地，朗声诵道：

天地有正气，
凛冽万古存。
当其贯日月，
生死安足论！

1935年12月18日，张连珠等十七人在文登县城西门从容就义，人头被用竹竿挑在城头示众。几天后，段佩兰夹杂在出出进进的人流中，来到文登城下，举目望见丈夫那颗倔强的头颅，无以名状的悲愤攫住了她，她压抑着胸中的怒涛转身投向远山莽野……多年之后，那种心碎的感觉还经常把她从梦中痛醒。

12月3日，坐镇夏村的赵廷壁为震慑人心，趁着夏村大集，在夏村北门外屠杀了九名共产党人，人头挂在城门上示众。12月13日，又是夏村大集，赵廷壁当众审讯程伦。程伦慷慨激昂，把审讯台当作演讲台，怒斥国民党政府的贪腐，地主豪绅的巧取豪夺，军队的无能。赵廷壁自取其辱，当即将程伦等七名共产党人砍头于夏村西门。12月14日，赵廷壁在城南门审讯曹云章等人。曹云章大义凛然，二十一人被斩于南门外。12月15日，赵廷壁部窜入南江村逮捕两名共产党人，杀害于夏村东门外。这就是当地人口中谈之色变的“杀四门”。

程均英被捕后，被关进了牟平监狱，她坚称自己是从外地来胶东寻亲的，刚好路过后松椒村遇到了战事。敌人审问不出什么干货，慢慢就把这事松下来。直到1936年秋，林江才冒险探监，花钱把她保释出来。她要求继续留在胶东战斗，为防横生波澜，组织上让林江立刻送她到烟台，从那里搭乘客轮回上海。孤旅凄惨，归人心绪如涛。

胶东特委派往荣成领导暴动的王良弼在暴动失败后，藏到小店村其岳母家。敌人搜捕时，他越墙而逃，被乡丁抓获，扭送到石岛公安局。敌人在审讯时，污蔑他拐骗妇女。为表清白，他理直气壮地承认自己是共产党员，12月3日英勇就义。1936年2月29日，展书堂部与地方势力联合突入山西头村搜捕，逮捕许多党员和进步群众。山西头村村长殷文经一贯仇视共产党人，在村公所内强迫群众填写“窃结书”。他偷偷将本村共产党员的名字填写在“窃结书”背面，填写在背面的意思就是要反动当局将这些人“斩草除根”，以致共产党员殷吉秀、殷学初、殷学恺、殷夕恩、殷学才、殷七二、殷七四等七人，虽经中间人反复斡旋，但被责令不得保释，最后集体就义于文登城外，史称“山西头七烈士”。

大地萧索，白色恐怖肆意蔓延。

展书堂下令部队联合胶东地方势力，对“染红”的村庄进行梳篦式清剿，推行宁可错杀、不能漏网的政策，其猖獗癫狂已近乎丧失人性。石岛敌人清乡时，文登乡师学生周一韶的弟弟带新媳妇回娘家“归九”，路遇清乡的团丁，知道惹不起，急忙躲开，却引起敌人疑窦，赶上来扭住搜查，从其弟弟身上查获一个小笔记本。这个笔记本原是周一韶毕业后，到北平求学遗忘在家的，其弟觉得好看，便随身携带着。敌人见小本子上有些圈圈画画的英文地名，一帮不学无术之徒，认定是共产党的联络暗号，将其弟带回石岛，不问青红皂白，直接枪杀。文登县界石镇有个卖鸡鸭的小贩，因在鸡笼上拴了一块红布，被抓住铡成几段，罪名是怀疑他是共产党的侦探。如此荒诞不经之事，真真切切发生在人类历史上，若干年之后，定会被后人视为魔幻现实主义。

瘆人的屠刀高举，刺目的血迹斑斑，共产党人有的流亡海外，有的只好闯关东，更有少数无耻之徒自首叛变，胶东革命陷入了低谷。但由于作海带领的东路第三大队、由王亮带领的东路第一大队，突围后进入昆嵛山，组成了昆嵛山红军游击队，成为土地革命后期除陕北刘志丹领导的红军之外，唯一一支北方红军部队，为胶东革命留下了一颗弥足珍贵的火种。

白色恐怖之下，倔强的胶东共产党人和无畏的革命群众发出了低沉的怒吼：

大雪飘飘在空中，

胶东正在闹革命。
官府布置清乡团，
军阀下令向我攻。
机枪扫，大炮轰，
多少烈士鲜血红。
失败开出胜利路，
革命一定能成功！

为了向人民宣示党的存在，打破敌人编造的种种无耻谰言，王亮筹划了一次精准的定点打击，对象是文登县汪疃区队的“狗腿子”江全德。江全德充当清剿队走狗，作恶多端，又狡猾异常，常常居无定所。1936年初夏，准确情报到手。一个黄昏，王亮带着刘福考、王洪、柏永新等九名战士，悄悄潜入底湾头村西面不远的三庄西村，情报员报告说江全德住在村东一户姓张的人家，估计半夜还得换地方。王亮冲柏永新、刘福考使个眼色，两人矮身而去，机敏地翻过张家的墙，其他人封堵住门户。里面传来轰隆一声，是破门的声音，接着是惨叫声，一会儿工夫，江全德被押出大门，王亮上去一脚，宣布了他的种种罪行。江全德自知没有生路，硬起脖子，供认不讳。一声枪响结束他的罪恶的一生。然后，王亮和战士在大街上贴了许多告示和标语。

任务顺利完成，王亮因刘福考机智灵活，安排他殿后掩护。走到泊子村时，他们突遭敌人伏击，几人分散作战，突出了包围。但刘福考一直没有归队。

原来刘福考一发现敌情，就借助地形隐蔽还击，掩护战友撤退。一排子弹还没打完，他的腰部中弹，伸手一摸，一把热血，而且还在汩汩地流。他清楚自己伤势很重，就拼命射击，肚子上又中两枪，肠子流出来。他一手捧着肠子，一手放枪。子弹打完了，他抱着枪就势一滚，滚到身边一条水沟里，急忙扒开土，埋起了手枪，便昏死过去。等他醒来，看看星星，感到手上黏糊糊的，才想起刚才的战斗。他仗着年轻，身板硬，愣是一寸一寸往前爬，爬到一处房子前，抬手敲开门。一个老大爷一看就明白怎么回事，冒着危险找来两个人，连夜把他送回阎家泊子村，交到他爹刘春寿手里。

刘春寿一看儿子这种情况，心如刀绞。刘福考说："我把枪埋在水沟里了，你一定挖出来交给亮子，这是同志们的命换来的。"刘春寿挓挲着手不知道该怎么办。刘福考流着泪说："反正我活不成了，敌人肯定来搜查的，我宁死也不做俘虏，你快用绳子勒死我吧！"刘春寿哪里肯干。刘福考说："甭再管我了，敌人杀的我们的人还少吗？要是被敌人发现了，连你们都脱不了身，快按我说的做吧！"刘福考猛地抓住他的手。邻村响起一阵疯狂的犬吠。刘春寿也是共产党员，知道任何法子都无济于事了。他趁着天不亮，忍着悲痛背起刘福考来到村边的一片玉米地里，放下两块干粮，掩面离去。

清乡的敌人进了村，一无所获，又钻进玉米地里搜查。刘春寿的心滴溜溜吊起来。敌人一走，他就冲进玉米地，刘福考不见了。他急火攻心，一下昏厥过去。醒来听到一眼枯井里有声音，竟是刘福考瘫坐里面。他找根绳子把儿子拉上来。刘福考再次央求他。他咬烂嘴唇，找棵老树，打好绳扣，最后看一眼刘福考，掩面而去。

刘福考再次被一阵剧痛搅醒，他看到了树上的绳子，竟笑了笑。他咬着牙用尽最后的力气，站起来，登上那几块石头垒成的小台子。他又看了看黑沉沉的村子，再仰头看看晨星，有一颗星星冲他眨了眨。他想起小时候跟着父亲夜晚捕鱼的情景，想起跟妻子坐在院子吃饭，一低头，水碗里荡着一颗小星星，想起两岁女儿那双黑葡萄似的眼睛……

第二天敌人搜查到了自缢的刘福考，把他的头割下来，拿回汪疃区公所邀功请赏。他年轻的头颅被挑在区公所门前示众。刘福考的母亲得知儿子牺牲后，抱着他残缺的躯体发疯地痛哭，然后老人扭着小脚，提着篮子，直奔界石镇。有人拦她，她打她骂她咬，小小的身躯里爆发出大得惊人的力量！她义无反顾地走去，她坐在区公所门前大哭、痛哭、不歇劲地哭、声嘶力竭地哭，怎么打她也不走，围拢的人群看不下去了，纷纷为这位母亲发声，咒骂声喊叫声吓到了区公所的人，众怒难犯，只好取下刘福考的头，交还了老人。老人抱着儿子的头，喋喋不休地念叨着："考子，娘带你回家，娘带你回家……"来到村边的小河边，她小心翼翼清洗着儿子脸上的血迹，被血糊到一块的头发，一下一下，她仿佛听到一声稚嫩而遥远的声音："娘，俺长大也给你洗脸……"

刘福考牺牲时，妻子王淑贞已经怀了八个月的身孕。她一悲成疯，经常疯疯癫癫地到处跑，头上插着结婚时刘福考送给她的一朵珠花，谁也管束不住她，村里镇上，甚至跑到更远的地方。没有人知道这个疯女人心里装着多少悲苦，看到她最多叹息一声，抹一把同情泪。

一次，区公所的区丁偷偷去一个村子抓捕地下党，疯疯癫癫的王淑贞一路跟随，又跳又唱，一会儿跑到敌人前面，一会儿落到敌人后面。有一个区丁见状，就嘲弄她："疯婆子给爷爷唱个带色的小曲，爷爷给你好吃的。"王淑贞痴痴地笑着唱道："你爹你娘好人才，生了个儿子是瞎菜……"区丁们哄堂大笑，那个想赚她便宜的区丁恼羞成怒，抬枪就想撂倒她。区丁头子急忙制止："你他娘的想给共党通风报信啊！"王淑贞手里甩着一串野花跑远了，她的嗓子相当不错，就跟在跟前唱歌一个样，听得很是真切："你爹你娘好心肠，生了个闺女白眼狼……"区丁们进村搜捕，连根共产党的人毛也没见到，倒看见王淑贞在一棵树下又哭又笑地手舞足蹈……

解放后不久，王淑贞的身影出现在一次隆重的表彰大会上，领导同志把一朵大红花戴在了她的身上。这时人们才恍然大悟：原来这些年她一直在装疯卖傻，以这种方式为党传递情报，为丈夫报仇。那朵依然簇新的珠花的簪子芯儿就是藏匿机密情报的最佳处所……现在老人已经一百零六岁，依然平静地生活在文登区那个偏僻的山村里。

硝烟散去了，枪声走远了，血迹淡化了，动荡的半岛重回平静，日月也恢复了不紧不慢的步履。莽莽昆嵛山像一条蛰伏的苍龙，横卧在蔚蓝色的海滨。只有在风雨如磐的深夜，人们才会听到一声声低沉忧郁的怒吼，那就是传说中的龙吟了……迅猛惨烈的“一一·四”暴动是党领导胶东人民谱写出的一部反抗暴政、自我觉醒的交响史诗，但它只是一支序曲，只是一声隐雷，在接下来的岁月里，从血泊里扶持着信念之树站立起来的共产党人，将在这片不屈的苦难的土地上，策动一场新的雷霆万钧的风暴……

第二部　山海魂

1925年春天的美国科罗拉多大学校园里，一位面容瘦削、气质忧郁的中国留学生怅惘地思念着故国，他的思绪飘浮在中国北端海域的上空，俯瞰着山海之间宛若月牙的威海卫。一阵锥心的疼痛扭曲了他的表情，他发疯似的奔向宿舍，弓身伏在那张简易的小桌上，战栗着手奋笔疾书，一行行炽热的诗句随着蓝墨水激荡而出：

再让我看守着中华最古的海，
这边岸上原有圣人的丘陵在。
母亲，莫忘了我是防海的健将，
我有一座刘公岛作我的盾牌。
快救我回来呀，时期已经到了。
我背后葬的尽是圣人的遗骸！
母亲，我要回来，母亲！

《威海卫》是诗人闻一多的《七子之歌》中的一首。它是诗人心中的痛，也是所有中国人心中无法碰触的伤口。

威海卫面对的威海湾，在胶东半岛的众多的港湾里并不出众，但她绣口一开，吐出了一颗硕大的珍珠——刘公岛，立时使她风情万种妖娆多姿光艳照人。

但这颗明珠进入国人视野之初，也正是她蒙尘受难之始：1895年2月17日，中日甲午战争以北洋舰队在刘公岛全军覆没而画上句号。不可一世的日本人，竟将定远舰的舵轮运回日本，做成了咖啡桌置于哥拉巴公园，桌面上还刻着“仓场氏所有”五个大字。甲午海战让中国人清醒了。刘公岛为日寇占据三年有余。1898年5月23

日，清政府偿清日本的战争赔款，日军撤出刘公岛，降下太阳旗，大清国的龙旗升起。5月24日，英国未得清政府允可，便派军舰强占刘公岛，悍然降下龙旗，升起了飞扬跋扈的米字旗。刘公岛“一日三易帜”在中华民族的历史上烙下耻辱的火印。耻辱还在叠加，仇恨也在累积：“七七”事变后，日寇迅速把战火引到胶东，1938年2月侵占烟台，3月侵占威海卫，再次在刘公岛上空升起侵略者的“膏药旗”。

这是一片备受屈辱的土地，也是一片从不曾放弃抗争的土地；这是一片屡遭蹂躏的国土，也是一片永不屈服的国土。经历了“一一·四”暴动洗礼的胶东共产党人，迎着日寇的刺刀、铁骑、装甲车，走上硝烟滚滚、战火熊熊的民族解放的战场，以忠诚勇毅的品格和视死如归的精神淬炼着山魂海魄……

第六章　上海来客

20. 谁是理琪

冷硬的风吹动黑乎乎的枝干，时不时发出嘎巴一声尖叫，但跟柏油路上轿车的笛声相比，自然是小巫见大巫，微弱得可以忽略不计。风不管这些，照样踢得路面上的纸片哗哗啦啦地翻跟头，照样殷勤地拨拉着行人的衣角，它还恶作剧地摘下淑女的蕾丝边的花帽子，抛到阴暗的空中，惹得她一阵奔跑，崴了脚，跌坐在马路边指天咒骂。但它才不吃这套呢！干脆把帽子扔进了寒波粼粼的黄浦江……它迎着一位低头看报的青年人撞上去，竟将那张报纸糊在了他的脸上，登时他的面部轮廓滑稽地如浮雕一般凸现出来。还没等它来得及嬉笑，他便取下报纸，背过身去，紧盯着上面挪不开眼了。它爬上他的肩头好奇地一瞥，“胶东匪患猖獗”几个黑黑的大字映入眼帘……这位年轻人不自觉地小声念了出来：“共党煽动暴乱……赤匪明火执仗……举行暴动……红军游击队躲进昆嵛山……”“突突突”一辆深蓝色的小轿车趾高气扬地驶过，卷起一阵呛人的尘土，年轻人厌恶地嘟囔道：“达官贵人横冲直撞，贱民小子吃土活该！这是什么鬼世道啊！”他叠好报纸装进衣兜，拐进一条偏僻的弄巷，一闪而匿。

1935年底，身在上海繁华市井的游建铎，正被一种飘蓬断梗的感觉纠缠着：自1934年初秋从江西瑞金来到上海后，他秘密活动于工厂、码头、学校。但很快王明所推行的“城市中心论”的恶果便显现出来，上海地下党组织大量被破坏，中共中央领导机关也被迫撤往苏区。他随即失去了与党组织的联系，似孤魂野鬼。

在孤绝的状态下，游建铎跟暗探、特务、军警、巡捕周旋了一年多，他已经意识到要想在敌人统治得像一块铁板似的城市里，杀出一条血路，那是难于上青天的，特别是在孤立无援的情势下。党需要另寻一条出路，到敌人统治力量薄弱之处发动群众，建立革命根据地。可是哪里是敌人统治链条最脆弱的一环呢？此时他的脑海里跳出了两个字——“胶东”。

几天来，上海各大报纸连篇累牍地报道胶东半岛“匪患”。为达到耸人听闻的效果，这些报道大肆渲染共产党煽动暴动之声势浩大，国民党“剿匪”举措之雷厉风行，红军游击队打土豪斗劣绅之“无法无天”，如此种种，不一而足。高强度大密度的信息轰炸弄得游建铎满脑壳里都是“胶东匪患”“游击队横行”“赤匪肆意凶残”等字眼，因此当他回到困扰他多时的那个老问题上时，他终于在一堆凌乱的信息里提炼出了“真金白银”：原来胶东党组织已经发展壮大到足以发动一场震撼敌人统治的暴动，原来胶东就是自己苦苦寻觅的革命新生地呀！

那么，一个问题接着来了，怎么才能跟几千里外的胶东党组织接上组织关系呢？这个硬邦邦的问题砸在心头，如高崖坠石，其撞击力可想而知。

游建铎从一个迷宫钻进了另一个迷宫，眼前依然是重雾深锁。

毫无疑问，1925年秋天，游建铎，这位出生于河南太康县游庄村的“地主大少”，在开封遇见胶东文登人邓汝训，成为命运中的第一个重大转折。

那时，游建铎中学毕业，意欲继续求学。一个消息传来：冯玉祥的西北军在开封开办的无线电专业学校正在招生。时髦的专业，军方的背景，对少年人极具吸引力，他决定前去投考。游家属于传统的耕读地主家庭，本来寄希望于游建铎光耀门楣，对他读这种带有军事性质的学校不以为然，可是谁都知道游建铎的"主心骨特大"，也就随他去吧。游建铎入校后，这里相对开明的风气正对他的胃口，可以随便谈论国事，抨击时弊，可以随便阅读进步书籍，甚至能读到中共中央机关报《向导》和《新青年》、《共产党宣言》等。或许沿着这条路走下去，不出意外的话，游建铎终究会演变成一位共产主义者，而与邓汝训的相遇则猛烈地催化了这种必然性。邓汝训是文登县西字城人，先是在家乡投奔奉系第八军毕庶澄部，后转入冯玉祥部，顺利地进入无线电学校，恰与游建铎同班。两人一见如故，义结金兰。据滕振贤、滕达所著《特殊使命——理琪与胶东》记载，游建铎被已经入党的邓汝训考察、介绍加入了党组织，而据文登学者王德松编著的《烽火西字城》，则是先期入党的游建铎介绍邓汝训入了党。隔着年深日久的岁月，这个问题变得模糊难辨，虽然具体的细节难以考订，但结果是相同的：两人成为革命道路上的莫逆之交。这个伏笔，直接导致了游建铎的人生方向发生转轨。

无线电学校毕业后，游建铎闲居家中，经人介绍到筹建中的太康县国民党党部工作了一段时间，而邓汝训被党组织秘密安排到中共河南省委机关工作。后来冯玉祥部队开始从无线电学校应届毕业生中招收电报员，邓汝训从中积极协调，打通各个关节，将游建铎推荐进去，正式成为冯玉祥部的一名军人话务员。其后他以此身份便宜行事，获取了大量情报。在经历了国民党"四一二"反革命政变的腥风血雨和国民党二十六军江西宁都起义等重大事件后，游建铎辗转来到了中央苏区江西瑞金，运用自己掌握的无线电技术直接投入革命斗争一线。他一干就是三年多，直至被党组织派往上海开展地下工作。

正当游建铎愁肠百结，不知下一步落脚何处时，一封秘密来信送到了他的手中，信封上那熟悉的字迹令他心潮激荡："啊！汝训兄！别来无恙啊！"他边念叨边拆开信，一读之下，竟然有些呆了！因为千里之外的邓汝训竟像看透了他的心思一样，如榫对卯地一一破解了他胸中的疑团。信中说：

吾之同乡——胶东文城天福山人（同志）张修己君发信求荐，称"前时该地暴动举义严重受挫，特委领导多人被害，损失惨烈，正待派员主事，重整旗鼓，播火聚众，再建大业。然时势艰危，上函不通，几经挫折，终难得省里音示。大业待续，急如星火。忧烈之中，偶念豫地之汝为多识襟广之同乡老友，且高就红乡之临，有助于吾荐人来接之期。因之冒昧来扰，还望荐举有能之贤，救半岛燃眉之急"。

读至此，游建铎不由得为胶东同志的处境捏了一把冷汗，又对他们迫切希望组织派人指导的心情感同身受，自己何尝不在品尝着失去组织领导的苦恼呢？再看信，邓汝训说：

见信如火，且一时难能为之也。又恐伤及乡亲同志之心，妨害家乡革命大事。千肠百转之际，忽记起同窗好友，铎兄才识超众，主事操业神通广大，可谓是难得之此任肩负者也！况且时下沪地危难，旷废天日，应往有用武之地是也。于是，余斗胆荐兄为之，危难受命，去彼担当大任，携民众及同志蹈火赴汤，辟就来日胶东之新天地！

游建铎顿时热血沸腾，知交推心置腹，殷殷期待，岂能辜负？况且他正有他就之志！赶紧看信尾：

> 吾同乡张修己另号“老贴”，业绩颇为传奇，如往，务与之联系。地址为：文登城天福山沟于家村，威海卫下船西南方向数十里即是（可先去西字城村找同志刘其章引荐之）。

他对邓汝训的细心由衷感佩，还有什么可说的？只有欣然领命了。

游建铎兴奋得连夜复信邓汝训，将自己的近况、上海的局势、个人今后的打算等，一一向邓汝训陈明，并请他代为转呈组织。同时出于对自我和家庭安全考虑，请求邓汝训及组织对他的去向保密，以防造成不必要的损失……那一夜游建铎失眠了，脑细胞极度活跃，一个美妙的泡泡接着一个更加美妙的泡泡，闹得他一会儿坐起，一会儿躺下，折腾不休……他忽然想到到一个新环境开展工作，最好有个新的名字，一者为保密起见，二者也象征自我的一次新生。那么取个什么名字好呢？游建铎再次陷入了思维爆炸状态……

1935年12月的一天，文登县沟于家村，一处院落，一盏孤灯，几张被焦灼和疲惫涂抹的面孔，几杆烟枪吞吐着团团烟雾，缄默钳住了嘴巴。不远处的山脉在星光下映出一条起伏有致的轮廓线，偶尔几声犬吠，撞在岑寂的夜色上碎了个稀里哗啦，残雪躲在角落里冷不丁地闪出一道幽蓝的光。张修己家附近游动着两三个人影，忽而和一堆柴草合而为一，忽而蹲到碾盘下的黑洞，忽而隐在一棵老槐树后。

屋里终于有人开腔了。

张修己说：“有的同志主张转移到外地开展工作，那么扔下胶东谁来管？更有的同志主张停止党的活动，暂避敌人的锋芒，这都是对党、对胶东人民不负责的说法！革命处于低潮期，更需要我们咬牙坚持，从血泊里杀出一条新路！”

殷学乾说：“老贴说得俺心里热乎乎的，暴动失败了不假，不少同志牺牲了，真叫人心疼！可是暴动打击了反动派，震慑了地主和‘乡狗子’，让老百姓看到了咱们党的力量——眼下咱们得赶紧想法把被敌人破坏的组织再建起来！”

柏希有说：“这次暴动文登党组织破坏得最严重，咱们得先把县委建起来，老贴你就领头干吧！”

张修竹跟着敲边鼓：“老贴同志革命性最彻底，贴得家里老少都冲他瞪白眼哩！”

“一一·四”暴动后，张修己四处躲藏，逃避敌人缉捕，几次身历险境，曲曲折折，总算回到家里。他对当下局面心知肚明，此时出头露面，危险系数比平时高出几倍，闹不好就丢了“吃饭的家伙”，但党员的责任感，再加上胶东人的“咬劲儿”，他怎肯就此偃旗息鼓？张修己稍作喘息，便开始悄没声地收拾残局，先把身边几个意志坚定的党员召集起来，统一思想，再把他们撒出去，联络各地的党员，修复中断的组织关系。可以说，在这次胶东党组织的重建中，张修己起到了压舱石、定盘星的作用。

张修己听到大家推举自己，知道不是谦虚的时候，也就接下了这副担子。中共文登临时县委在这个寒气凛冽、阒寂压抑的冬夜成立了，张修己任书记，柏希有任组织委员，殷学乾任宣传委员。

张修己眼里闪着欣喜说：“同志们！我们这是重整旗鼓再上战场啊！接下来的首要任务就是抓紧时间跟上级党组织取得联系。”

柏希有说：“对！我们这次斗争失败，一个很重要的原因就是失去了上级党组织的正确领导，孤军奋战，瞎子摸象，哪有取胜的道理？”

张修竹说：“我们赶紧跟省委写信联系吧，请求省委派人来拉咱们一把！”

张修已说：“咱现在就写！明天让老刘头装作看病去济南一趟，看看能不能找到省委。”

不知不觉间，鸡唱声声，东山泛起鱼肚白。张修已揉揉眼说：“咱们赶紧歪歪身子吧，天明前解散。”

等待的几天最熬人，张修已嘴上燎了一圈泡，老刘头从济南带回来的消息一点不败火：没找到省委的影子。

这可坐蜡了！

张修已想得脑仁儿生疼，还一个劲地啪啪拍打，似乎只要这样拍下去，就能拍出一个大主意来！这天他正愁得龇牙咧嘴，西字城村的党员刘其章来了。刘其章是文登县委的秘密交通员，一看张修已脑门上的巴掌印乐得合不拢嘴：“老贴你跟自己较啥劲儿啊！”张修已长叹一声：“老刘不瞒你说，我正愁一个事呢。”“你说说，看俺能不能帮你解解扣。”“唉，联系省委的事白瞎了，总不能叫咱们直接联系中央吧？”“敢情是这事啊！俺倒有个招儿，不知道对不对路？”“你说！你说！还卖啥关子喽！”刘其章倒松了弦，慢悠悠地说：“你们这个沟于家党员多，群众基础好，可俺西字城村也不含糊……”张修已打断他：“急症遇上个慢郎中！快揭盖子吧！”刘其章笑笑说：“下面就说到要紧处了——俺村有个邓汝训你知道不？早年参加军阀的部队，其实人家早就是地下党了，那年回来探亲，还把发小刘庆华带到冯玉祥的无线电学校里学习，在那里又介绍刘庆华入了党，刘庆华回来就发展了包括俺在内的好几名党员。”张修已似乎听出了眉目：“现在那个邓汝训在哪里？”“人家现在是河南省委的组织部部长兼中央政治交通员。”“你的意思是……”“对，俺的意思是咱能不能通过老邓给咱接接头，让河南省委给咱派个人来——就算他给家乡做贡献啦！”“我看行！这叫、这叫什么来着？对，另辟蹊径！咱就来他个另辟蹊径！”“这事得叫刘庆华出面，他跟邓汝训一直有联系。”“好！咱现在就找他去！”

找到刘庆华一说，他也赞成这个“权宜之计”。说干就干，张修己立刻写了封信，三人字斟句酌地推敲了一番，觉得妥了，就以刘庆华的名义发给了邓汝训。

总算有了回音，邓汝训在信上说：我们试着联系了山东省委，未果，而河南省委也派不出人来，不过我可以给你们推荐一个人，此人论思想水平、工作能力绝对可以胜任。如果你们同意，我就跟这个人商量一下。张修己立即复信表示同意。于是就有了邓汝训给游建铎的信，就有了游建铎当天夜里的辗转难眠……

游建铎为了新名字的事煞费苦心，想了一个又一个，都不合心意。后来，偶然联想到苏联苏维埃共和国缔造者、无产阶级革命导师列宁的名字上，他的原名叫弗拉基米尔·伊里奇·乌里扬诺夫，“里奇”两个字瞬间炸裂，闪着迷人的眼波向他频频招手。对啊！用它做我的新名岂不美哉！他兴奋地一个打挺坐起来，接着叹口气：唉，好是好！可这不等于在自己的脑门上贴了个共产党人的标签吗？还谈什么隐蔽性？他直挺挺地仰倒下去，脑子里又电光一闪：你呀你！怎么这么笨！不会音同字不同吗？你呀你！他给“里”加上一个“王”字旁，变成了“理”，给“奇”字做了两通手脚，先是转形为“其”，再加上一个“王”字旁，转音为“琪”，这两个字一结合，一个独一无二的名字诞生了：理琪！游建铎不禁开怀大笑起来，这两个字做名字甭说一般人不知底细，就是再狡猾的敌人挖空心思也是白费蜡！

微风轻拂，碧波荡漾，鸥鸟翔集。一身商人打扮的游建铎手提柳条箱踏上了从上海外滩开往烟台的轮船，自踏上舷梯那一刻起，游建铎的名字就被搁浅在了这座东方大都市，理琪的新名字将伴随着胶东半岛喷薄的旭日流传于这片山雄海奇之地……

21. 春潮之信

黑得晶莹剔透的夜色渐渐爬上来，吞没了山岗、田野、河流、村庄，吞没了通往村头的街路、路边破破烂烂的残雪，吞没了村头那棵苍干虬枝、三四百岁的老槐，也吞没了树下焦急张望的人儿。沟于家村像一只猫儿蜷缩在山沟里，打着小呼噜睡着了。张修己心里的猫儿没睡着，肆意挠抓着他，让他一会儿从隐蔽处转出来，向前走几步，一会儿懊丧地转回来，再隐蔽到老槐后。他在等一个人，一个他生命里最重要的人，一个给胶东革命带来希望的人。

而此时，理琪正从离此不远的西字城村，穿过灌木丛、乱石岗、荒草陂、结冰的河道、僵硬的麦田，在刘其章的引领下迤逦而来。他乘轮船北来，在浪涛汹涌的海上待了一天多，今天一早在威海卫登陆，稍作盘桓，便搭乘一辆顺路的马车直奔西字城村。黄昏时分他谨慎地走进了这座普通的山村，打听到刘其章家，按照邓汝训交代的接头暗号，跟刘其章会了面，告诉刘自己名叫王奇。因为环境太陌生了，他不想贸然将自己煞费苦心想好的化名说出来。

刘其章早从张修己和刘庆华那里得悉有一个上级派来的人要找他，他的任务就是把这个人安安全全完完整整妥妥帖帖地交到张修己手里。刘其章让妻子赶紧张罗了一碗鸡蛋面给理琪洗尘，等理琪风卷残云吃完了，刘其章说咱现在就到沟于家找老贴。理琪笑着点点头。他不多说，刘其章也不多问，帮他提上行李，心照不宣地出了门。他们专拣荒僻的小路走，弄得理琪磕磕绊绊，气喘吁吁。刘其章低声说："最近风声很紧，县里的保安团、乡里的联庄会，隔三岔五就派狗子们下来搅扰。"理琪说："好几年不走山路，腿脚都娇气了。"刘其章说："再坚持一会儿就到了。"理琪不再说话，加意着脚下，紧跟着刘其章的步调向前走。忽听刘其章低声说前面就是沟于家了。他们放慢脚步，过了一座小桥，迎面一棵黑魆魆的大树立在眼前，几步之遥的村子没有一盏灯，完全淹没在浓稠的夜色里。这时从树后转出一人，低低地叫声“老刘”，刘其章听音识人，是老贴，心头一热，看来张修己已在这里等了很久了。他握握张修己的手，说：“这是上面来的王奇同志，这是老贴。”张修己赶忙跟理琪握手，黑暗里两只手紧紧握在一起。那一瞬间，张修己心里五味杂陈，胶东党组织终于盼来了上级的人，不再摸黑行走了。这只手，掌厚，指短，纹糙，让理琪感受到一股来自同志的热诚和力量。

刘其章说：“俺完成任务了，剩下的事就交给你了，老邓千叮咛万嘱咐，一定要保证王奇同志的安全！”

张修己说：“到我这里就上了保险了。”

刘其章转身消失在夜色里。

张修己提起理琪的行李箱，没敢走街道，掉头领着他绕到村后，摸到自家屋后，推开朝外的窗户爬进去，打着火镰，点着墙上“灯窝子”里的灯，打量着眼前这位中等身量的青年人，理琪同样含着笑意望着他。

张修己一下被理琪身上那种成熟淡定的气质吸引住了，他虽然不说话，却显现着山一样的稳重、海一般的包容；理琪在邓汝训的信里就认识了张修己，一张国字脸，浓眉大眼，热情坚毅——胶东人的标配。

也就两三分钟工夫，张修己吹灭灯，摸黑给理琪兑好热水，让他洗把脸，然后引着他爬上一盘大土炕。理琪伸手一摸，热腾腾的，随之心头暖流荡漾。两人一头一个，兴奋地唠着嗑儿。

理琪讲述了自己来胶东的种种机缘巧合，张修己则介绍了文登及胶东的情况，尤其是“一一·四”暴动后党组织被破坏的情况。

理琪在黑暗里睁大双眼，随着张修己的叙述眼前展现出一幕幕场景，直听得他热血偾张、慷慨激昂。他惊叹于胶东同志顽强的斗争性、对党对人民的绝对忠诚，感伤于斗争造成的巨大牺牲，惋惜于胶东同志在这场斗争中的幼稚和鲁莽。

他说：“老贴同志，我们必须好好总结这场斗争的经验和教训，同志们的鲜血不能白流，必须叫敌人血债血偿，必须成为我们走向胜利的阶梯！”

张修己说：“你说得太对了！现在胶东的同志思想很混乱，对暴动的看法裂了瓢，有的同志认为暴动百分之百地正确，马王爷的胡子捋不得，有的同志又对暴动完全否定，贬得一无是处。如果不能统一党内的认识，下面的工作肯定疙疙瘩瘩地不顺溜！”

一路之上，理琪都在思考如何撬动“胶东革命的坚冰”，顺畅地扭转党的工作的不利局面。这一刻，他脑海里电光火石，跳出一个念头：“对！就从总结前阶段斗争的得失入手！”

两人的谈兴依然浓郁。理琪说：“老贴同志，我初来乍到，对胶东的情况非常陌生，你尽量多给我介绍介绍，多给我找些熟悉情况的同志来谈话。”

张修己说：“王奇同志，你是从上面来的领导，见多识广，我真心希望你带领我们这帮‘土包子’打开一个新局面！你有什么指示尽管说，千万别有啥顾虑！”

理琪说：“好好好！”话题一转，“另外，老贴同志，我要给你透个底儿，我不叫王奇，真名叫游建铎，为方便工作，在内部同志中叫我的化名就行，我的化名叫理琪，理解的理，美玉琪——不能跟任何人透露我的真名。”

张修己自然觉得这个名字云山雾罩，待理琪透出其中的原委，又不由得鼓掌叫好……就这样，两人不知疲倦地说着话，直到窗纸上映出了曙色，远近此起彼伏的鸡鸣融汇成一支浩荡的晨光交响曲。

第二天清晨，迷迷糊糊的理琪从一阵沙沙声中醒来，穿好衣服开门一看，张修己的妻子正在打扫厚厚的积雪。哦，原来昨夜竟下了一场大雪！这半岛的天气真会送“见面礼”啊！

理琪走上前说：“嫂子，我来！”

张大嫂赶紧把扫帚往怀里一抱，连声说：“别价、别价！老张临出门专门嘱咐俺，别打搅你睡觉。嗐！还是把你吵醒了！”

理琪问：“老张这么早就出门了吗？”

“他说到北乡里转转，给原来特委的几个同志下个通知，还说别叫你出门，你就躲在西厢房里，要是来人了，俺支应着就行！”

理琪说：“老张想得真周到！”

这时从冒着青烟的饭屋走出一位老大娘，理琪赶紧向前热热地叫声“大娘”。张大娘应了一声，笑眯眯地打量着这位文质彬彬的“眼镜先生”，满脸的皱纹像水波一样化开了：“快到屋里去，别冻着了你！”

理琪握着老人屈曲而糙粝的手唠起了家常：“大娘的身子骨挺硬朗啊，今年高寿了……”

张大娘有点讶然，没想到这么大的领导，嘴巴还怪甜哩，一口一个“大娘”叫得她那叫一个熨帖。她突然蹦出一句：“你比俺儿对俺说话声气都好！”

张大嫂横过一句：“老娘哎，你这话说得可忒有水平了！”

张大娘赶忙“呸、呸”几声，有点不好意思地说：“你看看你看看，俺这张嘴真是跑火车啊！”

理琪倒觉得老人家率直可爱，哈哈笑着说：“自家人说话不用打墨线。”

张大娘扭着小脚进屋了。

理琪就跟张大嫂有一句没一句地闲聊，几句话就唠出了张大娘这话的实底儿。原来张修己家作为胶东特委和文登县委的秘密联络站，经常人来人往，单就招待一项就够这个小家庭手忙脚乱的，张修已还时不时卖地卖产补贴组织。这样一来张大娘难免发发小牢骚。张修已一听就烦，抢白她：“你纯粹是封建落后思想！革命就应该先从家庭革起，革除你们这些人的老派意识！”这顶帽子扣下来，吓得张大娘赶紧嘴头加锁，只敢在肚子里转转乾坤了。

理琪心里有数了，以后每天跟老人早问安晚问安，没批评张修已一句，张修已立马跟老娘改善了关系，跟人说起理琪，由衷地跷起了大拇指。后来，理琪发现类似张修已这种情况还真不少，甚至有过之而无不及。他当然理解同志们参加革命的心情，但对这种做法还是提出了中肯的批评：“国民党反动派大肆造谣，说我们共产党人无父无母，只知道犯上作乱，如果我们跟自己的家庭都搞不好关系，那不正坐实了他们的说法？岂不是帮了党的倒忙？”

理琪来到沟于家村两三天后，王台来了。张修已引他到西厢房见理琪：“这是上级派来任胶东特委书记的理琪同志。这是王台同志。”两人热切地握过手。理琪对张修已说：“老贴同志，不能这样介绍我，我是上级派来的不假，但还不是特委书记，没走程序不能这样说。”张修已憨憨地一笑：“这不是早晚的事情嘛！”

理琪给王台留下了很不错的印象，“他中等以上的细身材，大眼睛炯炯有神，河南口音，说话声音洪亮，整个姿态是很精干的”。

一连几天，王台跟理琪住在一起。他和张修已一道，详细向理琪汇报了胶东暴动前前后后的情况。理琪听得很认真，记下了厚厚的笔记，并随时提出自己的疑问，与两人共同解析。他正在为写一篇有关胶东党的总结文章积累着第一手材料。

那段时间，理琪白天躲在屋里听取汇报、整理材料，晚上则跟着张修已、王台到附近村庄的党组织和党员家里了解情况。理琪的人格魅力几乎折服了所有人。他不仅理论水平高，看问题准，抓工作实，更重要的是他亲切待人的风范如春风化雨，不知不觉就滋润了你。他善于倾听，善于在启发中打开人们的心结，即便对犯了错的同志，他也能做细致耐心的工作，一脸温煦的笑容就像一面小太阳，照得你浑身透彻，舒泰。跟理琪相处过的人几乎异口同声地称赞他，后来干脆称他为“胶东党的主心骨”。

这样忙忙碌碌的日子突然踩下了急刹车。

1936年2月，张修己神情紧张地告诉理琪：军阀韩复榘正在胶东强化保甲制度，实行联村保、联户保，一村“窝藏共匪”，则联保之村同等受罚，一户“通匪”，则联保之户同等治罪；同时国民党八十一师师长展书堂派出大批军警、团丁日夜窜扰，疯狂“清乡”。

风声骤紧，出于安全考虑，张修己决定送理琪到威海卫暂避。理琪虽然不很情愿，但形势比人强，只好跟着张修己安排的人去了威海卫，由当地党组织把他安排在一家客栈里。此时，理琪百感交集，胶东的工作刚有了点头绪，就被打断了，他也更深地体会到了此地斗争形势的严峻性。

每日里除了在屋里闷着，就是到店面里，找个不起眼的角落坐下，听来往的旅客南腔北调地说话，期望从中发现有关外面时局的蛛丝马迹。过了两天，理琪沉不住气了。他一个外乡人，久留一地，很是惹眼。于是他当机立断搭上一辆顺路马车，赶到潍县，又转乘火车到了济南，赶紧给张修己写了一封密信，告知他自己的状况。

理琪走后，张修己一俟军警、团丁蝗虫过境似的“清乡”过去，眼不眨地卖了一亩地，换了五十块“袁大头”，交给胶东特委原政治交通员于荣瑞，叫他到威海去接理琪回来。于荣瑞在威海中学读过书，到威海后，装钱的口袋叮当作响，被旅店老板盯上，找来几个人做了一个局，于荣瑞被引入彀中，吆五喝六地赌上了，最后输了个底朝天。当时理琪知道后非常生气，让他自己先回去，自己再等等。另有一说。于荣瑞与理琪阴差阳错地擦肩而过，他跑到威海名人梁子春家打听消息，正遇到在此避难的丛烈光、王一平、汤福山。三人想到北平去，正苦于没有路费，于荣瑞就把张修己交给他的五十块大洋给了他们。总之，张修己没等来于荣瑞的消息，又派张修竹去了一趟威海，依然没找到理琪。张修己一天比一天煎熬，越想越可怕，难道理琪同志……他不敢再往下想，浑身的焦躁见火就着。天可怜见！这时理琪从济南发出的信到了，他看完信，捂着胸口，坐在椅子上喘了半天粗气。立马给理琪复信：

志兄：

接你信，知你现在济南，但不知你去天津，去过没有？你现在身体好吧？近来大嫂的病很重，希你快来看看她。因我不会做买卖，去年赔钱造成家庭很困难，而进弟的功课好，你过去提议要他努力学习，准备将来升学，但他现看家景不好，就想退学，跟友人到外地去学生意，到底怎样好，我也没有主意，这事你来后再商量一下。

谨祝

近安

王居之

民国二十五年二月初五日

信里全是暗语，比如志兄乃指理琪，王居之乃张修己化名，意在挽留理琪，“去没去天津”是问理琪是不是有离开胶东的想法，“我不会做买卖”是说无法开展工作，“家庭困难”是指目前胶东形势困窘，“想退学”乃是指有人打退堂鼓，“到外地去学生意”乃是指有些同志想离开胶东。

多年之后，张修己根据记忆，重新把藏在字里行间的“密信”又默写出来：

瑞从威海回来，我一直没见到他，接到你的来信，才知道了他输钱的事。我们还在焦急等着你的消息，张修竹去接你，你走了。胶东的情况我们已向你汇报，你已经了解了一些情况。现在胶东党的情况，对上找不到关系，对下组织破坏得很大，大量党员牺牲，反动军警到处搜捕，有的被迫离开家。在这困难情况下，你能离开胶东吗？广大活着的党员，他们是多么盼望你来领导我们。请你速来胶东，这是我们大家的要求，望你来信，我们设法接你，望你千万回胶东，千万千万……一定一定回来。

胶东铁人

理琪接信即刻返回胶东，接上前期调查走访的茬儿，没白没黑地干起来。

这时已是4月底，春天正不可遏制地抢占着山野、田塍、河流，空气里飘漾着草木的香味，刚换上新羽的鸟儿喳喳叫着划过暖软的天宇。

就在理琪在外漂着的日子里，张修已、刘振民、于作海等人搞了个不小的动作：他们在昆嵛山上一处叫老蜂窝的山洞里，秘密举办了一期政治培训班，目的在于贯彻理琪提出的小规模游击战的思想。理琪走前曾就胶东的游击战结合“一一·四”暴动的教训，指出在强大的敌人眼皮底下，我党的游击战只能是小型的、隐蔽的、灵活的，绝不能采取消耗式的大规模游击战。

老蜂窝的隐蔽性真是没的说。这地方是怎么找到的呢？家住昆嵛山东麓的共产党员王开仁带着儿子在山上跑了好几天，也没找到一处理想的培训地。这天他九岁的儿子抬头看到半山腰飞起一群鸽子，就说鸽子飞出的地方准有山洞，可是怎么看那里都是一片悬崖峭壁啊！小家伙不服气，噌噌就往上爬，爬到一个陡壁前，老王蹲下去，让儿子踩着肩头爬上去，嗬！好一处洞天福地！叫来于作海、王亮一看，就是它了！

培训班由刘振民主持，学员为党员骨干和昆嵛山红军游击队员，张修己、王台、丛桂滋、张修煜等也参加了学习。一盏瓦斯灯嗞嗞作响，照得洞内雪亮，几个人为着某个问题争得脸红脖子粗，山高林密，也不怕嗓门大，争着争着就变成了抬杠。刘振民适时出手，给出权威性解答……这个深邃的山洞，犹如太平洋上的一个小小的漩涡，却在悄悄吸收着太空的光热，集合着水滴的力量，一旦达到某个临界点，就会成为一场风暴的策源地。

第二期培训班进行到一半时，文登县联庄会总会长丛镜月得到情报，带着几百人攻到了老蜂窝下，双方激烈开火。于作海带着游击队据险而守，把会丁打得没了脾气，留下了几具尸体灰溜溜铩羽而归。刘振民等人迅速分散转移，培训班也就戛然而止。

理琪从济南回来不久，就在沟于家村成立了中共胶东临时特委，理琪任书记，邹恒禄、李厚生、刘振民、张修己等任委员。这时候，刘振民不知从哪里得到消息说陕北中央红军分三路东进，分别逼近鲁西、鲁南。他主张趁此时机发动第二次武装暴动，迎接红军的到来。理琪毫不客气地否决了这个提议。他冷静地分析道："所谓红军三路东进山东，是毫无根据的。'一一·四'暴动的惨痛教训就在眼前，暴动后幸存的党员和先进群众的骨干是人民的精华，革命的财富，在目前敌人大搞白色恐怖、群众情绪低落的情况下，再盲目发动什么暴动，非得把剩下的这点力量折腾光了！"刘振民被泼了一盆冷水，闷声不语。理琪说："水子同志，我们现在要做的是积蓄力量，创造条件，等待时机，等我们的组织扩大到足够大，全党都用马克思主义武装齐备了，那时候我们就敢跟敌人争个你高我低了……"刘振民被理琪这番话说服了。

理琪在完成充分调研的基础上，开始着手撰写"给各级党同志的一封信”。

那段日子给张修己和王台留下了毕生难以磨灭的记忆。张修己家的西厢房里，大火炕上，理琪坐在小炕桌西侧面东，王台坐在东侧面西，张修己坐在北侧面南，三人组成了一个写作小组，理琪是主脑。他目光沉毅坚定，成竹在胸，援笔在手——笔是一支黑杆钢笔，纸是十六开宣纸，一会儿奋笔疾书，一会儿凝神苦思，一会儿念念叨叨，旁若无人，忽而又拊掌大笑，忽而又黯然神伤，只看得张修己、王台莫名其妙，进而莫名惊诧。

窗外南风送来阵阵山花的清香。

理琪停下来发问：“当初怎么就没有人反对这种全员式的暴动方式呢？”

王台说：“当然有啊！不过谁反对谁就被扣上‘右倾主义’的大帽子，从烈光同志因为提出了比较激烈的意见，差点被拉出去枪毙了。”

理琪生气地说：“真是胡来！共产党从来都不是一言堂！怎么能不让同志们说话呢？”

张修己说：“程伦同志是比较激进的，他的主张后来就成了特委的整体意志，谁要是不参加暴动，就是动摇分子！还说三天三夜冲破胶济线，与安徽红军会合呢。”

理琪嗤之以鼻：“这简直是拿同志的生命开玩笑！程伦同志有革命理想，但与现实脱节太远了！我们必须永远铭记住这个教训！”说着他伏案写起来，写完一段，拿起来读给两人听：“我们胶东的党，虽然拥有胶东庞大的区域，栽植了谁也不能磨灭的根基，也曾发动过一次轰轰烈烈的游击战斗，但主观的力量，各方面考察起来还是远远地落在客观形势之后，原因是由于我们胶东党的本身上有不少的缺点。那么现在为中国的伟大前途计，不得不详细地做一番自我的检讨，指出目前我们重要的任务，以便了解目前必须怎样前进，并向何处前进……”

张修已、王台完全被字里行间洋溢着的革命豪情和理性精神吸引了。理琪读完了，两人没反应过来，还怔怔地等着听下文呢。

理琪问：“这样引起下面的主体部分怎么样？”

张修已说：“当然好！当然好！”

王台说：“就这气势就把我镇住了！”

理琪笑笑：“我们就用这篇文章给大家鼓劲打气！”

二人向理琪投来钦佩的目光。

理琪继续埋头写作，有时累了就躺在铺盖上歇歇，让两人过目写出的部分。哪些地方不准确，哪些地方不充分，哪些地方需要换种说法，只要提出来，他就认真修改，直到三人都满意了，再接着向下推进。

在论述党组织脱离群众时，理琪笔下生花，竟出现了这样的句子：“我们听到不少的群众说：‘你们（指党）干吧！我很同情’或‘革命是会成功的，我们老百姓等待着吧’，这些无疑会减弱群众斗争的情绪。党绝不是使群众只表示同情就满足，一定要设法使群众参加斗争，才算是我们的党尽了责任。”理琪学老百姓的口吻说话惟妙惟肖，逗得张修已、王台哈哈大笑，可是，笑过之后就是沉思。他们想到，过去发动群众的情形不就是如理琪所说的这样吗？只要群众表示同情革命了，就觉得万事大吉，这纯粹是水皮上打一棍啊，没把工作真正地做到群众心坎儿上。

理琪的文风既严肃又活泼，既扎实又轻盈，既大开大合，又收放自如。随着一页页草稿摞起来，理琪的形象在两人心目中也伟岸起来。他们对理琪，不再仅仅是那种下级对上级的尊敬，而是发自内心的对那种远远超越了自己的人的崇敬。

理琪写，王台刻。刻好了，等天黑，三人悄悄跳进村外的一座破庙，在里面偷偷印刷。天亮前，再翻墙而出，神不知鬼不觉。

《给各级党同志的一封信》全稿一万四千多字，当理琪最后写下“谨致布尔什维克敬礼，胶东特委会，1936年”，距落笔时已经过去了两周多。其间理琪犯了几次胃病，疼得他一手摁肚子，一手继续写。劝他停停，他摇摇头：“都是些不死人的病！”写完了，整个人也虚脱了，躺在炕上大睡了一天一夜。

这封信是公认的胶东党组织的第一份正式文件，而且经历了风风雨雨的考验，以无可辩驳的理论性和实践性的完美结合，当之无愧地成为一份经典意义上的文献。即便把这封信放到今天看，其精神内核依然如此硬朗，其革命情怀依然如此高洁，其朴实文风依然如此动人！

这封信的主体在第二部分“对于胶东党的自我检讨”和第三部分“目前切实执行的任务”。

理琪首先批判了“党员行动的浪漫”，表现为自由行动、不接受批评、不正确的批评、泄露党的情形、把持党务以及“如嫖、赌、吃毒品、沉醉于恋爱或戏院等”不正确的行为。其次在组织建设上的“滥收党员”，导致出现一些党员成为“挂名的布尔什维克”，“一些投机主义者”混进队伍，甚至掺杂进“流氓主义者”。“有一个同志竟把持一部分妇女工作，弄得乱七八糟，这是多么可耻的情形呵！”极少数的党员有强烈的领袖欲，“当不上领袖，就怨言百出，骂这个也不对，那个也不好，甚至反对党，造党的谣言……”接着重点批评党内存在的严重脱离群众的现象，“党包办了一切”，导致群众养成依赖党的不良习惯。更有甚者，群众被反动势力欺骗利用，反对党。针对“一一·四”暴动中暴露出的问题，理琪条分缕析，给出了令人信服的论断：因游击而撤销地方上的整个党务，“实谬误得刺目，革命史页上仅有的奇闻。这等于取消了树根，反希望树梢的繁荣，充分表示着崇拜军事万能主义”；领导同志不了解游击运动的基本原理，在条件不具备的情况下盲目发动，“这无怪遭遇了可悲的惨败，把许多忠实的同志、优秀的同志送到敌人牢狱中去、断头台上去了”……对当前和下一步的任务，理琪指出了明确的方向，在“严密党的组织”“加强提高党的文化政治水准”“加紧开展组织斗争的运动”“准备建立正规的游击战斗运动”等方面，进行了充分而令人信服的论证……

如果有心人，把这封信与1934年8月《共青团山东省工委关于游击战争问题给胶东特委的指示信》，做一个比对，自然感慨丛生：历史邮递员左手一封信，右手一封信，假设他一不留神，投错了时间和地址，那将会呈现出一种怎样的情形呢？

这封信层层传达到胶东各级党组织，澄清了过往的错误认识，凝聚了曾经涣散的人心，标举了前进的方向，很快扭转了“一一·四”暴动失败造成的被动局面，胶东革命的形势如春潮磅礴的大海奏鸣起新的“命运交响曲”……

22. 西进烟台

这几天昆嵛山红军游击队干了一件大事，当然这件大事事先也得到了理琪的批准。

文登县界石镇西邻昆嵛山东麓，扼山前山后的必经咽喉。该镇的据点驻有联庄会五十多名兵丁，是国民党部队围剿游击队的前沿哨所——游击队的交通员经常看到敌人的便衣爬到高处，探听哪个村庄有狗叫，以此侦察游击队的活动目标——红军游击队和周边地区党组织活动受到极大掣肘。如鲠在喉！不拔掉这根卡在嗓子里的“鱼刺”，喝口水都不痛快！邹恒禄、于作海、柏喜宾、王亮、刘松林等人一商量：“打掉它！”

这时的昆嵛山红军游击队有三四十人，于作海任队长，王亮为副队长，分为“黑白明亮”四个战斗小组。孙保山外号“黑脖子”，为黑组组长；柏喜宾姓柏，为白组组长；李启明为明组组长；王亮兼任亮组组长。游击队以昆嵛山区为中心，时而集中，时而分散，飘忽不定，游移不居，像风中的柳絮，像水里的游鱼，令敌人胆战头大。理琪第二次回到胶东后，于作海经过张修己引荐，见到了理琪，理琪谦逊和煦的态度、卓越的理论水平，给于作海以极大震动，而且理琪把正在打腹稿的《给各级党同志的一封信》的大意，讲给了于作海，更让他佩服得五体投地。“你真是老天爷给俺胶东派来的托塔天王啊!”于作海握住理琪的手热泪盈眶，理琪也被这个肝胆赤诚的胶东汉子打动了，“你和昆嵛山红军游击队是胶东革命的宝贵火种，要做好把天烧个窟窿的准备啊!”于作海豪爽地笑了。

理琪听了邹恒禄的汇报后，批准了奇袭界石镇的战斗计划。于作海、王亮等人经过周密策划开始行动了。王亮骗开了联庄会的大门，于作海带领队员冲进去俘虏敌人，缴获枪支弹药。始料未及的是，于作海冲进敌人的宿舍，拿枪逼住里面的敌人时，冷不丁被门后冲出来的一个敌人抓住了手枪。正在争夺之际，被人从身后打了两枪，腰部受伤。行动结束后，他被送到“堡垒户”家秘密养伤。

奇袭惊扰了国民党文登县政府，顶替刘崇武县长之职的李毓英如坐针毡，叫来丛镜月训斥一番。联庄会开始对界石镇一带疯狂“清乡”。张修己发现不时有不明身份的人在沟于家村外转悠，他意识到敌人可能发现了理琪的蛛丝马迹，必须赶紧转移。还没来得及行动，丛镜月就带着会丁进了沟于家村。张修己急中生智，把理琪藏进东厢房的柴草垛里。丛镜月家跟张修己家算得上世交，虽然道不同不相为谋，但两家还没闹到撕破脸皮的地步，因此丛镜月进门来，还是按照老礼儿跟张大娘问了安，然后白话一通差事在身不由人的鬼话，便下令士兵搜查。张修己、张大娘的心提到了嗓子眼。好在有惊无险，搜查的士兵推开东厢房，见屋顶、墙壁、柴草上蛛网密布，便糊糊弄弄拿枪戳了几下柴草垛了事。

理琪侥幸躲过一劫。

张修己不敢怠慢，通知王亮前来掩护理琪转移。王亮连夜接理琪赶往小西泊村，敲开了老党员王志福家的门。王志福一家人初见理琪，知道他是特委的新书记，都很兴奋，尤其是弄子简直要欢呼雀跃了，一双黑溜溜的大眼睛流光溢彩。王亮见到弄子心里滋生出一种特殊的情愫，原来那种打打闹闹的随便被朦胧的爱意取而代之。

理琪胃口不好，经常吐酸水，王志福想法赶集上店给他淘弄点鱼虾禽蛋等补补身子。他制止多次无效，对王亮说："我来胶东几个月，到哪里都能感受到亲人们的温暖关怀。我知道，这些东西是老百姓对党表示的深情，我们应该永远记住这份恩情。"

理琪的到来给小西泊村带来一股"红色风潮"。

他开会动员群众和积极分子学习党的理论，亲自讲授社会发展史和唯物辩证法。他的讲解通俗易懂，风趣幽默，那些叫人一见就头大的概念名词，在他的口中变成了身边的事、身边的人，触手可摸，亲切可感。理琪自编了识字教材，尽量用一些带有政治性的句子，比如"马枪长，步枪短，打日本是一样"，教党员和群众学习新文字。弄子很好学，整天围着理琪嚷嚷着学认字，理琪教她认"爱"字，可她的发音总是跟"菜"字分不开。理琪一有空，就喊她："弄子过来，我教你发音，爱——"弄子学着他："菜——"弄得理琪哭笑不得，"你看着我的口形，应该这样发音，爱——"弄子噘噘嘴："菜——"直到弄子想打瞌睡了，他还在一板一眼地教着。一个字教了三天，弄子终于发音准确了。王亮望着弄子，心里有一窝小鸡在刨挠着。

理琪见王亮整天摆弄手枪，就让他跟着自己学习文化。王亮拍着手枪说："咱是靠这家伙吃饭的，学那些蝌蚪子干吗？"理琪告诫他："你看我们的群众通过学习都能读书看报了，作为党的工作者只懂得打打杀杀是不够的，还得能够读懂党的文件，理解党的纲领，你要带头丢掉武器第一的错误观念！”王亮在理琪的督导下进步很快，后来竟能帮理琪抄写、刻印一些材料了。

这段时间，一个问题总是困扰着理琪：因为文登地处胶东东部，特委机关对胶东西部的领导力有不逮，到底需不需要把特委机关向西转移呢？胶东东部党的群众基础扎实，特委机关在这里便于隐蔽，相对安全；转移到西部，需要重新开始布局，困难相对较大。可是形势的发展不等人，党的工作东西部发展不平衡，已经成为一个摆在特委面前的突出矛盾。经反复斟酌，理琪决定把特委机关迁往烟台，取其居中便于兼顾东西的地理优势。

理琪的这一决定并未得到特委委员的一致认可，原因很简单，就是安全问题。

理琪笑着说：“同志们，我们拼着命出来干革命，就已将生死置之度外了。难道为着安全，就要绕着危险走，甚至躲起来不干工作了吗？”

张修己闷头不语，理琪的理由是不可反驳的，但他总是多一份担心：胶东特委命运多舛，连续三届折戟沉沙，好不容易重建起来，并且开局良好，万一理琪同志再有个闪失，岂不悔之晚矣！他说：“我同意特委机关迁往烟台，但是必须把安全工作做到滴水不漏！”他重重叹口气，“特委遭到的挫折不少了，我们付出的代价太大了。”

理琪说：“老贴同志的顾虑，我自然想到了。我们需要做的是尽量考虑周密。”

张修己说：“我看这样吧，让邹恒禄同志随行保护，让我大姐张修英跟着照顾你的生活。”

张修己一说，理琪眼前浮现出张修英的面容。这位大姐年轻寡居，常年住在娘家，浑身上下，一年到头，收拾得利利索索，里里外外一把手，风风火火。她在弟弟张修己的感染下入了党。理琪在沟于家村时，经常得到她无微不至的照料。王亮插嘴道：“修英大姐跟着去得有个说法，我看跟理琪同志假扮一对夫妻，更便于遮人耳目。”理琪佯装作嗔：“亮子真是大嘴巴！”张修己说：“我看倒行！我们都是为党工作，什么名声之类的东西都得让路！我去做做大姐的工作。”

山上的树叶开始见黄了，风里有了丝丝凉意。理琪在屋里收拾行李，似乎有什么心事的样子。弄子的影子在他眼皮底下一晃一晃，帮他找这找那，噘着嘴，好像谁欠了她八百吊的样子。

理琪忽然说：“弄子，你帮我个忙行不行？”弄子耷拉着脸，眼里噙着一包泪：“俺才不管你的破事哩！”说着抽抽搭搭哭起来。理琪赶紧哄她说：“小鬼，怎么还哭鼻子啦？我到烟台是革命的需要，我要是光待在小西泊，怎么打开革命局面啊？”弄子的眼睛红得像个桃子：“俺们村就不需要打开革命局面了？”理琪被逗笑了：“你们村二十户人家，十九户变成了革命家庭，一户地主吓得像耗子见猫，还怎么打开局面？”弄子吭吭哧哧打了“臭子”。理琪接着说：“你是党员，要积极支持党的决议，不能耍小孩子脾气，以后党还有许多事情交给你去做。”

弄子抬起头看着他：“你不是说有事吗？”

理琪的心情忽而沉重了：“弄子，你去把王福仁大叔叫来，我走前想看看他。”

弄子愕然地瞪大眼，她不明白理琪怎么忽然提出了这个要求，要知道王福仁可是村里有名的“大疯子”。按照辈分，弄子得叫王福仁三叔。他之所以变成疯子，是因为“一一·四”暴动失败后，三天里，敌人残忍杀害了他的儿子、儿媳、两个孙子、一个孙女，老人痛彻心扉，一时得了“失心疯”。他趴在亲人的尸体上疯狂地叫喊，跳起身跺着脚大骂反动派，狂乱挥着菜刀，猛地戳瞎了自己的双眼，鲜血顿时洒满胸前。他挓挲着血糊糊的双手，撕裂着喉咙高喊“鲜血要用血来还”，跑到地主家门前，一把把鲜血涂抹到门上，直到两扇门变成了恐怖的“血门”。他经常满村满坡地疯跑，边跑边喊“血债血还”……王福仁老人的遭遇引发了理琪强烈的心理震动，他是胶东党的领导人，有责任向这位老人表示诚挚的慰勉，尽管他神志不清，不会知晓这份关怀的内涵。

弄子坚决不同意这么做，理由是：“三叔疯疯癫癫，见了你，说不定到处去喊‘俺见到共产党啦！’那不坏菜了！”理琪思忖一会儿说：“我一定要见见这位烈属，可以不让他知道我，可我非见见他不可。”说完，从衣袋里掏出两个熟鸡蛋，交到弄子手里，说：“弄子同志，这两个鸡蛋，你要亲自交给老人，看着他吃下去！”

弄子发现这位年轻的特委书记的眼眶里泪水打转，声音也有些哽咽了。

弄子拿着鸡蛋，给父母讲了理琪的心愿，两位老人不禁泪雨纷纷。王志福抹着眼说：“弄子，你现在就把你三叔叫家来，完成理琪同志交给的任务吧。”

弄子在山坡上找到王福仁老人，连哄带拽叫进家，给他擦净手，按坐在外屋的炕上。王大娘盛了碗饭塞到他手里。弄子把两个鸡蛋剥了皮，放到他碗里。

王福仁似乎觉察到什么，不住地向着西厢房探身。弄子站在炕前大声说：“三叔你吃吧！”王福仁出奇的安静，自顾自吃起来，一时屋里静下来，只有老人咀嚼的声音。这时理琪躲在西厢房的门帘后，偷偷看着老人的一举一动，脸上爬下两行晶莹的热泪……王福仁吃完后，被弄子送出了大门，一会儿街上就传来一阵苍凉而激越的喊声：“要共产党！要革命！要报仇啊——”

秋风乍起，木叶摇落。

理琪在王亮、王洪的保护下离开了这座群山环绕的小村，踏上了奔赴烟台的征途。

23. 山海对话

吕家在奉天省庄河厅王家岛山东屯是一等一的富裕渔家。1932年3月，二十一岁的吕其恩和七名同乡乘坐二叔吕俊昌的渔船驶向烟台，背后是被他们遗弃的充斥着日本人奴化教育的庄河初级中学，他们的目的地是位于烟台市毓璜顶的山东省立第八中学。吕其恩所不知的是这次背井离乡将彻底改变他的人生轨迹，把他引向一条洪流滚滚的革命之路。

吕其恩祖上也是"闯关东"过去的胶东人，登陆辽东后，辗转迁徙，最后落户在风光旖旎的王家岛。贫寒的魔咒一直困扰着这个家庭，直到吕其恩的父亲吕仁昌这辈才有了根本性改变：1920年夏秋季，长白山一带暴发洪水，大批木材顺着鸭绿江冲进黄海。吕仁昌带着弟弟吕俊昌凭着好水性，捞上不少上等木材，自造了一条渔船，开启了捕捞生涯，很快扭转了窘困的家庭状况，打下了厚实的家底。与吕其恩同来烟台求学的还有他的弟弟吕明仁、堂弟吕其恕，支持兄弟仨安心学习的后盾是吕家在烟台开办的一爿小鱼店。这间店铺出售自家捕捞的海产品，所得钱款存在店里供他们用度。

烟台八中和志孚中学是烟台进步思想的集散地，饱尝东北沦亡之苦的吕其恩兄弟，很容易地接受了共产主义思潮和进步教师的影响。在这里，吕其恩结交了两位知心朋友：陈汝翼和柳运光。他们经常在一起讨论时事，抨击国民党当局的卖国、内战政策，讨论中国的出路何在、青年人的担当等问题。1934年暑假吕其恩和柳运光被学校派到青州县城参加全省在校高中生的统一军训，在那里他们遇到了潍坊广文中学学生、共青团员罗家治，罗家治介绍二人加入了共青团。军训结束，罗家治给了两人半张《红色中华》报和一份共青团油印秘密文件，为两人的青州之行涂抹上一笔意外的惊喜。

1935年4月，烟台发生了市公安局局长小舅子枪杀真光女子中学学生徐明娥事件，吕其恩、柳运光、李丙令、林江等人领导多所学校的学生走上街头开展抗议活动，迫使当局扣押凶犯，隆重安葬徐明娥。

也是在这个时期，一位叫李紫辉的女同学引起了吕其恩的注意。李紫辉是奉天省法库县人，东北沦陷后，在亲戚的支持下到北平求学，后随寡母流亡到烟台，无奈之下给一家姓德的人家做了童养媳。好在德先生思想较为开通，看到李紫辉聪明好学，答应了她继续上学的请求。李紫辉也被吕其恩身上成熟的气质和干练的作风吸引，两人的身影经常出现在校园的林荫路上。

吕其恩、柳运光、吕明仁、李紫辉等人的革命活动激怒了当局，1935年暑假他们遭校方暗算而退学，7月同赴北平重新投考学校，却都折戟沉沙。柳运光心灰意冷回青岛投亲靠友，吕其恩等进了北平弘达中学高中部旁听补习。在他们租住的公寓里，吕其恩认识了一位山西平陆籍的共产党员李晓峰，经李介绍于这年9月入党，成为中共北方局的地下交通员。为方便工作，更为表达胸襟，吕其恩改名为吕志恒，意为“立志革命，恒久不移”。12月9日，六千多名北平学生举行示威游行，抗议国民政府对日不抵抗政策，遭到反动军警镇压。皮鞭、木棍、枪柄乱殴，高压水枪喷射，爱国学生毫不畏惧，挺身上前，与军警发生激烈冲突，场面失控。吕其恩、吕明仁兄弟走在队伍前列，陷入了混战，吕明仁被棍棒打伤，浑身湿漉漉的吕其恩把弟弟背回公寓，偶然发现这天正是吕明仁十九岁的生日。“明仁你这个生日过得好隆重啊!”两人相视一笑，一种革命战友的情愫流荡于彼此心间。

1936年5月末的一天，蓝天映衬下的白塔分外素洁，倒映水中，如梦似幻。吕其恩在这里见到了北平地下党负责人吴德。吴德向他转达了北方局的指示，令他立即返回烟台开展党的活动，并设法与

"一一·四"暴动后失去上级联系的胶东特委取得联络。

初夏时节的华北平原绿意汹涌，古都北平被一列呼啸南下的列车遗留在弥漫的风沙和诡谲动荡的时局里。吕其恩似乎听到了那熟悉的咸腥而热烈的大海的召唤。

回到烟台后，他住进了毓璜顶北坡下鸿裕里的一间小房子里，开始秘密着手发展党员，建立党组织。

而两个月后，从文登县风尘仆仆而来的理琪、张修英，似乎受了某种神秘力量的指引，也住进了鸿裕里二号院。

理琪来到烟台后，通过邹恒禄托关系，打着跟随父亲来威海经商，特意来烟台补习英语课程的幌子，进了烟台八中外语班当了一名插班生。理琪以学生的面貌出现在校园里，向同学们传播进步思想，发现有共产主义信仰倾向的同学，就将其进一步引向党的怀抱。在学校外，理琪脱下长衫，穿上短衣，跟挑粪工人和码头工人打成一片，宣传党的主张，激励他们去反抗资本家的压迫，争取自己的权利。

吕其恩回到烟台后，以烟台八中和其他几所学校为依托，先后发展柳运光、李紫辉、温健平、吕其恕、李丙令、孙德运入党，成立了烟台八中、芝罘、蓬莱县山后顾家中学三个党支部。1936年8月成立中共烟台市工作委员会，吕其恩任书记。烟台工委成立后收获的最大一颗果实就是"民先"组织的大发展。"民先"组织全称是"中华民族解放先锋队"，是由北平地下党组织发动平津学生成立的共产党的外围群众组织。吕其恩在北平时亲身参与了"民先"的成立，回到烟台后，顺理成章把这青年组织形式推而广之，首先成立了烟台中华民族解放先锋队总部，简称"民先"烟台大队部，继而在附近各县也成立了相应的"民先"组织。在莱阳乡师读书的吴兴志经北平弘达第二学院学生、共产党员张加洛介绍加入"民先"，回来后，发展了孙可佩、李文光、杨坤思、杨锡芷、娇锡豪加入“民先”，并成立“民先”小组。在北平大学读书的共青团员于眉在蓬莱县发展了于仲淑、李光远等加入“民先”，烟台工委派李大同、吕其恕到蓬莱县山后顾家村开展工作，发展了赵铁生、丁离南入党，还发展了七名“民先”队员。蓬莱县成立了“民先”县队部。福山县“民先”组织在赵锡纯、于业功领导下，发展队员七十多人。掖县“民先”在郑耀南、王仁斋、盛咸庆组织下开展活动。

这些“民先”组织在随后到来的抗日救亡运动中，成为一支山呼海啸般的生力军。

1936年10月末，中共北方局通知吕其恩成立烟台市委，由他出任书记。但令吕其恩苦恼的是北方局交给他的另一个任务一直没有完成：接续与胶东特委的组织关系。

这段时间，理琪经过缜密的观察，对居住在鸿裕里的一个叫宁子孚的小学教师产生了兴趣，准备发展他入党。当他把宁子孚约到一处隐秘地点，透露了自己的想法时，宁子孚告诉了他一个意外的消息：同院里还有个人想介绍他入党。理琪感到很是惊讶，凭着经验，敏锐地意识到可能身边还存在着一个自己不知道的党组织。他对宁子孚说你帮我把那个人约到毓璜顶上见个面，宁子孚告诉他这个人叫吕其恩。

毓璜顶是一座濒临大海的小山，草木萋萋，雪涛阵阵。理琪怀着忐忑的心情站在一株大树后，不时向通往山下的石径张望。接近约定时间，从山下警惕地走上一人，身材健硕，浓眉方脸，似乎有些面熟，可能是居住同一院子，难免有擦肩之缘。两人对上事先约好的暗号，双手紧握，自报家门，自是分外热切。吕其恩告诉理琪自己是北方局派回来开展工作的，刚刚成立了烟台市委。理琪满面欣喜地说：“太好了！我们终于跟上级组织联系上了！”吕其恩说：“我们边走边聊吧，这么干站着，时间久了，会惹起特务的盯梢。”

两人装作欣赏风光的样子，一会儿驻足，指指点点，似乎正欣赏着眼前的风景，一会儿坐在青石上，面对面攀谈，同时机警地注意着周边的情况。吕其恩介绍了从北平回来开展工作的情况，理琪介绍了恢复胶东特委工作和发展党组织的情况。两人像相识很久的朋友，毫无交流的障碍，话匣子打开，有说不完的话。理琪与吕其恩眺望着无垠的大海，彼此胸中涛走云飞，难以平静。这是一次山与海的对话，热情奔放的理琪如海深沉激越，宽厚沉稳的吕其恩似山雄浑坚毅。

理琪诚恳地说："我这个胶东特委书记是特殊条件下自封的，不算数，还请你来主持工作大局。"

吕其恩坦诚地说："你为胶东党的恢复做了大量有成效的工作，对胶东全面情况比我熟悉，比我更适合担任。"

两人相互推让，谁也不肯接棒。

山衔夕阳，海融绛彩，鸥鸟翔集，鸣声那么清越，应和着愈来愈壮阔的涛声。

后有一说，两人在谦让不下的情况下，决定由选举定乾坤。当时在烟台有资格参加投票的人，只有理琪、吕其恩、邹恒禄三人。理琪把票投给了吕其恩，吕其恩把票投给了理琪，关键的一票就看邹恒禄了，他竟把票投给了刘振民。从这点看，邹恒禄在政治上还是幼稚的，设想换作张修己，他绝对不会做出这种带有个人义气的选择。

选举只能宣布无效。

吕其恩迅速将找到胶东特委的情况通过密信向北方局汇报，北方局让吕其恩派人到天津当面汇报有关情况。吕其恩经与理琪商量后，决定派胶东临时特委委员邹恒禄前往天津。北方局在听过汇报后，复经审查，承认了理琪所组建的胶东临时特委的合法性，并决定把胶东临时特委与烟台市委合并，成立中共胶东临时工委，理琪任书记，吕其恩任副书记，邹恒禄为组织委员，郑耀南为宣传委员，张修己、李厚生、刘振民为委员。

此次胶东党的力量的整合，无意中也实现了理琪将特委机关西迁的想法，犹如从海洋登陆的夏季风开始深入到内陆腹地，大片大片的积雨云悄然在胶东大地上空聚集，预示着一场新的暴风骤雨即将到来。

此后革命形势呈现出星火燎原之势，引起了国民党当局的惶恐不安，一张旨在摧毁共产党组织的大网悄然张开。

1936年12月中旬的一天，邹恒禄兴冲冲地跑到理琪住处，跟正在院子里生炉子的张修英打过招呼，进屋见理琪正在写东西，端起他的杯子咕咚咕咚灌了一阵子，抹抹嘴说："俺来跟你汇报个情况。"

理琪停下来看着他："说说吧，石匠同志。"

邹恒禄说："俺前几天在街上溜达，正碰见海阳县的刘忠善，'一一·四'暴动前俺就认识他，老牌的党员，外号'小黑子'。他说暴动后自己跟组织失去了联系，就像孩子没了娘，心里苦得慌！请求继续为党工作，俺告诉他现在特委有了新的领导班子，革命形势很好。俺考虑这事俺做不了主，只跟他约定了再接头的时间。"

理琪的脸色慢慢沉下来，他严厉地批评道："一个早已失掉了党的关系，长期没有见面的人，现在突然出现，你怎么能轻易相信，把工委机关的情况吐露给他呢？"

邹恒禄是个直肠子，本以为给组织做了一件好事，听理琪这样一说，才意识到问题的严重性。"唉！都怨俺这个人架不住三句好话！请组织处分俺吧！"

理琪怎能不了解邹恒禄呢，他为人率性，革命性彻底，只是在处理事情上缺少机变。他说："为保险起见，你不能再跟这个人见面了。"

邹恒禄说："那人家还等着俺回话呢。"

理琪想一想说:“让厚生同志去一趟，他城府比较深。”

到了约定的那天，李厚生按照邹恒禄给他的地址前去赴约。行前理琪跟他约定好，无论如何当天中午12点前必须赶回来，否则就是发生了不测。

果然理琪在焦急中没有等回李厚生，一股不祥的预感袭来。他不及多想，立刻转移。出门一看，街上出现了很多陌生的面孔，情况不妙。他见不远处有一辆洋车子，招手叫过来，迅疾上去，让他在市区多绕了几个弯后，停在了邹恒禄临时住所门前。

晚上7点钟，理琪正跟邹恒禄商议怎么离开烟台，突然闯进一伙持枪的警察，原来是韩复榘的捕共队到了。理琪、邹恒禄当场被捕。果不出所料，刘忠善这家伙早已叛变，这次招摇过市，就是出来“钓鱼”的，没想到邹恒禄吞饵，李厚生上钩，网到了胶东工委书记理琪这条“大鱼”。理琪等人在烟台稍作审讯，便被递解济南，判处五年徒刑，关押进了国民党的高等法院看守所。李厚生后被视为有变节行为，从此淡出胶东革命的主界面，平平凡凡度过了后半生。

张修英得知理琪被捕后，以最快的速度烧掉了理琪留下的文件，等特务们冲进来搜查时，没有得到一点有用的线索。

三天后，吕其恩从文登县匆匆赶回烟台。暮色四合，他焦急而谨慎地推开理琪和张修英住的小院门。张修英正蹲在地上做饭，抬头见是吕其恩，吓了一跳，随口说道:“俺当家的不知犯了什么事，被官家带走了，你快设法托人把他保出来吧。”吕其恩听出了话外音，点点头，转身离去，没敢回自己的住处，在外将就了一夜。第二天一早，他返回了文登县沟于家村，见到张修己等人，迅速布置了应急措施。无形之中，胶东革命的担子转移到了吕其恩的肩头。

1936年2月16日，被押在济南反省院一年多的刘经三，经老父亲刘岐峰孤注一掷的“打捞”，终于走出了监狱的大门。抬头看看辽阔的天空，他深深呼吸一口自由的空气。

在了解到胶东正因“一一·四”暴动失败而陷入血雨腥风中的情况后，刘经三做出了一个大胆的决定：去延安！其实他心底还有一块说不出来的暗伤：因为他在狱中与张连珠、李厚生的“串供”，导致牟平县党组织遭到灭顶之灾，不少昔日的战友纷纷把这笔账算到了他的头上，视他为陌路，甚至叛徒。刘经三转道北平，辗转到达延安，进入抗大第一期第十队学习。

按照正常路线，未来可期，但命运的铁锤倏然落下，将所有可能性击成齑粉：1937年8月，烈日炎炎，刘经三像往常一样到延河里游泳，湍急的水流猛地将他吞噬卷走。这位胶东革命传奇的缔造者在遥远的异乡，无奈而惆怅地以此种方式谢幕。

而此时，他的故乡，天风怒吼，巨浪排空，正在抗日救亡的时代史诗里写下恣肆奔放的一笔……

第七章　天福惊雷

24. 波澜横生

那天吕其恩刚回烟台就踅了回来，一进门，张修己就从他的脸色上看出非常严峻的情况发生了。

理琪去烟台后，张修己的心基本没落过地。那是什么地方？豺狼疯狗遍地走，人多眼杂易暴露。理琪的性子很有些河南人的执拗，张修己知道劝不下他，便不再多说，再说去烟台也是革命形势发展的需要。理琪临行前逗大家开心的一句话："不入虎穴焉得虎子，不下深海逮不着老鳖。"言犹在耳，而今却变故横生。

吕其恩犟着眉头说："我们得做好充分的心理准备，立刻通知跟被捕的几个人有联系的同志，抓紧转移隐蔽，以防有人叛变，出卖组织。"张修己正处于极度震惊之中，吕其恩又在他心窝上扎了一刀：什么叫"以防有人叛变，出卖组织"，难道我们信不过理琪同志的革命品格，还有石匠同志的坚贞？但他不得不承认吕其恩是冷静克制的，处理得有板有眼。这样的亏已经吃得够多了！他赶紧让刘松林、张修竹去撒通知，要求那些理琪、邹恒禄知道根底的同志紧急停止活动，做好自我保护。吕其恩忧心忡忡地去了威海卫，也没告诉他具体去哪儿，他也不能问，看出来吕其恩极其小心，毕竟理琪被捕后，他一下被推上了风口浪尖，成了敌人猎捕的主要目标。

张修己被一股莫名其妙的情绪缠住了。老娘见他愁眉不展，特意炒了两个小菜，让他媳妇打了瓶烧酒。正好张修竹来了，他们便闷头喝起来。张修己主要是对胶东特委的命运有点想不开，它的命忒不济了！说到底还是胶东革命的命不好，一遭遭地受折腾，好不容易盼来了理琪，这么乱的局面硬是叫他几脚踢开了，他的能力没的说，待人接物也敞亮，没听一个同志嚼过舌头，这真是难得。胶东人的脾气轻易不服人，但对理琪那叫一个心服口服！张修己叹口气说："这次的损失太惨重了，大伤元气啊！"张修竹说："做地下工作随时都有可能牺牲，有什么办法呢？不过，我看老吕处理问题还是拿得住的。"张修己说："老吕缺点儿理琪同志的亲和劲儿，能力还是有的。"张修竹说："现在没糟过以前，我们还能跟北方局联系，工委机关还能转。"张修己说："这就叫不幸之中的万幸。"张修竹说："没有过不去的火焰山，原来的刀山火海咱们不都闯过来了。"张修己说："咱胶东人就这性情，绝不服输！"

正说着刘松林推门进来，"哟哟，你俩挺恣啊！这小酒一喝！"张修己说："还不是借酒消愁啊！"刘松林说："先说正事，老吕来通知了，让你去一趟威海，工委开会。"张修己猛地干了一盅，说："可能老吕要整顿工委班子了。"刘松林说："正事说完，俺可要尝尝这酒啥滋味喽！"张修己给他满上，人有点走神，耳边他俩说话的声音变得缥缥缈缈。老吕不简单啊！这么短的时间就稳住了阵脚。他又想起吕其恩跟理琪同志相互推让书记的事，他是北方局派来的，按说有尚方宝剑，理所当然他该当，可他不贪权不恋位，心甘情愿给理琪当助手，是共产党人的真胸怀啊！他不由对他心生赞许。

1937年2月，张修己起个大早，洗把脸，推出脚踏车直奔威海而去。冷飕飕的风扫过脸，嘴里哈出的气白花花的，很快后背潮起一片烘热。他心急啊，急着见到吕其恩，听听他对下一步工作的部署。前不久，从延安传来消息说，党促成了西安事变的和平解决，暂时与国民党达成了停止内战、共同抗日的协议，党的中心任务转变为发动全民族抗日，有个新提法叫民族统一战线。哼，但是谁知道蒋介石葫芦里卖的什么药呢？他跟共产党合作，打心眼里一千个一万个不愿意……这样散漫地想着，穿山越岭，不到中午就到了威海卫。他按照交通员给他的地址，找到了胶东临时工委驻地绥平街四号。

他敲了几下门，露出了李紫辉那张圆月般饱满的脸庞，招呼他进门。他一眼便发现她身上洋溢着一股喜气，这才知道前不久北方局批准她跟吕其恩结成了夫妻。在这里张修已认识了从未见过面的韩力，韩是吕其恩烟台八中的同学，已经是党内的人了，他里里外外帮着李紫辉收拾着房间。很明显，吕其恩他们刚搬过来没几天，连房屋都没打理好。中午时分，柳运光到了，他一进门就打趣着吕其恩跟李紫辉："有没有喜糖啊？"李紫辉顶他一句："没叫你随份子就便宜了你，你倒是猪八戒倒打一耙。"

几个人围着一张八仙桌坐好，吕其恩先给大家说了他和李紫辉去天津向北方局汇报的情况："北方局派李大章同志在天津见了我们，他对胶东党发生的悲剧表示慰问，指示我们在目前形势下继续做好隐蔽斗争，国民党对我党采取敌视态度的现状并没有发生根本扭转，同时要把发动群众开展抗日救亡运动，提上重要议事日程，保持我们党独立领导抗日斗争的地位不动摇……"

他说着看一眼李紫辉，故意咳了一声，"再向大家通报一个情况，为了便于工作，北方局批准了我跟紫辉的恋爱关系。"

众人热烈鼓掌表示祝贺，李紫辉红着脸端出一盘糖果，一盘瓜子，一盘点心。柳运光剥开一块糖丢进嘴里，故意嘎巴嘎巴地嚼着，连声说："甜！真甜！"

这个小插曲使气氛活跃起来。

张修己问吕其恩："李大章同志还有什么指示吗？"

吕其恩说："大章同志要求我们立刻改组胶东临时工委，由我任书记，你、运光、紫辉任委员，今天就是个重组会议。"

重组的临时工委，委员有点少，一个重要原因是吕其恩从城市到城市，对不少活跃在农村的老资格党员尚不熟悉。柳运光这段时间主要在掖县活动，与于仲淑他们把那里的"民先"活动搞得很有声势。他进入临时工委，还是吕其恩了解他的缘故。

从威海回来后，张修己向文登党组织传达了临时工委的决定。这次威海之行，使他对吕其恩有了深层了解，吕的沉着的气度，对时局的把握，部署工作的手法，都表明这是一个富有斗争经验的革命者。从后来得到的消息看，胶东各地在临时工委的领导下都动了起来，宣传抗日救国的传单、自办小报、标语随处可见，"民先"组织活跃异常，有的地方开始偷偷搞起了枪支弹药。

危急时刻来了！

"七七"事变像一声焦雷在神州大地上空炸响。那几天张修己胸中被愤慨充斥着，像一头狮子想要跳出来扑向什么东西。这个影响巨大的事件引发了胶东党内剧烈的地震，清醒者意识到日寇绝不会放过胶东这样一片美丽富饶且战略地位重要的土地，糊涂者认为日本人不可能打到胶东来，理由是胶东偏居海隅，不是他们的战略目标所在。胶东临时工委立场鲜明地属于前者，立刻给所有党组织传达了党中央全面抗战的指示，动员各级党的组织为即将到来的抗日战争做好一切准备。

而这时，却发生了一件严重影响内部团结的事情。

于作海在理琪被捕后，依然带着昆嵛山红军游击队白天放山炮，晚上点林火，制造出红军越来越壮大的假象迷惑敌人。于作海当时对外化名叫林得胜，山外的老百姓把他传得神乎其神："林得胜、王亮、柏喜宾等人神通广大，连电线杆上的麻雀、空中的飞鸟，‘砰’一枪都能打下来，这些人飞檐走壁，如履平地……”海阳、牟平、文登发往省里的《警匪告急》文书，写满了“百姓与我密探皆目睹，文、荣两县境的游击匪军纷纷逃进昆嵛山，十几日内，不下三五千”之类文字。可见昆嵛山游击队的存在一方面扩大了党在群众中的影响，另一方面给了敌人以极大的震慑力。

可是，不知出于何种目的，有人散布流言蜚语，说昆嵛山游击队是“昆嵛山帮”，是凭着枪杆子吃饭的，只认理琪领导的特委，不受现在的特委领导……这些不三不四不咸不淡捕风捉影的话最伤人了。吕其恩在理琪被捕前，曾经见过于作海，但匆匆一面，两人没有什么深入交流，而此时临时工委刚刚经历惨变，出于谨慎，他命令党组织和党员不要再接纳和联系昆嵛山游击队。

此令一出，于作海和游击队的处境就不好过了，本来过去到哪里，都有自己的同志热茶热饭招呼着，烧热了炕头等着，现在好了，迎接他们的成了冷脸子和闭门羹。没办法，他们采取了一种叫“压白色”的方法解决困难，就是强行住进地主、恶霸、坏分子家，吃喝住，安全问题，全包，要是有什么差池，说不得就是盒子枪伺候。这种迫不得已的办法就像腰里别了一颗不定时炸弹，说不准什么时候就炸你个灰飞烟灭。果然他们也尝到了这种极端方式带来的恶果。

于作海这人，张修己还不了解吗？他的革命性那是杠杠的，出生入死，火里来水里去，到头来落了这么个说法，当然气得暴跳如雷了。从昆嵛山回来的同志对张修己说：“老于非得提上匣子枪到威海卫去找吕其恩，当面说个明白不行，好歹被俺们劝住了。”张修己觉察到了事态的严重性：肯定有“吃味”的人趁新工委刚成立，吕其恩对胶东同志还不很熟悉，跳出来搬弄是非，妄图从中坐收渔利。昆嵛山红军游击队是“一一·四”暴动后，唯一掌握在特委手里的武装，决不能被这种挑拨离间的谣言毁了！现在必须稳定住于作海的情绪，澄清吕其恩的认识。

不知道算不算心有灵犀，正当张修己谋划着怎么解决昆嵛山游击队跟临时工委的隔阂问题时，吕其恩跑到沟于家来了，他的目的很明确：了解游击队的真实情况。吕其恩拿出一张叫《黄海潮》的小报给张修己看，上面说昆嵛山游击队去找国民党文登县县长李毓英谈判，双方相谈甚欢，游击队表示愿意接受“招安”云云。张修己气炸了肺，“这位小报记者把压根没有的事竟能写得有鼻子有眼！”

吕其恩说：“我首先得承认错误，在没有弄清事实的前提下，冤枉了于作海同志；但是我们也应该时刻保持冷静，当前敌我情况复杂，你中有我，我中有你，必须警惕游击队内部出现投降分子，把党辛辛苦苦建立起来的武装拱手送人。”

张修己说：“我敢以人格担保，于作海同志绝不是动摇分子，更不会向敌人投怀送抱！”

吕其恩说：“事出有因，小心驶得万年船。”

张修己憋着一团火，气哼哼地说：“你对于作海同志并不了解，却偏听偏信，采取了非常不适当的做法，才导致了今天的局面。这怨不得于作海，作为工委的主要领导人，你负有全部责任！”

他从没发过这样大的火，但明摆着把自己的同志向外推，怎能不叫人寒心呢？

吕其恩非常诚恳地说：“我一定从这件事中汲取教训，向工委的同志检讨错误——当下最要紧的是你得亲自出马见见老于，跟他好好沟通一下，稳定稳定他的情绪，同时把工委的情况传达给他，告诉他工委是信得过他的！”

张修己平复一下情绪说：“我进昆嵛山肯定能找到老于，也会把你的话带给他，但他那轴脾气你也听说过，能不能转过这个弯儿就不好说了。”

吕其恩诚恳地说："一切以大局为重，只要能说服于作海，我个人荣辱得失算什么，对你对老于，我绝对毫无芥蒂之心。"

吕其恩跟张修己挑明了：只要你能说服于作海，我就是不干这个书记也行。张修己被吕其恩坦荡的胸襟打动了。他握住吕其恩的双手，向他表示歉意："我刚才说话太情绪化了。"

这年似乎冷得特别早，10月底的天气赛严冬。夜里北风可劲地刮，天幕黑铁一般，好像星星都被大风刮跑了。张修己背着褡裢，装扮成走村串户收账的商贩，顶着风走向昆嵛山。他知道此行并不轻松，像于作海这样的人，他信服你了，割下脑袋给你也不带眨眼的，他讨厌你了，正眼看你一眼都会让他觉得是莫大的耻辱，何况在这种是非大事上闹裂了瓢，岂能三两句话摆平？好在张修己进山前给自己留下了"后手"，事先跑到大水泊河北村找到于烺合计了一番。

于烺出身一个破落地主家庭，为人仗义，狷狂清傲，在烟台山东省第八中学读书时，因积极参加五四运动，被开除学籍，又到济南私立正谊中学求学，进一步地接受进步思想，加入了国民党。

1929年他就任文登县四区区长，其间雷厉风行，大施霹雳手段，禁赌博，查烟馆，反贪官，治污吏，剿土匪，缉盗贼，修堤坝，除水患，深得民心，政声斐然。然而事物都有两面性，你得了民心，就得不了官心，何况他又是那种不肯为五斗米折腰的人，不会跑跑送送，吹吹拍拍。文登县政府的一班人早就对他烦得够够的，随便找了个理由革除了他。他一副浑不吝的名士样儿，回到乡里，依然好打抱不平，见到别人危难，从来二话不说，该出钱出钱，该出力出力。他家里在镇上跟人开着合伙的商行，他动不动就去抽份子钱周济穷苦人家，弄得店里的伙计直嘬牙花子：再这样下去，非得塌铺不可！

1932年于烺当上了大水泊启民小学校长，在这时遇到了改变他生命底色的一个人——王翼之。王是留学苏联的早期党员，因蒋介石、汪精卫背叛革命，对共产党人祭出“宁可错杀一千，不能漏网一个”的嗜血法条，他辗转回到家乡文登避难，被于烺聘请进了启民小学。于烺爽快地对王翼之说：“你就按共产主义精神，向学生进行阶级教育吧！”于烺对王翼之极其敬佩，王翼之也在跟于烺的交往中发现，他虽出身于地主阶级，但骨子里是一派赤子情怀，渴望进步思想，憧憬社会公平正义。他跟于烺朝夕相处，带领于烺走进了共产主义的精神殿堂，介绍他入了党。但因为王翼之是单线发展党员，胶东党组织并不清楚于烺的政治面目，直到几年后，王翼之见到吕其恩，才亲口证实了于烺的党员身份。

1935年初于烺转任文登营小学校长。“一一·四”暴动失败后，他又做了一个惊世骇俗之举：把被敌人通缉的“共党要犯”王台、张玉华聘进学校当了教师。这是冒着多大的风险，得有多大的胆色，任谁都能掂量出来。1936年秋天，王台骑着车子来找张修己，对他说：“于烺非常倾向于我们党，我跟张玉华分析认为，他极有可能已经被王翼之介绍入了党，他想通过我们找组织。而且现在的文登营小学都可以半公开地宣传共产党的主张和路线了。”张修己听后沉思一会儿说：“你们的分析有道理，何不趁机把文登营小学变成一座红色学校呢……”

基于以上认识，张修己认定于烺是可以信任的人，可以把自己的“后手”托付给他。张修己跟于烺见面后，如此这般说出了自己的谋划，于烺虽然面露难色，但事关重大，也没有过多推辞……

夜里走山路，简直是开老天爷的玩笑哩！往小里说你是儿戏自个的小命，往大里说你是不尊重山，而且是被胶东人奉若神明的昆嵛山。昆嵛山，峰高，坡陡，崖险，谷深，林密，洞幽，既是神仙清修的好地方——此地为道教全真派的发祥地，素有“海上仙山之祖”的美誉；也是一座养活老百姓的父母山，靠山吃山，这周围的老百姓多仰仗山上的出产生活。话说回来，于作海他们凭什么能在这里生存下来，真是拜山神所赐了，饿了有果，渴了有泉，困了有洞，冷了有柴。张修己此前虽然来过几趟，有个大体印象，可黑灯瞎火的，根本找不到原来记忆里的山路，只能跟着感觉走了。脚下磕磕碰碰，身上刺刺啦啦，突然脸蛋子被什么抽了一下，火辣辣地疼，冷不丁脚尖踢到拦路石上，钻心地疼。倏然头顶上轰地飞过一群鸟，揪心扯肝地叫着散进夜空……

东方曙色烧红海，林间晨鸟乱啁啾。张修己一身风尘地站在昆嵛山红军游击队露营的山洞前，放哨的战士见到他，惊得嘴巴圆圆，眼睛傻傻，说话黏黏。他激动地扯开嗓子吆喝："于作海在哪里？贵客到访！于作海——"不一会儿，于作海架着棉袄，提着裤子，跑出洞口，一眼扫到他，三步并作两步奔上来，紧紧抱住他："老贴你还知道有我这么个兄弟啊！"泪疙瘩噼噼啪啪掉下来，这位老百姓嘴里的大英雄，在他跟前竟哭得像个受了委屈的大孩子。张修己拍拍他的肩头："老于，有话咱慢慢说。"于作海抹一把脸，说："奶奶的，俺从小到大就没受过这么大的屈！走！俺跟你倒倒苦水去！"

于作海大步流星领着他往洞里走，越往里光线越暗，寒气砭骨，霉味呛鼻，洞壁上一块块凸石像鬼怪们的巨齿獠牙，一盏煤油灯萤火虫般忽明忽灭。他们坐在一片铺着杂草枝叶的相对平坦的地面上，隔着一张青石做的桌子相视良久。

于作海不知从哪里摸出一瓶酒，倒进一只粗瓷碗里，递到张修己面前。他也没推辞，喝了两口，呛得眼泪直流。于作海抄过去咚咚喝了几口，抹抹嘴说："这是俺老于这辈子最高兴的时辰了！"他嘴里哈着浓烈的酒气，眼里闪着幸福的笑意，"晦气俺老长时间了，你老贴一来，俺见到太阳了。"都说老于是粗人，可这几句话说得挺有水平。张修己说："现在日本鬼子就要打到胶东了，特委指示你们游击队拉下山，准备举行武装起义。”于作海嘿嘿一笑：“要是你老贴说让俺下山，俺一准不说半个不字，要是吕某某说，俺就不理他！”张修己沉下脸来：“老于你干革命是给党干的，不是给什么吕某某张某某王某某干的！这种话最好别说！”于作海说：“拿着热脸往冷屁股上贴，这事俺干不来！”张修己见于作海一时转不过这个弯儿，也不能硬拧，就说：“新来的特委书记想见见你，你跟我走一趟吧。”于作海一听，眼一亮，问：“那个吕某某不干了吗？俺就觉得他跟理琪同志比差老鼻子了。”张修己严肃地批评他：“老吕可能在处理你这件事上有失水准，但在恢复党的组织，积蓄抗日力量上可出了大力，咱们不能睁着眼说瞎话。”于作海不作声了。张修己说：“我还饿着肚皮呢，你老于也忒抠门了吧！”于作海哈哈大笑，吆喝着开伙开伙。

当天晚上在大水泊河北村他们见到了于烺。张修己介绍说：“这位是于作海同志，这位是新任特委书记于炳斋同志。”他故意没提于烺的本名，而介绍了他的字，因为于烺在文登的名头太响，他拿不准于作海对于烺这类知识分子的态度，但凭感觉认定他应该不很感冒给国民党政府应过差的人。

于烺热情招呼他俩坐到八仙桌两旁的客座。他按照事先想好的开场白说：“对于马列主义，我只是个幼稚的小学生，远没有登堂入室……”于作海突然打断他：“你们这里不是有个于烺吗？”真是哪壶不开提哪壶！于烺沉吟着，偷瞟张修己一眼，意在征询他的意见，于作海见状，自然明白了，眼前这个于炳斋不就是于烺本人吗？他腾地从椅子上跳起来，做出一个令人惊诧的举动，扑通跪在了于烺面前，咚咚咚磕了三个响头，说：“谢谢于烺大哥的救命之恩，俺一辈子忘不了你的大恩大德！”

于烺手忙脚乱地拽起他，张修己也被弄得云山雾罩。

于作海说不久前自己再次负伤，伤情严重，没人敢给医治。于烺得知后亲自跪请远近闻名的陈大夫出诊，派人偷偷掩护他进了昆嵛山，给于作海治好了伤。这件事是在秘密状态下进行的，只有当事人知道。

于烺爽朗地一笑："扶危济困本是区区小事，何足挂齿?"

张修己不禁对于烺跷起大拇指，称赞道："于兄素有小孟尝的美名，果不虚传。"

于烺说："作海兄弟做的是为革命刀头舔血的大事业，我能尽一点绵薄之力也是与有荣焉。"又转头对于作海说，"本家兄弟，看样子你也是头一回给人屈膝下跪吧?"

于作海憨直地说："俺老于最硬的地方有俩，一个腰杆，一个腿弯，今天下跪不是屈膝，是表俺的一片诚心!"

于烺哈哈大笑："我本家说话铿锵痛快，真应该浮一大白！咱没有现成的酒，就以茶代酒干一杯吧!"

于作海捏起面前的细瓷茶杯，竟像抓举千斤鼎般不称手，哆哆嗦嗦，抖溅出水花来，干脆放下，说："俺使不了这么细发的物件，你给俺弄个大瓷碗吧!"

于烺吩咐家人取来一个细瓷大碗，倒上温白开，于作海端起来咚咚咚一口气灌下："痛快！俺老于干啥事都喜欢个痛快！一家子，你有什么话就直说吧!"

于烺看看张修己，说："老贴同志刚才介绍得不对，我不能守着真人说假话，我不是新任特委书记。"

于作海瞪大眼盯着张修己，张修己心里埋怨着于烺：不是事先说好了吗？只是权宜之计啊？怎么突然变卦了呢？他尴尬地挤出一丝笑容。

老于怒道："老贴啊老贴，咱文登人有这么骗文登人的吗?"

这话真能捶死人!

于烺赶紧接过话把儿去："本家兄弟，你听我说！老贴去昆嵛山找你，不是他的个人主张，他是代表临时工委去的，这就相当于临时工委给你当面认错了嘛。人非圣贤孰能无过，知错能改，连孔夫子都大加赞赏哩。”

于作海依然愤愤不平：“这不是拿着俺当傻子开涮吗？”

于烺说：“老贴怕你一时转不过弯，才出此下策，让我假扮一下特委书记，帮你转转弯，本心是好的。但我一看本家子是个诚心诚意的人，我也不能当小人，才以实言相告。但恕我直言，虽然大家都说你是个顶天立地的大丈夫，我看你也有些小肚鸡肠。”

于作海冷静下来：“请一家子直说吧。”

于烺说：“外面有人造谣说你只服理琪同志领导，理琪同志被捕了，你就想在昆嵛山当逍遥自在的山大王，为了改善游击队的生存环境，还想跟文登县的官老爷们谈判，这些当然是谣言了。可是临时工委的领导对你的情况不熟悉，半信半疑之下，让大家暂时疏远你们，这也是一朝被蛇咬十年怕井绳，在没弄清事情原委前，这样做也不算过分啊。可是我的好本家，你却真中了人家的离间计，跟临时工委摽上劲了，再往前走一步，可就掉进万丈悬崖了！”

于作海嘟囔着：“俺、俺一颗忠心被冤枉……”

于烺说：“我们干革命是为了谁？”

于作海说：“当然是为了党和老百姓了。”

“既然是为了党和老百姓，在胶东谁代表党？”

“这、这……反正他姓吕的不能代表。”

“党就像党员的娘，如果你娘错打了你一下，你也要打回去吗？”

“这个、这个……”于作海扤着头皮答不上来了。

张修己见火候到了，领过话头：“老于，现在党中央已经发出了打鬼子的号召，我们胶东党正在准备搞一次抗日武装起义，昆嵛山红军游击队是我们党在胶东的宝贵财富，你这个急先锋关键时候不能掉链子啊！”

于作海一拍脑壳痛快地说：“罢罢罢！过去那篇就掀过去了！俺无条件服从党的领导，——小鬼子胆敢来侵犯咱胶东，俺就叫他们有来无回！”

于作海的心结打开了，于烺冷峻的脸上也漾出开心的笑容，张修己一颗悬着的心也落了地，临时工委交给的任务完成了。

于作海的倔脾气上来了，当夜摸黑返回了昆嵛山，他迫不及待地要把这个天大的消息告诉游击队员们……

25. 觉醒之路

于烺也不知道自己是从什么时候开始陷入彷徨迷惘的，如果一定要找到一个时间分界线的话，那就从王翼之离开之后吧。

王翼之临行前的一夜，风雪交加，因为放了寒假校园里空空荡荡，除了雪落的声音就是岑寂了。他俩躲在启民小学一间宿舍里，罩子灯发出昏黄的光。王翼之与于烺同庚，可是看上去好像比他大好几岁的样子，凌乱的背头，菜色的两颊，预示着他的健康状况不容乐观。他们温了一壶酒，罗了几个小菜，慢慢喝着，别离的情绪渐渐氤氲开来，于烺不觉胸中一酸，抬起头正遇到王翼之圆框眼镜背后那双炽烈地燃烧着生命力的双眸，“炳斋兄不要难过，人生何处不相逢，我们肯定能在革命的大道上再次相遇的”。他的话语里充满了豪情和旷达。于烺不得不承认他做不到，一直以来他都是孤独的，能够进入他的精神世界的人目前只有王翼之了，他为于烺打开了走向广袤原野的大门。

于烺还记得他们初次见面的情景，那是在文登县王翼之老家的低矮屋子里，王翼之听于烺说要聘他到启民小学教书，他随即用一种诧异的神情看着于烺：“你不怕我背着的共党嫌疑给你添累赘吗？”于烺毫不犹豫地回答他：“我就是冲着你这个被国民党政府视为污点的身份来请你的！”王翼之那瘦弱的胸腔里爆出一声裂帛般的笑：“好胆色！我跟你去。”他们谈得热火朝天，于烺眼前浮现出街头铁匠打砧子的情景，一个人抡锤，一个人扶钳，钳子夹着红彤彤的铁块，锤子极富韵律地落在铁块上，叮当叮当，奏响一支和谐的乐曲。

果然王翼之是“着了色”的人，他带给于烺一些宣传共产主义的小册子，还有不知从哪里弄来的红区的文件。于烺自从区长的位置被罢免，就彻底看透了当局的反动本质，越来越觉得中国的出路在于像苏联一样走社会主义的道路，除此之外，别无他法。可是像于烺这种地主家庭出身的人，在文登县的乡村，没有特殊机缘，根本接触不上共产党的组织，这也正是他冒着风险聘请王翼之的原因。不久之后，他向王翼之提出了加入组织的请求。王翼之沉思片刻说：“我现在跟上级是单线联系，发展党员也是单线党员。不过，我可以通过组织间的联系，把你转交给地方党。”于烺拿出家里藏了几年的一坛酒，与王翼之一起庆祝他的新生——政治生命的新生。

启民小学很快因为王翼之的缘故有了名，当然这种名是致命的。一次国民党省教育厅派下来的督学徐眉生到启民小学视察，他看到教师办公桌上堂而皇之地摆着进步书籍，大惊失色，额头上渗出密密麻麻的汗珠。他把于烺拉到没人处问那些书是怎么回事，于烺说那些书都是宣传抗日救亡的，难道这也是罪过吗？徐眉生说当局的伤疤正在此处，此事不可儿戏，还是隐秘点好。他非让于烺带他去见王翼之，他跟王谈得很融洽，看出来是王的才学见识折服了他。

民国二十三年（1934）底，一盆盆污水冲着于烺兜头泼来，什么“不务正业，酒食争逐”啊，什么“私吞校款，任用私人”啊，真正的目的就是赶走他，隔山打牛，再轰走王翼之。

文登县当局得逞了。于烺被调离，王翼之遭解聘。于烺平生鄙视那些躲在阴暗角落里放冷箭的小人，他们表面跟你好好好是是是，一副谁也不得罪的样子，却时时刻刻处心积虑地搜集你的“罪证”，然后炮制成一颗颗卑鄙的炸弹投向你。这种小人文化不独文登有之，胶东有之，可以说泛滥于全国；不独现在有之，过去有之，将来也不会绝迹。

王翼之匆匆离开胶东了。

于烺这个单线党员被撂在了上不着天下不着地的尴尬境地。他一直存在着突然一天有人拿了组织的暗语联系他的梦想，左等右等，从失望到绝望，他坐不住了，对，绝不能坐以待毙！他知道身边肯定就有党的组织，通过熟人朋友去扫听，结果却相当失望，因为这些人隐藏得很深，从不跟没有组织关系的人发生联系，以至于烺慢慢滋生出一腔被遗弃的忧伤，心生彷徨，继而迷惘……

虽然没有被地方党组织接纳，但他感到了他们的存在。他们像空气中的花香看不见却嗅得到，他们甚至秘密派人观察过他，一种直觉强烈地告诉于烺有人在暗中观察他。于烺相信总有一天他会走进他们，融入他们，像一颗水珠投入滚滚江河。

他们终于现身了——发动了轰轰烈烈、天雷地火般的“一一·四”暴动，于烺认识的几个教育界的朋友竟然都是党的人，他跟其中的张修己还有过几面之缘。他兴奋于知道了党的存在，又悲哀于同志们的牺牲。文登的反动政府屠杀了许多党的优秀分子，还在无休无止地搞“保甲”“清乡”，搞清算，无耻的政府才会不检视自身的痼疾，而一味地对民众挥舞血淋淋的屠刀！不行，于烺暗下决心：绝不能作壁上观，一定想方设法保护我们的同志。这时，他已被调到了文登营小学任校长，他一眼就洞悉了敌人的诡计——文登营小学位于县城，当局无非是想把他放在眼皮底下，瞧他有什么三头六臂再搞那些“出格”之事。他终于打听到了几个参加过暴动的人，先偷偷地去找王台，他们早认识。王台知道他我行我素的性格，也信得过他的为人，跟家里一说，就来了。随后他又推荐了在外地东藏西躲的张玉华。于烺说行啊，咱仨正好唱三国。后来又来了个叫田百川的共产党人。于烺是来者不拒。有人偷偷告诫他："于烺啊你是真傻还是假傻，现在别人都怕跟共产党沾上边，你却把'带了色'的人聘来共事！人家想杀你找不到刀子，你倒自动上门送刀子！"他的至交、老秀才赵泮馨直接找上门来，点着他的鼻子数落："你为什么总是愿意跟国民党怀疑的那些人交往呢？你也不过只有一颗项上人头啊！"他只能笑而不答。

于烺用他不被人理解的鲁莽为自己打开了一扇窥视外部世界的窗子：王台、张玉华、田百川慢慢接纳了他这个局外人，主动跟他讨论时局，抨击当局的对日政策，嘲笑蒋介石一心剿共的黄粱美梦……那种久久盘踞在他心头的孤独感渐渐被激情取而代之，他尽量表现得冷静，他担心过多地袒露心扉，反倒会引起他们的戒备，使他们对他敬而远之。可是他终究不是那种城府很深的人，一天晚上他发现王台一个人在宿舍里，再也抑制不住内心的渴望，推门而入，急切切地说道："我是王翼之发展的共产党员，我求你帮助我接上组织关系吧！"

王台站起身，挓挲着手，无助地眨着眼，半晌，愣是没找出一句适当的话。

还是于烺打破了僵局："王台同志，希望你能理解我的心情。王翼之同志走后，我这个单线党员就没了家，本以为党很快会派人来找我，可是没有，我还是只能像瞎子一样走夜路。"

王台说："你的情况我很同情，但我也没有办法。"

他推得一干二净，他的防线像铁铸一般坚固，于烺的情绪化的进攻就像子弹打在棉花上，根本不起作用。于烺失望地转身走了，他不能让王台为难，更不能勉强他为自己做出违反组织原则的事。

可是于烺的心还是痛起来。回到住处铺开一张纸，蘸饱了墨，铿的一声，笔锋啄在纸上，边挥毫边吟诵：“昨夜寒蛩不住鸣。惊回千里梦，已三更。起来独自绕阶行。人悄悄，帘外月胧明。　　白首为功名。旧山松竹老，阻归程。欲将心事付瑶琴。知音少，弦断有谁听。”他发觉脸上爬动着两条灼热的溪流，唉，是他不争气的眼睛悄然流出了忧伤。他自责，一个革命者绝不应如此多愁善感，沉湎于无益的伤感。

不过，自从于烺向王台道破身份后，他发现他们对他更加尊重了，而且他们允许他参加他们的活动的范围更广了。

一天于烺从报纸上看到西安事变的消息，挥舞着报纸冲进办公室，喊道：“蒋介石被张学良逮捕了！”

办公室里不光有王台、张玉华、田百川几个党员，还有几个普通教师，不过大家朝夕相处，早就有了共同的信念。田百川狂喜地跳上桌子，引吭高歌起来：“工农兵学商，一齐来救亡，拿起我们的铁锤刀枪，走出工厂田庄课堂，到前线去吧，走上民族解放的战场……”

大家被带进了这悲愤而激昂的旋律里，不自觉地跟着合唱起来：“千万人的声音高呼着反抗，千万人的歌声为革命斗争而歌唱，我们要建设大众的国防，大家起来武装，打倒汉奸走狗，枪口朝外响！”

于烺像一阵旋风——这是从来没有过的事情，他一向是以沉着持重著称——跑进教室，向同学们宣布了西安事变的消息，又跑到炊事房，告诉师傅晚上多炒几个菜庆祝一下。

那晚的气氛比过年都热烈。你一言我一语，大家争相发表着自己的意见，“‘蒋该死的’这回可该死了！”“红军十年的仇恨，非杀了他不行！给全国人民都出出气！”“国民党没了主子，这下可乱套了！”……酒点燃了豪情，有人起哄要跟于烺划拳，他索性放浪形骸一次，跟田百川你来我往地比画起来，王台、张玉华端着酒盅笑眯眯瞧景儿……

1937年6月，一件大喜事从天而降：王翼之回来了！于烺见到他的一刹那像在做梦，紧紧抓住他的胳膊，生怕他再次溜走似的。王翼之冲着他笑了。于烺闪着泪光看着他，说了一句废话："你忘了炳斋了吗？"王翼之紧紧攥攥他的手，用这个无言的动作回答了他。过去一年里，王翼之按照党的指示到外地去发展"民先"组织，很有成绩。这次回来就是为了兑付当初的一个诺言：把于烺的组织关系介绍给胶东党组织。他亲自参与组建了文登营党支部，由张玉华任书记，于烺任宣传委员。不久吕其恩来到文登营小学，他与于烺纵谈时势，许多观点一致，尤其是对明火执仗打上门的日寇的看法出奇的吻合，那就是以牙还牙！他告诉于烺：日寇全面侵华的序幕已经拉开，狼子野心，誓亡我中华，党已经传达了全面抗战的指示，胶东党正在准备武装起义。于烺当即表示，愿意毁家纾难，全力支持党的武装起义。吕其恩说，武器是制约起义的关键因素，你能想法弄点枪支最好了。于烺痛快地答应了。

那几天于烺总有一种微醺的感觉——是心醉了——他这只倦鸟终于投入了广阔的山林。这种欢欣如此强烈，以至于不久后他被当局罢免了校长之职，也没放到心上，反倒因为从这些杂务中抽身而出，可以一心一意地从事革命而更加激奋。

7月中旬的一天，暑假已放，于烺准备收拾一下回家看看，这时收音机里正播放一个带着浓重浙江腔的讲话："……我们知道全国应战以后之局势，就只有牺牲到底，无丝毫侥幸求免之理。如果战端一开，那就是地无分南北，年无分老幼，无论何人，皆有守土抗战之责任，皆应抱定牺牲一切之决心……"原来是蒋介石在庐山发表了全国讲话，被日本人逼到死胡同的国民政府，只剩下了华山一条路，他从中听出一个新的时代到来了。

没几天张修己找上门来，他让于烺假扮新来的特委书记，帮着他做于作海的工作。于烺觉得甚是荒唐，他平时最厌戏子式的虚腔假调，如今却让他装腔作势，岂不是强人所难？张修已一阵死缠烂打，令他难以招架，最后不得不妥协以求安宁。那天晚上，张修己跟于作海来到后，老于心底里透出来的那股刚直劲儿一下击碎了他的防线。他从小到大就听老辈人常念叨："欺负老实人犯罪！"他坦承身份弄得张修己好不尴尬，偷偷擦了几次汗。所幸他不辱使命，顺利完成了党交给的第一项任务。

形势越来越严峻。收音机里的消息着实令人焦灼。9月日寇开始沿津浦铁路南下，月底推进到冀鲁交界的桑园车站，德县、平原、陵县、禹城、临邑、济阳等地相继失守。10月底日军逼近黄河北岸，对济南构成正面攻击之势……海量的坏消息中偶尔也夹着几个好消息。早在9月里党中央即派彭雪枫、张经武、张友渔到济南同韩复榘谈判，达成了无条件释放在押共产党人的协议。陆陆续续，被捕的胶东共产党人走出牢门，宋澄、宋竹庭、于克恭、邹恒禄、张加洛、宋绍九、刘中华、刘仲益等都返回了自己的岗位，而大家最盼望的理琪同志却迟迟没有消息。

12月里的一天，天朗无风。于烺正在大水泊镇上向群众宣传抗日救国的道理，他的弟弟于焜急急地跑来，伏在他耳边说了几句话。于烺"哦"了一声，又惊又喜，向乡亲们抱拳拱手道："我家里有急事，咱们改天再唠。"

不多时回到家里，推门进入正房，张修己正和一个陌生人站在他手书的"还我河山"的横幅下说着话。

张修己向陌生人介绍道："这就是大名鼎鼎的于烺同志。"

那人向他伸出瘦削的手，于烺疑惑地握上去。

张修己说："你最想见的人来了，还愣着干啥？"

于烺先是一愣，继而恍然大悟。原来常听到大家谈论理琪同志如何如何，他总以未识而憾，难道眼前这人会是理琪同志？张修己看着他点点头。“啊！您真是理琪同志吗？”于烺激动地摇着理琪的手。理琪灿烂地笑了：“老贴同志可不敢再搞冒名顶替的事啦！”

张修己爽朗地笑了。

于烺赶紧把理琪让到椅子上。

理琪指着那幅字说：“笔酣意畅，气势了得，非俗手可为啊。”

于烺谦逊道：“不过是雕虫小技罢了，让理琪同志见笑了。”

理琪摆摆手说：“字如其人，有此精神，才能写出此境界。”

张修己说：“你们二位见面就谈文论艺，倒显得俺是个俗人了。”他转向于烺说，“我先把正事办完。”

他简要向于烺介绍了理琪的近况。原来理琪是11月底出狱的，随后他通过组织关系找到山东省委负责同志，表明了重回胶东的决心。这位同志将省委准备在山东各地发动抗日武装起义，争取抗日主动权的部署告诉了他，并把胶东起义队伍的番号授予了他：山东人民抗日救国军第三军。“12月15日晚上，吕其恩同志召集大家在我家的小西屋召开秘密会议，外面刮着老白毛风，下着大叶子雪。我们正热烈讨论怎么发动武装起义呢，忽然听到后窗户被人敲了三下，暗号只有自己人才知道。我拉开窗子，跳进一人，我的亲老天爷，竟然是理琪同志！”

听到这里，于烺脑子里立刻浮出了那个匪夷所思的画面，“没想到理琪同志用这种方式给大家带来一个大大的惊喜。”

“理琪同志的返回更增添了我们的主心骨，他立刻主持召开了重建胶东特委的会议，部署了下一步有关武装起义的工作。”最后，张修己看着于烺说，“今天我把理琪同志送到你这里，一个是你这里是敌人的灯下黑，比较安全，再一个是理琪同志刚出狱，身体比较虚弱，需要一个安静环境静养几天。”

“没问题！我于烺拿身家性命向组织保证。”

跟理琪相处的几天是于烺这辈子最璀璨的记忆，每一细节都发着金子般的光：他的言谈举止那么平和，却似乎蕴含着无穷的力量；他的表情亲切柔和，却有着强大的吸附力，让你的思想和意识跟随他飞翔；他的见识自然是高妙和切实的，这更使他具备了无可比拟的魅力。于烺自然而然地想起了王翼之，这两个人的精神世界何其相似啊！他竟有了一种期待：将来哪一天他们如果相遇该多好啊！也正是这时候，于烺毫无城府地对外宣称：我这一生最佩服翼之先生和理琪同志，为了革命，他们叫我早晨死，我不晚上死。这种话放在心里，一点问题没有，说出来就显得幼稚，传到别人耳朵里，难免听出了“弦外之音”，好像在说：这世上除了他们俩，谁也难入我于某人法眼。于烺后来遭到的厄难，不能不说与他清傲和率直的性格密切相关。

于烺的妻子平生第一次见到于烺蹲在鸡窝前掏鸡，一只只鸡婆鸡公嘎嘎叫着从他腋下逃脱。他沾了一身鸡毛，怒目寻找着那只狡猾的老母鸡，终于被他堵在院子角落里。他跃身一扑，又让它在手掌里滑走了，他的额角却撞在院墙上，青红了一片。妻子先是跺脚嗔怒，后是幸灾乐祸地笑。于烺狼狈不堪，严厉地把逮捕这个鸡婆的任务下给了她。她反抗道：“正在下蛋呢。”于烺赶紧向屋里努努嘴，怕里面的人听到的样子。她登时明白了：原来丈夫是要给理琪熬鸡汤。

理琪对着那碗香喷喷的飘着金黄油花的鸡肉愣了大半天。他说：“老于，我听说你为了资助困难群众把家底掏得差不多了，可家里人也得正常过日子啊。而且，我们共产党人在任何时候都不能搞特殊化。”

于烺淡淡一笑说：“理琪同志，快吃吧。你不吃，鸡也活不了了，还寒了我们一家人的心。”

理琪哈哈笑道：“好！你甭心寒了！你去把张玉华同志叫进来，我有事跟他商量。”张玉华是特委特别安排在这里保护理琪的，他的任务是甄别来客，一旦发现可疑人，千方百计把对方绊住，不让其靠近理琪住所。

于烺跑到前面，喊来张玉华，理琪让他坐到对面，递上一双筷子，“来，这几天你在外边没少挨冻，今天于烺同志特意给咱开小灶哩。”他看看理琪蜡黄的脸色，手中的筷子似有千斤之重，怎么也下不去。理琪打趣道：“怎么？你怕老于在鸡肉里下了毒？”张玉华为难地看看于烺。于烺说：“吃吧！你不吃，理琪同志一生气，什么补药也不好使了。”“这个比喻好！我们共产党人什么时候也不能丢了马克思主义的精气神！”

夜深了，理琪还在跟张玉华谈着。于烺悄悄退出去，拿上家里的那只手枪，围着宅院巡逻，正遇到在墙角隐蔽着的于焜，嘱咐了几句，又到邻街上转了转。这段时间，保护理琪绝对是老于家人的头等大事，白天还好说，晚上最叵测，于烺让于焜和长子于孟琦干脆“白天睡觉，晚上打更”，弄得他们晨昏颠倒，白天打盹，夜里撒欢。

理琪的脸色总算有了点红润，撰写的稿子也已摞了一摞。那天张修己赶着一驾骡子车来了，他要接走理琪了，原来是特委筹备的武装起义的日子迫近了。于烺心生留恋，很想他能再多住几天，“你……你……一定保重身体啊！”

理琪点点头：“我们很快就能见面了！”

于烺问：“有什么工作需要安排我吗？”

理琪犹豫了一会儿说：“如果可以的话，请你为起义队伍准备几天的伙食，多带几名同志到天福山参加我们的起义仪式。”

于烺欣喜若狂，郑重地点头。

于烺掰着手指算着那个日子，似乎听到了寒风中传来激越的战鼓声，似乎看到了理琪站在红旗下激昂地挥舞着手臂……

26. 天福罡风

又见大雪！

理琪从济南监狱回到胶东，迎头就是一场漫天大雪。在胶东，雪，是冬天的不二主角，占据着舞台最醒目的位置。这里的雪，跟理琪老家的比起来，豫地的雪是温柔的、抒情的、克制的，虽然有时下得也很大，但这种大更像是一种即兴发挥；胶东的雪是暴烈的、放纵的、豪横的，大得令人咂舌，没完没了，让人担心会把老天下出一个窟窿！他到底有些思念太康了，那边应该已经陷入一片酷寒了吧，小刀似的北风到处疯跑，水井的石台上结了坚厚光滑的冰，是乡亲们打水时洒落的水冻住了，再一层层累积而成的。童年时他一次次被早晨井口冒出的热气所吸引，想试着靠近去窥探，却被父亲严厉地喝止了——父亲是不是更见老了？母亲的手是不是又开裂出了一条条血口子？哦，什么时候能再吃到她亲手烙的肉盒子啊？他站在没踝的雪地里，身体被风雪紧紧抱锁着，忽然眼里涌出泪水，雪花碰触上热泪的瞬间似乎惊叫了一声。他使劲抹把脸，随即昂起头，任雪片扑来，啪啪地打在面孔上，他需要让粗野的风雪鞭挞心底悄然滋生的酸涩糯软的乡愁……他的精神更属于这片山海之地。在监狱服刑的日子里，无数个不眠之夜望着铁窗外透进来的月光星辉，他会想起太康，更多的是想起胶东，短短不到一年时间，她完全俘获了他，他犹如一滴水化身成万万千千的分子被这片焦渴的土地完全吸收了。他发现自己的灵魂跟着发生了奇妙的变化，他能像身边的同志一样咕咚咕咚地发出很响的声音喝水了，能像山狸一样敏捷无碍地穿过野生的灌木丛了，能熟练地跟乡亲们夹杂着方言土语拉呱了，甚至兴高采烈时也可以像一个真正的胶东人一样脱口而出一声“胶骂”……他习惯了这里的大大咧咧，习惯了这里的地瓜苞米咸菜疙瘩，习惯了这里的大风大雪。

哦，我回来了，胶东。

他感觉他是被大雪一路陪着走回沟于家村的。他沿着第一次来时张修己引着他走的路线绕到了那个院落后面，站在那个朝向山野的窗户下，忽然有种感慨涌上心头：这是他第三次来胶东了，每次返回他都听到了使命的召唤，而这次他要面对的是全国一盘棋的抗日大业，血性的胶东大地要向侵略者发出山呼海啸般的怒吼了！

他贴上耳朵听听屋里的动静，隐隐传来几个人说话的声音。哦，这是老吕的，还有老贴，这是于作海的，还有柳运光的，看来挺热闹。他抬起手，有节奏地敲了三下窗子。窗子从里往外打开了，张修己那张国字脸向他扑来。他弓身钻进去，张修己惊诧地接住他的手，将他扶下来，接着关严了窗子。理琪打量着灯光里那一张张朝气蓬勃的面孔，“亲爱的战友们，我回来了！”他走向他们，显然他的到来出乎所有人的预料，他们对他报以热烈的拥抱。他看到于作海偷偷背过脸去抹起了眼泪，越是粗莽的汉子越脆弱啊！他开着他的玩笑：“怎么了老于，跟个小囡囡似的？”于作海转过头，使劲瞪瞪眼，硬是把下一波泪水留在了眼眶里。理琪见状心里一热，眼里也裹上了一层泪光。

吕其恩笑着说：“真是天上掉下个理哥哥啊！”他接着向理琪介绍了两位面生的同志，“这位是曾经担任过团省委书记的宋澄同志，刚从青州监狱释放回来，大致情况跟你相似；这位是我们的大才子林一山同志，他受省委黎玉同志之命，9月中旬就到了胶东，几经周折才跟特委接上组织关系。下面请理琪同志给我们讲话。”

理琪示意大家不要鼓掌，虽然沟于家村是远近闻名的“小苏区”，但毕竟还不是共产党的完全控制区，不能麻痹大意。他又打量一遍大家，读出了无限热诚和深深期待：“同志们，今天是我的一次重生！在返回胶东的路上，我的内心很不平静，我听到了山海的呼唤，听到了战友们的呐喊！我离不开这片洒满革命者鲜血的土地，离不开深情厚谊的胶东人民，离不开我的战友们。我别无选择，只有义无反顾地投入到这里的斗争中，我的生命才能有所依托！下面，我提议立刻召开特委扩大会议，传达省委关于建立全民族统一战线的指示。”

大家表示同意。会议由理琪主持。每个人先简要汇报近期的工作进展，理琪一边听一边做笔记，很为大家取得的成绩而高兴，又为工作中的欠缺而焦急。然后，会议按照山东省委的要求，将原中共胶东临时工委改建为中共胶东特委，理琪任书记，吕其恩任副书记，林一山、张修己、柳运光、李紫辉任委员。

理琪说：“蒋介石同意抗战，完全是被迫的，他与我党合作抗日也不是发自内心的，对人民的抗日热情和抗日运动仍然是消极的，他最担心的就是人民的觉醒和人民革命力量的形成。当前，党的中心任务是：动员一切力量，争取抗战胜利。省委要求我们团结一切可以团结的抗日力量，发动抗日群众运动，使用一切能够使用的武器，举行起义，把千百万群众发动起来，武装起来，在胶东组建山东人民抗日救国军第三军（简称“三军”）。”

同志们“开锅”了：“我们要组织一个军啊！那得多少人啊？”“我们是不是不用再躲躲藏藏地搞游击了？”“难道像国民党文登县县长李毓英这样的反动派也要团结吗？”……

理琪问于作海：“老于，你觉得我们组建一个军能办到吗？”

于作海忽地站起来：“没问题！咱胶东八百万老百姓，别说一个军，就是几个军也没问题！”

理琪提高声音说：“对！只要我们充分发动群众，在斗争中成长，我们的力量会一步步壮大起来的！而且，我们下一步的行动是堂堂正正的公开行动，谁阻挠抗日，谁就是与人民为敌，我们就打倒他！但是，我们也要清楚地认识到，国民党是不会让我们放手发展武装的，总会找各种借口和行动掣肘的，所以我们跟国民党的关系在很长时期里，是既合作又斗争的，请大家务必提高警惕！”

同志们议论纷纷：“理琪同志说得对！”“嗯，可不能好了伤疤忘了疼！”“手里有枪，心里不慌！”

理琪提出一个问题：“省委在全省布置了十大起义，我们要刻不容缓地动起来，争取早日完成省委给我们的任务。大家说把起义地点放在哪里好？”

吕其恩说：“这个地方的群众基础必须很好，进可攻，退可守。”

林一山说：“我前段时间已经跟黄县乡校的余己午同志和胡湘符同志联系好，他们那里能够组织出一百多人枪，另外蓬莱县的于眉、于仲淑、于寄愚三兄弟发展‘民先’组织很有成绩，而且蓬莱和黄县可以互为战略依托，我看把起义地点放在那里最合适。”

理琪对林一山的印象不错，他口才流利，思维缜密，但他对黄县和蓬莱的情况心里没底，便说：“一山同志反映的情况很好。但那里还不能作为我们武装起义的首选地，最好找个特委的同志都比较熟悉情况的地方。”

林一山露出不解的神情，理琪解释说：“我们这次起义采取中心爆破、多点开花的形式，特委直接领导的起义为中心，各地党组织根据特委指示各自举行起义。蓬莱、黄县的同志条件成熟，也要根据这一精神采取起义行动，造成多点开花的形势。”

这时于作海瓮声瓮气地说：“俺看远在天边近在眼前，在沟于家村就不孬！”

张修已笑了：“好啊！好啊！我们全村老少爷们都支持，就这么定了吧？”

张修竹也说：“我们全力支持！”

理琪沉吟一会儿说：“这里倒符合老吕说的几个条件，不过，还是不要暴露我们好不容易建立起来的堡垒村，那样对今后开展工作会造成不必要的麻烦。”

张修己说：“我提供一个地方准行——”

大家的目光都投在他身上。他说：“从这里往南三里地有座天福山，周围群山环绕，山上林深草茂，有座玉皇庙，看庙的老道士跟我熟。”

王台跟上说：“天福山自古就有‘天赐福地’之称，就让它成为我们起义的福地吧！更重要的是天福山地处文、荣、威交界处，敌人的统治力量够不着。”

地点就这样确定下来。

理琪说：“下面我把这次起义的注意事项说一说。我们要避免‘一一·四’暴动的错误，为以防万一，这次起义采取少部分人参加仪式的方式，更侧重于其象征意义和宣传作用，所以特委决定参加天福山起义的队伍以昆嵛山红军游击队为主，各地可以根据情况派几名同志前来参加仪式，时间就定在12月26日。这个时候，将近年底，敌人容易麻痹，乘其不备，突然发难。”

会议开到了黎明，张修己一家人张罗了早饭，大家匆匆忙忙填饱肚子，按照会议安排分头行动去了。

张大娘见到理琪的一刹那惊得手里的水瓢掉在了地上，她一把拉过他看了又看，一会儿笑一会儿哭。

还有两天就到起义的日子了，吕其恩、林一山、李紫辉、王台、王亮、于作海、丛桂滋陆续来到沟于家村，大家表情极为严肃，心里的弦绷得紧紧的，连走路都尽量不发出声音。沟于家村里里外外的岗哨加了好几层。

就是这时，理琪从吕其恩那里了解到一件事，不由倒吸了一口凉气。

虽然情势非常紧张，但毕竟有了空闲时间，理琪可以跟吕其恩从容地说说话了。他告诉理琪10月的时候，因为日寇占领京津，北方局从天津撤出，北方局宣传部部长李大章坐船来到威海，召开了一个会议，传达了这一情况，并把胶东党的关系转到山东省委。同志们有点急，问他："北方局撤走了，我们怎么办？"李大章给出的回答是："去留你们自己决定。"这下子炸营了。有人主张："去延安，去大后方！"有人主张："留下，继续战斗！"前者的声音占了上风，大家都看着吕其恩。他斩钉截铁地说："坚持，不去，留下更好！共产党员都要响应党中央的号召，脱下长衫拿起枪，这就是方针任务！"他的话赶走了大家心里的迷雾，明确了行动的方向。要是当时一犹豫，胶东党的主力放弃当地斗争，都去了延安，后果将不堪设想。

理琪注意到李紫辉看吕其恩的眼神流着蜜似的，一问才知道组织早已批准了他们的婚姻，而且前不久她刚生了孩子。为了参加起义工作，她忍痛把吃奶的孩子送到了烟台的母亲家，只身赶了回来。理琪没想到她那娇小的身躯里竟蕴藏着如此强烈的革命激情。他还认识了曲韶华、黄在两位女同志，她们像李紫辉一样，看上去柔弱，但意志刚强。她俩原来都在威海温泉小学教学，从当地党组织那里听到要举行起义的消息，立刻给学校递上辞职信，兴冲冲来到这里。这三位女同志一来，就把沉闷的气氛带活了，她们说话像银铃一样清脆，时不时还唱起抗日救亡的歌曲。

最后冲刺的时刻到来了。

张修己满头大汗地从外面跑进来，从褡裢里取出一个包袱，打开是一块鲜红鲜红的绸布。理琪说："你这是从哪儿弄来的这么好的布？"他喘着粗气说："可要了我的老命了！今天一早出去，翻山越岭，跑了几十里山路才买到的——在哪里买的，保密！"张修己就像一头老黄牛，说话从没花言巧语，办事总是实实在在。特委决定起义后，就把赶制旗帜的工作交给了他。为这事儿，他没少费脑筋，因为不言而明的原因，明目张胆是买不到红布的，于是他采取迂回战术，总算在起义前夕采办到了。他问理琪：“旗上绣什么字？”理琪想了想说：“旗子的式样问题，我跟特委的几个同志商量了，既然搞统一战线，我们就堂堂正正地承认国民政府，旗子就以青天白日满地红为基本样式，再绣上‘山东人民抗日救国军第三军’字样，表明我党坚决抗日的意志就行了。”张修己说：“我现在就叫我大姐组织妇女同志做去。”听他一说，理琪一下想到了裹着小脚的张修英大姐，这些天忙得没喘过匀和气，竟忘了询问她的情况。张修己说：“你被捕后，我大姐赶紧烧了紧要的文件。特务上门盘查她，她装作什么也不懂，结结巴巴地说不出个囫囵话。敌人见她是个小脚女人，不像共产党，就把她放了。她赶紧回到文登，报告了你被捕的情况。”理琪称赞说：“张大姐真是了不起！这次又到了她大显身手的时候了！代表我向她表示问候！”张修己风风火火地跑出去。

这时从大水泊河北村传来消息说，于作海和柳运光带领昆嵛山红军游击队已经下山，开进了于烺家的大院。理琪想象着那里激动人心的场景：战士们一排排坐满院子，怀里抱着枪支，表情肃穆，听着指挥员的动员报告……于烺家的厢房里，支起了三盘石磨，三头摇头晃脑的驴子围着磨道转着，日夜不停，嗡嗡嘤嘤地磨着米麦，粮食的清香飘满了院子。于烺兴奋地指挥着人们干这干那，紧张地为战士们准备着伙食。为安排好起义当天的午餐，他专门跑到大水泊商会化缘，筹措来一袋大米和一口猪，而现在，那口猪正被拴在一棵玉兰树下东拱一嘴西拱一嘴……

1937年12月23日，起义前一天。

一大早，于烺和张玉华兴冲冲地骑着一辆自行车闯进了沟于家村。好家伙！两个人“全副武装”，于烺带来一把手枪，张玉华扛着一支三八式步枪。他们饱满的情绪也鼓舞了在场的所有人。两人还没吃早饭，理琪赶紧让张修己端来一盆热气腾腾的红皮地瓜，他俩吃得那个香啊！

下午，宋竹庭和刘中华从海阳县赶过来。宋竹庭出狱后按照特委要求，一直在家乡夏村一带忙于重建党组织，发动群众。理琪听完他们的汇报说：“你暂时不要暴露，回去继续开展工作，刘中华同志留下参加起义。”宋竹庭嘱咐刘中华几句，骑上车子飞出了村子。

黄昏时，老天爷又玩起了撕纸片的游戏，雪花纷纷扬扬飘下来。哦，这白色的精灵也赶来凑热闹呢。宋澄提着一只黄色的旅行箱走进屋，他从箱子里取出一支牙膏，用小刀撬开尾巴，拨出一个小纸球，交给理琪说：“省委又来指示了。”理琪展开，念出了声：“你们要根据中央指示，按照省委的要求，紧急行动，组织武装起义，胶东起义队伍的番号为山东人民抗日救国军第三军……”大家静静听着，心里升腾起无比庄严的自豪感：明天就要光明正大地举行起义了，我们胶东抗日的大旗将历史性地飘扬在天福山上，向八百万胶东人民宣告：全民族抗战的时刻到来了！

入夜了，张修己家及周围老乡家住满了明天参加起义的人员，大家都处于一种无法自控的兴奋状态，还在兴奋地交谈着，根本不想睡！理琪在张修己的引领下，先检查了村边和村里的明哨暗岗，再到各处住宿点转了转，见到还没睡的同志就命令他们必须熄灯躺下，哪怕睡不着，也得闭目养神，以保证明天有充足的精神头——这是一项严肃的政治任务！理琪回来后，和衣躺下，轮到他难以入睡了，大脑跟滑轮似的不听使唤，一幕幕往日的情景交互闪回，竟然没一点困意！迷迷糊糊一阵子，翻身点着灯看看表，正是下半夜两三点钟。他跳下炕，撩几把冷水洗洗脸，意识立刻清醒了。他喊醒大家：“赶快出发啦！我们先上山去等着战士们，不能叫他们等我们啊！”

寒星闪闪，四野岑岑。凛冽的寒气兜头盖脸，脚下的积雪嚓嚓怪叫，对这行人而言，这寒冷是那么的亲切而痛快，这声音胜似天宫的仙乐！

张修己是土著，轻车熟路，在前引导，理琪、吕其恩、林一山、于烺、宋澄、李紫辉等人尾随而行。

盘曲的山径渐渐向上昂起，眼前影影绰绰出现一片屋舍，那就是张修己说过的玉皇庙了。

张修己走上前哗啷哗啷叩打门环，不一会儿院子里传来窣窣的脚步声，“谁啊，三更半夜的?”“我啊！沟于家的张修己。”门开了，睡眼惺忪的老道借着灯光一看，老天爷爷，这么多人！张修己告诉他今天要借他这里用用。老道狐疑着，看这阵势有点怵，也不敢多问了。理琪走上前说：“我们是共产党的队伍，专为穷苦人撑腰，你别怕。”他含糊地点点头，把他们引进一间屋里，点上煤油灯，退出去。他们开了一个碰头会，尽量把能想到的事情都想到。灯光昏暗，每个人的眼里都迸射出亮晶晶的光，心头揣着一头乱撞的小鹿。

哇哇哇——一阵婴儿的清脆的啼哭声，忽然打破了凝重的气氛。老道喜颠颠地跑进来：“生了！生了！俺老婆刚给俺生了个大小子，请你们的头头帮俺取个名吧。”王台指着理琪，笑着说：“这位就是我们最大的头脑。”天底下还有这样的奇巧事，理琪笑吟吟地说：“这么巧啊！今天是我们举行武装起义的日子，你婆娘赶巧给你生了个儿子，双喜临门，好兆头啊！我给他取个名字，就叫新生吧!”老道嘴里嘟囔着“新生、新生”走出门，不一会儿转回来，说：“俺琢磨着不滑膛，你看俺叫王连生，孩子又叫什么生，跟俺重了，能不能改改!”理琪一听，确实犯讳了，就说：“重名不好，改一个字，叫新民吧。”老道两手一拍：“新民好！就它了!”走出门去，他在院门口高喊一声：“新——民——”空谷回音，山林簌簌。听到这声突如其来的吆喝，理琪心里一动：是啊！我们这次起义不就是为了创造一个新世界、造就一批新民众吗?

拂晓时分，山路上传来杂沓的脚步声，理琪和吕其恩跑到门外，正好迎见于作海、柳运光带领着昆嵛山红军游击队走上山来。队员们穿着各式服装，扛着长枪，挎着短枪，背着大刀，提着长矛。于作海见到理琪啪地打个敬礼：“报告理琪同志，于作海和昆嵛山红军游击队向您报到！”理琪为他身上那股凛然如铁的气概震撼了，和他紧紧拥抱。柳运光激动地握着理琪的手：“我们天不亮就从大水泊出发了，没想到你们比我们来得还早！”吕其恩见有的战士还背着包袱，有些不解。于作海说：“这是我们今年夏天在烟台定做的军装，一次没穿过，正好今天穿上提提精神。”打开一看，大家有些失望，原来是仿照国民党警察制服做的黄色军装。宋澄脸色一沉，脱口而出：“黄狗皮子不好。”于作海挠挠头，当时对做什么样的军装他也没往深处想。理琪见大家不待见这种军装就说：“今天暂时不穿了，你们先好好保管着。”

回到屋里，继续讨论。理琪说：“昆嵛山游击队是我们起义的主体，先把它编成一个大队，就叫山东人民抗日救国军第三军第一大队吧。我提议大队长由于作海同志担任，政治委员由宋澄同志担任，大家有什么意见吗？”他带着微笑扫视着大家，“好！没意见的话，就鼓掌通过吧！”掌声在清晨的古庙里响起来。于作海激动地站起身，高声说：“今天我们党领导的武装公开在天福山上亮相了，再也不用躲躲藏藏地过日子了，老百姓也可以光明正大地支持我们啦！这几年我们一时半刻也没离开过老百姓的帮助，老百姓是一条河，要是离开这条河，我这条鱼（于）早就成了死鱼了，我请求组织批准我改个名字。”吕其恩笑着说：“老于你想改个什么名字？刚才理琪同志还给这里刚落地的一个孩子取了名呢，看来今天真是个好日子，你也赶着凑热闹哩。”于作海说：“我从今天起就改名叫于得水。”理琪带头鼓掌，说：“老于这个名字改得好，从今往后，我们的队伍游进老百姓的大水里，前程似锦啊！”于作海激动地站起来，冲着大家打了个敬礼……

其实，于作海改名字这事可不是什么心血来潮，而是他“蓄谋已久”的想法了。

那年冬天，于作海和红军游击队躲在昆嵛山里，敌人死死封锁了进出的道路，想把他们饿死冻死困死在山里。又赶上大雪封山，战士们已经好几天没吃上一口粮食了。有人提出干脆冲出去跟敌人拼个你死我活，哪怕“壮烈”了，也强似在山里饿死。于作海眉头绾着大疙瘩，在山洞里焦躁地走动着。

忽然洞口一闪，一名战士领进两个人，男人背一条口袋，女人提一个竹篮。于作海都不认识，问：“你们这是……？”男人说：“俺们听说黄狗子们在‘抄山’，要困死咱们的队伍，这不，组织上让俺们送给养来了。”于作海“啊”了一声，“你们怎么进来的？闹不好，可就搭上命了！”女人说：“老鹰眼再尖，也瞧不见草里的兔子。”于作海想说几句感谢的话，却找不出一个词，他憨憨地笑道：“你看看俺这棉裤腰的嘴，也不知道说啥好了，——哎，你们叫啥名？”女人说：“俺叫邓素云，他叫宋尊光，俺们是两口子。”于作海注意到他俩身上沾了不少泥污，棉鞋和半截裤腿上都挂着冰碴，“快点点火啊！让宋兄弟、邓大妹子烤烤衣服！”他对身边的战士吼道。这些日子因为吃不上饭，连砍柴的力气都省了，存下的柴草也稀罕了。邓素云说：“不用了！俺们得回去了。”于作海说：“不行，你们一定得吃点东西再走。”邓素云说：“粮食留给你们吧，你们多打几个反动派就行了。”

于作海站在漫天风雪里，目送两人远去，那几行深深的脚印仿佛不是踩在雪地里，而是牢牢地印在了他的心头。

十年后，宋尊光和邓素云夫妇抱回家一名新四军的乳儿，重新接续上了雪地里跋涉的步履……

曙色浮海天，霞光燃山林。一声咴咴的马嘶登时耸动了群山，那萦绕在山腰的乳白色的雾气在旭日的照耀下流光溢彩，把天福山装扮得华丽而辉煌。原来是于烺为起义战士筹备的米粮、猪肉、大白菜、粉条等食品，由一辆马车送上山来了。于烺招呼着战士们把东西搬进玉皇庙。老道王连生认出了于烺，也跟着张罗起早饭来。一道比平时粗壮了许多的炊烟爬上了天空。晨鸟闻香，婉丽啁啾。理琪和特委的同志们分散到战士们中间，跟他们拉着家常，了解他们在昆嵛山里的训练和生活。

日上三竿，林霭初开。天福山顶响起了悲壮雄浑的《国际歌》，歌声在山谷里激昂回荡——

起来，饥寒交迫的奴隶！起来，全世界受苦的人！满腔的热血已经沸腾，要为真理而斗争！旧世界打个落花流水，奴隶们起来，起来！

…………

这一刻，理琪的脑海里闪过许多陌生的灿烂笑着的面孔，他们是胶东革命的牺牲者，没有他们的轰然倒下，就没有今天天福山上胶东党的武装的崛起；一张张朴实的粗糙的面孔浮现出来，他们是坚忍不拔、深明大义的胶东的父老乡亲，没有他们的掩护，党的工作寸步难行，更不会有今天天福山上猎猎招展的红旗；一些熟悉的面孔来了，他们是老吕、老贴、刚刚更名的于得水、张修英大姐、倔强刚直的于烺，还有那位因失去亲人而发疯的老人……不知何时他的泪水已经纵横两颊。山在呼，海在啸，新的浪涛将在民族解放战争的疆场上滚滚向前……

如理琪一样心潮起伏者大有人在，每一颗处于胶东革命转折关头的心灵，怎能不因亲历这历史性的时刻而战栗呢？

理琪站在队列前，望着七八十双坚毅而欢欣的瞳眸发表了动员讲话："亲爱的同志们！今天党领导的胶东第一支抗日队伍在天福山上诞生了！这标志着胶东党和人民向凶残的日寇发出了第一声怒吼！目前国内的形势极为紧迫，日军的铁蹄、坦克正在由华北向华东推进，国民党的军队要么不战而走，要么一触即溃；我们大片的美丽国土被蹂躏，我们众多的血脉同胞被屠杀。我们党当此民族危亡关头，提出了建立抗日民族统一战线的主张，以发动和吸收最大量民众投身到民族救亡图存的事业中。国民党政府和蒋介石在全国人民的强烈要求下，顺应大势，实现了国共第二次合作。我们胶东物产丰富，扼住了日军侵华的海上生命线，日军很快就会把侵略的战火引到这里，因此我们决不能心存侥幸，决不能坐失良机，唯有以最快的速度扩大队伍，以最大的可能发动群众，才能在与日寇决战中取得应得的胜利！我们胶东人什么样的大风大浪没见过，什么样的大苦大罪没受过！难道我们能够容忍小鬼子在我们的家门口肆意践踏祖宗留下的土地吗？绝不！现在我代表胶东特委宣告‘山东人民抗日救国军第三军第一大队’正式成立，于得水同志任大队长，宋澄同志任政委。你们既是抗日的突击队，也是抗日的武装宣传队，你们要利用十天左右的时间，环绕文登、荣成、威海、牟平、海阳交界地一周，大胆宣传抗日统一战线，大胆放手发动群众，扩大队伍，然后与党领导的其他抗日武装会合，一起西上抗日！”

理琪接过张修已递上的那面队旗，郑重地交到于得水、宋澄手里。两人将旗帜缓缓升起。长风浩荡，旌旗猎猎飘展。深情仰望的人们，被这团烈火点燃了瞳眸……随之，“团结起来，打倒日本帝国主义！”“保家卫国，抗日救亡！”等口号响彻天福山，引得山谷回声，形成一股强大的声音气流在群山间如飓风似狂潮地激荡、奔腾。于得水举起手枪，冲着湛蓝的天宇扣动扳机，连发三枪。清越的枪声，带着银色的音质突破其他声音的包围，向天地向海山庄严地宣告了起义的成功。

宋澄随后宣布了一大队所属三个中队的干部任命，一中队队长柏永升，指导员张玉华，二中队队长王洪，指导员王政安，三中队队长邢京昌，指导员刘中华。宋澄发表了讲话，号召战士们走到人民中间去发动更广泛的人参加抗日队伍，齐心协力把日本鬼子赶出中国。

理琪望着这些生龙活虎的战士们，对未来的斗争充满了期待。

于烺负责准备的午饭丰富可口，猪肉炖粉条，白面馒头，大米饭，战士们狼吞虎咽，交口称赞。于烺参加起义起到了很好的轰动效应，因为他在文登县知名度高，不少参军的人都是奔着他来的，传来传去，昔日的于校长摇身变成了天福山起义的“于司令”，甚至有人把于烺起兵当成了当地的纪年标志，动不动就说“于烺起兵那年如何如何”。他办事的效率，干练的手段，都给理琪留下了很深的印象。

翌日，于得水、宋澄带领队伍沐浴着晨光，雄赳赳下了天福山，去执行特委安排的宣传发动任务。特委领导们目送他们消失在一片茫茫的林子里，远处传来豪迈的歌声，隐约看见那面红旗在招展……

天福山恢复了往日的平静，这座英雄的山将被历史铭记……

几天后传来一个令人无比震惊的消息：第一大队在文登县岭上村遭到国民党文登县保安大队的袭击，宋澄等二十九名同志在谈判时被李毓英扣押；王洪、邢京昌、隋原清三位同志因曾参加“一一·四”暴动，尚在敌人的通缉名单上，立刻遭到杀害；于得水带领大部分同志突围而出。

“三军”初创即遭重创，理琪的心忽地沉了下去……

27. 威海怒潮

1937年秋后，二十四岁的姜克跟自己的好友王象卿骑着自行车从文登县文登营村去往威海卫，准备从那里跨上前往延安的征程。

满山满川秋色绚烂，可他的心里一会儿酸风涩雨，一会儿甜波蜜澜，交替翻涌；一想到与父母妻子分离难免黯然神伤，一想到即将投入延安这座革命的大熔炉又不由得欢欣鼓舞。最后，还是青春的热血炙干了离愁别绪……

当天晚上他俩在威海卫的黄姑庵小学见到了王政安，向他说了前往延安的打算。

灯光下王政安沉思的样子给姜克留下了不可磨灭的记忆。王政安缓缓地说："我们要革命，必须到延安吗？胶东不久以后，那些县官老爷不等日军到来就会逃跑，胶东就成了无政府状态，我们就可以大大发展起来，胶东正需要很多革命者。"

他俩被泼了一瓢凉水，心有不甘。姜克问："我们已经跟'流亡团'说好了，一起从威海流亡到延安去投奔革命，临时变卦不好吧？"

王政安说："日寇很快就会打到胶东来，胶东的先进分子都走了，谁来组织这里的抗日斗争？不能走，尽量发动大家都留下来，就地开展救亡图存活动。"

姜克望着王政安，突然问他："你是不是属于延安那边的？"

他没有正面回答姜克，而是说："每一个正义的爱国的中国人，都是反对内战、枪口对外的，凡是主张抗日的中国人都是我的朋友。"

他虽然这样说，但他沉静如水的眼神已经把答案透露出来了。姜克不便再问，因为他已经找到正确的人，跟着他一路向前就是，何必再山水迢迢地去远方寻找组织。

他告诉他俩，你们争取组建一个抗日宣传剧团，把威海的抗日宣传搞出一个高潮来。他的话不多，语气却很坚定，给人一种不容反驳的印象——姜克认定了他，更没有反驳他的理由了。那一夜，他俩将就着住在王政安的宿舍里，几个人挤在一张床上，说了半宿的话。王政安讲了许多关于时局的话，而且透露胶东党组织正在酝酿一次大活动，希望他们能够尽快改造自己的世界观，把认识和行动完全统一到党的全民族统一战线上来。姜克的内心沸腾了，盼望着那个时刻赶紧到来……

姜克1913年出生于文登县文登营村的一户赤贫的农家，在文登中学初级师范班读书时接受了先进思想，其后当了小学教员，渐渐倾心于共产主义，萌生了入党参加革命的念头。

第二天姜克便回到了任教的威海卫羊亭集北于家夼小学。这个小村因为出了几位有出息的国民党员，就莫名其妙地被改称为维新村了。每晚姜克召集村里的群众到办公室来，告诉他们抗日的消息，讲抗日的道理；还组织学生们演出《保卫卢沟桥》《打回老家去》等抗日剧。这天他偶然在一名同事的宿舍里发现了一份国民党迫害"七君子"的油印文件，想到这份文件王政安可能感兴趣，就抽出来，兴冲冲去找他。到了他的学校，却是一个大大的失望等着他：王政安已经离开了威海卫，至于去往哪里，也没有留下口信。好不容易在姜克眼前点着的一盏灯又熄灭了，他心神恍惚，都不知道自己怎么回来的。姜克愁得连晚饭都吃不下，昏昏沉沉躺在床上，心里升起一个问号："你不让我们走，你怎么走了呢？"忽然他脑子里跳出一朵火花。对！他既然反对我们离开胶东，他一定没走，那天晚上他不是说"胶东党组织正在酝酿一次大活动"吗？是不是他去了那里？姜克为这个念头高兴得坐了起来，激动得找出半瓶酒咕咚咕咚喝了几口。他隐隐感到自己满心期待的那个时刻就要到来，他似乎在静夜里听到了它的脚步声。

果然，几天后他的想法得到了印证。他正在办公室里备课，有人喊他有人找你。他出门一看，明亮的阳光下站着一位英姿飒爽的穿着军装的青年军官，他手扶自行车，嘴角挂着自信的微笑。他说："我叫孙正谊，是威海卫政训处的总干事。"姜克并不认识他，但对他的印象不坏，便把他带到狭小的宿舍里谈话。孙正谊开门见山地说："第三军在文登举事了，里面很多人是CP[①]和'民先'分子，王政安也在里面。"他一提王政安，姜克立刻知道他是自己人了，便急切地问他："我们有什么行动吗?"他说："威海这边的情况对我们很有利，特委已经派林一山同志来过了，他跟威海卫专员孙玺凤谈判过了，也跟我见了面。我们的行动正在等待上级的指示。"姜克说不出地高兴，就差欢呼雀跃了。孙正谊用热切的目光注视着他说："希望你能参加到我们的工作中来。"姜克满心欢喜地答应了。孙正谊邀请姜克本周日去他那里参加一个时事讨论会，姜克答应得很干脆。

后来，姜克了解到，这个孙正谊就是国民党威海卫政训处总干事孙端夫。孙在北平法学院读书时参加过轰轰烈烈的"一二·九"运动，之后就加入了"民先"组织。来到威海后，在政训处里，他积极宣传抗日主张，组织抗日活动，绝大多数官兵接受了他的思想，支持抗日，赞成革命，俨然把国民党的政训处偷换成了一处红色思潮汹涌的"小堡垒"。

周日姜克骑上车子直奔威海卫政训处，孙端夫正站在门口满面春风地等着他。进屋一看，嗬，有二十多人，全部是蓬勃着青春气息的面孔。姜克见到了熟识的于谷莺、王人三等人。

开会前，孙端夫附在他耳边说："散会后，有位王先生要和你谈谈。"

讨论会进行得很热烈，大家一致认为日寇亡我之心彰显，中国唯有抗争到底一条出路。姜克被感染了，不自觉地加入到讨论中，发表自己的观点。

结束后，孙端夫把他带进会议室的套间里，原来要见他的王先生一直坐在里面等着他。姜克打量着眼前的这位年轻人，他也笑

①CP：一百年前，作为"共产党"英文缩写的"CP"是当时的热词，许多有志青年的志向就是加入"CP"。

眯眯地看着姜克。姜克意识到这位王先生肯定是党内的一个重要人物，心里多少有点紧张。

王先生先开口问道："你愿意参加革命工作吗?"

姜克说："当然愿意了。"

他又问："你不怕苦吗?"

姜克回答："吃苦有什么好怕的!"

他接着谈到了"三军"的情况："胶东特委在天福山发动了起义，成立了山东人民抗日救国军第三军。这支部队是共产党直接领导的抗日武装，正在文登、牟平、荣成一带活动。"

姜克问："我们威海卫什么时候行动起来?"

他说："什么时候我们行动，取决于我们的努力。"

姜克又问了他一个自己最关心的问题："我可以加入'民先'吗?"他的意思很明确：我距离加入党的要求还很远，先加入党的外围组织，慢慢向党靠近。

王先生笑笑说："你不必加入'民先'了，可以参加进一步的组织。"

姜克猛然醒悟到，肯定是王政安把他的情况跟党组织汇报了，他这才顺利通过了审核。

王先生交给他一张《山东人民抗日救国军第三军告人民书》和一张印着中国共产党字样、图章的《告人民书》，让他带回去进行宣传。而孙端夫则给了他一张登记表。姜克感觉心里的喜悦快要撑破胸膛了。回去后，趴在灯下，他把那张表格拿出来，看着介绍人栏思前想后，最后决定还是填上王政安，因为王是他思想的引路人。

不几天，姜克就知道了这位王先生的真实身份，他是威海卫公署专员孙玺凤的弟弟孙明光。当时为了安全起见，用了假名。孙玺凤是山东高苑县（现高青县）人，早年留学法国，专修法律，与周恩来、邓小平、陈毅等同期，思想较为开明。回国后担任过韩复榘的军法处副处长，1936年出任威海卫公署专员。他的弟弟孙明光受中共山东省委委派，以“民先”队员身份，到威海卫来搞哥哥的统战工作。他整天骑着带有威海卫公署红色牌照的自行车，活动于威海中学、政训处，还有国民党海军第三舰队驻威海教导队，宣传抗日，发展组织。他曾经与胶东特委委员李紫辉在环翠楼下的一个小卖部里见面，接上了“民先”的关系，告诉了她自己来胶东前省委交给的任务。接着他又通过李紫辉跟威海“民先”组织的负责人袁时若、赵野民见面，继而跟孙端夫，海军教导队的郝道逵、周军需官等人接上了“民先”关系。此时，孙明光在威海卫起到了一个穿针引线的作用，他利用自己是专员亲弟弟的身份做保护，四处联络，把散落或独立的关系连缀起来，为党在威海卫的行动，提供了组织的保证。

而这时，威海卫的形势已经到了热火烹油的地步。威海卫公署专员孙玺凤富有爱国情怀，对抗日宣传比较积极；而公安局局长郑维屏虽与他是干亲，但对抗日活动比较消极，极端仇视共产党。二人的裂痕，因为孙明光的到来，进一步加大。威海卫商会会长刘福堂和常委戚仁亭是典型的阿日派，从中挑唆，不断激化孙郑矛盾。而海军教导队跟孙玺凤也有矛盾，那就是在国民党的统治链上，几乎无官不贪，孙玺凤也不例外，曾经克扣过海军教导队的军饷。在孙端夫主持下的政训处倾向于党的领导，跟郑维屏之间的矛盾比较突出。所以胶东特委确立的行动方案是争取孙玺凤支持，打击郑维屏和亲日派，以政训处为骨干，举行抗日武装起义。

阳历新年刚过，姜克与所在学校之间的关系也闹崩了。因为他的频繁活动，惹恼了校方，他被解雇了。姜克没有时间沮丧，1月14日，孙端夫就派人送信叫他去。两人见面，姜克从他的神色看出党要在威海卫采取行动了。孙端夫说：“明天你带几名可靠的群众来。”话不多，但意思很丰富。姜克点点头，也没有多问。

第二天，正是威海卫大集，姜克带着从于家夼村挑选的三名政治可靠的同志孙强杨、丛荣滋、丛方滋，混在人流里赶往指定的集合地点。他不知道的是，几乎与此同时，于烺正带领着二十多人从文登大水泊，张修己、张修竹、王亮、柏喜宾带领二十多人从文登沟于家村，曹漫之从荣成埠柳乡校，分头赶往威海卫，而威海卫“民先”队员在袁时若、赵野民的领导下枕戈待旦，威海中学几十名进步学生也被发动起来，随时待命……

他们住进了一家叫昌盛栈的大车店，店主曹凤山是曹漫之的堂兄，倾向于革命。姜克发现店里人来人往，跟他们的情况一样，因为大家相互对视的眼神都透着心照不宣。姜克安排三位同来的同志住下后，急忙赶往孙端夫的住所联合里十号汇报情况。他看到一位身穿黑色长袍、头戴礼帽的中年人正倚在门口眺望，好像等人的样子。他走近了，那人问他：“你贵姓?”“姓姜。”“你从维新村来的?”“是啊。”“你找孙干事吗?”“是啊!”“在里面。”他闪身让姜克进去。姜克多少有点讶然，这个人我不认识，他怎么知道我呢？孙端夫迎住他，告诉他这位礼帽先生就是理琪同志。

原来，天福山起义后林一山到荣成去找曹漫之、李耀文，安排荣成这边起义的事情。刚进县城就得知国民党政府正在通缉二人，自己只好匆匆返回沟于家村，但此时特委已经全部撤离，他被联络员带到附近一个山沟小村里。在秘密联络点，他发现桌上放着一封信，信的内容是向特委介绍孙明光的组织关系的，说孙明光是山东“民先”总队队员，受省委委派来威海，做他哥哥威海卫公署专员孙玺凤的统战工作。林一山觉得有必要去威海了解一下情况，便拿上这封信赶往了威海。到了以后，通过孙明光跟孙玺凤见了一面，热切地希望他能跟共产党联合抗日。孙玺凤含含糊糊，不置可否。他又见了政训处总干事孙端夫，海军教导队中队长郝道逵和周军需官，了解到他们都有较为强烈的抗日意愿。之后他返回文登向理琪做了汇报，理琪当即决定亲自到威海卫来领导此次起义。理琪和吕其恩来到威海卫后，通过孙明光，跟孙玺凤会面，阐述了共产党的抗日民族统一战线政策，热情地邀请孙玺凤加入到抗日大业中来。孙玺凤被理琪说服了，答应与共产党合作，把专员公署仓库里一批枪支弹药和军需物品交给起义队伍，但考虑到自己的职责所在，他需要乘船到香港转而赴武汉向国民政府述职，起义队伍必须保证他安全离开。理琪对孙玺凤保证：你在威海期间，我们保证你的人身安全；你要走，我们负责护送。

威海卫开始了一场紧张激烈的博弈，各类棋手纷纷出着，或步步为营，或暗藏杀机，或声东击西，一时刀光剑影，杀气森森。

屋里已经坐满了人，姜克认识的人有柳运光、马兢、孙明光，打过招呼后找个地方坐下，等待行动命令。理琪走进来，跟同志们热情地打着招呼，态度平和温暖，从容不迫。他说："同志们，我们即将在国民党的统治区，发动一场抗日起义。我们的目的不是消灭反动分子，而是建立我们的队伍。但目前情况非常复杂，大家要做好随时投入战斗的准备。"说着他从棉袍底下的裤兜里掏出一把匣子枪，现场给大家演示怎样带枪，如何射击。随后，孙端夫让姜克下午3点前把带来的人领到政训处集合，并告诉了他今天的口令是"革命"。姜克匆匆赶回大车店，却只见到了孙强杨，另两位出去闲逛了，他心说这两位也忒松垮了吧。等了一阵子，还不见回来，他嗓子眼冒烟，不能再等了，便和孙强杨急急赶往政训处。

政训处门口已上了岗。政训处的同志首先武装起来，灰色棉军装，腰扎子弹袋，手提崭新的步枪，个顶个的神采奕奕，威风凛凛。门岗老远喝问："口令?"姜克高声喊道："革命!"门岗瞪他一眼说："回答口令要小声。"姜克有点羞涩地低声说："知道了。"

而这时，威海卫的大街上已经布满了持枪的警察岗哨，郑维屏开始下手了。

距离政训处不远的专员公署里，理琪正跟孙玺凤做最后的交接。孙玺凤拿出仓库的钥匙正准备交给理琪，忽然院子外响起杂乱的吆喝声。他的神色一变，把手缩了回去。一名警卫跑进来报告，原来是威海卫商会的亲日分子唆使一伙暴徒堵在门口闹事，叫嚣着不能放走孙玺凤，孙玺凤必须把仓库的枪支和金库交给他们，否则甭想痛快地离开。理琪微微一笑，这些情况都在特委的意料之中。孙玺凤却慌了神。这时海军教导队中队长郝道逵和周军需官走进来告诉理琪，如果郑维屏敢硬来，他们不会坐视不管的，由他们应对就行。孙明光立即通知袁时若带领“民先”队员和群众，驱散暴徒。不一会儿，大门外便传来一阵阵怒吼，其间夹杂着哭叫声。再过一阵子，平静下来。孙玺凤胆子壮了，命几名卫兵开着专员的轿车，到警察局传郑维屏过来。郑维屏碍于孙玺凤的职位，硬着头皮来了。孙玺凤怒形于色：“郑局长，你办的好事！你竟然纵容暴徒光天化日之下，围攻本专员公署，这里还是不是国民政府的治下？”郑维屏身子笔挺，人在屋檐下不得不低头，态度显得很是老实：“卑职无能，没有维持好秩序，是卑职失责，请专员处罚！”孙明光哼了一声：“如此严重失职，非枪毙不足以正国法！”郑维屏吓得腿肚子一软，差点跌倒。孙玺凤看看弟弟，低声说：“哪能随便枪毙人，何况是党国的公安局局长？如此草率，于法不符。”孙明光说：“妇人之仁，必留后患。”孙玺凤的夫人跟郑维屏有亲戚关系，她派人悄悄把丈夫叫进去说情。孙玺凤出来后，把郑维屏训斥一通，放了回去。不过，郑维屏的气焰被打压下去了，不敢再轻举妄动。

理琪带领起义队伍一百多人，打开武器仓库，取出一百多条枪以及若干军装、军毯等物资，迅速将战士们武装起来。战士们说说笑笑地忙着换服装。姜克没来得及换衣服，还是穿着自己的长棉袍，把子弹带往肩头一披，心里照样爽快。刚才还是服装杂乱不一的“杂牌军”，只一会儿工夫，变成了军容较为整齐的正规军。理琪命令曹漫之向天鸣枪三声，宣告起义正式开始。枪声划过这座饱受屈辱的小城上空，穿透了冬日的寂寥，刺痛了麻木的神经，抵达了云端深处隐匿的春天……

当天晚上，起义队伍在专员公署周围拉起了警戒线，布置了防御射击点。不少战士睡在专员办公室里，新奇地看看这儿瞧瞧那儿，在国民党高官的办公室睡觉，真是破天荒了。墙上的大挂钟，嘎嗒嘎嗒走着，每到整点就响起一阵美妙的音乐，有的同志为了听听这个新鲜的玩意，睁着眼一宿没睡觉；还有的战士从没见过沙发，坐在上面一颠一弹，跟活物似的，这个坐了那个坐，乐此不疲……姜克端着枪在院子里站岗。明月高悬，照如白昼，海涛拍岸，狮吼虎啸。他轻声哼唱着《救亡进行曲》，美滋滋地回味着这一天的经历。这天就像一个神奇的宝盒，他根本没有明确的意识，就被卷进了一场如火如荼的革命斗争。这时王亮走过来查岗，他严肃地提醒道：“注意拂晓时分！”姜克答应着。平静的夜裹挟着多少不平静的心停泊在黎明的港口。

1月16日晨，起义队伍在专员公署门前列队，孙明光领唱了悲壮的《救亡进行曲》，响遏行云。身穿灰色军装的理琪走到台阶上发表讲话，号召大家投身到抗日活动中去，到农村去，发动民众，打鬼子，保家乡！

下午3时，全队集合，子弹上膛，在理琪、吕其恩等人带领下，护送孙玺凤夫妇乘轿车去码头。这是最紧张的一刻，因为我方暴露在了明处，而敌人躲在暗处，如果突然发难，肯定是一场恶战。但没有意外发生，或许是敌人被起义军的气势震慑住了吧。孙玺凤携着夫人的手臂登上英国“太古”号轮船。孙明光站在他身边，向理琪和同志们使劲招手。原来孙玺凤对理琪说弟弟孙明光年幼无知，留下他着实不放心。理琪出于对统一战线工作的长远考虑同意了，孙明光虽不愿意走，也只能服从大局。

一声汽笛长鸣，划开万顷雪涛，轮船驶向了烟波深处……

当晚，威海起义的队伍撤出威海卫，在理琪、吕其恩带领下，以警戒队形护卫着两车军用物资，向文登县山区开拔。

半夜时分，部队抵达桥头村。为不影响群众，队伍在街上就地休息。姜克抱着步枪倚坐在一棵老槐树下，疲惫慢慢爬上来。突然听到身边的马兢嚷了一声："妈的，兵变了！"他借着星光看去，马兢紧张地趴在一堆白雪覆盖的粪堆上，端着枪瞄着正前方。不少同志立刻采取各种掩护姿势，关注事态的发展。姜克循着嚷嚷声找过去，原来是政训处的几个人不想走了，正冲着理琪和孙端夫叫嚷："这是要把我们带到哪里去啊?"理琪不愠不火但又很威严地说："我们是到农村去，建立抗日根据地。我们是人民的军队，到了目的地，我们实行民主集中制，大家商量抗日救国大计。如果你们哪位不愿意跟我们走，也请自便，我们并不勉强。"一个家伙气哼哼地说："他妈的，我们走！"便把上了刺刀的枪倒插在雪地上，带着另外两个人，逆着行军方向走了。理琪大声说："保家卫国，保的是咱们的家乡，卫的是咱们的国，只要是中国人都有责任，只要是有血性的中国人，都不会容忍日寇践踏我们的国土……"同志们听到他慷慨的话语，慢慢站起身，挺直了腰板。

经过这次小小的"哗变"，大家的心反倒更坚定了，剔除了杂质的玉，更能焕发出璀璨夺目的光彩。

旭日喷薄，东天飞霞。平静的沟于家村突然热闹起来，威海起义军一夜急行，安全抵达这里。老百姓见到这支从天而降的部队，又惊又喜，忙不迭地从家里送来粑粑、地瓜、窝头，慰劳风尘仆仆的战士们。

随后，一个个振奋人心的消息相继传来。就在威海起义当天，国民党文登县县长李毓英得知"三军"在威海起义，卷起细软仓皇逃跑，随即国民党文登县政府释放了"岭上事件"中被扣押的宋澄等二十六人；不久，在荣成，曹漫之、李耀文、林乎加发动了埠柳乡校起义；王志洪、王明光、王本贤在文登县黄山发动了起义；刘国柱、龙飞在荣成县伟德山古迹顶举行起义；宋竹庭、王亮、贺致平等夜袭育黎乡校，缴获三十多支枪支，拉起了一支队伍；房雨若、宋兆炼、范心然、仲曦东发动黄县起义，成立“三军”第三大队；于仲淑、于眉在蓬莱发动起义，成立“三军”三大队，后改称为“三军”二路；在莱阳，庄扶吾、梁辑卿、刘坦等人在宋竹庭指导下发动起义，成立了“三军”九大队；在掖县，郑耀南、张加洛发动玉皇顶起义，成立了胶东抗日游击队第三支队……胶东大地，抗日洪流以不可遏抑之势，冲破层层阻碍，交汇成一支雄浑的交响曲。

“三军”渡过了天福山起义后最凶险的一关。

第八章　西上惊变

28.闪击

1938年1月7日，冰冷的夜风拂过霓虹闪烁的青岛街市，人们已进入梦乡。晚11时，日本海军第四舰队司令丰田副武中将向集结于渤海内长山列岛的“B部队”发出如下密电：

> 机密。B部队命令第4号中之×日为1月10日，实施B作战。

日本海军藐视日本陆军统帅部“海陆军协同占领青岛”的意见，单方面实施了“B作战”，即海军第四舰队攻占青岛作战计划。1月10日，日海军未遭大的抵抗占领了青岛。13日，日陆军第五师团长板垣中将自占领区济南赴青岛兴师问罪，19日，师团“鲤城支队”到达青岛，与日海军分享青岛利益，并完成对胶济铁路沿线的警备部署。

从此，日军依托青岛为胶东战略枢纽，开始了对半岛长达七年之久的法西斯统治。

2月3日，中国最重要的传统节日春节刚过去三天，日军第五师团三千多兵力沿烟青公路进占福山、烟台。得手后，分兵两路，西路犯蓬莱、黄县、掖县，东路犯牟平、威海。日军所到，国民党政府官员、军队弃城废守，作鸟兽散，留下的戏台自然不能荒着，便有提线木偶似的“维持会”和伪政府应时出现，继续演着一场场人间的滑稽戏。

2月5日，牟平县城里，日军扶持的伪县政府正式“开张”，从牟平县一个海边小渔村里爬出来的宋健吾，像一位面敷釉彩的优伶接过县长委任状，点头哈腰地向主子捧出一串肥嘟嘟的谀笑。“汉奸”这样的称呼，对于他这种恬不知耻之徒就像一阵轻风，毫发无损，他们更看重的是当下的权势，是有奶便是娘的瞬时幸福感和小人得志的“出离快感”。宋健吾缴纳了“卖身契”后，却立刻慌了神，酥了爪，因为他倚为靠山的“皇军”置他的苦苦哀求于不顾，连一顿午饭都给他省下不吃，功德圆满地龟缩回烟台了。

就在宋健吾戴上日本人施舍的官帽前几天，国民党牟平县保安大队在大队长张建勋的率领下撤到了昆嵛山后的温泉汤村。

张建勋的亲叔就是不久前脚底抹油的国民党牟平县县长张骧伍。张建勋跟随张骧伍鞍前马后，兵权在握，在牟平地面也是响当当的一号人物。他没想到的是日本人的影子没见到一个，自己这位不争气的脓包叔叔就被吓得屁滚尿流，落荒南逃。更可恼的是他竟然连亲侄子也不告诉一声，亲情不如屁！一想到此处，张建勋就气得拍桌子敲碗，破口大骂。他到底是有些骨气和血性之人，决定留下来撑撑牟平的局面，再说，手底下的二百多人枪还不够给他壮胆的？

听说宋健吾这个“夯货”捧起了日本人的臭脚，张建勋气得七窍生烟：一条臭虫借势成精，登台作法了！

他安插在城里的暗探报告说日本人把宋健吾扶上台后，一溜烟回了烟台，现今牟平县县城里仅有宋健吾临时拼凑起来的警察队和商团队，虚得很。张建勋决定搞他一下，让这个吞下日本人香饵的民族败类尝尝苦头。他想跟原文登县联庄总会会长丛镜月、驻文登荣成盐警大队长王兴仁联手攻打牟平县城，又深知二人心怀鬼胎，着实信不过。在抗日这件事上，他觉得还是共产党更靠谱。

他忽地想起跟自己相熟的育黎乡校教员贺致平来，贺的父亲跟张骧伍是老朋友，他从北平前来投靠，被安排去了育黎。一来二去，两人交上了朋友。前两天传言，贺致平带着几个人夺了育黎乡校的枪，自己拉起了杆子。消息属实与否，尚难确定，但贺致平一肚子学问，是他极钦佩的人，要是有他辅佐自己，一个小小的牟平还在话下？张建勋派手下人找到贺致平说明来意。

贺致平原是中共北方局军委派到胶东做兵运工作的，因为来得匆忙没有把组织关系带过来，经宋竹庭考察后，向特委做了汇报，理琪认可了他的组织关系。贺致平平日里对张建勋多有接近，觉得此人虽有些乱世草莽的做派，但抗日的态度还算坚决，根据统一战线原则，属可联合力量。他向宋竹庭汇报之后，跟着来人去了温泉汤，在一家大商店里见到了张建勋。

张建勋提出想要改编他的队伍，他直言不讳地告诉张建勋："我是共产党员，我们的队伍是共产党领导的队伍，改编行不通，咱们可以联合抗日。"

张建勋也不勉强，便把攻打牟平的想法和盘托出，也说了对丛镜月、王兴仁的担心："这俩家伙太滑头，光打自己的小算盘，不肯真出力。"贺致平说："我们'三军'在昆嵛山里有很多人，可以协助你打牟平。"张建勋说："我们刚从城里拉出来，情况熟，还是俺的队伍攻城，你们负责截击增援的敌人吧。"贺致平不用往他的肚子里看也知道，他怕共产党抢了他的地盘，揩了他的油，就说："可以，但我们得派人进城宣传抗日。"张建勋顺口应了。

两人约定正月十四趁敌人不备，打他们一个措手不及。贺致平赶紧给特委书记理琪写信汇报。

过后，贺致平向人解释说，当时之所以答应张建勋属权宜之计，他清楚没有组织批准是无权代表组织同意的，但谈判会遇到多种预料外的情况，只能从权处置。

而此时特委内部正陷入一场小小的危机。

回到沟于家村后，理琪命林一山负责队伍的整编，将威海起义的队伍和宋澄带领回来的队员合编为“三军”第一大队，由孙端夫任大队长，司绍基任副大队长，宋澄任政委；同时成立特务队，杜梓林任队长，孙镜秋任指导员。因为队伍壮大了，小村沟于家已经难以容下，理琪决定把“三军”驻地转移到平原上的大水泊村。恰在此时，林乎加、曹漫之、李耀文率领荣成埠柳乡校起义的队伍，于得水也率领“岭上事件”突围的战士前后脚赶来，特委决定把两支队伍合并，成立“三军”第二大队，于烺任大队长，于得水任副大队长，林乎加任政委。1月19日，胶东特委召开会议，决定成立中共胶东军政委员会，理琪任主席，吕其恩任副主席，同时成立“三军”司令部，理琪任司令员，林一山任政治部主任。理琪成为胶东历史上首位党政军一肩挑的“一号人物”，胶东的形势跟他来之前相比，一个是风雨如磐，一个是柳暗花明。

因为“三军”雄壮的声势，前来参军的人络绎不绝，应接不暇，只能让一些人先登记上，回家等有了枪支通知他们再来，扫兴的人发牢骚说：“没有熟人，没有门子是进不去的。”可见群众热情之高涨，报名之踊跃。

“三军”步入了正规军事建设的快车道。

偏偏这时就“三军”的去向问题，在理琪和林一山之间发生了严重的分歧。在特委召开的会议上，理琪的意见是把队伍拉进昆嵛山开辟根据地，因为“三军”一大队、二大队起家于胶东东部，大部分人有恋家意识，不愿离开本乡本土。而林一山提出了西上蓬莱、黄县、掖县、莱阳，到更广阔的腹地开辟根据地的意见。林一山有些赌气地指责东部的同志乡土观念重，眼界窄，缺全局观，只会坐失良机。他这种挥舞大棒的做法，惹得很多人憋了一肚子气，反过来对他的书生气颇有微词。他要求当场举手表决，理琪没有举手，赞同林一山意见的人，看到理琪没举手，把举到半途的手缩了回去。

林一山更加气恼了，会议一结束，跑回自己的宿舍，拿出一张彩绘的山东各县地图，铺到理琪面前，激动地说："我们不能老待在这里，应该积极西上。革命低潮时，我们隐蔽在偏僻地区很有必要。现在是革命高潮了，我们应该控制战略要地。"

理琪说："等我们把枪凑齐了再走也不迟。"

林一山急赤白脸，指着地图说："你看我们现在在什么地方，我们是胶东特委，不是胶东县委，我们要和全山东发生联系，融入到山东抗战一盘棋中，怎么能老困在东头呢?"

理琪眉头紧锁，端详着地图，抬起头来，站起身，踱着步，沉思着，转过身对林一山说："你的思路确实比我实际，我们不能老批评同志们家乡观念重，连我也因为对这里熟悉产生了恋栈情绪，何况这些土生土长的同志呢。我同意你的意见——西上蓬黄掖，开辟我们新的根据地!"

林一山眉开眼笑："是啊！俗话说树挪死、人挪活嘛，我们大展手脚的时候到了!"

理琪说："时不我待，立刻准备西上。"

说走就走，动员令发出后，"三军"即刻开启西上模式。

2月12日，"三军"抵达牟平县东南边界的崔家口村，略作整休。宋竹庭骑着自行车急火火赶来，把贺致平的密信交到了理琪手里。理琪看过信后，欣喜异常：攻打牟平县，正可以给"三军"西上壮壮行色哩！立即召开"诸葛亮会"，理琪分析道："同志们，攻打牟平，可谓天赐良机，第一伪政权刚刚建立，立足未稳，人心浮动，兵力空虚，可以一击中的；第二可以扭转群众对抗日事业的悲观情绪，鼓舞士气；第三可以夺取敌人的武器，武装‘三军’，为‘三军’西进提供条件；第四嘛，和友军协同作战，可以扩大‘三军’的政治影响，扩大和巩固抗日民族统一战线。”

有人提出：“贺致平的信上说，已经答应张建勋由他的部队主攻，我们是不是有点那个？”

理琪笑道：“有点哪个？张建勋无非想独占牟平县，但他有没有独吞的能力还得另说，一旦他的攻击受挫，敌人有了防备，我们再动手，就难上加难了，所以我们不能为其所左右。张建勋可以攻东门，我军攻南门，互为掎角之势，可保毕其功于一役。但我估计张部不可能按时到达。”

吕其恩、林一山、宋澄等人都深以为然。

理琪遂传令：由他和林一山率第一大队奔袭牟平县，由吕其恩率第二大队坐镇崔家口村，以为后援。

就在布置进攻牟平县的空当儿，理琪碰到了一件棘手事。第二大队有两名旧区丁出身的战士严重违反了群众纪律，引发极大民愤。军政委员会决定枪决二人并立即执行。于烺作为二大队队长反对如此重的处罚，反对无效后，向理琪提出不愿跟随“三军”西进，愿意留在大水泊的“三军”留守处，做善后工作。据林一山回忆，于烺在执行特委的“扩人、扩枪、扩大宣传”的政策时，“自作主张吸收了一些不纯分子。为了加强党对军队的领导，军政委员会撤销了他的职务，随后也清除了一些不纯分子，纯洁了队伍”。林一山所指当是此事。而此事的发生，可能跟于烺的意气用事有关，那时候很多人都是冲着“于司令起兵了”这句话来参军的，说白了，是冲着他于烺来的。在这种情况下，于烺把招兵的口子开得过大，也是可能的。但发生士兵违反纪律的事情，动辄枪毙，也存在极端化和扩大化倾向。

于烺负气离队，暴露了其性格的严重缺陷，也为其最终走向悲剧命运埋下了伏笔：“三军”西进后，因形势发展需要，1938年12月，于烺就任掖县抗日民主政府县长。于烺在任上整肃吏治，建立县保安大队，惩治汉奸，巩固根据地，发展民生，兴办教育，筹办北海银行。当国民党顽固派赵保原以国民党山东省政府主席沈鸿烈和十三区行政专员的名义，宣布撤销他的县长之职时，掖县各界群众掀起了轰轰烈烈的“拥于运动”，最后迫使其收回了成命。一年后，有人诬告于烺贪污、叛变、自立山头，未经审查，即于1940年10月12日深夜，将其枪决于文登县柘阳山前。1985年5月，中共烟台市委冲破重重关隘，为其平反，恢复党籍。这位胶东革命先驱以短暂的一生，书写了一曲共产党人的悠悠悲歌。

残阳如血，西山染绛。

“三军”第一大队从崔家口村向着牟平疾行，“唰唰唰”的行军声透着快乐的因子。这毕竟是“三军”成立以来的第一战啊！

有的战士偷偷咬着耳朵：“俺的亲爹娘老子哟，可让俺轮到一回好事！俺手里的家伙也跟着开开荤喽！”这位眼一瞪：“老张头，你这思想要不得！啥叫轮到一回好事？难道留守的同志就是坏事吗？都是正规军了，以后这嘴上说话可得体现个高水平！”那位被抢白得直翻白眼：“俺老早就盼着真刀真枪跟狗日的鬼子汉奸干一家伙了，咱一大队捞着这差事，你没看二大队的同志鼻子不是鼻子，眼不是眼的，馋得直流口水哩！”这位依旧是很严厉的口吻：“这样想想，还是可以的，可别说出来。于得水要知道你嚼他的舌头，他那驴脾气，够你喝一壶的！”那位吓得吐吐舌头，不吭声了。过了半晌，那位还是憋不住了：“俺想问问你，如果抓住汉奸，俺扇他龟儿子几个大嘴巴，违反不违反那个纪律？”这位回头望望东天升起的圆月没搭腔，自顾自地说：“明天就元宵节了，往年这时候，俺都跟着村里的秧歌队开始扭秧歌了——那真叫一个美气啊！踩着鼓点扭啊跳啊晃啊笑啊闹啊，什么愁啊苦啊穷啊福啊饱啊饿啊，都他娘一股脑扔到大海里喂老鳖去了！”那位捅捅他：“你发啥癔症啊！俺问你话哩，你耳朵里塞驴毛了？”这位回过神来：“扇狗日的王八蛋，可劲扇！俺觉得不算违反纪律吧？”……月亮慢慢爬高，笼着淡淡的橘黄色，像一位曼妙的海滨少女，躲在云纱后面，眺望着远方。月光落在山岗上，黑魆魆的丛林闪着幽光；月光泻进田野里，即将在春风召唤下起身的麦苗，做了一个银闪闪的梦；月光在村庄的屋脊上跳跃，睡梦中的人看见思念的人骑着白马回家了……

队伍翻山越岭，山路弯弯，脚下的残雪被踩得发出吱吱嘎嘎的呻吟声。理琪疾行着，感觉身子从未有过的轻捷，两年间他从一个不善走山路的平原人，变成了一个走山路如履平地的老客。他忽然低头看见脚尖踢起的雪末在月光里翻跟头，回头看看将满的月亮，不知何故，无端端就想起了老家，一缕思绪忽忽悠悠飘到天上。是啊，这时候太康县城又到了唱“道情”看大戏的时候了，他的耳边仿佛飘来一声声乡音浓郁的唱腔：

……小麦子装上了一两石，
秫秸个再拉上十六七。
油盐酱醋样样有，
还有细粉和粉皮。
有猪肉，还有羊肉，
再装上几只老母鸡，
这个铜钱装上七八串，
叫你哥驶着车，嘚儿喔，一吆喝，
一下子送到王湾集……

他笑了，笑着笑着眼里噙满了泪花。

前面到了一条河前，过了河就到牟平县了。河床里漂浮着一块块青幽幽的冰块。战士们脱下鞋袜，挽起裤脚，下到水里，水不深，冰块撞腿，就像被鲇鱼咬了一口，有的会浸出血来，有的会被撞个趔趄。张玉华跑到理琪面前，准备背他过河，理琪摆摆手，拄着一根树枝，提着鞋子就走。走到河中间，他看到一名小战士弓着背在水里摸着什么，就问："你这小鬼摸什么？"小战士苦着脸说："俺、俺一颗子弹不小心掉在河里了。"理琪说："别找了，现在是急行军，不能耽搁了赶路。"小战士说："俺一共发了三颗子弹，让俺再找找吧！"理琪命令道："不能再找了，立即过河，这是命令！"小战士哇地哭了："弄丢一颗，俺不就少打一个鬼子吗？"理琪说："不怕！咱进了牟平，有的是子弹！"小战士抹着泪点点头，快步向前赶去。

东方渐明。

一夜疾行近百里，战士们的棉衣湿透了，头发水漉漉地冒热气，裤腿带着冰碴子，鞋子一走像踩着一只青蛙，呜哇呜哇地叫，有的干脆脱了棉袄，只穿一件单衣。队伍停在一座小山岗后，做短暂休息。理琪跟林一山商议了奇袭路线，决定先派一个侦察员去抓一名伪军，摸准城里的情况。可侦察员提出自己的枪是"哑巴枪"，想借把"出声"的枪带着，临近战斗紧要关头，谁也不愿意借出自己的家伙，林一山只好把手枪跟他对调了。侦察员提上枪，兴奋地跳了个高儿，一溜烟跑远了。理琪命第一大队一中队、二中队、特务队担任主攻任务，三中队负责警戒从烟台增援来的日伪军的任务。

天光放亮，城墙的轮廓浮现出来，连城头的旗子都能看清了。这时候侦察员还没有回来，不能再等了，再等就无法突袭了。理琪忽地站起，拔出枪，高声喊道："同志们，打进牟平，活捉伪县长！"战士们像箭一样射向牟平，冲在最前面的是特务队，有的战士边跑边丢衣服，先是扔了棉大衣，接着脱了棉袄，犹如从山林里奔出的一群豹子，纵跃前行，又像一道闪电划过城前的平川。守门的岗哨没弄明白怎么回事，特务队已经到了眼前，三下五除二下了他们的枪。

大队人马喊声连天地杀进城里。

张玉华率领战士刚冲进城门就听见一阵乒乒乓乓的声音，一个念头闪过：前方遭到敌人阻击了？再细听原来是沿街的住户和商铺发现情况不妙，赶紧关门闭户。

张玉华率队一阵风似的冲向伪政府所在地，街道两边插在门口的一面面五色小旗瑟瑟发抖。没有遭到任何抵抗，战士们就攻进了伪县政府，院子里空空荡荡，张玉华发现右首的砖房里似乎有动静，挥手打了一枪，喊道：“出来！缴枪不杀！”

房门拉开一条缝，伸出一只手挥舞着，接着走出一个脸色蜡黄的家伙。张玉华问：“什么人？”这人答道：“一科长。”张玉华喝问：“枪呢？”他指指屋里，张玉华进去，在枕头下一摸，嗬！一把崭新的匣子枪，还有一条一百二十发的子弹带。

张玉华带着战士们继续搜查，迎面看到老战士王南海和几个战士押着一个胖子走过来，一问才知道，此人正是走马上任没几天的伪县长宋健吾。宋健吾胖脸煞白，眼里堆满惊恐，鼻子流着血。张玉华瞥瞥这个脑满肠肥的败类，一身行头倒十分光鲜，咖啡色毛布大褂，外面罩一件圆领对扣、黑华丝葛马褂，足蹬上等牛皮鞋。张玉华问：“他的鼻子怎么流血了？”王南海理直气壮地说：“俺打的！他要爬墙跑，俺喊他不听，被拽下来，就赏了他两个嘴巴子！”张玉华说：“不能打俘虏，这是部队纪律！”王南海气哼哼地说：“自古以来，咱庄稼把子什么时候捞到个县长打打，今天逮着这个卖国贼县长，正该过过瘾哩！”他身边几名战士帮腔道：“狗县长该打！该打！”张玉华听见一间屋里传来电话铃声，带着几名战士跑进去，原来正是伪县长办公室，电话还在固执地响。一名战士愤怒地举起电话机，咣当摔在地上，话筒里倒传出呜里哇啦的说话声了。也不去管它了，大家忙着翻箱倒柜找枪支弹药。

那边林一山提着那支“哑巴枪”带领战士们冲进了商团驻地。这是一栋两层小砖楼，楼上楼下站的满是伪军士兵，却都空着手。林一山大喝一声：“举起手来！”拿那把手枪指着他们。战士们也跟着吆喝：“别动！谁动就崩谁！”“把枪交出来！”伪军们从屋里抱出一支支步枪，提出几把匣子枪。林一山先换上一支“会叫”的手枪，让人看押着这些伪军，然后带上其他人，也向县政府跑去，他担心队伍会在那里遭到抵抗。到了才放下心。他们冲进县政府西院，正好一个伪警察从屋里出来，提着手枪，看样子像是听到动静，出来投降的，但是没有举手，战士李启明抬手就给了他一枪。林一山赶忙阻止他。那个警察吓得抱头蹲在地上，干号着：“我不能抗日了！我不能抗日了！”林一山觉得好笑，你们都当了汉奸，还说什么抗日，转念一想，这些人当汉奸，不少是被胁从的，并不是真心的，便上前察看他的伤势。他依然抱着头嚷嚷：“完了！完了！不用看了！”林一山低头一瞧，一滴血也没流出来，那一枪只是把他的裤裆打出了白棉花，便笑笑说：“喂！朋友，你没完，连一滴血都没有！”他一听，马上伸手摸摸裤裆，笑起来：“我能抗日了！我能抗日了！我领你们去捉汉奸去！”李启明很瞧不起这种人：“再啰唆，老子真不客气了！”这家伙赶紧在前头领着跑进后院。

理琪和几名战士已经到了，他正对着屋里喊话：“里面的人快出来吧！再不出来，给你们几颗手榴弹尝尝，那可不是好滋味啊！”房门开了，一下子出来五六个人，都耷拉着脑袋。通过自报家门，这才知道，这几个家伙除了宋健吾刚刚委任的伪公安局局长王紫岩外，还有原来张骧伍跑后，接替他的国民党县长蒋健璋和原公安局局长苗占魁。苗占魁冲着理琪和战士们竖起大拇指，满脸谀笑：“你们共产党，了不起，真打鬼子!”没人正眼瞧他，他知趣地低下头，不再表演。“国民党的官跟汉奸混在一起，真应了那句话——蛇鼠一窝。”“国民党的县长等汉奸县长委派新职，国民党的公安局局长等着日本人的公安局局长安排工作，这年月也是奇了怪了，还有这等新鲜事!”“揍这些私孩子！太不要脸了!”……战士们喊喊喳喳着，攘袂挥拳。理琪手一举，命李启明带人把这几个家伙押走。

大街上传来一阵阵响亮的口号声，那是“三军”的宣传队在向群众宣传抗日的道理。林一山走到街上，看到原来插在沿街门口的代表伪政权的五彩旗全被拔下来，扔在了路上，被踩踏得面目全非。战士们押解着汉奸走过，不断有人上前扇他们耳光，或吐口水，或踢上几脚，或拿棍子抽打，想制止都来不及，再说战士们心里也恨得慌，可是有纪律约束不能虐待俘虏，正好借着老百姓的手解解气。跟着攻城的三名女战士黄在、夏来、李今辉像三只小燕子，在街道上张贴着标语，带头呼喊抗日口号。林一山喊道:“快点干完，我们要撤退了!”三个人面面相觑，不敢相信他的话：怎么要撤退呢？不是我们打了个大胜仗吗？林一山说:“游击队的法宝就是‘游击’二字，不能恋战!”说着向城外走去，正碰上理琪在指挥战士们搜捕商会会长，他说:“不要搜了！赶紧撤吧!”理琪笑笑说:“我们打了胜仗，要好好宣传一下，提振提振士气!”林一山急了:“不能搞！这里离烟台太近，敌人很快就得到情报了。”理琪说:“好，现在传令立刻撤出牟平。”

上午10时许，“三军”放弃了牟平县城。这次闪击，俘虏伪军一百多人，经教育后大部分释放，只把伪县长等几人随军押解着，缴获枪支一百多支，都是上手的好货色，弹药若干，还有一些军用物资。这些装备对于西上的“三军”，无疑是锦上添花。

而此时“三军”内部却再次发生了意见分歧。理琪满脸兴奋，林一山有点忧虑，宋澄摇着手说着什么，明显地，理琪和林一山很不赞同。三人引着队伍来到城南三里的雷神庙，安排兵力警戒周围，就地休整，讨论下一步行动。

张玉华跟着撤退的战士走进雷神庙，循声进了南倒厅的里屋，理琪、林一山、宋澄、孙端夫还在争论着，黄在、夏来、李今辉三位女同志，坐在旁边似听非听，不时相互扯扯衣角，递个心照不宣的眼神。理琪主张宣传发动群众，就地建立政权；林一山主张立刻甩开敌人，到山区去建立根据地；宋澄主张既不远离城关，又背靠山区，建立根据地。这是一场不应该发生的争论，因为之前的特委会议已经解决了“三军”的发展方向问题。其实，三人的主张并没有实质性分歧，理琪和宋澄没有否定“三军”西上的部署，只是提出了根据地建设的问题，当然这个问题不是当务之急，而林一山意识到了“三军”处境的危险性，提出立即撤离，抓住了问题的要害，无疑是符合实际的方案。

而此时在位于烟台市二马路上的驻烟日本海军陆战队队部里，指挥长岛内百干世少佐正焦急地等待牟平方面的消息。据暗线报告，牟平突然被一支共产党的游击队攻破，但详情如何还是个谜。他已向驻青岛日本海军第四舰队汇报，从那里起飞的侦察机正赶赴牟平。

一个小时后，岛内百干世将下达奔袭这股共产党游击队的指令，一场小规模但异常暴烈的接触战，正悄悄逼近“三军”司令部临时驻扎地雷神庙。

29. 星陨

许多“三军”将士日后打捞时光深渊里的“记忆石”，雷神庙作为绕不过去的一座灯塔总能将他们照彻，在那个冬日凛冽的空气里响起的阵阵枪声显得特别清脆，传得也特别遥远，那埋藏在心底的暗伤随之悸动起疼痛的潮汐……

雷神庙的身世堪称显赫，它的前生是金代状元范怿的私家花园，每逢春秋佳日，名卉奇葩竞绽，珍禽好鸟婉鸣，文人骚客聚于此处，觥筹交错，吟诗作对。范怿生平好道，跟昆嵛山里的道士马钰、丘处机友善，遂将花园施舍为道场，名为玄都观，塑“三清”宝像，香火隆盛。至明末，此地大旱，官员到金龙寺祈雨，行至此处，忽然狂风大作，黑云压顶，须臾之间，霹雳闪电，暴雨如注，其有感于雷神襄助，遂于三清殿西侧建雷神庙，塑雷神电母金身。清中期有牟平籍游于京华者，有感于岳飞忠烈，而家乡无岳庙，便求得丹青妙手图影岳王之像，携归桑梓，于三清殿、雷神庙之间见缝插针建岳王庙，三体合一，一拉溜共七间大殿，飞檐斗拱，气象恢宏，乡人统称之为雷神庙。整个雷神庙整体为四合院建筑，山门朝南，两侧各有倒厅，进门轩敞，院内植着一排排翠柏，东西厢房俨然，四周院墙青石森森，大殿后为后花园，北去距离院墙约二百多米有一村，名贺家庄，另外三面均为开阔地。

南倒厅里的会议还在继续。

11时许。

附近村庄百姓得知“三军”驻扎在雷神庙，提壶担桶，陆陆续续赶来送饭，因为第二天是元宵节，送来的都是百姓舍不得吃的稀罕饭。有位老大爷塞给张玉华一个大饽饽，一位大嫂端给他一碗红豆稻米稀饭，雪白的饽饽点着吉祥的红点，吃到嘴里，香糯糯的，再喝口软暖暖的稀饭，整个人一下就支棱了。看热闹的小孩子在战士们中间穿来穿去，好奇地盯着枪支看不够。

这时，空中传来飞机马达的轰鸣声，战士们站起身，伸着脖子观望，谁也没觉得危险，也没引起警惕。这是一种灰色的小型侦察机，它在雷神庙上空盘旋了几周后，飞走了。

过了半小时，敌机再次出现在雷神庙上空，飞得很慢，兜了一个又一个圈子，似乎在仔细观察这座古建筑里的情况。理琪、林一山等人觉察出异样，指挥大家赶紧隐蔽，不要被敌人发觉。送饭的老百姓把孩子揽在怀里，捂住嘴躲进厢房。黄在瞪着水灵灵的大眼睛偷偷瞄着窗外那角天空，飞机的影子像一只大鸟低低掠过，带起的劲风扇得柏树树冠猛烈地晃动。夏来紧紧握住李今辉的手，两个人手心里都沁出了汗意，黏黏的。这次敌机待了足足一刻钟的样子才飞走了。

理琪命令大部分战士带上战利品，押上宋健吾几个俘虏，迅速向不远的南山转移。雷神庙里顿时清静了许多，老道士站在大殿门口有些木然地看着人来人往。他是方外之人，但却一时半刻也离不开世俗生活，身边的扰攘怎能不在他心底搅动起波澜呢？

此时留在雷神庙的人员已经屈指可数：理琪、林一山、孙端夫、宋澄、张玉华、司绍基、杜梓林、袁时若、姜克、赵野民、田野、宋干卿、黄在、夏来、李今辉、李启明、谷熙纯（绰号大老黑）、张修欲、胡秀山（绰号胡老头子）、胡春林（绰号小胡）、陈光荣（绰号小陈）、李会祥、王海南，共计二十三人。

12时已过。

“三军”领导层经过激烈争论，终于赞同了宋澄的意见，即不远不近地建立根据地。但是这个得到统一认可的意见，却再也没有机会实施了。就在大家统一好意见想要撤离雷神庙之际，天空中第三次传来敌机的嗡鸣声。一位老乡跌跌撞撞地跑进来，劈着嗓音喊道：“鬼子来了！鬼子来了！”他原是送完饭，准备离开的，刚出庙门，就看到打着膏药旗的鬼子兵正向雷神庙压来。他冒险返回，报告了消息。

理琪有些不信：“大家要沉着，可能是盐警来捣乱。”

因为三中队在中队长阎世印、指导员刘中华的带领下，布防在烟台到牟平的必经之路，要是日军从烟台过来，双方必定发生交火，可是西面一派和平景象，怎么会是鬼子来了呢？再说，在雷神庙周围还放了不少岗哨，怎么可能放鬼子过来而不鸣枪示警呢？

林一山透过窗棂往外看去，但见大门两侧站着几名留着人丹胡的鬼子兵，头戴钢盔，釉光耀眼，手握钢枪，刺刀凝寒，一挺机枪迎门架着，黑洞洞的枪口，正咕咚咕咚冒着瘆人的寒气。孙端夫懂得日语，贴紧窗户一听，叽里呱啦，便冲理琪使劲点点头。理琪这才相信，鬼子真的来到了眼皮底下。

实际情况是：担负阻击和警戒任务的第三中队没有得到命令，就提前撤走了，从烟台而来的日军这才得以神不知鬼不觉地靠近了雷神庙；而雷神庙周围的警卫，一见鬼子头就大了，一枪没放自己先逃跑了。

岛内百干世根据侦察来的情况判断，这次袭击牟平县的部队应该是共产党领导的小股游击队，对于刚刚建立起占领秩序的“皇军”来说，此种挑衅行动是不能容忍的，必须惩戒以同等的军事行动。于是立即传令由军事顾问高原率一百多名海军陆战队士兵，分乘三辆汽车急驰牟平，务必予该游击队以致命性打击。高原不敢怠慢，纠集起队伍，在侦察机的引导下，杀气腾腾奔向牟平城南的雷神庙。

日军自登陆胶东半岛以来，尚未遇到像模像样的抵抗。作为这次行动的一线指挥官，高原认为“皇军”所到之处，必是摧枯拉朽，一支不成气候的共党游击队又何足挂齿呢？

但接下来的攻防战，结结实实地给这位狂妄的日军指挥官上了一课。

理琪飞速判断了形势，看来日军已包围了雷神庙，这时凭他们二十多个人突围难度极大，甚至会全军覆没，现在只能坚守，在坚守中寻找突围时机。他示意大家散开，各据一方：“同志们，坚守到天黑，我们就有机会突围了！”

大家刚散开，日军就展开了第一轮火力覆盖，冲锋枪、机枪、步枪一起开火，尖叫的子弹从四面八方攒射而来，在雷神庙院落上空交织成一张密集的火力网。

孙端夫、司绍基、田野、赵野民、陈光荣、黄在、夏来、李今辉等八人据守南大门两侧的倒厅，控制住大门洞、便门、窗口，日军一暴露出来，就遭到我方的点射。孙端夫、司绍基都是训练有素的军人，枪法好，动作熟。孙端夫发现有敌人逼近院墙，就挑开窗子上的雨搭，伸出手枪，啪啪啪，几个点射，将躲在墙根的三四个日军放倒。

张玉华、杜梓林、姜克负责西南角的防御，他们依托一堵围墙，射击逼近之敌，将敌人压制回其阵地。杜梓林腰里一直挂着全大队仅有的一枚撞针手榴弹，他趁敌人后撤之机，飞身一跃，将手榴弹投向敌阵，可能是因为地上雪太厚的原因，手榴弹落地没有撞响，突然一颗子弹打在杜梓林的头部，他的身躯突地向上一弹，随即向前扑倒，雪泥四溅，他趴在雪地上，鲜血小溪一般蜿蜒爬出；他感觉自己飘离了大地，向着云天深处飘去。他多想睁开眼再看看亲爱的战友，可是一股强大的疲惫感捆住了他，他被一种力量分解成亿万个分子，散布到了这片美丽的土地上。

谷熙纯是“三军”里有名的神枪手，每次训练时，他百发百中的枪法，更像一个表演项目，供大家观赏。他在国民党部队里干过，摸枪把子的时间差不多二十年了——这世上哪有白走的路，哪有白吃的饭——伴随时间的累加必定获得经验，再加上先天的悟性，那支枪在谷熙纯手里就成了活物，懂得他的每个心思。他心念一转，枪口同时转向，接着扳机一扣，目标应声倒下。他这一连串的射击动作，绝对配得上行云流水的赞誉。正因如此，他在西厢房东南角的窗户后，盯着大门口，只要日军一露头，哪怕极其迅捷的探视，也会被他的子弹命中额头。他连中三元，日军开始感到了这个狙击手的阴冷，不敢轻易蹿进大门了。西厢房里的宋干卿把手枪架在一张小方凳上，既对着大门，也对着东厢房屋顶，以防备敌人从那儿突破。同样东厢房里的林一山、胡秀山、胡春林也瞄着大门口和西厢房屋顶。果然有敌人爬到了西厢房屋顶上，哗啦哗啦地摘瓦，想打出个窟窿，偷溜下来。谷熙纯照准响动传来的地方啪啪两枪，竟也命中了，随即屋后一声闷响，有人从屋顶滚落了。东厢房屋顶也爬上了敌人，谷熙纯、宋干卿的子弹够上去，这股偷袭之敌一见没空子可钻，知难而退了。

而这时，不幸降临了，那么猝不及防，谁也没有想到理琪会在关键时刻中弹。院子里流弹乱飞，东西厢房、南倒厅之间被割断，同志们只能凭着自己的判断阻击敌人。理琪看到北大殿防守空虚，他从南倒厅轻身一跃，提着手枪，向北大殿跑去，宋澄、张玉华紧随其后，就在他跑到北大殿门前的时候，从西南方向飞来一颗子弹，洞穿了他的小腹，他向前扑倒，摔在雪地上。

宋澄和张玉华的脚步根本刹不住，靠着惯性冲到理琪身边，迅速把他扶起，架到大殿后的后花园里，那里竖着一丛高粱秸，两人暂时把他放进里面。一抬头，正看见几个日本兵爬上花墙，已经露出半个身子，两人完全靠着应激反应，甩手几枪，把敌人打下去。随即敌人嘎嗒嘎嗒的机枪扫射过来，张玉华刚想探头看看外面的情况，被打矬了身子，手受了伤。宋澄也在刚才的交火中右臂受伤，只能靠左手托着右手射击。

好在这时李启明跑了过来。他看到捂着小腹的理琪倚坐在墙壁下，鲜血从指缝里流出来，脸色煞白，立即蹲下去急急地叫着“司令员、司令员”。理琪艰难地睁开眼，把那支染血的手枪交给他，断断续续地说：“告诉同志们……节省子弹……坚持住……我们一定能突围出去的。”李启明含着热泪接过枪，投入了战斗。

张玉华透过花墙的垛孔，已基本摸清了北面之敌的部署情况，东北五百米左右垛着麻袋包，架着重机枪，正东三百米左右又是一挺轻机枪，一百米开外是几个相距五十米的掩体，每个掩体布置一支步枪，一支冲锋枪。敌人排兵布阵有板有眼，一看就是训练有素。头顶上嗡嗡嘤嘤的飞机又来了，似乎在侦察我方的兵力分布情况，张玉华抬手给了它一梭子子弹，似乎打在飞机什么部位上，它慌慌张张地逃跑了。

此后敌人连续三次冲锋，均被我方的交叉火力击退。

下午5时左右。

在贺庄村前的一片小树林里，手持望远镜的高原已焦躁不安，他没料到这股游击队竟如此顽强，而且大敌当前，毫不慌乱，倒是己方，损兵折将，大失颜面。眼看天色暗下来，当然也跟不知不觉涌上来的云层有关，要是晴天，天色尚明，但云彩把太阳一遮，登时释放出了暮色。高原狰狞一笑，何不用火攻破共党的防御线？

理琪的呼吸正变得艰难。张玉华发现东北角有个菜窖，上面盖着一盘不厚的磨盘，想是庙里的道人存贮菜蔬用的。宋澄指挥张玉华、李启明把理琪抬进菜窖里，安顿好。

张玉华听到理琪微弱的说话声：“要节省子弹，准备流最后一滴血。”

他的眼里似乎闪过一丝微光，带着若有若无的笑意。张玉华用力握握理琪的手，他感到像握在冰上似的。

他说：“理琪同志，你放心，我们一定照你说的办！”他爬出窖子口，盖好磨盘，跑到射击位，抽掉几块松动的砖，造了两三个射击孔。

宋澄白皙的面庞挂着忧郁，很明显，他跟大家一样已经意识到突围的希望变得越来越渺茫了。区区二十几人之所以能够坚持到现在，主要得益于雷神庙的建筑布局和我方兵力配置的最优化，还有一个事实是日军此次奔袭除了重机枪外，并未携带钢炮、爆破筒之类破坏性强的武器。但如果继续消耗下去而不能突围，被敌人突破防线那是迟早的事。

他对张玉华、李启明说：“敌人很快就发动新的进攻，你们看看还有多少子弹？”

李启明说：“我还有五十多发。”

张玉华说：“我八十多发。”

宋澄说：“我还有不到四十发。假如敌人攻进来，我们就把最后一发子弹留给自己吧！”

一股奇怪的气味弥漫开来。

在南倒厅的几个人被呛得连连咳嗽，黄在、夏来、李今辉躲在桌子底下，她们昔日俊美的脸庞沾染了油污、泥灰，再显不出美艳的光彩，可是经过战火的洗礼，她们的神情更加坚毅了。

有人喊：“可能是敌人放毒气了！”

“怎么办？”

“快把毛巾用尿弄湿，捂住嘴和鼻子！”

孙端夫紧密注视着窗外，头上的帽子不知什么时候弄丢了，额角耷拉着一簇烧焦的头发。他吸了吸鼻子说：“不像毒气。”头顶上传来噼噼啪啪声，原来是敌人点燃了屋笆，这就是高原所谓的“火攻”：烧倒南倒厅，打破共军第一道屏障。

孙端夫喊道：“敌人放火了！”

刚说完，屋顶一块泥笆轰地掉落，火星四溅，浓烟突突。南倒厅变成了一座火笼，孙端夫指挥大家分头撤到东西厢房。

敌人本想借火势摧毁我方的防线，但熊熊的大火扯出了一道火墙，火苗舔着黑下来的夜色，热浪滚滚，同样把他们也阻挡在了门外。这时开始下雪了，雪片落到火焰上，发出刺啦刺啦的灼痛声。后花园里的高粱秸丛也被敌人投过来的“火弹”引燃了——这东西是他们用毛巾蘸了汽油做成的，忽忽悠悠飞过来，嘭一声，落在干燥的高粱秸上。宋澄、张玉华、李启明躲开火堆，通过射击孔盯着前方，敌人见火苗蹿起，就想趁机进攻，弯着腰，放着冷枪，逼近了院墙。火光帮了忙，把敌人暴露出来，啪啪啪，一阵射击，他们打死几个鬼子，其余的见势不妙，赶紧打着滚退到黑暗处……

火光，浓烟，飞尘。

煳焦味，硝磺味，汽油味。

战场突然陷入了敌我双方默契度极高的寂静。

理琪渐渐失去清晰的意识，小腹的伤口里流出一段肠子，血还在流，两手满是血迹，血腥味挤满菜窖。他翕动着干裂的嘴唇，下意识地舔了舔，一阵疼痛几乎将他撕碎。他分明嗅到潮湿的泥土味，还有白菜散发出的甜丝丝的气息，他的眼角沁出两颗滚烫的泪珠，手指艰难地插进身旁的沙土里，轻轻摩挲着，那种清凉感以一种潮汐般的节律沿着手臂爬上来，给他的神经一个激灵的刺激。无数纷至沓来的影像在黑暗里涌现，他看到了捻着胡须摇头晃脑吟诵古文的父亲，看到满脸皱纹的母亲端给他一碗红糖水，他伸手去接，可是手臂沉得像坠了铁石，那位陌生的妻子的模糊面庞出现了。啊！这是他被家人勉强的结果，可到底是自己不坚决的结果，也害了她的青春……他听到了海浪的声音，是啊，自己就是被大海的波涛送到胶东的。继而这海浪变成了白茫茫的大雪，飘啊飘，他对那种跋涉于雪路的感觉是刻骨铭心的，踩下去，雪没到了膝盖，使劲把自己像拔萝卜一样拔出来，迈出一步，陷下一次，真是让你没脾气！忽然便是一个雪坑给你一个惊诧，你蜷缩在里面，四周寒气砭骨，闭上眼，喘口气，神思忽悠飘逸了一会儿，安静得很，有种令人忘情的安逸感，可是你得睁开眼，爬上去，继续前行……哦，那不是老贴吗？那不是张大娘吗？还有吕其恩和一笑就脸红的李紫辉，林一山怎么老是皱着眉头，宋澄的手指那么白，于得水的眼里噙满泪水，老于的内心很柔软的啊！于烺怎么也喜欢皱眉头啊！他杀鸡的样子笨得可爱，被他媳妇好一顿抢白啊……怎么到处是五彩的鸟儿啊，它们似乎要把我托起来，带到什么地方去。我不能走，战火还在燃烧，可是我将要融入那片湛蓝湛蓝的寂静了……

晚9时许。

高原顾问下达了发起最后攻击的命令。他已经被逼到了山穷水尽，自己率领堂堂皇军围困雷神庙数个小时，竟然前进不得一尺半寸，传出去自己这张脸面往哪儿搁？雷神庙正门的火焰渐渐熄灭，正是由此突破的最佳时机，他举起指挥刀："攻击雷神庙！"正在此时，日军背后响起了嗒嗒嗒的机枪声，高原一时没弄明白，这是哪出戏？岗哨跑来报告："东北方向有一支来历不明的军队向我方发起突然袭击。"高原慌了手脚，夜黑雪大，敌方要是来个里外夹击，保不准自己葬身于此。他大声命令撤退，跳上汽车，掉转车头向西而去。

正在雷神庙里的孙端夫、宋澄、张玉华等人听到东北方向有枪声，便猜测要么是自己的援军到了，要么是张建勋的队伍来了，敌人阵脚已乱，此时正是突围的最佳时机。宋澄指挥张玉华下到菜窖里，背上理琪，李启明在前开路，从西便门冲出了雷神庙，在漆黑的夜色里，冒着大雪跑了一阵子，进了一个村庄，找老百姓借了一面门板，把理琪放在上面，走不远，又是一个村庄。李启明说："理琪同志不行了。"他们找到一家空房子，把理琪放到炕上。宋澄伤得很厉害，伤口不断流血，李启明脸上血淋淋的，张玉华手上的伤也痛起来。三人体力耗尽，实在走不动了。李启明说："看来这家人一听有打仗的，都吓跑了，我看把理琪同志放这里，我们报告特委去吧。"看来只能如此。

就在那个停火的间隙，林一山不知怎么把一只胳膊露出了门框外，一颗流弹飞来，打个正着，疼得他当场昏厥过去。再睁开眼，四周静静的，血流满了身下的几个坑洼，一条黄狗趴在他面前，吧嗒吧嗒舔着血。他听到大家高喊“援军到了，冲出去啊”，猛地全身绷满了劲，一跃而起，跟着大家跳过被打塌的破墙。奔跑时，受伤的右臂晃来晃去，很是碍事。他以为已经打断了，只剩一层皮连着，不如索性扯掉，便用左手去扯，却没扯下来，只有更猛烈的疼痛，原来只断了一半，还有一半连在上面。跑了一阵子，林一山撑不住了，夏来弯腰背起他，黄在在旁帮着搀扶。又走了一段路，黄在带上几个人到一个村里，组织了几个担架，把林一山和几个伤势严重的人放上去，向着山林深处潜去。过后，林一山被送回了文登县林村自己家中养病。

事后，有人检点雷神庙战役的现场，发现南倒厅上一块仅零点八平方米的铁皮雨搭子，竟然密密麻麻地布着一百三十八个弹孔，一块石碑被打成了“麻子脸”，可见当时战斗之激烈。

雷神庙战役打响了共产党领导的胶东抗战第一枪，其首创意义不言而喻，在一定程度上破灭了日军不败的神话。“三军”将士以二十几人对抗上百名日军，毙敌四十多人，可谓以少胜多的典范。但我方也付出了沉重的代价——胶东特委书记、“三军”司令员理琪英勇殉国，年仅三十岁。

正在崔家口待命的吕其恩、于得水等人得悉理琪牺牲，登时痛哭流涕，此痛何如哉！“三军”齐哀，万民共悲，山海之间，风咽云呜，涛怒澜愁。

2月14日，参加雷神庙战役的队伍陆续聚拢到了崔家口村。

1936年，狱中的理琪，曾借着敌人让他写自白书的机会，剖白自我的精神世界，写下了一首铿锵有力的诗歌：

铁躯铁棂披铁索，铁棂铁索奈我何？
铁骨铮铮铁索断，铁鹰展翅铁窗破。
铁人铁肩担道义，铁臂挥刀斩恶魔。

铁流汇成铁长城，铁血装点锦山河。

革命气节高云天！

这只胶东革命的“铁鹰”像火一样燃烧了自己的生命，为胶东革命的最后胜利流尽了最后一滴“铁血”。他一手创立的“三军”从天福山一路走来，在抗日战争、解放战争的滚滚铁流中，不断发展壮大，成为解放军二十七军、四十一军、三十一军、三十二军的源头，建立了赫赫战功。

因为正处于非常时期，理琪和其他三名牺牲的同志被悄悄安葬在了昆嵛山下的崔家口村（一说背眼村）。

1945年，胶东区党委决定把抗日战争中牺牲的英烈集中迁葬于栖霞县英灵山，理琪的棺椁被人们小心翼翼地破土移出，由八名壮汉抬上肩，骑兵引路，缓步而行，哀乐响彻。按照胶东出殡的规矩，一旦灵柩抬起，非到墓地不能落地，每到一村老百姓自动烧纸祭拜，哀声动地。这时村里安排的壮汉从前边人的肩头接过杠子，继续上路，如此一村接一村，一肩换一肩，二百多里山路，没让烈士的棺椁落过一次地，沾上一点泥。当队伍行至一条河前时，一位七十多岁的老大娘正在洗衣服，一听是理琪司令员的棺材要过河，她扑上前抚棺号啕，浊泪滂沱。她恭谨地倒退进水里，领着棺材行进，双手拍打着河面，高声唱和着：“理琪司令员，您高抬抬脚，咱们过河了。”老人这是在按照护送亡灵过河的风俗护送着自己心目中的神圣，她磕磕绊绊，神情肃穆，长一声短一声，高一声低一声，声声悲切，直到把棺材引过了河。

理琪生前没有留下一张照片，有人根据熟人的描述为他造像，悬挂在纪念堂里。解放后他的姐姐到胶东来寻找弟弟的下落，因为理琪来胶东前曾经给家里透露了一点来胶东的信息。她一处一处烈士陵园地寻找，来英灵山时，她看到了那个熟悉的面孔，可是名字却那么陌生，她跪在那画像前仔细读取每一个细节，那个开朗沉稳的弟弟生龙活虎地走向她……"是他！就是他！"她抱着弟弟的墓碑悲从中来，这些年里她那个家庭背负着地主的恶名遭受了多少冲击啊，下落不明的弟弟也成为人们攻击的靶向，却不知道他化名牺牲在了异乡……她的哀号震惊了在场的每一个人，这种凄厉的声音似乎只有受伤的野兽才能发得出，那是一条积淀在心底的悲痛、冤屈、愁苦汇集而成的河流，一旦闸门提起，便再也无法遏抑，她也是在用这种方式告慰死去的父母，为弟弟的亡魂完成一次还乡的招魂……

1938年2月中旬，吕其恩率领"三军"踏上了理琪未走完的西上之路。

3月13日，"三军"来到牟平县马石店村（现属威海市乳山市），此时伤势大有好转的林一山已经归队，与曹漫之达成一致意见，召开了胶东特委改组会议，决定由曹漫之代理书记，吕其恩任副书记兼组织部部长、"三军"军政委员会副主席，林一山任"三军"军政委员会主席、"三军"总指挥，宋澄任"三军"政委。

5月下旬，苏鲁豫皖边区省委（后改称中共中央山东分局）派延安干部王文、高锦纯来胶东，分任胶东特委书记、"三军"总指挥，重新凝聚党政军的领导力。8月，根据苏鲁豫皖边区省委意见，胶东特委改建为中共胶东区委员会。9月18日，由"三军"和举事于掖县的胶东抗日游击第三支队合编而成的"新三军"，在掖县沙河镇整编为八路军山东人民抗日游击队第五支队，简称五支队，正式入编八路军编制，高锦纯任司令员，宋澄任政委。12月，中共胶东区第一次党员代表大会在掖县葛城村召开，大会选举产生胶东区委员会，王文任书记，王文、高锦纯、吕其恩、林一山、宋澄、贺致平、曹漫之等七人为常委。同月，"五支队"改称八路军山东纵队第五支队。

与此同时，从延安黄土地上来的王文深知，国民党一直千方百计围困陕甘宁边区。蒋介石扬言：一粒粮食、一团棉花、一根布条也不准流到延安去。毛泽东后来回忆："我们曾经弄到几乎没有衣穿，没有油吃，没有纸，没有菜，战士没有鞋袜，工作人员在冬天没有被盖。"延安困难年份，老百姓粮食人均不到一石。

王文时刻牵挂着延安，到胶东时间不长，他就瞄上了招远的金矿，决定派苏继光到金矿去。他对苏继光道：延安的老百姓要吃饭，战士要穿衣，就看你的了！苏继光开始不理解，干革命怎么还能去做黄金生意呢？最后听王文这一说，就很痛快地答应了。苏继光时任胶东区职工抗日救国联合会主任，他来到金矿后，根据王文的要求，很快发展了党员，成立了党的组织。自此以后，他和工友们把一点点积累起来的金粉，藏进衣服夹缝里，或是鞋子的夹层中，源源不断地运了出去。

据有关史料记载：从1938年至1945年间，胶东区党委和玲珑金矿就向陕甘宁边区政府输送了十三万两黄金，大大缓解了延安的经济之困。很多护送队员倒在了中途，可黄金没有丝毫损失。刘少奇1942年初春离开山东时，山东分局特地把一万两黄金交给了他。刘少奇感动地说："替我谢谢胶东的同志们，我一定把它安全带回延安去。"刘少奇一行穿过一条条封锁线，等站在延安窑洞前的时候，已经是深秋季节了。陕甘宁边区政府主席林伯渠握着刘少奇的手说："这可真是雪中送炭呀！"

"三军"西进蓬黄掖，不仅建立起较为稳固的根据地，也实现了党政军建设从量变到质变的飞跃。其间，虽也出现过几支不和谐的"变奏曲"，但在基本稳定的主旋律掌控下，党领导的胶东抗日战争大格局步步向好的趋势已经无法动摇。

第九章　胶东十二姐妹

30. 为"新我"命名

1938年1月，荣成县城被隆冬的严寒紧紧包裹着。

荣成民众教育馆的一栋瓦房里，李淑媛和蔡玉君正在商议河山话剧社的演出，有人推门而入，把一封曹漫之的信交到她们手里。正是这封信，开启了两个人一段别样的人生历程。

烟台河山话剧社荣成分社的前身是曹漫之、李耀文、李光熺等发起的青年剧团，下设戏剧队、歌咏队、宣传队，有四十多人。李淑媛、蔡玉君是里面的骨干分子，两人能写会画，能编能演，跟随剧社走遍了荣成，演出过《放下你的鞭子》《血洒卢沟桥》《抗日进行曲》等节目。两人很快被曹漫之发展为荣成县"民先"队员。她俩的家都在县城，家境比较殷实，父母相对开通，两人有机会走出家门，到省城济南接受了较好的教育。

天福山起义的消息传来，两人心生憧憬，私下里谈论了多次，只是遗憾未能躬逢其盛。

1938年1月18日，在曹漫之、李耀文、阎世印领导下，荣成县埠柳乡校教员、"民先"队员林乎加做内应，发动了埠柳乡校起义。之后，起义队伍在曹漫之、林乎加、李耀文带领下前往文登县大水泊村跟“三军”会合。临行前，曹漫之与李耀文商量尽可能多地发动一些同志，壮大革命队伍，他们不约而同地想到了李淑媛和蔡玉君这两个积极分子。于是曹漫之派人给她俩送去亲笔信，让她们第二天赶往大水泊参加“三军”。

看完信，她们相互看一眼，猛地抓住彼此的肩头，又蹦又跳又笑，那个开心啊！李淑媛笑得岔了气，蹲在地上站不起来，蔡玉君扶着桌子，星眸闪闪，长长的睫毛挑着泪花。等平静下来，现实的问题立刻来到眼前：怎么跟家里人说呢？

李淑媛说：“我看跟家里来个‘闷葫芦’，省得又是哭又是闹的不让走。”

蔡玉君咬着嘴唇：“那不得把爹娘急杀啊？”

李淑媛说：“等咱们落下脚，再给家里捎个信儿——还是这样保险！”

蔡玉君点点头：“嗯，要是他们死活拦着，咱还真不好走哩。”

1月20日，天蒙蒙亮，街上行人寥寥，北风像小刀，吹得树枝颤悠悠索索响。沉重的城门咯吱打开，两位十七八岁的姑娘挎着包袱风一样刮出来，踏着晨曦向西而行。她们犹如两只出笼的山雀子闹喳喳地一阵疯跑，身子轻盈得好像要飞起来……前方那个陌生的地方充满了神秘的磁力，她们的心啊，像小小的铁屑被牢牢吸引了。

李淑媛和蔡玉君所不知道的是，同她俩一样，还有十位姐妹正从四面八方奔向大水泊村：王爽兰悄悄溜出荣成县大山口村上路了，她的父母将在一个小时后发现她留下的那张字条，然后气急败坏地找人去追赶；结婚一年多的林治惠摆脱开婆家的纠缠，不顾父亲的蛮横阻拦，从文登县城出发了，她要用自己的行动打破那个套在女人颈项上的无形的魔咒；荣修春听到共产党的部队到了大水泊，她想起了心心念念的意中人田百川，他不就在那里吗？她告别年迈的父母，抛下锦衣玉食的生活，走上了奔向爱与革命的路途；童养媳杨桂芬挣脱开那个四十多岁的男人，偷偷跑出寒雾紧锁的石岛小城，一片鲜花盛开的原野在她的眼前徐徐展开；周文忍痛撇下五岁的女儿，从威海大邓格村带着四五个姊妹含泪离开了家乡……她们像一条条小溪冲出山谷，跳过乱石，绕过沙洲，在相同的时间节点上向着那条宽阔的河床会聚而来……

文登县大水泊村是个古老的大村镇，此时热闹非凡，热气腾腾，这边大秧歌扭得欢实，那边舞台剧演得慷慨激昂，这边“三军”战士在演练刺杀，那边宣传队员振臂高呼……街道两旁的店铺门口插着鲜艳的小红旗，店主人笑容可掬地招呼着来来往往的战士进来喝茶、歇脚；村里的小媳妇们扎成一堆咬耳朵，指指画画，对走过来的青年男女们评头论足；村里的积极分子张罗着置办伙食，这里一声吆喝，那里一声答应……李淑媛、蔡玉君仿佛一头撞进了一个陌生的世界：难道这就是传说中的“苏区”吗？两人的眼不够使了，耳朵里冲进各种声音，每条神经都怂恿着她们赶快融入这条炽烈的河流。

她们循着老乡指引的方向，好不容易找到设在一所大院子门口的“三军”报名处，只见人头攒动，乌泱乌泱，根本挤不进去。李淑媛刚钻进去半个身子就被挤了出来，她懊丧地看着蔡玉君。蔡玉君噘着嘴，说：“反正咱是组织派来的，他们不要不行！”蔡玉君努努嘴，她顺着她示意的方向看去，一个中年农民正在捶打一棵老槐树，样子很是愤懑。

李淑媛上前问道：“这位大哥你这是……”

他气咻咻地说：“俺想当兵打鬼子，咋还嫌弃俺呢？”

李淑媛倒吸一口凉气：“什么原因呢？”

他说：“人家说现在部队上缺枪，让俺登个记回家等着去，这不是点化三岁小孩的把戏吗？”

她皱起了眉头：“这可能是实际情况，共产党刚拉队伍，上哪里弄那么多武器啊！”

他撇撇嘴说：“可那几个有熟人的都留下了。”

李淑媛“哦”了一声：“你别着急，他们真要是看人下菜碟，咱就找他们领导理论理论去。”

那人眼一亮：“你这个大妹子仗义，你可得替俺‘庄户孙’说说话啊！”

李淑媛问：“他们领导在哪里？”

那人说：“在院子里。”

李淑媛拉上蔡玉君就往院子里闯，那人懦懦地跟在她俩身后。一个警卫拦下他们，李淑媛说：“我们是荣成县委派过来联系工作的。”她这样说当然也不错，她俩确实是奉荣成县委的命令来参军的。警卫看看李淑媛，又瞧瞧蔡玉君，这两位一个国字脸，英武大方，一个瓜子脸，眉清目秀，后边的男人似乎觉得有人为他撑腰了，也表现出一副昂昂然的样子。

警卫收起枪，放他们进去。

她们直奔正房，李淑媛跟一个正要出门的穿黄军装的人迎面撞到一处。那人“哎哟”一声，闸住步子。李淑媛反客为主地抢白道：“你这位同志慌里慌张的，能不能稳重点？”

那人赶忙说：“好啊！是我不留神冲撞了王母娘娘。”

李淑媛微嗔道：“谁是王母娘娘了？我是七、七……我们是荣成县委派来的！”

那人哈哈大笑：“你们是荣成县委派来的七仙女吧？”

蔡玉君看出这人肯定是“三军”的领导，就把曹漫之的信交给他。他展开看了看，说：“老曹他们已经到了，正在忙着整编队伍，你们先到西厢房住下——这位是谁呀？”

李淑媛说：“他呀？是我们路上捡来的保镖！”

他严肃地说：“我们的队伍必须严格控制兵员，不能挖到篮子里就是菜。”

李淑媛就把刚才听说的情况说了。

他说：“这事我们一定严肃处理，你们放心，共产党的队伍不搞那套裙带关系。”

他叫过一个文质彬彬的年轻人带上那人核查情况去，自己亲自领着李淑媛和蔡玉君进了西厢房。

这是一处三间通开的房屋，非常轩敞，桌椅板凳齐全，南北各有一盘大土炕。

他说：“这里是专给今天报到的女同志预留的宿舍，你俩捷足先登了，等会儿还有人来，你们先歇歇脚，喝口水吧。”

李淑媛、蔡玉君被他这几句平常话说得暖意融融。

两人新奇地打量着屋内的陈设——这里就是她们开始新生活的起点了。

院外阵阵锣鼓依然那样激越、热烈，两人相视一笑……

门口光线散乱，投射进一个苗条的影子，来人向李淑媛、蔡玉君伸出手，自我介绍道：“我叫王爽兰，也是来参军的。”李淑媛听出她的口音有点荣成腔：“你也是荣成的？”王爽兰说：“我是崖西的。”蔡玉君热情地说：“这么巧啊！我们是城厢的。”三个人很快熟络起来，立时西厢房里春意盎然，莺声燕语。

又过不久，门口站了一个人，屋里霎时转暗。

王爽兰迎上去问：“你找谁？”那人说：“我是来报到的，被安排住到这里。”“快进来吧！这里有热水。”李淑媛高声招呼着她。她提着一个行李包，很是娟秀的样子，但眉目间挂着疲惫的淡淡的忧伤，还有一丝丝警惕。

蔡玉君上前接过她的行李，王爽兰端给她一碗水，她喝了两口，说：“我叫林治惠，是文登的。”

王爽兰牵住她的手："我叫王爽兰，这位是李淑媛大姐，这个俊小嫚儿叫蔡玉君。"

林治惠问："几位姐妹都是来参加'三军'的吗？"

王爽兰银铃似的回应着："是啊是啊！我们三个都是从荣成赶过来的，我来的时候天还不亮呢，我打开门就往外跑。我爹娘听见动静还喊呢：你这个傻妮子，咋起这么早啊？我说我跟同学约好去荣成借书。你离这儿近，怎么这晌儿才到呢？"

林治惠稍微犹豫了片刻说："我准备出门时，跟俺爹吵了一架，他那个榆木脑袋动不动就说：'谁的妮儿愿意出去招摇谁去，俺老林家丢不起这个人！'他说我要敢出门就砸断我的腿，我说我是去参加抗日队伍，又不是去做什么伤风败俗的事，你凭什么拦着我！他说：'就凭俺是你爹！就凭俺花钱把你养活这么大！'俺娘看不下去，抱住他的腰，让我逃了出来。"

李淑媛不知什么时候握住了她的手："好样的！就不该跟这么落后的老人妥协！"王爽兰听得流下了泪："我还以为光我爹妈顽固不化呢，没想到治惠姐你爹更差劲儿！"李淑媛轻轻打了一下王爽兰："你这张小嘴巴巴的，说啥呢？"王爽兰带着泪珠羞涩地笑了。

陆续又来了几位：王育芝、荣修春、于潜、杨桂芬、刘成、梁妙吉、周文、刘毅。本来觉得挺宽敞的屋子，顿时拥挤了，你一言我一语，丁丁零零，哗哗啦啦，叽叽喳喳。腼腆的荣修春坐在炕沿上像刚过门的新媳妇。她何曾见过这等阵势，两颊绯红，热眼流盼。王爽兰小燕子一样穿来穿去，一会儿在这里插插话，一会儿跟那个磨磨牙。刘成跟她最对撇子，两个人很快就熟得分不开，手挽着手出门逛街了。杨桂芬拿出一个夹着"鞋样儿"的本子给李淑媛和蔡玉君看，那一个个剪得精美如艺术品的"鞋样儿"令人叹为观止。她说："不忙的时候，俺给战士们做鞋用。"刘毅躺在铺盖上，拿着一面小圆镜对着从西窗进来的一束阳光反影儿玩，神情有些落寞。

黄昏时分，两个人走进西厢房，姐妹们一看他俩的装扮就知道是有身份的人，立时静下来，不自觉地围在他们身边。

李淑媛、蔡玉君认出其中一人就是她们遇见的那个人。另一个穿着棉袍、戴着貂绒帽子的人说："我是大水泊的于烺，这位是胶东特委副书记吕其恩同志，他特地来看看你们。"

吕其恩挨个打量一遍，笑眯眯地说："你们冲破重重阻力来参军，很了不起！我们党主张男女平等，在抗日救国大业上，你们不做旁观者，做了奋勇投身的参与者，我代表特委对你们表示热烈的欢迎！你们是咱'三军'里的娘子军，要抓紧熟悉各项工作，尤其是要掌握抓妇女工作的本领，发动更多的女同志参加到我们的队伍中来，为我们党领导的民族解放事业贡献力量。"

于烺说："你们这段时间就住在大水泊，有事情就找我，我可是本地的'坐地户'啊。"

姐妹们崇敬地看着他们，他们的谈吐光明正大，一字一句都像春雨一样洒在她们干渴的心上。

李淑媛说："我们一定按照组织的要求去做，尽快成为一名合格的战士。"

刘成说："我就盼着早点拿上枪上战场，跟鬼子汉奸拼个你死我活。"

吕其恩说："不要急，你们会接受一段时间的培训，以适应接下来的工作。"

王爽兰问："这就算是参军了吗？"

于烺说："组织上经过审查，已经批准你们参加队伍，从今天起你们就是'三军'光荣的一分子了。"

她们欢呼雀跃起来。

吕其恩摆摆手说："我给你们提两点要求：一个是要严格遵守

部队的纪律，把原来的积习革除掉，一切按照纪律行动；一个是要改造自己的世界观，用马克思主义武装头脑，准备接受更加艰巨的考验。”

她们认真听着，眼都不眨一下，尽力把每句话每个字都牢牢记在心里。

入夜了，西厢房里无人入眠，兴奋了一天的姑娘们依然那么兴奋，围在一张八仙桌旁天上一句地上一句地聊着，嘻嘻哈哈，手舞足蹈，个顶个的精神十足，原来那点生分早被大风刮跑了。

忽然大家就说到了参加革命的人的代号问题。林治惠说：“我们文登的张修己代号‘老贴’，王亮叫‘亮子’，牺牲的特委书记张连珠叫‘珠子’，于得水原来叫‘林得胜’，说不定——”她故意停顿下来，大家屏住气看着她，她的关子卖够了，“说不定特委书记理琪同志的名字，也是一个化名呢，你们谁见过这么怪的名字？”

刘成凑近她问：“干吗弄这么多代号呢？”

李淑媛拿食指刮了刮她翘翘的鼻子：“傻孩子！我们的同志都是提着脑袋参加革命的，到处吆喝自己的真名，不仅不利于保密，还会给家里带来危险。”

刘成的嘴巴张成了一个圆形，过了一会儿说：“俺可把俺的真名都告诉你们了！怎么办？”

蔡玉君在她脑门上凿了一下：“凉拌吧！——我们也把真名告诉你了，相抵喽！”

王爽兰说：“咱们可别到处乱叫啊！虽然俺爹娘是个老顽固，可要是有个好歹的，俺也会难受的。”

荣修春说：“对对对！我爹妈虽然反对我出来，可也不敢不依着我，还算将就得过去。”

李淑媛思考了一会儿说：“我有个办法——”

大家异口同声地问：“什么办法？”

她说："我们也学着那些同志们弄个化名，以后对外就叫化名，没人知道咱们的真名，不就牵连不上家里人了吗？"

"好啊！好啊！"

"怎么起这个化名呢？"有人又抛出一个问题。

这也难不倒李淑媛，她说："古书说有缘千里来相会，咱们十二个姐妹有缘在这里相聚，我们不如就用一个姓来取化名？"

"我同意！"

"我也没意见！"

"用哪个姓呢？"

李淑媛说："我建议用王字，笔画少，叫着响。"

蔡玉君说："那咱就都用这个姓吧！可怎么取呢？"

大家七嘴八舌一通讨论。

杨桂芬提议说："费那么多脑子干吗，我看咱们就按照数字取名，从一到十二的叫，外人还以为咱们真是一个爹娘生的哩。"

周文说："这样确实好，简单易行！叫着也顺嘴，王一，到！王二，到！王三，到！"逗得大家笑成了一团。

蔡玉君说："我建议啊——只是个建议——仅供参考，咱们不论岁数大小排名，就按先来后到排名。"

刘成问："你具体点，怎么个先来后到。"

蔡玉君说："就按咱们到大水泊报到的先后顺序，来得最早的叫王大，第二个到的叫王二，第三个叫王三……一直叫到王十二。姐妹们看怎么样？"

王爽兰眨巴着大眼睛问："那谁叫王、王、王八呢？"

刘成说："排到谁谁就叫呗！"

杨桂芬说："咱们干革命，打鬼子，起个临时的名字，管它雅不雅。"

李淑媛说："对！我们出来干革命，命都不要了，名字就是个代号，哪就那么重要！”

刘毅说：“那也得考虑女同志脸皮薄的问题。”

刘成拍拍胸脯说：“要是谁轮上，不愿意要，俺要！”

李淑媛说：“你真是一条女好汉！”

没有异议了，姐妹们开始报出自己到大水泊的时间。最先来到的是李淑媛和蔡玉君，两人中李淑媛年纪大，她自然而然成了“王大”，蔡玉君当了“王二”，下面依次是：王爽兰王三，林治惠王四，王育芝王五，荣修春王六，于潜王七，杨桂芬王八，刘成王九，刘毅王十，周文王十一，梁妙吉王十二。

李淑媛说：“明天大家到报到处登记时就用咱们的新名字吧。”

“没问题啊，王大同志。”

“擎好吧，王大姐。”

“王三，你干啥呢？”

“王九又偷打我了！”

“王十二，你干吗老绷着脸啊？”

“王五，说说你怎么跑出来的？”

…………

她们故意叫着彼此的新名字，似乎这些刚问世的名字里包含着一种新鲜刺激的因子，叫一叫就让人觉得好不快乐！

王大俨然因为名字的缘故被赋予了权威，她说：“姐妹们，为了明天能够精力充沛地投入工作，我宣布现在熄灯睡觉！”

屋里黑下来，十二个人挤在两盘大土炕上，有的干脆两人钻一个被窝，又叽咕嘁喳了一阵子，渐渐静下来，轻轻的鼾声浮起来。突然不知谁“咯咯咯”地笑了起来，迷迷糊糊叫了声“王九”，竟又自己甜甜地应了一声：“唉——”

31. 王四泼

王四还不叫王四的时候，就开始品尝生活赋予她那颗敏感心灵的苦涩：十几岁时她就由父亲做主跟文登城里邵家的公子邵波定了亲。她要是依然像自己的上代人一样保持着逆来顺受听天由命的生存惯性，她的人生景观自然还是复制老辈人的故事。一个人身上总是投射着时代的影子，不知不觉被打上些许时代的烙印。王四所处的文登县城既是封建礼教盘根错节的根据地，又是胶东承接风气之先较早的县城之一，尤其是她就读的文登中学当时就以思想进步、理念开明著称，在此期间她还同文登乡师激进的师生们相互往来，交流反帝反封建思想，并濡染了一些共产主义观念。她骨子里的叛逆性就像沉睡在山洞里的豹子被滚滚天雷唤醒了。

王四跟自己满脑子男尊女卑意识的父亲之间的冲突，已到了无法避免的地步。日后关于这场冲突，林家人站在不同的立场和角度，做出了各自的阐发，但有一点可以肯定，正是这场冲突动摇了林家天经地义的家长制。

王四最怵头的事就是回家，她盼着学校永远不放假才好呢。她那个位于县城东关的家，对她而言就是一个压抑窒息的铁笼子，如非必要，她绝不愿意进她家那道高门槛。打记事起，她就对自家的高门槛印象深刻。那是一块枣木打成的门闸板，五寸多厚，两尺多高，髹着紫红漆，跟两扇黑漆大门咬合得天衣无缝。要是有贵客登门，她爹就叫仆人摘下这条门闸板，立到门后，走了再装上；要是穷亲戚来串门，不光不摘门闸板，能不能叫开门，那还得看她爹当时的心情好不好。这道高高的门闸板还像一条泾渭分明的界线，她爹说得好："妇道人家没事别踢门槛。"她娘在这条禁令的管制下，很少上街抛头露面，免得丈夫知道了鼻子不是鼻子，脸不是脸。这天她接到家人送来的信儿，让她回去一趟，她不得不硬着头皮，迈进了那道高门槛。

她爹阴嘟嘟着个脸，好像全世界都欠了他的钱。她娘坐在旁边低着头，衣角瑟瑟地打着战儿，一副从犯跟着主犯受审的可怜相。

“俺把你跟邵家的亲事退了。”这声音就像从冰窟窿里爬出来似的，听得王四脊梁沟里渗寒气。“为什么？能为什么？还不是为你好！”

王四才不相信他这套说辞呢，直觉告诉她接下来的事肯定更为糟糕。

“宁为真小人，不做伪君子，俺就把话挑明了吧，邵家的买卖破产了，俺总不能看着自己的闺女跳火坑吧！”哦，这就顺上辙儿了！这句话的潜台词是答应的彩礼跟着泡汤了。

“你也老大不小了，爹给你重新物色了架子山村毕家的毕务滋，家大业大，跟咱门当户对，你就妥妥地把心放到肚子里，这世上哪有亲爹不向着亲闺女的？”

王四一腔子火噌地蹿到脑门上，直接杠上了：“你这是欺贫爱富！一千度的势利眼！人家的买卖不行了，正难受着，你就搞这么一出，这不是往人家伤口上撒盐吗？你口口声声不做伪君子，全文登县的伪君子打个捆儿，也顶不上你半个沉！你眼里光有钱，钱才是你的亲闺女！你愿意跟谁订婚你订去，跟我没关系！”

她爹哪里遭过这般数落，自己好歹也是文登地面有脸有面的人物，平头百姓见了都尊声老爷，县政府里一走，逢人也叫一声林乡贤，怎么到了亲闺女嘴里就成一堆臭狗屎？他两眼一翻，直挺挺倒在太师椅上。她娘手忙脚乱，捶前胸拍后背，总算淘上一口气来。

他爹的手杖咚咚捣着地面：“养你就是养了一条白眼狼！供你上学就学来气你爹的本事了！你给俺滚出林家门，从今往后俺老林家就没你这个人！”

王四说：“你什么时候把我当人看了？我不过是你使钱的工具，走就走！”

说完她扭头甩步朝大门外走去，她娘颠着小脚一路追，总算拦下王四：“你就不能让他两句吗？”

王四说：“他凭什么把我的婚事说订就订，说退就退，我跟集市上的牲口有什么区别？”

她娘使劲冲她挤挤眼：“轻声点！这次你爹给你找的这个毕家真的不错，俺找人去打听了，清清白白的人家，知书达理，打着灯笼在咱方圆几十里也找不到的好人家。”

王四气嘟嘟地说：“我爹就是个老封建，你们俩的婚姻是父母包办的，你觉得幸福吗？”

她娘苦涩一笑：“这不也熬了一大家人了吗？你说的自由婚姻在咱们这里行不通。”

王四说：“那咱就走着瞧吧。”

她娘脸一苦：“你爹可不是省油的灯！他说跟你断绝父女关系，可真做得出来！”

王四说：“别拿这个威胁我！我也不是三岁小孩了。”

她娘叹口气，眼里包着两坨泪疙瘩。

王四回到学校不久，她爹就掐断了她的经济来源。她找亲戚告贷，亲戚们不愿意得罪她的倔头爹，表示爱莫能助。她在老师和同学们的周济下又读了半年书。

这天家里送信说她娘得了急症，叫她赶紧回去一趟。

王四心急火燎踏进高门槛，看到她娘愁眉苦脸地在院子里扫雪，就知道自己中了爹的招儿。她被塞进一间密闭的小屋，任她如何愤怒也无济于事。她娘苦口婆心地劝她，说什么别跟你爹执拗了，他答应的事都是板上钉钉，再说人家毕家那边都把喜帖撒出去了，这媳妇要是娶不进门，那可是全文登县第一大新闻了。她娘絮絮叨叨，她却铁了心地不松口。后来听到她爹训斥她娘，那么凶，似乎还夹杂着娘一声声挨打的压抑的呻吟。她到底心软了。

第二天，一顶大红花轿冒着鹅毛大雪把王四抬进了毕家。呀！她的夫婿毕务滋才十五岁，比她还矮一头多，说话奶声奶气，倒是个好脾气。王四告诉他自己是被逼着嫁过来的，希望他尊重自己，不要为难自己。毕务滋好像也没做好娶媳妇的思想准备，在她面前唯唯诺诺，她说个啥他就是个啥。婚后一个月，王四脱下嫁衣，剪掉长发，走出婆家门，经同学介绍到南马村小学当了一名教员。毕家老爷子早听说了王四跟她爹那一出戏，本想拦着，又怕自己的小船也触了礁，知难而退。毕务滋倒跟她生出一些留恋，但见她去意已决，又怎敢拦阻。王四靠自己的付出赢得了经济的独立，却招来娘家爹的鄙视："这个女娃子脖子后就长着反筋儿，真是有辱我林家家风！"

不管怎么说，王四以决绝的态度艰难地走出了自己决定自己命运的第一步，接下来，她将以更大勇气走向云谲波诡的时代风云。

"三军"在天福山崛起的消息插了翅膀一样飞遍胶东，王四又怎能不耳闻一二呢？更何况她昔日的不少同学都跟胶东党组织有着或明或暗的联系，有人告诉她"三军"已经进驻大水泊，正在招兵买马。她兴奋地辞掉教职，大大方方走进了文登城东关的林家大院，骇得林老爷下巴差点掉地上。王四冷傲的神情里翻涌着滚烫的激情，她这次回来是一次正式的宣告，也是最终的诀别，她告诉苦命的母亲："我要去参加共产党领导的抗日队伍了！"

她爹气得胡子直抖："你不知道丢人现眼，俺林家还要这层面皮哩！"

她回击道："丢人现眼的是你这样的自私鬼，肚子里整天拨拉自己的小算盘，你就不想想，日本人打到咱家门口了，国家都要灭了，还有你林家的好果子吃！”

她爹用手杖指着她吼道：“来人！把她给俺关起来，俺丢不起那个人！”

她娘可能也是受够了丈夫的颐指气使，也可能是女儿的反叛给了她勇气，她破天荒地顶撞了丈夫：“孩子愿意去就让她去，谁也不准拦着！”

她爹见鬼般瞅着老婆子，天啊！连这个一向温驯得绵羊一样的老婆子也暴动了，这是什么世道啊！家丁们愣在门口，不知该听谁的，愠怒的林老爷咆哮着：“你们耳朵里塞了驴毛吗？”

他们刚想上前，王四冷冷一笑：“你们还不知道现在国民党和共产党共同抗日了，你们阻止我，就是破坏抗日，这个罪名拉出去就是枪毙！”吓得他们都钉在原地不动了，王四旁若无人地收拾好自己的衣物、书籍，径直往外走去。她爹挥着手杖想追打上去，却被她娘猛地用力抱住，缠在厅堂上。而从林家走出来的林治惠，站在灿烂的阳光里浑身散发着傲人的光芒，很快她就变成了赫赫有名的胶东“王氏十二姐妹”中的王四。

> 新的女性，是生产的女性；
> 新的女性，是社会的劳工；
> 新的女性，是建设新社会的前锋……

王四跟随“三军”辗转于胶东各地，一头扎进妇女工作，她身上焕发出的力量都让她自己感到了惊讶。她那么机警地穿过敌人的封锁线，就在敌人的鼻子底下，几个月前这种事她连想都不敢想。她那么耐心地跟大嫂大婶拉家常，那些土得掉渣的方言俗语从她的嘴里吐出来，那叫一个顺溜！她领着姐妹们做军鞋，随口教她们唱“新的女性”，就像在唱自己的故事，感染得自己热血沸腾。她跟着队伍行军，步伐比男同志还要轻快。她的快乐是随时随地的，笑声清凌凌，坦荡荡，似乎忧愁跟她没一点缘分。她偶尔也会想起那个“小丈夫”，想起他那憨态可掬的样子，她心底荡起一丝丝温馨的情愫，她决定给他写封信。不，严格地说是写给公公的。她告诉他，自己已经参加革命，而参加革命就意味着可能牺牲，别再等她了，快给丈夫再觅佳偶吧……

王四的泼辣给她赢得了一个“王四泼”的美誉。又因为她的年纪大，处处以大姐的态度关心同志，为战士们缝缝补补、洗洗涮涮，许多人都叫她“王四大姐”。

1938年冬，王四和几位妇救会的同志到文登县西武林村发动妇女走出家门，参加抗日活动。村外一条小河结着青魆魆的冰，可村里姐妹们的旧观念比河里的冰还厚。王四也算是啃过硬骨头的人，她挂着灿烂的笑走进一家，被泼一盆冷水出来，依然笑着，再进一家，又一盆冷水，泼得她犯了倔脾气：她们的脑壳真是水泼不进，针扎不透吗？

她跟村里的干部合计法子，刘支书吐着烟说：“王同志，别嫌俺嘴碎，俺得锵锵两句，你们搞妇救会，让妇道人家抛头露面，抗日这等大事有她们个鸭子鸡！”王四有些诧异，随即笑笑说：“老刘，你是党培养的干部，不能有这样的落后意识，得跟党的主张看齐！你们村的妇女工作难发动，我看老根在你身上，你先领我跟你家嫂子拉拉去，你支书的媳妇都往后坐，别人的媳妇想冒头还不好意思呢！”刘支书被王四几句话降住了，她的语气是轻柔的，却包含不容置疑的力量。得！自己算是撞在枪口上了。他只好先“贡献”出自己的媳妇。没想到，叮叮当当，几个回合，人家跟王四成了可以说私房话的好姐妹。她一出头，村妇救会的局面就闪闪亮了。

王四还没喘口匀和气，村里就发生了一起令人发指的恶性事件。

朱大嫂瞒着丈夫出来参加妇救会办的识字班。她刚回到家门口，丈夫从门洞的黑暗处站起来，吼道：“谁叫你参加那行行子的？心里头就没个熊数！”吓得朱大嫂立刻筛了筛子。丈夫一把薅住她的头发，提溜进家，往院子冻裂的地上一搡，不容分说扒光她的衣服，让她双膝跪地，舀来凉水，一瓢瓢兜头泼来，嘴里怒吼着：“再叫你出去疯！再叫你出去跟着她们浪！”朱大嫂发出惨烈的号叫，抓挠着人们的心尖子肺叶子。

王四带着村妇救会的人擂得朱大嫂家的门山响，门开了，她疯了似的旋进去，把那个混账男人顶了个趔趄。他嚷嚷着：“到俺家来，怎么还这么横？”王四拽起朱大嫂，裹上棉袄，送进屋里，塞进被窝。

王四厉声喝道：“谁给你的权利折磨朱大嫂！你知不知道这是犯法？”

男人“扑哧”被逗笑了，好像听到了什么天方夜谭的故事：“呵呵呵，俺还是头一遭听说打自己的老婆是犯法的！”

王四怒斥道：“不许嬉皮笑脸！今天我警告你，要是朱大嫂因为你的所作所为有个三长两短，我们妇救会饶不了你！”

男人依然昂昂然：“俺漫说打她，就是杀了她，也是俺自己家里的事，你们咸吃萝卜淡操心个啥！”

王四一拍桌子：“你以为妇女姐妹们都是好欺负的吗？小王，你去叫几个人来，把这个破坏抗日工作的家伙给我绑起来！”

男人一听这话，立马熊了，磕磕巴巴地说：“俺真不知道打自己老婆有错，请政府放过俺吧！”

王四刹住了他的气焰，接下来一通小火慢炖，说服了男人，再也不敢迎风奓毛了。

王四说：“你媳妇参加抗日工作，是你家的荣誉，你应该感到骄傲，你一个大男人缺少积极性不说，还扯你媳妇的后腿，丢不丢人？”

“丢人！”

“你告诉我谁说的男人打女人天经地义？”

“老祖宗说的。”

“你把这么说的那位老祖宗请出来我看看。”

“请不出来。”

“以后还敢打媳妇吗？”

“不敢了。”

“以后支持你媳妇参加妇救会吗？”

“支……支……持……持……”

“打什么磕巴？到底是支持还是不支持？”

“支持。”

没几天，一出以朱大嫂丈夫为原型的小话剧在西武林村上演了，那男人挤在人堆里热眼巴巴地看了半天，越看越不对劲，溜着墙根回了家。王四看着他的背影笑了笑。西武林村周边村子的妇女工作也热火朝天地开展起来，众多姐妹们在王四和妇救会的引领下踢破了“老门槛”，走进了轰轰烈烈的抗日工作的战火硝烟和疾风骤雨……

1938年12月，原胶东特委党校改称为胶东区委党校，驻地在掖县三元乡的一些村庄里。

1939年下半年的一天，王四接到了派她去区委党校学习的命令，她兴奋得一夜没合眼，新的学生生活给她许多期待。她翻山越岭，赶到区委党校驻地掖县三元乡上庄村。这里地处掖县、招远交界，山岭连绵，沟壑纵横，河深林密。校长李辰之比她还小两岁，是个热情而稳重的年轻人。他早听说过王四的一些事情，安排她担任了妇女小组组长。学校生活对王四来说并不陌生，而现在所学却与原来学校大相径庭。国际共产主义运动史和马克思主义基本学说，她从来没接触过，虽然很抽象，可是她学得兴趣盎然，再有那些国际国内形势、党的发展历史、妇女工作方法等，都很对她的胃口。她性格活泼开朗，说话竹筒倒豆子，很能和同学们打成一片。课余，他们还会到老乡家帮助劳动，宣传党的抗日政策。

在党校附近的山村里，还隐蔽驻扎着胶东区党委和大众报社。王四见过《大众报》社长袁时若几面，他文静儒雅的样子下藏着一颗激情澎湃的心。他到党校讲过课，学员们围着他，问东问西，他始终带着笑意倾听，带着笑意解答。

平静的学习生活抚慰着她那颗劳碌的心，有时她会想起苦命的母亲，甚至还会惦记一下她那个死倔臭硬的老爹……

12月9日清晨，同学们正在出操，李辰之在警卫员保护下准备出门，站在寒气沉沉的操场边，看着一张张青春的面孔从眼前“流过”。王四哈着热气跟他打个招呼，再跑过一圈，只看到他和警卫员向着村口走去的模糊的背影。

上午，学员们正在教室里上课，忽然窗户纸发出一阵刺啦刺啦的怪叫声，窗外传来飞机的轰鸣声。她大喊一声：“有敌情，快趴下！”随之院子里“轰”的一声巨响，他们身子底下的地面剧烈抖动，桌椅乱跳，窗纸被咬出了一个个窟窿。王四随大家拥到门口一看，院子里一个大坑，正咕咚咕咚冒着烟。又一架银灰色的敌机俯冲而来，黑色的机翼像小片乌云，从头顶上滚过，气浪把院子里的树木摇得像喝醉酒站立不稳的醉汉，一颗炸弹在不远的农家屋顶上爆炸，惊恐的哭喊声、房屋倒塌的闷响、鸡狗驴牛的叫声混杂，浓烟吞噬了整个村子。

敌机飞远了，学员们在教师带领下迅速转移到不远的几个山洞里。

须臾，敌机又开始了新一轮轰炸。王四和大家从山洞口望着呼啸而过的敌机咒骂着，有人咬牙切齿，有人怒目喷火，有人只是轻轻地叹息一声。

忽然，王四看见烟雾弥漫的山路上两个人影在急急奔来，到了近处，是李辰之和警卫员。两人相当狼狈，身上沾着尘土草屑，脸上还划了几道血口子。李辰之钻进洞来，气喘吁吁地说："我和袁时若社长在上庄外的小桥上会合后，说着话向南走，刚爬上南山头，就遭到了敌人飞机的轰炸，赶紧躲到了岩石下。我们见飞机直冲着上庄村和下庄村飞过去，就知道大事不好。正寻思着还该不该去区党委开会呢，区委的通信员找到了我们，告诉我们掖县和招远的鬼子正联合对三元乡'扫荡'，情况紧急，取消会议，我们各自返回安排反'扫荡'。"

王四问："下一步怎么办？"

李辰之说："区党委要求我们党校和报社合编在一起，统一行动。现在同志们立刻回去收拾东西，简单吃点午饭，赶往报社所在地狍猫山会合。"

草草吃了午饭，王四回到宿舍，三下五除二打好包裹，又帮同宿舍的崔嵩和曲钦收拾停当。崔嵩拿着一面小镜子塞这儿不合适，塞那儿不妥当，王四一把夺过来，直接塞进了她的被子卷里："傻丫头，什么时候了，还惦记小脸蛋！"崔嵩脸一红："这点东西也不碍事啊。"王四背上包裹往外走，崔嵩、曲钦紧跟而行。

院门外学员们集合已毕，李辰之面色沉郁，手一挥，一百多人跑步前进。王四过去也跑过"扫荡"，那时候多是分散行动，自由灵活，这次是集中行动，目标大，更加危险了，气氛压抑得人喘不过气来，没人说话，连平日里最喜欢咬耳朵的女学员们也噤若寒蝉，只有嗒嗒嗒的跑步声。

下午2时许，区委党校与大众报社在狍猫山顶合编成一支临时行动大队，报社警卫连连长龙飞任大队长，李辰之任政委，党校教员陈亚生带领几名熟悉本地情况的学员组成特务班，负责侦察敌情，领路突围。王四在人群中看到了区妇联的负责人毕纯，跑过去跟她握握手，毕纯告诉她自己是到区党委办事的，正赶上敌人"扫荡”，被阻在大众报社这边。她们没再多说，互看一眼，用眼神鼓励着彼此。

天黑下来，彤云遮蔽了星光，黑得伸手不见五指。

临时行动大队悄然向招远方向疾行。天空飘下了鹅毛大雪——这胶东的雪，真是喜欢凑热闹，每每有大事发生，必定少不了它的影子——山路崎岖，愈加湿滑，行军难度可想而知。

龙飞命令队员把棉袄反过来穿，露出里面的白里子，这样很容易跟白皑皑的雪地混为一体，以防敌人侦察。一个意外发生了，因为夜色太浓，风狂雪骤，向导辨不清道路，队伍在山沟里兜来兜去，天将拂晓时，还没走出三元乡。队员们又困又乏，李辰之、袁时若决定找个村子休整一下。他们就近摸进了一个村庄。

这个村子是位于三元乡东北的河南村，村支书一见是八路军的队伍，热情地跑出去“号房子”。等他跑到村西北时，一眼瞭到了正弯着腰向村里摸来的鬼子兵，再跑回村里送信已经来不及了，他跌跌撞撞地找到隐蔽在一堵矮墙后的岗哨，指给他看摸上来的日军。岗哨毫不犹豫地举枪开火，以此报警。龙飞、李辰之立刻指挥队伍向村外转移。日军迅速派骑兵从村北绕过村西向南包围，在村南的小山包上架设起了轻重机枪和小钢炮、掷弹筒，拦住了我方人员突围的去路。这时硬冲，肯定不行，只能就地阻击敌人了。

一支日军小分队在猛烈的炮火掩护下，开始向村里突进。而我方人员多为文职和女性，并且武器装备只有十几支枪、几枚手榴弹和几把大刀片，显然双方实力不在一个等级上，但我方斗志昂扬，每个人都做好了最坏的打算。战士们利用有利地形，本着节约弹药、瞄不准不打的原则，等敌人快到跟前了，才一起开枪射击，枪枪致命，打退了敌人的第一次进攻。

王四和毕纯不断给女同志打气，听到突围受阻，她俩指挥着姐妹们烧掉随身携带的重要文件。王四说：“同志们，我们要做好牺牲的准备，宁死不当俘虏！”崔嵩和曲钦异口同声地响应着：“对！宁死不当俘虏！”

李辰之知道我方最终抵不住敌人的进攻，命令王四和毕纯率女同志向东面突围，因为那边的枪声明显稀少。为了牵制敌人的火力，为突围赢得时机，李辰之、袁时若带领打光了子弹的战士们挥舞着大刀片，冲上村南的小山包，跟敌人展开了白刃战。有的战士奋力把大刀砍进鬼子的肩膀，自己也被鬼子的刺刀刺穿了胸膛；有的战士腿被打断了，为了不当俘虏，用尽最后的力气滚下了悬崖；有的战士肠子流出来，咬牙塞回去，站起来继续迎向凶残的敌人；有的战士连大刀片也没有了，就拔起身边的小树冲向敌人……这是一场血腥的肉搏战，以弱对强，以少对多，可敬的战士们没有因为敌人的凶残而畏惧，明知必是一死，却坦然面对，勇敢地向凶顽的强盗宣示了华夏民族不可欺不可辱的意志！

敌人畏惧了，卑鄙地施放毒气弹，战士们纷纷倒下。李辰之和袁时若在指挥战斗中，先后牺牲。毕纯被流弹打中额头，当即牺牲。龙飞被毒气熏晕，踉踉跄跄倒地不起。在这危急的时刻，王四带着同志们冒着敌人的炮火冲出了重围。正当队员们跑到一片树林前时，不知谁把一支步枪丢在了身后。王四想都没想，转身跑回，去捡那支落在雪地中的枪。她的身子略微前倾，手臂交替前后摆动着，脚下踢起纷纷的雪花。她的想法很简单：手中多一杆枪就多一个胜利的砝码，就意味着可以多杀一个敌人。她弯下腰去，就在手指即将碰到那支步枪的一刹那，一颗子弹打在她的腿上。她捡起枪，一边向敌人射击，一边后退。鬼子一步步紧逼上来，发现是一个女八路，便狞笑着叫嚷捉活的。王四打光了枪膛里的子弹，拔出匕首，冷傲地看着扑上来的敌人。她奋力跟这群野兽搏斗，匕首被打飞了，她用牙齿做武器，咬断了敌人的手指。她用赤手做武器，一拳拳打向敌人。恼羞成怒的敌人用刺刀戳穿了她的小腹，挑出了她的肠子，鲜血汩汩涌流。她重重地向后仰倒在冰冷的山石上，鲜血染红了身体下的白雪。雪花不再飘落，由下向上地飘飞，她低头看见了枯寂的文登县城。哦，这片生长着美丽传说、繁衍着倔强生命的血地，这片让她爱让她恨让她惆怅又让她无法割舍的乡邦，这片赐给她古老姓氏又重新命名了她的土地，她忽然对曾经的一切过往释然了，她向着一片浓烈的五彩的光晕飞去……

当增援部队赶来，同志们抱起血泊中的王四，齐声呼喊着她的名字“王四——王四——”时，她从深度昏迷里艰难地睁开眼睛，眼里倏忽闪过一丝笑意。她用最后的力气说：“我……不行了……你们……好好干吧！”

…………

时光流逝，即使我们对美丽而倔强的王四极尽想象之能事，也无法重返她的生命现场和心灵秘境，但我们能够感受到她炽烈的生命力，她对光明、自由、理想的毫无保留的渴慕，她以一种酣畅淋漓的生命挥洒，蔑视着陈旧的教条，颠覆着父权的威严，她的内心铺满了阳光，以至于几十年后依然能够烛照一代代人的心灵暗室……

王四生前给公公的信转到了丈夫毕务滋手里，信上说：“我参加革命随时都可能牺牲生命，但为了民族不受日寇奴役而牺牲是值得的。告诉务滋不要再等我了，我已把我的一切交给了革命事业。再给他重新定一门亲事吧，祝他找到自己灵魂的归宿……”毕务滋读着信，泪水吧嗒吧嗒落在信纸上，字迹被洇成了一朵朵淡蓝色的小花。在不知不觉间，毕务滋完成了从一个少年到成人的蜕变，在1938年10月参加了抗日游击队，半年后壮烈殉国于疆场。

王四的三妹林治华、二妹林治桂从小就仰望这位独立而有主见的姐姐，当她化作一颗星星挂上夜幕，她们在她的照耀下，义无反顾地踏破了林家那道高门槛，追随着姐姐的步伐走向了血火奔腾的抗日前线……

32. 火嫚儿

王九对离开家乡小山村的那个早晨有着分外清晰的印象，而且这份印象就像一块石头经过日后记忆的反复打磨越来越光滑温润，成为反哺她生命的重要资粮。爹娘给她做了一顿改样儿的饭——鸡蛋打卤面，她微微颤抖着捧起那只沿上有豁儿的俗称“穷八辈”的海碗，将面孔埋进热气腾腾里。娘在旁边催着她，爹抱着一只老烟袋闷头吃烟，她夸张地弄出了一些响声，以示对这碗面无比崇高的敬意，但爹娘都没有瞧见她断线的泪疙瘩偷偷掉进了碗里……爹娘送她到村口的陡坡前刹了脚步，娘说：“甭管遇到天大事别耽误吃饭，吃饱了不想家！”爹说：“女孩子家家别闹喳喳地没个闲时刻！净讨人嫌！”王九咬着嘴唇点点头，这时候老人说什么话都是金科玉律，都该领受着。

王九扔下锄把子走出家门，也算得上水到渠成的事。

两年前村里来了地下党，悄悄在山脚下两间看山的屋子里搞“冬校”，教人们识文断字，宣传抗日救国和妇女解放。王九好热闹，跟着姐妹们去听了几次课，就被那几个讲课的“先生”迷住了。她不明白为什么都是一样的人，人家的脑壳里就装了那么多新鲜东西，仿佛是一个巨大的宝库，你想问的问题的答案都在里边放着，人家随手取出来，说得你心服口服。

她傻乎乎地问“先生”：“什么叫解放？”

那个面容清秀的年轻人说：“男人可以想到哪里去就到哪里去，你能吗？”

王九说："从古至今，哪有妇女抛头露面的？"

年轻人又问："那妇女该干什么事呢？"

王九说："那还用说？围着锅台转呗！"

年轻人说："我远的不说，就说烟台的妇女吧，她们早就跟男人一样上学、工作了，男人能挣钱，她们同样挣钱。"

王九迷惘了，这已经超出了她以往认识的极限。

年轻人说："解放就是放开捆绑在我们身上的思想枷锁，冲破原来的生活小圈子，投入到火热的社会生活中，去实现自我的人生价值。"

王九更迷糊了，这一串陌生的名词犹如天外飞来的陨石撞击着她，让她本能地害怕，本能地产生抗拒，但是害怕的背后还有隐隐的期待。是的，她渴望走入那个陌生的充满魅惑的世界。她渐渐地了解到要走向那个世界，必须敢于抛弃原来的生活，原来的旧我。这或许就是王九之所以成为王九的根源吧。

她走向大水泊的步履难免有些迟疑，可是当新生活势不可当地将她拥抱，她已经别无选择——其实她也不需要耗费时间做出自己的判断，因为这种暴风雨式的生活对任何人都是公平的，他们只能成为暴风雨的一分子，而无法独立于这场电闪雷鸣之外。王九立时被这种具有特殊魅力的生活吸引了，这种火热的集体生活展现给她的是绚丽多彩和共同荣誉感的一面，试问一个涉世未深的少女如何能抗拒这种充满不可预期的冒险性的生活呢？

王九尽情拥抱着崭新的战士生涯。女兵在那个年代是稀缺的，亲自上前线的机会并不多，她们更多的是做一些后勤和后方工作。王九很幸运，工作不久，她就直接参与到了对敌斗争中。这一点使她在"王氏十二姐妹"中显得格外闪光。

在大水泊的日子里，王九跟王八特别"对撇子"，可能是两人出身差不多的缘故吧，而王八的遭遇比她悲惨得不是一丝半毫。

王八的老家在沂蒙山里的一条山沟沟里，十岁那年春天的一个黄昏，山坡上的野菊花、蒲公英、槐花开得正恣肆，她只顾蹲着身子挖野菜，没有察觉到不远处的岩石后两双贼狠的眼睛正觊觎着她。她挎起篮子，刚走到拐角处，猛地蹿出两个人，捂住她的嘴，扭住她的胳膊，把她捆个结实，用布塞住口，装进了一个麻包里。两个人轮替背着，走了一夜，又坐马车跑了一天。她急得嗓子眼冒烟：爹娘还等着她的野菜下锅呢！唉，还不知道能不能再见到他们呢……泪水决口般溢出，恐惧像发面团一样膨大起来，挤压得她喘不过气来。她想可劲吼一声，可是声音被原封不动地退回来，重重地坠落进胸腔里，砸得她的心肝开裂般地疼。

等她被抖搂出麻包，她的耳朵被一种奇怪的轰鸣声攻占了，她吓得抖个不停，眼前灯明火亮，头上星斗诡异，一时迷惘如梦，不知身在何处。她被拖进一家小饭店里，一个眼神轻浮的男人像打量什么物件一样上上下下瞅着她，摇摇头，那两个人贩子赔着笑脸凑上去密语，然后接过一沓钞票，转身消失在夜色里。王八的命运便在这个陌生的地方重启了——向着更坏的方向。

她后来才知道这里叫石岛，那晚上听到的轰鸣声是海潮声，那个接手她的男人在岛上开了这家饭店，供着南来北往的客人落脚歇乏。她的工作就是起早贪黑地做饭，正是觉多的年纪，有时干着活就睡着了，伺候她的少不了一记耳光或一个实实在在的大脚板。

可谁也阻止不了一个少女走向绚烂的季节，哪怕是“苦难”这位老爷子！王八出落得愈发扎眼，有的行脚客专门为了看一眼王八，投宿到这家不起眼的小店，小店的生意火得一塌糊涂。

店主人犯难了，王八这样惹眼未必是好事，说不准哪天被哪位有权势的爷儿看上，空口白牙一张嘴，那就是人财两空，说不定遇到横主儿还得砸你一笔嫁妆钱！他越琢磨越忐忑，干脆寻了一个车脚河村的财主，转手把王八卖给他做了妾。

这个比王八大二十多岁的男人怕她跑掉，给她上了脚镣，当奴隶使唤。王八拖动脚镣的声音回荡在大宅门里，本是青春的花季却遇到了凄风苦雨。在那个阴森的寨园里，不仅老男人不把她当人待，主子下面的奴才也轻贱她。她干最重最脏的活，吃最差的伙食，睡小黑屋。王八稍有差池，就招来一顿饱揍。王八肚子里吞下了多少泪水，自己也弄不清了。她抱怨命运的不公，诅咒丧尽天良的人贩子、唯利是图的店老板、心肠歹毒的丈夫，生活没有了光。

她的遭遇传到外界后，引起了社会公愤，人们纷纷指责她的丈夫没人性，当地党组织号召农民起来“反剥削反恶霸”，派妇女干部上门，义正词严地警告她的丈夫，要求他无条件地给王八解开锁链。男人嗤之以鼻，清官难断家务事，何况是你们几个女流之辈。女干部们见他不吃软的，硬硬地撂下几句话，“等着瞧吧！恶有恶报，有你逞强的日子，就有你叫娘的那天!”这家伙思前想后，脊梁沟里飕飕冒凉气，他也知道地下党才是这几个“女流之辈”的掌柜的。他极不情愿地给王八打开了脚镣。王八知道实情后，很是震动，原来自己受苦遭罪并不是天经地义的，是自己没有力量反抗的缘故啊。鸟儿一旦自由，就要飞向蓝天。她听到共产党带领穷苦爷们儿闹起义，队伍开到了离她不远的文登县大水泊，她的心再也按捺不住了，她要挣脱这牢笼，打破命运的咒语。当天夜里，众人熟睡后，她收拾个小包袱，隔墙扔出去，爬上墙边的一棵老槐树，抓着树枝荡到墙头上，缓缓缒下身子，够不到地，跳下去，崴了脚，摸到包袱，一瘸一拐跑出村子……

王八讲述过程中，王九搂着她哭了好几回。

接下来的几个月里，她俩形影不离，一起训练，一起吃饭，一起到群众家搞调查，一起参加节目排演。王大说她俩属黏黏胶的，粘到一起了。1938年8月，党组织在文登县西南台村举办妇女培训班，王九、王十、王十一被选去学习，这下子王八有点不乐意了，闹着也要去。王大批评了她，她噘了好几天嘴。培训班结束后，王九跟同是文登人的荣敏之一起被分到文登县，跟随中共文登中心县委活动。王十一和她的妹妹周武去了荣成县。王大带着王八跟随胶东区党委妇联活动，王大渐渐走上妇女工作的领导岗位，王八一直在区妇联做后勤。王二被调到了五支队国防话剧社任指导员，王三辗转去了鲁南，王十二去了栖霞县。十二姐妹经过短暂的相聚，被一阵风吹散到了各地。

因为当地大部分干部已经随“三军”西上，胶东东部各县基层组织空虚。根据胶东特委指示，在文登县建立中共文荣威边区工作委员会。后又成立了中共文登中心县委，负责文登、荣成、威海、牟平、福山等地党的工作。1939年1月，中共胶东区党委将文登中心县委改组为中共东海特委，于克恭出任书记，后改成东海地委，于洲任书记。此后，在胶东各地相继建立了北海地委、南海地委、西海地委。

此时的胶东大地，抗日形势复杂多变，除党领导的抗日武装外，国民党的地方武装、地主武装、土匪武装纷纷打出抗日旗帜，抗日也成了时髦的选择，一时有“胶东二十四司令”之称。这些抗日武装鱼龙混杂，有的跟共产党联合真心抗日，有的只抗日不联共，有的又抗日又反共，有的既不抗日也不反共，有的不仅不抗日还反共……这局棋看似杂乱无章，其实却有章可循，这些武装的政治走向基本上都是见风使舵，胶东最大最强悍的一股军事力量当数赵保原部。他先是在东北当汉奸，后到胶东反正，打起了国民党给的番号，抗日消极，反共起劲，又跟日寇眉来眼去，暗通款曲。

文登县地处东海区中心位置，敌我斗争形势极其严峻。中共文登中心县委改组后，又重建了中共文登县委，宋子久任县委书记，于瓯江任民运部部长和军事部部长，荣敏之任妇女部部长。王九在妇女部工作。

1939年4月，山花烂漫，旷野拂绿，文登县西南台村外的柳林杨花如雪。

于瓯江焦急地找到宋子久说："我们得尽快把手上的枪支上交给特委，夜长梦多，丛镜月、汪兴仁这俩家伙可一直惦记着咱们这批武器呢。"

宋子久有些迟疑："从西南台到特委驻地林村，中间路途不近，弄不好就给敌人进了贡，鸡飞蛋打。"

于瓯江所说的枪支，一部分是"三军"西进前留下来的，以备重新发展队伍，一部分是文登县委用各种手段收集到的。"三军"西上后，东海特委手里的武装力量几乎归零，重建部队迫在眉睫，而武器是最大的"挡头儿"。为重新组建武装，特委向各县下达了筹集枪支弹药的命令。

于瓯江说："我琢磨了个法子，你看行不行？让荣敏之装成小媳妇回娘家，我弄驾马车赶着，把那些枪支藏到车底下，保准发现不了。"

宋子久吸着烟想了想说："这个法子自然不坏，但为了确保万一，还得派个人去给特委报信，让特委组织人马接应一下。"

于瓯江顺过宋子久的烟，点上一支，深吸一口："这烟香啊！你老宋有好东西就独吞！剩下的我就不客气了，留着路上解闷。"说着把半盒烟揣进怀里。

宋子久一脸乞求相："老于，你忒黑心，怎么也给我留几支啊！"

于瓯江嬉皮笑脸地说："我知道你还有存货，等我回来再抄你的家。"

宋子久哈哈大笑："老油条不好糊弄啊！——我看就叫王九同志骑上车子先给特委送信，让特委派精干力量做接应！"

王九骑着自行车一会儿冲上山顶，一会儿冲下山脚，一会儿蹚河，一会儿过桥，像一只雏鹰展翅于天宇，尽情释放着心里的快乐和自豪……跟王九前后脚从西南台村出发的是一驾马车，车把式头裹白毛巾，手摇牛皮鞭，车厢里盘坐着一位衣着干净的小媳妇。车把式叼着烟卷，眯着眼，很是享受。小媳妇被烟呛得直咳嗽，她抢白道："别抽这劳什子了！谁见过车把式抽烟卷的？小心叫人瞧出幺蛾子！"车把式嘿嘿一笑："我这不是见四下里没人才抽一口嘛。好好好，听你的！"说完把烟卷在鞋底上摁灭，揣进了怀里。小媳妇仰着脸，承受着暖融融的阳光，哼起了小调："四月里打鱼那个深海里走，山沟沟里留下个妹妹没人瞅……"

王九耳畔风声呜呜，她感觉自己正漂流在一条湍急的河流上，浪花亲吻着她，鱼群追逐着她，春风推送着她，她完全陶醉了，根本不像是在执行一项极其危险的任务，而是一次自由自在的漫游……经过一年多的淘洗打磨，王九告别了羞涩，辞退了胆怯，出落成一名真正的战士，走路一阵风，说话不含糊，干事小老虎。她风风火火，大大咧咧，工作没的说，业余还是大伙的开心果，你跟她开玩笑，开不恼，她都替你着急。战友们看她干事跟踩着火一样，加上热情似火的性格，都叫她一声"火嫚儿"。

此去林村最险恶的一关非文登县城莫属，而这时的文登城已是丛镜月的天下，这位文登县的老牌"坐地虎"，如今凭着手里的枪杆子，终于坐上了县长的宝座，对外号称"丛司令"，当然，实力为王，谁也不会嫌枪杆子多，他也听说文登共产党手里有一批不错的货色，只是碍于国共合作的大势，不好明目张胆地下手，但是要是"送货上门"，那就另当别论了。

离文登城越近，王九心里的小鹿蹦得越欢，她担心万一被岗哨缠住脱不了身，不能及时送信给特委，后边的于瓯江和荣敏之的马车可就只能撞大运了。不行，过文登县城得想个法子，啥法子呢？她跳下车子，蹲在路边盯着一丛金黄的蒲公英出神，她脑海里模拟着接下来可能发生的种种情景，准备择优而行。她采了几朵花别在衣襟上，又在嘴里咬了一朵，飞身上车，向着文登县城驰去。

花香萦绕，白云悠悠。

那驾载着小媳妇的马车爬上一个山岗，一阵青灰色的喜鹊叽叽喳喳地从他们头顶上掠过，车把式扬扬鞭子说："看！喜鹊闹，好事到！"小媳妇却皱着眉："文登城跟龙潭虎穴差不多，不知道王九能不能顺利过去啊？"

车把式随手打出一个响脆的鞭花，马儿一声嘶鸣。

文登城西墙上的青天白日旗已经清晰在望，王九没有泄劲，继续飞速蹬着车子。城门口两个荷枪的岗哨老远看见她，把枪一横挡住去路。王九慢下车子，拿白眼狠狠剜了他们一眼，气哼哼地往里骑行。两个岗哨一看她这想抽人的架势，知道来者不善，一个冲另一个努努嘴，意思是叫他盘问。另一个皱着眉，轻声问道："这位姑娘你这是从哪里来？"王九不拿正眼看他，仰着脸说："你管我从哪里来干吗！我叫丛淑花，是丛镜月的小姑，进城找他有急事。"两位一听原来是丛司令的小姑，怪不得这么大派头，还好没冲撞了神仙，赶紧撤开枪，低头哈腰赔笑脸。王九懒得搭理他们，飞身上车，一溜铃声，冲进城里。

这两位瞧着她的背影发怔，一个打了另一个的脑壳一下："瞎瞅个啥，癞蛤蟆想吃天鹅肉啊！"

另一个挠挠头："俺总觉得她不像丛司令的小姑哩，这个小姑也忒小了吧？"

那一个"哧"一声："在文登地面谁吃了熊心豹子胆，敢冒充司令的小姑？"

王九来到东门前，把速度降下来，没等岗哨发问，先开了腔："闪开闪开！我是丛司令家里人，出城有急事，就不下车子了！"车子忽地就到了跟前，两个哨兵还在琢磨她的话，本能地把枪抬起来，身子往旁边一闪。眨眼的工夫，王九的车子“嗖”地蹿出了城。两个岗哨咂摸出味来，准备抬枪射击，却找不见王九的影子了。

王九的车子飞进林村，见到了东海特委书记于克恭。于克恭紧急召开会议，部署武装人员前往接应。于克恭询问王九来的路上的情况，王九说了一遍。于克恭笑眯眯地说：“王九同志不简单，小小年纪竟敢冒充丛镜月的小姑，他要是真叫你小姑，不把你叫老了？”王九的脸上飞起一片红云：“这不是没法子逼的吗？只能想个歪招儿了！”

天黑前，王九听到街上传来一声鞭响，跑出门，于瓯江正看着人从马车底下往外掏枪支，荣敏之笑吟吟地向她跑来，两个人手挽手走回特委驻地。荣敏之告诉她多亏了特委派人去接应，过文登城时，岗哨想仔细检查马车，被我方接应的同志硬下了枪，闯过了城。王九又把自己的经过说了一遍，被荣敏之刮了几下鼻子，两人搂在一起笑作一团。

一种莫名的恐慌正啮噬着牟平县城里的维持会和伪县政府。伪县长周东华叫来公安局局长暴跳如雷地臭骂一通，限令他十天内捕获混进城里的共党分子。

把“铁杆汉奸”的帽子扣在周东华头上严丝合缝，按照他的一言一行就能制定“汉奸的行业标准”，以至于日本主子把他树成了“模范县长”，供周边几个县的汉奸参照学习。周东华在牟平城里推行强化治安，借助维持会的力量监视老百姓，特务、暗探苍蝇一样满城飞，再加上数百名伪军和伪警布控，整个牟平城被罩在了周东华编织的铁网下，任何风吹草动似乎都逃不过他那双阴狠狡诈的隼目。如此煞费苦心营造的治安环境，想不典范都难，牟平城俨然成了日军羽翼下的治安典范区。

周东华拿到主子颁发的嘉奖令还没热乎够，街头就出现了一张张共产党的传单、标语，这不是成心跟他叫板吗？看看这些传单、标语的内容，更叫他七窍冒烟，冷汗直流，什么“铁杆保皇杀头!”“当汉奸前途漆黑，快反正一片光明!”“周东华忘本，狗彘不食!”“胁从者要身在曹营心在汉，为自己留后路!”“我与贼势不两立，周东华自绝于人民”……周东华油光烁烁的肥脸青煞煞地透出杀气，“在我眼皮底下哪有你们蹦跶的地处!”

牟平城里的警戒骤然加紧，城门口加派军警，白天对出入人员加大盘查力度，看谁不顺眼，立马扭送大牢。不几天监牢里人满为患，维持会的会长们、伪县政府的职员们、公安局的警察们上下其手，帮着那些拿出钱的人家“捞人”，从中牟利，真是一笔快活买卖！周东华亲自到监狱视察，对那些喊冤叫屈的人不屑一顾，对陪同的公安局局长颔首嘉奖。局长啪一个敬礼：“卑职准备实施宵禁，凡逾规上街者格杀勿论!”周东华拍拍他的肩头：“很好，很好。对嫌疑分子可以再狠点，不必费事审讯，就地正法就行。”局长应道：“谨遵县长谕令。”

牟平城西门外，几名所谓“嫌疑分子”就这样莫名其妙地被推上了刑场，首级挂上城头，宣扬着周东华强化治安的“丰功伟绩”。

夜色深沉，死寂的街头，诡异的灯笼像夜的血红的眼球。军警的皮靴踩着结冰的路面走过，如同锥子一下下扎着人们的梦。牟平县被囚禁在一个叫不醒的噩梦里。

在一处街角的阴影里，王九机警地观察着周围的动静。不错，把牟平县里的汉奸们搅得食不甘味、寝不安枕的正是这个小女子。这时的王九已经从文登调到牟平，担任了县妇救会会长。

十几天前，王九接到组织命令，让她混进牟平县城撒传单、贴标语，以打击伪县长周华东的嚣张气焰，警告那些跟随他为虎作伥的狗腿子们。王九揣上内线弄来的良民证，装作走亲戚的样子进了城，住进秘密交通站，当天晚上就把传单撒进了维持会，把标语贴在了伪县政府的大门上。

她轻来轻去，犹如一只燕子，在夜色里翩翩起舞。她非常了解夜色的特性，似乎跟夜色达成了某种神秘的默契，她所到之处必有夜色如影随形，她成了夜色的组成部分，甚至比夜色更“夜色”，悄无声息，不露痕迹。有几次她明明就在巡逻军警的眼皮底下溜过，可是谁也没觉察到她的行踪，只觉得眼前飘过一团模模糊糊的黑影，意识里认定了那是夜色里的树影、屋脊的倒影、飘动的旗影。

王九神出鬼没了几晚上，敲山震虎发生作用，维持会里的大小会长如坐针毡了，伪政府里的职员耷拉了脑袋，伪警察们也不敢再飞扬跋扈。

周东华召集维持会长们开会，眼前一片如丧考妣的死人脸，气得他拍桌子瞪眼：“看看你们这胆儿！还不如个蚂蚁大！”谁也不吭声，周东华更恼了：“你们吃着皇军的饷，事到临头，都想装㞞！老子不吃这一套！谁想后坐，先他娘的投进牢里吃牢饭！”平日里最贴乎周东华的副会长王金生觍着笑脸说：“我完全拥护周县长的主张！周县长为建设皇军的‘大东亚共荣圈’，宵衣旰食，日理万机，才有了弟兄们今天的荣华富贵。鄙人谨代表个人向周县长致以最崇高的敬意！”说完站起身，毕恭毕敬冲周东华深深鞠了一躬。周东华嘴角上扬呵呵了几声：“金生兄抬举我了！”王金生说：“但鄙人还有个小小的请求。”周东华说：“尽管道来。”王金生说：“小弟虽不惧共党威胁，但家小尚在穷乡僻壤，我想把他们搬到城里来，以免资敌以柄。”周东华点点头：“这样最好，这样最好，等你把家眷搬来后，我亲自登门致贺。”

王金生带上马车慌里慌张地出了城，直奔乡下的宅院，不想他的行踪早被正在暗中监视汉奸行动的王九逮个正着，王九即刻把这一情报通知给地下交通员。牟平县武工队埋伏在王金生返回牟平的必经之路，手到擒来，没费一枪一弹，活捉了这个周东华的得力干将，将其就地处决。

周东华吓得好几个晚上没睡着觉，他隐隐感到自己周边有双眼睛在盯着他，自己的一举一动都在人家的掌握之中。

…………

敌人实施夜间戒严，确实给王九的行动增添了不小困难，可也难不倒她，老虎也有打盹的时候，只要踩准这个点儿，照样能发出该发的传单，贴上该贴的标语。

王九开始行动了，几个巡查的军警刚从她隐蔽的角落走过，她就弯着腰溜出阴影，尾随着他们来到一处高墙大院前。几个军警在门前跺着脚抽烟，王九滑到一棵一搂多粗的大树后，三下五除二把两张标语贴到了树身上，她又弓着身子，滑到另一棵树后，又贴出两张。

几个军警分散开来，留下两人把守着门洞。王九隐在一团灌木的影子里，像一只熟稔于夜色的狸猫娴静地看着天上的星，有那么一瞬间她想到了离开家乡的那个早晨，老娘端来的热面的味道似乎还萦绕在齿颊间，哦，什么时候能再吃上一碗那样的面啊？

不知过了多长时间，她发现头顶上那颗最亮的星，忽然动了一下，向西走了一步，她这才知道原来有些星星并不是按部就班地滑落的，而是偷偷迈步走动的。

两个军警倚靠在门洞里打起了瞌睡，她像一条爬行的溪流接近了门洞，她已经能看清两人嘴角垂挂着的口水了。她掏出怀里的传单，塞进门缝里，她的每个动作都如绸缎般柔滑，如梦似幻。她瞥一眼这两个令人厌恶的家伙，一个恶作剧的念头跳上心头——但是这个想法太大胆了，把她自己也吓了一跳——她扶扶心口，踮着脚尖走近其中一个，将一张传单贴在他的后背上，又如法炮制了另一个。

她带着笑意，看看自己的“杰作”，一猫腰融入了夜色中。

牟平城炸锅了。

周东华像被人踩到了尾巴，叫来公安局局长狠狠赏了两个耳刮子。

老百姓疯传着一个飞檐走壁的地下党人进了牟平县城，轻功如何了得，身手如何厉害，剑术如何神奇。维持会里人心惶惶，不断有人“溜号”。

一位姓谭的会长看到传单、标语后，吓得六神无主，偷偷跑回村里藏匿起来，一听到大门外有响动就两腿打战，院子里鸡一叫，就吓得他一哆嗦。老婆数落他：“一个鸡叫你怕啥？”他眨巴着眼说：“你知道个鸡毛？说不定这是暗号呢。”老婆嘲笑他草木皆兵了，他苦笑着说：“共产党的手段太厉害了，说不准啥时候，俺就丢了吃饭的家伙了。”思前想后，还得给自己留条退路，只好偷偷给牟平县党组织写了一封信，表示要改过自新，用实际行动为过去犯的罪赎罪。

党组织拿到信后，分析了一下，拿不准这家伙到底是不是真心悔改，但可以肯定的是他确实被我方的行动震慑住了。党组织决定试试他，正好他那个村子里有十几名青年想出来参加抗日武装，但大家都怕他给日本人通风报信，殃及家人，所以迟迟没有拉出来。党组织想派个人去通知他，给他一个戴罪立功的机会，亲自把那十几个人送到部队上来。派谁去呢？这项任务有一定的风险，这个人既能讲政策，还得有策略，领导又把目光落在王九身上。她没含糊，腰里别上手枪，骑上自行车，直奔那个村子而去。

进了村，王九大摇大摆直接进了谭家，向他说明来意。姓谭的支支吾吾，横竖没个痛快话。王九故意扯扯衣襟，似乎不经意间让他瞥见了腰里的枪，吓得他打了一阵小摆子。

王九索性把话挑明了：“你既然想弃暗投明，就得拿出点诚意来，口头上跑马，谁信?”

姓谭的抹抹额头，眼神游移，哆哆嗦嗦地说：“这个……那是……一定的……这个……只是……我再想想。”

王九严厉地说：“在民族大义面前，没有中间道路可走。你想脚踩两只船，左右逢源，实话告诉你，没那种好事。到头来，你非弄个猪八戒照镜子——里外不是人。”

姓谭的脸色煞白，鼻尖顶着一层细碎的汗珠，牙疼似的哼哼唧唧地说：“我……我……一定的……请贵党放心……”

王九说：“我今天敢来，就不怕你家里是龙潭虎穴，今晚我住你家，给你一夜时间好好想想，到底是当汉奸与人民为敌，最后难逃清算好，还是顺应民意，跟我党合作抗日，做一个有骨气的中国人好?”

姓谭的没料到王九胆子这么大，竟敢在自家住下，不由暗自敬佩。

王九在谭家的火炕上美美地睡了一夜。第二天一早，一开门，姓谭的毕恭毕敬地站在门外，说：“我想了大半宿，想好了，我跟你们走。”

王九说：“那好，你赶紧把这个名单上的人叫到一起，咱们立刻动身送他们到队伍上去。”

姓谭的接过名单跑出去，不一会儿把那十几个想参军的青年找来了。

王九说：“谭乡绅现在是自己人了，你们走后，家里的事就由他照顾着。”

大家将信将疑。

姓谭的说：“过去我鬼迷心窍，经过贵党的教育，迷途知返了，今天我跟这位女长官一起送你们去部队!”

王九推着自行车，带着十几个朝气蓬勃的青年走出村口，姓谭的骑着毛驴跟在她身后，驴脖子下的铜铃摇出一路清脆的丁零丁零声。他们爬上一道山岗，眼前一片绚丽，红日正从东天的云海里喷薄而出，一道道金光铺洒在山川田野间……新的一天就这样无比辉煌地开启了。

33. 玫瑰与苦酒

一个人心里藏着秘密是幸福的，但也可能是痛苦的。王六心里藏着一个很大的秘密，每每想起她就像被幸福的闪电击中一样陷入甜蜜的眩晕，紧接着则是同样从心底泛起的苦涩和无依无靠的空虚。

这个秘密的种子是什么时候飘进她心里的呢？她有时候会仰着脸望着遥远的云天这样审问自己，阳光被树木的枝叶摇碎，洒在她淡黑色的面孔上，照得上面的粒粒雀斑生动而妩媚，她光滑的鼻梁犹如一道弧度优美的小山坡，鼻唇沟有棱有角，像一个柳体的“儿”字，嘴唇稍微有点厚，看上去给人一种在赌气的感觉，嘴角的小旋涡却调皮地消除了以上瑕疵，平衡了她面部的美感的天平。

对呀！到底这个改写了王六一生命运的秘密是什么时候刻录到她心底的呢？王六梳理着散乱的记忆，终于在就读文登县高级小学的那段日子里找到了它的源头，而它的源头却是一个男人的白净文雅的笑脸，尤其是那双流溢着热情光波的眼睛，让她简直不敢直视，只能偷偷地去瞟半眼——真的是半眼啊，她羞涩得只能让自己的目光掠过他的半张脸，而另一半她感觉——天啊！她的心快要跳出来啦！——她是没有能力没有资格获得的。

那男人叫田百川，文登县本地人，她的算术老师。

可以想象一下：一个刚刚从乡下来的十五六岁的女孩子，面前霍然打开一个广阔而斑斓的世界，她睁大惊奇的眼睛，贪婪地摄取着外界的信息。当一个英俊潇洒、富有学识的年轻男子在不知不觉中走进她的梦境，他一举一动流露出的魅力，怎是她这样一个涉世未深的女孩子所能抵挡的呢？她根本不知道自己什么时候沦陷的，只晓得他的言谈举止是她饥渴的思念最可口的食品。田百川也被这朵来自乡野的玫瑰俘获了，她浑身散发着野性的魔力，只是她不知道，她那种既含蓄又大胆的眼神多有杀伤力，似乎轻轻一瞥，便牵走了他的心魂。他尽量表现得对她跟别的学生一样，可是越刻意越欲盖弥彰，她感到了他对她的爱意，她终于大起胆子，迎向他的目光，两条河流一旦相遇便激荡起朵朵浪花，从此难分彼此。他给她写情书，偷偷夹在她交上来的作业本里；她给他写情书，密密麻麻地写在小字条上，揉成一个小球，他巡查过来时，塞进他的口袋里。他给她讲国内外形势，讲一个叫共产党的组织如何为穷人闹革命，吓得她多半宿睡不着觉，她感觉他说的这个组织专门是对付她这样的家庭的，她当然也不例外。他告诉她出身不能选择，但道路可以选择。她看着他说你的道路就是我的道路。

有一天，田百川约她到召文台见面，他告诉她他要走了，组织安排他跟着“三军”西去，他必须和她分开了。她有些不解，为什么组织要不分青红皂白地分开他们。他说组织的命令必须服从，他要和同志们去打鬼子，为民族解放而战斗。她的热血沸腾了，这样伟大的事业她怎么能用儿女情长的丝线拴住他呢？他反复嘱咐她一定要去找他，他在前线等着她，千万不要再回到那个封建腐朽的地主家庭了。她郑重地点点头，我一定去找你！

田百川离开文登城的背影可能是她印象最深刻的影像了——他带走了一个少女的梦。

她要去参加八路军的想法在父母看来真是离经叛道又离谱不着调。他们只有两个女儿，大女儿已远嫁他乡，偌大的家业要靠她来继承，怎么能想怎么就怎么、说走就走呢？这也太不像话了！她是他们五十多岁时生下的，从小视若明珠，真是把她宠得没边没沿儿，要是别人，早就家法伺候了，可是现在他们的撒手锏只剩下了向隅垂泪，希望她那颗冥顽不化的心能被这一颗颗苍老的泪珠软化。

她的态度像一块铁板，他们的乞求被冷冰冰地弹射回来，这对年近七十的老夫妻面对自己满脑子鲜花怒放的女儿，束手无策，顾影自伤。王六狠着心收拾行李，她那小脚的娘缠在她身边抹泪失声，絮叨着如何一把屎一把尿拉扯她长大，她爹颓唐地坐在太师椅上咬着水烟袋茫然地瞅着屋顶。

她没有多余的话，就扔下一句："你们都是剥削阶级，以后好自为之。"爹娘坐在太师椅上变成了雕像，她骑上自行车赶往了大水泊，她似乎看到一片阳光照耀的鲜花，她心心念念的田百川就站在春风簇拥的花海里等着她。

等她到了大水泊，看着身边攒动的陌生面孔，她有些惶恐，她要找的那个人在哪儿呢？一个姑娘家怎么好张口去询问一个男人的所在。她被领进一个大院子，跟一些同样陌生的姑娘住在一起，她的心稍微安定了。她很快被周围火热的环境同化了，她变得活跃起来，跟姐妹有说有笑，但她的笑容里藏着一丝丝落寞，她总是习惯性地抬头眺望门外，盼望着在一抬头的瞬间奇迹出现：田百川正立在那儿笑眯眯地看着她，他的目光像两条温柔的瀑布无遮无拦地倾泻在她身上，她醉了……她本以为到了"三军"就能见到田百川，就能跟他形影不离，就能看着他发呆，缠着他讲那些新鲜事，可是她错了，"三军"分散在好几个地方，游动性很强，而且她必须服从组织的安排，不能随意走动。她安慰自己总能见到他的，毕竟已经进了同一个阵营里，而且她完全听从了他的召唤，她相信他就在某个角落等着自己，到时一定给她一个热烈而长久的拥抱。

经过短期的培训后，王六跟随"三军"到了黄县，随后脱下军装，去做基层妇女工作。这对她是一次脱胎换骨的磨砺，她原来过的是衣来伸手饭来张口的生活，从没跟农民打过实质性交道，现在得学着说家常话，拉农村呱儿。她跟着王大、王二学习，看她们游刃有余地跟群众打成一片，落落大方，堂堂正正，心里非常钦佩，也就学着她们的样子说敞亮话，讲农家理，很自然地拉起了一双双粗糙的手，还学会了帮大嫂大娘哄孩子，帮军烈属担水掘地。她摇着怀里的婴儿，望着那红扑扑的脸蛋，忽然想到了什么，脸上飞起了一片红霞……

是啊，有好一阵子没有想到田百川了，工作安排得满登登，不容她再有别的心思，几个姐妹自带的快乐情绪也感染了她，她的小忧伤被赶到了爪哇国里，可是，在她心里那个身影只是暂时隐退了，一不留神，就又溜进她的梦里……金色的阳光洒在他的身上，他站在开满杜鹃花的山岗上，向她招手。她奔向他，路上尽是突兀的石头和暗藏的泥沼，她心惊胆战，还是勇敢地向着他奔去。她被一个念头死死攫紧：再也不能让他离开了，死也要死在一起。可是无论她怎样奔跑，都无法缩短她与他之间的距离……抽泣着醒来，枕头湿了一片。

为什么不光明正大地向人打听打听田百川的消息呢？她搞不懂自己，难道这是一件可耻的事情吗？她默默忍受着无尽的思念的折磨，那么甜蜜，又那么苦涩。

不久，王六被调到了平度县工委任妇女干事。

没事时，她站在工委驻地门前眺望着郁郁葱葱的大泽山，那连绵起伏的山峦像一道道画屏，从近及远，由浓渐淡。已是初秋时节，山里的果子喜盈盈地熟了，飘送着诱人的香甜气息。平时的工作还是从这村到那村，宣传抗日救国的道理，组织妇女识字班，教唱抗日歌曲，发动女同胞送丈夫上前线……她对这些工作已经很是娴熟，渐渐得到了领导和同志们的认可，她也对多半年以来发生在自己身上的变化，感到不可思议。唯一的缺憾依然藏在心里，岿然不动，她太需要一个人倾诉了。

就在这时，上级派来一个叫慕显凤的妇女干部，两个姑娘很快成了无话不谈的朋友。在慕显凤的眼里，王六是一个“活脱脱的假小子”，上身黑色对襟棉袄，下身青色裤子，脚上一双破棉鞋，在她身上已完全找不出一丝半毫地主小姐的痕迹，倒成了慕显凤工作上的老师，处处热心地指导她。王六把那个从不曾对人说过的秘密告诉了慕显凤，慕显凤看出她对田百川的爱是发自内心的，洋溢着一个少女对成熟男人的崇拜。慕显凤带着一分羡慕三分诚恳地说：“你一定会找到田百川的！”这么一句简单的话给了王六莫大的鼓舞，她感激地说：“妹妹你也帮我多留心。”慕显凤眨着眼说：“行啊！到时候可别忘了给我吃喜糖。”王六像吃了酒，脸上酡红一片，追着作势要打她。

王六因为慕显凤的到来暂时摆脱了孤独，重新焕发了活力，带着慕显凤走东家串西家，平度县的妇女工作风生水起。

慕显凤趁着外出，不住向人打听田百川的音讯，可是这人就像从地球上消失了一样，谁也不知道他的下落。人们遇到这种事，往往喜欢向坏的方面想，慕显凤也不例外，可是她怎么敢把这个想法告诉王六呢。王六那双清澈灵动的大眼睛，让她无法面对。

这年冬天，她们两人跟着平度工委组织部部长周方去一个小山村发动群众支前，半路下起了大雪，等他们赶到那里，已是暮色苍茫，白雪皑皑。晚上他们跟村里的几个干部围着火盆谈工作，周方先讲了当前的形势，他告诉大家目前胶东抗战已经进入异常艰苦的阶段，日伪顽都视八路军和游击队为眼中钉，极力压缩根据地的生存空间，所以这个时候，发动群众支持抗战，有人出人，有钱出钱，有力出力，对我军坚持抗战意义极大。火光使每一张面孔都变得生动饱满，王六那张略微显胖的面孔像一颗熟透的葡萄，秋水剪剪，男人们不由自主地偷瞟几眼。慕显凤靠着王六，敏感地察觉到一道道目光曲径通幽地绕过她，奔向王六，释放着异性被异性吸引的气息。王六大大方方地谈了如何发动妇女做拥军鞋的问题，她说现在我们的战士跟敌人作战，有的还穿着单鞋，有的棉鞋底子磨出了窟窿，不少人冻伤了脚，非常影响战斗力，应该给妇女姐妹们把这事的意义说透讲明，号召大家加班加点赶制军鞋，争取最短时间里让战士们穿上暖和的棉鞋。慕显凤侧目望去，王六的长睫毛一闪一闪的，每次闪动都甩出一溜小闪电，让人无法招架。雪簌簌下着，不断传来枯枝被压断的嘎巴声。

散会后，周方留下她俩说话，问了不少王六的家庭、学习、生活情况，王六一一回答，慕显凤看出她几次想向周方提问，可是最终没有鼓起勇气。她觉得是时候替这个大姐冲锋陷阵了，脱口而出问道："周部长，你认识的人多，你见过田百川这个人吗？"

王六一听这话，脸色唰地白了，接着又红了，把头扭向一旁，似乎在找什么东西。

周方"哦"了一声，问："你说的这个田百川是你什么人？"

慕显凤调皮地说："不告诉你！这是私人秘密。"

周方摇摇头："我从来没听到过这个名字，他是干什么的？"

慕显凤叹口气："他是文登的地下党，后来跟着'三军'到蓬黄掖开辟根据地去了。他这一走，没了音信，可苦了家里人喽！"

周方似乎明白了一点什么，说："女人的心，海底的针，还真是这么回事呢。你这个小慕子，还是个小滑头哩，还跟我来虚晃一枪。"

慕显凤说："你这么大的领导，我寻思见多识广，没想到也是那个孤陋寡闻哩。"

周方认真地说："看来这个田百川跟你关系非同一般，但我得实话实说，我们的队伍现在很分散，处境也很艰难，要想找个人困难不小，而且、而且……"他没再说下去，王六和慕显凤却都明白了下文的意思，一时气氛凝固了。

周方站起身倒杯水放到王六面前，依然对着慕显凤说："我参加革命几年来，遇到这种情况不少，最好的处理方式是先把个人问题放下，全身心地投入到革命工作中去。”他扭头对王六说，“喝口水吧，这段时间工作很累，要注意休息。”

慕显凤噘着嘴说：“你这个当领导的，有偏有向，为什么不关心我一下呢？”

周方哈哈大笑：“你又没有思想问题，我怎么关心你啊？”

当晚王六失眠了，她瞪大眼睛，望着漆黑漆黑的空茫，欲哭无泪。

慕显凤发现王六的情绪渐渐低沉下去，那晚的谈话挑明了她心里早就存在而不愿正视的那个推测。

与此同时，抗战形势更加恶化了，县工委几乎一天转移一个地方，有时甚至连续转移几个村，想睡个安稳觉成了最奢侈的事。伙食也成了问题，饥一顿饱一顿，大家变得又黑又瘦。王六经常失神地发呆，老半天不说一句话。慕显凤尽量逗她高兴，虽然她也跟着笑，可那笑容里总藏着一丝无奈的苦涩。

1939年春，王六接到了胶东区党委的调令，让她到区党委所在的莱阳县张格庄待命。王六告诉了慕显凤，慕显凤十分不舍，她这一走，自己再跟谁去说体己话？她对王六说：“大姐，我去送你吧，也不白白姐妹一场。”王六噙着泪点点头。慕显凤跑去找周方说了想法，周方同意了，并叮嘱说：“你多开导一下王六同志，不能让个人的感情干扰了革命工作，必须以大局为重，否则可能影响到党的事业发展。”

第二天她们上路了。南风拂面，阳光明亮，脚下的路踩上去很柔软；四野绿意萌动，山坡上野花黄澄澄的，这儿一片那儿一片，点燃了瞳眸。

慕显凤帮着王六提着简单的行李包，并排而行，没话找话，气氛挺闷。慕显凤是一个青春少女，虽有离愁别绪，毕竟未经世事，不知道怎么表达自己的心情，更说不出什么有分量的话安慰她。

还是王六开腔了："小慕子，我在这里什么也不留恋了，就是舍不得和你分开啊。在这世界上只有你最了解我了。"她说话的样子那么凄楚无助，慕显凤抱住她呜呜地哭起来，她也簌簌地落泪。

过了一会儿，王六红着眼圈望着她说："到了区党委你能陪我再去找找田百川吗？"

慕显凤使劲点着头："区党委人多，肯定能找到你的百川的！"

王六默默地擦掉泪痕。

太阳落山时，她们赶到了区党委组织部，接着被一个同志送到区党委妇女部。接待她们的李玉枝是慕显凤的二哥的同学，也是她参加革命的引路人。慕显凤跑过去，高兴地叫声"玉枝姐"，两人抱在一起。李玉枝打量着慕显凤，夸她更俊了，也成熟了。

慕显凤把王六介绍给她，她握着王六的手说："我早知道你们十二姐妹的大名，你们是咱胶东妇女的一杆大旗啊！"

王六也有了笑模样。

李玉枝说："经组织研究，王六同志是文登人，东海区目前缺少妇女干部，决定派你回家乡去开展妇女工作，你有什么意见吗？"

王六有些意外，回家乡工作当然好了，就痛快地答应了。

这时，慕显凤似乎受到了什么鼓舞，鼓起勇气，热切地望着李玉枝说："玉枝姐，既然东海区缺妇女干部，那就派我跟王六同志一起去文登吧！"

李玉枝看看慕显凤："这事我一个人说了不算，你们怎么也得在这里待两天，我跟领导商量一下再定。"

吃过晚饭，王六拉上慕显凤往外走，名义上是去散步，实际是想去碰碰运气，她幻想着会在村里某个地点突然遇到那个苦苦寻找的人。春夜静谧，灯影朦胧。两人慢悠悠走着，看到有灯光的院子，就走上去打听打听，有两次还被哨兵拦住，当作嫌疑人盘查了一番。当然，王六想象的情况没有发生，要是发生了，王六就不会成为以后的王六了。

第二天，王六带着慕显凤到区党委驻村的所有机关部门挨个打听。开始时王六吞吞吐吐，都是慕显凤帮腔；再往后，王六自己问得很麻利了；到末了，她的嘴巴似乎被什么钳住了，说出来的话微弱如蝇，还是慕显凤出马，答案统统是没有。她俩跑了一天，嘴巴都起了火泡，心里更是窝着一堆火。王六有些恍惚了，这世上到底有没有田百川这个人呢？是不是自己犯花痴虚拟出来这样一位心上人？还是田百川根本就没有参加“三军”或者参加“三军”后很快发生意外，以致知道他的人少之又少？王六靠坐在一棵楸树下，把头埋到两腿间，肩头剧烈地抖动着。天上的星星渐次浮现，树丛里偶尔传来鸟儿的啁啾声，湿暖的地气在悄悄上升，蚯蚓从鲜土下露出头，又迅疾地缩回土层下。慕显凤手足无措地站在她身边，不知道怎么安慰她，她看上去那么无助，似乎连正在美好起来的春天也在欺负她。她突然站起身，猛捶着树干，发出了一声撕心裂肺的干号……

第三天，王六、慕显凤和三名男同志一起向文登县出发了。慕显凤发现王六清澈的眸子里游移着灰暗的云絮，她彻底绝望了，这绝望里难免还掺杂着对田百川的怨尤，就像一个人本来在家里过着安稳的小日子，你把他带到了一片广阔的草原上，可是你突然消失了，草原虽美，可是已成凄美。王六的内心坍塌了，她开始怀疑自己出走的意义了。

后来，慕显凤回忆这段经历，透露出无比的遗憾：革命催熟了情感的果实，却没有催熟理智。她说：“现在回想起来，我们两个十六七岁的姑娘，真是太年轻了，总感到这是自己的私事，其实只要向组织报告，由组织出面帮助寻找，是不难找到的……我们就是碍于面子，也太没有社会经验了。”

这应该算得上是一次长途跋涉了，他们翻山越岭，紧走慢赶，走了七八天才到了东海特委所在地文登县林村。风吹日晒，每个人都变黑了几分，本来就有些黑的王六，更是黑上加黑了——无疑她抑郁的心境也加重了人们对她的这种印象。

东海特委书记于克恭、妇女部部长曲韶华热情地接待了他们。王六强颜欢笑，只有慕显凤看得出来，别人没怎么在意。他们休整了几天，恢复了体力和精力。东海特委组织部部长王台分别跟他们谈了话，明确他们的工作去向，王六被分到文登县委做妇女工作，慕显凤被派往中共威海卫特区担任妇女部部长。

第二天清晨，王六与慕显凤在村口洒泪分别。慕显凤看着王六落寞走远的身影，涌上一阵酸涩。她不知道的是，不久后她所熟悉的那个王六消失了，荣修春又回到了原来的生活轨道上。

她们再次相见，已有了两世为人的疏离感。

这天，慕显凤接到东海特委的命令，让她到文登县委来一趟。她赶到文登县委，接待她的是文登县妇救会会长荣敏芝。荣敏芝告诉她一个令人震惊的消息：王六脱离革命了。

慕显凤怎么也不敢相信，在她心目中王六泼辣能干，热情坚毅，怎么可能脱离革命了呢？

荣敏芝讲了她掌握的情况。

原来王六到文登县委报到后，就请假回家探亲。到家后见到父母年迈，加上老人苦苦哀求，就传回来话说“不革命了，读书去”，已经半年多没有归队了。

荣敏芝说：“组织上的意思是你跟王六熟，我们一起去做做她的工作，希望她能回来。”

慕显凤便把王六跟田百川的事情捅破了：“她之所以离开革命队伍，主要原因还是因为没找到田百川。在某种程度上，她可能认为是田百川欺骗了她的感情。”

荣敏芝说：“革命和爱情是不能混为一谈的，为了爱情投身革命当然可以，但当失去爱情时，你再背叛革命，那就大错特错了。”

她们冒着大雪赶往王六家所在的口子荣家村。路上慕显凤设想着王六的样子，真的见到后，还是大吃一惊：眼前的王六——不，荣修春——一副洋学生的打扮，一头披肩长发，一顶天蓝色绒线帽子，一件古铜色缎子旗袍，一双黑色棉皮鞋。荣修春正在院子里玩箩筐扣麻雀的游戏，看到慕显凤和荣敏芝走进来，吃了一惊，随后极不自然地把她们让进屋里。荣敏芝代表县委跟她谈话，要求她回到组织里来。荣修春毫不犹豫地拒绝了：“要革命就不上学，要上学就不革命。”慕显凤对眼前的这个荣修春也很陌生，虽然苦口婆心，劝了又劝，无奈她已经铁下了心。

两人悻悻地冒雪返回了。

后来慕显凤得到的关于王六的消息越来糟糕：她考上了文登中学，后来学校因为战事而停办，她回到本乡当了一名小学教师，却被一名伪区长诱骗同居，不久被抛弃，只好回到父母家中……1944年，慕显凤调到文登县任妇救会会长，一天荣修春急切切地找到她，表示希望重新回到革命阵营来，继续为党工作。慕显凤当然高兴了，似乎又看到了昔日的那个王六。她把她的请求汇报给了县委书记林琳，没想到他以王六是个“十足的投机分子”为由加以拒绝，彻底断绝了王六重新成为王六的最后希望。王六痛哭着离开了，慕显凤的心里浇油般地难受：难道我们的同志犯了错，我们就不能允许他们改正，再给他们一次机会吗？

此后王六彻底回到了地主家掌门人的角色里，代替父母收租，放高利贷，过上了寄生虫的生活。

最后的结局终于到来了。在疾风骤雨般的“土改”运动中，荣修春被戴上了地主分子的帽子，被揪斗，被游街，被唾弃。那时候，再没有一个人把眼前这个面目丑陋可憎的“地主婆”，跟那个抛弃家庭投奔革命、追求自由爱情、活跃于抗日根据地的王六联系在一起了……

一切就像一场梦，来有信而去无痕。

那么田百川到底去了哪里？原来田百川参加完天福山起义后就改名为田野，1938年1月任“三军”十一大队指导员，参加了突袭牟平城和雷神庙战斗，此后先后任八路军山东纵队五支队组织科科长，胶东军区组织科副科长，胶东抗大二营教导员，胶东军区十六团政治处主任、政委等职。解放后南下，历任中南军政委员会监察委员会副秘书长、中南军区空军政治部组织部部长、中南空军工程部政委等职。到底田百川找没找过他曾经的恋人，这是一个永远的谜；或者，他曾经找过王六，正如因为他改了名，王六找不到他，他也因为王六改名，而寻她不得，终于酿成了一杯爱情与革命纠缠又背离的“红尘苦酒”。

胶东“王氏十二姐妹”是胶东抗战史上一段传奇、一个佳话，至今为人津津乐道。毋庸置疑，传奇里也有平淡，佳话里也夹杂着难以面对的苦涩。

其他姐妹的履历大体如下：

王大后改名王达，一直是胶东妇女界的领导，后与胶东区南海地委书记兼军分区政委梁岐山结婚，1949年随军南下大西南，先后任四川省万县县委书记、地委副书记、省广播事业局副局长，中共“八大”代表。她在主政四川省广播事业局时，在剑门关上修建了一座广播信号差转站，使中央电视台的节目经此传输到了四川、云南、西藏等地。她引此为豪，留下遗言，死后葬于此地。1995年去世后，她和丈夫的骨灰一起安葬在剑门关上的信号塔下。作为埋骨异乡的革命者，这位胶东女儿，此举是否也有登高眺望黄海之滨的故乡小城的意思呢？

王二后改名王军，1939年赴延安学习，先后任延安抗日军政大学学生连区队长、排长，后参加了大生产运动，又入中央党校学习。在此期间遇到了从胶东来参加中共“七大”的吕其恩。吕其恩参加完会议后，留在延安，多次给胶东区写信联系妻子李紫辉，被人告知联系不上。在此情况下，1943年王军与吕其恩结婚。其后李紫辉找到延安，造化弄人，还是人弄造化，只能徒叹奈何。解放战争时，王军随吕其恩带一个加强连先期赴东北开展敌后地下工作。解放后任黑龙江省副省长、省人大常委会副主任。2014年逝世。

王三后到鲁南的蒙阴县，遇到了八路军第一纵队司令员，两人结婚。解放后王三在黑龙江省委党校担任过领导职务。

王八给东海特委妇女部部长曲韶华做过勤务员，解放后到沈阳军区做后勤工作。

王十一先后担任过荣成县、威海卫妇救会会长，新中国成立后任国家计委处处长，20世纪90年代去世。

王十二的情况比较复杂。她先是担任栖霞县妇救会会长，1942年日伪军对胶东区“大扫荡”时，与丈夫邹本兰被捕，投降烟台日军，成为驻烟台日军特高课的一名特务。因为熟知我方情况，对我方造成很大的破坏。烟台党组织为监视她的行动，派烟台张裕酿酒公司创始人张弼士的孙女张世禄，以打字员的身份，进入特高课，开展反特活动。这当然又是一部刺激惊险的“谍战片”了。烟台解放时，王十二与丈夫在轰隆隆的炮火声中仓皇出逃香港，下落不明。

王五、王七、王十情况模糊，似乎更像一场大戏里的边缘人物，没有留下多少踪迹。

胶东“王氏十二姐妹”如同一束强光，照亮了大水泊的夜空。从来都是男人出将入相的舞台，突然被十二个女子瓜分了戏份。她们的加入，给胶东抗战这部大剧增添了一腔柔情、一抹亮色，也将一段玫瑰色的记忆永远留在了那个血火奔涌的年代里。

第三部　芬芳纪

在中国东部，蓝色的国土上有一座神奇的山，形如母亲的乳房，名为大乳山，又称母亲山、圣母山，传说是由一位慈悲的母亲为救护众生化身而成的。湛湛晴空之下，这位无私博爱的母亲骄傲地挺露出浑圆饱满的乳房，哺乳着流云、星月、沧海和绵绵无尽的岁月。

也是在这片神奇而美丽、悲情而柔慈的土地上，在那偏僻的山坡上、田塍间、林莽里，掩映着三百多座不起眼的墓丘，埋葬着三百多位战争年代的乳娘。

她们在自己如花似玉的年龄里走进硝烟战火，用圣洁的超越血缘的母性哺育了一千二百二十三名革命乳儿。她们的乳汁哺乳着被战争创伤的生命，她们的慈爱驯化着凶残的炮火，她们哼唱的“摇篮曲”演绎成了一部芬芳四溢的东方母亲的交响史诗。

和平年代，这些平凡的母亲重回平静的生活。出于当年的保密要求，她们很少向人说起这些经历，有的终生守口如瓶，直至把这些往事永远带进了凄迷的时光深处……

第十章　叫一声亲娘泪两行

34. 离奇的梦境

那个困扰了司晓星一生的离奇的梦又出现了。

一条倾斜向上的小路，有人摇摇晃晃地抱着她走着。抬头是一片青灰色岩体的山坡，三棵黑魆魆的楸树像三个粗壮的感叹号，矗立在一座院落前。跨进一个狭窄的门洞，钻进低矮阴暗的屋子里，忽地喧哗起男人女人孩子老人的说话声，她在哪里呢？她在人缝里钻来钻去，她对一切都是仰视的样貌……

她再次痛哭着从梦境中爬出，每次醒来她似乎都受了无尽的委屈，女儿田宇习惯性地安慰她："不就是一个梦吗？有什么难过的？"

这个梦在田宇很小的时候，就开始侵入到司晓星的生命里，只是没往心上放。后来女儿大了，她把这个梦告诉她，一遍又一遍，听得田宇耳朵起了茧。那时正是家庭和工作两头吃紧的时候，这个梦也只是偶尔光顾一趟，每次来都像一位喜欢搞突然袭击的远房亲戚，虽然醒来若有所失，但并不为其所苦。这种平衡的打破，是从司晓星退休开始的：它开始频繁造访，弄得司晓星跟丢了魂儿似的，恍恍惚惚。更可怕的是，这个梦从司晓星的潜意识里溢出来，爬进了田家人的生活领域，一家子都被它卷进了不安的旋涡里。

“就跟真的一样，我到底是真经历过，还是凭空瞎想呢？”司晓星一遍遍把这个问题抛给丈夫和女儿。

田宇逗她：“要是真经历过，你还能不记得！痴人说梦呗。”

司晓星并不满足女儿的回答。

它又来了。

这次，司晓星似乎保留着一些意识，努力地睁大眼睛，想把梦中的情景看清楚，记住里面更多的细节，可是无论如何，她看到的情形都是朦胧的依稀的。她急得大叫起来，奇怪的是声音只能回荡在自己体内，对梦中的人物丝毫不起作用……她一身大汗地醒来，在黑暗里怒气冲冲又垂头丧气。

司晓星每叙述一遍这个梦境，田家人就被带入一次，不胜其烦。

田宇学医出身，知道梦境是对现实的一种折射，那么这个梦是不是意味着母亲的人生在某个阶段出现了断裂，或者遭遇了情感认知的障碍，才会不断重返梦境试图进行修补和超越？当然这只是她的推测而已，现实中的母亲，在她眼里就是一位脾气刚烈、有些执拗的老人，跟小区里那些每天提着篮子逛菜市场的老太太并没有多大区别。她不得不老生常谈地安慰母亲别拿这个梦当回事，又不是什么吓人的梦，顺其自然就是了。

司晓星一脸愠怒，她何尝不想这样风轻云淡地对待它，可是它每一次光顾，都在加重着她心底的空虚和悲伤，向她提示着某一件在她生命里曾经拥有而又丢失的珍宝的存在，并给她留下了一条并不确切的找寻的线索。

突然，某一天，司晓星从梦里醒来，她豁然开朗了，因为这个梦终于开口说话了：“来找我吧，我等着你——”她认领了这个梦，并把它作为一种神秘的启示开始贯彻实施：可以肯定的是她确实经历了一段这样的生活，而且这段生活涂抹了她生命的底色，跟她以后的人生建立了血肉联系，她需要找到那个源头，明白自己从哪里来……

司晓星已到了花甲之年，巨大的宿命的云朵笼罩在她的上空，指引着她，回溯到自己生命的上游去寻找梦里的“那个我”和那些模糊破碎的人影物象。

她生命的上游到底在哪儿呢？

天蒙蒙亮，星辰谢幕，鸡声正旺。

杨积珊被姜明真踹醒了：“当家的该起来了，不是说今儿早去山上疏果枝子吗？”

杨积珊咕哝了一句含混话，没搭理妻子。

姜明真撮火了，腾地坐起身，抄过炕头的笤帚疙瘩，冲着杨积珊招呼过去。他惊乍而起，睡眼惺忪地扤扤头皮，愤然道：“你这个熊娘们儿！反了你了呢！”

姜明真把眼一瞪：“一个大老爷们儿连点活道都没有！害臊不？你没听见东邻家已经出去打水了？西邻家叮当叮当修车子？”

杨积珊虽不情愿，可毕竟是昨晚一家人合计好了，今儿早他去南山修理那二十多棵苹果树。他耷拉着脸，不紧不慢穿着衣服。姜明真已经下地，扭着小脚出了门，随即院子里传来唰唰的扫地声。杨积珊抄出烟袋锅，按上烟末，点上，拽着一缕青烟往外走。姜明真跑过去给他开门，还没把门闩撤下来，门环倒被人叩响了。她犹豫一下：“谁呀？”门外答道：“我呀，坤思啊。”

姜明真打开门，杨坤思那张年轻的面孔带着一股朝气迎上来，“嫂子，积珊哥呢？”

姜明真一闪身，说：“在这儿呢——你哥准备到南山里疏疏果条子去。”

杨积珊架着烟袋凑过来：“坤思兄弟，这么早找俺有事？”

杨坤思说：“‘三军’在咱这片儿驻着，搞得声势老大，吓坏了那些地主老财，他们想联合大刀会、红枪会这些混账道门，把‘三军’撵走呢!”

姜明真插话说:“那可不哩！前两天‘三军’宣传队到咱村演戏，宣传抗日的大道理，那些小青年扮着相，又蹦又跳又唱的，怪好看哩，俺也跟着学会了两句唱词:‘日本鬼子凶似狼，侵占了咱东三省，还要把中国亡。’俺唱得不好，你再说——”

杨坤思说:“行啊嫂子你！唱得不错！——‘三军’是共产党领导的抗日队伍，专给老百姓做主，地主老财最怕共产党，所以才想着法地要把他们赶走。”

杨积珊吧嗒着烟袋瞅着杨坤思:“兄弟，你找俺啥事，向明里说吧。”

杨坤思看看姜明真说:“嫂子是明理的人，我就不拐弯抹角了，我们正在号召穷哥们儿起来支持‘三军’，挽留‘三军’。”

姜明真抢先表态:“你想叫你哥干啥去，俺都不拦着。俺信得过你!”

杨坤思说:“今天上午跟我一起到崖子去，我们在那里召开大会，声援‘三军’，打击反动势力!”

杨积珊说:“俺南山里的果树还等着剪条子哩。”

姜明真眼珠子一瞪，嗔道:“你看你，这哪像一个老爷们儿说的话!”她转头问杨坤思,“啥时候走？俺也跟着去!”

杨坤思哈哈大笑:“嫂子真是个明白人！等会儿，咱们街心见!”

杨坤思风一般刮走了。

姜明真白了杨积珊一眼:“咱们斗大的字认不得一筐，但心里不能糊上猪油，跟着明白人走，错不了!”

杨积珊在鞋底上磕打磕打烟锅，看着姜明真，怪里怪气地说:“咦！你这个长头发的，比俺还有见识哩!”

1938年3月,“三军”西上，途经这一带，驻扎在马石店、崖子等村休整。按照上级指示,“三军”所属的“民先”总队在崖子村成立了“民先”牟平县队部，杨锡芷、杨坤思、张可臻为负责人。杨锡芷也是东凤凰崖村杨家门里人，他跟族叔杨坤思同年考入莱阳乡师，是学校里思想最活跃的分子之一。早在1936年9月，杨锡芷、杨坤思与孙可佩、吴兴志、李文光就跟北平“民先”队员、共产党员张加洛联系，成立了莱阳乡师“民先”小队。两人毕业后辗转回到家乡，跟当地党组织接上关系。因为公开参加革命活动，需要有个化名，杨锡芷化名为孙加诺，杨锡芷建议杨坤思也取个化名，杨坤思将“思”字上下分开，取名为杨心田。其后他们以化名行世。而东凤凰崖村的父老乡亲们多数只知杨锡芷、杨坤思，而对孙加诺、杨心田为何许人一片茫然。

从此，杨坤思变成了杨心田，这一变才引发出了一连串的波澜。

日上三竿，东凤凰崖村街心响起“嘟嘟嘟”的哨声，人们从一条条枝杈似的胡同里走来，有的提着红缨枪，有的背着大刀片，有的扛着土铳，有的背着褡裢，里面装着花生、鸡蛋、山里红，他们围着杨心田聚拢到一起。姜明真让杨积珊把家里的粪叉磨了磨拿上，自己则提了一篼篼玉米面，混进了人群里。

杨坤思站到一个台阶上高声说:“老少爷们儿,‘三军’是咱自己的队伍，刚刚在雷神庙跟日本鬼子真刀真枪地干了一场，打得小鬼子丢盔弃甲，有一架飞机被我们的神枪手几枪打了下来，第二天找了几头牛来才拉回了烟台。‘三军’不单是真正抗日的队伍，也是为穷哥们儿撑腰的队伍。‘三军’来了，咱这一片的地主恶霸都哆嗦了，吓毁堆儿了，巴不得‘三军’赶紧走人，他们联络了红枪会、大刀会，煽动一些不明真相的群众，到‘三军’驻地捣乱，干扰战士们正常的休整和训练，搞所谓请愿，请‘三军’尽快另择宝地。我们能看着这些坏分子使阴招吗？我们能看着自己的队伍被赶走吗?”

“不能！”“跟狗日的拼了！”“打这些王八蛋去！”……

杨坤思手一挥，率领着东凤凰崖村的声援队伍，大步流星地向崖子村走去。

姜明真颠着小脚，紧赶慢赶的，杨积珊看不过去，“你跟着干啥去？又不是看大戏！”

姜明真说：“俺跟着助威去！多喊一嗓子有一嗓子的声势！”

杨积珊替她提着篼子，姜明真走得从容了，得闲把散出的头发拢进了鬏髻兜里，她随口哼着那天刚学会的抗日小调儿，不经意间就发现远处的山坡上洇出了浅浅的绿意，山尖上绕着乳白色的围巾，又隐隐地透出里面蓝莹莹的肌理来。

队伍经过一个村子加入一拨人，滚雪球似的越滚越大。站在路边的妇女看到姜明真，开始指指点点，过后就有大姑娘小媳妇跟上来，跟她并肩而行，叽叽喳喳说笑着——她们更像是去赶庙会，眉眼里藏掖着红彤彤的兴奋和小小的放肆：她们在家里憋得太久了，今天也就借助着集体的力量顺水推舟地跨过了那道“高高的门槛”。

崖子村西有条河，河滩上有片返青的柳林，“挽留三军抗战保家乡”誓师大会就在这片春意萌动的林子里举行了。数千人站在漂着冰块的河水边，听“三军”领导同志做报告。牟平县委的同志发出了拥护“三军”的号召，人们振臂高呼。姜明真也跟着高呼，起初她还能听到自己的声音，后来便被淹没进了声音的洪流里，可是她不想停下来，依然跟着竭力地呼喊……随后声援的队伍浩浩荡荡开往各村游行，专拣地主恶霸的家门口经过，故意停下来猛喊一阵口号，震得他们的红漆大门簌簌颤抖。

晚上回到家里，姜明真才发现脚上磨出了几个水泡，她喊杨积珊找出纳鞋的针锥子，点着一张粗纸烧烧针尖，轻轻挑破。

那几天姜明真的耳朵眼里像钻进了一只蝉，总在吱吱地叫，她倒下头眼前就出现了那些乌压压攒动的脑壳，如同一片海洋荡漾着。就在这自由自在的荡漾里，她感觉到某种力量，看到了一些朦朦胧胧的景象……

这年秋天，杨锡芷和杨坤思回到村里发动乡亲们参军，姜明真怂恿杨积珊报名去。杨积珊说俺走了，这一家老小你能拢得了缰绳？姜明真说别门缝儿里看人，你只管去，俺保准不让你老的小的掉地上。杨积珊架不住她的软硬兼施，说一声就为了耳朵根清净两天，俺也得报这个名去。

望着丈夫跟随一队人消失在山岗上，姜明真怅然若失地回了家。

此后几年里东凤凰崖村热闹起来了。

1938年3月，胶东第一个村级妇救会——凤凰崖村妇女抗日救国会成立。“三军”西去前，姐妹们发起了做军鞋运动。姜明真白里黑里地赶，做了六双千层底的圆口布鞋，交到了妇救会干部杨坤哲手里。她左看看右看看，一个劲地夸她针脚好。“三军”走了，原国民党牟平县公安局巡长苗占魁拉着队伍来了，打过鬼子，更打共产党，闹得老百姓鸡犬不宁。1941年，在姜明真身边发生了一件大事：胶东区委在牟平县南部、海阳县东部划出了一个县级行政区——牟海县，范围大致就是前面曾经提到的牟海边区。后来人们觉得“牟海”两个字总给人以牟平、海阳两县合称的感觉，干脆重新将其命名为乳山县。乳山县的得名，当然跟境内的大小乳山有关了。

整个抗日战争期间，牟海县范围内基本处于国共势力共同控制中，日本人的炮楼碉堡只能修到县界边，根本进不来，原因就在于县境内山多河稠林密，交通状况糟糕。更为重要的是在对待日军的态度上，国共军队加上土匪武装高度一致，只要日军进入这一带，各股势力就拧成一股绳，拼命地打，打得鬼子站不稳脚。以东凤凰崖村为例：鬼子要到这一带“扫荡”，无论是从牟平方向，还是海阳方向过来，尽是些羊肠子山路，等到了这里天也就黑了，而鬼子最怕的就是天黑，谁打冷枪都不知道。

这一带的群众基础较为坚实，因此，胶东党政军机关、学校、兵工厂、医院、制药厂、北海银行制版印钞厂纷至沓来。东凤凰崖村正处于牟海县、牟平县、海阳县交界处，更成了香饽饽，胶东兵工一厂、兵工五厂、胶东公学、胶东军区后勤部、北海银行印钞厂等都在这里扎过根，留过影。

杨琅轩家作为秘密交通点，接待过胶东军区司令员许世友，军区后勤部部长兼政委高达三，胶东区贸易局局长、实业处处长、军工局局长范心然等。街面上他家的买卖铺一拉溜，糕点店、粉坊、药铺，还有一家饭店。这家饭店开在他家临街的一排房子里，人来人往。往往是前边国民党的官兵和便衣吆五喝六地划拳喝酒，后面房子里则是共产党的工作人员在秘密开会，前边那伙人是要钱不给，后边这伙人是给钱不要，所以没多长时间饭店宣告关门大吉。当地人戏谑地称其为“开一天饭店”。

1941年春，杨积珊因病复员回来了。姜明真叹口气，又伸了伸腰。转过年，杨家就响起了一阵阵婴儿的啼哭声。到了夏天，姜明真抱着一个男孩出现在街头，一脸初为人母的满足感。

姜明真所不知道的是，就在这一年的春天，一个叫胶东医院育儿所的新生事物，搬进了东凤凰崖村。正是因为它的到来，这一带三百多名正处于十七八岁或二十岁冒头的哺乳期的小媳妇，领受了一个新的称谓——“奶母”，习惯上称之为“乳娘”。不用说，姜明真接下来的命运轨迹将跟这些乳娘一道，被纳入烽烟战火与母性悲情错综交织的历史叙事，用女性坚韧的母爱和珍贵的乳汁调和战争的血腥残酷，慰藉那些不幸生于斯时又幸运地获得了一份额外母爱的小生命们。

1942年9月的一天夜里，大风滚下山坡，在东凤凰崖村街筒里像一头野兽似的横冲直撞。

村妇救会主任矫凤珍走进杨积珊家，看着正在奶孩子的姜明真说出了一句令人匪夷所思的话："明真，你能不能给你家娃子断了奶，有一个八路军的孩子想让你奶奶？"

姜明真一愣，从孩子嘴里拽出了奶头。孩子一哆嗦，嗷地哭起来。她赶紧拍拍孩子，又把粗壮的奶头塞进他的嘴里。小家伙吧嗒吧嗒地吮吸着，一会儿睡着了。

矫凤珍说："孩子他爹妈都在前线打鬼子，咱给他们抚养孩子也是抗日哩。"

姜明真低头看看怀里的孩子，刚想开口，听到外间屋里杨积珊夸张地咳嗽了几声，她扑哧笑了："当家的你有嘛话痛快说，别装腔作势的，跟兔子打喷嚏似的闹动静。"

杨积珊端着烟袋锅哈腰进来："不是俺思想落后啊，你现在给孩子掐奶，头一个不愿意的就是孩儿他奶奶。你没听她念念叨叨吗，那个谁家的孩子都六七岁了还拱他娘怀里吃奶呢。"

矫凤珍两手一拍："这不叫人笑话吗？——谁家啊？"

姜明真白他一眼："咱娃子八九个月了，可以吃正饭了。"

矫凤珍拉起姜明真的手："这么说——嫂子同意了？"

姜明真说："人家娃子的爹娘舍命打鬼子，咱还舍不下一点奶水吗？"

杨积珊闷头抽烟，姜明真拿脚踢踢他："这事就这么定了，孩儿他奶奶那里俺去知会。"

矫凤珍说："育儿所那边每月给六十斤粮食做补助，孩子的衣服那边也统一发。"

杨积珊脸上的阴云被风吹散了："俺，这还差不离，要不可真拉不开栓了。"

矫凤珍说："你们既然同意了，俺明儿就把孩子抱过来。但是——"她的表情无比严肃起来，"保证孩子的安全是第一位的，这是革命的后代，必须确保万无一失，以后咱们还得指望他们建设国家呢。”

姜明真说：“大妹子，俺拿命向你保证，只要有俺一口气，绝对让孩子好好的。”

杨积珊两口子送走娇凤珍，躺到炕上合计了大半宿。临睡前姜明真摸了摸孩子，眼角浸出一滴泪水，心里一紧，忽然觉得很对不住孩子，暗暗责怪自己这个当娘的忒狠心了。

娇凤珍顶着大风，深一脚浅一脚地走在坑洼不平的胡同里，脚下一绊就是一个趔趄，怪只怪当初老娘心狠手辣给自己缠了小脚，不光走路像走刀山过火海，而且……唉，还嫁了个喜欢天足的新派学生，弄得两口子心生罅隙……她眼前立刻浮现出丈夫杨坤思那张俊俏的脸，心里像抹上了一层金黄色的蜜似的亮堂起来。

娇凤珍的娘家在牟平县下垛玉家村，是个有些根底的大户人家，嫁到东凤凰崖杨家自是门当户对，但更让她醉心的是丈夫的一肚子学问和一些莫名其妙的想法。在杨坤思的影响下，他这位小脚媳妇很快成了村里的妇女活动带头人。

杨坤思从军而去，一走一年多，白日黑下的思念弄得她总跟梦游似的，只有投进烈火烹油般的工作里，她的心才会宁定下来。领着村里的小媳妇做拥军鞋，她也做，而且“别有用心”地在鞋底上用红线刺出一个“心”字，她天真地认为这双鞋一定会“走”到杨坤思手里，一定一定的。

就在这天傍晚，她抬头望见一群山雀子从自家院子上空掠过，落日辉煌，村庄静穆，院门“咿呀”一声开了，杨坤思神一样地站在那里，娇凤珍傻了。片刻过后，她由傻转惊，她看到丈夫怀里竟然抱着一个婴儿，天啊！难道……她扶住门框，杨坤思走近了，一把把孩子送到她怀里，她也竟鬼使神差地接了过来。公公杨同烈和婆婆听见儿子回来了，赶紧掴饬饭食。

杨同烈是村里比较早的党员，现在当着东凤凰崖村村长，出头露面的事除了杨琅轩就是他。他问出了矫凤珍肚子里的问号："坤思，这孩子咋回事？"杨坤思吃着烙饼，喝着粥，抬起头说："这孩子啊说来话长了……"

杨坤思从戎后遇到了司绍基，两人因为都有参加"民先"的经历，很是谈得拢。

司绍基是山东东阿县人，先是在济南国民党政训处工作，后转到牟平县政训处，又到威海政训处，跟孙端夫等人共同参加了理琪领导的威海起义。随后奔袭牟平城，激战雷神庙，西上蓬黄掖，这些大事他一个也没落下。在此期间，他认识了在胶东医院工作的蓬莱姑娘王菊卿，两人在部队上举办了简单的婚礼。

不久王菊卿"上了怀"，这可愁坏了小两口。

杨坤思去串门，见状，便说："小菜一碟嘛！送我老家养着不就得了！"

司绍基大咧咧："那敢情好啦！你就给孩子当个干老儿吧！"

王菊卿笑得比哭还难看，但这样总比把孩子送给一家陌生的老乡强吧？

1942年夏天，胶东医院院墙边的几棵杏树上黄澄澄的杏子压弯了枝条，鸟雀悄悄潜身而入，肆意开荤。一声女婴的啼哭冲出窗子，鸟儿突地炸飞而去。

司绍基接到妻子生产的消息，找到杨坤思："老杨，你白捡了一个闺女，快点送回老家吧。"

打过的包票不能作废，杨坤思起身赶往胶东医院。产后的王菊卿身子虚飘飘的，她告诉杨坤思："现在部队上的孩子可以交给胶东育儿所管理了。"杨坤思顿觉肩上一轻，"那就省得我再操心了。"王菊卿抢白道："你们这些老爷们儿只会玩清心！交给育儿所后，也得分散到老乡家养着，与其叫育儿所找奶母，不如咱自己找。"杨坤思义不容辞地答应了，"我今天就把孩子抱回家，你找时间到育儿所登记一下，别坏了规矩。”王菊卿低头看看孩子，登时眼泪婆娑，“心田，能不能晚几天再抱回去？”“嫂子，我明天一早就赶回部队了。”王菊卿亲着孩子，肩头一抽一抽的，满脸泪痕地抬起头。杨坤思心有不忍，“要不……”王菊卿狠狠心，“你抱走吧！我没事……”

矫凤珍低头看着怀里的女婴，暗暗舒口气，盘算着找谁给她当乳娘呢。

…………

矫凤珍回到家里，杨坤思正在灯下看书。“明真嫂子答应了。”“嗯，答应了好，积珊哥的态度呢？”“还行吧。”“什么时候送过去？”“明儿晚。孩子呢？”“被娘抱到她那屋去了。”“嗯。你跑了一天，赶紧歇着吧。”“我想再看一会儿……”“看什么看，怪费油的，噗——”

第二天入夜后，矫凤珍叫上公公杨同烈陪着，顶着漫天星斗，穿过黑水银似的夜色，把孩子交到了姜明真手里。姜明真的乳娘生涯开始了。

司晓星提上行李箱跑到聊城汽车站，坐上了去往省城济南的班车。她的退休生活就这样在急切的期待里开启了。本来田宇把她的退休生活就定义为“全国各地旅游，饱览祖国大好河山”，她理所当然地把旅游的第一站定位到了胶东，因为童年记忆的源头在那里。她在济南火车站转乘到烟台的列车。在汽笛的长鸣和机车的震动中，她那些关于胶东的休眠的记忆复活了，舒展着腰身，慢慢地向她走来，带着晨光的霞晕。

刚从聊城出发时，她还在问自己到了烟台再去哪里，现在她的目的地变得清晰了——乳山！这两个字比牟平、海阳、莱阳、文登、荣成等任何一个地名都更深刻地印在她的脑海里。

好吧！那就向着乳山进发吧！

35.半夜里打雷惊着了孩儿

1939年，苏政被组织上派往国民党山东保安第十八旅做友军工作，在那里认识了当营长的平度人张光烈，两人在交往中萌生情愫。这年冬天国共合作的蜜月度完了，苏政动员张光烈率队投奔了八路军山东纵队第五支队。

回归后，苏政被安排到胶东区妇联任秘书。第二年冬，苏政生下一女，没喂上一口奶，孩子就被送到了老乡家寄养，“因在产前，妇联领导同志动员要按时恢复工作，不要被孩子所牵累”。生产后的第二十五天她就开始随军行动，因为走路多，落下了伴随终身的腿疼病。

没想到的是几个月后，她再次怀孕了。她给自己出了个难题，也给组织出了个难题。好像生孩子的事天经地义是女人的分内之事，张光烈照旧在部队上忙得不可开交，苏政那段时间心情很糟：这是啥事呀！说出去不够丢人的！

一天天大起来的肚子替她举手发言了，胶东区妇联认真考虑了苏政面临的窘境以及跟她类似的其他人的情况。

当时，抗日战争已进行到了最艰苦的相持阶段，但炮火硝烟阻止不了男人和女人互生好感，危险和死亡阻止不了他们奔向婚姻殿堂的脚步，艰难困苦也阻止不了爱情结晶的降临。是啊！这些闭着眼嘹亮啼哭的小精灵才不管什么冰天雪地、公务繁忙、冲锋拼杀、爱恨情仇呢，他们只管来，来了之后的事，就交给父母，交给老天，现在嘛，还要加上一条：交给组织。组织上也了解情况，之前孩子生下来后，只能送回老家，而大多数人的老家都沦为了敌占区或游击区，非常危险，再一条路是送给老乡，缺医少药，孩子夭折了不少。因此每个准父母既欣喜又害怕，这成了他们最大的心病。

胶东区妇联领导把苏政叫去，交给了她一个解决自身问题同时也能解决诸多姐妹问题的方案：由她负责去组建一个“战时托儿所”。

苏政痛痛快快地答应了。

1941年11月，荣成县大小岳家村，这个承载着哺育革命后代重任的托儿所无声无息地运行了。没有锣鼓喧天，没有鞭炮齐鸣，也没有挂牌揭牌仪式，一切都在秘密中进行。因为与同时筹建的胶东医院，同一个地点办公，同属一个党支部，所以人们习惯上也把它称为“胶东医院育儿所”。

苏政任指导员，手下只有几个人，奶母王克兰、李秀珍、魏春玲，事务长于国义，还有个谭医生。苏政已经“显怀”了，跟几个人忙着打扫办公室，她想拎桶水进屋，被王克兰拦住，“哎哟，你可不能干这种粗活，肚子里的孩子万一有个好歹呢。”苏政打断她，“俺没那么娇贵。”王克兰冲屋里吆喝道：“老于，你出来劝劝苏政同志。”于国义挓挲着一双糊着黑灰的手出来，“听人劝吃饱饭，关键时期别出岔子，咱这里刚搭好台子想唱戏了，你这主角再塌了架子！”

苏政站在冬日稀薄的阳光里，没有风，听着同志们的家常话，心里感到从未有过的熨帖，那些产后颠簸的日子折磨得她身心憔悴，总算可以顺顺溜溜地喘口气了。她捋了捋鬓发，“那就多辛苦辛苦大家了”。

因处于筹建期，没法接收孩子，主要工作是人员培训，学习基本的婴儿、儿童护理知识。除此之外，苏政经常给大家做思想工作，让大家提高对托儿所工作的重要性的认识。

没多久岳家村待不下去了，敌人已经注意上我方这个秘密隐蔽点，胶东医院和托儿所紧急转移到了荣成县沟曹家村。

1942年初的一天，飘着大雪，苏政临盆了，谭医生主持接生，王克兰、李秀珍打下手，于国义蹲在外间屋里抽着烟坐镇，心提溜着。

好在挺顺利，李秀珍噙着泪跑出来："是个扛枪的！"于国义磕掉烟灰，站起身："好啊！长大了打鬼子去！"李秀珍嚷嚷道："你胡吣个啥！还用孩子长大去打啊，咱不早把鬼子赶到东洋里喂老鳖了！"于国义嘿嘿笑着拍拍脑壳："没转过这个弯儿来。哎，你们照顾好苏政同志，我出去看看能不能弄点补养品。"

哪有什么像样的补品啊，转了大半天，弄回来几个鸡蛋，一包红糖。王克兰熬了小米粥，煮了两个鸡蛋，端到苏政面前。她脸色苍白，头发打绺儿，一副极度疲惫的样子。王克兰心疼地看着她，嘟囔着："唉，这生孩子就是女人的鬼门关啊……"一调羹一调羹地喂她，苏政眼角流下一颗大大的泪珠，看看身边的孩子，"可真丑啊！像个小怪物！"王克兰"咦"了一声，道："你见谁家的孩子生出来就是诸葛亮、赵子龙啊！"苏政扑哧笑了，"那倒是！长长看吧，要真是长得怪难看的，咱就把他扔到后山洼里去。"王克兰撇撇嘴，"孩子是娘的心头肉，说得轻巧，到时候就不是你了。"苏政又看一眼小家伙，"嗯，别看他长得丑，好歹也是咱育儿所的'始祖'哩。"王克兰没听懂。"他不就是咱育儿所接手的第一个孩子吗？"王克兰恍然了。因为这里属于东海区，苏政就给孩子取名叫"东海"。

幸运降临在东海身上，他不再重蹈被送人的命运，可以安安稳稳地待在母亲身边。不如意的是，苏政因为每天吃不饱，营养跟不上，奶水下不来，饿得小家伙嗷嗷直哭。没办法，苏政抱着他在村里找哺乳期的妇女借奶吃，东一口西一口，多少年后她还跟张东海絮叨："你是吃百家奶长大的。"

形势又紧张起来，敌人对我根据地开始了新一轮"扫荡"。胶东区党委妇联决定把胶东医院育儿所转到相对安全的牟海县崖子一带。

苏政抱着东海，带领育儿所工作人员，冒着凛冽的严寒，在警卫保护下，趁夜色乘马车向西转移。坐在车里，望着漆黑的天幕上闪闪的寒星，苏政哼着鼻音浓重的摇篮曲，哄着小东海："天亮了，鸡叫了，鸭子挑水来到了；狼打柴，狗烧火，小猫洗脸蒸饽饽……"李秀珍依偎在苏政身上，跟着哼唱着。车轮呜噜呜噜地响，遥远的村庄送来几声犬吠。

第二天早晨马车停下，他们睁开眼，一伙人热情地围上来，帮着他们往院子里搬东西。有人告诉苏政，这个村叫东凤凰崖，领头忙活的那人是村长杨同烈，那个扭着小脚的媳妇叫矫凤珍。苏政手里的孩子不知被谁接走了，扭头一看，一个穿着花格子棉袄的妇女正背着人群给孩子喂奶呢，她心头滚过一阵热流。

来到东凤凰崖村不久，苏政发现一个严重的问题：奶母李秀珍的腰身肥大起来了。她找来李秀珍了解情况。李秀珍只是哭，不说话。她气恼地摔着面前的书："你、你、你，知道自己的身份吗？你是共产党育儿所的工作人员，你代表着抗日队伍的形象，出这种事，甭说是在部队上，就是在村里也被人戳脊梁骨，光是唾沫星子也能把你淹死！"李秀珍趴到炕上呜呜大哭，身子扭动着，像被一条无形的铁鞭抽打着一般。苏政压住火，"你必须实事求是地告诉我怎么回事，否则这事没法向组织交代。"李秀珍咬着嘴唇，使劲绞着棉袄衣角，鼓了天大的勇气才道出原委。原来她在来育儿所之前，在村里跟一个青年相好，后来发现怀了孕，吓得要死，两人商量好一起逃跑。临事了，那男人却屈服于家人的压力，躲着不再见她。她一赌气，自己跑了出来，正赶上育儿所招人，便糊糊涂涂进来了。苏政叹口气，恨铁不成钢地说："我写个情况给上级说明，你，在全所做公开检讨。"

几个月后，谭医生帮李秀珍接生下一个女孩，立时满村风言风语，不时有好事的村民到育儿所溜达。苏政把情况反映到胶东区党委妇联，经研究决定让李秀珍把孩子送人。李秀珍尽管一百二十个不愿意，但在当时的历史环境下，一个没结婚的大闺女带着孩子工作，好说不好听，她只能忍痛把孩子交给了组织，找了一户人家送了出去。她的奶水充足，身份也合适，苏政就把小东海交给她哺育。没几个月，小东海从原来的瘦骨嶙峋变得白白胖胖。谭医生掂掂东海的体重："咱的小东海已经变成了一个标准婴儿啊。"

多年后，耄耋之年的张东海在浙江杭州回忆起这段往事，他喃喃自语着："我最想我的'珍儿妈'，如果能找到她，给她磕上几个响头该多好啊！"或许经过世事沧桑的张东海早已体味出一个母亲舍弃亲生孩子而哺乳别人孩子的苦痛，这何尝不是一种令人心酸的变相的"剥夺"呢？啊，这个可怜的母亲何其卑微，她不能给自己的孩子一丝母爱的呵护，不能像一般女人享受为母的权利；这个可敬的母亲又何其伟大，她抹掉不甘的泪水，转身将母爱毫不保留地给了别的孩子……我们难以确知，那时的李秀珍到底经历了怎样曲折的心路历程，要爬出多少个暗夜的沼泽才能抵达明天的朝阳？张东海的反思尽管只是岁月里泛起的不起眼的涟漪，如果另一个世界里的"珍儿妈"知道了，定然会心生些许慰藉。

有一天，苏政悄悄对李秀珍说，傍黑的时候你跟我出去一趟。夜色降临，苏政带着李秀珍走了。苏政不言语，秀珍也不好多问，两人就悄悄地往前走。月亮升起来了，眼前一片亮光。她们进了一个村子，拐了几个弯，到了一户人家。这时，一个抱着孩子的大嫂迎了出来，见是苏政两人，就笑着道："俺说怎么眼皮跳呢，敢情您来了呀！"大家进了屋，苏政笑笑说："秀珍，你看看这孩子。"秀珍听了，凑上前看了看，见大嫂怀里的孩子白白胖胖的，禁不住伸手摸了摸孩子的脸。大嫂问苏政："这就是孩子的娘吧？"苏政点了点头。秀珍有些蒙了，随后一下子明白了过来。她一把抱过孩子，刚叫了声"孩——"，就泣不成声了。真是母子相连，孩子静静地打量着母亲，伸出小手摸着秀珍的脸。一旁的大嫂说："大妹子，苏大姐为了让俺养好你的孩子，都给俺送了好几回细粮了。"

回来的路上苏政嘱咐李秀珍道："保密，谁都不要说。我都和这位大嫂商量好了，将来你想领走这个孩子就领走。"秀珍一下子扑进了苏政的怀里，流着泪说："俺以为这辈子都见不到俺的孩了呢！"

这年7月，苏政接到胶东区党委的调令，她被派到地方上去做司法工作。她心里有些遗憾，筹备育儿所的工作还没完成，而且又要跟孩子分离了。苏政心里酸酸的、黏黏的，有种被丝线缠绕的感觉。她抱着东海，左看右看，不住逗弄，听着婴儿那特有的笑声，她控制不住自己的泪水，谁都清楚在这样的年代里分离在很大程度上就意味着永别。她到街上的糕点店，买了两包糕点留给大家，偷偷塞给李秀珍几张"北海票"。

苏政打好行李，于国义帮她提着，她从李秀珍怀里接过东海，大伙围着她说着话离开了育儿所，路上不断有老乡跟她打招呼。到了村口，她停下脚步，深情地看着东海，那母性柔慈的眼神被吸盘吸住一样，难以移开。

夏蝉噪树，骄阳泼火。

她知道分别的时刻到了，决绝地把东海递给了李秀珍，转过身接过行李，背在背上，接过警卫员的马缰，翻身上马，扬鞭而去。大家望着马蹄踢起的尘土久久无语。突然，东海放声大哭，李秀珍跟着扑簌簌掉下了泪珠。

苏政前脚走，张福之后脚到了。

张福之从掖县朱由村一个中农家庭走出来，参加了在胶东闻名遐迩的抗日游击第三支队的妇女工作，随后进入胶东区党委妇联，任福利部部长。1942年6月，张福之刚从鲁南的中共山东分局党校学习归来，胶东区党委副书记林一山到区妇联召开碰头会，专门研究关于成立一个战时抚育孩子的组织机构问题。大家围坐在一片树荫下，石桌上摆着大铁壶、茶碗、搪瓷杯，穿林风悠悠吹着，倒也惬意。

林一山开宗明义地说："区党委接到不少同志的反映，说自己生了孩子只能送回老家，或者丢给老百姓，因为种种原因经常造成孩子死亡，给自己带来很严重的心理影响，尤其是当母亲的更跟丢了魂儿似的，动不动就想孩子想哭了，也给我们的抗日工作带来很大的消极影响。当妈的这种心理，我们是理解的，不能怪她们，只能怪战争。区党委经过研究，决定尽快把这个机构建起来，解决同志们的后顾之忧。"

区妇联会长王大说："请一山同志明确指示吧，我们坚决执行党委的决定。"

林一山咕咚咕咚灌下半碗凉白开，说："区党委的意见是由区妇联抽调一名得力干将，负责建立一个比较健全的托儿所，地点就在根据地内群众基础较好的牟海县田家村一带，采取的形式是托儿所负责对孩子的统一管理，但不能集中抚养，要分散到老百姓家，由不脱产的乳母哺育。就是说，我们要办的托儿所的职责主要在于对婴儿的管理，给孩子找合格的乳母，定期巡查他们的生长发育情况，有个小病小灾及时救治，尽最大限度地保证我们的革命后代健康成长。你们的担子不轻快啊。"

王大说："区党委的想法非常细，我们前期已经派苏政同志去做这方面的工作了，下一步我们尽快完善起来，争取早日接收孩子。"

林一山说："我还带来一个消息，区党委已经决定把苏政同志调到地方上去做司法工作，你们需要重新选派一个干部去办这件事。"

张福之一愣，当即表态："林书记，我愿意去！"

王大笑笑说："你这个快嘴的婆娘！刚学习回来，我们还没听你传达分局的最新指示精神呢。你不能去！”

林一山说：“我看福之同志挺合适，这项工作需要一个老成稳重的同志去做，福之同志在你们中间算是年龄比较大的，又是几个孩子的妈，有丰富的养育经验。如果没有更合适的人选的话，我看就让她去吧。”

王大说：“福之的工作能力没的说，我是放心的，既然是工作需要，哪里都能放光。托儿所是全区干部关心的焦点，更不能出一点差错，那我就当着一山同志的面把这个工作交给你了。”

张福之激动地站起来，冲林一山打个敬礼：“我一定不辜负区党委和区妇联的信任！”

林一山说：“任重道远，同志多多努力！”

几天后，张福之走马上任，接手了从胶东医院剥离出来的胶东育儿所，并将所驻地东移到离东凤凰崖村七八里的田家村。田家村沿着一面缓坡由南向北布局，越向北地势越高，村后是一座林木葱郁的山。农闲时节，人们在山上掏了不少洞穴，以备不时之需。育儿所位于村子中心的一座院子里，原为村里的大户人家，兵荒马乱，到外面逃难去了。

经过一个多月的准备，当年9月，育儿所条件俱备，开始正式接收从胶东区各地送来的孩子了。

“叫啥名？”姜明真问矫凤珍。“福星。”“这个名好听，比咱阿狗阿猫的好多了，挺贵气哩。”说着就亲了小娃子一口。福星眨巴着水晶般的眼睛看着她，似乎笑了，咧了咧嘴，哇地爆出了洪亮的啼声，吓得姜明真一哆嗦，这孩子咋哭跟笑似的？她撩开衣襟，把乳头递上去，福星呱唧一声噙住了，狠狠吸一口，呛得咳嗽起来，她赶紧把她竖直了身子，拢起掌心虚虚地拍了两下。福星顺下这口气，摇动着脑瓜儿似乎在寻找什么，当她再次吮住乳头，便从容了许多，呱唧呱唧，吮吸声像波浪舔着海岸。

姜明真轻轻地刮刮她的脑门："小馋虫，慢点吃！"她的声音里颤动着母性的电波，钻进福星耳朵里，她得到了亲切踏实的安慰，感觉自己回到了柔软温馨的保护层里，四肢不再紧张，放松再放松，以至于松弛松软，而进入体内的乳汁更是给了她温暖的抚慰，香甜的气息缠绕着她的每个细胞，欢愉着她的每个娇弱的神经元。她变得轻盈了，成了一朵小云彩，睡在蔚蓝的天幕上，她做了一个神秘的梦，梦里许多温柔的小动物来亲昵她，弄得她痒酥酥的，她快乐地笑了。

"咦，水漫金山喽——"姜明真没想到这个小家伙给自己的见面礼竟然是一泡恣意的尿。

这年的秋天是一个美好的秋天。该有的丰收就在眼前。山坡上一片片高粱低垂着故作高深的脑袋；一片片玉米怀揣着含而不露的金棒槌；一片片果园挂满红玛瑙黄玛瑙紫玛瑙似的苹果山楂柿子；山洼地里霜了叶子的地瓜撕开了地皮，露出壮硕的躯体；豆子地黄灿灿得耀眼；野兔狐狸獾黄鼬藏匿其间，肆意奔跑。该有的欢乐就在眼前。天上的老鹰钻进云彩眼里；地上的鹅鸭挺着肥嘟嘟的身子扑棱扑棱跳进南河里；青年男女一眨眼消失在树林里；山坡上的羊倌扯着嗓子吼几声老腔老调；村里的酒坊里飘出勾人魂魄的"烧锅香"；赶海的二大爷捎回来一驮筐海蛎子，夹杂着几只青壳大螃蟹。该有的烦忧也在眼前哩。南洼里的苹果遭了贼；西坡上的地瓜怕有事；北山上的大嫚傻呵呵地想着那个谁；东庄里唢呐可劲地吹；半夜里打雷闪电那个满山滚，惊着吃奶的孩子掉了三五个魂儿……

天气爽利，秋光迷人。

姜明真耐不住小院矮屋的困束，做贼似的抱着福星溜出门，到门前平台上透透气。

她颠着福星，给她说着话："福星啊，脑门真亮啊！""就是亮哩，明真娘。”“哎呀，你的小嘴怪甜哩。”“甜什么甜，还不如村里杨三愣家里的会捉弄人。”“福星啊，你看那边是那个什么公学，里面的学生都带着枪，男娃子可俊哩！快长大，快长大，长大了嫁给他们当媳妇！”“当媳妇？当媳妇有啥意思！”“瞎说！女人不当媳妇就当不了妈。”“当妈有啥好处？”“不当妈就不能生娃。”“不生就不生呗。”“不生娃哪有你啊？”“没有就没有呗。”“哎哟，你个小没良心的！”“嘻嘻，你个小没良心的！”……

姜明真被自由的空气和透爽的秋风彻底解脱了身心的绳索，自顾自地跟福星“对话”，一会儿当自己，一会儿当福星，乐不可支。福星噘着红嘟嘟的小嘴，一副懒得理她的样子。她也不恼，继续指给福星看，“快看那边冒烟的是杨琅轩家的糕点店，等你大了，娘就给你买来吃，管够！等俺老了，你嫁个大官，就给俺买他家的桃酥吃，一咬嘎嘣脆满嘴香……”

她感到福星微微扭动了一下身子，这家伙又到了屙尿的时辰了，赶紧把她端在身子前，对着台子下的一棵核桃树划出一道水银般的弧线。

“哎哟！俺的核桃今年卖不了好价钱，可找你家赔啊！”西邻居“怪古”叔的老婆不知什么时候鬼魅般站在了她身后，吓了姜明真一跳。“俺的老天爷啊！大婶子吔，你不知道人吓人吓死人嘛！还说啥你家的核桃不核桃！”“怪古”婶趴过来瞧瞧福星，啧啧有声，“这孩子这眼这鼻子这嘴巴，还冲俺笑哩。”福星哇地哭起来。姜明真赶紧摇晃，“你看你这个老妖婆，把俺福星吓得！”“这孩子笑着笑着咋哭了呢？”姜明真呜呜呜地哄着福星，福星一会儿就不惧生了。“咦，积珊家里的，这个娃娃啥时候生的？俺记得上一个娃也就刚生了一顿饭工夫啊？”姜明真白她一眼，“你这么高腔大声干啥，想吆喝得全村都知道吗？”“哦哦，俺纳这个闷儿哩，积珊家里的。”她压低了声音。“俺的孩密呀。”“哦哦，说得也是，你男人刚回来，是得紧忙乎慢忙乎哩!”“哎呀！你这话哪像个当婶子的说的！‘怪古’叔是个‘男怪古’，你是个‘女怪古’哩……”

两个女人站在高坡上俯瞰着东凤凰崖村高高低低水波浪般的屋脊，高情满怀地叽叽嘎嘎。福星听不懂这世俗的言语，索性趴在姜明真肩头上睡着了，一条银亮的口水垂到她的脖颈上。

司晓星被冒着呛人黑烟的公共汽车甩在乳山县城街头，她提着自己那只小行李箱茫然四顾，这里的一切那么陌生疏离，似乎跟她的那个梦境毫无干系。

几个年轻男女骑着自行车从她面前驶过，他们说话的声音飘进她的耳朵里，她忽然一阵眩晕，天啊！这不跟梦里出现的那些声音差不多吗？她开始留意起路人的面孔，说不定自己真的就能从这些人中认出一个曾经认识的人呢！或者，或者曾经认识自己的一个人停下脚步问：“你不是那个司晓星吗？”她努力捕捉着人们说话的声音，这些听上去方言很重的话语拐着弯儿转着圈儿溜着冰甩着鞭，她听来却胜似天阙仙乐。应该说，胶东方言属粗犷豪放一路，但乳山这个分支，却有别于此。尤其是山地人的方言，绵柔婉转，没有当地人的翻译，很难听懂。司晓星自然也听不懂，可是那天站在乳山县城街头，她却听得津津有味，竟忘了时间。

当晚她在汽车站附近找了一家旅店，花一块钱住了一晚。

第二天，她开始了寻访。她到当地民政部门打听胶东育儿所，说不知道；到档案局去问有没有战争时期乳娘抚育革命后代的档案，有没有一个叫杨心田的人的材料，说是没有；她向遇到的人打听有没有一个叫什么凤凰崖的地方，因为她曾从自己的亲生父母那里听到过这个名字，人家说不上来……她实实在在碰了一鼻子灰，拖着一身疲惫回到宾馆里，一筹莫展，躺在床铺上，脑海里翻腾起往昔影像的浪涛……

36. 费解的一记老拳

司晓星最初的清晰记忆开始于一幢古旧的房子……她睁开眼，房顶在旋转，火炕在旋转，墙壁在旋转，桌椅、人影、地面也在旋转。有人说话，声音那么遥远，好似在一个醒不了的梦里。她的眼皮又沉重地粘在一起。有人触摸她的额头，手掌的凉意让她稍微感到丝丝快意，她的身子却痉挛起来。

有人惊呼着，一阵乒乒乓乓的忙乱声，一块湿毛巾搭在她的前额，有人蘸着酒精快速搓着她的肘弯和腋窝，有人往她干裂的嘴唇上滴水。灼烤的痛感让她的意识清醒了一点，她侧头看看身边的人：这是哪里？娘呢？嗯，想起来了，那天来了一位戴眼镜的阿姨和一位胡子叔叔，他们跟娘说着话。

娘红着眼圈对她说："福星乖，听话，跟着刘阿姨去见你亲妈。"她被弄糊涂了，你不是我的亲娘吗？我不去！娘装出发怒的样子，嘴唇耷拉着，眼里泪花滚动，说话狠狠的："你不听话！俺就把你扔到南山里去，让老狼把你叼走！"她嘻嘻笑着说："我喜欢听娘拉呱！"娘高高举起巴掌，她吓得身子簌簌发抖，可是那巴掌却实实在在地落在娘自己的膝盖上。娘像被抽了筋似的瘫倒在地上，那位阿姨和叔叔上去将她扶到椅子上。娘把头深深地埋在两腿间，身子在发抖。

她抬起惊恐的小眼睛，真看不明白眼前的一切，为什么娘变得不像娘了呢？她跑上去，用小手扒拉娘的脸，摸到了湿湿的东西。哦，娘也跟福星一样会哭鼻子吗？"娘，我听话，你别哭。"她稚嫩的声音听上去竟带着坚决的意味，娘俯身抱住她发出了呜呜声。她不知怎么安慰娘，娘的泪水弄花了她的脸。

那位刘阿姨准备抱起她的时候，她突然忘了答应娘的话，死死抱住桌子腿，爆发出撕心裂肺的哭号。她不懂什么叫答应什么叫不答应，但让她离开娘那是万万不能的。

她一边号叫一边乞求地望着娘，娘把脸转向别处，难道娘不要她了吗？她被袭来的恐怖压住了嗓子，只是张嘴，却没了声音。娘这时怒气冲冲地转过脸来，“俺不要你了！你还赖着不走干啥！”娘把手压在她的小手上，她以为娘要来牵她，像往日那样一起出去晒太阳，逛街，摸知了猴，抓鱼，采野果，她松开了桌子腿，却被刘阿姨一把抱进怀里。她像一只被生猛的猎人擒获的野物，无论怎么踢蹬，都已无济于事——她被抱出了那个熟悉的小院。她拼命地哭叫着回头去找娘，娘颓唐地倚在门口的墙角上，脸上的泪水被阳光照得闪闪亮。院墙前那三棵大树忽地向她倒下来，她以为它们要从这位刘阿姨手里夺回她呢，眨眼再看，却是大风吹动了巨大的树冠……

她像一个物件一样被搬到了现在这座陌生的院子里，一些陌生人围着她看，像村子里来卖小鸡小鸭的，她跟着娘去围观一样。咦，竟然还有一些跟她一样的孩子。这种微小的安慰远远不能抵消离开娘的痛苦，她感到自己被恐惧压扁了，站立不稳，摇摇晃晃。

福星被接到胶东育儿所没几天，便病倒了，经医务组救治，病情稳定了，但她的情绪不高，不愿吃饭，怎么哄也无济于事。这时距福星到姜明真家已过了四年多，当初那个咿咿呀呀的女婴长成了现在风风火火的“假小子”，从小看大，她性格里有那股倔劲，认死理，不轻易回头，这股劲一直跟随到她的暮年。

1944年11月，张福之被派往中共山东分局党校学习，第二年刘志刚被任命为所长。那个去东凤凰崖接回司晓星的正是刘志刚。

此时，抗日战争已落下帷幕，局势趋于平稳，上级要求育儿所把分散在各处的不需要哺乳的孩子，集中起来抚养、教育。虽说每个孩子刚接回来都要大闹一场，但像福星这样闹得翻天覆地的还是头一份。

“这孩子气性太大，一般人治不住她。”指导员张端静说，“一物降一物，卤水点豆腐，我看还得请她乳娘来做做工作。”

刘志刚沉思片刻：“这些孩子在乳娘家被当成宝儿宠着，过度娇惯了。”

“那有什么办法呢？乳娘怕亏待了革命后代，对不起孩子在前线打仗的爹娘。”

“按理说让她适应几天就没事了，不过，考虑到她大病初愈，可以把她的乳娘叫来安慰安慰她。”

“那好，我这就叫老于安排人去接她。”

也就是刘志刚来接福星的那天，姜明真才知道福星的爸爸叫司绍基。但是“司绍基”这三个字的发音到了她的口中，经乳山方言转化，就变成了“时少基”或“史晓机”。所以逢人问起她福星的家人，她就时少基、史晓机地告诉人家。

福星被接走了，姜明真在炕上躺了三天，脸对着墙，谁叫也不搭理。第四天早晨爬起，对着镜子梳头，自言自语：“姜明真啊，好你个姜明真！孩子是人家父母身上掉下来的肉，凭什么你养了几年，就想霸占成你的？能得你不轻啊！”说着她拿手指点了点镜子里的那个“姜明真”，扑哧笑了。

杨积珊从外屋跑进来，“媳妇你没事吧？”

姜明真拿起笤帚扫扫身上，“有啥事？福星就该走，她去育儿所享福，咱还难过，那不是跟自己找瘪子吗？俺想开了。”

杨积珊一拍大腿，“是哩是哩！外头都说人家那个积珊家里的是个明白人。”

“别在这里耍贫嘴，该干啥干啥去吧。”

“得令！俺去也。”

杨积珊见妻子已经“还阳”，说不出的高兴，一溜小跑，去叫他娘赶紧给媳妇擀面条吃。

这几天里姜明真的心头就跟滚碌碡一样，一遍一遍地被碾轧着，被碾轧的是她此起彼伏的焦灼的思念和无尽的牵挂。孩子依恋着她，她又何尝不依恋着孩子呢？这种分离的苦痛是双向的。她反复劝解自己，每一个理由都不容辩驳，却无法说服自己，因为福星已成了她生命的一部分，这是硬生生地把福星从她身上撕出去啊，比重新生她一次还要痛！她的身子剧烈地战栗着，胸膛里有把刀在搅着她的心。那个滚来滚去的碌碡像碾麦子一样，把麦粒脱了皮，把麦秸轧得稀烂。

她总算从碌碡下爬了出来。

杨积珊把卧了一个鸡蛋的汤面端给她，她捧起碗，把脸埋在香喷喷的热气里，呼噜呼噜吃起来。杨积珊心疼地看着媳妇，偷偷抹抹眼角。

姜明真站在门前的平台上俯瞰着村庄，从一片片灰瓦屋顶的缝隙里，漏出一簇簇霜红或金黄的树丛，有柿树的，有槐树的，有柞树的，有苹果树的。看着看着，她的心境豁然开朗。

这时，就瞥见一人牵着一头灰骡子沿街从东向西而来，到了跟她平行的位置，掉头向北一拐，进了她家西侧的小胡同。先是一撮白鬃毛顶出来，接着骡子的大脑壳浮出来，一瞬间整个身子挣了出来，它的四只蹄子打着铁掌，踩得石头嘎嘎响；牵骡子的人是育儿所的事务员滕良松，她认识他，他是离这儿不远的地口村人，原来来她家送过补助粮。

滕良松跟姜明真说明来意，她的心又被搅动了一下。她说："俺倒想去，就怕娃子见了俺又难分开。"滕良松说："这点刘所长她们考虑到了，到时候让你偷偷走，就哄她说，你过几天再来，小孩子好忘事，玩高兴了就不想你了。"姜明真一听是这理儿，可是一咂摸心里又酸溜溜的：哎，你倒是愿意让福星想着你好呢，还是忘个干净好呢？

她叫滕良松进屋坐坐，他说不用了，正好牵着骡子啃啃草。她跑回屋告诉丈夫，杨积珊眉头紧皱，嘟囔着："没本事哄娃，甭领走啊，坐蜡了，知道搬救兵啦？哼。"姜明真剜他一眼，他就泥胎了。她这屋那屋地翻腾着，看得杨积珊眼花缭乱，又忍不住开腔了："孩他娘，你这是胡捣鼓啥？"姜明真终于找到了她藏起来的那几个鸡蛋，洗一洗，搁灶锅里煮了，找块毛巾一裹，揣进大襟上衣里。滕良松扶她骑上骡子背，跟杨积珊打个招呼，向着田家村出发了。

杨积珊望着妻子在骡背上一摇一晃的身影，撇撇嘴，道："嗐！跟八辈子没见闺女似的！"这话当着姜明真再给他三个胆儿也不敢说，对着她远去的背影，逞逞英雄倒也痛快痛快嘴。

姜明真心里热乎乎的，紧捯着小脚往里走。育儿所院子里正在游戏的孩子们见有陌生人到访，呼啦围过来，像小雏鸡围住老母鸡一般，仰着小脸问这问那："你认识俺亲娘吗？她是崖子的。""你认识小菊姐姐吗？她这里长着一颗黑痦子。""你能不能给俺亲娘说让她来看看俺？俺做梦梦见她了。""你帮俺到河里抓条'高粱叶鱼'吧，就是浑身透明的那种，能看到它的脊梁骨。"……

滕良松拴好骡子，赶上来，双手一挥，孩子们一哄而散。

他把她引到一座房子前，努努嘴。她蹑着脚凑到窗前，透过窗棂看进去，那个让她抓心挠肝的福星正盘着脚丫坐在炕上，噘着嘴，拍打着面前的一个苹果。几天没见，孩子瘦了一圈，脸色蜡黄，头发乱得像一个鸟窝。

姜明真嘴角抽动，差点掉下泪来。她克制着情绪，故意捏着嗓子说："这是谁家的女娃子啊，长得这么俊？"里面的福星嗷一声，又扑通一声，咣当一声，姜明真一把抱住了破门而出的福星，数落着："你看你，光着脚丫乱跑，害臊不害臊！"

福星把头埋在她的胸前，大声喊着："不害臊！就是不害臊!”“傻闺女哎，这么大嗓门干啥！让外人知道，没人要你当媳妇了。”福星两手撕扯着她的衣服，“我不要娘离开！不要娘离开!”

姜明真放下她，拉过被子捂住她的脚丫，“人大了，都得离开娘的，你没见院子里那么多小朋友吗?”“你骗人！你骗人!”姜明真的证据没有一点说服力。她耷拉着脸数落她：“听说你不好好吃饭，你倒厉害起来啦!”她听惯了娘的唠叨，并没觉得有什么实质性的威力。姜明真点点她的脑门：“得听话，不吃饭就长不高，长不高就找不着好女婿。”她继续拿着那个用了十万八千遍的远景规划诱惑福星。福星犟着鼻子，似乎在盘算什么，忽然开口说：“我吃，你得带我走!”

姜明真违心地答应着，福星拿起那个被她捶了砸、砸了捶的苹果就往嘴里送。姜明真伸手挡住她，从怀里摸出那个包，往她脸上一蹭，热乎乎的。福星盯着她一层层打开，见是几个白皮鸡蛋，失望地又要啃苹果。

姜明真拿起一个鸡蛋，两手来回快速捯动着，最后把鸡蛋往空中一抛，又接到手里。福星看得高兴，拍起了巴掌。

“吃吧，鸡蛋补身子。”福星皱着眉，摇摇头，“不吃，腥气。”姜明真转转脑筋，“哎呀，福星最疼娘了是不是?”“嗯。”“娘老长时间没吃苹果了，馋得流哈喇子了。”“嘻嘻嘻。”“咱俩换换吧，你吃鸡蛋，娘吃苹果。”福星抱着苹果想了一会儿，似乎做了很大的思想斗争，猛地把苹果递到姜明真面前，“娘，你吃！可甜了!”“俺的福星真会疼人啊。”

姜明真把她搂到怀里，眼眶里汪着两包泪，使劲挣挣，硬是收了回去。

她剥干净鸡蛋，一点一点喂给福星。福星吃一口，抬头看看她，眼里流淌着清澈的孺慕之情。姜明真喉头被一股热辣辣的东西堵着，她真想不管不顾地抱起福星回家……

糊弄着福星吃了两个鸡蛋，又喝了半碗红糖水，福星的笑脸泛起红晕，枕着姜明真的大腿睡着了，小手紧紧抓着她的大拇指。

姜明真贪婪地看着孩子，刘志刚进来都没有发觉。

“睡着了？”

“睡着了，吃了两个鸡蛋。”

“这孩子从到育儿所就闹腾，一闹一身大汗，着了风寒，发高烧，烧得说胡话。”

“现在没事了吧？”

“嗯。这样吧，等会儿你就回去，孩子醒了走不利索。”

“俺想留下多陪陪她。”

“不行啊，你在这里，她就安不下心来，适应不了新环境。”

“就半天还不行吗？”

“你放心，她醒了我们就给她说，你过几天再来看她，到时候她闹得厉害，我们再接你去。”

姜明真叹口气，抚摸抚摸她的头顶。福星吧唧着嘴，浮出一个满足的笑。刘志刚冲她使使眼神，先踮着脚尖走出去。

姜明真的心忽然被重重锤击了一下。啊！难道就这么离开福星了吗？她意识到可能、可能……她没敢想下去，又仔细打量福星的脸盘。哦，那对淡淡的眉毛动了动，小鼻尖儿上沾了一点蛋黄。她轻轻捏掉，小嘴巴嚅动了两下，两个嘴角稍向下垂。她忽然记起来了，她抱着福星在街上溜达，见到她娘俩的人都说“长得真像”，她听了很受用，就问“哪里像了”，人家说“你俩的嘴角都耷拉着”，气得她像一头被惹恼的牛，真恨不得把那个嘴上缺德的家伙撅到河里去！

这么一想，她心里轻松了不少，咱的闺女走到哪里都带着咱的记号哩！

她小心地往外抽手，生怕惊醒了福星。抽出一点，福星似乎觉察了，重新用力攥住；再等上一小会儿，再抽出一点。她停了五六次，总算抽了自己的手。福星的手依旧死死攥着空拳，姜明真出了一身汗，身子虚飘飘地出了屋。

刘志刚很自然地挽住她的手，边说边往外走。姜明真也不知自己怎么出来的，怎么上了骡子，回到家，坐到炕上又愣怔了老半天。

时间真是一个小偷，在司晓星后来的记忆里，有关这次生病的事，只剩下一个农村妇女影影绰绰的影子和鸡蛋换苹果的细节，其他的一切都被它偷走了。

经过这次生病，司晓星接受了现实，一个只有四岁多的孩子已经懂得了妥协：她不再向保育员要娘，渐渐习惯了没有娘陪伴的生活；她很快跟这里的孩子们打成了一片，友谊填补了母爱的空当，保育员们的关心取代了娘的贴心。

一切看似又美好起来，不得不美好起来。

可是她不知道的是，生命里有些东西是永远无法被真正取代的，除非它是可有可无的，当它一旦成为你生命里的一滴血一滴泪一个痛楚一声呼喊，它就牢牢吸附在你的生命里，迟早会卷土重来，用它的反噬式的撕咬宣示它不可撼动的主权，谁让你曾经于不经意间遗弃了它……当司晓星困惑于这种反噬的时候，她已步入了沉沉的暮年，她不知道还有没有机会冲洗出那片梦中的身影的底片？

此后，融入育儿所大集体生活的司晓星如鱼得水，她泼辣直爽的性格，敢想敢干的作风，让她成了育儿所里的“这一个”。她跟男孩子一样皮，上房揭瓦，爬树摘枣，下河逮鱼，跟人打架……有一次理发，她不想跟那些女孩子一样，被剪成统一样式的蘑菇头，她想要两个漂亮神气的小辫。她又踢又挠，又蹦又跳，又哭又号，东海、建军、坦克、小光这些小朋友从没见过这样的戏码，看呆了，好过瘾啊！

后来刘志刚所长出现了，黑着脸，也不说话，径直走上前一把把她夹在腋下，向东边的小河走去。她立时没了脾气，“放下我！放下我！”“我把你丢河里去！”她赶紧讨饶，“我理我理还不行嘛——”刘志刚把她夹回来，按在凳子上，乖乖剪了发，也剪去了不少骄横。

还有一次，一个夏日的午间，育儿所里静悄悄的，事务员挑着一担子给孩子们配餐的点心从外面回来。可能是家里有急事，他就把担子暂时放在门洞，转身向家里跑去。他家就在本村里，可等他回来，担子里的点心却不见了，难道都被猫狗叼跑了？他满院子转悠，竟在茅厕里找到了，咦，还摆得整整齐齐，有模有样哩！气得他暴跳如雷。刘志刚把睡午觉的孩子们喊起来，连哄带吓，愣是没破了这起“搬运点心案”。司晓星偷着乐了半辈子，这个秘密只有她知道。那天她不愿睡午觉，偷偷溜出宿舍，一眼看到事务员挑着担子过来，本想躲在墙角突然跳出吓唬他，可是他放下担子转身走掉了。她转转眼珠，盯着那担点心来了鬼点子。她一摞一摞地把那些点心抱进了茅厕里，然后溜回到自己的铺上躺下，闭上眼，等着好戏开演……

从此福星走进了属于自己的摇曳多彩的故事，而这个故事里不再有那个叫姜明真的人的戏份，似乎这个普通的农妇从未出现在她的世界里。

清晰准确的记忆也就从这时开始如同一节节铁轨铺向远方。

1954年春天对正在文登县烈士小学读书的司晓星来说是一个不同凡响的季节。十二岁的她心里已经有了一个关于家的缤纷而甜蜜的梦。这天，育儿所阿姨告诉司晓星，她的爸爸派人来接她回家了。

这位来接她的年轻军人英俊挺拔，给她留下了近乎完美的印象，由此想到身经百战的爸爸司绍基，更引发她浮想联翩。她愉快地跟着他开启了回家之旅。他告诉她为了寻找她的下落，首长来了胶东好几趟，终于得到了她的确切音讯。她浮现出一个高大威猛的军官骑着高头大马驰骋在波涛汹涌的海边和林莽苍苍的山谷里的情景，随之心底荡起一轮轮幸福的涟漪。

她跟着他爬上一辆草绿色大卡车，发现车厢角落里蜷缩着一个目光游移的小男孩，军人叔叔告诉她这是她的弟弟司晓光。她觉得有些眼熟，盯着他看了一阵子，恍然大悟，原来在育儿所时他们经常在一起玩耍，没想到竟然是亲姐弟！姐弟俩都被这种戏剧性带入了短暂的尴尬，难以适应这份忽然降临的亲情。

咣当咣当，颠簸的卡车在平原和山地间飞驰着，到烟台后三人转乘上了一列绿皮火车。第一次坐火车的姐弟俩感到无比新奇兴奋，一惊一乍，一会儿熟络了，那种流淌着微妙亲情的眼神那么美妙，只是彼此一睇，便胜似千言万语。

跟爸爸的第一次见面给司晓星留下了糟糕透顶的印象。

姐弟俩跟随那位军人叔叔一路南来，到徐州下车，穿过陌生的街区，走进一处陌生的有警卫员荷枪站岗的院落，被领进一栋宽敞的收拾得井井有条的房子里。她局促地坐在从未坐过的沙发上，要么不住地扭动着身子，要么僵挺着腰板，她偷偷瞟一眼晓光，正遇上他的目光，他冲她吐吐舌头。

这时院子里响起咚咚咚的步履声，门忽地开了，一位穿着绿色军装的中年男人闯进来，“晓星！晓光！我的孩子啊！”他有点趔趄地扑向姐弟俩，挥手一人给了一拳。司晓星不知道弟弟当时的感受如何，她着实蒙了，这结结实实的一拳震得她的小心脏发颤，脑子里嗡嗡地盘旋起一万只蜜蜂。她搞不懂为什么这个男人一见面就给了自己一拳，从小到大还从来没有一个人打过她一个手指头，委屈顿时化作了屈辱，屈辱化作了愤怒，愤怒化作了厌恶，她下意识地躲避着他进一步的“亲昵伤害”。

多少年后，她才理解了爸爸当时的举动：这是一个男人一个父亲一个行伍出身的军人，表达情感的特殊方式。她释然了，可是已无从向那个男人说出，他已离世多年。

“爸爸”这个词语曾带给她许多美好的想象，甚至被她刻意地加以美化，而眼前的这个人个头不高，黧黑的脸上两道疤痕醒目狰狞，高颧骨，厚嘴唇，一说话金牙一闪一闪，跟英俊机智勇敢一点不沾边，隐隐的失望被那莫名其妙的一拳放大成了日后无法弥合的疏离感。

司绍基这些年在战场上出生入死，打完鬼子打“老蒋”，从胶东转战济南，从济南出击淮海，本来他应该跟着大部队南下，但残留在体内的弹片时时折磨着他。老首长为他着想，跟他商量，让他留下来做地方工作，他也不得不接受现实的安排：他感觉自己这台机器应该回厂返修了。稳定下来后，他便惦念起战火中出生交给乳娘抚养的一双儿女，几经波折，才终于找到了他们。多年的戎马倥偬不仅留给他累累伤痕，也粗粝了他的情感。他对初次见面时女儿细微的变化毫无觉察，依然大大咧咧，高声大气地问这问那。司晓星对这位渴盼已久的爸爸越来越失望。

这时内室的门一响，一位素洁端庄的妇女走出来，亲热地拉住姐弟俩的手嘘寒问暖，难道这就是他们梦里想梦里盼的妈妈吗？可是他们纳闷，她在里屋应该早知道他们到了，为什么要等到爸爸回来才出来相见呢？他们隐隐觉得和这位妈妈之间隔着什么东西。是啊，按说他们的相见应该是一场电闪雷鸣的亲情的集束爆炸，不应该是这种和风细雨的礼节性的寒暄。

接下来的日子里，不善表达的司绍基忙于工作，客客气气的妈妈忙于照顾小弟弟，他俩相对这个家庭而言更像是局外人。司晓星的调皮捣蛋，糟糕的学习成绩，经常引来爸爸的一顿暴躁的训斥，甚至体罚。

一个偶然的机会，姐弟俩从保姆那里听到了一个真相：原来现在的妈妈并不是他们的亲妈，解放不久，司绍基便和他们的亲妈离了婚。这个消息对姐弟俩打击太大了！哦，原来如此！他们和这个家庭的隔阂更深了。司晓星心里对这个粗暴的对她漠不关心的爸爸彻底绝望了。小小年纪的她开始失眠，开始谋划着一场逃离……这个念头深深吸引了她，令她激动不安，兴奋不已。去哪里呢？对，回文登烈士小学或胶东育儿所，回到那熟悉的温暖的关爱里去……

有了小小心思的她有意地讨好爸爸，询问爸爸一些关于送养她的情况，她的心跳得很欢，觉得很刺激：她正在扮演一个特务，向一名身经百战的老共产党员套取情报。

从司绍基口中，她知道了自己的干老儿叫杨心田，家住乳山东凤凰崖村，她的妈妈是掖县人，名叫王菊卿，现在在泰安一个医院工作……听到这些重要情报，她的手心攥了一把汗。

这年冬天徐州特别冷，屋里生起了煤炉子，呼呼的火苗把炉膛烧得红彤彤，可是她还是感到冷，她想念严厉的刘志刚所长，想念五大三粗的建军哥，想念矮个子的鬼点子张东海，想念胶东的大饽饽和虾酱，她听到一个声音命令她开始行动了。

她侦察到爸爸每次午间回家，都会把绿色棉大衣搭在门前的晾条上晒一晒，而他通常会把随身携带的钱包放在大衣口袋里，如果正好赶上他发工资那就妙不可言了。这天中午，阳光充足，院子里的晾条上晒着一条条颜色各异的被子，而爸爸的大衣就搭在固定的位置上。她溜出门，从晾条的一端借着被子的掩护，悄悄靠近那件神秘的军大衣，她知道这算不上光彩的事，可是为了实施自己伟大的逃亡计划，也顾不得这些了。她把手伸进那个深深的口袋里，里面的内容可真不少，她狠狠捞了一把塞进自己的口袋里，又捞了一把，犹豫了犹豫，放弃了。

她偷偷跑到院子外面的一处灌木丛里，掏出那些花花绿绿的票子，还有几个硬币，清点了清点，总共五块多钱，她也不知道这些钱够不够她返回的路费。一个更大的问题来了，她对返回胶东的路线竟然完全不知，那可如何是好？她揣着这些钱走在大街上，感觉街道上一双双眼睛都在盯着她，那些咬耳朵的人都在议论她。她不自觉地把手摁在口袋上，那些钱不安分起来，钢镚叮叮当当乱蹦，纸币滑滑溜溜往外蹿，她越使劲它们越不老实。她实在控制不住它们了，蹲在地上抱住头。不知过了多久，她抬起头看到一家糕点店的招牌，于是想起那天中午发生在胶东育儿所的"重大案件"，她扑哧乐了，今天反正也走不了，这些钱就是不定时炸弹，让爸爸发现了，后果不堪设想。

她雀跃着进了店，买了两包徐州特产"蜜三刀"和一包桃酥，又把剩余的钱埋到一片小树林里，然后悄悄回了家。她把点心分给小光一半，晚上姐弟俩蒙在被窝里猛劲咬嚼，吃得肚子圆鼓鼓的，难受了好几天。发现失窃的父亲凶巴巴地审问他俩，她有经验，应付得从容不迫，爸爸只能敲山震虎地警告一番了事。

后来她又兴过一次离家出走的心，这次偷了家里的一根铁棒，卖了五毛钱，看着可怜的路费，她到底放弃了。她感觉自己走上了绝路，难过之余给胶东育儿所写了一封信，述说自己的不幸遭遇，希望能派人接她回去。贴上那张小小的绿色的邮票，她开始了满怀希望的等待。可是她把地址写倒了，信又回到了她的手里。她不知道，即使她写对了地址，也不会有更好的结果，因为在那之前，胶东育儿所早已解散了。

十七岁那年，司晓星已经出落成一位亭亭玉立的姑娘，她跟这个家庭之间的那堵墙也已经厚得无法洞穿，她断然决定返回老家聊城东阿县，彻底跟父亲撇清关系。她极其讨厌有人说她是"荣誉军人司绍基的姑娘"，她在内心从未接受过这个父亲，所以也难以接受这个貌似很了不起的标签。亲戚朋友都劝她别犯傻，回老家就得丢掉城市户口，这不是拿自己的前途当儿戏吗？她觉得自己离开这个冷冰冰的家比所谓“铁饭碗”更重要，她一旦决定的事情，八头牛也拉不回。晓光选择跟姐姐同行。

他们踏上离开徐州的火车，在咣当咣当的启动声里，她透过车窗看着站台上那个失魂落魄的男人，心里翻涌一阵阵酸涩的悲凉。当年他狠心把自己送给养父家，是迫于战争的无奈，而今天她舍弃他又是为的什么呢？她咬着嘴唇，噙着泪花，狠心地转过头去……

她确实走了一条自己拼出来的路，风雨泥泞，艰难困苦，她得到了她想要的自我认同，靠自己，成了家，立了业。随着年岁的增长，心里的怨恨渐渐融化，她有时也会惦记起那个可怜的伤残老军人，写封信问候问候，但她的心更向往着那个承载着她童年欢乐的育儿所和那个缥缈隐约的村庄，还有杨心田的妻子，那个反反复复出现在梦境里的一口浓浓乳山话的乳娘。啊！这才是引领她的生命迈出走向大地第一步的血脉亲娘！

她也曾在参加工作后兴冲冲去过文登、乳山等地，物是人非，风流云散，只带回了一腔失望和郁闷。

三十八岁那年一场大病袭来，她意识到生命的脆弱，可是她找不到自己的根，死也不甘心啊！她嘱咐丈夫和儿女“自己真的走了，你们一定要帮我找到乳娘，替我报答她的养育之恩”，她还想把自己的骨灰撒到乳山的土地上，让自己的灵魂随风飘荡，一定能找到那个心心念念之地，能跟乳娘的灵魂相遇在一场大风里……

命运放了这个倔强的女人一马，她走出了死神的阴影，重新站进热辣辣的阳光里。她想或许是老天爷可怜她没有完成那个毕生的心愿，把她留在苍茫的世上继续那无尽的寻觅吧……

第十一章　生死变奏

37.马石山上的"生死场"

每年11月，胶东半岛步入一个相对宁谧安逸的休整期，农具入库，渔船归港，大风大雪频繁造访，没有特殊事由的话人们喜欢猫在屋里侃侃大山吹吹牛。那样的时光，叫人想起来心头就滚烫滚烫的。

1942年11月8日，一架日军飞机从北平机场起飞，秘密降落在驻烟台日军的基地，一身将军戎装的冈村宁次大将面色凝重地走下旋梯，踏着军人的步伐走向基地参谋作战室。几位来自日军驻青岛、济南、张店、惠民的将佐级指挥官，正等在那里，准备恭聆这位日军驻华北方面军司令官的最新指示。

这个面部表情僵硬阴郁、嗜血成性的"战争狂魔"的到来，预示着胶东半岛11月的惯例将被打破，这里即将沦为"恶魔的乐园"。

早在10月间八路军山东纵队即给胶东军区来电指出，日军在结束鲁中南地区作战后，势必挥师东指，以达到消灭我胶东主力部队的目的，胶东军区应提前做好反"扫荡"准备。几乎与冈村宁次在烟台主持召开"第三次鲁东作战"会议的同时，胶东军区和山东纵队第五旅在海阳、莱阳边界的战场泊村也召开了营以上干部会议，紧急研究部署反“扫荡”作战计划，会议由胶东区党委书记、军区政委林浩主持，而军区司令员许世友此时正日夜兼程地从鲁南赶回胶东。

在此次“扫荡”之前，日军已于当年对我胶东抗日根据地实施过两次“扫荡”，因此本次作战在日军官方文件里被表述为“第三次鲁东作战”。

冈村宁次站在巨幅胶东地图前，隼视部下，传达了日军本部所做出的作战目标：“诸位深悉胶东半岛之于大日本皇军整体作战的重要价值，故本部决心以大规模作战歼灭该地区共军主力，对以山东纵队第五旅及第五支队为基干的胶东军区实施军事肃清行动，重新恢复皇军控制之下的半岛治安，确保青岛到烟台的交通通畅。”

参会军官们肃然端坐，针落有声。

冈村宁次稍作停顿，双拳拄着桌面说：“胶东半岛乃我本土与支那大陆联系最重要的枢纽，谅诸君都能洞悉此次作战的重大意义。当此紧要关头，正是我辈效忠天皇陛下的最佳时机，故凡有消极懈怠、玩忽职守者必以最严厉之军法处置。”

他转身指向地图说：“此次作战采取‘铁壁合围’和‘梳篦战术’的新式战法，我主力分别自西向东、自北向南、自东向西展开，东部海面以我海军军舰加以封锁，务必将共军主力压缩至以牙山、马石山为中心的狭长地带，予以集中彻底歼灭。”

随后，他宣布此次作战的组织实施由日军驻山东第十二军司令官土桥一次中将统一指挥，前线指挥所设在烟台。

胶东军区司令部里气氛紧张，围桌而坐的指战员们神情肃穆。几根老烟枪吞云吐雾。

林浩望着大家说：“同志们，这次日军来势汹汹，冈村宁次这只老狐狸亲自部署，大有一口吞掉我们五旅和五支队之势！日寇这回为什么穷凶极恶了？因为咱胶东部队踩到了他们的尾巴根子，破坏了他们对胶东这个所谓‘大东亚圣战兵站基地’的控制，在他们的命门上狠狠插了一刀。”

胶东军区参谋长贾若瑜说：“林浩同志分析得很到位，所以这次‘扫荡’，日军是拿出老本了，我们面临的必将是一场极其艰苦残酷的斗争，要做好充分的思想准备和战术准备。”

胶东军区五旅旅长吴克华说：“我五旅完全拥护军区的作战部署，保证坚决完成反‘扫荡’任务，誓死保卫胶东根据地！”

林浩笑吟吟地说：“有情报说，小鬼子这次调集了驻山东的日军精锐部队一万五千人，再配合以胶东的伪军、国军中的投降派，天上有飞机，海上有军舰，陆上大炮，总战力不下两万多人，而我军仅有一万五千兵力，整体实力不在一个级别上，所以啊，冈村宁次认为消灭我军如同探囊取物，我们的目标是让他探囊，但是取不到物！”

一阵开怀大笑后，沉重的气氛变得轻松了。

军区副司令员王彬说：“对！战争打的不全是兵力和装备，还有民心向背，咱们有胶东八百万老百姓做后盾，有胶东特殊的地形做掩护，还是很有信心打赢这场反‘扫荡’战役的。”

林浩说：“同志们，今年冬天可能是我们胶东军区最不好过的一个冬季，不过许世友同志这两天就要到了。他来了，我们的反‘扫荡’更有把握了。”

最后会议做出部署：采取“保存有生力量，保卫根据地，以营连为单位，分散活动，分区坚持”的作战方针，以烟青路为界，将主力部队和地方武装分为两个指挥系统，路西的军区第十三、十四、十五团及西海、南海、北海三个军分区，由五旅指挥，路东的第十六、十七团及抗大胶东分校、军区直属队、东海军分区，由军区直接指挥，敌人“织网”，我军“破网”，在灵活快速的运动中保存实力、打击敌人。

11月21日，朔风怒吼，阴云密布。

各路日军按部署从各个方向奔袭莱阳、栖霞、牟平、海阳边区，国民党军投降派赵保原、秦毓堂等部为虎作伥，协同出击。许世友将军在《在反“扫荡”的岁月里》中曾这样描述：“敌人多路分进合击，密集平推。白天摇旗呐喊，步步进逼，无山不搜，无村不梳，烧草堆、挖新坟、掘地堰、清山洞，连荒庵、野寺以及巴掌大的土地庙也不漏过；夜晚则野地宿营，烧起一堆堆篝火，岗哨密布，在山口要隘还设置了带响铃的铁丝网。敌人曾得意地夸口说：‘只要进入合围圈内，天上飞的小鸟要挨三枪，地上跑的兔子要戳三刀。共产党、八路军插翅难逃！’”可见当时胶东军民面对的日军“扫荡”形势之严峻。

根据地人民支持反“扫荡”作战，村村实行“坚壁清野”，以“三空”（即搬空、藏空、躲空）对抗“三光”（即抢光、杀光、烧光）。当时参加抗战的女战士和地方上的妇女干部大多剪了短发，为迷惑和躲避敌人，她们经常戴上假发髻。在“扫荡”中，日军见到妇女就检查头发，发现剪短发或戴假发髻的立刻逮捕、杀害。东海区妇救会号召姐妹们开展“剪发髻”运动，一夜之间，广大妇女纷纷铰掉发髻，变成了短发，这下敌人傻了眼。

日军的“铁网”越收越小。

我军按照战略部署，迂回曲折，机动灵活，纷纷跳出、钻出、冲出敌“网”。但也有零星部队因种种原因被敌人兜在“网”中，随着敌人包围圈的缩小，被迫向敌人预设的合围目标——牙山、马石山一带撤退。同时被“网”进去的还有栖霞、海阳、牟平等县的数千群众。

马石山位于今天的乳山市西北，从北面望去，被茂密的林木覆盖的山体犹如一匹头西尾东的骏马，又因山上多石，故而得名。马石山主峰四百六十七点四米，北面悬崖峭壁，东西山势险拔，只有南坡较缓，但也是易守难攻。

至23日，日军开始“收网”于马石山。

北风呼号，大雪飘飘，远近皑皑。

此时被“网”在马石山上的群众有三千多人，还有没跳出合围圈的八路军零星部队、部分地方工作人员和八路军伤病员等。

入夜，日军在马石山下点起一堆堆篝火，构筑起三道由数千堆火组成的大火圈。从山上俯瞰，戴着钢盔的日军挺着刺刀游动在火堆旁，火舌舔着漆黑的夜色，火星四溅。马石山掉进了噩梦里。

雪夜正走向深处。

日军做着明日“收网”的春秋大梦，却不知一场由被围部队主导的生死大营救正悄悄启幕。

胶东区公安局警卫连指导员王殿元、公安局第三科科长唐慈带领三排两个班的十六名战士，原来在马石山南麓地区担任戒严任务，不料被拉进了敌人的“网”里；八路军第五旅十三团三营七连六班的十名战士奉命去东海区执行任务，回归途中，也被卷进了敌人的“网”中。这个班的班长也叫王殿元，是荣成县埠柳乡王官庄人，前一个王殿元是荣成县埠柳乡不夜村人。这种巧合，放在历史的长河中也非常罕见，而他俩在马石山上各自为战，并未见面，可是因为相同的名字、相同的壮举，共同谱就了一曲忠义壮歌，成就了一段永恒的美谈。

那一夜，指导员王殿元和战士们神出鬼没地七次往返于山上山下，先后掩护三批群众一千多人，从马石山南面突破敌人的封锁线，送达安全地带。本来他们有机会突破敌人的合围圈，却把生存的机会留给了群众。他们最后一次返回山顶时，已是天光大亮，再想护送群众突破封锁线已是难上加难。不久，敌人对他们据守的马石山主峰发起了攻击。他们与数倍于己的敌人激战五个多小时，吸引了敌人的火力和注意力，为群众转移和突围赢得了宝贵的时机。

最后时刻，王殿元头部中弹，壮烈殉国；三名战士打尽最后一颗子弹，抱在一起，拉响了最后一颗手榴弹……史称“马石山十八勇士”。

一夜之间，班长王殿元和九名战士先是掩护数百名群众经由马石山西北侧的一条山沟摸下山，到达山脚后，迅速干掉日军岗哨，灭掉火堆，群众安全冲破封锁。如是两次往返，均顺利突围。第三次组织群众突围时，被敌人发现，短兵相接，部分群众趁机冲出了封锁圈。天亮后，敌人对马石山主峰发起总攻，王殿元等利用岩石做掩体，展开激战，子弹打光了，就用石块和木棒，最后全部壮烈牺牲，史称“马石山十勇士”。

后来在很长一段时间里，人们对于存在两个“王殿元”感到匪夷所思。这种名字、籍贯的巧合只能说是“巧合”，而他们在同样的境遇里表现出的高度一致的牺牲精神，才是一种最值得后人铭记的弥足珍贵的“精神巧合”，而缔造出这种精神的力量来自哪里？

鲁迅先生说：“我们从古以来，就有埋头苦干的人，有拼命硬干的人，有为民请命的人，有舍身求法的人……虽是等于为帝王将相作家谱的所谓‘正史’，也往往掩不住他们的光耀，这就是中国的脊梁。”这种精神的源泉滋养着一代代仁人志士。共产党人为人民谋幸福的宗旨也是鼓舞那一代革命者前仆后继的理想信念，他们被这光芒照彻，灵魂干净，意志坚毅。当他们面对生与死、义与利的抉择时，他们会毫不犹豫地选择殉道式的“玉碎”，而非“瓦全”。马石山上，王殿元这些人本可以从容突围，但他们不约而同地把生的机会留给了老百姓，自己义无反顾地走向了死亡。千古而下，后人至此，思及往事，定会泫然涕下……

在马石山区掩护群众突围和作战牺牲的还有胶东军区十六团政委张寰旭、参谋长陈志英，胶东军区卫生处处长兼政委夏云超等人。23日、24日两天，殉难于此的军民总计五百多人。

青山巍巍，忠骨铮铮，每一块石头都在诉说……

日寇此次为期四十天的“扫荡”，并未达到聚歼我军主力的预期。我军跳出敌人精心编织的合围圈，在运动中寻机打击进犯之敌。接到作战总结报告书的冈村宁次，在北平的指挥部里一声长叹，颓然坐下……

此后日伪军虽在胶东地区继续组织实施了不同规模的“扫荡”，但均未再对我军及胶东抗日根据地构成真正的威胁。

就在马石山上共产党的军人把生的机会留给群众的同时，疏散隐蔽的乳娘们也在上演一场场以命换命的悲歌，姜明真就是其中之一……

38. 以命换命

即便在兵荒马乱的年月里，“跑鬼子”的事对姜明真来说还是显得挺稀罕，毕竟东凤凰崖村是个“天高皇帝远”的地界。她第一次感到大难临头，或者说她跟全村人同时第一次感到死亡威胁，还真跟鬼子有关，但仅仅是有关，鬼子并没有打到村头来，倒是跟鬼子眉来眼去的顽军苗占魁部找上门来了。

那件事的起因是一封鸡毛信。

1941年春的一天，杨琅轩接到上级派交通员送来的一封加急信。拆开一看，信里说反共顽军丁綍庭部将派特使前去跟日本人会谈，路过凤凰崖村、崖子村一带，要截住他，就地处决。杨琅轩不敢懈怠，立刻找来杨同烈，向他交代了锄奸的任务。杨同烈带上党员杨慈武、肖璞、杨增美等人，设伏在井口夼村附近的交通要道，看到一人骑着车子过来，体貌特征正对榫，上去薅下来，从他身上搜出了丁綍庭写给日本人的信，当场解决了此人。

丁綍庭左等不回来，右等不回来，急了眼，请求他的反共同伙苗占魁帮忙调查此事。

苗占魁久据崖子一带，对谁干的猜个八九不离十，当即把杨琅轩叫来，让他供出“凶手”，杨琅轩矢口否认。苗占魁一看敬酒不吃吃罚酒啊，吊起来就打，杨琅轩仍不改口。苗占魁凶相毕露，命人准备下十二口铡刀，摆到东凤凰崖村的胡同口，限期三天交人，否则铡光村里的所有男人。幸好苗占魁的副官是凤凰崖村人，他叫妻子赶紧跑去给矫凤珍报信，矫凤珍告诉了杨同烈。杨同烈买通看守，见到了杨琅轩，杨琅轩低声说你快去找八路军。杨同烈出来，就向着八路军根据地的方向狂奔，正好赶上山东纵队五支队刚扫平了牟平北部的一支顽军，准备乘胜消灭苗部。他一说情况，五支队即刻南下。苗占魁率部正在凤凰崖村里耀武扬威，听闻五支队到了，吓得赶紧龟缩到崖子村的围墙里。五支队对着苗占魁部就是一场猛攻，一天工夫，就把他打了个灰飞烟灭。

这件事在东凤凰崖引起了很大震动，要不是八路军及时赶到，村里一定免不了血光之灾。姜明真过去一直觉得鬼子离她离凤凰崖挺远，经历了这件事，才明白一个道理：虽然鬼子没来凤凰崖，可是凤凰崖人的生活还是被鬼子搅乱套了。突然她脑子里跳出一个问号：如果有一天鬼子真来了怎么办呢？这个问题苦恼了她很长时间，最后她自我安慰说：可能不会吧……要来不早来了吗？

1942年11月，从海边旋过来的风硬得砸死人，老天爷嘟噜着脸，像在跟谁怄气。姜明真抱着福星不敢出门，她让丈夫出门，说：“孩儿他爹，你去河里看看能捞几条鱼不？俺这几天奶水不旺，这孩子每次都嚼得俺老疼。”

杨积珊正抱着自己的娃子在学走步，一副没听见的模样。姜明真来气了，“你耳朵里塞驴毛了吗？”

杨积珊不满地说：“俺遛遛娃，人家的十个月都会走路了。”

“先去干俺说的事，这个要紧。”

杨积珊抱起娃子往外走，嘴里说着："人家的事都不如你的事要紧，要紧个茄子哩！"

姜明真没听清他的牢骚，吆喝一声："南河里的鲫鱼多……"

杨积珊出去没一袋烟工夫，一脸慌张地跑回来，说："孩儿他娘，不好啦，矫凤珍带着一帮娘们儿满大街吆喝鬼子来了，叫大家赶紧收拾收拾跑路呢！"

姜明真忽然想到那个悬而未决的问题，这下子不用回答了，答案就是跑。

她把福星放到炕上，身子转得像陀螺，一眨眼打了个包裹，一眨眼又打了一个。她冷静地对丈夫说："你照顾咱爹，俺跟咱妈带着俩娃，尽量别跑散了。"

正说着话，天空中传来轰隆隆的呼啸声，接着村子中心爆出一声巨响，鬼子的飞机在丢炸弹了！福星被这响声吓得身子一抖，哇地大哭起来。姜明真把包袱往肩上一穿，抱起福星轻轻摇着，"俺娃不怕，娘在呢……"杨积珊提着包裹窜出门。一会儿一家人聚在院子里，忽地一片黑影嗡嗡叫着掠过了头顶的天空，紧接着东南方向又是几声爆炸。

几个人跑出大门，杨积珊上好锁，就向后山跑，那里有杨积珊跟他爹农闲时掏的两个可供隐蔽的山洞。村里浓烟滚滚，鸡飞狗跳，爹喊儿叫。姜明真停下脚步，对杨积珊说："你不是说矫凤珍带着妇女忙乎转移吗，你和爹去帮帮她，这时候别光顾自家。"老人看看儿子，"俺看中，你好歹当过兵，别让人家过后笑话！"杨积珊拍拍头，"人慌无智，俺倒忘了这个茬口。"他俩折转身，向村里跑去。

风吹得满山树木索索作响，枯叶纷飞，一群群鸟雀惊慌四窜，脚下猛不丁跳出一只野兔，惊恐地扎进了荒草丛里。婆婆抱着孙子，小脚紧捯，气喘吁吁。姜明真说咱换着抱吧，婆婆说别价，福星认生，哭闹起来要命。

上山的是一条乱石的小路，说是路其实根本就没个路的样子，只是过去有人不断从这里上山，脚底下隐隐约约有了个路的样子，两侧尽是一些低矮的树棵子，还得防备着别让它们划到孩子的脸上。顾了这边顾不了那边，姜明真和婆婆的手脸可遭罪了，被那些带刺的枝条划出了一道道血口子，也不感到疼，只知道一个劲儿地向上猛跑。

身后的杂乱声渐渐隐去，已经看不见熟悉的东凤凰崖了。她们停住脚步，一看，已经站在一片楸树松树柞树槐树的杂生林里，脚下尽是枯黄的落叶。光秃秃的树枝切割着阴沉沉的天空。两三只眼露精光的松鼠在枝丫间跳来跳去。她们找了两块青石坐下，身子骨跟散了架似的。

姜明真看看怀里的福星，小家伙竟然睡着了。她笑笑，这得多大的心啊！她捋捋散乱的头发，再看看婆婆怀里自己的孩子，小家伙拧动着身子，非要下来的样子。婆婆没办法，把他放在地上，架着他的小胳膊在地上蹒跚地走了几步。因为这两个多月的强行断奶，自己的孩子原来胖嘟嘟的小脸瘦了。唉，要是不掐奶是不是现在就能满地跑了呢？

姜明真走神的工夫，福星醒了，小眼睛眯着笑了。她赶紧把自己的奶头塞到她嘴里。她咂吮着，发出滋滋声。正在奶奶加持下练走路的小家伙循声看来，似乎发现了珍宝，拧动身子向娘这边跑，姜明真赶紧背过身去——孩子都见不得孩子吃奶，见到了吃不上，就要耍脾气。果然，儿子已经看见了那久违的乳房，嗅到了乳香，他继续向娘身边挣扎。姜明真见状，忙道：“老娘哎，你快把你孙子抱远点，好不容易忌了奶，别再勾起馋虫来！”

婆婆撇撇皱纹交织的嘴巴：“积珊家里的，啥叫俺孙子，不是你儿子吗？看你的心狠的！”

姜明真扭过头来，“娘哎，俺说错话了，您别往心里去。人家把八路的后代托付给咱，俺就怕出个三长两短的，对不起人家在战场跟鬼子打仗的爹妈。”

婆婆的气消了，逗弄着孙子向前走去。姜明真扺好大襟，系好疙瘩扣，抱起福星刚走几步，就听到山下传来轰的一声爆炸。她有点纳闷，没看见敌机飞过去啊。容不得多想，抱着福星快步追上婆婆。她们急匆匆地往上走，路变得陡峭，再爬上去半里地就到了。

这时她听见身后响起了踢踢踏踏的脚步声，回头看去，本村的凤芝嫂子拉着自己五六岁的儿子跑了过来。她叫声嫂子，凤芝没停下脚步的意思，“积珊家里的，快跑！刚才鬼子进村了，正在挨家挨户搜查呢，说不定一会儿就要搜山了！”

姜明真哪里敢耽搁，小跑起来，脚下磕磕绊绊，一连几个小趔趄，好在没摔倒。她赶上了婆婆，“快跑！鬼子进咱村了！”凤芝的孩子自己能跑，很快就超过了她们，一头扎进一片野蒿地里，不见了。姜明真想可能她家在那里掏了“避难洞”。

杨家的两个洞在山背后，相距五六十米，一个隐藏在一块岩石后，一个被许多乱树棵子遮挡着。她们钻过乱棵子，爬进洞里，姜明真把包裹取下来，放在一片碎石上。两人找平整的地处坐下，相互看看，眼里惊悸犹在，也有丝丝不易察觉的安慰。洞口大小仅够一人钻进钻出，被密密麻麻的灌木丛遮挡着，不走到跟前，谁也不会发现这里还藏着一个山洞。里面也就够两三个人挨挤着。姜明真侧耳听听外面，空中又传来飞机的声音，不是一架，而是几架，看来是要轰炸什么重要目标去了。几分钟后，东凤凰崖村方向轰轰隆隆发生了一连串爆炸，接着是炒豆似的枪声，是不是没来得及撤退的兵工厂或医院的警卫部队跟敌人交上了火……姜明真的心悬空着，敌人结束战斗后肯定来搜山，万一哪个孩子在这时候哭闹，不就要了老命吗？而且福星醒了就要吃奶，她一给她喂奶，儿子见了，就要闹着吃，吃不上就哭。即便那时候，可以给他喂奶，但是自己的奶水也根本不够他俩嚼的啊！怎么办呢？她看看骨碌着小眼四处瞧的福星，再看看躺在婆婆膝盖上的儿子，心里一阵刀搅般的疼。

她说："娘哎，两个孩子在一起不行，万一福星吃奶，咱家娃再闹起来，可就危险了。"

婆婆紧张地望着她，"你想干啥？"

姜明真说："俺想把咱娃放另外那个洞里去。"

"门儿都没有啊！人家的孩子是金疙瘩，咱的孩子就是土坷垃吗？"

婆婆紧紧搂住孙子，生怕被人抢走似的。

"娘呀！你怎么这么糊涂！根本就是两码事，咱答应人家了，有咱一口气，也得给八路军留下这一寸血脉，人家爹娘可是在替咱流血拼命啊！"

"积珊家里的，你就是说动老天爷，也别想把俺孙子送出去！"

姜明真放下福星，扑通跪在婆婆面前，使劲磕了三个头，额角上立刻洇出一片血印儿，"你这样，弄不好，咱就被鬼子一锅端了，一个孩子也保不住！"

婆婆流着泪，"姜明真啊姜明真，你真够狠心的！孩子是你的，你看着处置去吧！"

她赌气般把孩子搡到姜明真怀里，姜明真也不多说，抱着儿子爬出洞，飞奔到另一个山洞前，俯身钻进去。她狠狠亲亲儿子，故作平静地说："孩儿啊，娘只能委屈你了，等咱渡过这一关，娘好好疼你！"她从怀里掏出一块玉米面窝头，塞到孩子手里，把他放到一堆干草上，转身往外爬去，又忍不住回头看看儿子。儿子把窝头丢到一边，自己努力撑着身子想要站起，到底没有力量，又趴到地上，无助地哭起来。姜明真狠着心，爬出来，找了些柴草把洞口封好。

她回到那个洞里，福星已经被婆婆抱在怀里，轻轻摇动着。她的小手摆弄着婆婆衣襟上的扣子，看到姜明真凑过来咯咯笑了两声。她赶紧把福星接到自己怀里，又辛酸又甜蜜地叫了声："你这个不知愁的傻闺女哎！"

没多久，几架飞机呼啸而来，嗡嗡嗡地在她们头顶上盘旋，那么低，从洞口看出去，就能看清机翼上日军的标志。婆婆的脸霎时变成了一张黄表纸，姜明真像老母鸡保护小鸡雏似的把福星护在自己弓起的身子下。几枚炮弹落在较远的林子里，炸出了一片火海；一枚落在凤芝母子藏身的野蒿地里，立刻腾起滚滚浓烟，火苗蹿得比人高；三五枚落在山坡上，炸得山体震颤，山洞里簌簌掉石屑。福星被这陌生的声响吓到了，咧开嘴就要哭，姜明真立刻把奶头送进她口里，她顺势吮吸着，忘记了惊吓，像一匹找到鲜美草地的小马驹，安闲地享受着母乳的美妙。

母乳，最伟大的恩赐，一切奇迹的源头，神奇的生命之泉。对婴儿，它是天赋之权，不单是果腹的食物，更是精神的依托，物欲与意欲的合体，神启的弥漫；它禀赋着神秘的能量，携带着爱、赞美、信赖、光明、温柔、高洁、珍贵等因子，以一种直觉的方式被尚处于蒙昧中的心灵读取。它是生命收获的第一笔甜蜜温馨的奖赏。有一种未经证实的说法：若是把洁白的乳汁涂抹在一块白布上，放到太阳下晒干，最后留下的印记是一片淡红色，这是因为每一滴母乳都是由母亲的血液化生而成的。母乳，请接受这世间最虔诚的叩拜！

姜明真的心被痛苦紧紧攫住了——从另一个洞口里隐隐传来儿子的哭声，那哭声高一声低一声，声声如刀，她的心口被猫挠一般地撕痛。她的身子向着湿冷的石壁一歪，头重重地撞在上面，一阵火辣辣的疼，此疼抵消了彼疼。她冷静下来，目光闪着凶光，可是她一感到怀里的孩子在拧动，低头的一瞬间，她的眼里即刻流溢出无限的怜爱。她轻轻拍着她的背，用浓重的鼻音哼着谣曲："南飞的大雁脸朝西哎，打鱼的小船腚朝东哎，老头儿的烟锅朝天撅哎，小妮儿的脚丫朝地窝哎那个咿哟哎……”

婆婆的面目变得狰狞了，她站起身，就往外爬，被姜明真一把薅住，不由分说拽回来。婆婆举手想扇她，她把左脸递上去，“你想解恨就使劲扇吧，俺要记恨你，就让俺不得好死！”婆婆见状，双手掩面浊泪奔流。“你不能出去，万一叫鬼子瞅见，哪还有个好？娃子哭够了就不哭了。”婆婆说：“俺孙子要有个好歹，俺可怎么给老头子交代啊？”“娘，俺爹是个明白人，他不会难为你的，有事你就往俺身上推。”

果然，哭声低下去了，直至一点声响也听不到了。听不到也揪心啊，是不是孩子哭得太厉害背过气去了？是不是孩子呛着了？是不是被什么毒物咬着了？婆媳俩心里七上八下搅腾着。

洞外有人说话。姜明真紧张地看着怀里的福星，她吃饱了奶，睡得正甜，就是这样也叫人提心吊胆，万一她突然来上一嗓子……她不敢往下想了，又去听那边洞里的声音，还好孩子没弄出动静。说话声就在洞口下方，叽里呱啦的听不懂。这伙鬼子兵四处搜查，没发现什么异常情况，就把那片离洞口不远的树林点着了，看着火势炽烈了，发出兴奋的号叫声。也亏了当初挖洞时，选在了高处，而且有一片空地跟树林隔开，才阻止了火势向这边蔓延。

姜明真估计鬼子走远了，冲婆婆比画个手势，把福星交给她，自己悄悄探出洞口，警惕地四下望望，鬼子真的走了。她爬出洞，疯跑着，穿过正在噼噼啪啪燃烧的树木，面前不断有烧着的树枝断落，她左躲右闪，鞋子跑丢了，树条子撕破了棉袄，划破了手，短短一段距离，长得叫她绝望，她甚至要失去最后的信心了——其实她是因为担心看到的一幕无法接受，可是她又多么迫切地想看到儿子啊！

她不管不顾地扯着洞口的柴草，狼狈地爬进洞里。啊！为母的心，那一刻，流血了。儿子像一条挣扎无望的鱼，身子朝下趴着，脏兮兮的小脸转向一侧，嘴巴上粘着鼻涕、泥土、杂草，挂着血色的涎水。他的小腿蜷曲着，似在熟睡。肚子圆鼓鼓的，像充足了气的小青蛙，啊！她看见儿子的手指露出了带血的森森白骨，他曾经怎样用力地想爬出这个可怕的黑洞啊，那一刻，他小小的心灵经受了怎样的绝望啊，他弄不明白为什么娘和奶奶把他抛弃了……姜明真死的心都有了，抱起弱息如丝的儿子，一只手狠狠抽了自己几个耳光。她轻声唤着儿子："小小啊，小小啊……"她把奶头递到他的唇边，"你吃啊，小小啊！"她颤抖着央求儿子。儿子的唇动了动，她挤出几滴奶水，他舔了舔，含住乳头，吃了几口，又吐出来，吃不动了，陷入了昏迷……

天黑下来，随着暮色而来的是一场纷纷扬扬的大雪。

回家几天后，杨家的第一个男孩夭折了。一家人仿佛天塌了。姜明真对来看望她的娇凤珍说："这笔账应该算在小鬼子身子，你告诉福星爸妈让他们多打鬼子，给俺娃报仇！"

这次"跑鬼子"的事，姜明真刻骨铭心，她不断给人絮叨，在絮叨里责备自己心太狠，对不起娃子，对不起老杨家，她也给渐渐长大的福星絮叨，可一个孩子哪懂这些事？看看活蹦乱跳的福星，她的心一宽笑了，笑着笑着又哭了……

那一年，田宇陪着司晓星又到乳山市寻访育儿所和乳娘。当天晚上，她们住在乳山市一家宾馆里，正好床头有本书，田宇翻翻，上面有一篇写胶东育儿所的文章。她停住了，认真读起来。过了一会儿，她红着眼圈对母亲说："人家姜明真奶奶真不简单，抚养了四个乳儿，鬼子来了，丢下自己的孩子不管，抱着人家八路军的孩子隐蔽，保住了革命后代，自己的孩子却死了，看着就让人掉泪。你说，这得多大的勇气啊！"司晓星说："是啊！那时候人们觉悟高，乳娘对革命后代都是拿命保护着，这叫一命换一命啊。"

几年后，司晓星终于找到了乳娘姜明真的儿子杨德亭，当她从他口中得知自己就是那个故事里的乳儿时，她被惊得老半天合不上嘴。

经过多年不懈的寻访，预感越来越强烈，司晓星觉得自己正在无限接近那个生命的谜底，也许只剩了一层薄薄的窗户纸……

39.“亲娘哎，我来了——”

田宇终于决定加入母亲的行列了。

这些年，眼见年迈的母亲一趟趟奔赴胶东，一次次灰心丧气铩羽而归，一次次从睡梦里哭醒，一次次执拗地重新踏上寻访之旅……母亲家门口，放着一个小行李箱，里面装着这些年她收集的跟胶东育儿所有关的资料和简单的行装，她随时可能提上它，来一次不辞而别。每次看到这个陈旧的行李箱，田宇都心里一动：它成了母亲心事的化身。

作为女儿，田宇再也无法坐视母亲一次次徒劳无功地消耗自己，她毕竟已到了古稀之年，再也经不起折腾了——田宇终于被母亲那个离奇的梦境卷入了这场无法理喻的寻访，决定帮这位可怜而倔强的老人完成她的心愿。

田宇在聊城市区开着一家诊所，平时很忙，现在也顾不上了，还是母亲的事重要。司晓星心里乐了。她不是那种随便开口求人的人，哪怕对方是自己的闺女——全凭她自己有心吧。司晓星尝遍了闭门羹的滋味，做了大量的无用功，谁叫她是一个跟不上社会发展节奏的老太太呢！田宇倒对那些稀奇古怪的东西玩得很顺溜，可是人家有自己的事业，这口张不得！多少年来她的要强的脾性一点没改，江山易改本性难移嘛；她的“轴”是不是跟从小喝胶东的水、吃胶东的窝头有关呢？胶东人不都有股子“轴劲”，不达目的誓不罢休吗？现在闺女主动向自己靠拢，这说明她的行动已经有了更广泛的“群众基础”！

原来，田宇对妈妈说的一些事将信将疑，对她的寻亲持一种无所谓的态度。2015年是世界反法西斯战争胜利70周年，电视上经常播一些纪念活动。在一档节目中，一张泛黄的胶东育儿所的黑白照片跳入她的眼帘，她激动地叫过妈妈来。司晓星只看了两眼，便泪水滂沱，“就是这个地方！”田宇信了妈妈的话，她不是在梦游，也不是在编故事，确实有一段发生在她身上的刻骨铭心的往事。田宇参与行动的兴致一下高涨了。

那个词叫啥来着？对，如虎添翼！田宇就是咱的翅膀，哎，不过咱已经是一只老老虎了，快蹦跶不动喽。司晓星有点黯然神伤，风霜雨露，艰难困苦，已装满她的行囊，却一点也没有弥合她那被撕裂的心灵。光怪陆离的时代离她很远，她像个迷路的孩子，一直沉浸在自己那个自足的小世界里走不出来，那里有母爱的无私的温情，有熠熠闪光的集体生活，有自由呼吸的空气，她需要找到那个生命的最初的出口，引领她走向更加广阔的世界，完成一次自我灵魂的涅槃。她惊奇地发现，随着自己内心变得沉静，许多沉睡的记忆苏醒了，她的脑海中的模糊的影像开始抽去那层毛玻璃，变得清晰起来……

她看见了那个局促的农家小院，低矮的茅草屋，大得夸张的土炕，还有那漫天风雪的白银季……她已经长成了一个无法无天的小姑娘，她命令爹把她驮在肩头，去够屋檐上垂下来的冰挂。哦，那冰挂真长啊！一拉溜排在那里，像水晶宫里的垂帘，被阳光照得璀璨夺目。她伸手去抚摸，凉凉的，滑滑的，仰起头伸出舌头去舔，俺的老天爷啊！舌头被它粘了一下，她吓得赶紧缩回来，放进嘴里暖和暖和，随后，又记吃不记打地伸出来凑上去，又被冰挂粘一下。她体验到一种新奇的刺激，满脸兴奋。

乳娘挓挲着和面的手，出现在门口，大吼着：“杨积珊你个夯货！娃子拉稀，看俺怎么拾掇你！”

她冲乳娘扮个鬼脸，对她的雷声大雨点小的做派早就习以为常。爹可不敢违拗乳娘的圣旨，赶紧把她放下来。她想再上去，爹冲她挤挤眼，意思是别不长眼色，等她看不见了再说。她到底又骑上了爹的肩头，他驮着她在院子外的平台上转圈，惹得她咯咯咯地笑，惊得旁边在雪地里刨食的老母鸡咯咯哒哒地抗议……往日灰黑色的村庄被一个白皑皑的世界替换了，村边被暴风旋出了一个个四周高中间低的“雪窝子”。有一次她趁乳娘不注意，一下蹿进一个“雪窝子”里，咕噜就不见了影儿。她吱吱哇哇地大叫，一团团雪趁机钻进她的嘴里，她第一次意识到了死亡——死，也不是件容易的事——她被一只粗粝的手拽了出来，像一条鱼被提出了水面，她恍惚听见水花溅落的声音……大风嗷嗷叫，乳娘坐炕上，就着昏黄的灯光纳鞋底，吱吱吱的拽麻线声很有韵律。她就钻在乳娘的怀里打瞌睡，睡了一觉，睁开眼，乳娘还没睡，看看那个鞋底，已经纳了大半个……

这些复苏的记忆散发出一种甜甜暖暖酸酸柔柔亲亲切切的气息，这是在给她的寻找之旅壮行呢。

胶东育儿所接走姜明真抚育的第四个乳儿后，她的生活回到了原来的轨道，也撕掉了“乳娘”身份标签。

福星之后，她又哺乳了胶东区党委社会部部长兼城工部部长、胶东行署公安局局长于克的儿子福生，另外两名乳儿的名字没记住。她自己生了六个儿女，却夭折了四个，这其中自然不乏照顾不周的原因。

日子平淡如水，鬓边的白发和脸上的皱纹是岁月流逝记下的流水账，杨积珊还是那个大事不当家小事不做主的好丈夫。他对外宣称，“俺内当家的好数字，啥账目到她那里，掐指一算就出来了”。他还有一点小把柄被妻子拿住了，他当了几年兵，解放后也没个说法。“你准是去当汉奸了，要不咋一点待遇没有呢？”姜明真成心挤对他，把挤对当成干粮的杨积珊，自然是呵呵一笑，不放在心上。越老越离不开彼此了，两人经常一起去后山拾掇果树。经过那两个山洞时，姜明真会暗暗叹口气，杨积珊也会沉默下来。这么多年了，儿子在山洞里的情景一直折磨着她的神经，她亏欠儿子的债再也还不上了……

小儿子杨德亭成家后，在山下平整处立了一处新宅院，离老宅挺远。他劝父母搬下去住，照顾着也方便，老两口把头摇得跟拨浪鼓似的，还是破屋老院住得舒服，两下里也都方便。杨德亭看看父母身子骨挺壮实，就没再坚持。

又过了一些年，杨积珊八十三岁上“走了”。姜明真没显得多悲伤，经历的生死太多了，都把人生看淡了。

一个人继续守着老宅。

杨德亭上来劝她，一个人里里外外不方便，有个好歹没人看顾，还是下去一块住好。

她依旧很坚决，“不去！”她的理由那么充足，“俺跟你爹结婚在这里，打发你爷爷奶奶走，也是在这里，生你和你姐也是在这里，俺跟这里有缘分，就是玉皇大帝的凌霄宝殿也不想去了。”

杨德亭皱着眉，“再把你撂在这里，老少爷们儿都戳俺的脊梁骨哩。”

姜明真说：“你孝顺不孝顺，又不是做给别人看的，别尽听那些蝈蝈叫。”

杨德亭说：“你得考虑俺在外的名声，俺还得给你孙子说媳妇呢。”

姜明真沉默了一会儿，悠悠地说道：“俺真不能走，俺一直盼着哪天那几个孩子谁想俺了，跑回来看看，俺要走了，他们找不到俺怎么办啊?”

杨德亭说:“这是哪儿跟哪儿的事啊!你帮育儿所拉扯孩子，育儿所给你补助，人家不欠你的，凭啥还要来看你呢?”

他这几句话说得挺重，姜明真气呼呼地摸起笤帚疙瘩,“你爹都没对俺说过重话，你给俺走!”

杨德亭自知伤了老娘，赶忙圆场:“人家都拖家带口的，哪有时间来看你啊?再说过去这么多年了，早就把那些陈谷子烂芝麻的事忘干净喽。”

姜明真拿笤帚扫扫大襟褂，一听这话停下来，像对儿子又像对自己说:“是啊，他们都这么忙，哪有什么闲时候啊!”

她四下打量打量这间黑乎乎的小屋子，眼前蹦跳出几个孩子的模样，耳朵里回荡着一声声稚嫩的童音,“亲娘唻——”“娘——娘——”“真真娘——真娘——”她摇摇头，坚决地说:“兴他们不来，不兴俺不等他们。”

到了风烛残年，纵横交错的皱纹爬满了她的脸庞，牙齿脱落，两腮深陷，不过，还好，她的小脚倒健旺——天啊!谁能想到，这双被早早摧残的脚板竟如此顽强，像一双桨摆渡着她日渐枯萎的躯壳。

不知从什么时候开始，隔一段时间，就有人登门向她询问一些胶东育儿所的事。她抓住人家的手久久不愿松开。呵，这是公家又想起俺们这些乳娘了，说不定，说不定福星啊福生啊，也快想起俺来了……她给人家讲自己拉巴四个乳儿的故事，希望人家能帮她给这些孩子捎个话:啥时候不忙了来看看俺，俺挺想他们的。

2005年暮春的傍晚，姜明真早早熄了灯，躺在炕上打瞌睡。唉，现在睡觉忒浅了，总是似睡非睡似醒非醒的，一闭眼那些过去的事就像放电影一样一遍遍地回放。一会儿当新娘，一会儿当了娘，一会儿见到了矫凤珍，一会儿见到了刘志刚。喂，福星啊你别到那个井沿上去，你别胡蹦乱跳的，你怎么又变成了小泥猴？……

她一个惊怔，听到大门响，脑海里闪电一样一闪念：啊！是不是哪个孩子来看俺了！她趿拉上鞋，忙不迭地往外跑，到了院子里，一边系扣子一边应着："这就来了，这就来了……"她边撤门闩边问道："是福星回来了呀？是福星来了吗？"门外的回答叫她失望，"姜妈妈，不是福星，我们是育儿所的小朋友。"

拉开门，人真不少，七八口子。打头的是个烫着头的妇女，握住她的手，搀着她往屋里走，有人拿着照相机给她拍照，亮光一闪咔嚓一声。

坐下后，那个妇女指指另外几人说："姜妈妈，我们都知道你抚养过好几个革命后代，真了不起。我们几个原来都是育儿所的小朋友，我叫李丽惠，她叫于致荣，他叫高建军，这几位是报社的同志。"

那盏二十五瓦的小灯泡浑身污渍，无精打采。姜明真揉揉昏花的眼，挨个打量着他们："俺去过几趟育儿所，说不定还见过你们哩。"

李丽惠说："我们来是参加报社组织的乳儿寻亲活动，我们几个乳儿都跟亲生父母失去了联系，也不知道自己的乳娘是谁，这辈子过得上不着天下不着地的。"

姜明真叹口气："唉，你们这些苦命的孩子啊！也不能怨你们的爹娘啊！但凡有一点法子，谁愿意撇下自己的亲生骨肉呢？"

李丽惠说："您给我们说说您拉扯乳儿的事吧！"

姜明真看着眼前的他们，他们变成了福星、福生……末了她流着泪说："不知道他们过得怎么样，一闭眼就看见他们满院子跑，福星最皮了，撵鸡打狗的，福生好吃炒花生和江米糕……"

李丽惠哭花了脸，扑到姜明真怀里，一声声叫着妈妈，于致荣背过脸去抽泣，高建军躲到门外狠狠吸着烟……

一年后的一个春雨沙沙的夜里，姜明真在那间装着她的灿烂青春、苦涩年华、浓烈母爱的小屋里，溘然长逝。墙外那三棵楸树轻轻摇动着，山坡上恣意绽放的蒲公英暗香涌动。

几年后，司晓星与李丽惠相遇乳山，她说起再未见过自己的乳娘姜明真时，李丽惠讲述了那次见面的情景。司晓星痛彻心扉，“我找了乳娘一辈子，她等了我一辈子，我们连一面都再没捞着见啊，我的亲娘啊……”

2015年3月，司晓星和田宇奔向胶东，很有些志在必得的样子。

田宇跟着妈妈走过她童年生活的山山水水，由此对妈妈的一生有了更深的了解，愈发认识到自己之所以拥有今天的平静生活，其实跟妈妈经历的一切是密不可分的。如果妈妈没有经历过那样的生活，就不会成为今天的司晓星，她的人生就会是一个新版本，而在她的新版人生中，会不会出现那个叫田宇的女子，天知道呢。这是宿命，就像她莫名其妙地变成了妈妈的支持者，这里面是不是也有她灵魂中某些未知部分的怂恿呢？

每个人都不是孤岛。田宇认识到，那些曾经出现在母亲生命里的人，都是她前世的星光和雨水，都是她今生的序幕；母亲的痛苦来自“被时代撕裂的情感”，她既失去了早年养成的情感依靠，又无法认同和融入亲生父母的家庭，最终如同飘蓬一样度过了大半生；她需要找到属于自己的那抔黄土，那份挚爱，那份牵系。

她们找到当地的党史部门，依然是例行公事的应付。一位接待过司晓星多次的姓于的姑娘被她百折不回的精神感动了，表示愿意以私人身份尽其所能地帮助她们。

田宇告诉小于：“杨心田这个人是关键，只要找到他，一切就能水落石出了。”

小于根据田宇提供的线索查找胶东育儿所的资料，找到了一些，但对于司晓星要找的杨心田，还是大海捞针。她跑到东凤凰崖村访问了不少老人，都对杨心田这个名字非常陌生。有热心人搬出厚厚的杨氏家谱，仔细查阅，也没找到这个人。他们给出的结论是杨家门里根本没“心”字辈，更没有杨心田这个人。小于甚至动用了公安部门的朋友关系，通过户籍档案，查找有没有杨心田这个人，还是没查到。这个人就像人间蒸发了一样，没留下一点线索。

小于告诉了司晓星，司晓星说不可能，我亲耳听我爸爸说的，我出生后就把我给了杨心田，杨心田把我带回东凤凰崖老家交给了他老婆，怎么会没有这个人呢?

第二天，她们租车去了东凤凰崖村。车子曲曲绕绕地行驶在山路上，司晓星看着车窗外的绵绵的山岭，倍感亲切，又有些无以名状的失落。当她站在东凤凰崖村的街道上，看着那些青砖灰瓦的老房子，恍然如梦，一时不知身在何处。她们跟几位老乡攀谈。听着他们一口对外地人来说犹如鸟语的方言，司晓星觉得很舒服，但也听得一头雾水。她们四下里走了走，一无所获，然后又去了田家村和腾甲庄。腾甲庄是胶东育儿所最后的常驻地，司晓星在那里度过了两三年的时光，可是当年的建筑荡然无存。司晓星满腔惆怅，“当时这里是一片非常大的宅院，现在连块砖都找不到了……”

这次寻访不出意料地以虎头蛇尾的形式结束了。沮丧压满田宇的心头，司晓星倒不像以往那般沉重了。是啊，有人替她分担了嘛。

但田宇很快得到了新的线索，从电视上报纸上网络上，找到了几个跟母亲类似情况的乳儿，并陆续跟《乳山市报》记者孔俊娟、山东电视台记者杨生接上了头，他们都报道过或正在报道有关胶东育儿所乳儿的新闻。田宇信心陡增，社会对乳娘和乳儿的关注度猛增，这无疑为她们的寻找提供了有利条件。

2015年10月，司晓星接到山东电视台的邀请，要她去参加一个乳儿感恩乳娘的祭奠活动，她欣然答应了。

她和田宇再次来到乳山，结识了来自全国各地的多名乳儿。

按照电视台的安排，她们到东凤凰崖村给乳娘上坟，以志哀思和感恩。事先准备的是给一位叫肖国英的乳娘上坟，但有乳儿提议说去年已经给肖国英上过一次坟，是不是换一位乳娘。当地部门的人就把这些乳儿领到了一个坟丘前，告诉大家这位乳娘的名字叫姜明真，并简单介绍了她的事迹。

仪式开始了，有人宣读了祭文，接着鞠躬默哀，敬献花篮。司晓星夹在众人里，本来站在前列，心想人家这些乳儿真幸福，都找到自己的乳娘了，这位又不是自己的乳娘，应该把重要位置让给人家，就很自觉地退到了后排。

仪式没结束，就有人忍不住哭泣起来，跟着便是一片啜泣声。司晓星也被感染了，抹着眼泪。她想这坟里埋的要是自己的乳娘，她就扑上去，抱住这堆黄土大哭一场。

这次活动后，司晓星跟那些育儿所的乳儿建立了联系，相互问候，互通信息，心境开阔了许多。

田宇回来后，也没闲着，没事就盯着电脑屏幕查找有关胶东育儿所的资料。功夫不负有心人，她竟然找到一条2005年《威海晚报》关于乳娘的报道，其中有对乳娘姜明真的采访。姜明真说她曾抚养过一个叫福星的乳儿，孩子的爸爸叫史晓机。田宇默念了几遍这个名，觉得很耳熟，对了，这个名字的发音跟自己的姥爷司绍基的名字差不多。

天啊！她的心跳不由提速了，她亲身见识过乳山方言的难懂指数，是不是因为方言发音的原因，姜明真把司绍基说成了史晓机呢？

必须印证一下！

她通过QQ把这篇报道给了孔俊娟，并请她找个地地道道的乳山人，把司绍基这个名字读几遍，看看是不是跟史晓机是同一个发音。

很快孔俊娟回复她：姐，你中奖了！田宇的眼泪哗地奔涌出来，没想到妈妈找了大辈子的乳娘，竟以这样一种有点离奇的方式浮出了水面。

不过，理智告诉她还需要进一步核实。

孔俊娟很快传过来姜明真的儿子杨德亭的联系电话，田宇激动而谨慎地拨过去，对方的乳山方言她一句听不懂。杨德亭很热情，他说等会儿说普通话的儿子回来，就让他给她回电话。在焦急的等待中，电话来了，那头是一个年轻人的声音，他把田宇的话翻译给了旁边的杨德亭，再把杨德亭的话转给田宇。

杨德亭告诉她："俺从小就听俺老太太唠叨那些事，根本就不信她的话，以为她编着糊弄小孩子呢。后来政府每年派人慰问她，俺们才相信她说的那些事都是真的……她是说过抚养过一个叫福星的女娃子，她爸爸是'三军'的大官，曾经骑着马来俺家看过福星，她妈是胶东医院的医生。"

田宇问了一个关键问题："您爸叫什么名字?"

杨德亭的答案，把田宇刚刚沸腾的心打回了冬天，还是对不上茬儿啊！我妈的养父应该是杨心田啊！

她又问："您爸改过名字吗?"

"一直就叫这个名，身份证上就是这仨字。"

田宇茫然地撂下电话。虽然没有最后落实，但姜明真是妈妈的乳娘这个事实，应该基本拿准了。她把这个消息告诉了司晓星，司晓星有点蒙。姜明真这个名字对她来说，已经遇到很多次了，她从没把她跟自己的乳娘联系在一起。她还是将信将疑，田宇说现在就差一个"扣子"没解开了。

这个"扣子"的解开多亏了山东电视台记者杨生。田宇把帮妈妈寻亲的进展告诉了杨生，杨生建议做一期现场寻访的节目，他认为她们已经抵达了真相的"门口"，就差临门一脚了，他可以助攻一下。田宇跟妈妈商量，司晓星一百个同意。

几天后，司晓星、田宇和杨生的制作团队出现在东凤凰崖村。

司晓星跟遇到的人攀谈，述说她被姜明真抚养的故事，有些上年纪的老人残存着一些印象：“是啊！那时候俺才十几岁，姜明真大娘给俺的印象是她总在带孩子，就没见她身边闲着过。”“听俺家老人说，明真婶子给八路军拉扯过孩子。”

当司晓星问到那个实质性的问题：“你们知道不知道杨心田这个人？”没一个能接茬儿了。从上午问到下午，这个问题就像一个“死穴”，一点到上面，这天即刻聊死了。

杨生本以为就是一层窗户纸，没想到碰上了铜墙铁壁。摄影师已经累得疲疲沓沓，脸上写满厌战情绪。杨生作为编导，眼看这次策划要泡汤，也焦躁起来。

红日西沉，绛彩绚丽，西天如张画屏。

村民们陆续归来，街道上响起嘀嘀的汽车声、铃铃的自行车声、突突的摩托车声、嗒嗒的拖拉机声、咩咩的羊叫声、嘎嘎的鸭叫声，这些声音混合在一起，演奏出一支山村的“暮归曲”。

司晓星已口干舌燥，可还想抓住时机再问几个人。杨生冲她摇摇头，意思是别做无用功了。司晓星心有不甘啊，都知道自己的乳娘是谁了，怎么就解不开最后的谜团呢？解不开这个疑团，那个结果就是一个存疑的结果。田宇也示意她别再浪费时间了，毕竟大家已经忙了一天，够累的了。

她叹口气，看来还是一顿夹生饭啊！

正在摄像师忙着收拾设备时，渐渐暗下的暮色里，一位骑着电动三轮车的老人停在他们身边，好奇地问：“你们这是干啥呢？”杨生说：“我们做节目，寻访一个人。”老人好奇地问：“你们找谁？”杨生说：“找一个叫杨心田的人。”老人“哦”了一声，又重新打量了他们一遍，轻轻说了一句：“这个人，全凤凰崖村也就我认识。”众人一时没反应过来。老人一加动力，电动三轮车铿地发动起来，跑进了一条胡同里。

杨生大喊一声："追！"

大伙呼啦就冲着那条胡同奔去，出了胡同，就见那人正往街北一所院子里推车子。众人跑上去。

老人洗完手走出来。司晓星问道："大兄弟，我叫司晓星，姜明真是俺娘，俺来找俺娘呢。"

那人看看她说："我叫杨晓光。姜明真不是你亲娘，你亲娘是部队医院的。"

"你怎么知道？"

"听我妈说的。"

"你妈是谁？"

"矫凤珍。"

这时杨生偷偷指挥摄像师架上了摄影机。

司晓星问："我听我爸爸说当时我是被杨心田收养的，可是姜明真的丈夫不是杨心田啊！"

杨晓光指指身后的房子说："这个院子就是杨心田的老宅子。"

司晓星"啊"了一声，有种石破天惊的感觉。

杨晓光继续说："杨心田是我母亲的前夫，他在村里的真名叫杨坤思，杨心田是他参加革命后的化名。"在杨晓光的叙述里，关于司晓星被送到姜明真家抚养的种种关节都一一打通了……

解放战争进行到后期，中央决定调胶东部队南下，彻底摧毁国民党的统治。胶东子弟兵那时候已经发展壮大到几十万人，久经沙场，能征惯战，可是胶东人也有个致命的缺点：恋家。为了解决南下干部尤其是已经有家室的干部的后顾之忧，组织上决定，能够跟着南下的家属尽量带上。矫凤珍接到通知后，傻了眼，她一双小脚，注定没法跟着杨心田南下，怎么办？她一咬牙，跟杨心田办了离婚手续。杨心田带领部队离开了胶东。矫凤珍后来再婚，生了杨晓光。关于杨坤思改名杨心田的事情，东凤凰崖村只有矫凤珍、杨同烈几个人知道，随着他们的老去，这个秘密便被带走了。好在，矫凤珍兜底都告诉了儿子杨晓光，顺带着把杨心田如何抱回一个孩子，她如何去做姜明真的工作，把孩子交给她抚养的事情，也告诉了他。

这段隐秘的历史，一直讳莫如深，却掩盖了一位女性果敢豪放的英姿，也湮没了一位平凡女性在历史转折关头做出的巨大牺牲。小人物的命运在大时代的磨眼里被碾得粉身碎骨。在一定意义上，矫凤珍跟姜明真一样属于农村最早觉醒的妇女，她们把自己的命运交给了时代，便无法自主。风颠雨簸，她们随着时代壮丽辉煌，享受伟大的荣光，也随时代俯仰跌宕，独自品尝荣光背后的寂寞与惆怅。

那一晚，司晓星睡得特别踏实，那个梦竟没再光顾她。

2015年年底，司晓星和丈夫、女儿驱车赶到东凤凰崖村。大雪纷飞，似乎老天在用这种特殊的方式欢迎她的回归。许多人劝司晓星：你的乳娘找到了，也该歇歇了。她说我亏欠我的乳娘太多了，我觉得她应该活着，我把她接到家里好好给她尽孝，现在她走了，可她的后代在啊，我要去认亲。别人劝她认什么亲，添这个麻烦干什么？司晓星耷拉着脸不高兴，我没报答我乳娘，我总该认下这门亲，力所能及地帮帮他们。

见到杨德亭后，姐弟俩拉着手，好久没分开。中午杨德亭在酒店办了一桌酒席，叫来了至亲好友，见证司晓星的归来。杨德亭说："俺娘住在老房子里就是不愿搬出来，俺这边的房子挺宽敞的，俺劝她好多次，她总说俺得等福星回来，俺走了她就找不到回来的路了。今天俺姐回来了，娘啊，你在天之灵看到了吗？"司晓星跟杨德亭抱头痛哭，泪水和着泪水，悲伤掺着悲伤，他在替娘哭自己一生的等待有了着落，她在哭自己这一生的漂泊终于落在了实处……

傍晚时分，暮色四合，大雪初霁，朔风呜咽。

杨德亭带着司晓星去看那所老宅子，他在前边引路，司晓星轻捷地跟着，步子娴熟得异乎寻常。

当他们踏上那条通往山坡的曲折小路时，司晓星一愣，她快步跑到杨德亭前边，激动地喊着："我认出来了，我认出来了！那不是那个小院吗？那不是那三棵大树吗？"

她疯了似的奔跑着，云层低垂，在她的头顶窃窃私语，北风退避三舍，积雪发出欢呼。刹那，那座农家小院变得灯火辉煌，响起了哭声、笑声、说话声、叮叮当当的剁菜声、咯咯哒的鸡叫声、吱吱悠悠的担仗声……一切都活了，那是一幅倏忽打开的人间烟火气息浓郁的乡村画图。她奔向它，张开双臂，竭尽全力地高喊着："亲娘哎，我来了——"

就在矫凤珍把小福星送到姜明真家里，姜明真的一双小脚开始吃力地蹒跚在抚育乳儿的道路上的时候，距此不远的草庵村的宫元花也被育儿所选中。她甩开一双"解放脚"，满怀期待地走向了位于田家村的胶东育儿所。

第十二章　母性之花

40.“大脚媳妇”送情郎

1947年夏天，胶东育儿所所长刘志刚接受了胶东行署和区党委妇联一个有点匪夷所思的任务：去东北解放区为育儿所募捐。

当所长两年多，刘志刚带着同事们不分日夜地操劳，尽力改善育儿所的条件，还是多有不尽如人意处。最突出的问题是因为遭到敌人常年的严密封锁，根据地内部缺医少药，加上农村卫生状况差，传染病多发，孩子得了病只能到老百姓家里找些“土方子”，就地取材，刨些田间地头的草药治疗。比如孩子生麻疹，就到老百姓家弄些香菜蘸着黄酒给孩子擦拭身子退烧，再用香菜熬水或犀牛角磨水喝，帮着孩子尽快把疹子发出来。要是得了肺炎、急性痢疾、败血症这类病，只能眼睁睁看着孩子煎熬，挺不过去的，就夭折了。1945年春秋有六个孩子死于肺炎，1946年春上又有一个孩子死于恶性痢疾并发败血症。孩子父母反映强烈，育儿所背负着失责的指责，有口难辩；育儿所只能将实际情况向胶东行署做出说明，表示无能为力。行署跟妇联碰头研究，也没别的办法，只能冲破敌人的封锁到外围想办法。人们便把目光投向了跟胶东联系密切的东北解放区，此时的东北地区绝大部分已控制在解放军手里，活跃在东北解放区各条战线的胶东人不少，去那里募捐是个不二之选。

刘志刚带上几名工作人员，印了一麻袋《从战斗中生长壮大起来的育儿所》的宣传册子，分给每人携带，秘密地经海路去了安东省，开始了长达七八个月的募捐活动。果然收获丰硕，他们用募集来的钱，在当地购买了急需的药品，突破重重关卡，运回了育儿所，从此结束了育儿所孩子死亡的历史。

无疑，这本宣传册子发挥了不小作用。这本册子由刘志刚亲自编辑，印在一种粗糙的草纸张上，刻板滚筒油印，内容是介绍育儿所如何在恶劣的环境里一步步发展起来的。它的封面的最显著的位置是一位裹着被褥紧抱孩子的农村妇女，背景是一座山的隐蔽处，有炮弹在她不远处爆炸，鬼子兵端着上了刺刀的枪在附近搜查……这位妇女的原型正是宫元花，当时的身份是胶东育儿所脱产乳娘。

宫元花那双“解放脚”走在牟海县南马石村（现属威海市乳山市）的街上，引来了一路的指指点点，评头论足。就让你们可劲地嚼舌头吧，俺才不在乎呢！她比原来走路快了、稳了，说上哪儿去，抬腿就走，裹脚那阵子走路跟上刀山似的，最怵头跑跑颠颠的事。宫元花看似解放的是下面的脚，其实解放的是上面的脑壳，她明显地比那些被裹脚布捆束的姐妹们更容易接受新事物，更开朗大方。她的“解放脚”招致了一些人的非议，却也赢得了少数人的青睐。草庵村的姜克福就是冲着她这双脚，托媒人来提亲的。姜克福是实打实的贫雇农，早几年偷偷参加了农会，入了党，他找媳妇的第一个标准就是不要小脚女人。他给媒人的原话是“小脚中看不中用，俺就想找个大脚板”，这句带着宣言意味的话，跑进宫元花的耳朵里，跟錾子似的一落一个坑儿。她娘问她的态度，她红着脸说都听你们的。浇树浇根，听话听音儿，她娘一下号准了闺女的脉。

虚岁二十三岁那年秋后，姜克福家迎亲的大马车赶进了南马石，从头到脚收拾得顺滑喜气的宫元花顶着大红盖头，在妯娌的搀扶下跨出门槛。姜克福一瞥，“解放脚”没错，这心放到了肚里。在吹吹打打的唢呐锣鼓声里，“喜驾”出了村，爬上一道山梁，过了这道梁就是草庵的界儿，宫元花也就跨过了当闺女最后的坎儿，以后的日子里她将以老姜家媳妇的身份出现了。

草庵村四面环山，不明底细的人，从外观上看根本不知道里面还藏着一个小山村。春夏时节满山绿涛滚滚，秋里瓜果的香味被风吹得满谷转，冬天大雪封山，也把人们好多奢侈的想法封进了笆草屋里。宫元花在姜克福眼里就像天仙一般降临进他的生活，原本那个清寂死气的小院子变得活色生香。新媳妇那高挑的身材起伏有致，黑白分明的眼睛冲他一眨，他就跟喝了八两“老烧”似的醉醺醺了。最经看的还是那双脚啊，蹬上一双圆头窄口绣花鞋，往地上稳稳一站，那真叫一个落地生根！甩开步子走出去，两脚犹如两朵忽起忽落的小云彩，而那腰身袅袅娜娜，快把他的眼珠子扯出来了。

宫元花进门后，样样农活拿得起，件件家务做得俊，公婆一个劲地在姜克福耳根子下念叨：“不知你哪辈子修的福，娶了这么一个好媳妇！”

…………

这段时间，让宫元花有些疑惑的是天黑后丈夫经常被人叫走，有时候她睡了一觉，一摸身边还是空的，心里不免打起了鼓点。

有一次，姜克福回来，摸黑往炕上爬，却迎面被一只大脚挡住了。

“今儿晚不把话说亮堂，甭想上炕！”

“先让俺上来暖和暖和，这脚丫子都冻木了。”

“没门儿！你说背着俺干啥见不得人的事去了？”

“俺、俺、俺告诉你还不行吗？”

“离俺远点，别蹬鼻子上脸！”

“俺告诉你，你可得当哑巴！”

"哼！俺偏要给你宣扬得全村都知道！"

"你这不是跟俺抬杠吗？"

"谁让你背着俺哩！"

"好好好，俺的错！俺就给你抖搂个实底儿吧，俺是党的人……"

宫元花一愣，"你瞎说二百话。"

姜克福扳过她的身子，脸对脸地说："俺真是在党的人，现在抗日形势吃紧，组织上让俺多发动一些青壮年参军打鬼子，这事还不能叫那些反动分子知道，俺才黑下里出去联络人的。"他换了一副怨尤的口气，"唉，原来叫人去你村打听你，回来说你这人有主张，自己给自己放脚，寻思你的思想怎么着也得有点先进性呢，看来跟那些'三台妇女'没差样……"

宫元花扑哧笑了："你这人还会使鬼心眼！——你说啥叫'三台妇女'。"

"就是那些围着锅台、井台、灯台转的娘们儿呗！"

"呸呸呸！狗嘴里吐不出象牙来！"宫元花又把后背亮给了他，他又去扳，被狠狠打了手，她还在气他信不过她哩。

他解释说："这是党的纪律，又不是俺成心瞒着你。"说完他装作赌气似的也把背转了过去，再过一会儿，发出了呼噜声。忽然他感到一个柔软的身子靠上来，接着被她紧紧箍在怀里。

跟宫元花前后脚嫁进草庵村的于淑珍经常来找她拉呱，一来二去，两人成了无话不谈的小姊妹。刚吃了早饭，宫元花正在打扫灶间，刷锅洗碗扫地，于淑珍夹着鞋底走进来，进门使劲跺跺脚，把鞋底的冰雪震落。她见宫元花在忙，就倚着里间屋的门框，边纳鞋底边唠嗑儿。

宫元花说："你别当监工，快到炕上暖暖脚去！"

于淑珍说："俺跟你商量个事行不？"

“啥事啊？还这么神秘？说呗！”

于淑珍吞吞吐吐地说：“你甭叫克福哥老往俺家跑行不？”

宫元花气血翻涌，脑壳里“嗡”的一声，脸色瞬间煞白，“他、他、他怎么着你了？”

于淑珍冲她“呸”了一声：“你看你这歪脑筋想哪去了？他净怂恿俺男人参军哩，人家才结婚几天啊！”

宫元花回过神来，“你这人说话跟扔半头砖似的，差点砸死个人！”

“哎哟！你这俊模样跟西施一个模子里刻出来的，他哪看得上俺这蠢头蠢脑的村姑啊！”

“你这嘴跟小刀似的，说不过你！哎，你男人什么态度？”

“啥态度？天一黑就贴过来，跟个饿汉似的哪有个够！你说男人都这样吗？”

“就是他不积极呗！”

“俺也不愿意叫他走，战场上哪有长眼的枪炮？”

“噢，原来是你拽人家后腿啊！还说人家黏你！”

“姐，俺真不是主要原因，主要还是他的事。”

“不是当姐的说你，现在小鬼子没打到咱这里来，是因为有八路军抗着。要是八路撑不住了，鬼子的马队和汽车眨眼就到咱村口。”

“你别说得这么吓人呼啦的好不好？俺也想撵他去，省得老在俺身上磨叽，他说村上的男人多去了，怎么轮也轮不上他呀。”

宫元花咂摸出于淑珍的话音了，她的潜台词是：你家男人是积极分子，他怎么不带头参军去？她解下围裙把于淑珍拉进里屋，“先上炕暖和暖和脚丫。”两人爬炕上，扯开被子，脚板抵脚板，不一会儿脚心就热乎乎的了，话里话外春意盎然。

“元花姐，克福哥对你可没的说，现在那帮子老娘们儿都嘀咕他是个‘气管炎’哩。”

“去去去，她们没事就爱埋汰人，整天东家长西家短，要多没劲就多没劲，咱可不能跟她们一样啰。”

“你这话说得挺牙碜，咱怎么着也是上过识字班的人啊。”

“你也上过啊！俺也上过，教俺的那个先生姓于，他讲字真厉害，说得你心服口服。”

“是哩！这些先生后来俺才知道都是那个……”

“那个是哪个啊？”

于淑珍压低声音说：“地下党。”

宫元花想起了那位一说话就笑的于老师，想起了那个大雪飘舞的冬夜，她要不是去参加识字班，真的可能也像街边的那些大娘们一样成为只会闲磨牙的妇女，嗯，就是“三台妇女”！哼，这个“三台妇女”的叫法太瞧不起人了，是哪个缺德带冒烟的家伙发明的？

于淑珍把纳好的鞋底给她看，针脚密密麻麻，横成行竖成排，“真是一把针线好手！”她把话锋一转，“俺刚才听出你的话音了，你是不是攀俺家男人不去当兵啊？”

“俺可没这意思，你冤枉个人都不带打哏儿的！小心俺扎你一针锥子！”

“俺让俺家男人去，你敢不敢叫你男人去？”

“姐啊，俺男人走了，这日子不就掉地下了吗？”

“没出息！你还上过识字班，咋思想这么落后哩？还把男人拴在裤腰带上了。”

“嗯，你舍得你家克福哥走啊？”

“他参军是正办，俺支持他！”

“你也不问问他就当人家的家了？”

“咱以后也像八路军宣传队宣传的那样，叫啥来？妇女也顶半边天，不能围着锅台转！”

“俺可当不了俺那口子的家儿。”

“说一千道一万，还是你拖后腿呗。”

“俺……俺也支持他去！他要坚决不去，俺就把他踹到炕底下去……”

转过年，姜克福带着草庵村的几个青年去了区里，小媳妇们也跟着去了。真到这时候了，她们心下都空落落地难受，想想以后一个人的日子，有人渐渐滋生出了酸溜溜的留恋，可也不能当众把自己的男人拉回家啊。虽说那是自己的男人，可这要是往村里一走，光是那唾沫星子也把人砸死啊！好吧，鸭子过河随大溜。等到了区里，这低沉的情绪即刻被兴高采烈的气氛冲到爪哇国里去了，又是扭秧歌耍龙，又是给男人们披红挂彩，又是领导干部登台讲话，你再耷拉着脸皮就太不合时宜了，再看看自己的男人只知道咧着大嘴笑个没完没了，你们这些白眼狼！看把你恣的！巴不得早点离开俺才好哩！

忽然，听到台上有人喊宫元花的名字，她一愣，于淑珍捅捅她：“快点，叫你呢！”她被人推着，身不由己地走到台上，一个干部对她说：“下面请宫元花同志说说她怎么支持丈夫参军的，大家鼓掌欢迎！”宫元花哪见过这等场面啊，低着头看着脚尖，台下姜克福急得直跺脚：“你看看你，狗肉上不了大席面吧！哎，你就说说你怎么对俺说的话！”

宫元花听到了丈夫的声音，猛地抬起头冲着他喊道：“当家的，你就放心打鬼子去吧，俺等着你回来！家里有俺呢！你要不去，俺就去，再也不跟你这个落后分子打照面啦！”说着说着，她真入了戏，“你别怕俺累着了，俺又不是那千金小姐，你说俺哪样儿比你差！俺还告诉你，你在部队上给俺好好表现，立个大功回来，别丢了俺的人！”她说得理直气壮，姜克福身边的人乱捅着他，“立个大功回来那个咿呀喂”“别丢了俺的人！”“你媳妇好厉害！好俊啊！”姜克福挠挠头，高喊道：“你就放心吧！擎好吧！”

台上台下笑成一片。

于淑珍偷眼去瞅丈夫，他脸上洒满灿烂的阳光，笑得合不拢嘴，正好他也向她投来目光，他攥起拳头向她展示了一下力量。猛然间丈夫变得高大威猛，成了一个整装待发的英雄……

几个月后，一个新鲜饱满的小生命降临在姜家的大土炕上。宫元花忽然天才般地会唱了好多谣曲，她那磁性的温暖的声音钻出窗棂，爬上院外那棵板栗树，稍作停顿，一把抓住风的衣角，被带到半空里，踩上流云飘向了远方。

这个女婴的到来填补了丈夫走后的空当儿，慰藉着她孤灯长夜的寂寞。

宫元花不知道的是，正因为她变身为母的缘故，她进入了胶东育儿所的视野，一只强有力的大手正准备把她拉进时代的激流，跟众多姐妹们一起书写一段不一样的人生。

1942年夏天，山坡上浓翠浅绿如披锦绣，河里鱼跃虾跳，一位剪着齐眉短发的妇女和一个挎着盒子枪的警卫员走过颤巍巍的木桥，来到了草庵村。

41.飞来的好事

胶东育儿所初创时期，最主要的工作是寻找乳娘。乳娘分为两种，一种是脱产的，一种是不脱产的。脱产乳娘要离开家庭，跟随育儿所活动，相当于育儿所的正式工作人员，入选的条件非常严苛。乳娘的基本要求是哺乳期妇女，身体健康，为人正派，有比较明显的进步倾向，最好是那些党员家庭或有亲属参加革命工作的家庭的妇女；脱产乳娘则需要有点识字功底，大脚，头脑灵活，还能胜任所里派给的其他工作。

张福之这次到草庵村就是听说这个村的群众基础不错，想找一名脱产乳娘。草庵村妇救会会长宫义芝正等在村口，她疾走几步，跟张福之握手，两人边说边往村里走。坑洼不平的街道上散落着羊粪、牛粪和柴草碎屑，树荫下摇着蒲扇纳凉的村民看着走过来的三个人，有人起身跟宫义芝打招呼，她便回应一声，继续向张福之介绍着村里的情况。她说：“俺这村基本都是贫苦人家，有几户富农，那也是矬子队里选将军，跟别村的地主财主比起来，就像蚂蚁比象。”张福之说：“我这次来主要是想挑选一名脱产乳娘，现在所里刚送进来一个孩子，必须尽快找到。”来到一座小院前，宫义芝一伸手，“咱进去再说吧。”

宫义芝给两人各倒了一碗凉白开。张福之开门见山说了挑选乳娘的条件。宫义芝一拍大腿：“远在天边近在眼前，俺家就有个妯娌很适合。”

“你说说她的情况。”

“她叫宫元花，是俺叔伯嫂子，几个月前刚添了个闺女，正开着怀呢。”

“第一她自愿，第二必须保证政治上信得过，第三要派给她一个孩子奶，她要符合这三条，就可以到育儿所来工作了。”

宫义芝琢磨了片刻：“俺看这三条对她不难，他男人几年前入的党，去年她送男人参加了八路军，还在区里的欢送会上代表妇女们上台发言了呢。就是第三条有点难度，她自己的孩子还没离怀，不知她是个啥态度？”

“你尽快问问她，她要不行，好再找别人。”

送走张福之，宫义芝直接去了宫元花家，没进门就听见宫元花在给孩子唱歌：“花喜鹊呀长得俏，张开翅子飞得高啊，一飞飞到了八路营，咿呀那个哟，报个喜信儿给爹爹听呀……”一只喜鹊从院子里的国槐丛里喳喳叫着飞远了，好像听懂了她的唱词配合她的演出似的。宫义芝驻足听了一会儿，赞叹这个嫂子真是个万能人，见景编词，这脑袋瓜没的说了。

她推门进去：“这是哪儿请来的大名角啊，唱得南山上的兔子都不吃草了。”

宫元花隔着窗户说：“咱草庵没人敢跟你打嘴仗，你这嘴啊，说啥话都带钩带刺的。”

宫义芝走进来，接过她怀里的孩子晃荡着，啧啧有声：“这闺女长得眉周目正，这鼻子这眼，到哪儿找去啊！”

宫元花摸起鞋底吱吱地纳起来，针锥子往发丛里一抹，在鞋底上一钻，大针就引着麻线穿过了针眼，再挽住麻线拽紧了，手臂起起落落似白鹤亮翅，又如潮起潮落。

宫义芝笑眯眯地看着她，“俺克福哥咋就舍下你当兵去了？甭说男人了，俺看着你的俊模样也想亲亲你哩！”

宫元花冲她亮亮针锥子，“再胡云，看俺不拿麻线把你那张嘴缝起来！”

宫义芝吐吐舌头，“俺是来给你送好事的，别狗咬吕洞宾不识好人心。”

宫元花抬起头瞄她一眼，秋波流转，自是别有韵致，“俺那口子立功了还是受奖了？”

宫义芝撇撇嘴，“就知道想着你那口子，这回好事落你身上了。”

宫元花停下手，“俺还能有好事？”

宫义芝故意逗弄着娃子，“咱闺女叫啥名儿？”

宫元花知道她在卖关子，也不急，“俺给她起的，叫昌普。”

宫义芝呵呵笑起来，“你真有才，咋取了个这么怪的名呢？人家都珍儿啊玲儿秀儿啊的。”

宫元花说：“俺闺女这名可是有讲究，她是昌字辈，这个不能动，昌普昌普，咱普普通通的就昌盛发达啦。”

宫义芝跷起大拇指，“你肚子里还真有点墨水呢。”

“哪有啥墨水，俺自己琢磨的呗。”

“俺就给你捅开说吧，八路军在田家村办了育儿所，正在招收脱产乳娘，刚才他们所长到咱村物色人了，俺头一个就想到了你，你说这是不是好事啊？”

宫元花睁大秀目，“你肯定是糊弄俺玩的。”

宫义芝说：“谁能拿正经事开玩笑啊！”

宫元花信了，“俺合适不？”

“怎么不合适！——不过，你得自己拿主意，你要去育儿所就得把孩子撂家里，你舍得下吗？”

宫元花攒了个“眉疙瘩”，这还真是个挡头，昌普离不开她，可她想去，她巴不得跟男人似的出去闯荡一番，现成的机会到了眼前，还能看着它像鱼儿一样溜走？她带着恳求的语气说：“义芝妹子，俺是真想去，你帮俺想个招儿，小普怎么处置哩？”

宫义芝低头瞧瞧怀里的孩子，“丫头片子不值钱，舍给个人家算了。”

宫元花急眼了，“你出的啥馊主意啊！你哥回来问俺妮子哪，俺说舍给别人了，南墙上挂狗皮不像画（话）啊！”

宫义芝说：“俺是逗你呢！实心眼子！看能不能找个亲戚寄养着？”

“这还说得过去。可到哪里找这么合适的亲戚呢？”

“俺看啊就找东凤凰崖二姑家的儿媳妇李淑真吧，她生孩子的时间跟你前后脚，一只羊也是放，两只羊也是放，你多少给她点补助。”

“俺往哪里弄补助去？”

“你傻啊还是潮啊？你去育儿所干差事，是发补助的，你分给她点呗。”

“她能愿意吗？”

“这你就甭管了，俺跟东凤凰崖妇救会的杨锡英熟，让她帮你打头阵去。”

宫元花从她怀里接过孩子看看，小昌普正眨巴着黑水银的眼睛，津津有味地啃着手指，忽然她心生不舍，这么小的孩子就得离开娘的怀，俺可怜的小嫚儿啊！她的泪疙瘩已经爬到眼眶边，宫义芝见状道："嫂子你这是干吗？真不行，就算了，别硬撑。"

宫元花瞪瞪眼，把泪水收回去，"没啥！小嫚儿七八个月了，也能停奶了"。她那不争气的泪水到底还是爬了出来，她使劲抹一把脸，硬气地说："你知道你哥管咱村那些整天窝在家里的妇女叫啥吗?"

"嗤！你两口子的秘密话俺怎么知道?"

"他叫她们'三台妇女'。"

随后她解释了这个古怪的词，乐得宫义芝直拍巴掌，"俺哥的嘴也忒损了，他这是歧视妇女，好在他参军去了，要不然俺得开他的批判大会!"

宫元花说："俺坚决不当他眼里的'三台'，俺不仅不拖他的后腿，俺自己也要走出这山窝窝里的草庵村!"

第二天夜里，宫义芝领着杨锡英来到宫元花家，她把昌普交给了杨锡英，又要过来抱着亲了亲，看了看，孩子睡得正香呢——她哪里知道自己的命运在悄然转换，只能在甜甜的梦里被陌生人带往一个陌生的地方了。

太阳翻过东边的山，透过山顶的林隙把光洒进草庵村，宫元花背上行李卷踩着火苗似的霞光，来到村口跟宫义芝会合，然后向着东北方向的田家村走去。

即将开始的新生活是个什么样子呢？自己笨手笨脚能行吗？会不会干不了再叫人家撵回家啊？……宫元花心事如潮，但这些未知的困难和疑惑跟她那份奔赴新生活的迫切的心劲儿相比，自然是轻如鸿毛了……

42.风雪慈母情

陌生的生活向她轰然洞开一扇大门。

宫元花从没想过她会进入这样一种集体生活。这里讲究纪律，尽管她对纪律到底是个什么东西还不很清楚。这里每人各有分工，比如所长张福之，她的工作就是安排事，谁该干什么，她说了算；再比如王克兰，她管食堂伙食，今天该吃什么，她定下来告诉炊事员去做；再比如她，她的工作就是奶孩子，一个女孩，叫寿勇。这里洋溢着紧张快乐的情绪，每个人都尽力把自己那份工作干好，再力所能及地帮帮别人……总之，这种生活是她从未经历过的新生活，她的胸中涌动着一团火，烧得她两颊绯红，走路生风，身上的劲儿使不完——是啊，过去在山上田里做的都是力气活，一天下来，累得要死要活，现在好了，一天到晚奶孩子，孩子睡着了，她就帮伙房洗洗菜，帮保育员打扫院落，全是一些使不上劲儿的活，白白把一身好力气荒废了——她就纳闷儿了，怎么这么轻快的活儿，到晚上睡觉时，还觉得累得慌啊？

最能引起宫元花兴趣的事是学习，她对学习有种异乎寻常的热情，她渴望再次听到像于先生那样的课，甚至有一点更深层次的渴望——能够再见到于先生一次。这么多年来于先生那双清澈的含着笑意的眼睛一直在注视着她，鼓励着她前行。但她着实被这个想法吓了一跳，她下意识地按住怦怦跳的心。于先生是不可能出现了，就像每个人生命中遇到的一些人，虽然他曾经深刻地影响了你，可是终究不在一个轨道上，擦肩而过就是永诀。

育儿所负责教识字、唱歌的是张敬之和刘少梅。张敬之活泼开朗，嗓音清脆嘹亮，生来就是块唱歌的料，她干活都自带伴奏，所以张福之让她教唱歌，也是人尽其才了。刘少梅有点腼腆，干什么事都轻拿轻放，轻声细语，总担心打扰到别人的样子。她教识字，你如果坐得稍微远点，就会产生一种幻觉：她在那里光张嘴，没说话。

跟宫元花一块参加学习的还有李秀珍、王克兰、李秀云、李玉华几个人。老师在前面讲，她们坐着小凳子抱着孩子听讲，课堂秩序吗？好得很！一会儿这个孩子嗷地哭了，乳娘赶紧叫一声："俺的小嫚儿啊，娘在这里！"奶头递过去，室内就漾起了吱吱的吮吸声，一会儿那个孩子尿了，乳娘听得正入迷，觉得手里一热，叫一声："哎哟！发大水喽！"赶紧抱着孩子往外跑。几个大点的乳儿像狸猫一样在她们之间穿来穿去，一会儿我撞到了你，一会儿你打了我……

宫元花被寿勇尿过几次后，有了经验，她只要一感觉寿勇在怀里不安地扭动，就知道她要尿尿了，赶紧向老师打报告："俺小嫚儿得出去把尿了。"说完抱着寿勇到门外的空地上，端着她的屁股，嘴里发出嘘嘘声。有时候她很配合，一听嘘嘘就尿，有时候任你如何嘘嘘，她不为所动。宫元花端着姿势久了也累，站起来便批评她："小熊妮诓你娘哩！"她刚坐回教室里，就觉得怀里热乎乎的，哎哟，这回可让她打了个措手不及！她赶紧站起来又向老师报告，抱着孩子往宿舍跑，换好干爽的衣服，再返回教室。刚走到窗口，就听见张敬之在唱："赵保原不抗战，丧了命把功还，队伍眼看要完蛋，留下骂名万古传。"她的歌声一会儿把你抓得很紧，甚至似乎被她摁倒在地上；一会儿又把你全部放开，浑身无比舒畅；一会儿又把你带到很高的天上，伸伸手就能揪下一片云彩；一会儿忽地把你推下云端，你往下坠，往下坠，直到万丈深渊……宫元花一时听得呆了。

张敬之教一句，她们跟着唱一句，最后唱熟了，张敬之起个头，打着拍子，大家便齐声唱一遍。

宫元花提问道：“这个赵保原是哪哇子葱啊？”

张敬之就给大家解释：“这个赵保原是咱胶东国民党部队的一个司令，他打着抗日的幌子，专门破坏抗日，杀害了不少咱们的抗日干部，跟鬼子勾肩搭背，帮着鬼子打八路。”

宫元花说：“怨不得咱要咒他死，他就是死上十遍八遍的，也不解俺的气！”

姐妹们七嘴八舌：“对！我们使劲唱，唱死他！”“咱们再唱上一百遍！”“‘二鬼子’和叛徒比真鬼子还可恶！”……

到了刘少梅教识字，她先在一块小黑板上写下几个字：中国共产党，然后挨个教，顺带着也讲些党的基础知识。大家有的初次听，很新鲜。有的已经知道了，就悄悄对身边的人说：“下面她该讲什么什么了。”宫元花低声说：“刘老师本来声音小，你们再一嘁喳，更听不见了。”

“哇——”寿勇突然哭号起来，原来是李秀珍只顾听课，没拢好东海，他偷偷捏了捏寿勇的小鼻子，把她弄疼了。宫元花冲着东海一瞪眼，“再捣蛋！看俺不打你的屁股！”东海偎依进李秀珍的怀里，低着头瞧着脚尖。李秀珍把他揽进怀里，“东海，你是大哥哥，要爱护小妹妹。”东海偷瞥一眼宫元花，见她没了下文，就想从李秀珍怀里挣出去。李秀珍箍着他，“哎呀！别跟孙猴子似的好不好？再这样俺就叫张所长去了！”人都有个怕头儿，东海就怕张福之，见了她就老实。李秀珍这话起了效，他暂时安静下来。

育儿所的生活带着程序化的节奏，宫元花原来的担心化为乌有，很快适应了这里。原来刚接过寿勇时，小丫头面色蜡黄，眼睛无光，经过她三个多月的哺乳，面色红润，小眼晶亮，小胳膊小腿跟藕节似的，宫元花已经开始架着她学走路了。有时她也会想起自己的昌普，想着想着心里就空落落地一阵凌乱……

1942年10月，李秀珍和高军医的婚礼给相对平静、平淡的生活加了一勺糖。

宫元花连夜剪了几个红彤彤的喜字，贴到他俩临时婚房的门窗上，用剩余的边角料剪了一朵小红花贴在了寿勇的眉心，把她打扮得跟送福童子似的。“你的手真巧啊，七仙女托生吧？”人们发出啧啧的赞叹。

李秀珍经常抱着所里生病的孩子去胶东医院看病，一来二去，就认识了高军医。有一次，她又带孩子去看病，高军医偷偷送给她一块绣着并蒂莲的手帕，说：“上次看你擦汗，你那块手帕穿了洞，我就托人从烟台给你买了一块，你闻闻还有香味呢。”夜里李秀珍把手帕放在鼻子下，那股清香弥漫了全身。她在这美好的气息里睡着了，做了一个梦：她走进一片花海里，心里盛满了甜蜜，高军医在摇动的花丛里笑着向她招手……早晨醒来，她发现东海正揉搓着那块手帕，而且上面已经沾上了口水鼻涕。哎呀！你这个小讨厌！她伸手去夺，东海以为她在跟他做游戏，干脆把手帕咬在嘴里让她扯，李秀珍扯了几次都扯不下，关键是她不敢用劲，怕扯坏了信物，怎么向心上人交代……

令人开怀的一幕出现在了婚礼仪式现场——所谓“仪式”就是随意地一组织，大家在一起乐一乐。张福之宣布两人经组织批准成为合法夫妻后，于国义让两人并排站好，准备拜天地。这时被张敬之临时管理的张东海突然挣开她的手，叫着娘跑向李秀珍，乳娘身边站着一个陌生的男人，让他感到了不快。李秀珍很自然地抄起他抱在怀里。人们被这突如其来的一幕惹笑了。

有人起哄：“多好啊！没拜天地就白捡了这么大个儿子！”

高军医的脸腾地红成一块大红布，李秀珍倒显得风轻云淡。

于国义清清嗓子吆喝道：“革命同志意志坚，千难万险永向前！现在我宣布李秀珍同志和高军医的婚礼正式开始，下面拜天地！哎，小东海啊，你先下来，让你娘拜完天地再抱你好不好。哎，你怎么跟块小狗皮膏药似的粘住拿不下来了？来来，让伯伯抱——”东海索性搂住了李秀珍的脖子，根本不理会这一套。

高军医说：“我们是革命战士，拜天地，传出去叫人家笑话。”

于国义说：“不拜天地也行，那咱就拜拜革命导师马克思和恩格斯。”

有人问：“怎么拜啊？这里又没有两位导师的像？”

于国义说：“我看冲着欧洲方向三鞠躬，有这么个意思就行了。”

张福之笑着说：“哪有这种说法！别胡闹！你们给同志们打个敬礼就成了。”

两人在大伙的笑声里打了个标准的敬礼。东海一脸茫然，他搞不懂这个一身土黄军装的男人在跟他娘干什么。就在他茫然之际，宫元花几个人簇拥着一对新人进了洞房。东海怎么哄就是不离身，像往常一样跟着李秀珍睡。李秀珍夹在大小两个男人中间，一会儿被东海扳过来面对面，一会儿又被高军医拽过去，一会儿东海发觉了，又把她扳过来……倒腾了好几回，东海总算睡着了，李秀珍一头钻进了高军医热烘烘的怀里……

一夜寒风吹过，满山黄叶纷飞如蝶，沟头地坳上枯草摇头摆尾。村边的杨树柳树上僵死的蝉抱着枯枝随风摇摆，突然嘎巴一声枝子断了，落在地上，它被摔了个粉身碎骨。冬天就这样气势汹汹地来了。

一位通信员顶着大风跑进育儿所，把一封信交给张福之。她打开一看，立刻变了神色，大喊着：“老于！老于！”

于国义从偏房里出来，“怎么了，张所长？”

张福之一脸焦急，不用说有大事发生了，“快召集全体人员到我这里开会！”

于国义跑出去下通知，一会儿大家到齐了。

张福之站在台阶上，挥挥手里的信，说：“同志们，刚才区党委发来紧急通知，鬼子组织了大规模‘扫荡’，搞‘三光’政策，让我们赶紧做好疏散准备。情况紧急，老于你找村里的民兵帮忙把咱们有用的东西埋起来，以备回来后再用；保育员同志们，你们的任务最严峻，那就是带着自己的乳儿隐蔽起来，必须找最安全的地方，确保我们的革命后代万无一失！还有，老于你还得负责去通知咱们的不脱产乳娘，让她们立刻转移！同志们，千万不要心存侥幸，鬼子这次‘扫荡’比过去任何一次都凶猛、残酷，我们要打起百分之百的精神来反‘扫荡’，考验我们的时候到了！”

空气里骤然绷满紧张不安的气氛，似乎擦根火柴就能发生爆炸。育儿所里大人忙着打包裹，孩子被放在炕上任其笑闹哭爬。

宫元花跟李玉华分在一组，她背起包袱，抱起寿勇，跑到院子里，吆喝李玉华快走。往哪里走呢？往山里。往哪座山里呢？往北山里吧。田家村以北不远是一片苍茫的群山，岭连岭，峰挨峰，谷通谷，只要一钻进那里的深山老林，就等于上了保险锁。

李玉华还在收拾着什么，宫元花急赤白脸地又喊了一嗓子，声音都变了调：“玉华，你磨蹭啥？别舍不得那些破破烂烂了！”

李玉华应声跑出来，皱着大大的眉头，显然还没收拾利索。

宫元花催着她跑出院门，来到南北街上。街上惶恐不安的村民都向一个方向——北山跑，有抱孩子的，有用小车推着老婆婆老头的，有牵着牛羊的，有抱着鸡鸭的，还有提着油罐子的。她们混杂其间，沿着一条盘曲的碎石小路奔跑着……田家村村南有条比较平整的大路，通往周边的镇子，为日军快速推进到这一带提供了便利条件。果然，宫元花和李玉华前脚离开村子，几架银灰色的飞机就飞到了田家村上空，这是为日军打前站的侦察兼轰炸机，预示着日军地面部队即将抵达。

宫元花和李玉华交替抱着寿勇跑，背后响起零星的枪声。“跑鬼子”的人流跑一段路分流一部分，再跑一段又分流一部分。等她们翻过两道山梁，穿过两条夼后，这条刚出村时一二百人的人流只剩下了十多人。她们驻足观望，四周全是峭拔的山峰，原来她们已经钻进了大山的肚子里。这里大白天竟似午夜一般沉寂，只有偶尔飘落的枯叶溅起噼啪声，冷不丁陡壁上叽里咕噜滚下一颗石子，引发一连串哗啦哗啦声，声响大得如同天边的滚雷。日影西斜，林子被罩进橘黄色的光波里，暗红色的树干、油黑的针叶、枯黄的落叶、乱蓬蓬的灌木丛、裸露的黑色石头，统统被夕照抚摸着，涂抹上一层温暖的明快的色泽。投林的鸟雀啁啾几声，那叫声就像水银一样滴落，砸得脚下那层枯枝败叶簌簌颤抖。如果不是跑敌情，抱着孩子漫步林中，那该是一份多么难得的清闲享受！

宫元花低头看看寿勇，她腮上挂着泪痕，是刚才在颠簸中吓哭流下的，现在闭着眼打盹儿，身子却隔一会儿一抽搐。她从来没遭过这样的罪，柔弱的五脏六腑被颠得难受，哭了也没人安慰，能不委屈吗？宫元花蘸点唾沫擦掉她脸上的尘痕，轻轻拍打着她的后背，过了一阵子，她吐出一个悠悠的“唉”字，身子遂告平妥。

宫元花这时想起所里的其他姊妹，她们都安全隐蔽了吗？又想到东凤凰崖的于淑珍和自己的女儿昌普，她们应该也转移了吧？还有草庵村的公婆、小叔子呢，他们怎么样了？……这样一想，心里便七上八下地闹腾起来。她抱着寿勇站起身，绕着树走来走去，最后叹口气，“唉，人各有命，管不了那么多了。”她问李玉华：“你临出门收拾的啥东西？命都不要了？”李玉华说：“几件春秋穿的衣服。”“俺忘了带干粮，你带了吗？”李玉华脸色一变，“光顾着往外跑了，压根就没想这码事。”宫元花犯愁了，不知道鬼子“扫荡”啥时候过去，要是持续上几天，恐怕是挨不下来的。“哎，玉华你抱着寿勇，俺找找这里有没有可吃的东西。”

宫元花自小在山里长大，富有山地生活经验，她想糊弄一两天应该不成问题吧。这是一片以松柏为主的杂生林，她向着林子深处走去，日光已被山峰遮住，天色向晚，她仰着脸寻找树上是否有松子之类的果子，或者能不能发现一棵野核桃树或山枣树。很遗憾，树影让暮色洇染成一团松柔的墨色，根本看不清了，她空手原路返回了。

离挺远就听到寿勇在哭，宫元花快步跑过去，从李玉华手里接过孩子，解开对襟棉袄，把奶子送上去。寿勇咂了几口，停下了哭声，看来是饿的。

暮色浓了，星星亮了，不远处的山峰只剩轮廓了。阒寂蔓延，黑暗一统。忽然李玉华惊愕地叫起来："寿勇娘你看——"宫元花隐隐看到她指着田家村的方向，极目望去，也吓了一跳，那边的天空被火光烤得通红。宫元花咒骂道："这些挨千刀的豺狼！这些人间的混蛋！这些缺爹没娘的畜生啊！呜呜呜——"她没想到自己竟哭起来，是啊，那里是她开始新生活的地方，怎不伤情呢？她已记不起上次哭泣是什么时候了，哦，就是扯掉裹脚布的那天夜里！那次哭泣她是为了自己的新生，这次哭泣却是为了蒙难的家园。在泪目里她依稀看到狰狞的鬼子兵在火光里扭动着身躯，寒光闪闪的刺刀映着火焰，这群魔鬼狂笑着把刺刀刺向手无寸铁的老百姓，一下一下……不远处也有人在哭，是那几个一起躲在这里的老乡。李玉华也趴在一棵松树上啜泣着。寿勇倒安静了。

夜的步伐特别慢，就像被黏稠的液体粘住了，一秒被拉长成了两秒三秒五秒十秒。夜气凛冽逼人。宫元花从包袱里取出一条小褥子，把寿勇裹了个严严实实，只露一张小脸。她生怕孩子不适应这样的黑夜，过一会儿就去亲亲她的额头，试试她的体温。她的嘴唇是凉的，寿勇的额头也是凉的，她忧心起来：万一孩子受了风寒咋办啊？她一急身上烘出一层汗意，风一吹，就像披了一件冰衣，浑身害冷。她站起身子，使劲跺着脚走动，好不容易赶走了寒意，肚子里又发出一连串不争气的咕噜声，李玉华那边也心有灵犀地呼应着。从上午跑出来，一颗米没沾牙，又翻山越岭，能不饿吗？宫元花找到一棵粗壮的松树坐下去，倚着它准备打个盹儿。李玉华没有坐下，说：“你娘俩先睡，我放会儿哨，万一鬼子找个熟悉地形的人引路摸上来呢。”“嗯，小心没有过火的！俺先睡一会儿，你困了叫醒俺，你再睡。”

一尾银白色的小梦钻进了她的脑海里……姜克福跟一些八路军战士正趴在一个山坡上，对着冲上来的鬼子兵射击。他枪法很厉害，她想到哪儿，他就打到哪儿。一个戴钢盔的鬼子爬上来了，她想打他的眉心吧，点火烧村肯定有他的份儿。姜克福扣动扳机，鬼子的眉心飞出一朵鲜红的花。她看到一块岩石后藏着一个瘦猴似的鬼子，正在冲姜克福瞄准。她那个着急啊，快打他的头顶心，就见姜克福不慌不忙地冲天上打了一枪，那颗子弹长了眼一样从天而降，正射在瘦猴鬼子的头顶正中心。她心里美滋滋的，这下丈夫肯定立大功了，很快就要披着大红花骑着枣红马回来了。忽然姜克福就站在她的面前，脸上糊着鲜血，嘴一张，两排牙那么白，问：“俺看看咱小嫚儿长得咋样了？”她的心忽悠一下提起来，他要是发现她怀里不是昌普怎么办呢？随即她又劝自己，没事，当兵时孩子没出生，他也不知道昌普长啥样。她爽快地把寿勇递给他：“看吧看吧，看眼里可拔不出来！”姜克福接过孩子只看了一眼，就变了脸色，他大吼着：“这不是俺的小嫚儿，俺不要！”说完就把寿勇向悬崖下抛去，她来不及跟他翻脸，就跃身跳下，大喊着：“娘来了！娘来了！”

突然醒了，伸手摸摸怀里寿勇还在，她的心啪嗒落了地。不对，把手伸进褥子摸摸她的脚丫，俺的个老天爷，变成一个小冰疙瘩了！她用手攥住揉搓着，想把自己的温度传给她，可她的手也是凉的，怎么办？她的脑瓜一下清醒了，唤过李玉华。李玉华蹲下来，问：“怎么了？”宫元花急急地说：“小嫚儿的脚丫冻得冰凉，啊，身上也凉瘆瘆的，再这样下去，准得闹病!”“你说怎么办?”“咱俩把她夹在中间，别让风吹着她，也想不出别的法子了。”宫元花快速地解开棉裤腰，把寿勇轻轻放进棉裤里，稍微抿一抿，再捂上那条褥子，跟李玉华面对面手插手地抱在一起，好似给寿勇做了一个简易的小屋，最大限度地减少她跟外界的接触面。

老辈子胶东人过冬的必备装备就是对襟棉袄大棉裤，外加一双“猪皮绑子”。这大棉裤大到什么程度呢?穿在身上，不能直接扎腰，需要先把裤腰“缅”起一拃长再扎腰带，这个“缅”相当于折叠的意思，就是把裤腰收收口，这一拃差不多相当于整个棉裤腰周长的四分之一，这就不难明白为什么叫“大棉裤”了。

这座世上最简陋的小屋，却用了最奢华的材料——朴实纯正的爱。

到了后半夜，乌云从正北方爬上来，越来越密，越来越厚。迷迷糊糊间细碎的雪花落进衣领里，宫元花俯身听听寿勇均匀的鼻息，睡得还挺香。李玉华也醒了。她们沉默着，四周只有雪落的声音。

胳膊僵了，腿麻了，脚木了，耳朵尖儿被雪咬疼了。饥寒和困意夹击着两人，胃肠已经到了连发出抗议的力气都没有的地步，意识一阵清楚一阵混沌。忽然寿勇咯咯咯地笑出了声，咿咿呀呀地说着梦话，又安静地睡着了。

宫元花一个愣怔，觉得两股之间热乎乎地不对劲，原来是寿勇尿尿了，怎么办?自己无所谓，反正没有替换的棉裤，可寿勇的小屁股不经“溙”啊!她活动活动胳膊，示意李玉华卸开架子，她一只手去包袱里摸了一块褯子，塞到寿勇屁股下。

她伸伸腿，晃晃身子，浑身酸溜溜的。李玉华站起身，轻轻跺着脚，肩头的雪团扑簌簌滚落。

“寿勇娘，你把寿勇给我抱一会儿吧。”

“天明再说吧，一折腾再冻着孩子。”

“那怎么行？你吃得消吗？”

“啥大不了的事？你没听人家说吗？这世上只有享不了的福，没有吃不了的苦。”

“寿勇娘，我问你个事，你来育儿所图个啥？”

“俺啊？俺男人是党的人，他参军打鬼子去了。按说俺该在家待着好生照料老老小小，谁也不会说俺是落后分子，可组织上找可靠的人当乳娘，找实心实意对待革命后代好的人，俺一听这不就是找俺这样的人吗？俺把孩子照顾得妥妥的，让孩子爹妈放心打鬼子，早点把鬼子赶回老家去，俺孩她爹不也就早点回来了吗？”

“嗯嗯。我来育儿所是因为家里包办婚姻，非得让我嫁给一个又老又丑的地主，他的年纪比我爹都大，我爹娘心里灌了迷魂汤，看着火坑还把我往里推。我一赌气，就跑出来了。你们不管我死活，我也没法管你们了。我先是参加了妇救会，再到了育儿所。”

“哦哦，你真不简单呢！敢跟家庭直接闹！你爹娘也真是的，都什么年代了还干这种事！”

“谁说不是呢。”

…………

天麻麻亮的时候，一块儿躲鬼子的一位大嫂走过来看她们，给了她俩一个玉米面饼子。两人连声道谢。大嫂说：“俺看出来了，你们是这个……”伸出手亮了个“八”字。李玉华不置可否，只是问你们是哪个村的，大嫂说了村名。李玉华又问你们今天怎么打算，大嫂说俺们商量了，觉得躲在这里也不保险，毕竟离村子还不是很远，俺们准备天一亮就继续往里走，最好能找个山洞啥的避避风雪。宫元花说俺是草庵村的，咱就结个伴儿一起走吧。大嫂说行啊，俺那边还有两个老爷们儿，遇到啥野物也不怕。

大嫂离开后，李玉华把那个饼子掰成一小块一小块的，给了宫元花两块，自己留了一块，其余包进一块手帕里。寿勇醒了，挓挲着手，哼哼唧唧。宫元花小口咀嚼着饼子，嚼得稀烂后，抹在手指上，喂给寿勇吃。喂完饼子，她抓点雪含到嘴里，融了，暖了，嘴对嘴一点点送到唇边。寿勇熟练地吸过去，咕咚一声咽了。都说孩子是直肠子，吃了就拉，一会儿，宫元花和李玉华同时闻到了一种熟悉的气味，小家伙屙屎喽。这次不能将就了，宫元花把她抱出来，李玉华以最快的速度给她擦拭屁股，换上一块新褯子。“丢丢丢，不害臊！”宫元花点着她的额头，羞臊着她，她竟然很配合地“无耻”地笑起来。

忽然南边传来阵阵枪响，鬼子正在向这个方面开进，必须转移了。

一行人冒着风雪朝西北方向奔跑，前面一片没有路的山坡挡住了去路，没别的办法，爬上去再说。雪中的山石很滑，踩不稳就是一个趔趄，一溜跟头。两个男人走在最前面，遇到陡峭处就停下来帮大家一把。磕磕绊绊，爬到山顶，往北面望去，依然是群山连绵，更有山峰比此山高。往南眺望，一队日军正打着旗帜呈扇面形向刚才的山谷推进。大家喘着粗气。那位大嫂的女儿，一个十三四岁的姑娘，一直贴着宫元花走，不时低头瞧瞧寿勇，逗逗她。寿勇发出清脆的笑声，这笑声落在大家耳膜上像雪花一样洁白温润，令人愉悦，无形中增添前进的勇气。下山的时候，依然没有路，大伙跟着那两个男人摸索着往下走，走到山底依然是一条山谷，好处是有一处岩石探出形成的半封闭顶棚，状如山石张开的大嘴巴，既背风又干爽，相比于昨天的条件真有点洞天福地的味道了。

宫元花把寿勇交给李玉华，她还是想到处转转，看看能否找到吃的。因为她担心自己一饿，奶水就回去了，寿勇还没吃上正常饭食，那就麻烦了。她也相信这种人迹罕至的山野，总有一些鸟雀吃剩的果实。

她沿着谷底向东南方向走去，脚下一块块鹅卵石滑溜溜地不留脚，但她习以为常了，如一只野兔般轻盈地纵跃着，目光睃巡着身边的树木。不知走出了多远，她终于找到几株核桃树，满树酱包的核桃，她兴奋地摘下几颗，砸开了，果实很丰盈，油香味异常浓郁。她摘了一包袱，也把对襟袄的内兜装满了，因为不知道要在这儿躲藏多长时间，尽量多弄些储备着。她的心情渐渐开朗起来，不由唱了起来：

劝郎劝到一更天，
枕边蜜语说不完，
盼望丈夫答应俺，
你到边沿封据点。
劝郎劝到打三更，
甜言蜜语他不听，
气得桂凤暗落泪，
铁石心肠也感动。

回到大石嘴下，她把核桃分给大嫂一些，大嫂又给她们送过来两个窝头、两个熟地瓜。那个小姑娘已经跟李玉华混熟了，坐在她身边听她讲八路军打鬼子的故事。两三个上年纪的老人抽着烟锅，锁着眉头，烟雾后那张皱纹密布的面孔看不出忧愁和欢乐。是啊，有什么好高兴的，村庄和土地被鬼子糟蹋，牲畜在劫难逃，生活被颠倒了，即便能活下来也是艰难苟活。年轻人不管这些，只要眼前过得去，该高兴就高兴，该吃饭就吃饭，以后的事情嘛，——车到山前必有路，老天爷都安排好，不要为将来的日子犯愁。寿勇成了给大家开心解闷的小活宝，从这个人手里传到那个人手里。她那粉雕玉琢的小脸蛋就像一轮小太阳，驱赶着人们心头的焦躁和愁闷。宫元花跟李玉华商量，鬼子“扫荡”一般都是过蝗虫的样子，不会久居一处，是不是挨过今天，明天就能返回田家村。李玉华说我先回去看看，你们在这里等着，要是安全了，我就爬到今天早晨翻过的山顶上放堆烟，你们看到烟就往回返。宫元花嘱咐她一定多加小心，每一步都要观察实在了再行动。

当天夜里，生了几堆火，几个人围着一堆。宫元花哄着寿勇，火苗照得她白皙的面孔红红的，神情恬淡而带着若有若无的轻愁。她的思绪漫天飘飞，她从来没想过自己会走入这样一种生活，一种不再仅仅为了自己和丈夫、孩子而活的生活。它带着滚烫的温度，它就像一条波涛汹涌的大河，自己就像落在河面上的一片树叶，跟着它的流淌奔跑……她摸摸寿勇的手心、脚丫，掖掖她身上的褥子角，靠在石壁上打起了盹儿……

第二天中午，有人望见南山顶上长起一股青烟，大家雀跃着往回走。宫元花爬到半山腰就碰到了来接应的李玉华，她告诉大家鬼子的“扫荡”过去了，不少村民都陆续回了村子。宫元花问她育儿所的情况，她的脸色沉下来，悄悄告诉她：“张敬之同志牺牲了。”宫元花惊得站住了，倚在一棵树上定定神，“怎么回事啊？”李玉华说：“我见到张福之所长了，她说张敬之同志被鬼子拉进了‘网’里，突围时为了掩护其他同志撤退，在战斗中遇难了。”宫元花默默地流下泪，她念叨着：“这笔血债一定得让小鬼子还！”她咬着嘴唇克制着自己的情绪，继续往上爬，眼前浮现出张敬之的笑容，脑海里飘着她那美妙的歌声……她终于没有忍住，趴在一棵树上呜呜地哭起来。

大家断断续续回到所里，秩序在恢复，生活在重启，可是一些洞却永远无法填补了。

人们汇报了这几天疏散的情况，张福之一一记在笔记本上。张福之表扬了宫元花和李玉华这一组，说她俩对乳儿实心实意，而且善于因地制宜克服困难，还能跟群众打成一片，随时随地宣传党的政策，表现了忠于党忠于人民的本色。宫元花头一次听表扬，心里有些局促不安，觉得自己哪里做得这样好，稀松平常的。她听到了李秀珍的经历，觉得她才够格接受这份赞扬。李秀珍在疏散之初，拉着东海夹杂在老百姓里往山上跑。敌机在头顶上呼啸掠过，东海看着好玩，突然挣脱她的手，回身就去追飞机。谁想这时一颗炮弹呼啸而下，李秀珍本能地猛扑上去把东海压在身子底下。东海还以为她在跟他玩老鹰抓小鸡的游戏呢，在她的身子底下笑得乐不可支。后来他们躲进一处洞里，被日军搜出来，带到一个军官面前，问她是干什么的，这个孩子是不是八路的孩子。她一口否认。鬼子军官把东海拉过去左看右看，想发现一丝蛛丝马迹，也没瞧出什么来。鬼子兵驱赶着老百姓向前走，李秀珍抱着东海，瞅见几十米处有一片树林，突然拔脚就跑，她的身子左摇右晃，因为她听部队上的同志说过，逃跑时跑直线很容易被打中的。鬼子开枪了，子弹从身后飞来，打得两侧的树木皮开肉绽……

这年冬天，寿勇得了一场水痘，正赶上医疗队处于转移中，宫元花抱着她随队治疗。她骑着一头大骡子，骡背上担着两个筐，左边放着寿勇，右边放着医疗器材。骡子嗒嗒嗒地走在山路上，她的身子像风中的柳枝轻轻摇摆。她想这就是行军打仗的样子了吧。果然，队伍在行进中遇到过一两股日伪军的骚扰，警卫部队的武器装备不错，几下就把他们打跑了。医疗队不断转移，连过年都是在运动中过的。宫元花着实体验了一把啥叫行军。

1944年，育儿所组织了一次婴儿健康比赛大会，宫元花、李玉华、李秀珍等都获得了“育儿模范”的表彰。奖品是一床红艳艳的绸子被面，宫元花抚摸着光滑的被面，心底泛起了甜蜜的涟漪。

43.融入苍茫

正当宫元花越干越顺手的时候，一个变故熔断了她与育儿所的缘分。

如果按照正常态势，她会跟随育儿所一路走下去，而且自从1942年11月日寇“大扫荡”之后，抗战形势渐趋好转，育儿所的生存条件慢慢有了改善，真可谓未来可期。

1943年农历三月，她的小叔子跑到田家村找到她，说姜克福复员回来了。她不敢相信自己的耳朵。小叔子告诉她，他哥是因伤回来的，家里人的意思是让她回家照顾他。她没说同意。

跟着小叔子回到家，看见姜克福坐在椅子上，胳膊架在胸前，冲她一个劲地嘿嘿笑。她跟他说话，他也是前言不搭后语的。走的时候人好好的，怎么回来变成个“半潮巴”了？夜里正在睡觉，她忽然听到丈夫喊道：“弟兄们，给俺打！狠狠打狗日的！”“小王，冲！打！”她抱紧他安抚着，他的身子战栗着。

后来，县上来的人给她讲明了一些情况。原来我军在攻打牙山时，姜克福带着一个排坚守阵地，鬼子冲上来，他们已经没了子弹，就拿石头砸。一个鬼子兵挺着刺刀向他刺来，小王扑上去替他挡住了致命一刀，他眼睁睁看着小王在他面前被捅了个透心凉，他发疯似的扭住那个鬼子兵滚下了山坡……他的大脑受到了强烈的刺激，以致有点不正常了。夜里宫元花搂着他哭了又哭。

宫元花尽管不乐意，还是跟张福之辞了职，她要全心全意照顾丈夫。这几年她欠老姜家的太多了。好在这时，寿勇早已满地跑了，也能离人了。她从小在育儿所成长，跟所里的每一位阿姨叔叔都熟，对宫元花的离去虽有所反应，但并不强烈。宫元花可不一样了，跟掉了魂儿一样，走出育儿所不多远，又借口落下东西回来看寿勇。走到田家村口，又回来跟接手寿勇的阿姨交代说，寿勇最近好啃手指头，得看紧她，不行偷偷找点辣椒抹上，叫她尝点“辣头”。第三次走出去，她站在一棵开满花的槐树下，嗅着浓烈的花香，她忽然捋了一把填在嘴里大嚼着，随即大颗泪珠滚下，她想要是能给寿勇煎一盘槐花咸食该多好啊！

后来，育儿所又找到她，送来杨坤思的一个孩子，让她哺乳了六个多月。

回到村里的宫元花依然显得与众不同。1948年，她的二女儿姜昌敏出生了，姜克福也渐渐恢复正常。1958年，她在村里办了一个“育红班”，收了二十多个孩子，她教他们唱歌，排小戏。她还会接骨和拔罐。有一次她去烟台医院看病，遇到一个人脚面肿得老高，她看看，说你这不用上医院，你忍忍俺给你捏一捏。果然她一拧一推，好了。人家当时感谢了她，夹起拐杖回家了。她这手手艺正是在育儿所学会的。她还善于给孩子取名，她的一家亲戚两口子都姓王，生了个孩子，请她帮着取个名字，她说你俩都姓王，就叫班班吧……

日月流年，山花开落。

晚年的宫元花不出意外地想念着寿勇，没事就念叨着寿勇该多大了，该上班了吧，她的孩子该上学了吧……听得姜昌普、姜昌敏耳朵里起了老茧。她还好埋怨丈夫，说要不是他负伤回来，她就在育儿所待住了，早跟着育儿所进城当公家人了。

人还是拗不过命啊！但她总算拗了一回，而且她大胆的选择把她引上了一条宽阔的大路。她挥洒着母性的无私的浩瀚的光辉，在寥廓的历史天空里绽放出美丽的人性之花……

1948年距宫元花回到村里回归农家妇女角色已经过去了三年多。这三年多里，中国发生了许多大事，最大的事是日本鬼子被打跑了。江南的新四军撤到了山东根据地，胶东也来了新四军。正是这支部队的到来，把一个同样叫“花”的女子纳入了乳娘的行列，而这朵“花”的绽放却要从一场大风说起……

第十三章　风中的水花

44. 大风刮来个童养媳

王水花是被那年冬天的一场大风吹送到牟平县前垂柳村的，此后很长一段日子里她的耳鼓里都滚动着风声，她认定自己的命就像她的名字所预示的那样：水花因风而生、随风而逝。

严格来说，随着那场大风而来的还有她娘和一场豪雪，她刚巧走到韩有进家门口便抢倒在地，她娘疯了似的拍打着门环。韩有进两口子开门把她抬进屋里放在火炕上，赶忙生火做饭——还用问吗，一搭眼就知道是饿昏了。

一碗热气腾腾的金黄的玉米粥、两个杂面窝头下肚，王水花蜡黄的脸色泛出桃红色，她坐在炕沿上盯着自己的脚尖不说话。她娘放下碗筷，一把拉过她，扑通跪在韩有进面前，作势要磕头。韩有进一把拽住她："大妹子，咱不兴这一套！"她娘说："俺娘俩算是遇见善人了，要是没人管没人问，这不就成了'路倒'了吗？"韩有进嚼着烟袋说："出门在外谁没个三灾五难，应该的。"她娘眼含泪花说："她大伯，俺求你件事，就当你发善心啦，你把俺嫚儿留下吧！"韩有进两口子面露难色，这种年月多个人就多张嘴，多张嘴就多个饥荒。她娘说："你留下她就是你家的人，好孬给她口饭吃，跟着俺要饭去，早晚是个死。”

韩有进把媳妇叫到旁屋里咬了一阵耳朵，走回来，脸上堆笑，说：“俺两口子这么想，俺跟前有个小子，要是行呢，就把闺女留下给他当媳妇？”她娘连瞅她都不瞅，“俺就做这个主了。”韩有进打扫打扫缸瓮，装了十几斤地瓜干、几斤玉米面。她娘背上粮食袋，叮嘱王水花说：“以后你就是老韩家的人了，干事麻利点，别惹你公公婆婆的恼。”然后头也不回地走进漫天风雪，王水花流着泪号了一声：“俺的个亲娘爹哎——”

那年冬天的大风变成一头野兽，在她心里撕咬着那未经美好便告沉沦的世界：十二岁的王水花从老家牟平县西史家村的小嫚儿，一个昏厥苏醒后，变成了韩有进家的童养媳。

韩有进的独子韩道荣当时十七八岁，晃进来晃出去，打得两口子眼眶疼。韩道荣对这个大风刮来的媳妇瞧了又瞧，看了又看，虽然面容憔悴惨白，眉眼却生得那叫一个周正，跟自己婚配自然绰绰有余。

韩有进把韩道荣叫到跟前沉着脸说：“水花给你当媳妇不错，可年纪不到数，不准你提前祸害人家。”

韩道荣撇撇嘴：“也不问问俺愿不愿意。”

韩有进“啪”地一拍桌子，“哟嗬！长本事了！敢跟老子打花腔了！”

韩道荣耷拉下头不吭声了。

韩有进说：“没办事前，当妹妹待承着，好好疼她。”

童养媳的名声不好听，日子不好熬。虽然韩家人都想对王水花好点，可是年月不争气，要不起强来。到头来，揭不开锅的时候，她跟婆婆拽起一根打狗棍，还是走上了乞讨路。

这条路是天底下最难走的路，不是多崎岖，不是伴风雨，不是怕狗吠，而是你要把自尊踩在脚下，踏进泥里，把腰弯了又弯，把表情调整到最能引发施舍者怜悯而又不致引起讨厌的最佳分寸，得到的可能是一块地瓜面的饼子，或者一声爱莫能助的叹息，也可能是一声冷冰冰的呵斥，甚至是恶狠狠的一脚。王水花不免自怨自艾：“俺就这个命！俺那狠心的娘想得倒美，你怎么算计得过老天爷啊！”

王水花饿得眼冒金花，前胸贴后背，连挎篮子的劲儿都没有了，腿脚变得千斤重，心里一直有个声音在劝她：别走了，躺到路边一了百了多好啊！她迷迷糊糊地就想倒下去，婆婆手里的棍子结结实实打在她的背上，一脑瓜乱云飞渡换成了清醒加明白。婆婆说：“穷人家的脸皮不值钱，活着要紧。”她躬身实践自己的理论，顺带着给未来的儿媳妇率先垂范，可王水花的脸面就是拉不下来，要让她为一个窝头给人家磕头，她的膝盖仿佛不是自己的，根本不听招呼。

苦果很快砸到她头上，她被饿得一头抢倒在一座院门前，相同的剧情再次上演，只不过是配角换成了婆婆。

婆婆的哭声引出院子里的几个人，他们把王水花抬进一间烧着火炉的屋里，有人端来一碗红糖水。几调羹下去，王水花悠悠醒转，看看周围才知道自己还在人间。这些人穿着一码样式的土黄色服装，说话南腔北调。有人递给她一个热鸡蛋，吓得她赶紧把手缩回去，这哪是她这种命的人吃的？一个中年人大咧咧地说：“嘿！你这小嫚儿客气啥？快吃快吃！”她看看婆婆，婆婆点点头。她边吃边打量着一切，除了一个年轻战士在旁边陪着她们，其他人都出出进进地忙乎着，尤其是那个中年人一会儿跟这个说说话，一会儿又跟那个说说话。她吃着吃着害怕起来，她想起当初跟娘在老韩家吃饭的情景，再看看婆婆，婆婆拿着一个热窝头大口嚼着，恍惚间婆婆变成了娘，她娘边吃边皱着眉头想着什么。一眨眼，娘又变回了婆婆，婆婆这时也皱着眉头。天啊！她别再把俺转卖给这些人吧……她的手不停地抖动，把鸡蛋黄都抖散在地上，她心里骤然汪了一包苦水，泪珠断线般掉在手上，和着鸡蛋吃下去。

过了半晌，那个中年人走过来说："俺们一会儿转移，你们赶紧拿上那半袋小米回家吧，鬼子的部队正向这里扑来。"

她跟做梦似的，难道婆婆没倒手把自己转给这些人？谢天谢地！再看看那个一脸胡楂儿的中年人也不似刚才那样凶巴巴的了，倒让她生出缕缕钦佩和感念。

那个年轻战士说："俺们团长让俺把你们护送到村口。"

她和婆婆跟着他走出门，发现门外许多穿同样衣服的人在排队。她怯生生地问那个青年战士："大叔，你们是干啥的？"青年战士扭过头，"你嘴怪甜的，还叫俺大叔，都把俺叫老了。""那叫你啥？""大哥就行啊，俺比你大不了几岁。""嗯，大哥，你们是打仗的？""对！俺们是八路军。""八路军？共产党的队伍？""嗯呗。俺们还是咱老百姓的队伍。""老天爷开眼让俺遇见好心人了！"她也惊讶于自己脱口而出的这句话。这句话她曾听她娘和婆婆说过几十次几百次，可自己一次没说过，这次竟然脱口而出。她弄不清是什么东西在她心里施了法，但她真真切切地感到心里确实有个东西落地生根了……

多少年后，王水花渐渐体会出那次经历落在心里的东西是什么了，它的名字叫尊重，而伴随着它觉醒的还有她的朴素的信仰：将来俺一定要好好报答这伙人。

她问那青年战士："你叫啥名字？"

小青年把手里的米袋子递给她，"俺叫——不告诉你！"

说完，转身奔回村里去了。

她一时没反应过来，"还有人叫'不告诉你'这个名的吗？"

日本鬼子投降那年的冬天，韩家的小院里咕咚咕咚地冒喜气，亲戚朋友纷纷向站在院门口恭候的韩有进道喜。王水花盘腿坐在贴着大红喜字的窗户下，享受着姑娘时代的最后一天也是唯一一天的清闲，噼噼啪啪的鞭炮声宣告了她从童养媳到新娘子的转变。当天夜里，她的男人韩道荣吹灭红烛，把她变成了真正的女人。

这几年虽说日子过得艰难，可王水花照旧出落得像一朵粉润的地瓜花，那些借故到老韩家串门的后生们总把眼珠子黏在她身上，有事没事喜欢跟她搭拉话。她也是那种面不辞人的脾气，尽量不惹人不高兴，但谁要冲她说句过分的话，她就不干了，抄起铁锨就拍。那次三狗的脊背就被她拍出了一个大方戳，三狗再也不敢在她面前油嘴滑舌了。

这几年跟着身子一块发育饱满的还有她的暴脾气。

刚到韩家那阵子，韩有进拿她当闺女，哪里不顺眼横话竖话扔过去，抡起巴掌就打。后来不行了，她娇弱的身体里长出了一种硬气，做得不对说说行，不能打。韩有进是个练家子，这也是老韩家一个外来户能在前垂柳村落地生根的主要原因，没人敢招惹。但有一次他又冲王水花举巴掌，还没落下，就被王水花掐住手腕子一甩，甩得他一个大大的惊愕，定在原地回不过神来。王水花则扭着身子出了门。从那以后韩有进跟她说话变客气了。

韩道荣也怵王水花的性子，打着墨线说话，唯恐哪句话戳到了她的肺叶子。一种微妙的气氛在老韩家酝酿多时，终因王水花变成新媳妇而明朗起来，那就是她即将以新主人的面目出现在这个家的舞台上，而增加她的发言权的除了她勤谨的态度、地里家里的好身手，还有她渐渐隆起的小肚子。这对于一棵独苗的韩家不啻一道谕旨，让婆婆和公公彻底把那半袋地瓜干的往事抛到了九霄云外。

1947年正月，没等到跟王水花肚子里的孩子见面，韩道荣就响应区里的号召参加了八路军。

日本宣布无条件投降后，胶东军区部队向盘踞于大小城镇、交通要道的敌军展开“最后一击”，解放了除青岛之外的胶东全境。1946年，胶东地区的土地改革全面推开，韩道荣家也分到了梦寐以求的八九亩土地，心里既高兴又忐忑。蒋介石发动全面内战后，“反蒋保田立功”的群众运动席卷各地。就在这样的形势下，韩道荣依依不舍地告别了挺着大肚子的王水花，从东凤凰崖村参军，奔赴了胶东保卫战的战场。

这年6月，王水花诞下一名女婴，韩家的小院内一声声稚嫩的啼哭送到紧靠的路上，路过的人都晓得老韩家添丁了。亲门近支这家送几斤白面，那家送二斤红糖，这家扯来几尺花布，那家提来一双虎头鞋。王水花最喜欢婆婆的姊妹送的一串珠花，在灯下看了又看，不由浮想着小嫚儿长大后戴着它的风光。“嗬！那得多俊气呀！多少后生得转不动眼珠子啦！”想着想着，那个长大的姑娘变成了自己的样子，她在阳光里跳跃着跑动，那珠花一抖一抖，每一次抖动都放射出灼灼光华，似乎有人在背后追逐着她。那个人是谁呢？唉，她可能一辈子也弄不清。

她捏着珠花睡着了，醒来时漾出的奶水洇湿了胸前一大片衣服。她诧异于自己奶水的旺盛，每次孩子吃一只乳房就能饱，另一只胀得难受。这时她就想起韩道荣，他要在就好了。婆婆告诉她别让孩子尽着一边吃，“会把胸吃偏的”。她便上了心，孩子吃到一半，她就慢慢往外抽，可是吮得太紧了，她身子往后退，孩子跟着往前移。“俺的个小冤家吔！”她只好狠心把她从自己身上剥开，孩子对着她的粗暴发出了反抗的怒号。她忙不迭地把另一只乳房递上去，人家却不稀罕了，依然酣畅淋漓地号，脾气大得倒像一个暴君，哭够了，也睡着了。如此反复试验了几次，她的如意算盘宣告破产。

婆婆一问，撇着嘴数落她：“你真是个实心眼的𥔲子，你这次让她吃这个下次让她吃那个，不是一档子事吗？”

王水花苦着脸："俺怎么没想到呢？"

她没想到的事太多了。

1948年1月，强盗般的大风没日没夜地刮，摇得房顶的瓦片哗啦哗啦响。深更半夜醒来，王水花听着风声便想起那场把她刮到前垂柳村的大风，她恓恓惶惶地忆起往事，下意识地抱紧了孩子，生怕大风把她刮走了。怕啥啥来，小嫚儿染上了风寒，开始是轻轻地咳，渐渐加重，一咳起来没完没了，憋得小脸通红，又发起了高烧，她和婆婆目不交睫地照顾了三天三夜，也没挽留住这个小生命——大风真的把她带走了。

王水花的生命再次被大风吹荡得满地狼藉。

她倒在炕上三天水米未进，脱了人形。

她泥呆呆地望着被烟熏黑的屋顶想，难不成这苦命也会传染给孩子吗？

过了差不多一个月，王水花从病恹恹里站起来，开门看见太阳，有点不相信自己活过来了。鼻子一酸，还没等掉下泪来，就听到门外有人喊道："水花妹妹在家吗？"她怯怯地答了一声。走进两个妇女来，打头的是后垂柳村的李存久，后边那位一身灰军装，面相很是生分。

李存久跟她说出一件事来，王水花瞪大眼张大嘴，久久没说出一句话来。

45. 准还你一个白胖胖的嫚儿

从1946年6月蒋介石撕毁"双十协定"，摁下内战的启动键起，到1946年10月，国共双方沿胶济线展开了拉锯式争夺，激烈的战局炙烤着刚刚获得喘息之机的胶东半岛。就在这时毛泽东在延安发出了"一切反动派都是纸老虎"的著名论断。面对严峻的内战局势，伟人提出："即便丢失了沂蒙山根据地，也得死守住胶东根据地这个大后方。"胶东军区部队在许世友司令员指挥下，寸土不让，抵抗住了数十万国民党军队的进攻，惊醒了敌人"半个月打通胶济路"的黄粱美梦，使敌人付出损兵折将过万的沉重代价，历时三个月零十九天才完成了原定作战计划。国民党五十四军号称主力部队，沿胶济线十一天推进不到十公里。有人嘲讽他们说，即便爬也比这个速度快。由此可见国民党军队疲软之一斑。与此相反，胶东军区部队却连创奇迹。在胶济线东段阻击战中，胶东军区第六师一名叫魏来国的排长，在南泉火车站创造了以一百三十五发子弹毙敌一百一十多人的纪录；第五师一个叫刘奎基的班长只身扑向敌群，空手夺下两挺机枪，毙伤敌人二十多人，俘虏副团长以下十七人。一叶落而知秋，种种迹象表明，国民党军队的败退只是迟早的事。

与此同时，根据中共中央做出的"向北发展，向南防御"战略部署，原活动于江南的新四军有序撤往山东根据地鲁南地区，与山东军区部队进行整编后，部分经由胶东根据地，从海路开赴东北解放区。

跟着李存久一同走进王水花家的这个女人操着一口吴侬软语，眉目清秀，剪着短发，头发短到了军帽往后一推就能全部遮住的程度。这一点给王水花留下了深刻的印象，难道当兵的女人因为见识长，头发也就短了吗？她叫毕秀英，江苏人，原属新四军序列，刚刚随整编后的部队来到胶东，驻扎在后垂柳村一带。王水花发现毕秀英的眉宇间挂着愁苦，一副强颜欢笑的样子。后垂柳村在前垂柳村的北边，依山而建，两村一路之隔，抬头不见低头见，两村人熟稔得很。韩家紧靠着路边，下地上工的人渴了累了，抬腿就进。李存久跟王水花早就相熟，而且是很拉得上来的小姐妹。李存久是村里的妇女工作积极分子，正给胶东育儿所哺乳着一名叫和英的乳儿。

她拉起王水花的手说："俺听说你孩子殇了，这是她个人的命，别太折磨自己了。"

王水花说："这理儿俺懂，可心里不舒坦。"

毕秀英听了她这话，看看李存久，似乎在暗示什么，李存久不露痕迹地点点头。

春阳晴明，天汪汪蓝，风柔柔暖，万物在悄然萌发。

李存久说："妹子，这位毕同志是部队上的人，不瞒你说，她刚生了一个女娃子，可是部队过几天要调动，没法随军，俺正带着她想给娃找个乳娘。"

王水花扭头冲毕秀英笑笑，倒被她一身说不出的秀美惊着了：那是一种不同于北方女人的韵致，五官精致得像一件工艺品，眉毛弯弯，双眸盈盈，双唇丹丹，牙齿灿灿，媚而不妖，丽而不艳，再被一身军装一衬托，柔美中又平添一股勃勃英气。听惯了别人对自己相貌的称赞，今天看到这女子，王水花不禁有点自惭形秽，"俺没见过七仙女，毕同志就是七仙女下凡托生的吧。"

毕秀英爽朗地一笑："水花妹子真会夸人，你长得比我好看多了。"

李存久见两人说话挺投缘，趁机加把火，说："水花可是俺这十里八乡有名的美人，咦，你俩往这里一站，真跟从戏文里走出来的西施和貂蝉似的，都把俺比到大西洼里去喽！"

王水花伸手去撕她的嘴，她乐不可支地躲闪着，毕秀英笑眯眯地看着两人。嘻嘻哈哈闹了一阵子。

李存久说："咱说正经事，俺们来是想征求你个意见。"

王水花问："啥意见？"

"你能不能帮着毕同志带带娃子？"

"俺？"

"对，就是你啊！"

王水花像被扎破的气球泄了气，下意识地摇摇头。远处的山隐隐透出新绿，似乎在她的视野里翻了个身。她听到石头哗啷哗啷地滚落着，她闭上眼，想把这些幻觉撵走。

“俺倒想，可俺是殇过孩子的人，不吉利啊。”

“咱这片殇过孩子的娘们儿多了，都不吉利吗？那是孩子自个的命。”李存久帮她撩撩额上的头发，“再说了，这种说法本身就……那个词叫啥来，毕同志？”

“封建迷信。”

“对，都是些没凭据的胡云。知道俺为啥找上你家来？”

“为啥？”

“你家男人在外当兵打仗，是跟着党走的人。你是军属，思想觉悟高，信得过。现在国民党反动派不死心，跟共产党开仗，咱们身边暗藏的那些坏家伙备不住就趁机使坏作怪，所以一定得给孩子找个可靠的人。”

王水花没想到自己还是这么重要的一个人物，仰起头来，绿油油的春风吹来，她板结的身子发出轻微的嘎巴声，好像冰河在解冻。

“咱庄户人不知道感恩，叫人笑话哩。”李存久不轻不重的一句话彻底粉碎了她的固执，她想起了那次被八路军救助的事，还有那个调皮热情的“小八路”：“行！只要毕同志信得过俺。”

毕秀英握住她的手：“我一见你心里就说不出的喜欢，以后我们就是亲姐妹了。”

第二天夜里，毕秀英在李存久和后垂柳村支书的护送下，抱着刚出生四十天的女儿振勇来了。她也在王水花家住下来，准备陪孩子适应适应新的生活环境。

岑寂的韩家小院，又有了新鲜的哭笑声。韩有进抱着烟袋坐在门口的老柳树下抽着烟，在缭绕的烟雾里，他满脸的皱纹也跟着活泛开来。

1969年春天，依依杨柳随风轻款，乳燕翻飞穿梭来去，一辆公共汽车停靠在前垂柳村村头，扬尘滚滚，一位细高挑的女青年掩着口鼻走下来，随后汽车又卷起一阵尘土扬长而去。她茫然张望，四周青山绵延起伏，村子里青砖灰瓦的老房子鳞次栉比，鸡鸣犬吠，时不时传来商贩的吆喝声。难道这里就是自己曾经成长过的地方吗？自己能不能在这里破解身世的秘密呢？

她下车的地方正好有几棵老槐树，坐着几位中老年妇女扯闲篇。她走过去叫声大娘，问："你们这里有没有一个给八路军奶过孩子的人？"

一位咬着烟袋杆的大娘看看她，从嘴里摘下烟袋，向路东一处小院一指，说："喏，你找的就是这家人。"

她惊愕了，不可能吧！是不是她们在捉弄自己这个外地人呢？她瞪大眼疑惑地看着大娘。大娘说："俺老婆子说话一个字一斤重，要是瞎话你，你找个钳子，把俺的舌头拔下来。"身边的妇女们哄地大笑，纷纷站起身，簇拥着她走向路边那座农家小院。有人已提前跑进去报信，她刚走到门前，一位四十岁左右的农妇一边疾走一边拍打着衣服走出来。她的神情既焦急又兴奋，上前拉住女青年的手，热乎乎地说："小勇你可回来了！"泪珠随即簌簌滚落。也就是这一声"小勇"打消了女青年所有疑问，她扑进这位妇女的怀里痛哭起来，"我可找到自己的亲娘了！娘啊——娘——"她俩抱在一起这通哭啊，谁也不知道她们这些年到底经历了怎样的煎熬和折磨，竟然储蓄了那么多委屈的泪水。人们使劲劝呀劝，可是那些好听的话对她俩一点不管用，她们自顾自地哭泣着，倾诉着一些无法分辨清楚的话语。人们劝不住她们，索性都跟着抹起了眼泪。一个大嫂大放悲声，转过身，莫名其妙地跑回家去了。

这个女青年叫于致荣，乳名振勇，迎接她的正是她当年的乳娘王水花，还有她的丈夫韩道荣、长子韩邦臣。

王水花把于致荣拉到炕头上，不让她动，看了又看，摸了又摸。她还偷偷掐了掐自己的手背，她怀疑这是个不真实的梦，像过去自己一次次梦到一样，可是那生生的疼告诉她：她心心念念的小勇真的回来了。

屋子里，院子里，墙头上，甚至墙外的树杈上，都是看热闹的人。几乎全村老少爷们儿都跑来看八路军的乳儿跟乳娘见面的稀罕情景。这样的事过去只能在电影里和戏台上才有，今天活生生地搬演到前垂柳村来了，谁愿意错过这个机会呢？

王水花拉着于致荣的手不愿意放开，生怕她再走失了似的，她止不住地落泪。于致荣在她后来的回忆里这样描述："乳娘拉我进屋后，一边哭，一边说，说我妈送我来的事，说我妈走了以后的事，说爷爷奶奶的事，三天里她不吃不喝，老是哭，饭都是街坊邻居帮着做的……"

晚上王水花和于致荣睡在一盘炕上，整宿整宿说话。其间王水花对她说的一句话，在她的心底激荡起了久久不息的波涛。她这样说："大小嫚儿啊，你妈也是没办法啊，你妈走的时候哭成了泪人，从此以后就没了音信……"

于致荣在老韩家住了七天，跟乳娘王水花形影不离，她走之后，王水花又躺在炕上病了七天。

在王水花断断续续的叙述里，于致荣努力拼组着那些时光碎片，重新返回了那个特殊的时代。

毕秀英抱着孩子走进韩家门前，王水花才发现疏忽了一个极其严重的问题：她的奶水早已因过度悲伤和身子衰亏回去了。前段时间她沉浸在悲戚里，神情恍惚，也没注意这个问题，当下一发现就惊出一身冷汗，身子骨倒随之爽快了不少。这可叫她坐蜡了。毕秀英进门后，公婆沏上茶照应着，她偷偷把李存久拉到旁屋里，和她说了。李存久笑笑说："不碍事，你刚回去不久，一催就能催回来。"

李存久和支书走后，王水花从毕秀英怀里接过孩子。孩子似乎感到了环境的变换，舞动着小手抓挠着，咧开嘴就要哭。王水花把奶头递给她，她吮了吮，吐出来，哇哇哭起来。王水花一脸尴尬地对毕秀英说："大姐，俺的奶回去了。"毕秀英没这方面的经验，有些着急："那可怎么办啊?""存久说催催就能回来。"毕秀英长嘘一口气："怎么催呢?"王水花也忘了细问李存久，"俺婆婆应该知道。"她把婆婆喊了过来，婆婆瞅瞅孩子："这娃好俊气！催奶和下奶一个理儿，老辈子传下来的法子是熬猪蹄汤喝。"王水花面露难色："咱到哪里淘弄这猪蹄子呢?"毕秀英说："妹子，你就别管了，我到部队上寻寻去。"

夜里王水花跟毕秀英摸黑唠嗑，毕秀英告诉她自己的丈夫姓张，带着新四军奉命从江苏撤到山东整编，临时在胶东停留，真正的目的地可能是东北，也可能是打回江南去。"我第一眼看到你，心里说就是她了，你看人家长得多好看，再看你周身和家里收拾得利利索索，照顾孩子准差不了。"王水花给她讲了自己的经历，又重申了自己的担忧，"俺老感觉自己的命不好，别把孩子的命也带坏了。"毕秀英扑哧笑了，"妹子，所谓命只是一种不科学的说法，到底世界上有没有命这东西，也很难说。即使有，咱们中国古时候的人还说'我命在我不在天'，意思是我的命运由我自己决定，而不是由老天爷决定的。"王水花头一次听到这种说法，"大姐你真有学问，俺理解的是一个人命是由自己的努力决定的，不知道对不对?""这就对了，小勇跟着你，你教育她，再加上她自己的努力，她肯定就是个好命，要是自己不努力，有再好的条件，也是个坏命……"

第二天上午，毕秀英喂饱孩子，等她睡着了，一个人回了部队。王水花守在孩子身旁，目不转睛地看着她，她那红润的笑脸呈现着圣洁的光芒，一下唤醒了王水花蛰伏的母性。她轻轻亲亲她的前额，捏捏她面团似的小手，脸上浮出久违的笑意。孩子醒了，她凑上去逗她玩。孩子已经适应了这里的一切，包括眼前这个女人。这是个爱笑的婴儿，刮刮她的鼻子，她咯咯笑，挠挠她的小手心，她也咯咯笑，学一两声猫叫，她笑得手舞足蹈，有时候她在睡梦里也会咯咯笑，笑着笑着就醒了。她跟她说话，夸奖她是个小乖乖，夸奖她听话，孩子很快接受了她那充溢着慈爱信息的声音，一听到她说话，就安静下来，似乎真听懂了一般。

毕秀英提回来两副猪蹄子，外加一根猪尾巴，“我到部队转了一圈没找到，就央告炊事班的班长，他叫人骑着马跑到崖子集上买的。卖肉的说要下奶，加根猪尾巴，劲头更足。”王水花看到白生生的猪蹄子，那种白叫她心底爬上一阵不舒服的感觉。婆婆赶紧去摆弄，清水炖上一只，特意撒了把黄豆，小火悠悠地煨着。晚饭时，一碗飘着油花的猪蹄汤端到王水花面前。她哪里享受过这等待遇，那浓烈的香味差点把她顶个小跟头。第一次喝，她心怀忐忑，觉得自己搞特殊化，不好意思。在毕秀英连声催促下，她捧起粗瓷碗，咕咚咕咚喝个一干二净，只留下一个印象：香。夜里，王水花身上毛毛躁躁，胃里满满登登，连打嗝都带着猪蹄汤味，她美美地想明天一早“它”就来了。半夜醒来，她下意识地摸了摸乳房，还是一副不为所动的样子。早晨穿衣时，她顺便又摸了摸，还是我自岿然不动，她噘着嘴骂了一句：“顽固头！”

早饭时，婆婆把那只猪蹄子劈开热了热，连着黄豆端上来，粉粉的糯糯的泥泥的肉，清清的汤，黄黄的豆，看着就叫人馋涎欲滴。可王水花的胃昨晚上跟那碗蹄子汤战斗了一夜，已经被累得精疲力竭，再也无力消灭这碗“强敌”了。她用哀求的眼神看着婆婆，意思是等等再喝。婆婆说：“别愣着啦，要想尽快催下来，中间就不能断气。”她皱着眉头把猪蹄子和黄豆吃净，一下子感觉身子变重了，走路费劲了。一上午她在院子里转来转去，强抑着一阵阵上涌的油腻感，她放下扫帚，拿起担仗，把家里能干的活干了一遍，胃里似乎才卸开了一点缝儿。

到了吃晚饭，面对新熬好的猪蹄汤，王水花一点也不轻松了，却不敢当着毕秀英的面表现出难受的样子，还得故作轻松地喝下去。夜里她的肚子胀得难受，出虚恭连连，而且很不好意思的是猛不丁一个还很响亮，吓得孩子一哆嗦。

吃完第三只猪蹄子，王水花的胸脯有了胀感，她虚脱般地叹口气："小祖宗，你可算来了！"到了早晨一摸，两只乳房饱满了许多，递给孩子去吃，还是嘬不出奶水来。她抓了狂，暗自诅咒着这对不争气的奶子，白白浪费了好几只昂贵的猪蹄子，这种贵物哪是她吃得上的？你不仅吃了，而且一连吃了三只，还是不顶事，你到底想干啥？她质问着顽固透顶的乳房，威胁它要是不赶紧来奶，就把它割下来。乳房依然不为所动，爱搭不理。她愁苦地问婆婆："怎么还没动静？"婆婆说："老话说火到猪头烂，火候到了，自然来了。"她问了问目前的状况，决定给予它最后一击：把那根神秘的猪尾巴和最后一只猪蹄同煨。

面对陡然加大的剂量，王水花捧碗的手颤抖了，她想要是这碗下去，还没个动静，自己这张脸往哪里搁啊！那晚上她跟毕秀英说了一阵子话，迷迷糊糊睡着了。也不知什么时候做起了梦，她被一个人追赶着，还是那个看不清面孔的人。她奔跑在一片蒲公英盛开的田野上，她不经意回头去看那人，那人却变成了一条龇着牙的恶犬，挓挲着毛疯狂地向她扑来。她身上忽地长出一对翅膀，她一蹬地，身子离开地面飞起来，但就是飞不高。恶犬一跳一跳地够着咬她，她使劲向高处飞，飞一尺，落一尺，这次恶犬猛地跳起咬住了她的脚，把她拖到一片沼泽里。她哎哟哎哟叫着醒了，伸手一摸胸前湿乎乎的一大片……

早上小勇咬住她的奶头不松口，仿佛长在上面似的，王水花眼里闪着母性的骄傲光辉。毕秀英站在旁边看着，又高兴又酸涩。

不过，从此以后千万别让王水花看见猪蹄子，最好也别在她面前提这几个字，她一见一听，胃里就翻江倒海。她留下了终生难愈的“猪蹄子后遗症”。

王水花的奶回来了，可毕秀英的奶却需要回去。婆婆跑到后垂柳村的郎中那里称了一斤生麦芽，抓一把放进黑乎乎的药罐里，急煎慢熬，倒出一碗，喝了，再熬，不住气地喝，弄得毕秀英满嘴说甜不甜说苦不苦的怪味，最后看到一碗黄汤放到面前，就能引发胃部痉挛——她被“麦芽汤后遗症”缠上了。

这几天，小勇缠在王水花身上，无条件地支持毕秀英的“回奶事业”。毕秀英看着小勇跟王水花亲昵的样子，多少有点醋意——有奶就是娘，话粗理不糙。小狠妮儿，这就把你妈忘干净了。她怨怅地想。她隐隐觉得自己被剥夺了母爱的权利，这种剥夺比拿走她的命都让她难受，她想拿回来，不错，她只要对王水花说一声就行，可她不敢，怨只怨身处的这个残酷的时代吧！她哪里知道她被剥夺的何止哺乳权，两天后的分离，将用一把生死的利刃划出一道她们今生永远不可逾越的鸿沟。

在鸡鸣声里醒来的毕秀英觉得格外神清气爽，她触触乳房，奶头没有渗出迹象，她的奶水隐身到了神秘之处，她为母亲的资格也被收回了。她的情绪挺糟糕的，她看到把头扎进王水花怀里的孩子，泪水无声地流出来。

王水花多聪明的人，很快发觉了她的低落，说：“大姐，你别伤心，俺会把小勇当作亲生的看待，等形势好转了，你叫人给俺捎个信，俺给你把孩子送过去，保准还你一个白胖胖的小嫚儿。”

毕秀英抱过孩子，把脸贴在她的脸上，泪水恣肆流淌，弄得孩子一脸泪痕。她抓住孩子的小手打自己的脸颊，又把她的手指噙在嘴里，她突然加力咬了咬那娇嫩的手指，把孩子疼哭了。“我要叫你永远记住你这狠心的妈!”她把孩子送到王水花怀里，别过脸去抽泣，王水花伸手把她扳过来，刚想劝她，她就扑进她怀里悲声嘹亮。

整整一天，她紧紧抱着孩子，把她带到门外的路上絮絮叨叨个不停。柳枝新绿，絮蕾如蛹，清浅的小河里藻荇摇摇，游鱼拉出箭头状的水纹。不远处响起部队操练的刺杀声，她的神色一慌，不禁转身向那里张望。她弯腰掐下一朵紫红的野花，想插在孩子头上，可那稀稀拉拉的头发辜负了她的美意，她把它别在了她的小耳朵上，因为又凉又痒，孩子使劲拨拉着头，她愠怒地说:“不知美丑好坏的小坏蛋!”她虎着脸，做样子给她看，她想让女儿记住她发火的样子——记住她的东西越多越好!

她听见王水花喊她，故意装作没听见，继续往前走。她感到王水花在向她奔跑，立刻自责起自己的自私:你怎么只顾痛快自己?水花妹子会怎么样想?她转身迎着王水花走去。

“人家部队上派了一个骑马的小战士来找你了，你快回去看看吧。”

她和王水花疾步往回走，孩子耳朵边的那朵小花被风偷走了。她无法接受的时刻到来了，通信员告诉她今晚部队就要向南开拔了，让她做好准备。她抱着孩子像一尊雕像立在路边，王水花也不知道该怎么安抚这位无奈的母亲。

“回家吧，别让孩子着了凉。”她拿孩子进行侧面提醒，果然神效，毕秀英“哦哦哦”地答应着，茫然地把孩子交给她，又茫然地跟着她走进屋里。

王水花奶着孩子，毕秀英坐在炕沿上，也不说话，也不动弹，“她掉魂儿了?”王水花心疼地瞅着她。忽然毕秀英想起什么似的，跳下炕，跑到桌子前，拽过行军包，急急地翻找着。她停下手，看着手里一件东西，慢慢走到王水花面前，说:“妹子，你看这是我跟我爱人的结婚合影。”

那是一张两寸的黑白照片，上面的男人儒雅英俊，女人娇羞幸福。

“真是一对天仙样儿的人物！”王水花把所能搜索出来的最好的词给了这个伤心的母亲。

毕秀英把照片举到孩子眼前，“看看这是你爸爸，他正带着队伍在那边训练，看看这是你妈妈，她正陪着你看你妈妈呢……”孩子觉得不好玩，把头转向墙上挂的簸箕、箩。她举着照片又绕到她面前，“看看这是你爸爸，你爸爸长得可好看了，你看看啊！那个草帽有什么好看的呀……”

王水花被她逗笑了，“大姐，你别难为孩子了！你把这张照片留给俺吧，等孩子大点了，俺拿给她看，看看她爸爸是个大英雄，她妈是个大美人哩！”

毕秀英想了想说：“我和我爱人就剩这一张结婚合影了，我想自己留着做纪念。”

王水花一听这话，知道她有其他方面的担心，也就不再多说。

夜幕降临，南北路上开来一支前不见头后不见尾的队伍，那个上午送信的通信员牵着马匹等在门口。毕秀英亲亲孩子，看看王水花，扭头走出门。王水花抱着孩子跟出去，她看见毕秀英在抹眼泪，自己的心也不停地颤抖起来。星光下行军的战士们像水中的鱼儿从她们的身畔轻盈无声地游过，消失在浓稠的夜色里。毕秀英跑回来，接过孩子抱着向前行，边走边哭，谁能说得清那哭声里到底有多少不甘啊？

黑暗里春气萌动，花香氤氲，星斗皎皎。

王水花知道再说什么都是无用的废话，索性默默跟着她走。毕秀英刹住步子，对王水花说：“妹子，我和孩子她爸爸一辈子记着你的大恩大德。”她把孩子交给王水花，在黑暗中冲她打了一个军礼，然后翻身上马，扬鞭一记，嗒嗒嗒地奔向了夜色翻涌的远方……

46. 从俺手里要走孩子，没门儿！

1955年5月6日、7日、8日，山东省的《大众日报》连续三天刊登了一则启事，发布者为乳山县育儿所，而此时的育儿所在一定意义上来说，已经跟战争年代的胶东育儿所没有了联系。

抗战胜利后，1946年2月，胶东育儿所第一次把分散在各村的六十多名不吃奶的乳儿集中起来抚育，跟随胶东区党委和行署由乳山县田家村迁徙到莱阳县。当年秋，国民党军队大举进犯解放区，育儿所又随胶东行署迁回了乳山县田家村，孩子们再次被分散到各村的乳娘家。1947年，育儿所成立幼稚园。1948年3月，随着形势的好转，育儿所迁到了距离乳山县城较近的腾甲庄，冬里又成立了保育小学。1951年7月，胶东育儿所完成历史使命，整体移交给乳山县，更名为乳山育儿所。1955年乳山县做出了将于当年8月撤销育儿所的决定，但所里尚有九名找不到父母的乳儿，无奈之下，只好登报寻人。于致荣就是这九名孩子中的一个，当时的名字是振勇，年龄栏为“七”，父母两栏均为“不明”，入所年月栏为“一九四九、八”。

那段日子对振勇来说是灰暗的、压抑的，另外几名小朋友也不例外，虽然他们无法表达内心的惶惑，可比先前明显地消沉了，空荡荡的育儿所大院里失去了往日的欢声笑语。

在此之前，他们经常见到有大人走进育儿所，阿姨把身边的某个小朋友叫过去，交给来人，然后被领出育儿所。后来他们明白了，这是小朋友的父母找到他们，把他们领回家了。对于家这个概念，在过去他们从未意识到，从没想过除了育儿所之外还有个“家”，育儿所的集体生活在他们心中种下的印象就是家，保育员阿姨就是妈妈，管理员叔叔就是爸爸，所长就是家长。他们开始幻想家的样子。但现实是冷酷的，他们迟迟没有等来父母的认领。

终于，有一天，一对中年夫妇出现在振勇面前。阿姨让她叫爸爸妈妈，她怯生生地看着他们，嗫嚅半天还是叫不出口。男人穿着一身草黄衣服，很温和地说："不要勉强孩子，熟悉熟悉就行了。"阿姨告诉她以后就跟着爸妈生活了，要做一个听话的孩子。阿姨说完背过身去抹眼泪。她对从天而降的爸妈虽有期待，却跟预想中的大相径庭，总有种怪怪的感觉。后来她明白了——她亲眼见过，许多来接小朋友的父母见到孩子的那一刻，都表现得激动异常，有的哭得一塌糊涂，有的笑得泪花闪闪，有的把茫然的小朋友搂进怀里又亲又摸，而自己跟父母见面的情景就像一碗白开水，寡淡无味。再后来，她才知道这位叫于新斋的爸爸和叫于素芹的妈妈，并非她的亲生父母。

乳山县为妥善安置最后九名孩子，向全县发出了非正式倡议，号召那些没有儿女且生活条件不错的单位工作人员领养他们。于新斋当时是乳山县夏村完全小学校长，解放前参加工作，妻子于素芹是随军家属，婚后多年没有生育，他们的条件通过了有关部门的审核。事前，于新斋夫妻曾到育儿所偷偷考察过这些孩子，他们对长相甜美、天性活泼的振勇很有好感。那时的振勇扎着两个朝天辫，蹦蹦跳跳，阳光灿烂。他们把振勇带回了老家的村子，给她取名为于治荣，"治"是于家的辈分。后来于治荣自作主张，把"治"改成了"致"。"因为那时候我已经知道自己的亲生父母是军人，是为国家和民族解放做出贡献的人，我要向他们致敬，所以就改成了这个字。"当然这是她成人之后的事，准确地说是她的养父离世，养母改嫁之后的事。

据跟于致荣同为九个遗孤之一的李丽惠说，于致荣跟她的养母相处得并不融洽。读初中时，傍晚回家，养母就让她跟着同龄人上山砍柴搂草。她从小在育儿所娇生惯养，哪里受过这份罪？每到天黑下来，她站在山坡上，望着灯火闪烁的村庄，内心无比凄楚，尤其是听到村子里飘来那一声声的呼唤时，更是无处话凄凉。“小小，家来吃饭了——”“小嫚儿来，快回来吧，贴的饼子揭锅啦……”“牛娃子哎，你爹等你打酒去哩——”“巧玲啊，面汤做好咪哎——”这些热切的召唤里没有一声属于她，她只能默默背起柴草，磕磕绊绊往回走，一不小心就滚进路边的水沟里……

有熟人给她支着，你是公家的孩子，找找公家给你解决问题。她跑到县民政局要求上班，县里经过研究同意她招工。她没有初中毕业就进了乳山县百货商店，当上了一名叫人羡慕的售货员。可是她心里的天平彻底打翻了，我的亲生父母在哪里啊？难道他们把我彻底忘了吗？我是从哪里来的啊？难道育儿所就是我生命的起点吗？彻夜的失眠，通宵的伤感，无尽的怀想……

1966年5月，养父于新斋因病去世，养母于素芹于当年另适他人。她没了后顾之忧，“我什么也没有了，可以毫无顾忌地去寻找自己的父母了。”她走访了原胶东育儿所保育员张娟、乳山育儿所副所长段惠轩，都对她的身世一无所知。她打听到烟台的姜书敏是胶东育儿所的老人，兴冲冲而去。姜书敏依稀记得她的一些情况，她告诉于致荣：“你妈生了你以后，情况报告给了育儿所，育儿所再通过关系去给你找乳娘。我记得你有个乳娘是牟平县垂柳村的，你可以去找她问问情况。”

于致荣眼前第一次放出了光，她从烟台直接坐公共汽车奔向牟平县垂柳村。在见到乳娘王水花的那一刻，她触摸到了自己生命的根，无比欣幸地投入了她的怀抱。令她惊讶的是，她没预料到乳娘对她的爱如山呼海啸般卷来，让她彻底沦陷于其中……

毕秀英走后，一颗叫振勇的星星升起在老韩家的小院上空，把这个过惯了灰头土脸日子的农家照耀得熠熠生辉。

韩有进对王水花说地里的活你就甭管了，全心全意看好孩子就得；婆婆说家里的活你甭干了，别让孩子磕着碰着就行；王水花对自己说振勇爸妈打反动派去了，咱看不好人家的孩子，也就成了反动派。

韩有进亲这孩子，这孩子也亲他。他把她驮在肩上，走到前垂柳村的大街上，那是亘古没有的一景。有好事的人吆喝一声："都来看啊，老韩跟她孙女耍把式呢——"他面含春风，叼着黄铜烟锅，青烟一缕，将振勇从肩头转到大巴掌上，忽地往上一擎，真一个掌上飞燕！就这样，也博得了一个大大的喝彩！

这事被婆婆知道了，她颠着小脚跑过来，一把抢过孩子，甩给韩有进一个大白眼，气哼哼地回家了。

"保险没事的，俺心里有底！"他跟上去解释着。

婆婆不用正眼看他，"你有底？你有个熊数！丢人现眼还带上咱振勇！"

王水花也听到了一丝半缕的音信，好几天不让他再带振勇出去玩。韩有进叼着烟袋坐在门槛上，跟个做错事的孩子似的可怜巴巴。她过意不去，就借故有事，让他看一会儿振勇。这次真收敛了，"走，小勇，爷爷带你去买蜜饯吃喽。"他抱着振勇去了街面上的糕点店，买了一包雪花酥，吃得她的小嘴沾了一层雪花似的白糖。

振勇满地跑了，一家人的眼珠子整天被她拽着叽里咕噜转，一眼看不到就慌了神。

韩有进给她洗个苹果抱着啃，自己也不闲着，"来啊！小勇，看爷爷给你打套拳！"

振勇叼住苹果，腾出手来鼓着掌。她喜欢看爷爷像只猴子似的闪转腾挪，尽管不知道他在干啥，但好玩得很。

韩有进嘿嘿呼呼喊着，白鹤亮翅，鹞子翻身，犀牛望月，又是跳跃，又是扑倒，又是打挺，好不热闹！

那边振勇却被一只摇摇摆摆走过来的芦花鸡吸引住了。韩有进满头大汗收了功，扭头一看，哎哟，敢情人家早趴到鸡窝边上去瞧老母鸡下蛋了。

振勇蹲在那里，盯着老母鸡。老母鸡机警地转动着头，把冷冷的目光射向她，嘴里滚动着咕噜咕噜的声音。王水花抱起她，“你看着，人家怎么好意思下蛋？走，娘带你摘山里红去。”等她挎着一篮子红彤彤的山楂进了门，振勇立刻拧动着身子出溜下来，跑到鸡窝前，伸手熟练地掏出一个温乎乎的鸡蛋，兴奋地喊：“妈妈，炒蛋蛋，炒蛋蛋！”人小记性大哩。

等振勇睡下了，王水花就给她裁剪衣服，布料是育儿所派人送来的。她在她的上衣上绣一朵小红花，在兜兜上绣上“小朋友”三个字，给她缝的棉袜上绣上一只黄灿灿的小鸭子……

振勇成了这个家庭的中心，是精灵一般的存在，每个人的心思都围着她转，围着她铺开自己的生活画卷。当然，这幅画的点睛之笔自然是小振勇了。

1949年夏天，胶东跟全国各地同步进入和平状态。

8月，山东军区副司令员许世友指挥解放军对盘踞在长山岛上的国民党部队实施抢滩作战，一举将其击溃，至此山东全境解放。

每天庆祝游行的队伍一拨拨经过老韩家旁边的大路，响遏行云的口号声，激越昂扬的锣鼓声，总把王水花和振勇吸引到路边驻足观望。那奔放的大秧歌把振勇看得兴高采烈，小手拍得啪啪响。有时路上呼呼隆隆地过军车，王水花就拉着振勇去看，她想说不定就遇上毕秀英两口子呢。

毕秀英没出现，却来了两个陌生人。

这天，一位穿黄军装的中年人牵着一头棕色骡子，摇着哗啷哗啷的铃铛停在了韩家大门前，陪着来的除了一名挎着盒子枪的警卫员，还有本村支部书记。振勇的耳朵针尖，她听到铃铛响，就拉着王水花往外边瞧热闹去，王水花抱起她往外走，正好迎上三个人。

支书说：“水花啊，育儿所的同志来收孩子啦。”

王水花没听清他说的意思，说：“先家来喝口水吧。”她瞥了一眼那头浑身毛色油光水滑的骡子，被它背上驮的几个大筐震惊了。筐是当地那种用红荆条编的筐，一共四个，三个里都各坐着一个噘着嘴的小孩，一个里边压着一块石头。她的头嗡的一声：难道他们是来接振勇的吗？她丢了魂儿似的飘进屋里，坐在一个马扎上。韩有进和婆婆张罗着倒水，端上烟笸箩。

支书介绍说：“这位是育儿所的股长姜彪同志，那个小警卫员是矫学章同志，他们奉上级命令要把散养在乳娘家的孩子收回去，集中管理，集中抚养。”

姜彪卷起一个旱烟筒子，掐掉头，点着抽着，说：“你们家照应孩子最细发，看把这小嫚儿养得白白胖胖，跟那个年画里送财童子似的。”

王水花根本没听进去，她的思维停止了，傻呵呵地看着振勇，振勇不安宁地想从她怀里挣脱出去。

支书说：“现在咱们的解放军把老蒋的部队打得稀里哗啦，咱胶东太平了，也该把公家的孩子交给公家了，人家的条件比咱强多了！”

韩有进早把头耷拉到桌子底下了，他从没想过有人会把振勇从他家接走这档子事，突然面对，完全晕头转向了。他一个劲儿地抽烟，狠狠地抽，抽。

姜彪明显是有备而来，说：“这是上级的指示，谁也不能违背。你们已经为孩子做了贡献了，这个上级是知道的，现在把孩子交给我们，我们能给孩子提供更好的教育条件和物质条件。我知道你们舍不得，可不能叫革命后代跟着你们一辈子待在这山窝窝里吧，是不是？”

韩有进开始反击了，他硬硬地说：“小勇跟着俺们好好的，你们不能上嘴唇碰下嘴唇，说带走就带走了。”

王水花跟着说：“小勇跟着俺习惯了，离开俺肯定受不了。您就发发慈悲，把孩子给俺留下吧。”

姜彪眯着眼说：“大妹子，你的心情我理解，但我做不了这个主，因为这是上级的命令。另外，孩子的父母早晚来领孩子，到时候也是一个给。”

韩有进气壮山河地说：“你说得在理！俺家小勇是从她娘手里交到俺手里的，要是她爹娘来找她，俺绝不带一丁点含糊的。你们把小嫚儿领走了，要是她亲爹亲娘来讨要，俺跟谁说理去！”

姜彪被老爷子堵得没了词儿。

支书出来帮着打圆场：“老韩啊，说好的当初就是替育儿所抚养的，公家每个月给着你们粮食补助呢，没说把孩子送给你们啊！”

韩有进脖子一梗：“你这话说得好！姜同志，你算算公家拢共给了俺多少粮食，俺砸锅卖铁给你归还上！想从俺手里要走孩子，没门儿！”

王水花明白人家来领孩子是公事公办，公公的做法多少带着耍赖耍横的意思，可是她跟公公一条战线，也不能出来拉横套啊！一着急，她的眼泪落下来。振勇仰起脸问她：“娘，你怎么了？谁欺负你了吗？”王水花把她揽紧，说：“没有、没有，是娘、是娘命不好牵累了你啊，俺的命好苦啊……”她望着振勇呜呜地悲泣着，姜彪和支书顿时乱了方寸。

真正的悲伤犹如灵魂的风琴流浪在午夜的旷野。王水花曾经多疑于自己的命途际遇，认定自己的一生被下了某种可怕的诅咒，因为振勇的出现，她那幽暗的心室被凿开了一扇小窗，吹进了花香的清风，飞进了希望的鸟儿。她渐渐忘记了那一场场大风，她有了抓紧泥土的根。而今她再次悲戚于猝然来临的噩运：仿佛正在改变，其实一成不变。

墙头上一只公鸡突然引吭高歌，众人都是一惊。

姜彪说："老韩同志，说破大天，孩子不是你们老韩家的，是公家的，就应该由公家抚养，以后孩子上学、工作、成家、立业，般般件件，还是公家办着方便，你说是不？"

韩有进脸拉得老长，闷头抽烟，一阵猛烈地咳嗽。

王水花搭腔了："姜同志，你甭说了，俺愿意把小勇给你，你可得给俺好好看顾着啊！"她眼里噙着滚烫的泪水望着姜彪，带着哭腔乞求着。

姜彪拍拍胸脯，说："王水花同志，你把心放到肚子里吧，咱育儿所白面饽饽尽着吃，香香的牛奶尽着喝，三天杀口猪，五天到港口驮一回海鲜，孩子享不够的福。"

王水花悲悲戚戚地摸着振勇的头顶，"小勇跟着俺可是遭罪了，她爸妈出生入死，正该叫人家的孩子享福去哩。"

韩有进磕打磕打烟袋锅，"俺知道胳膊拧不过大腿，只要对孩子好，俺就、俺就……"

姜彪说："你们一家人很有觉悟，我代表育儿所向你们表示崇高的敬意。"

支书板结的面孔也换上了笑模样，跟着说了几句赞扬的话。

王水花让婆婆把振勇的衣服收拾停当，然后对振勇说："小勇啊，这位叔叔是来接你的，你要听育儿所阿姨的话，多长本事，长大了干大事，建设好咱的国家。"振勇眨巴着小眼睛"嗯嗯"地应着，她觉察出今天的气氛有些异常，她以为只要自己乖乖的，娘就变得欢喜了。

婆婆把一个小包袱递给了姜彪。

姜彪说："快晌午了，我们得赶回去吃午饭，那几个小朋友可能早就等烦了哩。"说着起身往外走，王水花抱着振勇跟在后边。出了院门，她走到骡子旁，姜彪解缰绳，矫学章把驮筐里的石头搬出来，示意王水花把振勇放进去。她亲了亲振勇光洁的小脑门："小勇乖，记住娘的话。"

振勇兴奋地拍着筐："娘、娘，你也进来啊！"

王水花苦涩地笑笑："孩儿啊，娘进不去啦。"

姜彪吆喝一声："小朋友们，咱们开路喽——"

骡子脖子下的铃铛响起来，筐里的另外三个孩子脸上挂着泪痕，仍然以沉默对抗着成人世界的规则。

王水花一看那几个孩子的表情，又揪起了心，不用说振勇也得跟他们一样郁郁寡欢啊，俺的孩儿啊！她下意识地伸手去抓振勇，恰巧骡子开始行进了，眼看够到振勇伸出来的小手了，却差了那么一点。她感觉振勇正从自己的生命里溜走，旋涡般的恐惧将她席卷。她徒劳地摆动着手臂，婆婆一把抓住了她，韩有进蹲在院门旁，抱住了头，发出了一声沉闷的哀叹。

振勇发现情况不对，爆发出了撕心裂肺的哭号："娘——娘——我要娘——我要娘——"矫学章适时摁住了她。她这么一哭叫，那三个孩子跟着一起号啕起来，于是独唱变成了四人小合唱，那稚嫩的哭声颤颤悠悠的，把石人的心都揉碎了。

骡子的屁股挨了重重一鞭，嗒嗒嗒地小跑起来，一股轻尘飘起，却成了遮挡岁月的烟幕，厚重得让人无法穿越……出了村，上大路，这时候姜彪的心底突然生出一个感觉：自己在溃败，像做了亏心事似的逃离现场。他狠狠地抹把泪水覆盖的脸，昂起头，抻直了嗓子吼道：

皇天哟那个厚土哎亲娘啊你那个撒手呗

山高哟那个水长哎亲娘啊你那个留步呗
太阳哟那个月亮哎亲娘啊你那个梳头呗
大风哟那个大雨哎亲娘啊你那个喝酒呗

小小哟那个小嫚哎心肝啊你那个回头呗
前村哟那个后店哎心肝啊你那个上楼呗
刮风哟那个下雪哎心肝啊你那个吃肉呗
大路哟那个高马哎心肝啊你那个王侯呗

日头白花花地照着，知了焦躁躁地叫着，骡子慢悠悠地走着。姜彪泄了气般地疲惫，矫学章前后左右转着照看四个孩子。振勇已经哭哑了嗓子，早晨扎的小辫被她扯散了，泪水汗水花了脸，小巴掌划出了几道血口子。她不知道发生了什么事，不明白出现了什么变故，不相信娘和爷不要她了……姜彪低头赶路，矫学章紧走两步，扽扽他的衣角，朝身后努努嘴。他回头看去，距离他们几百米出现一个人影。他烦不唧地说："还嫌这乱子小吗？甭管他，快走！"挥鞭招呼了骡子两下子，四只蹄子嘚嘚嘚奔跑起来，一会儿爬上了一道山梁。他又回头去看，那个人影还在倔强地黏在身后。他又给了骡子两鞭子……

韩有进蹲在家门口，觉得胸膛里空落落的，这辈子哪受过这份洋罪。就是儿子去参军，他也大大咧咧，没觉得咋样。不知怎么回事，今天把持不住了，泪水一个劲儿地从指缝里往外钻。

他站起身，呼呼朝腾甲庄方向奔去。老婆子慌了手脚，"你这是发的哪门子邪啊？快回来！"

王水花也是一怔，可是把话咽了回去。

"你甭管，俺送小嫚儿一程怕个屎！"

他大步流星，提着一口丹田气，几里地在他脚下不是个事。他眼看着姜彪牵着骡子爬上了那道山梁，腰一哈，追了上去。到了梁上，往下一看，姜彪他们已经走出半里多地。他一拳捶在一棵楸树上，打得树身突突颤抖。姜彪他们越走越小，他怅然眺望着，忽地一个山角挡住了视线，他急得直跺脚。还好，一会儿他们又出现在羊肠子路上。他的目光被拉扯得很长很长，但终究长不过远去的路……他老泪纵横，趴在刚才挨揍的那棵楸树上发出老狼般凄厉的号叫……

三天后，韩有进怀揣几个煮熟的红皮鸡蛋出现在腾甲庄的育儿所内，说什么也要看一眼振勇。所长刘志刚虎着脸也拦不住他，最后警告他：只准偷偷地看，不能叫孩子发现。

韩有进趴到窗口往屋里看去，振勇垂头丧气地坐在炕上，眼泡红肿着，眼神那么茫然、委屈、无助。

他别过头去，不忍再看，又恋恋不舍地回转身继续瞧她。她的小脸忽然涌上盛怒，狠狠地打着面前的木枪、小皮球等玩具。她猛力摇着头，好像想把什么想法从脑袋里甩走似的。她扑倒在被卷上，发出了压制的哭号……

刘志刚见状赶紧让一个阿姨进去哄她，他则拽着韩有进离开那里。

韩有进一言不发，掏出那几枚鸡蛋塞给刘志刚，头也不回地走了。

韩有进回来后，闷声不语。王水花问他见到小勇了吗，一连问了好几遍，他才哭丧着脸说："俺隔着窗户见到她了，孩子的眼都哭肿了，肿得跟个小灯笼一样。"

王水花捂着心口，走回自己屋里，一头把自己抢在炕上，咬着被子哭了起来。

这一病又是半年多，一直缠绵到年底，总算身上有了一丝活气，但从此却落下一个病根，一遇事就恼得哭，一哭就哭得整个人恍恍惚惚。

几年后，丈夫韩道荣从朝鲜战场下来，带着一身伤病回到家里。第二年，王水花产下一个男婴，弥漫在小院里的哀伤气氛逐渐散去了。

于致荣是不幸的，也是幸运的，她是胶东育儿所的九个遗孤里第一个找到乳娘的孩子，遗憾的是她并没有在王水花这里得到有关亲生父母的有效线索。面对王水花一家人那份“养比生重”的爱，她渐渐放下了执念，内心平复下来。无论外面的世界如何变化，她对乳娘的思念和感恩不变，每年都要来陪老人住一段时间，也会把老人接到自己家里住一些日子。

于致荣出嫁时，王水花按照乡下嫁闺女的规矩，亲手给她做了几铺几盖嫁妆。在王水花面前，于致荣一直像个孩子。王水花一口一个“大小嫚儿”地叫她，她听着这一声声母性的呼唤，心底泛起无尽的甜蜜，饱含孺慕之情地应一声：“唉——”

2014年春天的一个夜里，王水花躺在自家的炕上，耳朵眼里又刮起了大风。她想起那年春天被刮来一个闺女的事，脸上浮出一丝笑意，笑意渐渐凝固，溘然而逝。

她的儿子韩邦臣给于致荣打去电话，告诉她老娘“走了”。于致荣和丈夫从外地急急驱车赶来，到家已是下午1点多钟。

于致荣蹑手蹑脚走到乳娘身边，看见乳娘王水花还睁着双眼。韩邦臣说已经帮她合了几回，就是合不上。于致荣用手轻轻一拂，很容易就合上了。她扑到静静安息的乳娘身上放出了哭声：“娘哎，你的小勇回来了——”

于致荣心中一直有个心愿，就是今生今世找到亲生爸妈，可多少年后也没能实现。王水花后来告诉她，那些年，她常常站在村头的那棵槐树底下等着新四军妹子的到来。“你妈妈可是说好来接你的哇！”一天天过去了，春天换了酷夏，夏天换了一树树的黄叶，王水花等来等去也没有等着。很多人替于致荣分析，你妈妈可能牺牲了，要不她早就找你来了。王水花也说：小勇哇，听你妈妈说，你爸爸南下走的时候，还不知道你妈妈怀上你，你妈当时自个也不知道呢。

晚年，于致荣的梦境里，总看到身着军装的爸爸妈妈笑吟吟地向她走来……于致荣哭喊着，醒来泪水早就打湿了枕巾。

第十四章　一条大河波浪宽

47. 没有“万一”的承诺

1931年春，王儒林从山东省莱芜县鲁西村走向省府济南的求学路，在那个民族危机酝酿而成的疾风骤雨的年代里，这注定将是一条不归路。

在山东省立第一师范学校，他遇到了同乡鹿省三、刘莱夫，鹿后来成为中共山东省临时工委宣传部部长，刘成为莱芜县县委书记。受二人影响，王儒林开始接触马克思主义和共产党的抗日主张，积极投身反投降、反内战活动，在济南火车站与同学们一起卧轨三天，并冲破国民党山东省政府的层层阻挠，攀上火车奔赴南京向国民政府请愿。遭到蒋介石拒绝后，他偕同三千多名济南同学走上街头高唱抗日歌曲，高呼抗日口号，震动大江南北。1936年春，命运给他开了一个玩笑，他本该毕业了，却被强行拉夫去帮韩复榘圆他的乡村建设美梦，参加了为期一年的乡村建设训练班，年底被派遣到荣成县俚岛乡农学校任校长。腹诽骂娘也无济于事，王儒林只得踏上胶济线列车，他不知道这次东行将成为对他一生发生重大影响的事件之一。

俚岛美丽的海上风光也无法慰藉这位内陆青年的一腔惆怅，他完全看不到人生的曙光在哪里。1938年2月3日，王儒林通过曲折关系跟荣成党组织负责人李耀文、张从周取得了联系。此时抗日烽火在共产党领导下已经燃遍半岛，他痛快地答应把乡农学校的所有武器交给共产党，并于几天后带领乡农学校全体职员赶往文登县大水泊村，加入了理琪领导的山东人民抗日救国军第三军。

此后，他跟随"三军"转战胶东各地，亲历大小战役无数。

一个偶然的机会，他认识了牟平县棘子园村（现属威海市乳山市冯家镇）的宫本勤。她是随军医生，比王儒林小十几岁，但被他身上那股儒雅与英武兼具的气质深深吸引。来胶东之前，王儒林已在老家莱芜有过两段婚姻，第一任妻子留下一个女儿后病逝，第二任妻子已经隔断联系数年，战乱频仍，生死未卜。面对青春美丽、热情似火的宫本勤的追求，王儒林选择了接受。

内战的战火炽烈引燃到了半岛，王儒林两口子跟随胶东军区司令部辗转运动。就在最紧张最危险的转移途中，宫本勤临盆了，一个女婴呱呱坠地。那清脆响亮的哭声，在隆隆枪炮声里显得那么柔弱，又那么倔强。王儒林看着这个新鲜的小生命，喜不自禁，这是爱情的结晶，更是响亮的胜利的宣言，他给她取名为永胜。

宫本勤脸上挂着初为人母的骄傲的笑容。行军担架太小了，她只能侧身躺着，永胜虽小却占了大半个担架，弄得她半边身子经常处于麻痹状态。就是这样，她也情不自禁地亲亲孩子那可爱的小脸。多年之后她经常跟王永胜开玩笑似的抱怨："都是因为生你，侧身躺在担架上行军转移，让我落下了腰疼病，折磨我一辈子。"

部队转移是家常便饭，老带着个孩子算怎么回事呢？王儒林很早就意识到这个问题了。

1947年10月，许世友司令员率领华东野战军山东兵团指挥部悄悄进驻乳山县马石店村。此时由范汉杰任总指挥的国民党"胶东兵团"，正沿胶济铁路由西向东，扑向胶东解放区，妄图一举摧毁这个共产党军事行动的后方基地。双方鏖兵，战事正酣。胶东，在全国解放的天平上俨然已成为一颗举足轻重的砝码。

碧空如洗，雁阵南翔，河水变得清瘦，黄叶随风飞舞，山岗草木霜红，家家户户又到了忙秋备冬的时节。

王儒林和宫本勤的房东是宫书贵、郑桂芝两口子，郑桂芝没事就帮宫本勤照看永胜，让她伸伸酸酸的腰身。

一天夜里，王儒林从外面回来说："小宫，首长说你得返岗了，前方战事吃紧，后方医院伤病爆满，医生人手不够。"

宫本勤哀怨地看着熟睡的永胜："她可怎么办呢？"

王儒林叹口气说："我已经叫通信员去育儿所报上名了，育儿所也在东躲西藏，人家叫我们自己找个托底的乳娘。"

宫本勤的脸立刻掉下来，"让我把永胜送人吗？"

王儒林说："你这么气急败坏干什么？许司令员的儿子建军，聂凤智的儿子庆荣，吴克华家的小嫚儿，不都叫乳娘带着吗？你有什么资格哼哼唧唧？"

宫本勤气愤地把炕头上的一本书扫落到地上，"我不管！我不管！"

王儒林俯身拾起那本书，吹吹尘土，"耍刁蛮！许司令员已经通知你以最快速度上班了！"

宫本勤没了脾气，面壁躺下，一宿长吁短叹。

早晨临出门，王儒林丢下一句："你找桂芝妹子商量一下吧。"

郑桂芝家对门住着宫书贞一家，宫书贞的妻子正是佟玉英。

佟玉英从海阳县桂山村落户到马石店村，中间很是经历了一番曲折。

她先经亲娘舅居间作伐，嫁给了涝口村一个男人。男人常年病病恹恹的，好处是结束了她颠沛流离的乞讨生涯。几年后，男人油尽灯枯，撒手而去，撇下了她跟襁褓里的闺女。她的生活再次沦落到上不着天下不着地的境地。

有人劝她趁年轻再找户人家嫁了吧，也没别的出路，何况随身还有个“带犊子”，哪有她挑三拣四的份儿，只要能容留她娘俩就谢天谢地了。经人介绍，她跟马石店村的宫书贞见了一面，两人倒也对眼，宫书贞也不忌讳她的寡妇身份，选个黄道吉日，牵头骡子把她接进了门。

进门没多久，跟过来的小嫚儿就闹病，折腾了一阵子，到底还是“丢了”。这个打击，彻底撕碎了佟玉英想给前一个男人保留点骨血的念头。

好在宫家一大家子人，姑姨妯娌小姑子轮番开慰，自己也想通了，人强犟不过命！在这样的世道里，还有什么比活下去更重要的事呢？她是从死神掌心逃出来的人，啥事还不能看得风轻云淡？她打起精神跟宫书贞过日子，没过多久，对襟褂子下的肚子隆起了，每晚她把手轻轻搁在上面，心底一缕欣慰油然而生。

令佟玉英无法接受的是自己给宫书贞生的这个女孩，几个月上夭折了。

“难道自己就这么‘妨’孩子吗？”她再次被拖进了胡思乱想的泥沼，一个人要么失神落魄，要么念念叨叨，吓得大伯哥家的孩子躲得她远远的。

宫书贞瞅着心疼，可自己的嘴笨得跟棉裤腰似的，说不出个巧话。他跑到集上狠狠心给妻子扯了三尺花布，偷偷压在她的枕头底下。佟玉英瞧在眼里，悲在心头，扑到炕上一场电闪雷鸣的哭号。

宫书贞劝她：“哭坏了身子可毁堆儿了！”

她坐起来盯着丈夫，“俺一准是个孤苦命，留不住娃子，俺不能耽搁你，明儿俺就走，你再找个能生会养的闺女吧！”

宫书贞一听这话恼了，“你胡吣个啥！把俺当成什么人了！”

佟玉英揩揩泪眼，“反正俺没个好了，你陪着俺遭罪，俺心里不落忍！”

宫书贞扳过她的肩头说：“谁家的日子没个好歹的，这老天爷还有晴天有阴天呢，你见过一年到头的晴天吗？你见过三百六十五天的阴天下雨吗？别价啊！再难，咬咬牙也就过去了。”

佟玉英没想到宫书贞能说出这么几句刚硬的话，精神为之一振。是啊，要论过日子的心气，她跟妯娌们比不差半麻线，差就差在自己的男人不挺脱，今天宫书贞的一番话说进了她的心坎里：她本就是个要强的人，打小生活在被人歧视的目光里，原指望嫁个好男人，能掌舵能驾辕，第一个没指望上，第二个好像也挺稀松。说白了，她对自己的失望间接地反映着对男人的失望，男人的腰杆挺直了，她也跟着长心气。佟玉英那幽闭已久的心房悄然撤下了门闩……

村里住进共产党部队已是公开的秘密，佟玉英好奇地装作串门，到郑桂芝家偷偷瞧了瞧共产党的“大官”，心说这不就是个教书先生吗，说话文绉绉，哪里像个指挥千军万马的“大官”？王儒林随和地跟她打招呼。她看着脚尖从他面前走过，心里一头小鹿乱撞。她忽然想起了小时候经常举着她玩的于叔叔，他要是还在，也应该成了共产党的“大官”了吧？

回到家，她跟宫书贞说：“俺到郑桂芝家串门，见到一个共产党的大官，跟尊菩萨似的，不笑不说话。”

宫书贞说：“你最好别乱跑！村口都放上岗了，只允许人进，不允许人出，出去的人必须有村里开的路条哩。”

佟玉英“哦”了一声，捅捅宫书贞的腰眼，“哎，当家的，俺还看见那个‘大官’的媳妇了，人家那身材一弯一弯的，剪着老短的头发。嗬！腰里还别着一把‘小撸子’，真是要多俊就多俊！”

宫书贞见媳妇难得的好兴致，就趁机提出一个无理要求：“内当家的，你看俺的烟荷包空了，能不能把你的私房钱给俺俩子，俺到崖子集上买点烟叶？”

佟玉英识破了他的伎俩，“半个铃铛怎么响的！整天点火燃烟的，一天不挨熊你就不是你哩！”

说归说，她还是掏出两张“北海票”给了宫书贞。这“北海票”最早由掖县抗日民主政府筹建的北海银行发行，几经演变，成为流行于胶东抗日根据地的主流纸币，后通行于整个山东抗日根据地。宫书贞喜不滋地揣起钱刚想走，就听见妻子一声长叹，说：“那个‘大官’媳妇抱着的小嫚儿还怪俊哩。”

这天夜里，宫书贞摁上一锅刚买回来的烟丝，蹲在门前的石阶上过瘾，佟玉英在屋里和面贴饼子，忽听有人敲门，随即传来郑桂芝的声音：“是俺啊，书贵家里的。”

宫书贞趿拉着鞋开开门，头也没抬就往回走，郑桂芝叫住他：“书贞哥，你家来客了。”

他这才留意郑桂芝身后跟着两个人，正是住在她家的那个共产党的“大官”两口子。

郑桂芝冲冒烟的厨房喊道：“书贞家里的，赶紧炒上四个盘子八个碟，你家来贵客了！”

佟玉英挓挲着糊着面的手探出身子，“巧嘴的鹦鹉也得认你当干娘！哟——”她看到了王儒林和宫本勤，嘴上紧急刹车，“当家的，你快点上灯，请八路军同志屋里坐！”

宫书贞前头进屋，点上那盏煤油灯，小屋里依然昏沉沉的。

佟玉英洗了手，端进一盘炒花生，搁在炕桌上，这已是她家待客的最高规格了。

郑桂芝给几人做了介绍。

宫本勤偷偷打量佟玉英，又用眼睛的余光扫扫屋里的陈设，这是一个普普通通的农家，女主人浑身拾掇得板板正正，屋里的家居器物虽然简陋倒也井然有序。

王儒林掏出一支烟递给宫书贞，“来，换换口味，这是前些日子在战场上缴获的美国佬儿的烟。”

宫书贞接过去闻了闻，点上，吸了一口，“好口头！就是劲儿忒绵了，你尝尝俺的老旱烟。”他拧了一支喇叭筒子递给王儒林，王儒林抽两口，被呛得连连咳嗽。宫本勤拿眼不满地瞟瞟他，下意识地挥挥手，把飘向自己的烟雾赶跑。王儒林觉得有点尴尬，“降不了这个劲儿。”说着把烟掐灭了。

郑桂芝对佟玉英说：“老王大哥两口子来啊，想跟你们议论个事。”

佟玉英说：“说吧，能帮上的忙准不含糊。”

宫书贞站起身，“俺烧壶水去。”

王儒林看看宫本勤，宫本勤看看郑桂芝，“还是桂芝说吧。”

郑桂芝说：“俺就不绕弯弯儿了，本勤妹子刚生了个小嫚儿，过几天他们得跟部队转移，哪有带着娃打仗的？他两口子想给娃找个牢靠人家。”

佟玉英听出了郑桂芝的意思，连忙说：“不是俺打自己的嘴，这个忙真帮不上！”

郑桂芝急了，“玉英啊，人家王大哥一家子跟蒋介石反动派拼死拼活地打仗为的啥？可不是光为了自家人过上好日子啊！也有你佟玉英的份儿！”

佟玉英也急了，“俺不是你想的那个意思！”

王儒林摆摆手制止住郑桂芝，说：“让玉英妹子把话说完。”

宫书贞提着烧水壶抠着碗站在门外，听了两耳朵，明白了怎么回事，走进来冲了三碗白开水，开腔了：“玉英这阵子净胡寻思，身子骨挺瓤的，恐怕没法帮你们的忙。”

宫本勤说：“宫大哥，咱一笔写不出两个宫字，前庄后庄的，本来就是一家人。我们要不是到了山穷水尽的地步，也不愿给你们添麻烦啊!”

宫书贞有苦难言，他弟兄三个一直伙着过日子，你自己生个孩子多个碗多双筷，说得过去，自己的孩子“丢了”，你再帮别人养一个，怎么跟他哥俩交代啊！可又见宫本勤说得入情入理，一时不知怎么回复她了。

这时佟玉英红着眼圈说：“俺知道共产党的部队是为老百姓打天下，俺爹就是那年闹革命被海阳县的反动头子给杀害的，要不是俺的奶水不好，俺一定帮你们这个忙!”

宫书贞像发现了一条宇宙间的真理一样，跟着说：“是哩是哩!玉英的奶水有问题，前一个闺女没树起来殇了，后头这个又……唉!”

王儒林劝道：“孩子殇了谁心里也不得劲，可是日子还得好好过，亏耗了身子可是大事!”

宫书贞连连点头，“是哩是哩！玉英你听见了吗？还是人家老王大哥会摆道理，两句话就把俺心里拨亮了!”

宫本勤说：“玉英啊，你别老是胡乱寻思，总往自己身上揽责任，孩子殇了，原因是多方面的，不一定是你的奶水有问题。”

佟玉英愁苦地说：“不是奶水是啥？孩子都还没吃粮食。”

宫本勤说：“你要坚持这样说，也不是一点道理没有。”

王儒林问佟玉英：“玉英啊，你刚才说你爹参加革命被反动派砍了头，这是哪年的事啊？你爹叫什么名字？”

佟玉英说：“他叫佟斌，是海阳县四区的地下党。”

王儒林拍拍脑袋，“这个名字有点耳熟，让我想想……哎，想起来了!”

佟玉英紧张地看着他，她没想到还有人知道自己父亲的情况。

王儒林说：“我在济南上学时，听那里的党组织说，胶东党组织被抓了一批人押在济南。后来我们想法接近了几个胶东的同志，其中有个叫刘仲益的同志，他给我们讲发动群众搞斗争时，提到过你爹的名字。”

多少年后佟玉英从一个初识者的口中听到了那个久违的名字，这是埋在她心底的一个暗伤，是她所有悲剧的起点，她对他怀着一份复杂的感情，既缅怀又抱怨，始终存在着，难以被记忆溶蚀。

王儒林说：“你父亲是个了不起的人，他是为人民解放做出贡献的革命先驱，我们的队伍能够发展壮大到今天跟国民党争天下的地步，少不了像你父亲这样的一大批牺牲者。”

佟玉英眼里涌出泪水，这泪水淘洗着陈年的往事，涤荡着往事里的恩怨情仇。她说：“俺爹总算没白白牺、牺……”

“牺牲！为人民事业献出宝贵生命就叫牺牲。”

佟玉英默默念叨着：“牺牲……牺牲……”

郑桂芝喝了两口水，揩揩嘴巴，说：“玉英，说一千道一万，你也是革命家庭的后代，现在革命同志有困难了，咱能喝着大茶看热闹吗？”

佟玉英剜她一眼，“一样的话到你嘴里就变了味——你叫俺再想想。”

王儒林说：“玉英，这事也别勉强自己。”

宫本勤说：“好姐姐，不差这一两天。”

郑桂芝说：“俺们走了，别把你家的油灯熬干，再找俺要油钱！”

佟玉英抢白着她：“你真会砢碜人！叫你家男人找根麻线把你的嘴缝起来……”

送走他们，佟玉英赶紧把高粱饼子烀在锅里。火苗舔着她憔悴的面容，闪烁不定，思绪被什么牵跑了……

夜里，佟玉英知道宫书贞没睡着，捣捣他，问：“哎，当家的，你是个啥态度？”

宫书贞咕哝了一句：“这可不是个小事，牵扯着好几家人呢，不好张这个嘴啊。”

“啥不好张这个嘴那个嘴的，俺主要是担心给人家养不好，怕再跟那俩孩子一个命，到时候不好交代。”

“嗯呗，再就是咱村里人多眼杂，备不住有孬人，对人家孩子放放坏水，咱也担待不起啊！”

“你想得怪周到的。可是人家两口子找上门来，叫咱一口回了，这面子也挂不住啊！”

“别多寻思了，咱应不下这个差，就别屎壳郎垫桌子腿充能的了。”

“你这夯货还会说俏皮话哩，嘻嘻嘻，把你的熊爪子拿走……”

第二天，佟玉英和宫书贞到野里割玉米秸。秋风飒飒，送来村边战士们拼刺刀的吆喝声。她直起腰，捋捋散落到前额的头发，心里空落落的，有种无以名状的失望和惆怅掺杂的情绪潜滋暗长。她看到有个黑点在向自己这边跑来，手搭凉棚，哦，像是郑桂芝。她心里一咯噔，又似乎对她的到来有所期待。

郑桂芝跑到她跟前，手掌扇着风，呼哧呼哧喘着说：“哎哟，可要了俺的老命了，叫俺这阵好找啊，就差掘地三尺了。”

佟玉英冲她“呸呸呸”了三口：“真牙碜！路上怎么没让强盗把你抢走了当压寨夫人去啊！”

郑桂芝嘴上那是不吃亏的主儿，“抢俺干吗？给他们当老妈还差不离！再说了，现在土匪强盗见势不好，早他娘溜到琉球国去喽！”

宫书贞见郑桂芝来，知道就是昨天那事的续篇，准备过来听几耳朵，佟玉英挥着手轰赶他，说：“有你吗事，该干啥干啥去！”

他悻悻地继续挥着镰刀割玉米秸，趁她们不注意，悄悄往那儿挪了挪，递上耳朵去，偏偏风向逆着，把两个女人的嘀咕都吹粉了。

郑桂芝说：“玉英你可得当一回观音菩萨救苦救难了。宫本勤今儿早晨起来就哭哭啼啼的，把那张脸拉得老长，吓得王大哥像耗子见了猫，溜着墙根跑到司令部避难去了。”

佟玉英叹口气，“唉，做女人就是难啊，这生孩子是道鬼门关，哭爹叫娘地闯，这带孩子更磨人，一把屎一把尿，生病招灾还得提心吊胆，好不容易把这么个小玩意拉扯到满地乱跑，操的心儿大车拉不完！”

“谁说不是呢！这生孩子的事啊，男人女人一块造的孽，到头来凭啥男人当甩手掌柜的，好赖全砸到女人头上了！”

真是越说越气，恨不得把男人碎尸万段，可下面的话就暴露出女人善于妥协的先天优势：“唉，男人也有他们的难处。就比如这王大哥吧，听说是共产党部队里的指挥官，能调动千军万马，打过的大仗掰着手指头都数不过来，可老婆一哭就酥了爪儿，瞧着也怪可怜的。俺就说你忙你的去吧，俺帮你照应着宫本勤。”

佟玉英拿着镰刀一下一下刨着脚下的地，一字不錾。她不知道该接什么话，明摆着郑桂芝这是挤对她向那条路上跑，可她心头的死结不是几句话或泛泛的同情心就能解开的，而且她跟宫书贞昨晚的协定言犹在耳，也不能忒拿他不当块干粮了。

郑桂芝看出她心事重重，就说：“书贞家里的，大道理俺不会拉，咱拉个土呱儿。假若一个孩子你救，他就能活，你不救他就得死，你说你救不救吧？”

“救！”

“现在宫本勤的小嫚儿，要是跟他两口子上战场，炮火连天，那还有个好？你留下她，眼见得不用跟着她妈上战场了，能不能活下去、活多长，那就看她个人的造化了。你说你到底是留不留？”

佟玉英被逼到墙角，没了退路，“要是这么着，俺不留还有人味吗？不过俺还是担心俺的奶水有问题，孩子吃了服不了。”

这时宫书贞嘟噜着脸，端着烟袋锅走过来，“你这个郑桂芝啊，俺玉英刚还了阳，你就给她派不清心，俺不同意！”

郑桂芝一仰脸，“你个老爷们儿家，俺们姊妹说话，哪有你呛呛的地儿！”

她好不容易用激将法让佟玉英松了口，宫书贞再插一杠子，那不得前功尽弃啊！

“俺家八辈子都是庄户孙，不敢招惹这么大个的麻烦啊！万一孩子有个好歹，不好跟人家爹妈交账，另外——”他睃睃四周，压低声说，“世道不太平，要是哪个孬熊知道俺给八路军养孩子，再搞俺家一下，俺哪吃得消啊！桂芝，就算哥求你了，你帮俺玉英辞了吧。”

郑桂芝哼了一声，“说白了，你就是怕有孬种找碴儿呗！书贞哥啊，你放开眼瞅瞅，现在咱胶东是谁的天下？共产党的。甭看国民党反动派现在叫得欢，保准得让共产党收拾得妥妥的！你想啊，打鬼子前，共产党才几个人几杆枪啊，现在怎么着了？人家不仅打跑了鬼子，还有了跟国民党硬扛硬的本事。你呀！就是只看眼前的三拃远，还不如俺玉英嫂子哩！”

她这些话明里是冲宫书贞说的，暗里也是打消佟玉英的顾虑，而且捎带着不轻不重损了宫书贞一下，也给他上了点眼药水。

佟玉英瞪瞪男人，“该干啥干啥去，俺姊妹俩唠唠私房话。”

宫书贞吃郑桂芝一顿机关枪，抽着烟锅败退到田畦深处去了。

郑桂芝拉住佟玉英的手，“俺跟宫本勤打包票，说书贞嫂子是个通情达理的人，哪有见死不救的理儿？叫俺说准了吧？”

佟玉英说：“俺还是担心奶水的事，总跟块心病似的，糊在那里硌硬得慌！”

郑桂芝说：“人家宫本勤是当医生的，专给大首长看病，她说要是你老担心奶水，可以挤出点化验化验去。”

佟玉英的嘴巴开成了O形：“啥叫化验化验？”

郑桂芝说：“就是用一些瓶瓶罐罐里装的药水跟它混在一起，再用那个叫显微镜的东西照照，反正就是这么回事。”

“那怎么去化验呢？”

郑桂芝早有准备，从兜里取出一个小玻璃瓶，“来，你掀开怀，把奶挤到里面一点就行。”

“哎呀！你这个坏蛋！在这里弄，叫别人看到羞不羞？”

“去去去！你的奶子又没镶金带银，哪有这么珍宝？”

两人快活地挠抓到了一起。

秋阳爬上树梢，几只花喜鹊在宫书贞家的老枣树上喳喳叫着，小院里里外外叫佟玉英收拾得纤尘不染。她特地找出一件靛蓝的新褂子穿上，耳边簪了一支淡绿色的木簪。宫书贞好挽裤脚，佟玉英叫他放下来，蹬上一双新布鞋，他的腿忽然变得跟不是自己的似的，走路拉拉着，费了好大劲血脉才通畅了。“洗洗茶碗，麻利地烧壶水去！”佟玉英的声音跟水洗过一样鲜亮。宫书贞嘀咕着：“这么没见过孩子啊！”

昨晚，郑桂芝跑来咬她的耳朵：“你的奶水拿到医院化验了，没问题，把心放肚子吧。”她自然是半信半疑，也不知道“化验”长得什么模样？它说的话有多大准头呢？郑桂芝说：“嫂子，你就别满肚子转车轴了，宫本勤还能拿自己的孩子闹着玩吗？再说十里八乡，不光你自己有奶水，真有问题的话，人家早就换别人了！”这话在理，不服不行！

司令部很快就要向南转移了。宫本勤一宿搂着永胜没怎么合眼，越是叫你受罪的孩子，当妈的打心眼里越疼爱。王儒林趴在一张小桌上记笔记，忙到很晚，走来一看，宫本勤呆呆凝视着熟睡的永胜，眼神温柔而潮湿。“睡吧！恢复恢复精力，医院里急需人手，一回去可能就是超负荷工作，弄不好就吃不消。”宫本勤咬着嘴唇不说话，眼里的泪光在灯光映照下晶莹闪烁。熄了灯，王儒林偷偷长嘘一口气。

郑桂芝的声音在大门外就飞进来："书贞家里的，有贵客来喽！"

呼啦进来五六个人，除了王儒林、宫本勤、郑桂芝，还有村支书和一个警卫员，立时把那间正房塞得满满的，转悠不开身。王儒林和宫本勤表示感谢，并且表了态："我们把永胜托付给玉英妹子哺乳，不管发生任何问题，都跟他两口子无关，特请村支书当面做证。"说完宫本勤把永胜交给了佟玉英。佟玉英看看怀里的永胜，那嫩红的肤色像熟透的苹果。她熟练地摇晃着，拍抚着。

佟玉英说："王大哥、本勤妹子，你们专心打反动派去吧，争取早点让咱老百姓过上太平日子，孩子俺一定给你们带好！"

王儒林把一张签了名的承诺书给了宫书贞，叫他收好。宫本勤把小孩穿的衣服、铺的盖的给了佟玉英。

郑桂芝告诉佟玉英："孩子是在册的，胶东育儿所的人定期过来巡查，还会发放一些生活用品。"

两天后的一个傍晚，王儒林、宫本勤随着大部队踏着夕阳的余晖，向南开拔了。

佟玉英头一次把奶头递给永胜吮吸，心里那个惴惴啊，突然还涌上一阵懊恼和悔意："你说你这是办的嘛事啊！这万一……"

哪里还有她"万一"的余地，只能硬着头皮向前走了。

48.敢情你的奶子连着河

二十一岁那年，王永胜和妹妹跟随一群北京知青被几辆绿色卡车载到了内蒙古巴彦淖尔市乌拉特前旗的白彦花镇。3月的北疆边陲依然是天寒地冻，这些来自大都市的青年凭着一股热血在荒寂里开拓着新生活的领地。

王永胜毕生都无法忘记在初融的冰水中插秧的彻骨之寒，她和妹妹哪里受过这种苦，可是大家都知道她俩是高干子女，盯着她们的一举一动。打掉牙和血肚里吞，王永胜还是继承了她父母那种军人的做派，知道这时候不能尿，否则会一辈子在同学们面前抬不起头的。

10月，收割水稻全靠人工，她每天从地里往地头背稻捆子，一趟一趟，弯腰撅腚，最后麻木了，只剩下机械的动作。抹一把涔涔的汗水，抬起头看看那蓝得不真实的天，白云那么低，仿佛就在自己的背上跟着自己在走动……每每回想至此，王永胜浑身都有种酸溜溜的疲惫感从骨子里蔓延开来。也不是没有快乐事，那时灌溉靠的是黄河水，滚滚浊流奔涌进稻田，灌饱了，闸一落，沟渠里就搁浅下一层黄河鲤鱼。他们兴奋地拿草帽去扣，抓到的鱼拿草绳穿起来，背回营地，一炖一大锅。没有油，就到小卖部买来猪肉罐头，挖出上面那层油来用。鱼香在夜色里飘溢，她跟着大伙围着火堆又跳又唱——这才是青春该有的样子啊！

她不清楚迷茫的人生会走向何处，只是被时代的大潮裹挟着向前奔跑。建设兵团的日子像一道短小而有力的闪电划过她生命的苍穹。

那天连长黑沉着脸把她和妹妹叫去，通知她们去呼和浩特的兵团司令部一趟。到了那里见到父亲王儒林，她才知道他已给妹妹办好了参军的事，而她还得留在这里。妹妹一走，她在这片辽阔之地更孤寂了，为此她向那位严肃的老八路表示了强烈的不满。王儒林跟兵团领导商量，能不能先让她以探亲假的名义回北京，其他事慢慢再说吧。

就这样姐妹二人离开了戈壁草原。多年之后她们参加当年的知青聚会，还被大家扣上了“逃兵”的帽子。

命运之神给了王永胜一个额外的奖赏：她也跟妹妹一样参军了，被分配到了济南军区位于平度县城的一所医院。小城里栽满芙蓉树，从春到秋开着绒球似的水红色的花团，飘着甜丝丝的气息，给她的记忆涂抹上了烂漫的色调。

而她不知道的是她跟着乳娘佟玉英度过哺乳期的那个小山村，距离这所小城并不很远。关于乳娘的事，王永胜曾经听父母念叨过，尤其是王儒林，他不止一次地讲给她听："老百姓那是看在共产党的分儿上，才冒着危险抚养你们这些乳儿的，什么时候我们也不能忘本啊！"但对这些经年往事，身为"红旗下的蛋"的这代人，他们的热血都被狂热的运动点燃了，哪里还能旁顾其他？而且王永胜的成长，在父母温暖的羽翼照拂下，顺风顺水，基本没有遭到什么挫折，她实在没有理由再回望那片毫无记忆痕迹的土地和那位曾经把乳汁从自己的体内输入她的体内的乳娘。

与王永胜——或者说与许多乳儿——的淡忘相反，绝大多数乳娘都对自己哺乳的孩子抱有深深的眷念，始终在心底给他们留着一个位置。那种经由乳汁的流动建立起来的神秘关系，那种朝夕相处造成的心灵契合，那种无私的爱打磨出的圣洁的人性之光，对这些平凡得如同泥土一样的女性而言，是她们的情感领域和精神世界不可割舍的珍贵组成。假设时间往后流淌一千年，那时的人们忽然重新发现了这些母亲的存在，不知他们会以一种怎么样的眼光看待她们？即便当下，也会有人摇唇鼓舌，说三道四。实际情况是这些乳娘很少向人提及往事，大多是当作一件平平常常的事情絮叨给身边的人听，她们从没觉得这是一件可以炫耀的事，更没想过以此为资本换取什么优待优抚之类的东西。

这样的情形曾经一遍遍在胶东的一座座小山村上演：夜色降临，老奶奶摇着蒲扇，或者手里干着诸如扒玉米、摔花生之类的活计，用撒风漏气的嘴巴对儿孙们说："那一年啊，八路军的一个干部骑着高头大马来到咱家，把一个小小子给了俺，叫俺奶着。汉奸队听说了，偷偷摸摸地带着鬼子进了大山，要把这些八路军的后代赶尽杀绝……"儿子头不抬地说："嘁！你拉了三百六十遍了，编的呱儿吧？"孙子说："你还给八路军拉扯过孩子，做梦吧？八路军的后代在哪儿呢？”老奶奶呵呵笑笑，“是哩，俺编个呱儿破破闷子呢……”

因为王永胜是佟玉英带起来的第一个孩子，对她自然有着一份无法放下的情愫。

永胜的到来打破了宫家的平衡。

宫家弟兄三人，均已成家，但按照农村家族的生活方式，依然是一个锅里吃饭，一块地里劳作。习惯上没孩子的女人要跟着男人上山下坡，占了怀的女人在家里操持家务，不用干粗老笨重的活。佟玉英这种情况，还是老宫家头一遭遇到，执掌家政的婆婆犯愁了，一时想不出什么妥善的办法，就按媳妇添孩子处置吧。佟玉英看顾着永胜，喂喂奶，晒晒太阳，睡着了，安置妥了，就跑进厨房里洗洗刷刷，放下笤帚，拿起担仗，拌了猪食，撒好牛料，撂下剪子，抄起针锥。她也隐隐觉得自己享受这份待遇有点名不正言不顺，所以多出些力气作为弥补。妯娌们的不满开始遮遮掩掩，尽量维护着那层薄面，一段时间后，怨尤便摘下了面纱，明白无误地向着宫书贞和佟玉英展示了。

婆婆把佟玉英叫到自己屋里，埋怨她：“这么大的事也不事先跟俺商量商量，你看看弄得多别扭啊！”

佟玉英不想多做解释了，说：“这事是俺做的主，不能叫一家人跟着俺受累赘，俺跟书贞商量一下，拿个法子。”

婆婆说：“不是俺挤对你啊，老二家里的，这一家人过日子讲究的就是一碗水端平。你这理儿她那理儿，都能找个理儿，再大的理儿大不过规矩。”

过后，佟玉英跟宫书贞合计怎么办，不能老看着冷脸子吃饭啊。宫书贞梗梗脖子，“不行咱就分出来单过吧，你应了人家这个差，于情于理都该咱自己出这个力，跟人家老哥老三不沾边。”佟玉英点点头，“那就分家吧，苦点累点，都是咱的事，不能叫人感觉咱沾了多大光!”宫书贞叹口气,“咱可给人找了个戳脊梁骨的活,弄不好得落个闹家务的臭名呢。”佟玉英拿胳膊肘捣捣他,“你一个老爷们儿想这么多干啥?光听蝲蝲蛄叫还不种豆子了。”

宫家十几口人的锅碗瓢盆交响曲解体了。

宫书贞和佟玉英都能抻直腰了,关键是佟玉英可以把主要精力放在看永胜上了。原来她既挂着这头,又顾着那头,弄得心里翻翻腾腾的抓不住个神儿。现在好了,顾好永胜就是她的全部,剩下的事都不打紧,可以拖的就拖,可以放的就放,可以不干的就不干,不能拖不能放不能不干的,她一声吆喝:“当家的你去!”

宫书贞稍微表示反抗,她眼一瞪,“咱家还有没有个规矩?”

宫书贞被她这一声问蒙了:“啥规矩啊?俺还从没听过母鸡打鸣呢!”

佟玉英忽地站起来,“你再说一遍!”

宫书贞挠挠头,“俺再说一遍你能咋着?俺还从没见过公鸡下蛋呢……”

“哼!算你识相——哎,等会小嫚儿睡着了,俺给你擀面吃,泼上红红的辣子,犒劳犒劳你!”

宫书贞伸出手,“俺的烟荷包又瘪了!”

啪的一巴掌打在手心里,火辣辣的,“去去去!还蹬鼻子上脸呢你!”

两口子就在这样的吵吵闹闹里拨旺了生活的灶火。

紧接着问题来了:随着长大,永胜的胃口大了,奶水渐渐接济不上了,有时候吃不够,把佟玉英的乳头吸得生疼,也不放嘴;夜里正睡着觉,饿醒了,哇哇地哭。这孩子闹夜最伤脑筋了,四下里没个动静,突然一阵啼哭,半条街都听得真真切切,引得几条不明事理的狗凑热闹,那阵势就更加雄壮了。

佟玉英把奶头递上去,永胜吃几口,吐出来,没存货了。继续哭号。佟玉英满脸急色，“哎哟，俺的亲小嫚儿来，你省点力气别哭了，越哭越饿哩！”

她哪里管你这套，依然可着劲地号。这哭号在佟玉英听来，就像孩子跟着自己受了多大委屈，控诉自己似的，心里便猫抓狗刨地难受起来，而那边的宫书贞正蒙着头打着呼噜。佟玉英把一股火都表达在了脚板上，几脚就赶跑了宫书贞的睡神。他揉着眼坐起来，伸手就去摸索烟荷包。

佟玉英抢白道：“就知道抽抽抽，也不怕哪口烟把你呛煞！”

宫书贞嘿嘿笑笑，“地里家里的活俺能替你，给孩子喂奶的事，呵呵，俺可插不上手喽！”

他的话语里多少带着一点隔岸观火的意味，佟玉英能听不出来吗？“你还说风凉话！不跟你这没好心眼的人过了！”

说完她就抽噎起来。这回轮到宫书贞着急了，“哎哟，你哭个棒槌啊！想个辙儿不就得了，光知道哭哭哭！哼！”

他忽然觉得自己是个老爷们儿，说话需要增加点硬度了。

“你有啥办法！俺就见不得孩子哭闹！这心里抓挠得慌！”

宫书贞说：“咱先找人写个‘天皇皇，地皇皇，我家有个夜啼郎，过路君子念一道，一觉困到大天光’的符咒，贴到村头的树上，帮着小胜驱驱邪魔外道。”

佟玉英蹬他一脚，“去你的！孩子是饿得哭，又不是惊吓着了，你蒙骗谁呢？”

宫书贞一脸正经，“这都是偏方，信不信由你。”

佟玉英说：“还有别的法子吗？”

“这样吧，俺明天到镇上给你买二斤花生、二斤鸡蛋，补补身子，咱前段日子伙着过连个油星都捞不着，都把奶快靠回去了。”

“嗯，这才说得像个人话！”

“你看你说话忒牙碜了，以后要注意啊！尤其当着别人的面，说话得软乎点，别跟吃了枪药似的。”

“给你二两颜色就想开染坊了，别动手动脚的……”

出现在马石店村头的红纸“符咒”，引来了几个过路人“友情阅读”。

宫书贞买回来鸡蛋和花生，雄壮地走进院子里。阳光照在他的红脸膛上，他高声吆喝道：“小胜她娘，俺回来了！”

佟玉英抱着永胜浮出门口，“这么大嗓子干啥，又不是打狼去！”

宫书贞换成一副小嗓子说：“俺回来了，你看这是鸡子，这是花生。”

他扬扬手，好像在炫耀战利品。

“别这么多废话了，赶紧先冲一碗蛋花汤，早晨又没吃够。”

宫书贞还想讨点好处，看看佟玉英的脸色，没敢再啰嗦，颠颠地跑进屋。一会儿他端出一碗翻雪滚玉、热气腾腾的蛋花汤，“小胜她娘，你趁热喝了吧！俺先抱着孩子。”佟玉英刚想把永胜递给他，孩子却哇地哭了。“哎呀！这么个小人先会认生了！会缠磨人了哩！”佟玉英用夸赞的口气表扬了孩子的进步。她吹吹热气，小口啜饮，“哎，你给俺再搁点盐，忒腥气了，盖盖这股子怪味道。”“好咪！盐来了！你尝尝行了吗？还不行？你再尝尝！”“哎哟，你把卖盐的打死了，齁死个人了！”“你这婆子比皇后还难伺候哩！俺不管了……”“你再给俺掺点水，你自己手头不准嘛……”

双管齐下，总算起了效果，奶水比之前旺了，孩子晚上也闹得轻了，宫书贞走路也仰起了脸，真好像这个小院盛不下他了。

几天后，孩子又闹腾起来，佟玉英的脸阴云密布。宫书贞躲得远远的，这时候往前凑乎，弄不好就碰个大钉子。你不向前凑，她叫你，你总不能装聋作哑吧。“哎呀！永胜她爹你得再想个辙子啊！”

宫书贞抠抠头皮，苦着脸，“俺是歇菜了。”

“你看你就这点本事！今儿郑桂芝过来了。”

“她那张嘴啊能把天说个窟窿，甭听她胡巴巴！”

“你这话说得！人家嘴上不饶人，可心眼不差——她说鲫鱼汤下奶最好了。”

“俺的老天爷啊！十冬腊月的到哪里鼓捣那玩意去，再说咱也没闲钱啊！”

“你真是个菜脑壳！咱自己到河里逮去啊！”

“这大冬天的逮鱼摸虾，叫人知道了笑掉大牙哩！”

“管他呢！还是咱孩子要紧啊！”

“你说得是，不能叫娃老吃不饱啊！俺就舍出这张老脸去吧……”

第二天一早，宫书贞找邻居借了一把镐，挑上竹篮，去了村外的小河。

河床青乎乎的，冰层有一尺多厚，小刀子风顺着河道飕飕地跑。他走到河心，抡起镐，铿铿地凿着，冰霰迸溅，冰层炸裂出一道白纹，发出吱一声怪叫，吓得他的腿肚子抽搐了两下——河流在抗议：你胡鼓捣个啥哩？大冬天的来掀俺的被子？他定下神，郑重地对河说：“河神老爷啊！俺家小嫚吃不够奶，得给她娘补补身子，得罪您老人家！俺给你磕个头吧！”说完趴到冰上，咚咚咚三个响头。站起身，继续抡镐。冰层太厚了，几回把镐都崩回来，险些回撞到他的腿上。

宫书贞的手腕子有些酸了：“咱就不信哩，大活人还弄不开你个死物。”

他没注意，不知什么时候身边围过来几个半大孩子，脸上脏兮兮的，瞧西洋景般看着他。“去去去！哪里凉快哪里趴着去！哎，你们耳朵里塞驴毛了？离俺远点，镐可没长眼！”这些孩子一会儿远了，一会儿又近了。他停下来歇歇，他们就走到那个凿出的窟窿口，评头论足。“去去去！俺得干活了！”他接着抡镐，终于凿出了一个五六尺大的口子，从怀里掏出半块饼子，还有几个鸡蛋壳，放进竹篮里，拴上绳子吊进水里，示意孩子们都别出声。

水族们本来都在冬眠，扎在淤泥做着关于春暖花开的美梦，听到外面咚咚咚哗哗哗铿铿铿地响，都醒过来，摇摇尾巴，晃晃身子。这一动不要紧，感觉又是气不够喘的，又是肚子咕咕噜噜，瞧着上面一团光明，那肯定是春神降临喽！走吧，孩儿她娘，咱过去透口新鲜空气！走吧，孩儿们，快过去吧，早到早好，晚了好事捞不着！这鱼群就开始向着这个美妙的窟窿汇集，到那儿一看，咦，俺的个龙王爷，真有好事哩！吃吧吃吧，别等小嫚儿了，回头都来了，就不够唻！宫书贞盯着那汪黑绿黑绿的水，泛起的水花越来越大，知道收篮子的时候到了，果断地往上一提，哗啦带出一片水，好！半篮子草鱼鲫鱼鲢鱼！白花花像半篮子水淋淋的银子。他笑得眉毛眼睛挤到了一起。

鱼汤的香味引得村里的猫儿爬上了宫家的屋脊，喵喵喵地叫个不停。就在猫儿的叫声里，佟玉英的乳房饱满起来，像疏浚了通道的泉眼，轻轻一吮，便汩汩涌流，吃得永胜嗝嘚嗝嘚地打饱嗝。佟玉英就批评她："哎哟，俺的个小魔王啊，你少吃点，没人跟你抢啊……"

宫书贞有了经验，只要佟玉英的奶水发出预警，就去凿冰"诓鱼"。

有一次，他又去"诓鱼"，到那儿一看，气不打一处来，在自己先前凿的几个窟窿前后左右，又出现了十几个窟窿的印儿。"你说你们这些熊人，俺逮鱼是为了给孩她娘下奶，你们干啥呢？下酒！不知道丢人值几个大钱！"说到底，兴你就兴人家，这条河又不是你家的！他只好向着更远的地方走去。

好在这条河足够长，冬眠的鱼智商足够低，所以佟玉英的奶水源源不断，永胜的小脸红红润润，映着健康的光泽，一冬天也没闹病招灾。佟玉英原来的担心烟消云散，与日俱增的是当母亲的快乐和自豪。

一天郑桂芝来串门，抱抱永胜，“哟嗬！这闺女够沉的！你怎么奶她啰？”

佟玉英一说。

郑桂芝递上一句俏皮话：“敢情你把你的奶子跟河连上了，那可不得尽着永胜吃啊……”

49.在母爱的航标下

1975年，宫书贞和佟玉英接到一封北京来信，他俩看看满纸蓝黑的横竖撇捺傻了眼。搬救兵吧，赶紧把郑桂芝的二闺女宫淑真叫过来。据说她肚子里墨水挺多，但也念得磕磕巴巴，好在大意弄清楚了。信是王儒林写来的，他告诉宫书贞和佟玉英一个天大的好消息：永胜要结婚了，请他两口子去北京参加婚礼。

佟玉英喜得跑进里间屋转了几个圈，抄起瓢挖了一瓢白面倒进瓷盆里。宫书贞喝住她：“你发的哪门子癔症？”佟玉英说：“俺去北京不得给小胜烙两张她喜欢吃的油饼吗？”宫书贞嘿嘿一笑，“老婆子你知道北京的门朝哪儿？咱一个庄户孙给人家添啥堵去啊？”佟玉英剜他一眼，“你这话说的！老王临走怎么跟咱说的？咱两家互相做亲，他儿女叫咱爹娘，咱儿女叫他们爹娘，闺女结婚咱能不到场，你怎么想的啰！”宫书贞龇龇牙，“反正俺不去！你愿意去你自个去！”佟玉英上了犟劲，“离了你这狗肉丸子还成不了席哩！”她的心劲大得快要掀翻屋顶了。

佟玉英一想到当初那个小不点就要摇身变成一位花枝招展的新娘子，就激动得喘不上气来。已经多年没有永胜的音讯了，可是她的影子在佟玉英的脑海里却越来越清晰，那一声声奶里奶气的呼唤就像昨天叫的一样还附着在耳膜上，她身上那淡淡的奶香气经常飘进佟玉英的梦里……她一听到院子外有小女孩咿呀的声音就跑出去看，以为是永胜跟着她父母回来了——她从没意识到这点：她心里的永胜是个长不大的孩子，而现实中的永胜早已长大——一次次的失望化作怅惘弥漫在她的岁月里，像挥之不去的雾，她跌跌撞撞地走在其中，固执地认为总有一天会云开雾散，明亮灿烂的永胜站在她面前，给她一个大大的拥抱……现在这一天到了！

北京之旅是佟玉英一生中最值得骄傲的事情之一，对于一个从未出过远门的农妇来说，称之为壮举一点也不为过。她拿着王儒林的信，从烟台登上列车，到济南换乘，咣当咣当，一路奔向那个大得她无法想象的城市。一想到她拉扯大的永胜居住在这样的大城市里，而且靠着毛主席这么近，她浑身就不由自主地打一阵幸福的小摆子。

她费尽周折地走进了王儒林家的大院子，在婚礼上见到了笑靥如花的王永胜，她心里的蜜罐倒了。虽然王永胜没跟她说几句话，但她凝视着这个亲手拉扯起来的女子，热泪盈眶，此情此景犹如梦里……

宫家那间低矮昏暗的小屋涨满了佟玉英浓烈的母爱，在她的目光扶持下，永胜能坐住了，能扶着墙站立了，能摇摇摆摆走几步了，像一只肥硕的小鸭子，眼看就要跌倒了，恰好地倒进了她张开的怀里……

永胜满周岁时，佟玉英从宫本勤留下的包袱里找出了一把小银锁，挂在永胜的脖子上，晃晃荡荡，阳光照在上面银光闪闪。她用育儿所送来的布料给永胜精心做了花兜兜、老虎鞋、小棉袄、襻带裤，把她打扮得春花烂漫，喜气袭人。

永胜断奶了，她给她弄小挂面、鸡蛋糕吃；牙全了，可以吃硬点的了，她给她做鸡蛋烙小果。永胜跟在她屁股后，小嘴吧儿吧儿，说着谁也听不懂的话，佟玉英却能听懂，“你是说肚肚饿了啊，一会儿娘给你吃小果。”“嗯嗯，你想找小栓玩去啊，等娘烙完小果，带你去。”“你听见小猫叫了呀，别惹它，它好挠人，喵呜——”烙小果是胶东特有的一种面食，面粉打上鸡蛋，加上“老面引子”，和好面，醒透，擀成长条的面饼，用刀切成菱形，灶膛里点上麦秸——这种火软——把生小果放到大锅里烙，等它通体发黄，散发出淡淡的麦香味了，就可以出锅了。烙小果吃到嘴里嘎嘣脆，满口香。有做娘的为了显摆手艺，就用一根线把小果穿成串，挂到孩子脖子上，像项链，馋了张嘴就吃。她给永胜也做了一串小果项链，挂到脖子上，一走哗啦哗啦响，可好玩了。可是一眼没看住，永胜自个儿跑到胡同口一站，围上几个小小子，你捋一把我捋一把。佟玉英出门一看，喊了一嗓子，小小子们像麻雀似的炸开了，再看可怜的小果，就剩下了脖领子下的几颗。永胜却乐不可支地又拍手又跳高，气得佟玉英好一通数落她。可永胜早就不吃她这套了，知道她总是雷声大雨点小，要不自己就先发制人地干号几声，立刻收到立竿见影的效果，娘反过来安慰她了。

没有大风大浪的生活都是一些不起眼的琐碎小事堆积而成的，谁也不会经心去记，只是任它像流沙一样随风吹散。

多年之后，王永胜跟佟玉英重逢，从佟玉英的言谈中才零零碎碎地听到一些当时的生活片段。有一次娘俩闲谈，佟玉英说起当初她断了奶，自己嚼了饽饽喂给她吃，王永胜的反应相当激烈：“亲娘哎，你不觉得恶心吗？你刷牙了吗？”佟玉英平淡地回答：“那个时候老百姓谁刷牙啊！谁知道牙刷长啥模样啊？”王永胜眉蹙如山，“你不刷牙，你就把东西嚼了吐出来再喂我，我要是知道，我肯定不吃啊！”佟玉英扑哧笑了，“咦，能煞你了！那时候你知道个啥，你牙不全，俺不这么喂你怎么喂你，俺不嚼了喂你，你能长这么大？”王永胜说：“这么喂孩子太不讲卫生了。”佟玉英说：“老年间哪个当娘的不是这么喂孩子的？你这是少见多怪哩！”

那段时间能称得上“重大事件”的只有一件。

那年3月，佟玉英带着永胜到村外的河边洗衣服，永胜拿着一根柳条抽打着水皮，水花四溅，她一惊一乍地叫着跳着。佟玉英装作生气的样子训她：“老老实实的好不好？看看都把你的花衣裳溅湿了！哎哟，又溅到脸上了！”佟玉英只好夺下她的作案工具，扔进河里，随水流走。

永胜不干了，坐在地上，又蹬脚又拍手，使起了性子，非让佟玉英赔她柳条。佟玉英说：“你讲理不讲理啦？那根柳条是俺给你的啊！”永胜只是嚷嚷着：“俺要、俺要，你赔、你赔！”佟玉英找块小石片，朝水面上一丢，那小石片跟长着腿脚似的，一蹦一蹦，跑出很远才沉进水里。“俺也要，俺也要。”永胜的注意力被她老谋深算的娘轻而易举地转移了，脸上还挂着泪疙瘩，就又喜笑颜开了。佟玉英索性给她找了些石片，让她丢着玩，省得干扰自己洗衣裳。永胜投了几片，小石片咕噜不见了，她纳闷怎么娘能让它又蹦又跳的，自己就不能呢？她捏着一片瞧了一会儿，噘着嘴丢去，又是一声失望的“咕噜”，她索性不管这些了，快速地往河里丢着，一会儿就丢干净了。她喊：“还要，还要！”佟玉英抡着棒槌正打衣裳，停不下来，随口说：“自个儿找去吧。”

永胜眼珠滴溜溜转，手碰到胸前的小银锁。她喜上眉梢，使劲拽了拽，勒得脖子疼，急得脸红脖子粗，摇头摆尾。就这么巧，小锁带着线圈从头上滑落了。她捡起来，捏住线甩着圈儿，铆足劲，一撒手，小锁像一只小鸟一样飞了出去，又画了一个好看的银弧，“哗啦”钻进了河流的肚子里。

永胜手舞足蹈，“俺还要小锁！”

佟玉英正把棒槌抡得呼呼响，隐隐约约听见永胜喊了声“小锁”，一时没明白过来，什么小锁不小锁的。她瞭了一眼永胜，咦，怎么感觉她身上少了点东西哩？她一下恍然了，差点跌坐到河里，

“哎呀，小祖宗！那可是你亲妈留给你的唯一一件信物啊！”她扭头向河里看去，那轮涟漪只剩下一些淡淡的痕迹。她毫不犹豫，挽起裤腿，向着水圈中心走去，水差不多没到了大腿根。

春水看似碧柔，实则寒意凛冽，犹如万千针尖攒射到她的腿上。她咬牙强忍着，弯腰摸索着水底，胳膊又被河水咬得生疼；前胸的褂子被水弄湿了，连半边脸都被她带到了水里。一把是淤泥，一把是杂草，一把是沙石，就是摸不着那把小银锁。它在跟她玩捉迷藏吗？还是被水底的鱼儿叼走了？——是啊，你家老宫可没少来捕捉它们的同类——那么这就是罪有应得了，老天爷啊！可是俺不下奶怎么拉扯永胜啊？唉，都是这个小魔王捣的蛋，等会儿看俺怎么收拾你！她急火攻心，眼冒金星，这要是真丢了，怎么跟永胜爹娘交代啊！那个不知愁的小家伙瞅着娘在水里摸来摸去：咦，这就是传说中的摸鱼吗？她竟拍着手，唱起了童谣，真是看热闹的不怕事大啊……当佟玉英的手摸到小银锁的一刹那，心里竟涌上了无比巨大的成就感，一颗心落了地，总算有个交代了——早把惩罚肇事者的念头抛到了九霄云外。

1949年5月，解放战争接近尾声，山东军区决定对盘踞青岛之敌实施“威胁性攻击”，人民解放军三路大军压向青岛。许世友任指挥。国民党守军布防的三道防线，被一一突破。6月2日，溃逃之军被解放军于四方港内截获，宣告青岛全部解放。

王儒林和宫本勤随军进入硝烟尚未散尽的青岛市区，找了一处院子暂时安定下来。

刚安顿好，宫本勤就向王儒林提出把永胜接回来。王儒林百事缠身，想等等再说，宫本勤却坚决反对。她早就被思念折磨得夜夜失眠，一睁眼就是满腹牢骚。王儒林到底抵挡不住“牢骚炮弹”，只好叫来通信员交代了一番。

通信员是个干练的小伙子，骑马飞驰而去。

佟玉英确实想到有一天永胜会离开自己，可是来得这样快却是始料未及的。

那天，宫书贞到田里拾掇庄稼，佟玉英带着永胜在院子里玩。她刚买了一窝小鸡，永胜满院子追着它们。虽然永胜已经脚步灵便，但相对于小鸡娃们飘忽不定的步法，她还是显得力不从心。阳光静静地洒满院落，房顶的灰瓦缝隙里招摇着绿草的身影，南风习习，老枣树簌簌飘下米黄色的小花。佟玉英择着韭菜，准备午饭做韭菜鸡蛋饼。

她不知道，此时此刻，从迤逦的山路上，正有两匹马向着马石店而来，一路铃声蹄声敲碎了山野的寂静。正在山坡上劳作的宫书贞手搭凉棚眺望着他们，见他们进了村，看不见了，继续锄地。过了半个时辰，就看见大哥家的小子向他跑来，他知道家里有事了，忽然他隐隐预感到这事十有八九跟那两匹马有关。他急急火火往家赶，路上小家伙也说不出个鸭子鸡，什么骑马的人，婶子急了，好多人在你家里，听得宫书贞迷迷瞪瞪。

佟玉英听见门外喧哗，没等出门看，村支书、郑桂芝引着两个人走了进来，他们身后跟着一帮叽叽喳喳的孩子。村支书介绍说："这位同志是育儿所的，这位是王儒林派来的通信员。"佟玉英没有反应过来，嘴里说着快点屋里请啊。郑桂芝告诉她王儒林派人来接永胜了。她身子一震，对，永胜呢？她游目去找永胜，她正跟几个小朋友你一下我一下地打闹呢。她奔过去，把永胜抱进怀里，又问郑桂芝你刚才说的啥，郑桂芝重复了一遍。佟玉英顿时傻了眼。通信员把一封信拿出来，交给她，她接过去扫了一眼，放到桌上，"俺不识字，还是叫当家的回来再说吧。"她走到门口，喊道："你们这些熊孩子叽叽歪歪干啥呢？快出去，要不俺可抽你们啦！"她把大伯哥的儿子叫住，"小小啊，你快去坡上叫你叔家来。"

宫书贞一看就明白了。

村支书让通信员帮着念念信，他读起来，口吻确实是王儒林的："书贞兄弟、玉英妹子，你们这几年过得好吗？永胜叫你们费心了，在这里我代表本勤同志向你们表示诚挚的谢意！我们暂时在青岛住下了，全国的形势基本稳定了，本勤想孩子想得睡不着觉，急切想见见永胜，今派我的通信员去接孩子，你们把孩子交给他就行。其他的事情由育儿所的同志处理……"

屋里出现短暂的静寂。

村支书开口了："书贞、玉英你两口子做了一件给咱村增光添彩的大好事，俺得上报给上头，好好表扬你们。孩子的爹娘派人来了，你们就表个态吧。"

宫书贞瞅瞅佟玉英，佟玉英一脸的愁云都能拧出水来，怀里的永胜自个儿摆弄着小手，好像突然懂事了一般。

佟玉英带着哭腔说："俺、俺想过几天带永胜到县城照张相去呢，能不能过几天再带走？"

育儿所的同志接过她的话："大嫂，你没听信上说孩子妈想孩子，都在闹病，你难道落忍吗？"

佟玉英说："俺还想给她做几件夏天的小衣服呢。"

村支书说："玉英啊，关键时候最考验人了，你们给咱马石店村长了脸，不能再把长的脸收回去啊！"

宫书贞抽着烟，他劝也不是，不劝也不是，只好装哑巴。佟玉英还指望着他帮个腔儿呢，说："孩他爹你发个声。"

宫书贞知道躲不过去了，硬着头皮说："孩子是人家王儒林两口子的，早早晚晚都得给，咱干吗非得弄个不痛快呢？俺看你也别撒不开手了，现在赶紧去烙菜饼，请大伙都在咱家吃，再给老王两口子带上两张尝尝。"

佟玉英合计合计，是这个理儿，两好搁一好，才能皆大欢喜。

她放下永胜，转身钻进灶房，郑桂芝跟进去，叮叮当当忙了起来。

佟玉英给永胜收拾完衣物，摸一摸她脖子上的小银锁，强颜欢笑地告诉永胜："小嫚儿，跟着这位解放军叔叔骑马玩去吧。"

说完把她送到通信员手里，通信员再把她放在身前的马背上，永胜满眼高兴，叫嚷着："娘，你也上来啊！"

佟玉英说："娘上去，马就驮不动了，俺在下边走着。"

她跟着马走，永胜随着马背的走动，大惊小呼，村里的孩子羡慕地看着她，她快乐得快要爆炸了！她拍着手唱起了娘教的歌："拉大锯，扯大锯，姥姥门前唱大戏，接闺女，请女婿，小外甥，也得去……"

佟玉英听着永胜稚嫩的歌声，扭过脸去抹了一把泪。

"娘娘，你也唱啊！"

她跟着永胜一起唱："骑着驴，打着伞，光着屁股花着脸，先搭棚，后搭彩，鲜肉包子往上摆，一顿就得吃二百……"

宫书贞咬着烟袋落在后边，低着头，沉着脸，像在跟谁赌气似的。

通信员对佟玉英说："你们别送了，道挺远的，无早无晚，我得赶回去，首长怕是等急了。"

佟玉英说："让俺再跟小嫚儿说句话。"她上去握住永胜的脚，"小嫚儿啊，好好听你亲爹亲妈的话，想俺了就叫你爹把你送回来，听明白了吗？"

永胜囫囵地听囫囵地应："嗯嗯嗯。"

通信员冲她颔颔首，一鞭子下去，马儿嗒嗒嗒地奔跑起来，永胜发出尖叫和兴奋的笑声。佟玉英跑了几步，颓然地坐在地上，把头埋进两腿间，泪雨滂沱。宫书贞默默坐在她身边，拍拍她的肩头。

后来王永胜诧异地问父亲：那个小通信员用什么办法把她带到青岛的，她那么小，他也那么小。王儒林呵呵笑着说，我也不知道这个小鬼用的什么法子，但他确确实实完好无损地把你带回了我们身边。

回到王儒林和宫本勤身边的永胜闹得惊天动地，怎么哄都不起效，她拒绝跟任何人接触，她感到自己受了骗，遭了弃，恐惧和孤独像两座牢狱囚禁着她。她哭不动了，气息奄奄，却紧闭小嘴拒绝饮食。王儒林两口子都没想到这孩子气性这么大，你看我我看你，彻底没了招儿。王儒林只好又把通信员叫来，让他再跑一趟乳山县，把佟玉英接来救火。

佟玉英见到永胜的那刻，心一紧，差点当着王儒林两口子掉下泪来。永胜扑进她的怀里，拼命捶打着她，撕扯着她，质问着她。她哄她喝水，她流着泪喝水，叫她吃饭，她顺从地吃饭。很快永胜就变成了缠在佟玉英身上的"黏黏胶"。

佟玉英安慰宫本勤，过几天孩子就跟你熟了。

她和宫本勤一起带着永胜去看大海，去游乐园里坐木马，去海边的小店里吃海鲜面。永胜对这个突然出现的妈妈不再那么抗拒了，觉得她的笑好美好美。

永胜逐渐适应这个新家后，佟玉英告诉王儒林家里等着她回去播麦子呢。王儒林抓着她的手说："你们的恩情我们一辈子不会忘。"佟玉英说："一家人干吗说两家话。"

王永胜直言她与乳娘间的事情，没有在脑海中留下一点印象，都是听父母、乳娘以及后来认识的乳娘的儿子宫尚路讲述的。那些在佟玉英的生命中发生的撕心裂肺的分别，在她这里是一片空白。真正让王永胜对乳娘的情感发生微妙转变的是，她生孩子之后，佟玉英又给她的孩子当起了"乳娘"。

中国人有个约定俗成的规矩，下一辈生了孩子，上一辈的老人是天经地义的"保姆"；西方一些国家恰恰相反，你生的孩子必须你自己带，父母没有任何义务给你带孩子，他们对你的这个要求最好的态度是“恕难从命”。国情迥然，天差地别。在永胜即将临盆之际，面对这份分内的职责，王儒林和宫本勤都发愁了。宫本勤是当姥姥的，应该勇往直前，可是她的身子骨在生下永胜后的那个冬天，因为急行军时蹚一条河流，冰冷的河水齐腰深，造成了终身不愈的腰疼病，不到退休年纪就办理了病退，怎么还能承担看顾孩子的重任呢？

宫本勤怯怯地提出能不能请佟玉英来帮忙，王儒林挺作难，特殊年代人家冒着危险抚育永胜，那是形势使然，和平年代了，本该咱的事再麻烦人家是不是有点“得寸进尺”了？宫本勤使出撒手锏，“要不你就请假给她带孩子去。”王儒林当时在军委军事科学院战史部任研究员，一大堆工作压得喘不过气来，推又推不开，怎么能去给女儿看孩子呢？再说一个大男人看孩子，不叫同事们和战友们笑掉大牙啊？

踌躇再三，他提笔给宫书贞、佟玉英写了一封信，“羞答答”地提出了这一“无理要求”。没承想，佟玉英痛快地答应了：“自己的女儿坐月子，当娘的去伺候那是理所当然了！”她风风火火赶到北京，先给永胜伺候月子，后帮永胜看孩子。

当时永胜已经转业进了单位，为了哺育孩子方便，在单位的筒子楼里硬要了一间小屋，佟玉英跟着她住进来，新生活就此拉开了序幕。王永胜去上班，佟玉英带孩子，兼理家务。

有一次王永胜下班归来，刚准备上楼，有个熟人下楼碰见她，对她说：“你亲妈真能干，这样的老太太天下难找。”永胜觉得好笑又纳闷，乳娘什么样的表现竟能博得邻居这么高的评价？

她上了楼，看见楼道里的佟玉英的那一瞬间，那画面就像一幅油画，定格在脑海里，让她终生凝视，由凝视而仰望，由仰望而感念：佟玉英一手把孩子揽在膝盖上，一手挥动着铲子翻炒着铁瓢里的菜，灰白的头发被风吹起……她忽然明白了过去听到的所有关于这位乳娘的故事，过去那些故事是从别人口中说出的，她只是一名听众，或者其中的一个游离的角色，而这一刻一扇小门向她打开了，她闪身而入，成为那一串故事里的人，真真切切地感到了里面蕴含的欢乐、痛苦、纠结和绵绵不尽的悲戚……她的情感之舟终于冲破岁月的迷雾，在光明的母爱的航标引领下驶进了海阔天空……

1995年春节，王儒林、王永胜父女应威海电视台之邀，回到阔别多年的故地。他们怀着复杂的心情走进乳山市马石店村，而距离他们上次离开这里差不多已经过去了半个世纪。当初英气勃发的青年将领和嗷嗷待哺的女婴，已成为苍头老者和半百之妇，而那个把他们跟这个小山村紧紧维系在一起的妇人已经于几年前离世，他们此行的目的就是爬上山坡去祭奠这位平凡的母亲。

王永胜仿佛走进了一个梦里，脚下的冻土变得柔软了，道路倾斜了，天空倒置了，一阵阵孩子的纯净的笑声在树梢上飘荡，那间昏暗的小屋骤然变得富丽堂皇，因为爱可以赋予世界神奇的力量，唯有爱可以击溃胆怯、自私、卑微，璀璨人性最耀眼的光芒……一向自诩坚强的她泪流满面，她在身历其境的战栗里又生下一个“我”，她看到她向着一团光奔去，最后融入其中，飘散在茫茫的宇宙里。

远处，人们扭秧歌的锣鼓声动地而来，伴随着一声声元气充沛的高亢的吼唱。

就在永胜走上回归乳娘故里的山路时，一个叫宏飞的女子也重新回到了自己的乳娘田克芝的村庄，寻访关于自己的乳娘的故事。这个被岁月风尘遮掩的故事，第一次如此惊心动魄地呈现在她的面前……

第十五章　小脚与长路

50. 老娘差点被死神带走了

那双小脚就是她的命，把她拴在了方圆五里的圆圈里，离圆心最远的距离就是她的娘家田家村。她像许多姊妹们一样对“命”深信不疑，尽管谁也没见过这尊神的本来面目。可眼下她要为了那个从天而降的孩子反抗自己的命，突破它随手画出的那个带有“画地为牢”意味的圈圈。

那年冬天的风雪像脱了缰绳的牲口，肆意妄为。太阳刚露头就被彤云生吞活剥到肚里。有人半夜醒来听到云层里发出呜噜呜噜的闷响，那绝对不是雷声，细听倒像胃囊蠕动的声音。此后一连十几天人们没见到太阳的面儿，难道它真的被狗日的云彩塞进磨眼里磨成齑粉，随风一撒，变成了这无休无止的暴雪了吗？那些想出去解闷子的人憋在自家屋里愁眉不展，看什么都不顺眼，整天打鸡骂狗；好处是也不用担心大鬼子、二鬼子出来“扫荡”了。这撒泼般的雪下得平地三尺，道路被封盖得严严实实，即便当地人外出，也只能凭感觉找路，一不小心就滚进路边的雪窝子里，何况那些人地生疏的日伪军呢。

东井口村大有被风雪从山坡上抹掉的意思，严格地说是覆盖住了，从几里地外往这边张望，只能见到白茫茫一片，村庄已经无从觅踪。还别说，这种鬼天气里，真有人站在东南方的山梁上往这儿眺望，然后沿着一条深深的“步辙儿”向东井口村走来。

“步辙儿”是大雪天行人车马留下的行迹，前人走，后人循，往来踩踏，于是便形成了一条两侧雪壁三尺高、宽度几尺的带沟状小径。

来人是田克芝娘家哥打发来的：她娘今天晌午突然晕厥，似乎是个不好的兆头，通报她赶紧来看看，看最后一眼。

田克芝正跟丈夫张可军猫在屋里用玉米莩编手工，筐、篓、蒲团、坐墩、壶围子，手指如蝶，忽上忽下，忽前忽后，白色的莩子窸窣作响，犹如鸟儿在指间穿插滑翔。两人唠着嗑儿，感慨着这场雪的豪横。这时柴门传响，都有点纳闷，这鬼天气还有谁上门呢？开门一看便知不妙。田克芝指挥张可军快去准备独轮车，自个儿慌忙换上一身清爽的衣服，锁好门，坐上车，车吱呦吱呦吟着老调调儿向田家村驶去。

“步辙儿”溜滑，张可军打了几次趔趄，几次差点把田克芝甩飞，好在她小脚无力手劲却大，抠得车帮死死的，只要不翻车，就能稳如山。

老娘双眼紧闭牙关紧咬，十里八乡有名的神婆子丁大白正忙乎着往她鼻子里吹一种药粉，同时口中念念有词，鼓捣了一阵子也不见效果。老爹蹲在院子里叼着烟袋，雪花肆意地拍在他身上，给人一种欺负老实人的感觉。田克芝一脸焦色。丁大白摊摊手，表示无能为力，只能听天由命了。

正在此时，田家村的村长老田领着一个人进了屋。那人摆弄着一支透明的管子，插进一个小瓶里抽出一些液体，让人扒出病人的肩膀，扎下去，慢慢将液体推入，又使劲掐掐人中，摁摁前胸。过了片刻，就听见她娘叹了一口长气，睫毛颤了颤，悠悠转来。那人说缓醒过来了，赶紧熬点米汤灌灌，回回阳。田克芝一家人说不尽的感激话，便准备留饭，那人却收拾起工具跟着老田走了。田克芝娘家哥打发了丁大白二斤红糖几斤白面，让人把她送回了南山。

田克芝坐在炕沿上，握着老娘的手，望着那张布满核桃纹的面孔，心里说不出的凄楚，继而又感到欣幸，多亏了村长领来的那人有手段，把一只脚跨进鬼门关的娘又拉了回来。

第二天，她奉老爹的命去找老田。老田告诉她那个人是胶东育儿所的保健医生，要谢就去谢他吧。田克芝问这个育儿所是干什么的，老田说专门给那些上前线的八路军干部抚养后代的，前段时间刚从东凤凰崖村搬到咱这里。田克芝对新生事物很好奇，决定去看看。她从家里用篼子提了二斤红糖、几斤花生，按照老田说的方位找过去。

她来到那个院门前，伸头朝里张望。

这时，她亲门近支的堂弟田二壮从门房走出来，问："克芝姐，你瞧个啥？你看这几个字——"

田克芝应了一声："二壮啊，你拿着这些'蚂蚁爪子'吓唬俺干啥？它认得俺俺不认得它。"

田二壮指着那行字念道："保卫重地，闲人免进。"

其实二壮也不识字，所里人告诉他这行字是"挡箭牌"，谁来没上级的介绍信也得把他挡住，所以他得认识，他便囫囵地记了下来。

田克芝简直要刮目相看了，因为她并不明白这句话的意思，而二壮竟能把这么高深的话说得如此顺溜，她怎能不心悦诚服呢。"二壮兄弟，你真厉害！要是搁到过去，你只要一读书，保准能考上状元郎。"

二壮羞赧地笑笑，"姐你有啥事？"

她便把育儿所的医生抢救她娘的事说了。

二壮说："乡亲们谁家有事，只要叫到他们，他们都帮忙。"

田克芝说："他们真是一群菩萨，你领着俺进去磕个头谢谢人家怎么样?"

二壮说："按说你是个闲人，不能进，但谁叫你是俺姐呢！走吧。"

他身上有些功夫，胶东育儿所搬来后，村里的党组织就推荐他到育儿所当了保卫员。

田克芝跟着二壮拐了几拐来到一处小房子前，他打了个报告，里面有个女人问："什么事?"

二壮说："报告所长同志，有个人非得进来见你，说所里的医生救了她娘的命，要表示感谢。"

他边说边冲田克芝挤眼，意思是他装作不认识她。

里面的人说："不用了，这都是咱们该干的事，让她回去就行了。"

二壮回答："是！所长同志！可是她已经跟着俺进来了。"

里面静了静，"那就让她进来吧。"

田克芝怯生生地推开门，走了进去。二壮完成使命，回去值班了。

她看到一张桌子后面坐着一位戴眼镜的女人，正是张福之。她疾走几步，放下手上的东西，"扑通"跪下去，吓了张福之一跳，急忙过去把她搀扶起来，说："咱们是一家人，不兴这一套!"

田克芝说："谢谢你们派人把俺娘救活了，要不现在俺家发丧呢。"

张福之握住她的手说："共产党就是给大伙办事的，怎么还见外呢?"

田克芝说："俺过去光听说，这回实际经历了。"

张福之询问了她的情况，鼓励她以后积极参加当地的妇女抗日活动。

田克芝问："像俺这样的小脚婆子也能参加抗日?"

“当然能了，抗日工作不光是在战场上打鬼子，还包括支持抗日工作。就比如育儿所吧，它就是专为解除八路军指战员的后顾之忧设立的。”

“俺明白了，只要和抗日沾上边儿的事都算抗日工作。”

“对，我们育儿所刚成立不久，需要找一些可靠的乳娘，你帮我们留意着点。”

“好好好，——你看俺能当你说的那个乳娘吗?”

张福之笑着打量她一番，说：“妹子倒是个干练的人，但我们现在要找的是有奶水的姐妹。”

田克芝露出深深的遗憾，这句话不仅断了她当乳娘的念头，也戳到了她的痛处：结婚好几年，两口子黑里白里忙乎，可就是点不上种儿，同期结婚的人家，孩子满地跑了，他们还是“孤男寡女”。

张福之发现她有点消沉的样子，安慰说：“以后肯定有机会的。”

田克芝看她很忙，起身告辞，张福之提上她带来的东西送她，她说什么也不让提，伸手就夺。张福之身子一扭，闪开了，说：“我们是有纪律的，不能拿群众一针一线。”

她急着脸说：“是啊！你们没拿啊！是俺家心甘情愿送给你们的!”

张福之说：“送的也不行！那就成收礼了！罪过也不小！谢谢你们了，就别让我为难了。”

田克芝趁她说话之际一扑，抓住了她的手腕，生生地把东西抢下来，放到桌子上。

张福之急了，“你这是叫我违犯纪律啊！是要受处分的!”

田克芝说：“俺不懂你说的纪律不纪律，俺拿来就得留下，至于你们是扔了吃了那是你们的事!”

张福之看她如此执拗和真诚，也就不便再推让了，留下分给所里的孩子吃就是了。

田克芝踏着雪走在街道上，心事沉沉，回到娘家叫上张可军就回了东井口村。

她一连闷闷不乐了好几天，就在这时候，张福之所说的机会悄悄来到了她身边。

51.天上掉下个小嫚儿

1944年严冬的一天夜里，有人敲开了田克芝家的门，是东井口村党组织的负责人老张。他侧身而入，看着一脸茫然的田克芝两口子说："今晚后半夜会有一支八路军进驻咱村，安排两个人住进你们家怎么样?"

田克芝说："行啊！俺两口子保证照顾好他们。"

老张说："你们赶紧睡一会儿，听到有人踹后山墙，就起来开门。俺去动员其他户了。"

老张走后，他俩哪里还有心情睡觉，老张把这么重大的任务交给他们，怎敢懈怠呢。于是两人悄没声地打扫起卫生，把北屋东侧的大炕收拾利落，铺上厚厚的麦秸和草席，又烧下开水，然后和衣躺下。

刚想合合眼，有人踹后山墙了。张可军起身走到院门后，感觉外边有人走近了，低声问："谁?"是老张。他拉开顶门杠和门闩，老张领进两个人来。到了屋里，借着灯光才看清，是一男一女，老张给他们做了相互介绍。男人叫严政，四川达县人，一口浓重的川音，时任胶东军区政治部组织科科长，女人长相清秀，名叫文奇，是他的妻子，她怀里还抱着一个五六个月大的女婴。

田克芝接过他们的行李，把铺盖铺上，又把自己仅有的一条棉被抱过来，放到他们睡的炕上。张可军点着灶火烘热炕。

文奇把熟睡的女婴放下，田克芝探身看看，小娃子眉眼周正，但脸冻了，长着几个冻疮。"唉，这么小就跟着你们遭大罪。"

文奇明亮的眼波一暗，“有什么法子呢？鬼子、伪军和顽军经常配合着‘扫荡’，稳定不下来啊。”

田克芝想起了育儿所，“你们怎么不把孩子交给育儿所呢？”

文奇叹口气，“也想啊！可是那边找不到合适的乳娘，说是让我们先自己带着，等找到了再让送过去，这一拖就是几个月了。”

田克芝说：“俺前段时间有事去那儿了，他们那个所长接待了俺，她还让俺帮她留心呢，看来确实挺难踅摸。”

那边严政跟张可军了解着这一带的风土人情和地理地貌，对着头吸着烟。

看他们急行军后很疲惫，田克芝给文奇打来一盆烫脚水，说：“有话明儿再说，烫烫脚，早歇下吧。”

天不亮，田克芝起来往灶膛里填了柴火，给严政两口子睡的大炕续续温。然后她挖出家里仅有的二斤白面，倒上温水，揉好，稍微醒了醒，拉出擀面杖，擀出薄薄的面饼，对折成一拃宽，抄起菜刀，细细地切成面条，晾到盖垫上，等两人起床后再烧火下面。

雪花零星地飘着，小风吹得屋脊上的枯草索索响。她心头忽然涌起了一股热流，严政、文奇的到来不是麻烦了她，而是吹旺了她心头那堆柴灰里的火星儿：她现在不就是在干跟抗日工作沾边的事吗？她站起身，却不知道该干什么。跑到灶膛前，她蹲下身子，又往里面填了两把柴。火苗欢呼着，似乎在配合着她心里飘荡的快乐因子。

跟张可军结婚几年，因为一直要不上孩子，心劲儿都蔫了。这下好了，新的生活以一种猝不及防的方式向她扑来，她忽然获得了内心的觉醒。是啊，没有谁挡着自己走出去啊，是自己把自己困在了愁苦的监牢里。她听见张可军走出睡屋，低声说：“你去街上买点干辣椒，俺给他们做辣子面。”张可军瞅瞅容光焕发的妻子，怀疑她是不是吃错了药。她白他一眼，“没见严同志和文同志瘦得那个样儿吗？文同志还在奶孩子，不吃点油水，怎么能下奶？”张可军嗯嗯着裹紧棉袄缩着脖子出了门。

一盆热面，一盘辣椒炒咸菜丝，一盘水煮鸡蛋，严政、文奇感觉太破费了。

田克芝说：“头一次上门都是客，怎么也得弄点改样儿的饭食，趁热吃吧！”

她从文奇怀里接过孩子，噢噢地哄着。孩子看着她，咬着小手指，眼睛黑溜溜，眉毛弯溜溜，鼻尖滑溜溜，嘴巴圆溜溜，竟对她笑了笑。她心头如同抹了蜜，浑身一颤。

张可军陪着严政两人吃面，严政直夸辣子过瘾，好久没吃上这么有劲儿的辣子啦。张可军把那盘鸡蛋推到文奇面前，啥话也没说。一时间小屋里荡漾着吃面的呼噜声，田克芝逗弄孩子的声音是背景音，却越来越凸显，越来越响亮。孩子咯咯咯的笑声，像粉红色的闪电击中了这个孤寂的家庭的中枢神经。文奇看着这动人的一幕，心里一动，竟忘了吃面。

两天后，严政和文奇接到队伍转移的命令，文奇把夫妻俩商量好的一件事说给了田克芝夫妇：他们想把孩子托付给他俩抚养。

田克芝感觉天上炸了一个焦雷，一时弄不清发生了什么。

张可军吧嗒着烟袋说：“孩子没掐奶，能离开妈吗？”

文奇说：“我现在奶水也不足，孩子再跟着我们大风大雪地行军，染上个病就是要命的。我看大妹子人善心细，你们就当小狗小猫养着吧，养活了那是她的造化，养不活那是她自个儿的命，我们不怪你们。”文奇说完这话，泪水早就已经在她眼里打起了转转。

话说到这个裉节上，田克芝只能满心欢喜地应承下来。她暗想怎么这些事都凑上来了，育儿所张所长说会有机会的，机会就来了，说要找有奶水的乳娘，没想到俺没有奶水也能当乳娘哩。

严政把孩子抱在怀里看看，亲亲，交给文奇。文奇想落泪，俯身咬咬她的耳朵尖，“你要记住妈妈啊！”孩子被她弄得咯咯咯地笑起来，文奇没忍住哭出了声。

严政拍拍她，“你就放心吧，你看田大妹子多喜欢宏飞啊。”

田克芝这才知道娃子叫宏飞，这名字听着就洋气！比村里那些狗蛋、瓦块、搬不动强了几百里。

严政、文奇走后，那种被幸运砸中头的眩晕感把田克芝弄得有点醉，抱着宏飞在屋子里一趟趟来回走着，跟她絮絮叨叨，积攒了几年的心里话一股脑倒给了这个听不懂一句的小人儿。

张可军看不下去了，喝道：“疯婆子！你想想往下怎么唱这出戏吧！”

田克芝还言道：“俺演孩儿她娘，你演孩儿她爹。”

张可军说：“说得轻巧，天底下哪有这么捡便宜的爹娘！孩子吃啥喝啥穿啥？作难的日子在你腚后头等着呢！”

田克芝被一盆冷水泼醒，现实确实又冷又硬，首先一件，怎么喂孩子呢？她问：“你有啥高招儿？”

张可军摇摇头，“没有金刚钻，别揽瓷器活。”

这话戳到了田克芝的肺叶子上，“俺就不信这个邪，俗话说得好，车到山前必有路，活人还能被尿憋死。”

“你倒说说你有啥路，俺看就是绝路一条！”

“怎么？你想看俺的笑话？”

张可军没搭腔，明摆着再说话就挨呲，不如沉默。

田克芝慢慢踱着步子，看看宏飞俊丽的小脸，那么讨人喜欢，说道：“俺就是砸锅卖铁也得把小嫚儿拉扯大！”

经过周密的思索，她做出了一个“三步走”的部署：第一步，小嫚儿饿了，尽量找有奶的姐妹帮忙；第二步，看看附近谁家的羊下崽了，能不能把羊买过来；第三步，试着给小嫚儿喂食儿。

这不刚安排张可军出门去走“第二步”，宏飞就哇地宣告了“第一步”的紧迫性。田克芝给她裹好小褥子，抱起来冲进了风雪里，她准备先到邻居乡山嫂子那里“借奶”。乡山嫂子三个月前刚生了一个小子，她去看望时见过乡山嫂子奶孩子的情景，那乳房圆滚滚的，肯定贮存了很多奶水，看看她的小娃子快圆成一个肉球了。

走进乡山家，田克芝喊了一声：“乡山嫂子在家吗?”

乡山嫂子抱着孩子从北屋门露出头，“这种天不在家还能到外面狼窜去吗?”她那小子噙着乳头，腮肉一缩一放，咕嘟一口，咕嘟一口，馋得田克芝跟着他的节奏吞咽了几口唾沫。

“哟，可军家里的，你这是……”

“噢，这是俺……俺从北山刚抱回来的娃子，你知道的……”

她的声音高低有致，说得楚楚可怜。

“噢，俺知道了，俺知道了，这样也好，省得再受那开骨缝的罪。俺生小小时，那叫一个疼啊，恨得俺骂起了张乡山那个私孩子养的！他娘的个茄子的倒好，看到是个带把儿，还不知羞耻地亲亲那小鸡鸡！臭男人都是臭不要脸的！”

田克芝分明听出了话里的那份炫耀，她温言软语地说：“嫂子，俺求你个事……”

乡山嫂子说：“啰唆个狗屁啊！有话就说。”

“俺想、俺想让你帮俺奶奶小飞。”

“哎呀！就这事啊！来，让你娃吃这边吧。你不知道，俺的奶水旺，孩子吃不迭，都甜欢了张乡山那狗日的了。”

田克芝脸一红，她的大嘴巴真够荤素无忌的。

乡山嫂子一手揽住一个娃，任他俩嚼吮，自己跟田克芝拉得眉飞色舞，唾沫星子横飞，说到了义愤填膺或情绪高涨处，竟忘了怀里的孩子，大巴掌拍得桌子啪啪响。田克芝适时地伸手推摁住孩子，以防孩子叼不紧奶头后仰过来。这顿饱餐似乎是宏飞从未经历过的，最后，她打着饱嗝跟那个食伴儿你挠我我挠你地耍了一阵

“迷踪拳”。

谢过了乡山嫂子，田克芝心满意足地抱着宏飞回了家。

天擦黑，张可军回来了，说没找到正下奶的羊。田克芝说明天到再远点的地方踅摸踅摸去。张可军啥也没说，耷拉着头，似乎有小小的腹诽。

第二天，田克芝又抱着宏飞去乡山嫂子家。乡山嫂子一如既往地慷慨，一如既往地谈兴浓郁，田克芝真佩服她的滔滔不绝。东家长西家短，南村的北村的，天上的地上的，她都能说得有鼻子有眼，听得你拔不出耳朵来。

第三天去的时候，乡山嫂子兴致断崖式低落了。宏飞没吃饱，她就说不行了，没货了。田克芝接过孩子，抱在怀里，摇晃着。吃饱的孩子安静愉悦，自己玩，或睡觉，孩子没吃饱就会烦躁，蹬腿甩胳膊扭身子；很明显，宏飞的表现就是在抗议这次喂奶的浮皮潦草。

田克芝说：“嫂子哎，你侄女好像没吃够呢。”

乡山嫂子说：“那咋整呢？俺的奶水真不济了。”

田克芝心说你不定听了谁的话，不愿再奶俺妮儿了。也不能撂脸子使性子，她笑笑说：“本来做了一个人的饭，你给俩人吃，那肯定不够啊。”

乡山嫂子说：“可不就是这个理儿！”

田克芝说：“咱是老姊妹了，你帮俺俺能不记在心里吗，俺昨天就让那口子到镇上截了一丈花被面。”

乡山嫂子眼一热，“你这不是拿俺当外人了吗？”

田克芝说：“人家都说奶是女人的血化的，金贵着呢。你帮俺奶小飞，俺心里还能没个数？”

乡山嫂子说：“啥金贵啊！奶水旺的时候，小小吃不了，俺就偷偷地挤掉。瞎也是瞎了，顺便奶奶你家小嫚儿也不是啥事。”

田克芝说：“你奶俺小嫚儿，等她大了俺让她孝顺你。”

乡山嫂子乐得直拍大腿，“那敢情好了。”

田克芝说：“你帮俺抱一会儿小嫚儿，俺估量着这会子当家的回来了。”

乡山嫂子边接宏飞边说：“你这么急干啥？咱们还在乎这一天两天吗？”

田克芝扭着小脚走了，乡山嫂子敞开怀，把奶子递给了宏飞。

田克芝回来时手里除了一块花布外，还用大襟兜了十多个鸡蛋和一包红糖，大大超出了乡山嫂子的预期值。“哎呀！可军家里的，你这是干啥？忒见外了！”

田克芝说：“你奶俩孩子不易，得好好补补身子，这是大事。再就是你家里有什么拆拆洗洗的活，你尽量别招水，免得落下月子病，俺给你包圆了。”

乡山嫂子大为感动，“俺昨儿给张乡山怎么说来着，俺说可军家里的是个场面人，咱帮她奶孩子，她能没个感动？那个私孩子说感动值几个钱，你这奶水甜欢了别人，还不如甜欢了俺呢。气得俺一脚把他蹬到了炕底下。”

田克芝听了笑得前仰后合，心里也就明白了事故的出处。

乡山嫂子说：“你放心，今后只要有俺小小的一口奶，就少不了你家小嫚儿的！”

从那以后，田克芝再去乡山嫂子家隔三岔五带点东西，放下孩子就帮她拾掇家务，眼见得宏飞的脸色红润起来，身体跟气吹似的胖起来。作为奶水之外的补充，张可军从邻村租来了一头山羊，每天挤两次奶煮好了给宏飞喝，同时辅助加点鸡蛋糕、小挂面之类的软乎食物。

喝完羊奶，田克芝就架着宏飞的小胳膊跟山羊玩。这羊也温驯，尽着她拽尾巴，抓胡子，薅毛，一脸淡定和隐忍。

碰上乡山嫂子有事，她就抱着宏飞找别的姐妹讨奶吃，村里几个处于哺乳期的妇女都充当过临时乳娘。

每每夜晚来临，田克芝搂着宏飞，小家伙总是往她怀里拱，一个劲儿地拱，小手胡乱摸索着。她敞开怀，把塌塌的乳房递上去，孩子嘴里噙着一只，手扶着一只，不一会儿就安静地睡着了。田克芝有点伤感地想，要是自己有奶水，哪怕亲自喂孩子一口也好啊，不像现在空担了个乳娘的名……

52.就想干件出格儿的事！

转过年，风还没来得及转头，柳还没来得及吐绿，鱼还没来得及冒泡，雪还没来得及消融，跳到山路上的野兔还没来得及想起去年落了一地杏花的那片山坡地，宏飞的小鼻子还没来得及碰触到生命里第一个春天的指尖，小脸就红成了过年的春联。

田克芝一摸她的额，吓得心突突乱跳，嗓音劈了岔儿："老张哎，你快来看看小妮，这是咋着了？"

张可军一听这音儿，几步蹿进屋里，也傻了眼，"还傻愣着干啥？快看大夫去吧！"

田克芝脑子里只剩下一个念头：越快越好！她把宏飞包裹好，抱起来就往外跑，张可军跟在后面喊："去崖子吧，那里有好先生。"田克芝扭着小脚，仿佛背后有只手推着她，脚不沾泥地向前飘。张可军好生纳闷，媳妇平日走路一摇三摆，走几步就腰酸腿疼，今儿倒麻溜，自己竟撵不上她了。

田克芝胸膛里包着一团火，刺刺啦啦炙烤着她的心肝，必须把它发散出来，要不然她就被烤焦了。她越走越快，化作了一匹马，腾云驾雾，化成了一阵风，翻山越岭。她听到自己的衣服跟空气摩擦发出了噼啪噼啪的爆炸声。就在她快速的疾行里，胸中的滞胀感渐渐消散，被一种空明澄澈取而代之，她眼前出现一条明亮的道路，心里充满愉悦和惬意，身子轻盈得像一片羽毛。她回头想招呼一声丈夫，却发现远处那人的影子很眼熟，仔细看，吓了一跳，竟然是另一个自己……

她不知道自己是怎么来到崖子村春晖诊所柳大夫面前的，不明白他为什么要用怪异的眼神打量自己。

她说："快给俺小嫚儿瞧瞧病！"

柳大夫三十五六岁年纪，据说曾在青岛的大医院坐过诊，时局一乱，回老家崖子村开了这家中西医诊所。他把听诊器放到宏飞胸前听了听，翻翻眼皮，又掀开衣服看看前胸后背。田克芝紧紧盯着他的面孔，想读出他表情里的每一丝信息。

就在柳大夫诊断的时候，张可军气喘吁吁地赶到了。田克芝狠狠地拿眼捅了他一刀，"迂磨你娘的锤子！"她很少骂人，今天破天荒地骂了，而且骂的人还是一向唯命是从的丈夫。

张可军委屈地说："俺紧赶慢赶就是撵不上你，你跟个兔子似的！"

田克芝没再搭理他，继续盯着柳大夫的脸看。

柳大夫收起听诊器，说："可能是肺炎。"

田克芝"哎哟"一声，瘫倒在地。张可军一把把她拽住，扶到凳子上坐稳。

柳大夫说："大妹子，你这是干啥？你刚才进门时，那眼神就像吃人的架势，吓我一跳，难道我又吓你一跳？咱俩扯平了，两不相欠了。"

田克芝带着哭腔说："这不是要命的病吗？你可得救救俺妮儿啊——"

柳大夫说："谁说这是要命的病？过去能治现在更能治了，关键是你们没耽搁时间。"

田克芝捂住心口，蹲到地上，脸上冷汗肆流。柳大夫见状抓过她的手掌，使劲掐住她的手心。过了片刻，她才悠悠吐出一口浊气，身子舒坦了许多。

柳大夫说："你这么个跑法不要命啦？"

张可军帮着腔："谁说不是呢？跟飞似的！"

柳大夫命令她："躺到那边床上不要动，使劲深呼吸。"

田克芝只好照办，心里挂着宏飞，侧目而视。

柳大夫拿出一只针管子，抽进去一些药水，注射到宏飞的小屁股上，又从一个褐色小瓶里倒出两个白色药片，在张可军的帮助下，喂进宏飞的嘴里。然后他走到田克芝身边，见她的脸上有了血色，点点头。

田克芝问："俺小妮儿怎么样了？"

柳大夫说："过去肺炎死亡率很高，那是因为缺医少药，现在中医西医都有法子治，别担心啦。"

柳大夫说话慢条斯理，轻声细语，田克芝的信任感油然而生，连声说着感谢的话。

"起来吧，稍微活动活动血脉。我这就给你开个方子，拿回家熬了汤药给孩子灌几次就没事啦。"他说话结尾处的"啦"音像唱歌，特别悦耳。

田克芝走到宏飞躺着的床前，摸摸她的额头，确实退烧了。心下大宽。柳大夫沉思片刻，在一张纸上写了一串草药的名字，然后到药柜前，称了几包，又嘱咐田克芝怎么熬服。

夫妻二人千恩万谢，算了钱，告辞而出。

一上路，她的小脚火烧火燎地疼，只好把孩子交给张可军抱着，轻身跟着，一瘸一拐地走出村子。她终于吃不住那钻心的疼，坐在路边的枯草上歇息。

张可军凑过来，"不充能了吧？蹿这么快！"

田克芝白他一眼，"你说这话，什么意思？人家把孩子给咱养着，咱给人家养坏了，良心过得去吗？噢，俺知道了，你这种人良心早被狗叼跑了！”

张可军知道她的气还不顺，不敢还嘴。过了一袋烟工夫，他又凑上去说：“妮儿她娘，俺背着你走一段吧。”

“叫人见了，不笑话吗？”

“怕个屎哩！俺背自己的老婆，你叫自己的男人背。”

弯弯绕绕的山路上张可军背上一个大人，怀里一个小人，甩开步子向着丛山深处走去。田克芝嗅着男人身上散发出的热烘烘的气息，感觉他的肩膀从未有过的宽阔平展。她对自己暗自说以后对男人要和风细雨了，不能拿他吆来喝去的。她无端端地想起了柳大夫那平和的态度，她也要像柳大夫一样说话待人。她越过男人的肩头看看宏飞，小娃子正睁开眼望着蓝天，对猛然出现的她一愣，随即绽开了一个花朵般的嫣笑。田克芝的泪珠不由落下，吧嗒吧嗒，像小雨一样下在孩子的脸上，宏飞本能地扭动着身子，她赶紧擦掉泪疙瘩。

张可军冷不丁哼唱道：“有个妇道本事大，扫地扫倒了大瓦房，推碾轧倒了前山梁，喝粥喝干了乳山河，洗脸掀起了大海千重浪……”田克芝捶打着他的背，“你这是胡诌的啥呀？”“俺这段叫大本事，还有最后一句：生了个娃子八十八岁的子牙姜，那个咿呀嗨哟喂哎哟……”田克芝被逗得笑岔了气，笑着笑着，紧紧贴在了男人的背上。

晚上熬了药，两人手忙脚乱给宏飞喂下去，躺到炕上才觉得全身散了架，酸涩的疲惫感渐渐从骨缝里爬出来。后半夜醒来，先摸摸宏飞，盖得挺好，身子滑爽，准备再睡，脑海里却突然跳出一个吓人的念头：以后宏飞再得个急症，还得去崖子，万一不赶趟怎么办？哎，能不能把柳大夫搬到东井口村设个点儿啊？她不知道这个念头是怎么钻出来的，以为它走错了门，会随即转身离去，可她错了，正应了那句话“请神容易送神难”——可是谁请你了？——

它牢牢地吸附在她的大脑沟回上，刚一闭眼，又跳出来一闪，照得她浑身打战儿；再一闭眼，它呼呼地卷过一阵大风，吹得她的身子无端地摇晃起来。哎呀！难道俺着魔了吗？她最后向这个念头妥协了：那俺就试试去吧，反正又不丢宅子不输地，能成就成，不能成拉倒。

早晨她审视了一番宏飞，精神头蛮好的，扶着墙站起来，手里摇着拨浪鼓咚咚咚响。她心情大畅，看来柳大夫真有几把刷子。她给张可军说了昨晚的想法，吓得男人把烟袋脱了手，“你脑瓜子被驴踢了吗？”

田克芝笑笑，“你想啊，咱东井口村加上西井口村，还有周遭几个村，起码几千人，连个看病的大夫都没有，小病小灾扛着，有个急症可坏了菜，最近到崖子，远的就上牟平和夏村。来得及还好，来不及就耽误了病。”

“是呀！是呀！起码几千人呢，骑驴也轮不到你这棵大头菜出头啊！”

“有枣没枣打一竿子，俺今儿就跟柳大夫说道说道去。”

“半个铃铛怎么响来！人家是从大地方来的，能听你这只乡下的鸟叽喳？”

“你哪里凉快上哪里趴着去！胡吣个茄子！”她被惹毛了，早把昨天自已要对丈夫好些的誓言丢到了西洼里，“你吃了饭，捯饬捯饬锄头、犁耙，快到用时了，俺带着小飞再去看看。”

这个家的话语权毕竟牢牢掌控在田克芝手里，张可军只有闷头吃饭的份儿，心说这娘们儿想起哪出是哪出，俺倒要看看这戏你怎么唱下去？

天气晴好，风轻云静。

田克芝抱上宏飞，挎了一个小包袱，里面放了些核桃板栗，稳稳地走上了去往崖子的路。今天的心情跟昨天比自然是一个天上一个地下，满眼都是阳光明媚，野旷天高。宏飞趴在她的肩头咿咿呀呀着，明晃晃的涎水坠下来，湿了她的肩头。她扳过宏飞的脸，装作老虎的样子吓她。她无畏地伸出手抠住了她的鼻孔，一招制服了她。

田克芝满心欢喜，一会儿学着张可军的口吻说话，一会儿变回自己说话："你这娘们儿怎么想的哩？出格！这事太出格！——俺就想干件出格的事！一个妇道人家逞什么能？——你们这些熊爷们儿就会瞧不起女人！还有什么本事！男人本事大了去了！除了不会生孩子，啥不会！——那好，你给俺绣出九百九十九朵牡丹花，你给俺织出九百九十九丈彩绸缎，再给俺盖起九百九十九座凌霄楼……你倒是说能不能啊？俺、俺不啰啰你这个娘们儿了……哼，别以为女人是软柿子，也有那珍珠钻石玛瑙闪瞎你让你狗眼看人低！"

走过一座石桥，进了崖子村，边走边看两边的商铺，不一会儿就到了春晖诊所。她先敲敲门，里面传来熟悉的声音，走进去，柳大夫正给一个妇女看病。她抱着宏飞站到一边，看着柳大夫怎么检查那人的身体，像看一出小戏。柳大夫插空问了一句："怎么样了？"她欢喜地说："好得挺快！"屋里飘着西药水的苦味和草药的香味。宏飞打了个喷嚏，随即闹着要下地。她架着宏飞的腋窝，在小屋练步。

柳大夫招招手，"过来，过来，我再给她瞧瞧。"田克芝把宏飞放到床上，她又蹬又挠。柳大夫把听诊器放在她胸前，她老实了，可能被这个陌生的东西镇住了。

柳大夫说："恢复得不错，我再给她打一针，喂一回药，回去继续煎服剩下的中药就差不多了。"

田克芝抱起宏飞说："您可真是妙手回、回什么来着……"

柳大夫笑笑，"你对孩子可真是用心，好多当父母的心眼子大得没边儿，往往耽搁了孩子的病情。"

田克芝话赶话地说："是哩，是哩，好多孩子就是因为耽搁殇的，可也不能全怪当爹娘的不上心，俺们那里十里八乡没个医生，不拖着又能咋着？”

柳大夫应道：“现在日本鬼子践踏我大好河山，国家忙于抗战，哪能顾得过来？”

田克芝一听他拉大形势就晕乎乎地递不上勺子，“俺不懂啥大道理，但明白一个理儿，生老病死谁都脱不了，咱老百姓得病只能靠着，真叫一个苦啊！”

柳大夫似乎觉察出她话里话外有余音，就问：“你是哪村的？你们那儿没有大夫吗？”

田克芝知道快到揭开谜底的时候了，说：“俺是东井口村的，俺那一片方圆十里没一个大夫，更别说像你这样的好大夫了。”

“乡亲们得了病都是到哪儿去治？”

“多数在家挨着，少数来崖子，再远就到牟平和夏村。”

“乡亲们确实挺苦的！”

田克芝热眼巴巴地说：“柳大夫，俺想求你个事儿，你先别忙着回答俺，俺想请你到俺村办个诊所。你可能觉得俺一个妇道人家咋管这闲事呢？俺从小嫚得病想到这个事，当时要是村里有医生，俺就不用大老远往这里跑了，跑得差点丢了老命。你不知道，每年俺村和西井口村光殇孩子就十好几个，甭说那些老年人了，多数都是因为找不上大夫治。”

柳大夫一听就乐了，“哎呀！大妹子这事我也不用想了，现在就可以回答你，我去不了。”

“为啥呢？”话出口了，田克芝才觉得这个问题多傻。

“开诊所可不容易，再说我的家小都在这里，妻子也不同意啊！”

田克芝央求道：“你们医生都是活菩萨，不能眼看着俺那一片的人遭罪不管吧？”

柳大夫说：“我也想管，可是鞭长莫及啊。”

田克芝说："俺明白你这个词的意思，你在崖子当然是那个鞭长莫及了，你到俺村不就鞭长能及了吗？"

柳大夫说："我是说我能力有限，管不了这么多的人。"

田克芝急霍霍地说："崖子这边好几家诊所，缺你一家不碍事，可你到俺那里就不一样了，真成救星了。"

柳大夫听她这样一说心里一动，可也只是一动，态度还是没松，"我在崖子刚落下脚，暂时不考虑搬迁了。"

田克芝恳挚地说："俺早就说了，你甭急着回俺，你再想想。"

柳大夫含糊地答道："好好好，我考虑考虑。"

田克芝抱着宏飞往回走，暖暖的南风吹着她，快要把她吹绿了。

回家后她兴奋地告诉张可军，似乎忘记了他早晨的冷嘲热讽："柳大夫说考虑考虑，这事有戏。"

张可军撇撇嘴，"好赖话你都听不出来，人家嫌你胡搅蛮缠，支应支应你罢了。"

田克芝让宏飞站在自己腿上，架着她的胳膊做鸟儿飞翔状，"逗逗飞，逗逗飞——你知道个鸭子鸡！俺看人家柳大夫是个实诚人，不会诓人。"

张可军说："不听老人言必有心慌事！"

田克芝呸一口，"你说个话就是牙碜，不跟你胡啰啰了，你快给小嫚儿蒸个鸡蛋羹去，可别蒸老了啊！"

张可军悻悻而去。

柳大夫的话在田克芝脑海里过了好几遍，她一个字一个字地咂摸着，对呀！人家的理由很实在，刚打开场子，没挣到钱就走，叫人家喝西北风去，家小都在那里更是牵肠挂肚……得想法解除他的后顾之忧。

三天后，田克芝扭着一双小脚上路了。这次她把宏飞送到了乡山嫂子家，请她代为看管。

好在没带着孩子，刚走到一处僻静处，田克芝就被三条凶神恶煞般的大汉拦住了路，她一惊：这是遇到剪径的强人了！

其中一人见她挎着一个小包袱，吼道：“废话少说，留下买路钱！”

田克芝强打精神说：“几位大兄弟，俺是东井口村的，庄里庄乡的没外人。说实话，俺包袱里就几斤小枣，俺是去崖子请医生的。”

为首那人喝道：“骗鬼的话！请医生能不带定金？”

田克芝摘下包袱交给他：“俺不是请医生看病，是想给咱这片的人请个医生来开诊所，省得大伙看不上病，得了病就靠活等死的。”

为首那人听了，看看她，捏捏包袱皮，说：“你倒心善，按说该放了你，可你也知道贼不走空。”

田克芝从头上拔下银簪子，“俺就这件值钱的家当，是娘家陪送俺的。”

为首那人刚想去接，身边那位平头青年人拦住他，说：“这位大嫂能发这个心，咱们就该成全她，再拿人家的东西，那叫不仗义！”

为首那人说：“仗义能当饭吃吗？”

平头青年“哼”了一声，说：“一开始你骗俺们说出来是投奔八路抗日去，倒干起了这样的买卖！今天，俺就跟你说个过来过去！”他转过头，“大嫂，你先走，这里的事俺给你撑着！”

田克芝看他们瞪得眼珠溜圆，已到了拔刀相向的裉节，再待下去自是不合时宜，冲那青年说：“大兄弟，你们没必要伤和气，不行就各回各家各找各妈！”

她扭扭地从他们中间飘过去，身后传来两人的争吵声。

田克芝见到柳大夫，讲了自己的历险。

他唏嘘一阵，说：“大妹子，你这是何必呢？我不是已经告诉你了吗？我不可能去你们村，我在这里好好的，干吗要去你们村呢？”他想把话说得直截了当些，彻底断了她的念想。

田克芝摆摆手说：“柳大夫，你先听俺说，俺是实心实意请你的，俺已经给张家的族长说了，他同意把张家祠堂给你用，满够你一家人住的。俺给你算了，这崖子虽然人多，但分流到你这里的也就几千人，俺那片几个村加起来怎么也得有四五千人，生意肯定错不了！俺们村长也知道这事了，他说你要来，他就给区里上报，给你弄个嘉奖。”

田克芝这番话说得他霎时愣住了，他没想到她这么认死理，这么不开窍，这么执拗，心里又暗暗佩服她那股子咬住不放的韧劲儿。

他说：“我实话告诉你，这事我先前真没放心里，连想也没想，更没跟我妻子商量，你既然这么为我着想，我就实心实意告诉你，你给我几天时间，我好好想想。”

“行！”田克芝爽快地答应了。

柳大夫跑出去找来一个身材魁梧的青年，让他护送田克芝走一程，免得再生意外。田克芝没推辞，她想是不是柳大夫不相信自己的话，特意叫这人跟着自己去检查检查呢。走到出事的地方，她停下来，地上脚印杂乱，草丛里一摊凝固的黑血，她的心提溜起来，可别是那个平头青年出了事……

那天夜里，田克芝失眠了，她开始怀疑起自己的动机来：柳大夫来了，宏飞再有个小病小灾，不用提心吊胆了，可这样做，考虑没考虑过柳大夫的实际情况，是不是在强人所难，是不是在用一堆大道理绑架这个宅心仁厚的人？他没有义务为东井口村、西井口村和周边的村子坏了自己的财路，他首先得养活一家人，让他们衣食无忧，而不是跑到你这个兔子不拉屎的旮旯里搞奉献……“唉，俺真是被鬼施了念头，一趟趟跑去难为人家，何苦呢？”她说服了自己，把那个执拗的念头硬生生地摁下去了，可是她一肚子委屈，疙疙瘩瘩，翻来滚去，黎明时分上腹部要死要活地疼起来。她的呻吟惊醒了张可军，他问怎么了，她咬着牙说肚子疼。张可军点着灯一看，她脸上滚着黄豆大的冷汗。他慌忙穿上衣服，跑去把张乡山两口喊来，说："乡山嫂子，你帮俺看着小飞吧，俺得带她去崖子看医生，乡山哥你帮着俺推推车子。"两人满口答应了。

一辆"小土牛车"推着田克芝疾奔，张可军和张乡山交换着推车，一人推车另一人扶着坐在车上的田克芝。

天不亮就到了诊所，张可军擂得门山响，柳大夫披着衣服开了门，一看这情形就知道是急症。他让田克芝仰躺在床上，摁摁腹部，硬得很，敲一敲，嘣嘣作响，问了饮食，又问了生没生闷气。张可军立刻说："天地良心，俺一点没惹她生气。"柳大夫问："昨晚上睡觉怎么样?"田克芝咧着嘴说："一直云里雾里的似睡非睡。""你想什么了?""俺想可能是俺做错事了，不该强求你去俺村，俺想通了，这事就当俺没说过。""想通了，睡着了吗?""没有，还是睡不妥帖，肚子里疙疙瘩瘩，一会儿这里冒个疙瘩，一会儿那里窜个疙瘩。"

柳大夫恍然大悟，出门端进来半瓢黄豆，放在桌子边上，说："等会儿来换豆腐的，给你们炖豆腐吃。"又叫张可军把田克芝扶过来把脉，就在她往桌子上放手的一瞬间，也不知怎么回事瓢掉在了地上，豆子撒了一地。田克芝懊悔不迭，连声嚷着："这叫个啥事啊?"柳大夫也勃然变色，"你们一大早就来打扰我休息，还这样莽莽撞撞的，真是不像话!"田克芝挣开张可军的手，急急地蹲下身捡着豆子，"老天爷啊！都是俺的错！都是俺的错!"说着泪珠吧嗒吧嗒地掉落，捡起一颗豆子，掉下一颗泪珠。

张可军心疼她，蹲下身准备帮着她捡，张乡山也想帮一把，柳大夫偷偷踢踢张可军，示意他不要管。张可军丈二和尚摸不着头脑，但猜到这里面定有玄机，也悄悄止住了张乡山。

这边田克芝忙乎了一大阵子，把豆子捡得差不多了，站起身端着瓢说："柳大夫，你别跟俺一般见识，俺不会说话，也不知怎么就跟着魔似的，非得想请你去俺村，昨晚上附在俺身上的鬼走了。你放心，俺再也不会黏糊你了。另外，过几天，俺再还你一瓢好豆子!"

她放下瓢扯着张可军就往外走，一只脚刚迈出门槛，就听柳大夫说："你给我回来！我还有话说。"

田克芝犹豫地走回来，低着头。

柳大夫问她："你肚子还疼吗？"

咦，怎么不知不觉间就好了！她惊喜地说："不疼了！怎么你没治就好了呢？"

张可军和张乡山哈哈大笑起来，笑得田克芝发了毛。她去看柳大夫，柳大夫正笑眯眯地看着她："我已经给你治了呀！"

"俺怎么没觉得呢？"

柳大夫说："刚才，我故意把豆子撒在地上，让你误以为是你不小心碰掉的，弯腰去捡，捡豆子就是我给你开的药方。"

张可军和张乡山竖起大拇指。

柳大夫接着解释说："这种治病的法子不是我的创造，古代医书上就有记载，我是依着古人的葫芦画瓢。因为我看出你是肝气犯胃造成的肚子疼，只要多弯腰起身，气顺了就好了，又加上你边捡边哭，把憋住的委屈都吐出来了，还有个不好的？"

田克芝恍然大悟，继而遗憾地说："你看病这么厉害，这里的老百姓有福了——当家的，结结账，咱回家吧。"

她眼里顿时没了光彩。

柳大夫脸一沉，"我说了要给你们炖豆腐吃，怎么还不给我这个面子？"

田克芝为难地看着张可军，张可军表现得很像一家之主，"俺们就不麻烦您了，已经给您添了不少麻烦了。"

柳大夫说："以后我可能要给你们添不少麻烦了，难道你们怕我给你们添麻烦，连顿饭都不敢吃了吗？"

田克芝被柳大夫这麻烦那麻烦地弄晕乎了，他到底说的什么意思呢？

他朗声笑道："大妹子，我实话告诉你吧，昨晚我把你说的事一告诉我的爱人，你猜她怎么说？她说你不是口口声声医学救国吗，机会摆在你眼前了，你怎么倒拿不准主意了？她问得我哑口无言，是啊！当年我学医难道就只是为了一家人的温饱吗？我立志报国的理想哪里去了呢？我怎么还不如田大妹子知书达理呢？我也像你一样失眠了一整夜啊……"

田克芝简直不敢相信自己的耳朵了，这个反转太突然了，她拿过张可军的手，命令道："你掐俺，狠狠地！"

张可军掐了掐她的手背，轻轻地，她眼一瞪，张可军狠狠地掐，她信了。

"还闹着要走吗？走！你们不想见见那位帮你们说话的我的贤内助吗？"

红彤彤的太阳爬上来，霞光洒满山野，也洒进了田克芝敞开的心房里。

柳大夫的诊所在张氏祠堂开张了，田克芝抱着宏飞进进出出，好像她家开了一爿大买卖铺子一样高兴。

1948年，严政和文奇带着警卫员出现在东井口村，他们很快就要跟随部队南下了。

夫妻俩想带着田克芝一起走，她坚决地摇摇头，"俺离不开这个破家烂舍。小飞能离开人了，俺也不挂心了，你们就放心地走吧，早点给老百姓打出一个太平天下来。"

她哪能舍得下宏飞？何况她这些年一直没生养，可是她觉得不能因为自己的缘故，耽搁了孩子，累赘了人家。

严政、文奇含泪说道："宏飞就是你的亲闺女，长大了叫她来看你！"

田克芝说："嗯，俺给你们一个小嫚儿，你们得还给俺一个大姑娘。"

几匹马在模糊的视线里渐行渐远，宏飞那一声声的啼号像一根根系在她心头的麻线，扽得她一阵阵生疼，任泪水肆意地流淌。

多年之后，在东井口村那条出村的乱石路上，驶来一辆吉普车，从车上走下一位端庄文雅的干部模样的女人。她对陪同人员说："这条路，我乳娘的小脚为了我不知走了多少遍，今天我要沿着它走回去，走回我日思夜想的亲人身边去……"

第十六章　往事倾斜

53. 血乳

二十四岁那年，矫曰志以资深“剩女”的身份，从娘家牟平县前垂柳村（现属烟台市牟平区观水镇）嫁入田家村（现属威海市乳山市崖子镇），成了田松宝的新媳妇。

在那个年月里，二十四岁绝对是一个刺眼的数字。作为女人，十四五结婚不稀奇，十七八正当时，二十稍晚，二十四五不结婚肯定有问题，美其名曰老姑娘。可想而知，随着年齿的递增，矫曰志心里是何其恓惶。之所以拖到这种尴尬地步，还真怪不到她的头上，主要是娘家离不开她。亲生母亲病逝后，她爹续弦，后娘一气给她生了四个弟弟、一个妹妹。她彻底掉进了孩子堆里，哪这么容易脱身啊？婚前她跟田松宝只见过惊鸿一瞥的一面。等到揭去红盖头，她仔细审视着红烛光影里的丈夫，一副身板薄薄的，喜气也遮掩不住脸色的苍白。她暗暗叹口气，吹灭了烛泪滚滚的蜡烛……过上日子后，她才发现田松宝身板一般般，脾气却大得很，整天阴沉着脸，鸡鸭见了他也得溜溜地躲开。

树丛里知了叫得撒了泼，山上苹果、核桃、山楂藏在叶底悄悄发育着，矫曰志的肚子很争气地隆起了。田松宝找高人目测了一下，说她的肚子带尖儿，准是个小子。田松宝的僵尸脸泛起了罕见的笑意，对矫曰志说话的声音降了八度，像蚊子哼哼，弄得矫曰志以为他脑子里断了一根弦。那天矫曰志两口子正在玉米地里间苗，她觉得腹部一阵疼痛，赶紧让田松宝把她抱到平板车上送回家，刚躺到炕上就感觉两股间流下了暖热的溪流，田松宝鬼追着似的去叫“姥娘婆”。等他带着“姥娘婆”回来，矫曰志已经把孩子生出了一大半，“姥娘婆”一搭手，就大功告成了。她让“姥娘婆”把孩子抱过来瞧瞧，她看看这个浑身粉红的孩子，“丑八怪”。“姥娘婆”把孩子裆里的小鸡鸡展示给她。“这行行子有啥看头！”“看你说的！这可是男人的定海神针！”她不知道想到了什么，“扑哧”笑了。

孩子的降临带给这个农家的欢乐稍纵即逝，他的一生被压缩成了几个月的光阴，该想的法子都想了，也没能挽留住他离去的脚丫。亲门近支的妯娌们都劝矫曰志：“这孩子就是来催债的，跟你没长远缘儿。”她也想开了，命里有时总须有，命里无时莫强求，老话说得多好啊……而且现实也不容她悲悲切切了，村里妇救会的姐妹们找到她，告诉她想安排胶东育儿所的人住到她家来，她痛快地答应了，舒展开身子张罗着打扫房间。

住进来的是育儿所保育股股长孙亚东，还有她没断奶的孩子冬明。孙亚东那双明亮澄澈的眼睛照亮了矫曰志的生活，她羡慕地想人家一个女人风风火火，满嘴都是新鲜词儿，该是见识过多大的世面呀！孙亚东就像一面镜子，立在她面前。她望着镜子里的景象，幻想着自己走入其中，也风风火火一把，也像孙亚东那样投入到紧张的工作中，奔波在崇山峻岭之间……孙亚东把一个陌生的世界带进了她的意识里，向她展示了一种从未敢想的新生活的可能性。

孙亚东看到矫曰志饱满的前胸，问她的奶水怎么样，她羞答答地说现在还挺旺呢。孙亚东握住她的手问：“你帮我奶奶孩子怎么样，育儿所那边的事把我塞得满满的。”矫曰志又是一个痛快答应，顺理成章地接住孙亚东递过来的冬明，撩开怀把乳房送上去。冬明毫无违和感地噙住，吱吱呱呱地吮吸着。

孙亚东去工作的脚步变得轻快了不少。

1942年11月，日军大规模“扫荡”的阴霾沉重地笼罩着半岛。胶东育儿所接到上级命令，部署所机关人员立即下村通知各处的乳娘做好转移和隐蔽准备。孙亚东嘱咐矫曰志说：“我需要到几个村负责乳娘的分散工作，冬明就交给你了。”

矫曰志郑重地点点头。她叫田松宝赶紧收拾一些吃穿的东西带上，锁上里外门，跑到大街上，加入到清户转移的老百姓行列里。

人们也不知道哪里安全，但感觉深山老林最隐秘，就向着最近的马石山区跑。路上从四面八方跑来的乡亲们不断加入，人越聚越多，最后都被日伪军封锁在了马石山上。矫曰志抱着冬明跌跌撞撞地爬上了半山腰，田松宝背着一个大包袱形影不离。

矫曰志忧心忡忡地对他说：“当家的，万一俺有个三长两短，你一定要把冬明带好，咱不能辜负了他妈的托付啊！”她紧张地四处张望，散落在附近的人足足有几百多，抱孩子的妇女不在少数，都在竭尽全力地哄着孩子别哭别叫，可是他们懂个啥，有的当娘的也急得嗷嗷哭。好在冬明挺乖，眨巴着小眼睛瞅瞅这里，望望那里，小手舞动，似乎想抓住什么，终于抓了她的衣襟或头发。她一眼捉到了东凤凰崖村的妇救会主任矫凤珍的影子，要论起来，她跟矫凤珍还是同宗同族，原来矫凤珍发动姐妹们做军鞋军装，就找过矫曰志。

她紧走几步，跑到矫凤珍面前。矫凤珍问：“你抱的谁的孩子？”她知道矫凤珍的底细，压低声音说：“育儿所保育股孙股长的。”矫凤珍说：“可得保护好啊！孩子的爹娘在跟鬼子打仗，咱们不能让他们流血又伤心。”“嗯，俺跟当家的说好了，就是不要老命了，也得把孩子好好地交给他爹妈！”这时候，矫凤珍听到有人喊她，原来是她的丈夫杨坤思。杨坤思正好回来探家，赶上了鬼子“扫荡”，就地留下参与保护和转移群众。

当天夜里，杨坤思召集了十几名民兵和村干部，挑出两名熟悉地形的人做向导，准备带着被困的群众突围。有人问：“万一小孩子哭闹怎么办？”这确实是个大难题，谁也不能保证这些孩子在关键时刻老老实实的，可一旦暴露了目标，后果不堪设想。许多人亲眼目睹了鬼子这次“扫荡”的凶残，见人就杀，进村就烧。有一支转移的群众躲进一个山洞里，被鬼子兵发现了，他们堵住洞口，往里面扔了十几颗手榴弹和燃烧弹，几十人全部罹难。一位没来得及跑的妇女被日军抓住后，遭到了鬼子兵的轮奸，然后挑破肚皮，点了“天灯”……杨坤思犯难了，他看看矫凤珍，她也没有好法子。

人群里有人说：“把这些孩子统一藏到一个隐蔽的地方，等鬼子走了，咱们再回来找他们吧！”明摆着这是怕孩子连累了自己。人群炸了锅，七嘴八舌。

矫曰志高声怒斥道：“你说这话还是人吗？就是逃出去还有脸活着吗？”

矫凤珍对杨坤思说：“老杨，不管怎么说，孩子不能丢！这里边还有育儿所的十几个孩子，人家的爸妈在跟鬼子拼刺刀，咱为了逃命却把他们的孩子丢给鬼子祸害，还有天理吗？”

杨坤思一锤定音：“孩子一个不能丢！但为了保证孩子在突破封锁线时不哭不闹，请妇女同志们一定要先把他们喂得饱饱的。另外，再派一名干部盯着一名抱孩子的妇女，一旦发现孩子有哭闹的苗头，要毫不犹豫地采取措施！”

他虽然没说明是什么“措施”，但谁也都心知肚明。

半夜时分，杨坤思和矫凤珍带着大家向山下摸去。离日军的火圈越来越近了，矫曰志的心提到了嗓子眼里，她一边小心着脚下，一边注意着冬明。冬明睡着了。漆黑的夜空中飘着雪花，整个马石山区犹如恐怖的地狱，荷枪实弹游动在两堆火焰之间的岗哨，俨然就是地狱里的凶神恶煞，不断发出诈人的吆喝声，而且冷不丁地冲着黑暗处就放上两枪。

杨坤思伏在山石后观察了一番，他发现日军的火堆尽管吓人，其实并不可怕，因为火焰所及的范围只有几十米，几十米开外就是漆黑的夜色，他们要做的就是顺利通过这几十米的绝对危险地带。他手一挥，向导带着第一拨人，迅速向着一处鬼子哨兵打盹的空隙刺出，他们脚下像踩着棉花，没一点声音，更重要的是孩子们很配合，没发出一点哭闹。然后，第二拨、第三拨……

矫曰志在第六拨，她的小脚从没这样矫健过，心里祈祷着老天爷保佑冬明别出声。身边除了田松宝，还有一名素不相识的党员干部。她想万一冬明闹出了动静，她绝不允许这人动冬明一指头，她会不管不顾地狂奔，跑到哪程算哪程吧，反正不能眼看着冬明被他闷死……

这几十米的距离是她这一生里走过的最漫长的路，每一步都惊心动魄，每一步都踩在鬼门关的边缘上。穿过火堆时，她感觉冬明在怀里踢了踢脚，她的嗓子里一咸，一颗心差点蹦出来。好在有惊无险，冬明安稳了。

重新融入黑暗的那一刻，她的身子虚脱了一般，田松宝适时地架住她，向着北面的苍茫山地跑去……

树叶青，草叶黄。

孙亚东接走了已经长得虎头虎脑的冬明。

矫曰志还没从离别的伤感里爬出来，村妇救会干部就领来一位育儿所的巡视员，抱给她一名叫生儿的女婴。一搭眼就知道这孩子身子骨忒孬了，托在胳膊上轻飘飘的，脸色蜡黄干枯，眼神空洞无光，头发淡黄且稀，可怜的孩子哟！爹娘怎么狠心舍成了这样子！

巡视员说：“她的父母生下她没几天就上前线了，东家一口奶，西家一口奶，唉，有啥法子啊！”她看着低头抚弄婴儿的矫曰志说，“孩子的情况不乐观，死马当成活马医吧。”

矫曰志心里陡然升起一股庄严神圣之感：俺一定要救活这孩子！

决心跟目标之间的距离有时大得叫人望而生畏。

矫曰志对田松宝说：“老田，你就多受累，俺得把心全扑在生儿身上。”

田松宝点点头：“你说咋办就咋办！”

夫妻俩的日子因为生儿的到来，额外添加了一份压力。矫曰志抱着生儿跑遍全村找奶吃，见到谁都赔着笑脸，风里雨里，黑里白里，总算熬到可以喂主食了。育儿所的那位巡视员巡视到她家，见生儿已经断奶了，很是惊讶，直夸矫曰志会照应孩子。

矫曰志不好意思地说：“唉！虽然勉强活过来了，可是体格太差了，有没有办法叫她变壮点啊？”

巡视员说：“这孩子肯定有毛病，改天你抱到育儿所医务组，找医生瞧瞧吧。”

矫曰志一听，眉开眼笑，还改天干啥，现在就去啊！

巡视员一看她这心劲儿，跷跷大拇指，“你比孩子的亲妈一点不差。”便带上她抱着生儿来到育儿所。进门正碰上所长张福之，巡视员把矫曰志的情况一说，张福之说：“什么叫军民一家亲、心连心，这就是！我们党领导全民族抗战，靠的就是人民群众掏心掏肺的支持啊！”

矫曰志听着这些话挺隔膜，可也知道这位戴眼镜的女干部在表扬自己，她的脸红了。有些人听别人赞扬自己，还不如挨批好受呢。她就属于这类人，脸皮薄。

她跟着巡视员走进一间干干净净的小屋子，一股怪异的气味钻进她的鼻子里，她与生儿几乎同时打了个喷嚏，惹得巡视员和那位女医生笑起来。女医生的名字叫王月斋，从胶东医院调过来的。她问矫曰志孩子什么表现，矫曰志说：“生儿老爱哭，靡靡恹恹的提不起精神，长得也比人家的孩子慢。”

王月斋说：“她被送走的时候，我们都以为够呛了，没想到你能把她喂养到这个地步，已经很不错了。”

矫曰志羞惭地说：“啥不错！人家爹娘为咱打鬼子，咱连个孩子都看不好，这说不过去啊！”

王月斋说：“别着急，总会有办法的。”

她叫来一个年轻的护士，让她查查孩子的血。矫曰志看着银白色的针头插进了生儿的胳膊里，自己浑身打起了寒战。生儿号啕大哭，她呜呜呜地哄着生儿。等待结果的间隙，她抱着生儿在育儿所里转来转去，遇到的工作人员都过来逗弄生儿。育儿所占了几处宅院，听说有的人家为了育儿所落户，让出了全家的房子，另外找地方住去了。俺田家村的老少爷儿们觉悟就是高，她心里油然生出一股自豪。生儿经过刚才的折腾，疲倦地趴在她的肩头睡着了。

回到医务组，王月斋告诉她生儿患了“严重贫血”。啥叫“贫血”？简单说，就是孩子身体里的血少了。那咋办呢？一个是补充营养，这个办法比较慢；一个是输血，这法子效果比较快。矫曰志一听输血来了精神，“那还等啥呢？赶紧给孩子输啊！”王月斋笑笑，“哪这么简单，等找到血型相配的人才能给她输。”矫曰志不明白啥叫血型，把袖子一撸，“先看看俺的配不配？要是不配，俺再叫俺男人来查。”王月斋动容了，喊来那个小护士给矫曰志抽血验血。矫曰志一想到那个银色的针头就打哆嗦，可是当那个针头刺破皮肤的一瞬，她释然了：原来跟蝈蝈咬一口差不多！检查结果出来了，她的血型正好跟生儿的相配，她像得到珍宝一样高兴，使劲亲亲生儿的脸蛋，弄得生儿直扑棱头。

王月斋指挥小护士，抽了矫曰志二十毫升血，再缓缓推进生儿的体内。矫曰志一想到孩子很快就能活蹦乱跳了，便不自觉地笑出了声。看着那鲜红的液体进入孩子体内，矫曰志感到自己的生命与生儿发生了神奇而微妙的联系，她忽然变得心明眼亮，生儿的每一个细微的表情都难逃她的目光和“心光”。

她满怀期待地问王月斋：“是不是孩子明天就能好了？”

王月斋说：“饿了几天的人，突然给他吃大鱼大肉，他可能会被撑死的。所以今天只给孩子少量输点，看看她的反应怎么样。”

矫曰志的兴致被拦腰斩断，有点沮丧地说：“俺不懂这些道道儿，你们看着办吧。”

回到家里，她时时刻刻留意着生儿的变化——唉，没有一丝一毫的变化！

第二天，她抱上生儿早早到了育儿所医务组，又是二十毫升。她不明白二十毫升是什么意思，问王月斋：“咱不都是按斤按两吗？这个二十毫升是几斤几两啊？”王月斋换算了一下，“大约不到半两吧！”矫曰志嗷地叫起来：“也就一酒盅子啊！太少了！俺求你们多抽点给孩子吧！”王月斋摇摇头，“不行啊！你当娘的心，可以理解，但我们做事得依照科学来，不能乱搞。”矫曰志被失望的情绪搞得垂头丧气，回去的路上碰上熟人，有人跟她打趣：“怎么了，松宝家里的，谁偷了你家的金元宝了？”她白人家一眼，“你瞅瞅俺生儿是不是长个儿了？”“咦！这孩子黄焦蜡气的，不会是有啥症候吧？”真是哪壶不开提哪壶啊。

第三天，她继续央求王月斋加量，王月斋检查一下生儿，也没什么不良反应，就把输血的量提高到了三十毫升。矫曰志心里的欢喜也水涨船高，回家的路上给田松宝打了一斤“白干老烧”，自己也沾了沾嘴唇，那叫一个火辣呀！就说：“你们男人忒搞怪，这么难喝的东西还跟八辈子没见过似的！”田松宝酒意上脸，摇头晃脑地说：“喝酒图个啥？就是图一个难受呗！”矫曰志不屑地说：“去去去！胡吣哩！”

揪心的是，生儿依然故我，急得矫曰志嘴上长出了一排火泡。

第五天、第六天、第七天……

终于，一天晚上，生儿没闹腾，矫曰志睡得也踏实。早晨爬起来一端详，她的小脸竟泛出了一丝丝红润。她吆喝田松宝过来同赏，田松宝看了看，点点头，“你也悠着点！别把自己的身子再折腾毁了。”矫曰志哪能听他的，吃了早饭，抱上生儿就想出门。田松宝叫住她，递给她一面镜子，“你瞧瞧你的脸色。”矫曰志瞧了一眼镜子中的自己，面容苍白，却喜笑颜开。她把镜子塞给田松宝，一阵风般地刮进了育儿所。

王月斋也瞧出了科儿，“你今天先别输了，连续弄了十几天，也不是个小数目了。”她摇摇头，“孩子刚有点起色，不能停！”王月斋继续劝她：“别上犟，老本不能一次吃完！等有了其他血源再输吧。”矫曰志立刻急眼了，“那得等到啥时候，再拖下去，生儿的命就没了。俺受得了，来吧！”她眼巴巴地恳求着王月斋。

没办法，又抽了几十毫升，输给了生儿。

临走，王月斋拿来几个鸡蛋，叫她拿回去补身子。她拗不过，接下了。

回去的路上，矫曰志第一次感觉到了“情况”，脚底发飘，头脑里云飞雾绕。咬着牙回到家里，她狠狠心喝了一碗红糖水：老人都说红糖最能补血了。生儿缠在她腿边转悠，这是过去没有的，说明她身上长力气了。矫曰志一阵狂喜：妮儿啊，总算没辜负娘一腔心血啊！泪花便在眼眶里打起了转儿。扶着炕沿站起来，又抱了生儿，把王月斋给的鸡蛋拿出两枚，打到碗里，兑上水，搁在锅里，点上火，蒸了鸡蛋糕。生儿的食欲大增，一口气吃了个干净。

为了带好生儿，矫曰志根本没法忙乎地里的活计，全压给了田松宝。田松宝的脾胃平素疲弱，这段操劳过度，闹得烧心吐酸，人更瘦削了。矫曰志心疼丈夫，劝他卖上二亩地，让家里宽裕一些，他也不必这样辛劳了。农民卖地那等于割心头上的肉，可是他确实揽乎不了这么多了，只好便宜作价卖了。一部分钱，田松宝治病，一部分给生儿改善生活。她自己的体质也一般，加上这段时间抽血，变得更虚弱了。一家三口都病病恹恹的，可是生儿到底出现了好兆头。这是最让矫曰志感到欣慰的。

输血停下了，矫曰志慢慢恢复着，她身上刚有点力气，生儿的贫血病却复发了。

新一轮抽血输血又开始了。

此后，矫曰志进入了一个循环圈：给生儿输血，生儿好了，她坏了；她养过来了，生儿又病了，又给她输血。矫曰志被折磨得形容憔悴，死去活来。最严重的一次，小护士刚抽完血，她眼前一黑，一头抢倒在地。王月斋赶紧掐人中，揉前胸拍后背，撬开牙喂水，总算醒过来了。王月斋严厉地批评了她。她躺在炕上也不说话。张福之赶来看她，也是一脸严肃。她只是挣扎着露出一丝笑容。

躺倒在炕上了，她才有时间回想几年来的经历，头脑里变换着一帧帧画面，就像刚刚发生的一样：孙亚东笑着向她走来，她身上的某种东西随即被唤醒了；小冬明咿咿呀呀地跑向她，又为她蕴藏的母性打开了一个出口，涓涓潺潺，直至奔流成河……女人啊！一旦母性的闸门提起，什么样的力量也无法再次将它关闭，孱弱可以变得勇猛如狮，冷酷可以变得柔情似水，粗枝大叶可以变得细致入微。这是宇宙间最神秘的情愫，像一道谜题，让人们破解了千万年，还将继续推演下去无数个千万年……矫曰志迷迷糊糊，混混沌沌，一连躺了三四天。

生儿能站起来了，能叫妈了，能蹒跚而行了，能叫爸了，能打滚了，能叽里咕噜地自言自语了。

燕子飞来了，大雁飞走了，鬼子也被打走了。

这天，一个叫房玉真的解放军女干部来到矫曰志家门口，向一个四五岁的小囡囡打听这里是不是田松宝家，小囡囡摇摇头。女人问她是不是叫生儿，她点点头。女人猛地把她搂进怀里，呜呜地悲鸣着。不知什么时候矫曰志站在了旁边，默默看着眼前的一幕。

生儿跟着她的亲妈走了，矫曰志一下子被掏空了，魔魔道道了好几年。

到了晚年，矫曰志见到当兵的就打听他们认识不认识一个叫房玉真的女人，认识不认识一个育儿所的巡视员。这时候，她才发觉一个重要的问题：为什么俺不直接打听生儿的下落呢？是哩是哩，俺根本不知道生儿的大名叫什么呀！

生儿啊，你在哪里呢？

可能吧，可能生儿正生活在远方，却永远不知道中国东部的茫茫山地里，曾经有一位普普通通的母亲为了挽救一个女婴豁出了自己的命，以决绝之姿托举起一只即将倾覆的生命小舟……就让这位母亲活在这个故事里吧，或许有一天，一个女人突然闯入了这个故事，那又将是一个新故事的楔子了。

54. 香魂

乳山市东凤凰崖村，2012年2月。

肖国英闭目躺在炕上，嘴里发出颤颤巍巍的呻吟，空荡荡的屋里塞满了岑寂，只有墙上的一面石英钟发出单调的“咯噔咯噔”声。西斜的日光投进玻璃窗，斑驳地洒了一地，给这间屋里增添了些微明艳的色调。

肖国英一个愣怔：院墙外飞进一阵孩子们打打闹闹的喧哗。她似乎受到了某种鼓舞，强撑着坐起来，艰难地把身子搬到窗台前，把瘦弱的手臂搁上去，再把那张布满蛛网般皱纹的脸放上去，浑浊的双目望向那个简陋的门洞。瞬间，期待涨满了她的眸子。这期待摇动着晶莹的泪光，仿佛使她整个人也焕发出了光彩。多少年了，她已经记不得了，这样趴在窗台上的守望，已经定格为她留给世间的最后影像，而且这时的她总要重复那句已被重复了千百遍的话：“苦菜花开了，月录没有回来；苦菜花败了，月录还没有回来，俺多想再见见他啊！”

此时距矫凤珍把她和丈夫杨积会叫到家里的那个下午，已经过去了七十年。矫凤珍把一个襁褓里的孩子递给她，说这是上级党组织托人送过来的，孩子的爸妈都在莱阳打鬼子。肖国英看看这个比一只兔子大不了多少的孩子，他正咧着嘴哭叫呢，于是她便很自然地解开对襟褂子，把乳头喂到他的嘴里。当时她的第二个孩子刚夭折几天，奶水正旺着。肖国英一口答应下来，“咱帮他们奶孩子，哪有啥不行的?”丈夫杨积会是村自卫队队长，更是没说的。

肖国英老年时经常跟人唠叨：“孩子来时才十二天，他爹妈能舍得吗？他妈说没满月就送老乡得留个记录，就叫月录吧。”

肖国英偷偷把月录抱回家后，对外宣称是自己养的老二，他上面是个叫香儿的女娃子。

香儿已经两岁了，像个跟屁虫一样围着娘打转，特别是娘吃东西时她的小眼总闪着蓝光，她也饿啊。叫她纳闷的是最近娘总是背过身去躲着她，她转到娘的这边，娘就把身子转到那边，她转到娘的那边，娘又转到这边。她以为娘在逗弄她玩，高兴地跺脚拍手。可是高兴阻挡不了饥饿的脚步，她捂着肚子嚷嚷着“俺饿，俺饿，俺饿饿饿”。她突然蹿到娘的正面，却发现娘在偷吃东西。她惊呆了，愤怒了，跳起高去抢娘手里的玉米窝头。娘真坏，竟然更加快速地咀嚼着，最后只留给她一点点。她恼怒地哭了，她感到失去了娘的爱，边哭边吞下了那小得可怜的干粮。

杨德香十几岁后，变得脾气暴躁，对母亲肖国英表现出了超过青春期叛逆的抗拒情绪。她的妹妹杨德兰对此百思不得其解，问母亲。肖国英说都是娘欠她太多了，那时家里的口粮少，为了保证有足够的奶水给月录吃，口粮都让给俺吃了。

月录刚来时，皮包骨头，眼里没点神，都是营养跟不上的原因。杨积会吃糠咽菜，把小米、玉米、小麦、豆子这些精粮给肖国英吃。肖国英每次吃都像做贼，香儿见不得她吃东西，一见就缠着讨要，打滚，哭闹；她只能背过身去，吃一口，抹一把泪，有心分给香儿一点，扭脸一看炕上的月录，这心思就又散了。

月录渐渐有了起色，体重增加了，精神头也好了。

月录的妈来信了，矫凤珍上过识字班，又跟着杨坤思学习过，她磕磕巴巴地把信读给肖国英听，里面有不少新鲜词她听不懂，感谢的话还是能懂的。她抱着月录说："快看快看，你妈来信喽！哦，你就告诉她把心妥妥地放进肚子里，她信得过俺，把孩子交给俺带，俺一定待他比自己的孩子还金贵！"

夏天里肖国英整宿给月录摇蒲扇，香儿笑嘻嘻地挨到他旁边借光，伸手搂住他，却被肖国英抽了一蒲扇，赶紧松开手，她是怕这样会捂出月录的痱子。冬天里肖国英选火炕最暖的地方给月录睡，香儿的被窝冷得扎人，她本能地向月录这边拱，肖国英往中间一横，布置了一道防线，阻止了香儿的进犯。她抱住娘的腰，哎哟，倒是一面温暖的墙哩，她也满足地睡着了。那边月录嚼着肖国英的乳头，脸贴着暖烘烘的胸脯也睡着了。夜里月录尿了炕，倒不开地方，肖国英就把月录移到自己睡的地方，她移到月录尿过的地方，简单铺点布片就睡了。到了后半夜，肖国英醒来，一摸月录身上凉丝丝的，赶紧抱过他放在自己的肚皮上暖着，暖着就睡着了。早晨醒来，她胸前洒了月录的一片口水，湿乎乎的，凉瘆瘆的。

肖国英刚从牟平县刘格庄嫁到东凤凰崖村时，扭着小脚打村街上一过，便有村里的分析人士点评："腚大胯大奶子大，准是个能生的老婆。”后来的实际情况也印证了这点。但为了抚育月录，她跟杨积会决定不再要孩子，一心一意把这个八路军的后代拉扯好。

在肖国英的观念里没有具体的时间概念，她保持着山地人的传统：用某件事作为纪年的标志。在她一生的大事记上，“带着月录跑鬼子那年”是个具有纪年性质的事件。夏夜的星空下，她喜欢摇着蒲扇跟围了一圈的孙辈拉呱儿，开头总是这句话：这事离俺带着月录跑鬼子那年三年多了，那事是发生在俺带着月录跑鬼子那年以后的秋天……

肖国英说的正是1942年11月日军的“大扫荡”。

那天东凤凰崖村像掉进了恐怖的深渊，人们携带着各自认为最重要的物件朝着各自认为最安全的方向疯跑，没人管的鸡鸭鹅狗乱叫乱窜。日军的飞机轰隆轰隆地掠过上空，飞得那么低，巨大的气流扇得树木前仰后合。杨积会说了声俺去掩护乡亲们转移，你带着孩子朝后山跑吧。肖国英一手抱着月录，一手牵着香儿，朝着村北的山岭跑去，那里有一个杨积会偷挖的隐蔽洞，为的就是防备有这一天。

又一架敌机从她头顶上呼啸着飞过，身后不远的村子炸响了几声巨响，她回头看去，一团团浓烟咕咚咕咚地爬上天空。从早晨起来就灰沉沉的天空变黑了，她预感到一场风雪将至。老天爷啊，你可得保佑俺娘仨渡过这一关啊！

又一拨敌机从西北方向飞来。肖国英赶紧拉着香儿掩身在一块岩石后面。飞机上的鬼子兵对着四散奔逃的百姓就是一通扫射，子弹打在山石上发出叮叮叮的锐叫，咬得耳朵生疼。肖国英把身子弯成一张弓护住月录，一条臂膀死死摁住香儿。被子弹激射起的石屑迸溅在她的头上身上，她紧张得要死，月录要是有个好歹，可怎么交代啊？飞机一过去，她站起身，拉着香儿拼命地朝山上跑去。

香儿才是个两岁多的孩子，怎么能赶上大人的脚力呢，虽然她的小脚跑路不加力，但危急时刻爆发出的力量毫不逊色于那些大脚板，香儿明显地拖了她的后腿。而这时，一支日军发现了这条通向后山的石径，正沿着它向这边搜索过来。肖国英隐约听到了鬼子叽里呱啦的说话声，她心头蹿火，可怎么办好啊？一眼瞥见路边有一堆村里人砍下当柴烧的椁椤堆，她狠狠心，拉着香儿跑到跟前，极速地扒拉开一个窟窿，不由分说把她塞了进去，然后眼露凶光地警告她不准哭。香儿吓得像一只小鸡娃，浑身簌簌。她迅速覆盖上一些柴草，起身离去。

这下轻快了，她抱着月录发疯般地跑着，耳边吹起了风声的口哨，左拐右拐，找到了位于山背面的一处山洞。这样的洞是山里人家农闲时挖的，一般选在极其隐蔽处，神不知鬼不觉地施工，除了家人谁也不告诉。兵荒马乱，盗匪横行，也算给自己留条后路吧。

天渐渐黑下来，她身上的汗意干了，贴身的衣服冰一般糊在身上，她不由自主地打着寒战。月录抓挠着找奶吃，她递上乳房，低头看着黄昏余光里那张苹果般的婴儿脸，那么恬静安闲，她忍不住俯身亲了亲他的额头。这时洞外响起了狼狗的叫声和喧哗，是鬼子在搜山。她轻轻用衣襟堵住了月录的耳孔，万一他被惊吓到哭起来，那可就瞎子害眼——没着儿了。杂沓的脚步声夹杂着吆喝声，估摸着也就几十米的距离，她的心揪作一团，喘气都变得艰涩了。偏偏这时月录扭动着身子，这是要撒尿的前奏，她不敢让他的嘴离开乳头，就任由他把尿撒在了怀里。

洞里完全黑下来。洞外晃动的灯火一下下投进来，更增加了一种鬼魅的气氛。肖国英默默祷告着，求观音菩萨保佑她们母子平安，求老天爷显显神威劈了这伙豺狼，求海龙王发大水把这些鬼子送回老家吧……

黑沉沉的夜空飘下了雪花，被风吹进洞里，打在脸上痒痒的。

她忽地担心香儿，可怜的孩子！她怎么度过这个寒冷凶险的夜晚啊？她急得眼泪掉下来，可是她又能怎么样？

火光渐渐远去了，只剩下寂静，那么静，静得人心慌神乱。

这一夜如此漫长，时间变成一只耗子爬到她的心头啮噬着，咬她一口向前挪一点。挨到黎明时分，她觉得胸膛里已经空空荡荡，撕裂的疼痛已经被麻木取代。一宿间月录说了三次梦话，扑哧笑了一次，而她睁着眼硬挺了一夜。

她扒拉开洞口的积雪，弓着腰爬出来，凛冽的寒气一下箍紧了她，她赶紧用棉大襟裹住月录。她踩着没过脚踝的雪疾行着，不敢走得太快，看不清路，路上多乱石，一不小心就是一个趔趄，要是摔倒了，最倒霉的还是月录。

终于来到那堆椁椤堆前，一夜雪已经把它变成一个肥肥的小山丘。哦，天可怜俺的香儿啊！她一手抱着月录，一手扒着柴草。月录醒了，瞪着小眼看雪花飘舞，小手伸出去捕捉着，发出嘻嘻嘻的笑声。看到了，看到香儿的第一眼，肖国英狠狠扇了自己一个耳光，泪水奔流下来：香儿浑身瑟瑟着，眼睛里窜逃着惊惧，更有一层无法言喻的怨恨。她手里抓着一把清灰色的野草，嘴角流着青色的汁液，那是她忍不住饥饿，随手薅下身边的草充饥呢。肖国英猛地把香儿抱进怀里，却分明感到了她的抗拒。她小小的感情世界已对这个狠心的母亲筑起了一道防线，这道防线一直延伸进岁月的深处。

雪花飘，树梢摇，山雀噪。

肖国英挺挺僵酸的腰，向着那座残破的村庄走去，雪地里留下几行脚印，大的引着小的，小的咬着大的。

香儿回到家里就病倒了，咳喘得厉害，小胸脯呼嗒呼嗒地起伏，小脸憋得酱紫。杨积会跑到邻村郎中那里讨了几服草药，熬了给她喝，总算没再恶化，却留下了终身未愈的哮喘病。她的胸膛里从那以后就像安装了一部小风箱，一天到晚呼嗒呼嗒着……

形势平稳了，月录的爸妈派人赶着骡子车把肖国英和月录接到莱阳住了几天。她从未去过这么远的地方，回来就跟人说月录的爹是黄司令，他妈长得可俊了，叫王香，末了还不忘追加一句：俺可是沾了月录的光儿了……

月录三岁那年，肖国英迎来了乳娘最痛苦的时刻，他的亲生父母要接着他南下了。那天早晨，霞光满天，一个骑着高头大马的战士从她手里接过月录，放在马背上，冲她打个敬礼，然后飞身上马，抖动缰绳，遗落一串清脆的铃声，向着东方奔驰而去，渐渐融入了那片无比辉煌的光影里……

2012年正月里的一天，病中的肖国英头脑分外清凉……她再次站立在东凤凰崖村口，几棵桃树开得正艳，浓郁的香味流溢着，艳丽缤纷的朝霞环绕着她，一匹高大的战马嘶鸣着从一片彩云里奔驰而来，上面挥舞着马鞭的年轻人英气逼人，他响亮地高喊着："娘哎——我来了——我是月录啊——"

那一刻，一缕甜蜜的笑容浮上了她沧桑的面容。她似乎听到人们在说：老太太走得真安详啊。

……骏马带着娘俩奔跑在一条铺满了苦菜花的道路上，花香汹涌，海山肃穆。

55.灼心

王奎敏跟着村妇女主任王庆玉走在去往泽科村（现属威海市乳山市崖子镇）的羊肠小路上，绿油油的山风揉乱了她乌黑的头发，那年她十九岁。路过一条小河时，她看着水中荡漾的影子，那是一张洋溢着青春气息的面孔，虽然她已经结婚一年，虽然她刚刚失去了几个月大的女儿，虽然还有淡淡的哀愁缠绕于心间。她撩起清澈的河水洗了几把脸，她要清清爽爽地迎向新生活：她已经答应王庆玉抱养那个正在泽科村一户人家的乳儿，正式入列胶东育儿所乳娘的行列。

王奎敏的娘家河西村跟丈夫姜秀竹的村子姜家村一河之隔，凭着媒妁之言嫁进了这个人口繁多的家庭。公公在家里有着绝对权威，是村里的党员干部，上级号召什么事，他都积极响应。王庆玉找到他说区里的妇女主任刘素兰正急着给儿子找乳娘，她觉得他的儿媳王奎敏合适，已经推荐给刘素兰了。他到区里办事时见过刘素兰，她是诸往镇九龙圈村人，说话竹筒倒豆子，干事风风火火。他说俺没问题，你找奎敏说说吧，她要觉得行，你们就尽快把孩子抱过来。王庆玉找到王奎敏一说，她问俺公公啥态度，王庆玉便把她公公的意见托给她。那就行，她憔悴的面容上浮现出一丝笑意。王庆玉挎着她的胳膊跟姊妹俩似的走出了村子。

这时王奎敏还没有完全从孩子夭折的悲痛里走出来，但听到王庆玉说这孩子的爸爸没等到他出生就随军南下了，刘素兰整天在区上忙得滴溜转，孩子生下没几天就送给老乡养着了，她心里一紧——可能是已经当过母亲的缘故，她特别能体会撇下亲生孩子的痛苦，同为女人能帮一把就帮一把吧，何况公公的态度虽没有直接说，但还是倾向于让她接下这个差——毕竟是组织安排的事情啊！

泽科村在姜家村后边的一个山沟里，几步路，抬腿就到。

她俩远远地望见村头站着一个人，走近了，王庆玉介绍说这是孩子的妈妈刘素兰同志。刘素兰紧紧握住王奎敏的手，连声说着感谢的话。王奎敏腼腆地说客套啥，俺晓得做女人的难处，尤其是你这样干工作的女人。刘素兰咬着嘴唇强忍着不让眼泪流下来。王奎敏说刘同志你就放心吧，以后俺就是孩子的亲娘啦，拉扯孩子俺有多大劲就使多大劲。王庆玉说别搞得跟白帝城托孤似的，素兰主任你就一百二十个放心吧，奎敏的公公是党的人，没一件事落在后头的。刘素兰趴在王奎敏的肩头抽噎起来。王奎敏拍拍她的背，也不由跟着滚下泪珠来。她想人家的孩子好歹活着呢，俺的妮儿咋就这么短命呢？王庆玉笑着说快别刮风下雨的了，老百姓都朝咱这边瞧景儿呢。

三个人被阳春的太阳晒得身上暖乎乎的，边说边朝那户人家走过去。

一接过孩子，王奎敏傻眼了：这可咋养活啊？孩子瘦得像根火柴棒，托在手上轻得一阵风就能刮走；再细看，孩子的脖子朝后反弓着，搭手一摸紧绷绷的，眼里无神，鼻息微弱。她立刻把孩子还给了刘素兰，不是俺推托，你这娃子俺恐怕养不活，你看看吧。刘素兰往后一躲，诚恳地说当着王庆玉的面，我把话撂在这里，这孩子你能养活是他造化大，养不活跟你没一丝一毫关系。王庆玉帮腔说，刘主任干的都是为老百姓的事，你就帮帮她吧，她把老底都托给你了，多相信你啊。王奎敏咬着嘴唇撩开怀，把壮硕的乳头递到孩子嘴边，他翕动着嘴唇，轻轻地吸了几下，又吐了出来，这眼见的是……王奎敏急得直跺脚，给俺养也行啊，得先把孩子的病治好了！刘素兰赶紧说行啊，咱这就到崖子看医生。她又对王庆玉说，你甭跟着受累了，我带奎敏去就行。

路上刘素兰告诉王奎敏，这孩子生下没出满月就送到申家村一个老乡家养着。这个老乡看孩子太大意，多大的孩子啊就往空里抛着玩，吓着了孩子，日渐萎靡下来，就托人告诉了她。她又托人找了泽科村这户老乡，人家养了一段时间，一看孩子没起色，怕砸到自己手里，好说歹说就是不养了。王奎敏心里暗暗叫苦，敢情这是个烫手的山芋啊，你呀你，你有啥起死回生的本事充能呢！可是说出去的话泼出去的水，刘素兰既然把话挑明了，她就尽着心做吧，至于结果那就交给老天爷了。

在崖子村转了几个诊所，大夫一看就摇头，还好有个大夫给了几粒小小的红褐色的药丸，让她们每次喂奶时搁孩子嘴里冲下去。

刘素兰跑到糕点店里买了两封桃酥雪花糕，把王奎敏送回村，跟她的公婆见了一面。两人一见孩子这情况，也都嘬了牙花子，这碗麻汁酱可不好拌啊。临走刘素兰告诉王奎敏，她丈夫临走前给孩子留了一个名——政文。

按照大夫的交代给政文喂了药，哄他睡着了，王奎敏端出针线笸箩想用刘素兰带来的布料给孩子做床棉褥子。刚穿上针，就见政文浑身抽搐，手脚朝着空中乱抓挠，脖子绷得僵直，便慌了神，赶紧轻轻握着他的小手脚，不让他乱动，嘴里轻轻唤着政文啊政文啊，俺的好孩子，别怕啊娘在这里呢，有娘在谁也不敢动俺的娃！她忽而坚定地说你们要是有啥事冲俺来，别冲着孩子！从小在乡间长大，她耳朵眼里灌了不少黄大仙胡大仙的故事，还有一些兴风作浪的“邪物”怎么找算人的事，她就想是不是有什么不干净的东西“扑在”政文身上了，所以才这样立场鲜明地表明了自己的态度。随后她又用婉转而哀怜的口吻说，你们就发发慈悲吧，等俺政文好了，俺给你们上供去。村后边的山坡上有间小庙，里面立着一个不高的土地爷像，还有几位大仙的牌位，庙虽小，香火倒不断。她想既然自己在心里许了愿，只要政文好了，就得还愿去，不让公公看到就是了。他整天在村里号召群众移风易俗，破除迷信，自己这可是跟他唱反调啊！她似乎看到了公公愠怒的样子，叹口气说，这都是为了政文啊，您就多担待着点吧。

邻居听说她抱养了孩子，都来瞧瞧，一律把头摇得像拨浪鼓。一个大嘴巴媳妇说秀竹家里的，你又抱了个死孩子。王奎敏抄起扫帚扫地，直接扫到了她的脚上，她哼哼唧唧地走了。王奎敏冲着她的背影“呸”了一声，乌鸦嘴！扫帚星！可心里却打起了鼓点：这几天晚上，政文还是睡不踏实，动不动就浑身筛糠，看来，还得找刘素兰去。

她用刚做好的小褥子包裹好政文，抱起来，扭着小脚就去了崖子村。

刘素兰正跟一个中年妇女交代什么事，见王奎敏抱着孩子进来，赶紧起身让座。王奎敏说这几天孩子没见转好，该再找大夫瞧瞧。那中年妇女凑过来看看孩子说，你们说巧不巧，前天俺村里在外头的一个医生刚回来，听说治病挺有一套，要不俺领你去看看。王奎敏问你是哪个村的。那人说俺是泽科的。王奎敏笑了，孩子就是从泽科抱来的，再回去瞧病，不是丧气原来养孩子的那家人吗？那人说管她呢，没养好孩子她还有功了？甭管她！俺带你去。刘素兰说我看行，你就跟她去一趟吧，外来的和尚会念经，说不定政文就能赶上好事呢。王奎敏说只要对政文好怎么着都行——你瞧瞧孩子不？刘素兰接过政文轻轻摇着，呦嗬，孩子好像长斤两了！王奎敏奶水足，隔一会儿就喂政文两口，虽说每次吃不多，可架不住次数多啊。这母乳是最好的营养品，不光管饱，还能抗病，难怪孩子悄悄有了改善。王奎敏听到赞扬，心头倒了一个蜜罐子！她对刘素兰说，给孩子看病，你最好跟着。刘素兰思忖思忖答应了。

到了泽科村，在那位妇女干部的带领下找到了大夫。大夫姓钟，五十岁左右的年纪，先前在潍坊行医，国共进入拉锯战后，局势愈加动荡，听说老家相对太平，便带上妻小回了泽科村。

他检查了政文的情况，确为惊吓所致，但因为拖得时间长，影响到婴儿的脾胃，造成了食欲不振，发育迟缓，这确是比较棘手的病症。

刘素兰说，钟大夫，听说你从大地方回来，肯定经得多见得广，孩子就拜托给你了。

钟大夫诚惶诚恐地点着头，我会尽力而为的。

钟大夫知道刘素兰的身份，显得有些局促。

王奎敏说您也甭担心，治不好是孩子的命不好，治好了是他的造化大。

刘素兰听了意味深长地一笑。

钟大夫让把政文放到炕上，他取出几根银针，轻轻扎在政文的手上头上脚上。王奎敏和刘素兰在旁边摁着他的身子。扎完了，钟大夫拍拍手，抓起政文的手掌轻轻揉搓着，又缓缓推摁着他的手臂。都以为孩子得闹腾，恰恰相反，孩子老老实实，多少还有点任他摆布的意思。

王奎敏一看心说有门儿。她崇拜地看着钟大夫，真太神了，好像孩子不一惊一乍的了。

钟大夫说，先治上几天看看再说。

王奎敏说，俺是姜家村的，离你们一眨眼的路，能不能请您到俺家里去，来回抱着孩子万一着个风啥的，多不自在。

钟大夫说，我们的规矩是医不叩门，意思是当医生的尽量少串门，省得给人家添堵。

王奎敏说，咱不信这些，明儿叫俺公爹来请您。

刘素兰问，你当家的不在家？

王奎敏说，前段时间跟着几个人下关东了，他会木匠，那边活多。

第二天，钟大夫被请进了王奎敏家，继续给政文针灸推拿。王奎敏扶着政文的小胳膊小腿，阳光照进来，他皮肤下的血脉隐隐可见，透明的手指泛出鲜润的色泽。她听到窗外树木的嫩叶柔条在微微抖动，鸟雀扑棱棱地在枝间嬉戏。

午饭是婆婆做的，四个农家小炒，一壶老白干，喝得钟大夫脸上绯红，他便跟公公讲起了外面的见闻。太阳西斜，背着手打道回府，走到那条河边，望着一河浓得化不开的绛彩，他竟痴痴地呆了。

第三天，钟大夫是下午来的，他解释说上午去了几个病家，抽不出身来，然后便给政文下了针。晚饭是两个白面馒头，一碟油炒疙瘩丝，照例还有一壶酒。饭后他又跟公公攀谈了一阵子。王奎敏说钟大夫您就甭回去了，路上磕磕绊绊的。公公说咱俩睡那边的大炕，让老婆子跟秀竹家里的睡，省得明天再颠簸了。王奎敏真实的意思是别再不按点治了。钟大夫瞧瞧门外，黑咕隆咚，有心让人家送吧，怪麻烦的，就点点头，随着公公去了那边的屋子。

治疗了七八天，政文睡觉安稳了，脖子柔软了，食量也大起来。

王奎敏装了些核桃板栗花生，又跑到崖子买了两封点心，外加一块花布，送到钟大夫家里。回来的路上偷偷到那座小庙里烧了两刀纸，磕了几个响头。

问题接着来了，政文的胃口大开，王奎敏的奶水有点招架不上了。她听人说鲫鱼汤下奶，可总不能叫公公给她找鱼去吧，传出去好说不好听。心一狠，把政文交给婆婆看着，她扛上铁锨提上篮子去了村外的河边，挽起裤腿，下到水里，摸起鱼来。

过去她在娘家时就跟着姐妹们摸过鱼，有点技术功底，手底一扑棱，赶紧捂住，朝岸上一抛，一条拃巴长的鲫鱼在草丛里干跳着。又是一条。手底一滑，捂住提出水面，扑棱棱，俺的娘啊，一条水蛇！吓得王奎敏嗷一声，跳上岸来，瘫坐在岸上。从小到大，她最怕的就是蛇了。她捂住突突跳的心口，脸色煞白，缓了好长时间才平复下来。那条蛇盘在一丛水草上入定了一般岿然不动，绿色的头颅，阴森的目光，绿白相间的身体，无不散发出一股凛凛寒气。

可只逮到两条鱼，显然不够啊。她壮起胆子，朝蛇挥舞着铁锨，它却不甘示弱地冲她吐出红红的舌芯子。王奎敏头皮发炸，要是平时早就落荒而逃了，此刻她真是吃了熊心豹子胆，铲起一锨土，朝它扔过去。它实在架不住哗哗啦啦的“土雹子”，慢悠悠地游走了。

确认安全后，王奎敏再次小心地下到水里，弯下身子摸着。

忽然，有人喊了声“馋娘们儿”，她抬头去看，原来是王庆玉正笑吟吟地站在岸上。王奎敏提着一条鱼走上来，两脚沾着乌黑的淤泥。

她抢白道："你站着说话不腰疼，政文现在的胃口大得像头小牤牛，俺的奶水不济了，这不想法子补补吗？"

王庆玉说："你真没的说，这娘当的！"

王奎敏说："你是不是找俺有事啊？"

王庆玉说："俺刚才领着胶东育儿所的巡视员到你家去了，他们看了政文的情况很满意，给你留下了一些粮食和布料。"

王奎敏说："这是咋说的呢，咱还要人家的东西！"

王庆玉说："这是每个乳娘和乳儿应得的，都是组织上统一供给的。他们还告诉了俺一件稀奇事呢。"

王奎敏拔了把青草擦着脚上的泥，"啥稀奇事？"

王庆玉说："国民党一艘货轮在咱这儿的海面搁浅了，全船的人都被咱们的民兵俘虏了，还缴获了大批物资呢。这里面好多好吃好玩的东西，怎么处置呢？上级命令送到育儿所，给孩子们消费。这下子育儿所可阔气了，有的孩子穿上了皮马甲皮裤，吃上了洋糖果和鱼肝油。一位乳山县的领导到所里视察，看完后对刘志刚所长说，你们培养的这些孩子算是完蛋了。刘所长很纳闷，这是怎么说的呢？就问他什么意思。这位领导说，你们给孩子吃得这么好穿得这么好，这不是照着纨绔子弟培养吗？以后还怎么建设我们的新中国？刘所长一下没答上话，过了一会儿说，领导同志，你说咱们缴获的战利品不给这些孩子该给谁呢？领导又没了词。你说好笑不好笑？"

王奎敏不明白什么叫纨绔子弟，王庆玉说："就是光会吃吃喝喝的人，你说这个领导的嘴够损的吧。"王奎敏说："穷人家的孩子早当家，真想要孩子成事就得多吃苦。"王庆玉说："你还一套一套的，哎，俺刚才在你家见到你当家的从东北来信了。"王奎敏一惊，"信上说啥了？"王庆玉说："你公公婆婆不说，俺也不能觍着脸问啊。"

王奎敏揣着一肚子问号，提起篮子往回走。

姜秀竹的信上说东北这块赚钱挺易的，叫王奎敏过去帮帮手。

公公说这事可行，老是两地分着不好，过去有个相互照应。王奎敏问政文怎么办？公公说孩子现在已经正常了，过俩月就能续上饭食了，行的话带过去，不行的话就让他妈抱回去吧。王奎敏的心被锥子攮了一下，沉下脸来。那天夜里，政文吮着她的奶头，饱餐一顿，安稳地睡着了。王奎敏却失眠了，一边是丈夫，一边是怀里的这个孩子，两边都叫她不忍割舍。她翻过来掉过去地衡量了一夜，也没拿定个准主意。

就这样拖了两个多月，姜秀竹来信又催她，她只好找到王庆玉商量。王庆玉说政文还没“忌奶”，你撂下他，恐怕孩子一时半会儿适应不了啊，你没见这孩子气性挺大的，还是等等好。王奎敏就继续拖延着。政文断奶了，开始吃上主食。看着孩子一天天壮硕起来，王奎敏脸上闪着骄傲的光，心里隐藏着的焦虑却越来越大：丈夫催了两次没结果，已经不再催了，似乎平静了，实则平静里孕育的不满在不断累积，说不定哪天火山喷发，就是一场家庭灾难。

她把自己的隐忧告诉了王庆玉，王庆玉说俺跟刘素兰说说，现在孩子离开身了，问问她怎么办。

过了几天，王庆玉告诉她刘素兰不同意她带着孩子去东北，天高地远的，准备让孩子的姥娘接走他。王奎敏把政文紧紧抱在怀里，好像怕人把他抢走似的。又是一连几夜的失眠。睡不着，就爬起来给政文做衣服，昏灯孤影，不知疲倦地穿针引线，间或低头看看熟睡的孩子，心头滚过一阵热流，往日的种种情形一一浮现在脑海里……

政文姥姥看到他的第一眼就惊呆了，她不敢相信那个皮包骨头的孩子变成了眼前白白胖胖的大小子。她拉着王奎敏说：“闺女啊，你就是这孩子的再生父母啊！”王奎敏抱着政文亲了又亲，舍不得交给老太太。老人提出来，孩子乍离开她肯定闹腾，她能不能跟着去住几天。王奎敏答应了——她乍离开孩子也不行啊！

从姜家村到九龙圈村十几里路，每走一步王奎敏都觉得向着分别靠近了一步，心里都咯噔一声。起伏的山岭已经披上了秋色，南飞的大雁排出了人字阵势，脚下弯弯绕绕的山路在王奎敏心里打了一个又一个结儿。这些结儿并没有随着岁月的流逝而开散，反倒是越勒越紧了……

后来王奎敏跟姜秀竹生了一个男孩，取了乳名也叫政文。

一晃七十多年过去了。王奎敏老人成了目前在世的几位乳娘之一，老人的身板依然健朗。

从姜家村大街上通往王奎敏家的是一条高低不平的胡同。每当有人来看望她时，她总是用浓重的山地口音叙说一遍政文到她家来的前前后后，末了总也不忘恳请来人：你们要是有法子，就捎个信儿给政文，告诉他俺挺想他的，叫他有空回来看看俺……她身边的儿子揶揄着她：你整天看着这个政文想着那个政文。人们一阵大笑。在响亮的笑声里，王奎敏攥起衣袖拭了拭浑浊的眼角。

随后，客人要离开了，九十多岁的王奎敏总是颤颤巍巍地送到胡同里，这时若是你不经意间回回首，你会看到那位白发苍苍的老人手扶着墙壁依然倔强地立在那儿，像是送别，又像迎候。

第十七章　寸心春晖

56. 长情

1964年8月27日是横亘在她生命里的一条分水岭。此前她名叫宫剑英，身份是乳山县西北部山地一个有点倔强的农家姑娘，好学上进的中学生；此后她更名李建英，身份是山东省会济南一个城市家庭的一员，市重点中学学生；唯一不变的是她对遥远山村里的乳娘戚永江的那份牵挂。

1936年2月，山西交城人李大林听说陕北闹红军，就偷偷跑去参加了红军十五军团，其后一直战斗在基层。1940年他随延安赴鲁工作队来到鲁南抗日根据地；1943年3月被派往胶东抗日根据地，任职于军区后勤部门。1948年6月，胶东解放军在许世友司令员的率领下挥师西进参加济南战役，此时任胶东被服总厂副政委的李大林正被一件喜事搞得焦头烂额：妻子偏偏在这时给他生了一个女儿，而他却要随军出发了。

当时被服厂驻在崖后村（现属威海市乳山市诸往镇），思前想后，别无良法，只能按惯例给这个小生命找个乳娘了。他先是找到崖后村妇救会主任，她爱莫能助：崖后村没有正在哺乳的妇女。再找来离此几步远的口子村妇救会主任宫宝葵，她想了一会儿，眉眼放光地说俺村还真有个合适的人，她叫戚永江，丈夫在党，刚殇了个孩子，奶水足着呢。李大林夫妇愁云惨淡地看了孩子最后一眼，狠着心把刚出生三天的女儿交给了宫宝葵。李大林送到村口，跑到旁边的水塘边摘了两片荷叶，一片给宫宝葵取凉，一片覆在孩子脸上遮挡毒日头。望着宫宝葵走远的背影，李大林脸上现出痛苦抽搐的神情。

戚永江从宫宝葵手里接过这个小生命，怜惜地看着她那张还没有展开的皱巴巴的面孔，“唉，她爹娘也够狠心的！才多大啊，就舍得撇下！”

宫宝葵说：“这不部队开拔去打济南府，她爹娘得执行任务去。嗬！俺听说济南府可是个大城市，顶咱崖子镇儿百个！打下济南府，咱就有好日子过喽！”

戚永江说：“孩子送给俺，俺就当亲生的待承，保准不给她掐半点亏吃。”

宫宝葵说：“俺还信不过你吗？从南京到北京，树的影人的名，谁不知道你心善啊！”

戚永江说：“甭在俺跟前说这些，人家爹娘打了鬼子打老蒋，遇难关了，咱不帮人家一把，良心叫狗吃了？”

戚永江寻思了一会儿说：“早年听戏文里唱金枝玉叶啥的，俺看这个没人疼的孩子就叫金枝吧。”

“这名好，一听就老富贵呢！”

院门哗啦一声，一阵脚步声近了，是戚永江的儿子宫培爱割草回来了。

“十五啊快进来，俺给你说个事。”

十五是宫培爱的小名，那年他才十多岁，倒长了一副大骨架。他打着赤脚，挽着裤腿，往娘身前一站，瓮声瓮气地问：“你就说呗！俺听着哩。”

戚永江说：“俺又给你刨来个妹妹！”

宫培爱说：“你骗鬼哩！哪有这种事！”

戚永江冲怀里努努嘴，他往那儿一看，傻了眼。

戚永江说：“你不是刚殇了个妹妹嘛，你宝葵婶子怕俺难过，就领着俺到北山上，使劲刨了个大坑，就刨出了这么个小玩意，你看看睁开眼了，吧唧嘴呢。呜呜呜——”

宫培爱看看宫宝葵。

宫宝葵神秘地点点头，“可别到处吆喝啊！叫人知道了，以后就刨不来了。”

戚永江说：“以后啊，你就有活干喽……”

宫培爱挠挠头说：“看孩子的活不都是老娘们儿干的吗？”

宫宝葵一把扯住他的耳朵，“小小年纪先学会歧视妇女了，什么叫老娘们儿？”

宫培爱不服气地说：“俺爹嘴头上哪天不老娘们儿老娘们儿地说个几百遍！”

宫宝葵说：“好你个宫风勤，上梁不正下梁歪啊！”

戚永江沉着脸说：“宝葵啊你多大的人了，跟个孩子胡扯！”

宫宝葵嬉皮笑脸地说：“你家培爱实诚，逗着好玩。”

戚永江嫁给宫风勤后，一撇腿一个孩子，一口气生了六个，刚殇了一个，又来了一个，总数还是六个。想一想头就大，一个贫寒的农家怎么养活这么多张嘴呢？俗语说能多一兜，不多一口，一张嘴就是一个饥荒。戚永江最不愿回忆的就是这段日子，丈夫常年在外东跑西颠，忙着组织交给的任务，三更半夜回家倒头就睡。家庭的重担全落在她的肩头，没办法，她又转移给宫培爱一部分。紧扒慢挠，还是填不饱几个孩子的肚皮，四个孩子相继夭折。到头来，戚永江已经对悲痛不再敏感，人饿到极致，连调动基本情绪的力气都被抽干了。每天戚永江拖着虚弱的身子出去找吃的，树叶树皮草籽草根地瓜蔓儿玉米芯儿，都成了救命的宝贝。宫培爱专职哄孩子，带着金枝满村溜达，顺便踅摸点吃的。日子就这样一寸寸地熬过来，把戚永江熬得鬓边早生了白发，宫培爱麻秆一根，只有金枝出落得花骨朵一般，摇曳在这根叫宫培爱的麻秆上。宫培爱对这个“刨出来的妹妹”既像哥哥又像保姆，小金枝就跟粘在他背上似的。

到了上学年龄，看到同龄的孩子都往学校跑，宫培爱也背着金枝往那儿跑。人家坐进教室里听老师讲课，他揽着金枝坐在门槛上，弄一块泥巴板跟着老师写写画画。一连十多天。“老师发现了，过来问我，你叫什么？我说我没有名。小名呢？我说叫十五。你怎么没有大名？有没有父亲？我说有父亲。你父亲在哪儿？我说在外面打老蒋。你怎么不念书？我说我不能念书，我的任务就是哄孩子，哄俺妹……”那几年在宫培爱的观念里哄孩子是他铁打的任务，是不可能改变的宿命。

第二天，老师去了宫家，见了戚永江就是一顿批：“我是这里的老师，你怎么不让孩子念书呢？你男人在外面当兵，你家是军属，军属怎么能不念书？叫十五上学堂吧。”戚永江看看快跟自己一样高的孩子，心头一酸，是啊，怎么着也不能耽误了孩子的前程啊！

宫培爱蹦蹦跳跳地去上学了，老师给他取了“大号”。

三岁多的金枝转移到戚永江的手上，就等于所有压力聚拢到她身上。好在金枝能跑能颠了，寂寞的时候还能小嘴吧吧地跟她说说话。看着天真烂漫的金枝健康成长，戚永江觉得所有吃的苦，值了！

偏偏这时金枝闹起病来，生背疮，不敢仰躺，只能侧着身，整宿整宿地闹腾。戚永江又是拿湿毛巾降温，又是找零食哄她，眼见得金枝精神头萎靡了。戚永江慌了手脚，抱着她去找宫宝葵。宫宝葵说找俺干啥，找医生去啊，拉着她就往赤脚医生家里跑。赤脚医生宫培正对这个病不怵头，拿出手术刀，消消毒，把疮切开，引流出脓液来，上药，包覆，收工。戚永江抓着金枝的手，看着手术刀割在孩子身上，她却浑身打冷战，流冷汗。金枝总算是渡过了这一关。

乡间有句老话，叫生一次病长一个心眼。古灵精怪的小金枝长了一个心眼，却长到别处去了。

宫培爱带着她到外面玩，不知什么事把她惹哭了，回到家就向戚永江控诉哥哥："俺哥又打俺了。"

戚永江拽过儿子就扇，宫培爱就嚷嚷："俺没打俺妹！"

"你没打，她一个孩子还会扯谎！"

宫培爱就挨了一顿不明不白的打。扭过头去看金枝，她做个鬼脸，偷着乐呢。戚永江也看到了，"你笑什么？""俺哥没打俺，俺说着玩呢。"戚永江这个气啊，冲着她举起巴掌，又咬牙切齿地放下了。后来她又跑来"告御状"。也真怪了，戚永江这个当娘的总是偏听偏信，一见金枝受委屈，这暴脾气就上来了，不管三七二十一，巴掌就招呼上了。宫培爱受不了，抱头鼠窜，戚永江扭着小脚在后面追。这一幕滑稽戏成了金枝童年里最开心的项目之一，看着看着，忍不住扑哧笑了，戚永江这才回过味了，敢情又中了这个小丫头的招儿。

再遇到被冤枉的事，宫培爱就不干了，有时气得直踢门槛，把门框踢得晃晃悠悠。戚永江趁宫风勤回来告诉了这事，宫风勤说："他跟你一个脾气，自己发不出来怎么办？只能踢门槛了。他知道他妹不是亲生的，得爱护着，俺没见他动过他妹一手指头。"

多年后金枝结了婚，回来小住，还双手吊着宫培爱的脖子不撒手。宫培爱说你都多大了，不怕别人见了笑话你？她动情地说："哥，我知道我小时候没少叫你挨打。"宫培爱自嘲说："咱娘脾气暴，但亲你亲得要命，俺是她眼中的钉，你是她掌上的明珠。"

金枝六七岁时成了宫培爱甩不掉的小尾巴，皮实得像个男孩子。宫培爱跟几个玩伴到河里摸鱼，她在岸上快活地捡；他们去偷瓜摸枣，她也让宫培爱背着去，不想被人家抓个正着——背着个人，还能跑得快吗？宫培爱就说俺就一个妹妹，她非得跟着来看看，你看俺什么也没偷啊……小伙伴们臭他："你别再带着你妹了，累赘一个！"他说："俺妹不比一个爹的，她离开俺不行，俺离开她不行，她离开俺娘行，离开俺不行。"他们在山洼里烤鱼烤麻雀，也抓蛇，煺了皮，烤了吃。吃鱼时宫培爱只吃鱼刺，把肉全剔给金枝吃。好长一段时间里，金枝都以为鱼刺比鱼肉好吃。有一次非要闹着换着吃，把鱼刺往嘴里一搁，一嚼，这是啥玩意啊！呸呸呸！

金枝能够离开人自己到街上玩了。一天，她嗷嗷地哭着回了家，戚永江紧几步迎出来，抱到怀里问："谁惹俺金枝了？"金枝索性往地上一坐，蹬脚甩手，大放悲声，看着不像耍花枪。戚永江急了，扳住她的肩头吼道："快告诉娘，谁欺负你了？"金枝说："那个谁谁谁她娘见俺跟她闺女打架，上来指着俺说戚永江不是你亲娘，你还这么横！"

戚永江的脑门子忽地被一股怒气顶得吱一声，飞出一只知了，她稳稳身子，一把抓起金枝的手，"娘给你报仇去！"她旋风样刮进那个倒霉的妇人家。人家刚想解释，她蹿上去薅住人家的头发往地上一摁，便噼里啪啦打起了耳光。人家被打了个措手不及，回过神来，便组织起了有效的反击，一会儿你在上面骑着我，一会儿我又把你掀翻到下面。金枝哪里见过这么激烈暴力的场面，吓得变成了小泥胎。闻讯赶来的乡亲们把两个歇斯底里的妇人拉开，戚永江不依不饶地指着人家的鼻子说："谁要是敢欺负俺家金枝，俺就豁上老命不要了！"她汹汹的气势凶凶的眼神，把那妇人震得说不出一句囫囵话，刚开头"俺俺俺"，她就骂上了："俺俺俺你娘的头，你要脸不要脸，打俺金枝！"人家又开头"不是不是不是"，她抢过话头："不是你娘的茄子，不是你打俺金枝，还是俺金枝打了你不成?”……总之，完胜，不论武力上，还是道义上，外加实效上，她高傲地牵着金枝的手打街道上走过，遇到她的人都尴尬地笑笑，避让到一边去。

从今而后，全村老老少少男男女女谁也不敢欺负金枝了：都被戚永江护犊子的凶蛮劲儿吓住了。

金枝小脑瓜里的问号，并没有因为这场轰轰烈烈的战斗而烟消云散，反倒随着日子的流逝而长大，终于她向戚永江问道：“我到底是不是你亲生的?”

戚永江一愣，笑着说：“怎么不是亲生的呢？你看你长得多像俺!”

金枝瞪着迷茫的小眼睛不吱声了，戚永江把她拉进怀里，“傻闺女，你要不是俺亲生的，俺早把你扔到漫洼地里了，一把屎一把尿拉扯你图个啥呢?”

金枝一头拱到她胸前拧钻起来，“都是他们瞎说二百说！我再也不信这些老鸹叫了。”

戚永江抚摸着她的头发，“谁要是再敢胡嚼，看俺不拔了她的舌头!”

1958年全国经济形势急转直下，在烟台工作的宫风勤被下放回来。此前就有人劝两口子趁年轻再要几个孩子，这时又旧话重提，亲门近支的说客一拨拨上门，都被戚永江坚决回绝了。她说：“俺能把这俩孩子拉巴大就心满意足了，没有富余精力了。”有人警告她：“不听老人言必有心慌事，等你用人了，可没有人卖给你后悔药啊!”戚永江硬硬地回道：“俺金枝可是个有良心的人，您就甭操这份闲心啦!”

金枝该上小学了，这下子愁坏了戚永江两口子。吃饭都是问题的年月，挤一分钱都得努几努，何况宫培爱也到了升初中的时节。没啥好犹豫的，两口子狠着心掐断了儿子宫培爱的求学路，为补贴家用，他恓恓惶惶地打起铺盖卷，从烟台坐船去了大连，到一家钢厂当了炼钢工人。这也为宫培爱之后的悲剧命运埋下了伏笔。

金枝欢蹦乱跳地上学去了，老师给她取了学名：宫剑英。

戚永江两口子饿得眼冒金星，孩子回来就得吃饭，可当下最难的事就是抓挠点粮食了。中国进入了大饥荒年代，家家户户的烟囱不精神，冒出的炊烟有气无力，有力无神，有神没采。更要命的是，为了保护山林，身边的马石山实行了封山管理。过去遇到灾荒年，这马石山就是个大饭碗，到山上一踅摸，总能弄到些野果野物野菜之类，勉强度个年景。

戚永江不管这些，这时候，还有什么比活着更重要的！宫风勤翻翻白眼，表示宁可饿死绝不做违背政策的事。戚永江骂了他两句，挎上篮子溜着山沟，循着荒草小径上了马石山。傍晚回来时，扒拉掉野草，露出多半篮子的野果、山菇、榛子，还有七八个地瓜，吓得宫风勤脸色煞白，“你这是……”

戚永江不屑地瞟瞟他，“这年月饿死听话的，胆大的照样去扑腾，你还甭瞪眼，俺在山上遇到好几家挖药材的，那个卖了，票子到手，想啥买啥！”

好歹糊弄着往前过，没让剑英饿过肚子，戚永江两口子却都饿出了浮肿，剑英初发现时还以为爹娘长胖了呢。

那年春节，按惯例该给剑英做身新衣服，现在连吃饭都成问题，哪还能顾及这个。不，戚永江的章程不变。她跟宫培爱商量：“你不是结婚时做了条棉裤没穿吗？”宫培爱明白娘的意思，顶着妻子怨怅的目光找出来。戚永江连夜拆洗，又熬一夜，翻新成一表一里两条裤子，喜得剑英搂着娘的脖子打提溜儿。戚永江嘿唬她：“多大了！没个正经样儿！”她哪里知道这是哥哥压箱底的宝贝呢。

艰难岁月里的亲情像金子般闪光，可这样的光芒往往会被苦难的尘埃所遮蔽。

1961年2月6日，宫培爱从大连务工经烟台回家，准备过年。

剑英很长时间没见哥哥了，围着他转来转去，问这问那。戚永江特意整了两个小菜以示欢迎。这个被贫寒笼罩的小院洋溢着罕有的喜气。晚饭时分，一家人团团围坐在炕桌旁，热腾腾的饭菜，热腾腾的气氛，戚永江怜惜地看着儿子，宫风勤闷头吃饭。剑英端着碗，目光越过碗沿瞅着哥哥。宫培爱说小心把眼珠子掉碗里吃了。剑英扑哧喷了饭。宫培爱说："俺临来买了个虎纹贝壳，等会儿拿给你。"

灯光一晃，村支书叼着烟袋出现在屋里，阴沉沉地问宫培爱："十五啊，你从烟台回来碰见谁谁谁了吗？"宫培爱说："碰见了。""你跟俺到村支部走一趟吧，公安局的同志有事问你。"一家人瞬间石化。宫培爱摸不到头脑，笑笑说："没事，你们继续吃饭，俺去看看。"说完拍拍剑英的脑壳，跟着支书走进了浓得化不开的夜色里。后来这个场景转化成噩梦，一次次出现在宫家人的回忆里。有几次剑英在睡梦里嚷叫着"别抓俺哥——"醒来，浑身筛糠，冷汗淋淋。

宫培爱莫名其妙地被卷进一桩杀人案里，又被稀里糊涂地判刑，蹲了监。宫家跟着被扣上了"杀人犯家庭"的帽子。戚永江一夜白头，憔悴得像棵衰败的芦苇；宫风勤一趟趟跑到牟平县城——当时他们这片区域属于牟平县——为儿子鸣冤，都无功而返；剑英在学校里被人指指点点，有一天她对着周围的人突然大喊一声："我哥不是杀人犯！绝不是——"；宫培爱的妻子受不了打击，留下两个孩子回了娘家。

宫家这条波涛汹涌里的小船哟，到底能不能闯过激流险滩呢？

戚永江打死也不相信儿子会杀人，她了解他。遇到乞丐，他会毫不犹豫地拿出家里的吃食，宁可一家人都跟着他饿肚子。虽然脾气差点，但他心软得像个女人，这样的人怎么可能杀人呢？正是这份信念支撑着她没有倒下，熬了过来。她经常对剑英念叨："没做亏心事，不怕鬼上门。咱等着瞧吧，早晚会还你哥一个清白的！"娘的话无形中给了剑英底气，她相信娘是一位具有朴素的乡村智慧的人，再遇到同学的冷嘲热讽，她都能淡然一笑：时间会证明错的是你们。

就在这时剑英迎来了人生里的第一跳——小学毕业，要升初中了。她满心欢喜地把消息告诉了爹娘。宫风勤一听要交两块三毛钱学费，就咧了嘴，扔出一句“这年头饭都吃不上，还上啥学啊！”剑英头一次听到这样的话，一脑子读书上进的美好图景登时被揉了个稀巴烂。她咬着嘴唇跑进里屋，扑在自己的铺上，蒙住头呜呜大哭。

戚永江酥了手脚，劈头盖脸把丈夫数落一顿，跑进屋告诉她：“你爹说着玩呢，俺妮儿上学是好事，这点学费还叫个事儿！”她捅捅剑英，“快起来洗把脸，准备准备，过两天就让你爹送你去上学。”剑英掀开被子，“我不上学了，别让家里为我作难。”戚永江心疼地擦去她脸上的泪痕，“从小到大，俺就没叫妮儿受这么大委屈，看俺怎么拾掇那个老东西去！”剑英依偎到她的肩头上，“你别怨爹了，我懂事了。”这两句话像在戚永江心头插下了两把刀，难道孩子知道自己的身世了？怎么听怎么都给人一种生分感呢？她虎起脸，气呼呼地说，“你要不上学，俺跟你爹没完！”剑英抱住她号啕起来，“我上，我上——”

这里的学生读初中都要去位于崖子镇的乳山二中，必须住校。听说剑英要外出上学，宫培爱妻子从娘家赶回来，把一床结婚时的新被子给了她。她看着这床红红绿绿的喜被，想起了在狱里的哥哥，悲从中来，跑到村外的诸往河边大哭了一场。戚永江找出自己没舍得穿的一件衣服，给她改做了一身新衣服，又缝了一个大大的蓝粗布书包，美其名曰“书包大，大学问”。

这天秋阳刚爬上山岗，草上的露水闪着光，几只山雀子喳喳叫着飞过浅黄深绿的山野。宫风勤推着“装不够”，花枝招展的剑英坐在一侧，另一侧放着铺盖卷。戚永江扭着小脚跟在旁边，絮絮叨叨着，她软绵绵的话语刚出口，就被山风吹得无影无踪。阳光洒在剑英的脸上，她像泡进了蜂蜜里，满天满地的甜蜜和温馨令她产生出一种不真实的幻觉，这更像一个梦……

到了学校，管报到的老师看看她的名字说："有人反映你哥哥犯罪坐监，我们不能收这种家庭的学生。"

剑英遭了晴天霹雳般泥了。

宫风勤瞪着牛眼咆哮着："俺儿是被冤枉的，怎么又要搞斩尽杀绝吗？"

那名老师无奈地说："这是校长决定的。"

宫风勤说："俺找你们这个糊涂校长理论理论去。"

宫风勤拉起剑英就去校长办公室，一出门，可巧碰见了熟人郑老师。郑老师一把拽住他："你跟头牤牛似的找领导，非得弄砸不可。这样，你让剑英到操场溜达溜达，我带你去找校长。"

剑英失魂落魄地去了操场。郑老师和宫风勤去见校长。

郑老师说："这是学生家长老宫同志，打过鬼子，打过老蒋。"

宫风勤也不敢轻举妄动了，努力挤出一个笑脸。

郑老师说："他儿子坐监不假，但宫剑英和他不是一个爹娘的，她是老红军放在他家养的孩子，纯正的革命后代。"

校长一听，立时肃然起敬，"差点捅出大娄子！"

宫风勤瞅瞅门外，压低声音把宫剑英亲生父母的情况说了一下，校长连声叫着"这是唱的哪一出啊"。

郑老师说："人家爹娘说不定哪一天来找闺女，一问咱们学校把她拒之门外，这还了得。咱胶东的江山就是人家打下来的，人家闺女上个学你还推三阻四！"

校长说："快别说了，叫孩子报到去吧！"

宫剑英挺纳闷，怎么这事解决得这么痛快？宫风勤说："郑老师是校长的表舅，他的话当外甥的不敢不听！”

剑英也没多想，报上到，目送宫风勤推着车子走出了校门。

真叫郑老师说准了，这天一个自称宫剑英亲生父亲的人找到了学校里。

这人正是李大林。李大林从陕北来山东前就在战场上负过伤，所以一直在部队后勤部门工作。济南战役结束后，他主动要求转业到地方，不再随军南下，于是便在这座战争创伤累累的城市里安了家，过上了稳稳当当的小日子。这些年白天忙忙碌碌，晚上辗转反侧，一次次想起特殊时期舍在老乡家的闺女。妻子也一再催他想法打听打听。那天李大林正骑车上班，一眼瞭到人行道上一个熟悉的背影，那不正是宫宝葵吗？他跳下车子，紧走两步赶上去，叫了声“宫大姐”。宫宝葵一愣，随即认出了他，直呼太巧了。李大林直奔主题：“我那年托你找老乡养的闺女，现在怎么样了？”宫宝葵说：“人家两口子对她可好了，现在孩子已经上了初中。”李大林问在哪儿上的，宫宝葵犹豫了，见李大林一脸焦急，就告诉了他，末了说：“老李啊，你可不兴偷偷把闺女领回来啊。她可是戚永江的心头肉，弄不好会出人命的！”

宫剑英跟着班主任去校长办公室，班主任在路上告诉她，有个当官模样的男人来找她，她一肚子狐疑。她怯生生地走进门，抬眼见到一个中等个头的男人正用热切的目光迎向自己，她赶紧低下头。

校长的声音在耳边响起来：“剑英同学，你爸爸来看你了。”

她茫然四顾，哪有宫风勤的影子啊？

校长呵呵笑笑，“找什么？这位就是你亲生爸爸李大林同志，他可是咱胶东革命的功臣啊！”

剑英脑海里轰的一声，似有一颗炸弹爆炸了。她身子摇了摇，身边的班主任把她扶稳了。李大林冲上前去抓剑英的手，她本能地躲开了。

校长打着圆场说："先坐下说说话，这么多年没见，生分自然难免。"

李大林尴尬地缩回手，抱在一处搓着。当了这么多年领导，被人拒绝握手还是第一次，而且是自己的亲生女儿，忽然一阵悲凉涌上心头：都是他娘的战争造成的啊！

剑英偷偷打量这个中年男人，团圆脸型，笔挺的灰色中山服，衣兜上别着一支钢笔。那个埋藏多年的记忆霍地明亮起来：娘拉着她去找那家大嘴巴的妇人讨说法，谩骂，扭打，喊叫，看热闹的人，娘那一脸闪着胜利光泽的高傲……她听见心底传来塌方的声音，她不得不接受这个现实：自己的亲生爸爸出现了。她依旧低着头，那个陌生的男人有点艰涩的声音，一字一字地爬进她的耳朵里："都怪那时的形势，部队紧急出发，一场大战即将爆发，我们没法带着孩子参战啊，只好把她托人给了老乡抚养，可怜这孩子当时才三天啊！我跟她妈难过了好长时间，可是有什么办法呢，许多高级领导的孩子不也都这样放到老乡家了吗？有的再也找不到了……"剑英听见了哽咽声，抬头一瞥，那人正在擦拭眼角，"孩子别怪爸妈了，要怪只能怪战争。"

班主任牵着剑英的手，把它交到李大林手里，他紧紧握住这双令人难以置信的手。这是一双失散了十七年的手啊，这一握接续上十七年断裂的亲情，却无法从根本上弥合十七年缺席造成的情感创伤。他叫了一声"孩子"，把她拥入怀里，那一刻，剑英也被他的悲怆感染了，心里所有的不满都被他的泪水稀释了。是啊！这是她平生第一次这样被一个男人拥抱，她不记得宫风勤这样待过她，连哥哥也没有这样狂风暴雨般地抱过她，这种情感的狂潮只能来自一个内心波澜壮阔、深怀愧疚的父亲！她情不自禁地叫了声"爸爸"，李大林响亮地答应了一声……

弯弯的山路上，李大林骑着借来的自行车驮着剑英向口子村驶去，剑英叙说着乳娘一家人的情况和自己对未来生活的规划……田野里庄稼在生长，路边野花黄灿灿地开着，远方绵绵的山峦起伏有致，浓郁的草木香味令人沉醉。她一遍遍在心底描绘着亲生父亲和乳娘一家见面的情形。

见到李大林的一刻，戚永江心里咯噔一声，她机械地招呼李大林盘坐到炕上，指挥宫风勤烧水沏茶，置办饭菜，支应剑英帮着她爹烧火……剑英在她的声音里听出了一丝慌张，这是从没有过的事情：娘在故作镇静的调度里掩藏着自己的哀伤。

剑英伸手攀住戚永江的肩头，乖巧地偎在她的身边。

寒暄一阵后，李大林说："大嫂，咱们是一家人，我打开天窗说亮话，我想让剑英跟我到济南上学，毕竟那边的条件好些。我还有几个孩子，不差剑英这一个，等她上完学，上班了，她还是你的孩子。"

戚永江爽快地说，"只要对孩子好，俺就没意见。"

她的目光含着笑，却有些游移，不知道在什么地方落脚。

剑英说："我哪里也不去，我陪着俺娘俺爹！"

戚永江点点她的脑门，"傻孩子，你早晚都得嫁人，哪能一辈子跟俺这个老婆子在一起呢？"

李大林说："不慌，不慌，这事从长计议吧。"

李大林走后，戚永江眼见地老了，长年累月的操劳掏空了她的身子，最后一根稻草倏忽而至，一场大病如山压来。

剑英隐隐感觉到娘的病跟李大林的到来有某种若隐若现的内在联系。她内心陷入了极度的纠结：无疑，跟着亲生父亲去济南读书极具诱惑力，毕竟那是一条实现自己求学梦的康庄大道；而娘的身体状况，这个屡遭风吹雨打的残缺的家庭，又抓心挠肺地叫她难以割舍……

就在戚永江艰难恢复的日子里，命运格外开恩地拨开阴霾给这家人照进一缕稀缺的阳光：宫培爱服刑两年多被释放回来了。

宫培爱回来得并不痛快。

他见到监狱门口等着他的宫风勤就问：“为什么放俺出来？”

宫风勤板着脸说：“保外就医。”

他说：“俺不回家，什么结论都没有，回去不明不白的。”

宫风勤叹口气，说：“小胳膊拗不过大腿，先回去再说吧。”

宫培爱说：“你看看俺在里面被折磨的……”

宫风勤瞥了一眼儿子伸过来的双手，那是一双扭曲变形的手，骨节严重错位，让人不忍、不敢多看一眼。他捧起儿子的手低沉地怒吼着，像被拦挡在山涧里的洪水……

回到家，宫培爱陷入了更深的痛苦：他背着的杀人犯的耻辱牌依然沉重地压在这个家上。村里分粮食没他的份儿，子女在外受歧视，女儿因为缺乏照顾而夭折，媳妇病秧子一个。他准备上访，戚永江拦住了他，“先安生地过几年日子再说吧。”他强忍着把冤屈摁下，在屈辱中抬起头。

那天他借了一辆自行车去崖子镇给剑英送干粮，他在监狱里最牵挂着的人就是这个妹妹了。她从小被爹娘宠着，离开家能受得了那份罪吗？她是不是又长高了？是不是比原来安稳点了？他一路飞驰到了崖子镇，见到了剑英，剑英扑过去抱住他，兄妹俩痛哭流涕，惹得老师同学们都往这儿眺。

消停了，他打量着剑英，眼神久久不离，看得剑英的脸腾地红了，“哥，你傻了啊？”

他绽开难得的笑意，“俺妹长成大姑娘了，比山上的野菊花还漂亮！”

剑英说：“你回来可算救了咱娘了，这几年她累得够呛！”

宫培爱说：“俺看出来了，本想再找找上边，给俺个说法，不能白白吃了两年多的牢饭啊！俺不去了，俺依着娘。”

剑英说：“我有个事给你说……”

宫培爱说："甭说了，俺听娘说了，她打心里舍不得你，可俺支持你。"

"哥，你支持我什么？"

"支持你去济南啊！咱乡下人见识少，出门就挨瘪，还是大地方好！"

"我舍不得爹娘。"

"俺给咱娘说了，你让剑英痛痛快快地走，到济南就能上好学校，以后就能找个好工作，咱不能小心眼拦着。"他定定地看着剑英，"妹啊，你是金凤凰，可不能窝在咱这山沟沟里！娘那边俺去说，你就给你爸写信让他给你走手续吧！"

剑英心头的雾霾顿时被他的这番话吹散了，她拽起他的手，准备印上快乐的一吻，可是她被惊呆了：哥哥在监狱里到底经历了怎样的非人折磨啊！

宫培爱回来后，跟戚永江对着孤灯说了一宿的话，他的一句话把这位倔强的母亲的意志彻底击溃了，"你留住俺妹，你想让她顶着杀人犯家庭的帽子过日子吗？"他以一种自虐的方式扒开伤口向外展示，娘终于被他的深明大义和那种无法言表的悲悯打动了。她说："俺心上糊了猪油，光想自己了，俺不能变成剑英的绊脚石，让她走吧……"

戚永江和宫培爱一块送剑英去济南，离开小村的时候，红霞满天，她最后的回首永远定格在1964年8月27日。

此后李建英的生活轨迹沿着时代的脉络不断延伸，却一直没有离开过胶东的那个小山村，直至将乳娘戚永江养老送终。

宫培爱的案子在1984年终于下了结论，恢复了名誉，但二十三年的创伤却在他心底堆积成一座无法融化的冰山。其间李建英也陪着哥哥找过许多部门，均未达成满意的结果。

在那个偏僻的山村里，步履蹒跚的宫培爱每天跟病痛撕扯，最令他开心的就是通过儿子宫红军的手机跟远在省城的妹妹视频，那一声声“哥”一声声“妹”，就像从遥远的年代走来的一般，撩拨得他们心头涟漪荡漾，热泪盈眶……

暮色降临，宫培爱拄着一根枯枝艰难地走过去闩上门，转回身，抬头望着满天星斗，平时他就喜欢唱几句京戏，这时忽然来了两嗓子——

耳边厢又听得马嘶人号，

睁开了丹凤眼仔细观瞧……

57. 反哺

即将油尽灯枯的邓素云颤巍巍地抓住堂妹邓素珍的手，艰难地交到满面悲戚的宋尊光手里，最后恋恋不舍地看一眼扒着炕沿惶恐不安的小正子。邓素珍抱起她送到邓素云面前说：“姐，你放心吧，俺会好好待承小妮儿的！”邓素云眼角缓缓泌出两颗浊泪，溘然而逝。不久后，邓素珍坐在宋尊光的自行车后座上，被驮进了这座愁云惨淡的农家小院。

这是位于乳山县西北部的一片丘陵地带，乳山河静静地流过，清清的流水潺潺远去，草木随着四季的更迭而变换着容颜。离此不远有一片相对平缓的坡地，汪水村正坐落于此。

1946年冬，朔风灌满山谷，雪花如蝶乱舞。

一支神秘的新四军小队驻进汪水村，冥冥之中，命运之手用一根隐形的线，将随军而来的王安澜、张剑平夫妇跟村党支部书记宋尊光、邓素云夫妇系在了一起。

随着一阵女婴呱呱坠地的清脆啼声，张剑平在正月里诞下了第三个孩子，取名为正子。前两个孩子要么送给亲戚，要么下落不明。面对这个刚刚降生的正子，张剑平惶恐不安，隐隐觉察到不祥之兆正蹑手蹑脚而来。

1942年上海华成烟公司的“锡包娘子”张剑平跟上海印刷厂的地下党员王安澜结为连理，几年后她步丈夫的后尘奔赴皖南参加了新四军。抗战胜利后，新四军按照党中央指示，北撤山东根据地，王安澜夫妇随军辗转至胶东。张剑平向王安澜提出无论如何要带着这个孩子，不能再丢了。王安澜痛苦地摇摇头，他刚刚接到命令，部队将开赴新的战场，严令禁止携带非战斗力量行军。

张剑平搂着襁褓里的婴儿发出一阵压抑的抽噎声，她不明白为什么当女人这么难，不仅要遭受身体上的生育之痛，还要经受一次次生离死别的心灵之痛？王安澜安慰着她，我们的生命属于党，你忘了我们的入党誓言了吗？我们都承诺过为党的事业献出一切。张剑平泪眼婆娑地问，我们已经丢掉了两个孩子还不够吗？王安澜说，国共大战在即，哪里还容得我们照顾小家？说完扭头出门，顶着满天豪雪向村妇救会主任宋桂卿家走去。

几天后的一个夜里，从宋桂卿家出来的宋尊光怀里多了一个婴儿，正是只有十八天的正子，而此时她的父母已经踏上了转移之途，在黑暗中频频回首着这个令他们牵肠挂肚的山村，视野里只有两三盏昏黄的灯光回答着他们的挂念。

宋尊光是村党组织负责人，妻子邓素云也是支部委员，把孩子托付给这样的家庭最为保险。

邓素云接过孩子，借着灯光端详着，正子打个“出身”，睁开小眼也看着她，眸子里点着两盏小灯。邓素云笑了，这小嫚儿一点不惧生哩。宋尊光说，听宋桂卿说她爹娘前两个孩子都舍人了，她娘想带走这个，她爹坚决不同意，弄得她娘哭了好几天。邓素云叹口气，这当娘的怪可怜的。她低头对正子说，小嫚儿别怕，你就给俺当闺女吧。她似乎看到正子的嘴角挑了挑，嗬！怪精怪哩！还知道笑呢。宋尊光从烟雾里投过目光，嗤！多大个孩子啊，能听懂你的话，那不成精成怪了？——你眼花了吧？邓素云说俺骗你干吗，你自己看啊——又笑了不是？宋尊光一搭眼，正子真的露出了笑模样，这孩子真会讨人喜欢！邓素云撩撩耷拉到眼前的几绺头发，唉，小东西可给俺出了个难题啊！宋尊光晓得她说的是自己没有奶水这事。

两人婚后，曾生过一男一女两个孩子，但都不幸夭折了。那年深秋邓素云接到上级通知到一个山村去参加秘密会议，回来时，乳山河突发山洪，冲塌了那座年久失修的木桥。她急着回去传达会议安排，一咬牙挽起裤脚，举着鞋子，下到了凉瘆瘆的水中。她忘了自己正来着例假，越往里走水越深，渐渐到了下巴颏，这时下身一热，眼前的水面泛起一片血色，随即一支冷箭洞穿五脏六腑，浑身打起了寒战。等她挨到对岸，已是面色苍白，嘴唇绀紫，牙齿嘚嘚地捉对厮杀。晃晃悠悠回到家里，一头栽倒在炕上……从此绝了月信，再也无法生育，她不知道这时一条冰河已悄然蛰伏在她的体内，偷偷啮噬着她的灵与肉。

邓素云难过地摇摇头，似乎想把这些不愉快的回忆赶走。她说，你不知道给孩子喂奶多美！宋尊光咳了两声，别扯那些没用的闲篇，赶紧抱着小嫚儿找金柱家里的喂两口，要不半夜饿了，咱可坐蜡喽。邓素云说，咱对外就说，亲戚知道俺不能生养了，帮着抱养了个孩子。宋尊光说穷啰啰个啥？再晚去就砸不开门啦。

此后，邓素云满脸堆笑地抱着正子走街串巷的身影成了村里的一道熟稔的风景，她的小脚点啊点地敲击着青石板，身子像一片秋天的树叶随着脚步的捯动而飘摇。她的眸子里燃烧着一团炽烈的火，叫人担心她如此羸弱的身板恐怕难以承受它的炙烤，会很快垮掉，但她展示出来的顽强渐渐消除了人们的怀疑。她只需低头凝视一会儿怀里的孩子，便似乎重新注满了能量一样，走路又生风了，说话又响亮了，连带着她衣襟上粘着的草屑也精神抖擞了。她总有办法让孩子吃得饱饱的。

有一次，一位答应给正子喂奶的姐妹把这事忘了，到几里地外走娘家，她想也没想抱上正子尾随而至。那位姐妹还纳闷呢，素云嫂子你怎么来了？她用嘴努努孩子，你不是说今天奶奶俺正子吗？那姐妹恍然大悟，不好意思地接过孩子，撩起衣襟奶起来。邓素云看着正子一鼓一鼓的腮颊，听着她咕咚一口咕咚一口地吞咽，脸上漾着金黄色的满足，有时甚至下意识地跟着正子的节律咽一口唾液。

喂完奶，她抱上正子就走，那姐妹留她吃午饭，她说回去还有事，其实哪有什么紧要事，不过是不想“得寸进尺”罢了。山路上尖石如犬齿，碎石如蒺藜，这简直就是小脚女人的克星，一不留神招呼上去，弄不好就是一个人仰马翻。邓素云留心着脚下，一步三摇地蹒跚而行。也是怪了，来的时候很顺溜，脚底下一点不忙乱，看来人急生智一点不假，那时一心想着赶紧给正子喂奶，竟走得如蝴蝶穿花般轻盈平稳。回程没了这股心劲儿，步履便越走越艰涩，怀里的正子也甚是坠手，不多一会儿就气喘吁吁了。她找块平整的石头坐下，轻轻刮刮正子的小鼻尖。正子忽闪着黑溜溜的眼睛看着她，口中咿咿呀呀说着什么。她闻到一股浓郁的香味，原来是不远的山坡上一片野槐林子正开着雪白的花，要是平时她绝饶不了它们，非得弄一枝子扛回去，既能生食，又能蒸食，是农家稀罕的食物。

歇得差不多了，她抱着正子继续行进。日头眼看爬到了顶心，她男人一定急得跺脚呢。她紧走慢颠往家赶，奈何体力不赶趟，又歇了三四遭，才挨到家，倚到门框上凝固了。宋尊光黑青着脸说，你个夯娘们儿，她走娘家去了，你不会找别人喂两口迁就一下吗？她蜡黄着脸色说，她的奶水足，那几个姐妹的奶稀汤寡水的，哪还有个营养？宋尊光怜惜地扶她到炕上躺下，自己蹲到灶前笨手笨脚地生火做饭。宋尊光觉察出邓素云的体质出现了滑坡的苗头，阴云爬上了眉梢。

邓素云的精神头随着正子的发育，日渐委顿。正子能吃上饭了，她却时常捂着心口吐酸水；正子会走路了，她的步子却凝滞了；正子能蹦能跳了，她却躺倒了。

宋尊光的肩头替换了邓素云的怀抱，正子经常骑在他的脖子上，跟着他去田里劳作，为的是让邓素云能清心地休养休养。宋尊光正锄地，正子在他身边逗弄着一只翠绿的蝈蝈玩，忽听地头传来邓素云的声音，她欢天喜地地朝她奔去。宋尊光扔掉锄头在她后边急追，怕她被庄稼茬子绊倒了。他的步子大，一使劲到了她的身后，随手一捞，便把她送到了肩膀上，她便笑得前仰后合。邓素云接过正子说，俺一时半会儿见不到她就心慌。宋尊光说看看你这点出息吧，跟没见过孩子似的。邓素云眼窝一酸，蹲在地头抽泣着。正子抱住她的头，娘你别哭，要当乖孩子。她一把把正子揽进怀里，俺的苦命的孩子啊！正子说娘别哭，俺给你看看"乖子"，便把小手伸到她的面前张开，那只蝈蝈早就变成了一片绿乎乎的腌臜物。正子傻了，不知道发生了什么情况。邓素云哄着她，俺小嫚儿的"乖子"蹦跑了，走，娘再给捉一只去。

入夜了，挂在窗棂上的小竹篾笼里，一只蝈蝈借着星光扯开嗓子唱开了。邓素云惊醒了，愣愣怔怔地睁大眼睛，望着漆黑的虚空，骨头缝里咝咝地往外冒着寒气。她瑟缩成一团，把身上的被子裹了又裹。她预感到自己时日无多了，最放不下的还是正子啊。她这一走，苦了宋尊光情有可原，苦了正子，却叫她泉下难安。不说这段母女缘没能有始有终，更重要的是她辜负了党组织的信任，辜负了正子爹娘的托付。不知不觉间，两行冰泪滴落到枕上。

这天邓素云娘家的堂妹邓素珍挎了个蓝白花包袱来看她，掏出些点心、杂果，最后从怀里摸出一支暗红色的簪子说，这是她找阴阳先生讨来的桃木簪子，给身子骨弱的人戴，邪魔外道不敢沾边。邓素云挤出一丝笑意，俺这病恐怕金罗大仙也没辙儿了。邓素珍挡住她的嘴，可不兴这么瞎说，世界上有锁，就有开锁的钥匙。邓素云听着这个比自己小十多岁的娘家妹子说着开慰的话，一时神失了。邓素珍自幼得了肺病，身子孱弱，终身大事一直荒着；但她的模样并不丑，而且心地善良，性格温柔。邓素云眼睛一亮，素珍，俺有件事跟你商量一下，你别不好意思，咱姐妹俩说说掏心窝子的话。邓素珍不知她想说什么，轻轻点点头。邓素云说姐眼见的好不了了，最挂心的就是你姐夫和小正子，你姐夫脾气不好，但心眼正，待人诚，结婚这么多年，他没跟俺红过一回脸。你说这样的人是不是打着灯笼也难找啊？邓素珍忍俊不禁，姐嫁给俺姐夫可是赚大了。邓素云认真地说，姐想把这个大赚头让给你。邓素珍一愣，脸腾地红了。邓素云喘着粗气说，这有啥难为情的？过去这种事多了，你过来比他找个别人强。邓素珍说你就安心养病，别瞎想了。邓素云央求道，亲妹子，你就帮姐了了这个心愿吧！邓素珍紧咬嘴唇，过了一会儿，蝇子哼哼似的说，俺怕入不了姐夫的眼。邓素云说你一个黄花大闺女，嫁给他那还不是福气了他？邓素珍嗫嚅着，这事俺还得跟爹娘商量商量。邓素云闭上眼长嘘一口气，似乎刚才说话已经用尽了她所有的气力。

小正子四岁生日那天，邓素云强打精神找出一身平时舍不得穿的衣服穿上，梳好头，又给正子穿上一身干净的花衣裳，让宋尊光找来一辆自行车带着娘俩，到镇上的照相馆，拍了她今生第一张也是最后一张照片。来去的路上，正子就像一只闹喳喳的小燕子，咕咕噜噜说呀，吱吱咯咯笑啊，咿咿呀呀唱啊，邓素云满眼的温柔快要滴下来了。寂寥的旷野里，一只啃草的野兔停下来，眨巴着水光盈盈的小眼，警惕地巡睃着，忽地发现了这边的三人，目送着他们消失在山路的尽头。

诀别的时候到了。邓素云摸着正子的头顶说，小嫚儿啊，娘累了，得到一个老远的地方去，你别想娘，咱门前的杏花开的时候，俺就偷偷回来看看你。宋尊光把头别过去，脸上泪水纵横。邓素珍闪着泪光，姐，俺会跟你一样待承正子的。邓素云似乎点了点头，嘴角凝固着一缕微笑。

正子跟这个新来的娘挺亲，邓素珍也践行了对堂姐的承诺，对正子的照料无微不至，让宋尊光彻底放下心来。这几年他忙着村里的工作，一个运动接一个运动，弄得人手忙脚乱，没个闲时候，多亏了邓素珍里里外外顾着，没撇下小正子，也没掉下地里的庄稼。而且正子六岁那年，邓素珍还生下一个男孩，给这个沉寂已久的家庭带来新的生机，但也加重了这个家的负担。

那是一段为了糊口而整日劳碌的岁月，家家都断顿，盛粮食的缸和瓮成了摆设。人们每到做饭时还是习惯地去抄抄缸底，奢望着奇迹发生，能挖上来一星半点粮食粒，可挖上来的还是失望和惆怅。

邓素珍和宋尊光总是把有限的粮食省给正子吃，自己吃糠咽菜。等他们的儿子宋君辉能吃饭了，还是轮不上好饭食。那时玉米窝头和饼子称得上是珍馐美味，吃饭时邓素珍把金黄的窝头塞给正子，放到君辉面前的是一碗灰黑色的地瓜干。小家伙一看，眼泪就扑簌簌往碗里落，这东西吃进嘴里又糙又难下咽，吃进肚里还胀肚子。邓素珍就哄君辉说，你姐姐正在长身体，先让她吃玉米，等你长身子时就把玉米给你吃。这种逻辑对于一个孩子来说是无法辩驳的。看着儿子艰难吞咽的样子，心疼得邓素珍看不下去。开始时正子以为她吃玉米面是天经地义的，随着岁数增长，她发现不对头，别人都在吃地瓜吃菜团子，只有她吃“差样儿”，慢慢就咂摸出了其中的滋味。每到吃饭时，她就自作主张地把玉米饼子分给君辉吃。这惹得邓素珍老不痛快，背后没少呵斥儿子，但儿子懵懵懂懂，哪里懂娘亲的心思，照吃不误，倒吃出了姐弟俩的亲密关系。

后来邓素珍又生了一个女儿，小家庭一下拥挤了，那种虽然清贫但和美的亲情氛围把几间草屋涨得满满的。

八岁那年正子被宋尊光的大手牵进了村小学，她也有了自己的另一个名字：宋连芳。连芳天生是块学习的料，拿回家的作业本上那一个个神气活现的红色对号，看得宋尊光和邓素珍神清气爽，两眼放光，免不了使出浑身解数，再把饭食的花样变上几变。

到了连芳上初中时，学校离家七八里路，每天天不亮，宋尊光骑着那辆晃晃荡荡的二手自行车送她去上学，再顶着一头星斗和露水接她回来。灯光下，连芳学习，邓素珍悄悄把一碗红糖水放在桌角，或者一碗香喷喷的蛋花汤。宋君辉跟她睡偏屋，撑着被窝，拱到桌前，露出圆溜溜的脑瓜，扑闪着毛茸茸的眼睛，看她学习。窗外北风萧萧，屋内昏灯如豆。连芳要到崖子镇上读高中了，宋尊光把自己宝贵的坐骑——那辆已经老得快散架的自行车——给了她，她已经出落成大闺女，可以撒手，让她自己出门闯闯了。但邓素珍的身子就在这时开始“滑坡”，压抑已久的病魔暴动了，她没日没夜地咳着，一口口鲜血给这个家庭涂抹上了凄惨悲凉的色彩。连芳的心再也难以安放在教室里的课桌上，她坚决退学回来，担起了照顾娘和家庭的任务。巧的是村小学正好缺一名老师，她走上讲台，成了一名代课老师。

谁也没想到更狂暴的风雨像一头猛兽即将从帷幕后跳出来，彻底摧毁这个多灾多难的家庭。

在那场被称作“四清”的风暴里，一向老实本分的宋尊光被人扣上了一顶“贪污腐败”的大帽子，沦落为人人喊打的“四不清”分子，终究被判刑入狱。这简直是致命一击，邓素珍的肺病急剧恶化，两个弟妹号天哭地，宋连芳也受牵连，丢了代课老师的职位。连芳对邓素珍说，咱不怕，不就是干活吗？我又不比别人缺胳膊少腿，我挣工分养活你们。话虽这样说，真到了地里抄起锄头，才知道农活的苦楚，但是再苦再累的活，连芳没有退缩，硬生生地扛下了爹蹲监狱娘生病后的生活重荷。晚上，她白天挑水被担仗压磨的肩头火辣辣地疼。君辉爬上去一看，已经红肿冒水了。她嘱咐君辉别告诉娘，怕她心疼自己，解决不了问题，反而更添堵心事。

伴随1966年春天而来的除了大风和谁也无法阻遏的绿色外，还有一位穿着干部服的上海女人。正在梯田里劳动的宋连芳看到弟弟君辉向她跑来，心头一紧，手里的铁锨掉落在地，难道娘出事了？君辉气喘吁吁，断断续续告诉她有个外地的女人到家找她呢。她的心落了地，只要娘没事就好，接着一个问号跳出来：这个外地女人找我干吗？

宋连芳忐忑地走进家门，看到邓素珍在跟一个穿着打扮很是干练的女人说话。见她进来，那女人一双眼即刻直勾勾地看着她，再也移动不开目光。

这时邓素珍说了一句在宋连芳听来堪比霹雳的话："这位张同志是你亲妈，从上海来找你的。"

宋连芳哪能反应过来，思维短路，随口呜呜答应着，抄起茶壶给茶杯加水，却把水淌得半张桌子都是。那女人把她拉到身边准备抱抱她，她抗拒地挣脱了身子，跑进自己住的西偏房，脑海里万马奔腾，翻江倒海，理不出一点头绪。

宋连芳只剩下一个念头：世界破碎了。

她实在无法接受这个现实，可是回想起发生在这个家庭的一桩桩一件件事，一瞬间，个中深藏的真意水落石出。她扑倒在炕上，抱着一团铺盖哭起来。原来她是个被遗弃的孩子啊！这对于生性敏感而内心倔强的她来说，不啻一次行星撞地球的毁灭。她宁愿不知道这个真相，永远生活在这个平静而温馨的家庭里，苦也好，甜也好，乐也好，悲也好，这一切都是她应该领受的，也是她的生命的一块块基石，可是现在这一切在瞬间瓦解了。

君辉探头喊她，她竟连这个一起睡了好几年觉的弟弟也感到陌生了。君辉说姐，快去看看吧，那个女的哭了。她擦干眼睛，整理了头发和衣服，再次出现在娘和那个突然降临的“亲妈”面前。

邓素珍抓住她的手，俺连芳是个懂事的闺女，听你妈说说这里面的故事吧。

张剑平抬起泪痕闪闪的脸看着她叫了声“孩子”，说，我和你爸对不起你啊！

原来王安澜夫妇跟着部队转战于胶东、鲁中、鲁南等地，直至渡江南下，最后在上海落下脚。张剑平告诉连芳，她的老家在天津，十多岁逃难到了上海，成为烟厂童工，后来跟着工友参加革命活动，认识了王安澜，结为夫妻……宋连芳意气稍平：原来这个女人也经历了那么多苦难啊，而且她凄苦的神情不经意间拨动了她的心弦。她也认可了这个女人所说的“形势所迫”，可是感情上却很难跟她一下亲近起来，依然生分得很。

当张剑平说到在她之前已经丢失了两个孩子时，宋连芳被惊得张大了口，她不敢相信眼前这个看似柔弱的女人竟如此心硬。她几乎本能地想到了养母邓素云和邓素珍，设想她们在那种情形下会做何处置，答案隐隐令她不安。

张剑平接着告诉她，解放后，她的一个哥哥已经在北京找到，一个姐姐在宁波找到，先后领回了上海家中，她下面还有两个弟妹，都在翘首等着她回去团聚呢。

邓素珍看着宋连芳，“连芳，你爸妈都是新中国的功臣，你应该感到骄傲。”

宋连芳低着头不说话，心里说我没感到骄傲，我感到该为你和我爹骄傲。

邓素珍说：“孩子都是父母的心头肉，不到万不得已，谁也舍不得丢下，这页书就算掀过去了，谁过日子光朝后看啊！”

宋连芳还是没说话，要是这么轻易翻过去，那世上就没个大事了。

邓素珍说：“你爹不在家，可俺不用钻到他心里去看，你跟你亲妈回上海这是好事，他一百个赞同。”

宋连芳这回开腔了，而且语调挺激烈，“我哪里也不去！这里就是我的家。”

张剑平连忙解围，“我跟安澜商量了，不能强迫孩子，得尊重孩子的选择。”

宋连芳有些讶异了，讶异于这个女人的通情达理，不禁向她投去感激而钦佩的目光。张剑平迎着她的目光看去，宋连芳赶紧把脸往旁边一别。

邓素珍说：“连芳啊，你也不是小孩子了，不能赌气啊！这可是牵扯着你前程的大事。另外得为爸妈想想，他们日夜想念你，盼着一家人团圆。”

宋连芳急声道——这是她从未有过的语气——“咱这家就不叫家吗？我走了它就圆满吗？”

张剑平说：“大妹子，你别逼孩子，我的意思是等连芳愿意去了再去，不急不急。”

气氛凝固了。

宋连芳执拗地对邓素珍说：“我不走，我心里就认这个家，我的根在这里。”

张剑平在这里住了一个星期，慢慢跟连芳熟了些，对这孩子的品性很是欣赏，也不再提那个令人尴尬的话题；连芳对她也有了些好感，终于在她动身离开前，叫了声“妈”，并让她转告对爸爸和兄妹们的问候。张剑平热泪滚滚，一把把连芳拥进怀里。

宋连芳坐着一驾顺路的毛驴车，到了牟平，换乘上公共汽车，奔向莱阳，找到了在这里劳改的宋尊光。

宋尊光听她说了生母来找她的事，说：“这事都怪俺没早告诉你，怕你小小年纪产生不好的想法，想等你长大了再告诉你。等你长大了，却没人来找你，又怕万一你爸妈牺牲了，再让你知道实情，那打击更大了。啥也甭说了，正子啊，咱们的缘分尽了，你回到你爸妈身边去吧，在上海那种大地方，更能出息你。”

宋连芳抱住他抓在铁棂子上的手，“我不怪你和娘，你们为了养活我，就差把心肝掏出来叫我吃了，我哪里也不去，就跟你们在一起。”

宋尊光说：“傻丫头！爹现在是劳改犯，俺可不想让你背这个恶名，你是老革命的后代，根正苗红，国家会给你安排个好工作的，何苦在这里砸坷垃。”

宋连芳说：“你就别劝我了，我来就是告诉你，我和娘都相信你不是贪污犯，你是被人冤枉的，我们等着你回家。”

宋尊光知道女儿的心性，“那就依顺着你吧，不过你也不能冷了亲生父母的心。”

爹的话就是她的圣旨，她准备到上海一趟，临行前她多了个心眼：万一到那里他们非得留下她怎么办呢？她就叫上了妹妹小敏同去，名为做伴，实则为了防备强留她，给她一个回来的借口。

事实证明她多虑了，她的家人热情开明，根本就不提留她的话，或许是母亲提前知会了大家，有意绕开了这个敏感话题。她跟家人们相处得很融洽，那种破镜重圆的幸福交织着沧桑感，一次次催动人们的泪腺。兄妹们轮流陪她和小敏游览，两人都被这里的高楼大厦吓到了。但令她极为不解的是，母亲张剑平这位老革命被一伙气势汹汹的学生扭走了，一家人谁也不敢出手阻拦。她跟着那伙人跑了一阵子，又遇到几股同样的队伍，到处是此起彼伏的口号声和飘扬的红色旗帜。她似乎一头撞进了一个火红的狂热的世界。母亲拖着脏兮兮的身子和疲惫的神情回来了，她赶紧打来热水，扶着她洗掉脸上的颜料，帮着她脱下粘了污物的衣服，然后默默地涮洗着。她偷偷抬眼望去，张剑平仰躺在椅子上，几绺灰白的头发落在脸上，忽地变成了一个苍老的妇人。她找来毛毯轻轻盖在母亲身上。

宋连芳自始至终没有见到自己那富有传奇色彩的父亲王安澜，他在国外当大使，行动很不自由。

回到汪水村的宋连芳成了远近的话题人物，说什么的都有，她都当成了耳旁风，该干啥还是干啥。君辉的感觉可不一样了，他获得了许多在伙伴面前吹嘘的资本，好像他也去了一趟上海一样，讲起那里的见闻绘声绘色，天花乱坠。而且他有实物为证：姐姐给他带回来一身半新的中山装，穿在他身上真叫爽气！原来这件衣服是连芳的哥哥穿过的，长身子了，替换下来，就叫连芳带回来给弟弟穿。连芳抖开衣服，琢磨着弟弟的身高胖瘦，连夜打开缝纫机，又是剪又是缝，赶在回来前，收拾妥当了。君辉回忆说："这件中山装可是为人了，那时候村里哪有这种衣服，穿在身上往村里的街上一走，齐刷刷都往俺身上看。俺一连穿了两个年头，后来小了，又让姐姐给加衬了一块布，照样穿得神气活现！"

1968年宋尊光刑满释放回来，一个铁打的汉子被几年的牢狱生活销蚀得没了生气。好在这个残缺的家完成了形式上的完整。不过，很快它又要变得残缺了：宋连芳到了谈婚论嫁的年龄了。这时又有不少人给她吹风，不要在这旮旯里找对象，一旦成了家，那真是老牛掉进水井里，怎么也捞不出来啰！连君辉这么一个比桌子高不了一拃的孩子，也一本正经地说："姐找对象最好回上海找去，咱这里都是些庄户孙，有啥好的？"她故意逗他，"回上海找就好了？"君辉说："那是当然加必然的，你回上海了，好歹也把俺带到那里去。"她跌下脸子，"你没想想爹娘，光想自己了。"果然，她最后选定了离汪水村很近便的李格庄的于朋之。

新婚的日子就要到了，但养母邓素珍的病情却以一种不可遏制的速度直线坠落。她强撑着身体，给连芳张罗嫁妆，又是做新衣，又是做铺盖。也就在嫁妆收拾停当的那天，她再也撑不下去了，把一家人叫到炕前，她闭着眼，胸脯急剧起伏着。她摸着连芳的手说：“娘本想高高兴兴打发你出嫁再走呢，看来老天爷不给俺留这个念想了。出嫁那天，你可不许抹泪失声的，人家说这不好，晦气。”连芳啪嗒啪嗒落泪，泪珠掉在娘的手背上，娘艰难地睁开眼，“俺还记得姐姐把你交给俺的那天，那天天不明，俺爹娘就听到有人踹山墙，原来是老宋派人来叫俺了。俺出门时被绊了一溜趔趄，好不容易扶住一棵杏树，哗哗地往俺身上落花瓣，一恍惚，俺就忘了该干啥去了……老宋啊，俺给你说，闺女出嫁那天，你哪里也别去，更不许你哭，让人家知道了多不好啊！”宋尊光捂着脸，抑制着哭声，“嗯嗯”应着，泪水从指缝里渗出来。

这个终生被病痛缠磨的妇人，疲惫地合上了双目。

宋连芳感觉自己生命里的某一部分被一把看不见的刀刃分割出去，她伏在娘的身子上发出了撕心裂肺的哭号。她在哭娘悲苦的大爱的一生，也在哭自己隐晦的苦涩的一生，更是在哭这个家里的三个女人搅和在一起的命！

宋连芳被于朋之接走那天，宋家小院里游走着一种怪异的气氛，有欢笑，但显得寡落，有鞭炮锣鼓，但无精打采。宋连芳拉着于朋之趴到宋尊光面前，给他咚咚咚磕了三个响头。

其后的日子就像乳山河的流水，虽然有时候丰，有时候瘦，但奔流向前是它不变的姿态。1984年宋尊光彻底平反了，了了他的一桩心事。宋连芳顺理成章地回到了心爱的讲台上，并生了两个男孩。每到周末，她就带着孩子回到那个曾经的小院，帮着爹和弟弟打理家务，看爹跟两个外孙玩得不亦乐乎，一时竟自失了。上海也是她惦念的地方，尤其是自己有了孩子后，她更理解了父母的抉择，每年总要回去两趟尽尽孝。

1990年3月1日清晨，浓雾遮天，宋连芳顶着料峭的寒意骑车去赶早自习，行到一处拐弯的路口，一辆拉煤的大卡车迎面疾驶而来，惨剧瞬间发生——宋连芳四十三岁的生命停止在她无法割舍的这片土地上。

三年后，长期陷于悲痛的宋尊光也走完了曲折辛酸的一生。

站在汪水村葬着宋尊光和邓氏两姐妹的那片坡地上，隐约可以望见李格庄村外那座不起眼的坟茔，这段若断若续的距离对于生者来说，需要用步履去度量，而对于亲情相系的亡人来说，可以忽略不计——是啊！所有距离相对真情而言，都不成其为遥远，哪怕是几十亿光年！——善良的人都愿意相信：那些逝去的以生命相互滋养、相互扶持的人，已经团聚于开满鲜花的美丽新世界，再也不为离别而忧愁，并遥望人间祝福着行色匆匆的世人。

尾声 阳光正普照大地

马车爬上山顶，突然一轮硕大的月亮跳到杨德殊面前，吓得他睡意全消，头发根根直立，下身尿意澎湃；似乎那月亮也被倏尔冲上山顶的马车吓了一跳，微微抖动了一下，脸色由淡黄变得苍白。这个情景如同雕刻一般矗立于杨德殊以后的记忆中。那年杨德殊六岁多一点。

马车共两驾，拉着胶东育儿所从田家村搬往腾甲庄的殿后人员和桌椅板凳、锅碗瓢盆。不知什么原因杨德殊和一名小女孩被落在了最后，他们在一堆杂物中间巧妙地拨拉开一个安身的稳定空间，伸手可及之处是一张白柳条的笸箩，里面放着一些暄腾腾的圆饽饽。小孩子易饿，他俩已经偷吃了两三个。过了一会儿，虽然不饿，可是那种偷吃的隐秘的快乐让他们上了瘾，也会拈过一个勉勉强强叨几口。

正是1948年二三月间，春意将萌未动，寒意剩勇犹在，尤其夜间，它的凛冽多少还有点咄咄逼人的意味。杨德殊盖着一床棉被迷迷糊糊地睡着了。梦里他又见到了爸爸杨锡芳那张朦胧的面孔，忽远忽近，飘忽不定，怎么也看不清……他急得哭出了声，感觉有只小手在轻轻拍打着他，原来是那个比他还小的女孩在模仿着大人的样子安慰他。他害冷似的向她靠拢，两个孩子依偎在颠簸的车厢里，默默地给对方以温暖和胆量。

杨德殊出生前，杨锡芳就牺牲在了鲁南地区。杨锡芳是东凤凰崖村名人杨琅轩的长子，参加“三军”后，一路浴血，当上了团政委，奉命率队伍到枣庄执行任务，遭到日军包围。他指挥一部杀出重围，却发现团长没冲出来，又折返冲进包围圈，不幸被一颗子弹打中大腿，扑倒在地，被日军俘获。遭严刑拷打，依然傲岸不屈，最后被活埋。杨琅轩得知消息后，不吃不喝躺了三天。杨德殊是遗腹子，他的母亲曲淑兰是村里的妇女干部，没办法拉巴他，就把他送给宋家沟村的乳娘张元娥抚育，后来又让他跟着自己的婶子张常英在东凤凰村生活了一段时间。抗战胜利后，作为烈士子弟他被送进了育儿所。

这时的胶东育儿所已经壮大起来，工作人员几十人，孩子二三百个。随后便是国民党对胶东的进攻，育儿所重新分散到各村。等形势完全为我军控制，育儿所重新集中到田家村。没过多久，组织上决定将其迁到交通便利、离乳山县城较近的腾甲庄去。大部队已经走了，善后人员将一些设备、物品统统装上车，这才发现有个小男孩和小女孩被落下了，便招呼他们一起吃了在田家村的最后一顿饭，熄了火，搬了炊具上车，朝着东南方向开拔了。

满月之光惯常是清朗的，但此时地气初发，弥漫于天地间，若有若无地给她蒙上了一层薄纱，使她的光波含蓄了，羞涩了，她所宠爱的人间随之变得迷蒙又迷离了，万物隐退，只有影影绰绰的虚淡的痕迹。

杨德殊和那个女孩几乎同时醒来，正在爬坡的马车戛然停住：前方出现了不明情况！他和小女孩从被窝里伸出头，向前看去，几乎所有人都屏住气，紧张地望向前面的坡顶，气氛凝固了：那是一个比较平缓的坡顶，月光下立着几个黑影。

当时虽然大局已定，但时有小股国民党武装或特务窜入解放区搞破坏，莫非今晚遇到了他们？赶车的车夫握紧了鞭子，其他工作人员悄悄到车边摸索着菜刀、顶门杠等应手之物。又有几个黑影站起来！杨德姝吓得直哆嗦，他经常听老师和阿姨们讲反动派的凶恶，脑海里储存的那些血淋淋的画面一下活了，更加重了他的恐惧感，简直要窒息了！

双方相持了一会儿，前方的黑影“嘎——”一声长唳，随即一阵黑影腾空而起——原来是一群北归的大雁！

虚惊一场，马车哗啷哗啷地冲上那个坡顶，摇曳着朦胧的月光奔跑着。

东方渐渐露出曙白色。

进入腾甲庄，就像进入了一个童真的乐园，杨德姝和育儿所的小朋友享受着难得的“金色时光”。

育儿所在腾甲庄占据着一片偌大的宅院，原来是一个大户人家的庄园，这里大得足够盛下三百多个孩子的童年和回忆。许多从这里走出去的乳儿都把腾甲庄作为魂牵梦萦之地——梦开始的地方。

那时育儿所已经开办了保育小学，杨德姝在这里认识了继光、东海、新华、建军等小朋友。刘继光是所长刘志刚的儿子，属所里年龄最大的乳儿之一，矜持稳重，肚子里有货，带着杨德姝、张东海、周杰民等人排演过京戏《打渔杀家》，其实就是一阵台上的乱打。最后，扮演大义凛然的萧恩的刘继光，把扮演反派的杨德姝打倒在地，也就大功告成了。

杨新华在来育儿所之前的记忆，停留在被父亲用自行车带着跑山路的颠簸中。他的父亲杨千从荣成县俚岛走出来参加革命，1942年被打成“托派”，差点活埋掉，落了神经衰弱症，从此转为文职干部，串村跑店搞宣传。他的母亲原名滕文聪，受哥哥滕景禄、滕民生影响参加革命，改名宋武，成为了继刘志刚之后的胶东育儿所所长。

杨新华在老家长到四岁多，被接到父亲的身边。杨千下乡时就把他放在自行车后座上，公私兼顾着。尽是些坎坷的山路，车子在上面颠簸得像野马。一次，杨千骑着车子跑出了四五里路，往后伸手一摸，抓了一把空，吓得出了一身白毛汗，赶紧回头去找。在一片翠绿的花生地里找到了杨新华，他正有模有样地抠花生吃呢。杨千找到宋武说，必须把孩子送进育儿所，要不指不定啥时候就出大事了。

腾甲庄的生活对杨新华来说也不尽安全。一次他们跟着阿姨到庄北的山脚下去玩。正是秋天，老百姓收割的庄稼堆在场院里。杨新华游离出大队伍，忽听有人喊小孩过来，他看过去，地面上冒出一个人头，原来那人撇开腿把身子撑在了一眼井的壁上。他犹豫着，那人又叫他，声音更轻柔更亲切了。他禁不住朝前走了两步，忽然想起阿姨说的坏人很多的话，撒腿就往回跑。

他回到所里，把这事告诉了妈妈，宋武说你要过去就没命了。

那些快乐的记忆被时间放大了，成了这些孩子一生的宝藏：跟着阿姨到河边玩耍，捉小鱼、小螃蟹，捞螺蛳，到山上找野果，跟老师学唱歌曲，还有一桩桩捣蛋的事……育儿所的食堂师傅养了一只黄狗，是所有小朋友的宠物，有人甚至偷偷省下馒头给它吃。可是村里出现了疯狗，所领导担心它也会疯，就准备把它处决掉。这下引起了孩子们的集体抗议，继光、东海、建军、玉芳、小星等还成立了护狗小组，晚上睡觉都要搂着它。可是它还是没逃脱自己的宿命。孩子们反了，哭啊闹啊，地上打滚儿的好几对，集体绝食。

当育儿所里飘起香喷喷的肉香的时候，一阵童稚的无遮无拦的哭号声掀翻了上空的云彩……

此时胶东育儿所里的童年，已经有别于过去任何一个时代的孩子所经历的童年，它像一缕明亮温暖的阳光，正以一种全新的面貌昭告着山川湖海：一个新的时代即将到来了。

与此同时，胶东子弟兵在许世友、谭震林、林浩、吕其恩、吴克华、彭嘉庆、聂凤智、周志坚、刘涌等将领的带领下，走出胶东，决战东北，转战山东，威震淮海，强渡长江，纵横湖广，驰骋海疆。

1949年2月，徐州贾汪镇一处营房里汽灯嘎嗒嘎嗒亮着，人影散乱，步声渐歇。时任第三野战军司令部城市政策组组长的曹漫之趴在桌上急速起草着一份文件，这时他耳边又响起陈毅司令员的声音："自古以来，军队进入城市，干好事的不多。我们很快就要进入南京、上海、杭州等大城市，那里的老百姓受国民党反动宣传的影响，对我军很不了解，我们进城以后，一定要严守纪律，给他们一个好的'见面礼'。你要好好把这份文件起草好……"鸡唱声声，他梳梳凌乱的长发，把这份墨迹簇新的名为《第三野战军颁发"入城三大公约十项守则"的命令》的文件，整理齐整，摆在桌上。一低头，趴在桌上睡着了……

几个月后的一个清晨，早起的上海市民拉开门，眼前出现了惊人的一幕：倚着墙根、门洞、电线杆，睡着许多解放军战士，就像一个个沉睡的浪涛等待着黎明的唤醒。

1949年6月，郁郁寡欢的张修己骑着一匹白马，跟随解放军进入硝烟尚未飘散的青岛市区。1948年初主持胶东"土改"工作的林浩、曹漫之、张修己到山东省五莲县参加华东局召开的胶东土地会议，受到"左"的错误路线批判，被暂停一个时期的工作。回来不久，他就参加了解放青岛的"青即战役"。

走在残垣断壁的街头，一种莫名其妙的激动涌上心头，眼角渐渐濡湿，神思忽地飘回到了1935年白银季的那场狂飙之中。就在满天狂舞的雪花里，几张发黄的信纸随风呼啸而来，正是那封从青岛发出的关于举行胶东暴动的指示信……

1949年8月，一个阴雨天气，从胶东南下到浙江临海县的于得水，带领战士们爬上一座山顶，放眼望去，烟云翻涌，峰峦叠翠。此时身为浙江省第六军分区司令员的于得水心生感慨，他怎么也不会想到当初那个莽撞的胶东少年，靠着一路拳脚，竟打到了做梦也到不了的江南锦绣之地。他摸摸身上隐隐作痛的弹痕，眼前连绵的山脉幻化成了浩荡起伏的昆嵛山脉……不远处响起一阵湿闷的枪声，于得水一马当先冲过去……新的剿匪战斗开始了。

下一站，新中国。

弟弟疲倦了，眼睛笑，
眼睛笑，要睡觉；
妈妈坐在摇篮边，把摇篮摇；
我、我的小宝宝，
安安稳稳来睡觉……

半个多世纪以来，宋玉芳心里一直有个未解之谜：这支《摇篮曲》的旋律为什么牢牢盘踞在自己的心头难以散去？她不知道自己是什么时候、在什么地方学会了这支歌曲。直到2012年，她偶然从一张乳山市报纸上，看到胶东育儿所乳儿寻亲的报道，她的脑海豁然开朗：原来她也是育儿所的小朋友，封存在她的记忆深处的那些儿歌，就是她在那里跟着阿姨们学会的。

她所看到的消息正是当年育儿所最后九位没有父母认领的乳儿到乳山市寻亲的新闻。宋玉芳通过记者联系上了其中的李丽惠、于致荣、刘丹勇几人，帮他们出主意。

2019年宋玉芳应邀观看舞剧《乳娘》的演出，最后她代表乳儿登台发言，此时她的心像被擀面杖反复碾轧一般难受，泣不成声：“我的这九位小朋友，像九朵飘荡在风中的百合花，她们今天已经是满头白发，至今不知道自己的父母是谁，没在亲生父母面前撒过一次娇，叫过一次爸爸、妈妈。是育儿所的阿姨和乳娘给了他们第二次生命，给了他们笑对苦难的生活勇气……”

虽然在战争年代，全国其他地方也发生过乳娘哺育革命后代的事情，但像胶东这样集中涌现出来一个乳娘群体，却是独一无二的。

乳儿梁恒力、徐永斌、金建文、周杰民、姜菊生、张东海、梁彦学等纷纷走上寻找乳娘之路，那一声声来自生命源头的呼唤敲击着每个人的心灵……

早在1962年，乳山县崖子镇申家村的于忠英就接到烟台地委的来信，邀请她和丈夫去烟台参加乳娘乳儿认亲活动。

于忠英在等待的日子里夜夜失眠。好不容易熬到了那天，在丈夫的陪同下走进了会场。当主持人念出她当年抚养的乳儿小光的名字时，她的目光越过人丛深情地注视着那个已经亭亭玉立的姑娘。丈夫起身来拉她，准备走上前去相认，她却伸出颤抖的手牵着丈夫的衣袖，悄悄离开了会场。

走在回来的路上，丈夫没好气地问她为什么，她泪流满面地说：“孩子长得这么好，咱们看一眼就放心了，就别给人家添麻烦了。”

2015年9月3日，天安门广场，在纪念中国人民抗日战争暨世界反法西斯战争胜利70周年的阅兵队列里，行进的敞篷车上一位九十九岁的老军人以一个标准的军礼，吸引了全世界的目光。这位耄耋老人就是从天福山起义走来的张玉华将军。

而此时此刻，在威海市乳山市崖子镇姜家村，八十八岁的乳娘王奎敏指着电视屏幕兴奋地喊道：“俺认识这个张玉华！他带着八路军到过俺村，那年正是鬼子和汉奸闹得最厉害的年头，俺跟着妇救会唱起了‘大刀向鬼子头上砍去’……”

后　记

走上文学创作之路至今，我们一直信奉艺术来源于生活。如果把深入生活扎根人民比作是打井的话，井水越深就会越甜。《烈火芳菲》这部作品，就是生活给我们的最好的馈赠。在中国革命的历史长河里，胶东半岛的革命至今都熠熠生辉，可是过去一直没有一部全面反映胶东革命的纪实文学作品，这无论对一个作家来说，还是对历史而言，都不能不说是一大遗憾。

早在几年前，一个战争年代的乳娘群体就吸引了我们的目光，从此之后，我们踏上了胶东半岛这片红色的土地。随着采访的深入，一卷卷催人泪下、感人至深的革命画面在我们眼前徐徐展开。数年下来，我们梳理了胶东革命的历史，搜集了难以计数的一手资料。可是，很多故事都沉潜在岁月的褶皱里，被岁月的迷雾遮掩，一时难以寻觅，特别是乳娘群体和她们抚养的乳儿们。当年那些绽放着青春芳华的乳娘，活在世上的已经寥寥无几，而且大都生活在大山的深处，而那些乳儿们也遍布在全国各地。

胶东半岛革命的一些大事件，很多发生在今天的威海境内，比如悲壮的“一一·四”暴动，史上有名的天福山起义，至今都被铭记的“马石山十勇士”勇救被日军围困的老百姓的故事，还有三百多位乳娘为八路军、解放军抚养一千多个革命后代的故事，等等。

威海市作为胶东半岛的一部分，这些年一直致力于红色故事的挖掘和传承，可以说威海市委宣传部是富有先见之明的。他们获悉我们在采写、创作这部书之后，立即伸出了援助之手，不仅提供了丰富的历史资料等，还协调别的地市，同时派出专人陪着我们四处寻访。我们的足迹走到全国众多的地方，包括北京、上海、杭州、成都、青岛、烟台等地。在这里，我们向威海市还有给予我们很多支持的其他地区和朋友们表示深深的谢意！

尽管历史已经离我们远去了，那些曾经感动我们的面容和灵魂也变得越来越模糊，可是，他们的精神还在我们的面前，还在我们的身边，还在我们的内心深处！

但愿《烈火芳菲》能走进读者的心里。

作者

2021年11月

图书在版编目 (CIP) 数据

烈火芳菲 / 铁流，赵方新著. -- 北京 : 北京十月文艺出版社 ; 济南 : 山东文艺出版社，2022. 1

ISBN 978-7-5302-2175-4

Ⅰ. ①烈… Ⅱ. ①铁… ②赵… Ⅲ. ①纪实文学—中国—当代 Ⅳ. ①I25

中国版本图书馆 CIP 数据核字 (2021) 第 149758 号

烈火芳菲
LIEHUO FANGFEI
铁流　赵方新　著

出　　版　北京十月文艺出版社
　　　　　山 东 文 艺 出 版 社
地　　址　北京北三环中路 6 号
邮　　编　100120
网　　址　www.bph.com.cn
发　　行　新经典发行有限公司
　　　　　电话（010）68423599
经　　销　新华书店
印　　刷　北京盛通印刷股份有限公司
版　　次　2022 年 1 月第 1 版
　　　　　2022 年 1 月第 1 次印刷
开　　本　850 毫米 ×1168 毫米　1/32
印　　张　18.75
字　　数　480 千字
书　　号　ISBN 978-7-5302-2175-4
定　　价　89.00 元
质量监督电话　010-58572393
如有印装质量问题，由本社负责调换。